1982 年，大学毕业刚分到电视台一个月，便为台里写了一部名为《绿色窗口》的电视报导剧。正在审看自己的剧本

1990 年，在厦门大学

1995 年，在五台山上

2003 年与蒋子丹、蒋韵、迟子建同游法国香堡

2007 年，在台上讲话时被记者抓拍

2008 年的方方

2009 年，在庐山脚下

2011 年，在萨尔斯堡

2017 年，在甘肃

方方自选集

方方◎著

天地出版社 | TIANDI PRESS

图书在版编目（CIP）数据

方方自选集 / 方方著 . 一成都：天地出版社，2018.5（2021.9重印）

（路标石丛书）

ISBN 978-7-5455-3524-2

Ⅰ.①方… Ⅱ.①方… Ⅲ.①中国文学—当代文学—作品综合集
Ⅳ.①I217.2

中国版本图书馆CIP数据核字（2018）第012181号

方方自选集
FANGFANG ZIXUANJI

出 品 人	杨　政
著　者	方　方
责任编辑	杨永龙　朱迪婧
封面图片	视觉中国
封面设计	今亮后声
电脑制作	九章文化
责任印制	葛红梅

出版发行	天地出版社
	（成都市槐树街2号　邮政编码：610014）
网　址	http://www.tiandiph.com
	http://www.天地出版社.com
电子邮箱	tiandicbs@vip.163.com
经　销	新华文轩出版传媒股份有限公司

印　刷	廊坊市印艺阁数字科技有限公司
版　次	2018年5月第1版
印　次	2021年9月第2次印刷
成品尺寸	160mm×238mm　1/16
印　张	40.5
字　数	663千字
定　价	98.00元
书　号	ISBN 978-7-5455-3524-2

序言

王蒙

　　新华文轩集团在做一套当代作家的自选集，第一批将出版陈忠实、史铁生、张炜、韩少功、王蒙的自选作品，目前签约的则还有熊召政、王安忆、赵玫、方方、池莉、苏童等同行文友，今后还将考虑出版港澳台及海外华语作家的自选作品。好事，盛事！

　　现在的文学创作并没有太大的声势，人们的注意力正在被更实惠、更便捷、更快餐、更市场、更消费也更不需要智商的东西所吸引。老龄化也不利于文学作品的阅读与推广，因为老人们坚信他们二十岁前读过的作品才是最好的，坚信他们在无书可读的时期碰到的书才是最好的，就与相信他们第一次委身的情人才是最美丽的一样。新媒体则常常以趣味与海量抹平受众大脑的皱折，培养人云亦云的自以为聪明的白痴，他们的特点是对一切文学经典吐槽，他们喜欢接受的是低俗擦边段子。

　　孟子早就指出来了，"耳目之官不思，而蔽于物。物交物，则引之而已矣。心之官则思，思则得之，不思则不得也。"他强调的是心（现在说应该是"脑"）的思维与辨析能力，而认为仅仅靠视听感官，会丧失人的主体性，丧失精神的获得。因为一切的精神辨析与收获，离不开人的思考。

　　当然，耳目也会激发驱动思维，但是思维离不开语言的符号，而文学是语言的艺术，是思维的艺术，是头脑与心灵而不仅仅是感觉的艺术。文艺文艺，不论视听艺术能赢得多多少倍的受众，文学仍然是地基又是高峰，是根本又是渊薮。文学的重要性是永远不会过时与淡化的。

　　当代文学云云，还有一个问题，"时文"难获定论，时文受"时"的影响太大。学问家做学问的时候也是稀罕古、外、远、历史文物加绝门暗器，不喜欢顺手可触、汗牛充栋的时文。

　　但读者毕竟读得最多最动心动情最受影响的是时文。时文时而晒一晒，静一静，冷一冷，筛一筛，莫佳于出版自选集。此次编选，除王蒙一人而外都是"文化大革命"后"新时期"涌现的作家，基本上是知青作家。知青作家也都有了三十年上下的创作历程与近千万字的创作成果。几十年后反观，上千万字中挑选，已经甩掉了不少暂时的泡沫，已经经受了飞速变化与不无纷纭的潮汐的考验，能选出未被淘汰的东西来，是对出版更是对读者的一个贡献。以第一批作者为例，陈忠实的作品扎根家乡土地，直面历史现实，古朴淳厚，力透纸背。史铁生身体的不幸造就了他的悲天悯人，深邃追问，碧落黄泉，振撼通透，沉潜静谧。张炜对于长篇小说的投入与追求，难与伦比，乡土风俗，哲思掂量，人性解剖，一以贯之，未曾稍懈。韩少功更是富有思辨能力的好手，亦叙亦思，有描绘有分解，他的精神空间与文学空间纵横古今天地，耐得咀嚼，值得回味。我的自选也忝列各位老弟之间，偷闲学学少年，云淡风清，傍花随柳，作犹未衰老状，其乐何如？

我从六十余年前提笔开写时就陶醉于普希金的诗：

> 我为自己建立了一座非人工的纪念碑，
> ……所以永远能和人民亲近，
> 我曾用诗歌，唤起人们善良的感情，
> 在残酷的时代歌颂过自由，
> 为倒下去的人们，祈求宽恕同情。
> ……不畏惧侮辱，也不希求桂冠，
> 赞美和诽谤，都心平静气地容忍。

看到文友们的自选集的时候，我想起了普希金的诗篇《纪念碑》。每一个虔诚的写者，都是怀着神圣的庄严，拿起自己的笔的。都是寄希望于为时代为人民修建一尊尊值得回望的纪念碑来的。当然，还不敢妄称这批自选集就已经是普希金式的纪念碑，那么，叫路标石就好。几十年光阴荏苒，总算有那么几块石头戳在那里，记录着时光和里程，记忆着希冀和奋斗，还有无限的对于生活、对于文学的爱惜与珍重。它们延长了记忆，扩展了心胸，深沉了关切与祝福，也提供给所有的朋友与非朋友，唤起各自的人生百味。

自序

　　几年前我出过一本自选集。因为出版社决定再版，需要增添近年新作，所以这一部我做了一点调整。除了保留以前的部分内容，又加入了我新近发表的几部小说。所有这些，算起来，也算是我写作史上颇有代表性的作品。

　　其中以中篇小说为最多。平常我最爱写的也是中篇小说，因为写得比较多，以至给读者留下深刻印象的都是它们。这就让我的短篇小说十分委屈。其实我的好几篇短篇小说都是我自己特别喜欢的。当年的选刊们因为经常选我的中篇，见我的短篇，便一律放弃转载。有一次一个编辑跟我说，因为刚选过你的一个中篇，所以他们不肯再选你这个短篇。这篇小说这么好，真可惜呀。

　　是可惜，但却没办法。所以大量的读者没有机会读到我的这些作品。在这里，我把我自己喜欢的这些短篇都收了进来。我在选编的时候，又一次阅读它们，我相信它们能历经时间的考验。

　　这部自选集中最大量的当然还是我的中篇。我格外喜欢中篇小说这种形式，甚至有点入迷。因为它特别适合我这种性格的人来写。写短篇常常会觉得不过瘾，似乎正写在兴头上，突然就写完了。就好像吃一道好酒席，吃了一半就被人强行拉走似的。而写长篇则需要太多的耐心。生活中总会有干扰，一干扰，几天定不下心来。结果写作的时间便总是被拉得很长，一直拉到自己都不耐烦为止。唯有中篇，写到我自己想要收手或是恰有外界骚扰时，正好写完。更兼它篇幅不大，答应编辑的稿债，也比较容易还。最多咬咬牙，半个月完成一篇时间也足够。如此这般，大量地写中篇小说于我便自然而然。

　　所以，这部自选集篇幅最多的便是我的中篇小说。

　　现在的写作于我来说，如同每日的生活必需。隔上一阵，如果什么都不写，便会不自在，心里的空虚便像春天的草一样疯长。经常我也并非都是在写小说，有时候随手写上一点感想，也很舒服。特别有了博客、微博、微信这些新型媒体之后，漫不经心地随心所欲地在博客上自说自话一番，或是将旧作翻拣出来重新看过，贴出来给大家看，也蛮来劲。这一切，其实都成了一种生活方式。是属于我自己的生活方式。

1978年我进了武汉大学中文系读文学专业后，才算是我真正接触文学的开始。以前不过是胡乱读闲书而已——我家里人全都是学理工科的。那时的我，像我的父兄一样，只不过是一个读者。只会不知好坏地见书就读，仿佛猫抓老鼠，逮着哪只是哪只。所幸那年月，没有什么文化课可上，天天放大假。大量的时间若不阅读，便不知如何打发。想起那个时候，闻知谁有一本好书，不辞辛苦，磨尽嘴皮，也一定要借到手。为了在规定时间内还书，还必须通宵达旦地看。若逢停了电，点着煤油灯也要读完。那些读书的日子，真是尽兴呀。尤其夏天的下午，天热不想出门玩，我几乎天天坐在走廊大门通风的地方看小说。多少年如此。左邻右舍都看惯了，他们常说，方方看起书来，她妈妈怎么喊她她都听不到。直到现在，我还会常常想起自己坐在走廊的椅子上看小说的情景。以至进到大学，看到老师开出的必读书目时，我竟是大喜。因为当代的小说部分，几乎全被我通读过了，而古代的经典小说，也读了大半。

对于我来说，写作最初的开始，便是阅读。是阅读让我热爱写作。转眼之间，自己竟也写了近四十年，把一个热血青年的我，写成了一个头发斑白的我。

有时候会想，不知今天还有没有读者，像当年的我那样去阅读。如果有，希望我这本书，能让他感到阅读的快意。

目 录

短篇小说

凶案

　　对于常常看电影和看小说的人来说，这只是个颇俗的故事。而对于正慢慢地吞咽他人生中最后一顿饭的二水来说，却并非如此。

　　这事的开头在一个黄昏消失了的日子，秋天刚过，冬天还没有真正地进入角色。风在橘红色的路灯下，散散漫漫地拂来刮去。二水终于走在了城市的大街上。二水虽说是第一次来到这样的城市，却没有一点点乡下人进城东张西望的感觉。他记得隔壁金莲每进一次城都要兴奋地说上三天三夜，叫一边听的人都激动得浑身躁乱，只恨上天不公，没将自己投生到城里。可在这个温柔的夜晚，当他在梦境一般的都市大街上，如一条鱼一样浮游着的时候，却觉得自己居然对这里的一切都无动于衷。

　　他只想找到金莲她爹说的那个人。

　　金莲她爹是个说书的。金莲她爹对人世无所不知。他能从掌纹上看出一个人的将来，也能从头顶旋儿上看出一个人的前世。他说把床放东面可以生儿子，果然就生儿子；他说哪天哪一时辰放一片桑叶在脸上就会发财，果然放桑叶的发了财，没放的就蚀了本。村里人皆说他通天眼，打老早起就唤他作"金大仙"。二水晓得，他说的话没有放空的。

　　金莲她爹让人把二水叫到他屋里那天，正是二水和金莲一起从镇上卖柴回来的次日清晨。二水心里慌慌地不安，因为他和金莲从苞谷地里穿过时，他把金莲上上下下都摸了一遍。本来还想做点别的，可金莲把裤带揪得紧紧，死活不干。后来他想来日方长，就算了。二水孤家寡人一个，金莲她爹从来不屑于看他一眼。特地让人叫了他去，这同黄鼠狼跟鸡拜年有什么两样？这么想着，二水没进门两腿就打起抖来。金莲的爹爹却只是笑了一笑，说："这个日子终于等到了。"

　　金莲她爹说这话时像说书。书里常有这样的句子。二水有些莫名其妙，问："什么日子？"

金莲她爹说："同你讲事情真相的日子。"

二水还是莫名其妙，说："什么事情？"

金莲她爹便走了过来，拿了二水的手，又翻了翻二水的头顶，说："人生都是天定命，有人享福，有人受苦，谁都奈何不了天力。你二水何故没妈没爹地可怜？你晓得不？"

二水说："我晓得我命太硬，早早地克死了我爹妈。"

金莲她爹说："人都是这么说，你也信？"

二水说："怎么不信？桂婆说我妈死还是她给擦的身哩，郝爹也说他是亲眼见我爹从崖上落下来的。"

金莲她爹说："如果我有另一个说法，你是信我的还是信他们的，比方桂婆和郝爹？"

二水好是奇怪，他想他爹妈还有另外的一种死法么？心里头想着，嘴上还是说："我当然是信你的，哪个不晓得你金大仙，字字吐的是金？"

金莲她爹便莞尔一笑，说："信我的就好。话说回来，命就是这样，信不信也由不得你。"

于是金莲她爹就说了那个人的名字。这是二水从未听说过的一个人名：简冰。金莲她爹把这两个字写在纸上时，二水一时把"冰"字当作了自己的名字。他说："这不就是二水么？"

金莲她爹笑笑说："晓得你何故叫二水了吧？是我把'冰'字拆了给你起的名。"

二水大异，说："这是个谁？为什么要拆他的字作我的名？"

金莲她爹一直挂在脸上很是亲切的笑突然就变得诡谲起来，让二水不由得生出些恐惧感。金莲她爹用一种在二水听来就像是魔鬼的声音说："你爹还活着。"

二水不知是被这声音吓住还是被这信息吓住，他不由自主地退了几步，一时间什么话也说不出口，只傻呆呆地望着金莲她爹。

据金莲后来说，她原本在屋外，因为想听她爹会跟二水说些什么，便到窗口张望。不料却见二水硬着个脖子木木地望着她爹，差不多望了个把小时。她爹就由二水这么呆望，自坐在太师椅上吸烟呷茶。她当时就觉得在二水身上会出什么事。没料想二水竟敢去砍人。金莲大咧咧地跟前去调查二水杀人动机的警员说这些话时，一点点也不晓得她就这样把她的爹送进了班房。为此金莲几乎哭掉了一条命。

二水走在城市的大街上时，其实正处在迷路的情况下。他自下了长途车起就开始迷路。他想也没有想到城市会有这么的大。大得就好像没有止境。长途车就像一只舀水瓢一样把他住外一泼，他这一滴水就淹没在了人海里，令他无法觉出自己的存在。但他还是很沉着。他无时无刻不想着他此行的目的。他想他自己有点儿像电影里的好人。那里面的好人进城里去都是心里怀着个什么动机却装成若无其事的样子，正像现在的他。想着，他就觉得自己真是在演出一场电影。

金莲她爹把食指和中指放在他的头顶上，说："你是双旋儿。其中之一上有一粒黑点儿。那是表明有人永远压在你的头上。你只有变黑为红，才能成为大富大贵的人。"

二水说："怎么个变法？"

金莲她爹盯着他，说："见血。"

说时，又扳起他的左手，掰它成九十度，大惊失色道："巧呀，你怎是断掌？我的个妈，你这纹路怎么走的？断筋断骨断头莫不齐全。你不断他他就要断你。先断你的财，再断你的命。是谁，这么个好狠？"

二水紧张地说："会是他么？"

金莲她爹说："谁？"

二水说："我……爹？"

金莲她爹摇摇头，说："可不能妄猜，得算。"

于是他就算。

二水等他算出结果。心里却麻乱地想着他的爹，那个叫"简冰"的人。

用金莲她爹的话说，他是从城里逃难到这里的。说是反革命。城里来人抓了他好几回，都叫村里人藏起来了。有一回城里来的人住在村里不走，村里人就把他藏在地洞里，着一个女子天天给他送饭。后来他就睡了那女子。这就是二水的娘。城里人怎么也抓他不到，也就算了。他出了洞，就同二水的娘搭伙过了日子，生了二水。没等把二水的名给起了，又有人从城里来说没事了，叫回去。他第二日就甩下二水和二水娘走了。走时说都没说一声，从此没回来。好久有人从城里传来话说，他早有女人了，那女子长得如花似玉，如同仙女。两人还养了两个丫头，大的都上小学了。二水的娘一听就炸了，气吐了血。没两年，人就没了。而二水才两岁出点头，从此吃百家饭长大。做了个一顿饱一顿饥的孤儿。弃他的爹却在城里自享大福。不久前，金莲她爹说，他去县里，还在书摊上看见一本书，封面上登的就是他的照片。人长得肥胖肥胖，怕是天天有肉吃才会有这么个胖法。脸上还挂了副金丝镜。一看就晓得是真金子的。那一本书卖五块钱，如果印了五百本，会有多少钱？两千多块呀！跟地主有什么两个样子？金莲她爹说着说着就替二水生气，敲打着桌子说：把自己的儿丢了不要那算是个什么人？而后又似提问又似自问说："他何故这样？"仿佛想出了点名堂，方把食指和中指搁在了二水头上。

二水不等金莲她爹上卦巽下卦乾地算完，就自己想明白了：想要断他的筋骨和头的人除了他的爹，还会有谁？压在他的头上不让他有好日子过的人除了弃他而去的爹，又会是谁？二水想着没跟金莲她爹招呼一声就走了。二水没听见后面金莲跳出来问："这是真的？"金莲他爹答说："假亦真来真亦假。"

晚上二水帮桂婆烧灶时，几回都忘记了加柴。桂婆说："鬼勾走了你的魂？金莲爹没留你吃他家的饭？我从窗子口见他在喝酒哩。"二水却只望着火苗子出神，不知桂婆说什么。不两日，二水就请村头麻铁匠替他打了一把刀。刀磨得锋利。二水帮桂婆整好猪圈，又专门地上金莲家问了问金莲她爹一些什么。问完，金莲她爹就提出让他帮他家打几天砖坯，二水没答应，只笑了笑。这是金莲她爹末后跟警员说的。

只是警员问金莲她妈时，金莲她妈说："打砖坯干什么？家里猪圈早盖好了。"

二水没同村里任何一个人道别，不吭一声就出了远门。害桂婆第二日端了碗薯片到处找二水吃。

村上人都一致地对警员说金莲她爹想必是知道二水去哪里了的。因为他会算，而且算得极准。

二水日里夜里都在大街上盯人。找一个人有这么难，这是二水从来也没有想到过的。他转了好几天，居然没找到那个长得白胖白胖、带着金丝眼镜且名字叫简冰的人。头一两天，二水还问问人。只是但凡他一问，人都当他是神经病。有个警察甚至想送他到神经病院去，他费了老鼻子的气力才免此一难。后来他就不问了。追着看书摊，想找到有简冰照片的那本，然后再打算对着照片去寻人。差不多看了百来个书摊，摊上的书都卖肉似的摆着些女人的身体，何曾能见到个白胖老头？再后来，他又发现一个地方，那是一家减肥中心。他是在吃面条时看到这地方的。他想简冰一定爱吃肉，可他又那么胖，肯定只有一边减肥再一边吃肉。有钱的人不这么着，钱怎么能花得完？他起始很为自己的这个推理兴奋，可守了两天，见去者多为女人，便不觉疑了心。细问了一个慈眉善目的老太婆，可是为了多吃肉才来减肥？老太婆听此一说便笑，笑得几乎岔了气，也没回答他就走了，令二水信心顿失。

于是二水有点想认命。晚上他睡在车站的长椅上，夜半时冻得哆哆嗦嗦，醒来就想他本该有他温暖的房间，本该有他漂亮的衣装，本该有他舒服的工作并且口袋里起码有个钱包，里面装了至少十块钱的。可是简冰，他的那个父亲，本该给予他这一切的人却把他这一切都剥夺去了，以至于原来可成为城市里一个公子的他，只好落难为一个游游荡荡无人疼爱的孤儿。这么想着想着就想出了一些悲愤。天一亮，眼见得大街上来来去去的人，个个鲜衣亮足，趾高气扬，自己却如此这般穷酸和可怜，悲愤感就越发地膨胀。这一胀，就又胀出一些坚持到底的力量。

当警员把正在乐呵呵干活的二水抓起来，戴上手铐时，二水很是奇怪地说："这是干什么？我做错什么了？"

警员说："你杀了人。"

二水说："他是我爹。他把我扔了几十年，我一刀砍了他，已经是够对得住他的了。"

警员说："你凭什么说他是你的父亲？即使是，你又有什么权利杀他？"

二水说："哈，这你就不晓得了，村里金神仙把什么都跟我说白了。我若不砍他，未必等了他来砍我？要是你晓得有人要断你的命，你还能坐在那里等他来？"

一个警员忍不住笑出了声，而另一个则狠狠地在二水的屁股上踢了一脚。二水嗷嗷地叫着，觉得委屈得慌。心里发起狠来想下回再砍一个人就是踢屁股这小子了。

竟想也没想他还有没有下回。

一天，这是二水进城后整一个星期的日子。二水已腰无分文了。半夜里，以车站长椅为床的二水冻得慌，便想到外面去跑上两圈暖和暖和，不料一出门就被绊了个跟头。二水刚想骂人，发现绊他的人是一醉鬼，想想骂了也是白骂，便把话吞了回去。跑上两圈回来，醉鬼依然躺在那里不醒。二水心说这样躺上一夜非冻死不可，便拖了他进候车室。长椅全叫人占满了，二水只得让他和自己挤在一起背靠着背地凑合着。闻了半夜的酒味，二水早上起来只想呕。那老兄醒来却张口就叫："是哪个龟孙子把老子弄到这儿来了。"

二水听得火头子直蹿，冲上前便挥起了拳头，吼叫着："是老子，老子怕你冻死，费了劲把你从外面弄进来。你还要怎么样？"

那老兄听二水一吼，倒木了，迷迷糊糊地问："我怎么会在外面？"

二水顺口回了句："问你爹去！"说完他就想起他自己突然冒出的那个知其名叫简冰却又遍寻不到的爹，不觉发了发呆。直到那老兄好摇了他几下，他才转过神。那老兄说："兄弟，谢你救了我。早上我请你客。"

二水已好些日子没正常吃顿饭，听此一说，立马就跟了那老兄去了饭馆。这一顿饭，吃得二水嗝声连天。

那老兄虽是不择方式地醉倒，却也还是个人物，至少二水这么认为。他介绍了二水在他所在的医院清垃圾。他是那医院行政科长，说是就因为贪恋杯中之物才老没提拔上去。这次亦是为他手下一个二十郎当岁的小伙子提了副处愤而大醉。二水对他所说这些科呀处呀的全都没听清，倒是听清了二水去了那里一个月可得一百二十块钱的工资。这样的数字在二水，连听都有些怕听，别说自个儿亲手拿。二水上班第一天，几乎每隔几分钟就要揪扯一下自己的耳朵。他想以此种方式证明一下他是不是生活在真实的生活中。

二水的刀业已有些锈了。舒服的日子的确能腐蚀人的意志。二水原本怀着坚定的信念来到城里，他想要做一桩大事来改变命运。可是不经意却得了份工作。工作忙得他无暇考虑自己进城的初意。他头一个月就拿了百来块钱。会计先前给他的是一整张百元的钱，可他觉得这一张的分量太轻，便坚持要换成十张十块的。会计见他如此这般，好笑，"啪"一下就甩给了他二十张五块的，厚厚的一叠，有一大包，令二水大为开心。钱揣在怀里，走在路上时，他感觉到自己就像一个腰缠万贯的大财主，满肚子的神气。晚上，他坐在床上，颤抖着手一张一张地点着票子，一遍又一遍，直点得心花怒放。点完就想金莲她爹可是放了空话？他二水并没有让谁见红，不也富贵了？是否他二水天生是个城里人，进了城就等于蛟龙入水？显然，二水有些承受不了有钱的快乐，为把这些钱放在哪里，他想了一夜都没睡着。第二日上班呵欠连天，叫护士长狠骂了好几次。

钱却仍然揣在腰里。

在二水生命屈指可数的日子里，无论二水怎么绞尽脑汁，他都回想不起来自己怎么就去喝酒了，而且是一个人去的。他从来也没有喝过酒，并不知道喝酒有什么快乐或痛楚，可他竟然就鬼使神差地去喝了，喝得连酒味是怎么样的都没弄清。他所有记得的就是他站在床边脱衣服时，发现他的钱不翼而飞。这时候他的酒就醒了。他从来都没有像那一刻一样痛不欲生。没钱他不在乎，而有了钱又忽地没了，他受不了。他的眼泪几乎是夺眶而出，流得第二日上班时，见到他的人都使劲地打量他。

二水的心就是在这种种的打量中乱套了。他先是将污物倒进了厕所，令厕所堵得一塌糊涂，再又是忘记将高干病房的垃圾送到垃圾站。恰恰又撞上了卫生检查团。检查团中间有一个叫吴建彬的人对医院批评得很凶，令院长无处搁脸。院长一边红着面孔再三再四说："建彬同志，是我们没做好，我们一定改。"一边则毫不客气地叫了行政科长，令他十分钟内把负责病区卫生的工人开除。

这个要被开除的人就是二水。二水闻知，追逐着院长叫喊道："我的钱让人偷了，你不补给我几个，还赶我走，你们还想不想叫我活？"院长听了他的叫，理都没理他。

行政科长，也就是二水曾经救过的醉鬼，说："叫也没用，省局建彬同志这次不知为什么特别严厉，真是奇怪得很。院长也没办法。"

二水脑袋轰了一下。他又听到了他曾经在金莲她爹那里听到的那两个字。他跳了起来："是他？又是他？！"

行政科长不解，问："谁？你说的是谁？建彬同志？"

二水依然自顾自地说："除了他，还会是谁？他时时刻刻都要断我的活路。"

行政科长后来回忆说他当时真是觉得莫名其妙，全然听不懂二水在说些什么。二水叫喊了一阵突然就出奇地平静下来。他摇了摇行政科长的肩说："没关系，我晓得了。我晓得我该做什么了。"行政科长说："我怎么会想到他会去杀人呢？他其实是个蛮老实的人呀，心地也很善良的。他不是心眼好，我醉倒在地，他也犯不着多一事来管我呀。"行政科长跟警员说这番话时注意到院长一直乜斜着眼睛看着他，他明白他这辈子就只能干到科长这个级别了，于是回去又痛喝了一夜的酒。

二水很容易地打听到了那个"简冰同志"的家。他是装着卖刀人撞上门的。二水已将他那把已经生锈了的刀又磨得雪亮。他进了门就举着刀问："请问要买刀吗？"

屋里有三个女人，都紧张地望着他的手。其中一个老一点的吓得声音打颤，忙忙地推着手说："不要，不要。"

二水笑道："你莫怕，我不是个坏人咧。"他脸上笑时，心里却恶狠狠地想这屋里当家的女人原本应该是我的娘的。

那老一点的女人还是放不下心来，说："我不买刀，你可以出去了。"

二水收起了刀，说："其实我认识你家简冰同志。你家是不是有两个女儿？简冰同志是不是写过书，书上还有他的相片？"

三个女人才如释重负地松了口气，一个年轻点的说："原来你知道这么详细呀。是爸爸的熟人么？"

二水说："是。"说完，就走了。下楼时心说，果然就是他，跟金莲她爹说的一样。想时恨意就起来了。走到门洞口，还没出去，就见一个人推了自行车过来。这人长得胖胖的，却不是很白。戴了副眼镜，是黑边的。二水望着就呆了。想太阳可以把人晒变色的。金子的眼镜一定只有照相时才会戴，平日戴了岂不太招人眼了？

二水在呆望时，便有些挡人路了。那黄胖人到他对面，说："让开点，挡路干什么？"

二水还呆着。黄胖人又说："你这个乡下人怎么啦，发蠢呀。"

二水在黄胖人用手拨他时突然开了口，说："你叫简冰？"

那黄胖人白他一眼说："这名字是你随便叫的？"

二水激动了起来："我为什么就不能叫？你断了我娘的活路，又要断我的活路，我就不能断你的？"

黄胖人一耸肩，说："原来是个疯子。"

二水听到此，一伸手就抓住了他的领子，然后用另一只手把那把刀砍向了黄胖人的头。鲜红鲜红的血一下子就喷了出来，喷了二水一头一脸。二水想：见红了，头上的黑点定会变颜色。他这么想着，就松开了手，听得那个黄胖人"扑通"一声倒在地上。二水心说怎么是这样的声音呢？

这正是一天的中午，应该有很多人从门洞里走出走进，偏那一刻没有。这是后来警员们觉得最为奇怪的事。二水走的时候很从容，他一边走一边用衣袖抹脸上的血。一直到上汽车他都还在重复这个动作。他觉得那黄胖人的血好难闻。

这些细节都是二水自己在审讯中主动坦白的。而在那个发生凶案的中午却无人看见。

三天后，二水在一个建筑工地被抓获。他正在奋力地挖地基。他是两天前加入这个施工队的。同他一起干活的人都说这两天没见他有什么异常的情绪。他总是高高兴兴的，一副很放松的样子。并且老喜欢让人看他的头顶，问上面的黑点有没有变红。料想不到他居然杀了人，还如此沉得住气。民工们都暗中佩服二水有定力。有一个人却说："老叫我看他头顶上的旋儿，说什么黑点变红点，真莫名其妙，哪有什么点儿呀。"

在审讯室，二水听到又一个陌生的名字：杨山国。二水说："他是谁？"

警员说："你连他的名字都不知道你为什么要杀他？"

二水说："我砍的是简冰呀？"

于是找来吴建彬。警员说："他要杀的是你。"

吴建彬说："为什么？我并不认识他。"

警员说："他说你是他父亲。二十几年前你遗弃了他，使他母亲早死，他成了孤儿。"

那吴建彬便一脸茫然，仿佛想二十年前他发生过什么事。

当场至少有三个警员通过他的神情相信了二水的话，尽管吴建彬几分钟后就再三再四地声明他从来没同任何一个农村女子生过一个儿子，甚至从来没有到过二水所说的那个叫五祖村的地方。

但不管怎么样，二水是死定了。他砍了一个叫杨山国的人。在警员到五祖村的当晚，村里便传遍"二水杀他爹杀错了人"的话，也都晓得二水没救了。桂婆不停地抹着眼泪，说是要没杀错不就早回来了？

金莲她爹晚饭时对郁郁寡欢的金莲说："还想嫁给二水么？要嫁了还不成了寡妇？我早讲过，他的命不好。生无巢，死无穴，生生死死都无着落。这回你该明白了吧？"

金莲只是点头，想来爹的话一句都没错。

村里人都交口赞道：金大仙一算一个准。说二水他爹要断他的筋骨断他的头，果不就是？说这话时，金莲她爹还没有被警员带进班房。

城里人一连好几天都在议论这一起发生于大白天的杀人凶案。浅薄的女人们都说是黑社会干的，因为那杨山国经常地用自己的公费医疗证弄些药让小贩子们到农村去卖，他从中赚了不少钱。深刻的男人们则深刻得有些虚无，都疑说怎么有那么巧呢？仿佛冥冥之中有人在刻意安排着这件事情。

在城里的男男女女谈论这一切时，二水微笑着在狱中过着他一生中最为悠闲的日子。

讲述起来，这过程和原委的确也俗气，让许多听习惯故事的人不屑一听。

1993 年冬于武汉

湖上

一

摄制组一行五人为拍摄大型风光片《楚天楚地》由荆州乘一百九十五公里汽车来到洪湖。来洪湖自然是拍洪湖，这是没话说的。

摄制组由主任 A 带队，下有摄像 B，录像 C，编辑 D 以及刚从北京广播学院分来的大学生。大学生是纯种北京人，说一口足以让整个摄制组 ABCD 倾倒的北京话，实在显示出北广学生的不同凡响。

车上还有一个不可忽略的人，这便是司机 W；车上还有一个更不可忽略的人，这便是从出发便一直在咿咿呀呀唱个没完的邓丽君。

行车途中是最枯燥最乏味最单调最让人想骂人想吵架想自杀以及想别的什么乱七八糟的事来的。况且邓丽君在那个匣子里又忧忧怨怨地唱。一设想她那副西施蹙眉的伤感模样，便宁可不考虑她腰缠万贯而不由得同情她。

编辑 D 颇受不了，其实她本是可以不出来的。大热天一个，何苦，但是她寂寞她无聊她苦闷她没房子住，便愿意出来找苦吃找累受找些事情来填补时间填补内心的空白。主任 A 起先不那么情愿，有些吞吞吐吐，不知是怕多一位女士路途不便，还是怕多一张嘴使酒席上的东西无形中少了一些分量（得说明一句，全国各家电视台外出拍片子都具有不吃三五顿酒席绝不收兵的爱好，中央台数字自然更高些）。主任 A 是个好人，不抽不赌不假作正经不油腔滑调不拍马屁不整下属，唯个人有三大嗜好：迷美酒佳肴，喜流行歌曲，好武打录像。美食为首，乃民以食为天之故。积习数十年，造诣自然深，能谈出许多神出鬼没的理论和妙不可言的吃趣。

编辑 D 自有道理："一般说来，一行人出门，全男的，没意思，全女的，也没意思。比方一个家庭，一家子女人，必然出几个神经质的；一家子男人，必须有几个颓废派。所以上帝把人一半造成男的，一半造成女的，正是为了世界上少一些怪物。"

一通演说，颇长，且有些慷慨激昂，博得主任 A 哈哈哈了三秒钟，居然允了。编辑 D 便打点了行装，一道出了门。

邓丽君忧不完怨不完爱不完叹不完，主任 A 陶醉其中，摄像 B 陶醉其中，录像 C 陶醉其中，大学生似醉非醉。

编辑 D 不喜欢这种凄凄切切味儿，她出门是想放松自己充实自己解脱自己，而不是要在邓丽君式的伤感中陷得更深。于是，她没话找话。

"《人民文学》上登了关于五·一九事件始末的文章。"她选择了男士们普遍关注的事，以吸引诸位注意力而一举战胜邓丽君。

却不料几位一愣，没言语。一会儿听完一支歌，才有问声："什么五·一九事件？"

编辑 D 方才想起，这几位均不是球迷，连候补球迷都不配。主任 A 三大爱好排除了球类；摄像 B 爱好早起早睡；录像 C 什么都爱好包括同学龄前儿童打争上游却偏不爱足球；大学生除了好跟女孩子聊天扯闲话外还爱好英语，行李中一半是英语书：许国璋四册、新概念、基础英语、九百句、陈琳教材，诸如此类齐全之极，虽然目前尚只能说唯一的一句：I don't speak English！

编辑 D 颇扫兴，补了一句："五·一九，足球闹事，忘了？还打了香港人。"

哦——，有了反应。那事毕竟折腾了几天的报纸广播。作为新闻界人士，即令未见过足球是方是圆，也是有所闻那件"有损于中国人格国格""破坏精神文明建设"的重大事件的。

"不是判了刑么？还要怎么样？"录像 C 说。

编辑 D 便将两篇均为文学界名人所写的报告文学摘重点复述了一遍。讲到输了球，十万观众站着唱着《国际歌》和《咱们工人有力量》时，她听到四声惊叹和惊叹过后的大笑。

趁势又讲别的。编辑 D 说，曾经有一个人写诗很会押韵，而且押得很绝，比方"政治面貌不用问，五八年就是中国共"。车上全笑。还有"一手拿着馒头吃，一个拿着湖北日"。

"什么？"大学生没懂。"湖北日报。"编辑 D 说。

笑得更狂，连司机 W 都喘不来气，汽车曲行了几十米。

"走出车站向前看，迎面就是汉口饭。"

"什么？"这回是主任A。

"汉口饭店！"

主任A几乎呛倒，咳了一阵，便说："一车坐到洪湖县，今天我们来拍电。"

"嗬！"全吼起了，"真行！"

洪湖便在这时到了。

县里派了老丁及其助手甲、乙、丙在宾馆门口等候。

摄制组一行人春风满面笑容可掬神态自若彬彬有礼地下车来一一握手言让你们久等了对方言路上辛苦了主任A言不辛苦路很好很平很直老丁言天太热同志们冒酷暑高温来我们这儿精神实在可嘉主任A言哪里哪里我们干这一行就得这样老丁言这是对我们洪湖人民的鼓励我们真是感谢得很主任A言别客气到时还需你们大力协助老丁言没问题没问题。

便去吃饭，此时已是下午一时半。

席间，大学生问老丁什么级别。

"正科。"老丁说。

"我们主任是处级。处座！"编辑D说。

哦！于是敬酒。处座举杯颔首微微一笑，转眼，一杯酒尽矣。啤酒咕噜咕噜一口气灌三瓶对于主任A实在是比打一个呵欠还容易的事。

饭罢，稍歇片刻，便去乡里联系拍摄事宜。比如拍完日出如何解决早餐；比如拍摄采莲女要注意不穿绿色的衣裳；比如告诉鱼鹰的主人下午几点几分到湖上来放鹰捕鱼；比如鸭群鹅群不要离远了以便招之即来。主任A一一交代一一布置叮咛嘱咐强调再三再四不厌其烦也不怕老丁耳朵累。

这一日平均温度摄氏39度，这还是收音机里公布的。而据说那匣子常在高温之日少说两度，以便让人感觉上凉快一点。倘若如此，这便是摄氏41度的一日了。

二

凌晨三点，主任A开始逐一叫门。尽管昨日行车大半天，下午未曾休息又去联系工作，但晚上的录像还是要看的。片子是老的，早看过。《鹰爪猴拳》《步步追杀》《大报复》。关机时，已是午夜。若让主任A一夜睡觉，第二日他只能精神不错，若让主任 A 一夜看录像，第二日他必定精神抖擞。故而，三点不到，他便一跃而起，叫醒同屋的大学生，草草洗漱。正三点，出门叫隔壁的摄像 B，录像 C，又叫再隔壁的编辑 D。

起早床对于摄像 B 是爱好是特长是巴不得的事。何况热腾腾和满屋飞扑的蚊子。主任 A 尚未敲门，便应答："起来了！"与门几乎同时响起。正在梦中的录像 C 十分地不情愿，他在梦里正跟人打牌，大小王四个小二全捏到手上眼看要赢了，却又是门响又是"起来了"。无奈录像 C 是一个极克己守法极服从指令极温良恭俭让者，心中不舍却也立即放下赢牌速速地掀开了蚊帐。

门猛一响，吓了编辑 D 一跳，心悸之后随之而来是痛苦。编辑 D 平生怕起早。晚上十二点以后才肯睡觉，早上八点以前不愿起来。上班便常迟到，且还申辩毛主席就是这种生活习惯。摄像 B 便说毛主席死了这习惯就得改过来。

编辑 D 在床上又赖了五分钟才不情愿地起来。脚一沾地，便以冲锋的速度行动。又洗又漱又梳还要对镜子稍加打扮，听得外面汽车嘀嘀一声催叫，才手忙脚乱心急火燎丢三落四出而又返两次才蹬脚上车。车上已有大学生昏然于等待中睡去。

车启动，一路无言，点头瞌睡，唯摄像 B 一支烟一支烟地吸。摄像 B 是摄制组唯一抽烟者。计算过抽烟的人最多比非抽烟者早死三天。摄制组下来，常有一天送一盒烟的事，主任 A 录像 C 便人前假抽一支，其余的则转到了摄像 B 手上。

大学生不抽烟也不假装，得了烟便装入自己的包内。编辑 D 乃女士，一般不给烟，使得摄像 B 提醒编辑 D 有人歧视女性。

摄像 B 眼下便抽着昨日录像 C 转赠的"芙蓉"，一支接一支，不歇气。主任 A 一下摄制组，摄像 B 便降格为摄像助理，自称为摄像助理的大学生便降格为扛三脚架。摄像 B 对主任 A 亲临摄制组不似录像 C 编辑 D 大学生那三位一般欢喜，他态度一般。主任 A 来了，把住机器，没他拍摄的份儿，显然有些那个；但没他拍摄的份儿便又能省下好多力气少动好多脑筋，人要舒服好多。且所有出头露面接洽应酬寒暄客套种种乏味之事全由主任 A 一肩挑了。算起来，有主任 A 似乎还是好得多。编辑 D 便说过这棵大树好乘凉。摄像 B 很惬意地乘凉起来。

县城尚睡着。有轻微声响轻微骚动，一如梦中之县城在打鼾在翻身在喃喃自语。汽车便由梦中穿大路而过。想必很多人的梦中闯入过一辆蓝色小面包。

老丁及助手甲乙丙及乡政府领导老戊均已在岸边等候。

朦胧中见一小池塘，对岸是大堤，堤坝之间是一大闸门，欲落未落，欲起未起。闸外便是浩浩然洪湖水。

老丁说机帆船已在闸外等着了。主任Ａ说那咱们过吧。老丁说要先坐小船过闸你们怕不怕。主任Ａ说不怕不怕首先要保护好机器。老丁说那自然。主任Ａ说船小分两批过吧。老丁说对对对这样安全些。

于是上船。大学生见到迷蒙小塘，便有些激动。"这水没治，太想游泳了。"他在北京干天干地风起沙起中土生土长，何曾见过什么水！

"还没见到湖呢，瞎赞叹什么！"编辑Ｄ说。编辑Ｄ南方生南方长，不说在千湖之省的湖北生活了二十几年，且还去过洞庭湖鄱阳湖太湖，自称在鄱阳湖参加过一次长江巡逻艇试航，在湖上驰骋了一整天。鄱阳湖乃中国第一淡水湖，足够编辑Ｄ在大学生面前夸耀的了。

"也难怪你，北京人从祖上起就一律不懂水。脏浊浊的一个小水洼，却偏号称海，简直让真正的海都替它们难为情。"编辑Ｄ又说。

大学生无言。北京一切皆属中国之冠。马路宽些广场大些房屋高些汽车多些。北京人天天能见到外国佬——外国人的西装，真棒；外国人的眼镜，真棒；外国人的皮鞋，真棒；外国人的挎包，真棒；外国人潇洒而神气满不在乎雪茄又粗又长。北京人文化生活丰富——一个一个的电影回顾展，羡煞外地的影迷们。北京人过早一律面包黄油蛋糕——蛋糕硬了点但货真价实。北京人高雅一开口就能谈出贝多芬激昂的英雄柴可夫斯基战栗的悲怆德沃夏克新大陆的英国管以及荒山之夜一个美国人在巴黎惊愕维也纳森林的故事蝴蝶夫人卡门彼得与狼在中亚细亚草原上死与变形。北京的低能儿知识面比省市里教授助理工程师及作家之流要宽泛得多。北京最便宜的饭店是三十九块钱一夜。北京的立交桥地铁三环路酸奶和方便面全都没治。大学生唯承认北京的水实在不行北京的山比珠穆朗玛峰矮了一点。大学生是地道的老实人，不像一般的"北广"学生那样空肚子吹牛还带形容词感情色彩和很俏很俏的俏皮话。

过闸门，硕大一铁家伙，头皮上擦过。实在让船上的心们怦怦然惶惶然，脸们倒都还镇定自若。

过船闸便是洪湖的一个港汊。港汊两旁乃村户人家，有杨柳依依鸡鸣狗吠，隐约见得房屋轮廓。放眼正前方，黑压压一片，万物不见。想必便是庞然之大洪湖了。

机帆船舵手一个响呵欠打得老远，从水面上滚过。

　　"来了，来了。"老戊忙说。

　　摄制组这回带的是 SK97 摄像机，日立公司的。好机器，但沉重得很。沉重也情愿，只要效果好。主任 A 手下尚只此一部拿得出手的机器。一年前批下的，伸脖子钩颈盼了一年，刚到手，便出了差。对于主任 A，第一重要是机器，其次才是他自己，至于老婆孩子，还得靠后。

　　小心翼翼抬机器下小船上大船，置放于船上最佳席位，检查一遍稳当与否，主任 A 才对老丁说开船吧。老丁便对老戊说开船吧。老戊又对舵手说开船。

　　船便突突突地驶向广阔湖面。

　　未出港汉，隐隐得见一高耸之物。编辑 D 忽而记起洪湖乃革命老根据地，不由激动一叫："看，一座碑！"

　　录像 C 顺她手指看去，不紧不慢说："哪里，一只帆船。"

　　果然是帆船形状，编辑 D 便自嘲："我是近视眼，四百度。"

　　录像 C 也是近视眼。船驶近，一目了然：既非纪念碑亦非船帆，乃一帆形的水泥墩，不知什么建筑物遗下的残迹。遗物在芦苇丛中。晨风把芦苇荡子吹得飒飒轻响。

　　老丁说《曙光》的电影就是在这儿拍的。大学生说真的太棒了白天要好好看看。老戊说写《曙光》的人姓白到这儿来过。主任 A 说叫白桦。编辑 D 说《曙光》当时觉得还行其实也概念化。摄像 B 说再看就只能看半场了。录像 C 说白桦是省作协的副主席么？编辑 D 说是的当了副主席后就调走了。录像 C 说听说去了深圳？编辑 D 说不是。主任 A 说白桦这个人怎样？编辑 D 说据说很行很聪明能写诗写小说写电影剧本话剧剧本还能修拖拉机水泵骑摩托车。主任 A 说哪个作品最有名？编辑 D 说难说作品其实都一般化但字里行间看得出才华横溢。录像 C 说白桦的名气越批越大。主任 A 说那种人还是要批。编辑 D 说白桦倒霉那阵子有人画了一幅画是一个女孩子倚着一棵白桦树画名为我爱白桦。摄像 B 说有趣白桦知道不？主任 A 说亏这名字叫得好若叫鲍虎画一豹一虎女孩子便不知道站哪儿了。录像 C 说女孩子哪儿也不用站。大学生说何故。录像 C 说豹虎肚子里化为肉泥了。

　　众人全笑了。主任 A 说所以这起名字是个学问。编辑 D 说是呀是呀有一回我参加省青联一个会会上选青联正副主席其实选举之前名单早已定好却假假地来个民主我便挑了名字最古怪的选了一气。

不觉至湖心。东方开始缤纷出红色，浅浅的柔柔的。主任 A 立即令摄录像二位架机。大学生抱三脚架到船头，升高摆平，摄像 B 便从箱子里拿出摄像机架上锁好。录像 C 越发忙，上电池装磁带以及干遍所有该干的杂事。他是摄制组第一勤快第一细心第一机灵第一废话多的人，绝对不是个决策人物但绝对是个重要人物。摄制组有他无他感觉完全不同。主任 A 出门拍片子，第一个便点他；摄像 B 出门拍片子，第一个也点他。这倒使录像 C 三天两头出差，为此不得不三天两头向夫人赔小心，却从未见发过牢骚，乐观得从不知忧愁。每年的先进工作者常常是选都不必选必他无疑。换了别人，反使所有人心里难过。录像 C 已经有即将入党的兆头。

　　一切准备停当，主任 A 把眼睛嵌进录像器的眼罩里瞄了瞄，嘴上说打个白平衡。大学生忙将套磁带的白纸壳伸到镜头前。编辑 D 每到别人忙时便闲得无聊，且又不能没话找话，影响了工作再大的面子也逃不脱主任 A 的责难。她便随录像 C 坐在船舱里看监视器中的风景。

　　监视器红灯没亮。录像 C 伸头出舱问开了机没有。主任 A 说开了。录像 C 说怎么没有信号。主任 A 说怎么会。录像 C 说未必还骗你。摄像 B 说换根视频线。

　　录像 C 便又换线，继续不亮红灯。摄录像二位均冒汗了，又下电缆检查插头，搓搓揉揉再插上，仍无信号。

　　东方已有日头即出的征兆，船上却忙成一团。唯老丁老戊及甲乙丙在船尾观风景聊县里的改革。主任 A 急吼："只限三分钟，找毛病。"录像 C 便钻出了船舱，一个开关一个开关查寻。他一笑，手摁了一下，说："只需三秒。"

　　信号有了。监视器里图像清晰。一切正常。编辑 D 向入舱来的录像 C 问何故你一去就好了，录像 C 悄悄说："他们少摁了一档开关。"于是两人在舱里暗笑。

　　监视器屏幕上，一轮鲜红鲜红的太阳正出水。冉冉而升。脱出水面。仿佛水波荡漾了一下，又向上升。

　　有渔民划船过来观看。主任 A 忙对老丁说老丁请渔民把船从镜头正前划过。老丁忙对老戊说老戊叫划子从镜头跟前过。老戊便用洪湖土语嚷："莫靠近，冇么事看头。从嗻边划一趟，给你拍进去。"

　　渔民很年轻却很老练，想必拍《曙光》时有过经验，停船问："给几多钱？"

　　主任 A 说："快点！一块五。"

于是船划了一趟。主任 A 说再来一次。又停船问加几角？主任 A 说加五角快点。

日头高升。日出圆满拍完。关了机。渔民笑嘻嘻靠近了机帆船。主任 A 说："给他两块钱。"录像 C 忙掏口袋，他是摄制组常务总管。编辑 D 见渔民拿了钱划船走后，问怎么报账！录像 C 说能报就报不能报就自己贴。编辑 D 说自己能贴多少就那么几个小钱偏还有那么高的物价。录像 C 说放心放心贴钱的运气大大地少。

早餐是在渔场吃的。头日有过联系，自是特备。虎狼般饕餮一阵，纷纷然打着嗝向湖边踱去，一路关于嗝声谁的响谁的不响的争执。

阳光下的洪湖，反射白光，晃眼得很。摄像 B 戴起墨镜，国产的，式样一般。编辑 D 则是进口货，两个大镜片一挂脸便没多少地盘了。两人草帽则都土。唯大学生戴一顶有着蓝色塑料片帽檐的旅游帽，着一件印着洋文的汗衫穿一条挂着皮背带的西式短裤蹬一双白色的旅游鞋还加一双粗线袜子，引得当地小孩观看且稀奇地笑。

正值清晨，空气却已有热度。主任 A 垮垮松松的汗衫已全湿透了，一把破纸扇在手上摇得哗啦哗啦，颇具小人书上济公和尚之神韵，只是那济癫子显瘦一点。

三

湖上风景看得人心里一阵阵欢喜。湖面旷荡，远极天际。

今年荷花尤为盛。老戊云政策好一切都好，老丁说这些年渔民可富了大把大把地赚钱。

远望，绿中映红。于湖风中摇摆自若，一览不可兼收。

船在水上行。水道十来米宽，夹在莲田之中，莲蓬在道边伸头伸脑。

录像 C 喉咙咽了一下，说刚摘下的莲蓬特别甜比街上卖的甜得多。编辑 D 说你吃过？录像 C 说没有。大学生说那你怎么知道。录像 C 说不信你问老戊。老戊说的确这样。录像 C 于是很得意。

洪湖水清碧透，不曾有一点污染。恰逢盛夏，水草长势极好。俯身下看，透明水层下一片浓绿，宛如有一原始森林，而机帆船便是在森林的树尖尖上擦过。八月围湖禁捕，于是小鱼儿们很自在，成群地游荡于森林之中，全然不在乎的一副姿态。更有大胆者泼辣蹦出水面，探头探脑一下子又立即潜回，尾巴甩甩，又跟上队伍，极是有情有趣。

大学生甚激动，脸上显不安状。忽而脱了鞋袜，伸脚于湖水中，噼啪击水，好不快乐。想用脚夹水草，伸两下没够着，便猜水草距水面的距离。先说约一尺左右，又说人下去游泳定会被草缠住。

录像 C 说："洪湖透明度一般超过一点八米。"

编辑 D 惊讶他居然能如此轻松地报出数字于是不信，于是问老戊老戊说似乎是这样。老丁一边插嘴："没错，地名志上也是这数字。"

大学生用脚戏鱼并问老戊："洪湖主要产什么鱼？"

录像 C 说："洪湖的鲤鱼多，鲫鱼鳜鱼也不少，甲鱼也很有一些。"

编辑 D 又问老戊对否。老戊一笑说："很对。"

有野鸭子一飞而过。大学生忙问："什么水鸟？"

录像 C 说："是野鸭子。"

编辑 D 又问老戊对否。老戊又说："正是。"

编辑 D 不服，说野鸭子不是冬天才来吗？

录像 C 说："这位是留洪湖办事处的主任。"

不由得一船人都笑。主任 A 说："从不见你读书看报，哪来这些学问？！"

老丁忙问录像 C 哪个大学毕业。录像 C 说没上过大学。编辑 D 说他是我们这儿的百事通，上自宇宙飞船的燃料问题，下至猪吃什么饲料才长瘦肉，全知。录像 C 忙谦虚哪里哪里文学知识等于零。

湖上有许多渔民夹水草。船极小，渔民却似极轻松。一夹子入水，立刻拖上一堆。录像 C 说看着容易其实难得很。编辑 D 说你夹过？录像 C 说没有。老戊不等编辑 D 再问便说："是难，你们夹，肯定翻船。"录像 C 说，还不服？

主任 A 这时说："架机。架机。"

一船人便又动作起。又是开箱又是搬三脚架又是打白平衡又是船头问怎么样又是舱里答可以了。

主任 A 拿一把黑布伞给大学生，说你今天的主要任务是给机器打伞。大学生眉头皱了皱没言语，只得撑伞。又眼睁睁看主任 A 把眼睛嵌进录像器眼罩里。心里痒痒，却只能让它去痒痒。

屏幕上的荷花更比实景中的娇美。红的艳丽粲然，白的高雅洁然。有绿叶相扶，有轻风摇曳，画面甚热闹。

主任 A 说找一对欲开未开的荷花来个特写。摄像 B 说旁边的不怎样。主任 A 说那深入进去吧。老丁忙说对越进去好的越多。老戊忙令舵手开进去。舵手牢骚说哪这么多名堂。

船便开了进去。伸手即能抓到莲蓬。老丁老戊立即摘莲蓬。编辑 D 不断惊叫，眼睁睁看见一朵一朵的荷花被压入船底。那几位算是没法谈出污泥而不染了。一双双的手极残忍地摘下莲蓬摘下荷花摘下莲叶。莲叶顶在头上，像个不知什么国的皇帝。

大学生剥出莲米说："的确甜。"

录像 C 挑了一个给编辑 D 说："这种最甜。"

编辑 D 剥了吃说："真可以！"

然后用壳去击站在船头的摄像 B，不敢击他旁边的主任 A。主任 A 虽说也随和也幽默也俏皮也宽宏，却也毕竟是主任是处座是一个党支部的什么委员是摄制组的长者——三十五岁。摄像 B 厚道宽宏温和却是非主任非党员非处座年龄也在主任 A 之下——三十一。击他是不加思索的。

主任 A 吃完一个莲蓬说是很甜，然后令停船。船在莲叶荷的包围之中。花都好看，拍起来自是不难。

主任 A 说把旁边的杂草扯掉，于是几双手扯杂草；主任 A 说荷花荷叶上洒点水，于是忙又洒水；主任 A 说马达太响机器不稳，于是又赶紧让舵手熄火；主任 A 说好了好了荷花的镜头拍完了，于是又让舵手发动机器开船。

谁知船开不出去了。螺旋桨让水草缠死，马达响得让人浑身发炸，船却不动。

四周密密的荷花荷叶，风进不来。太阳却在头顶上不含糊地直晒。晒得一个个额上冒油。

船在挣扎在嘶喊，偶尔前进了几尺，便又不动。

于是把办法想穷了。船上人分成两边，扯住船侧的草或莲叶，助船一臂之力，另有两个在船头专撩开水草。

还喊开了号子。突突突，一二，拉。突突突，一二，拉。船作寸步移。不觉半小时已过，突围尚未成功。主任 A 有些发急，拍渔女采莲的时间已快到了。

又挣扎又嘶叫又喊号子。筋疲力尽大汗淋淋闷热难忍心跳加速。快出去了。

一帮采莲女划着小船来，嘻嘻哈哈笑得满湖响。于是船上呼救。采莲女循声划近，扔过几支竹篙。便有老丁老戊奋力撑船，其余人依然扯草助力。船终于得出。驶上水道，已是十一点。太阳只有一点点斜，主任 A 暗叫苦也。

苦也得按计划来。采莲女们一个个妖妖娆娆地打扮来了，岂得又改日，何况也没多少时间。只得当即令开拍。顶光自是拍电视之大忌。大忌也得干。

找了另一片荷花区域的边沿，有湖面有荷花景色适宜。

姑娘们在主任 A 调遣下无所适从，便傻傻地笑。老戊便严肃地复制主任的命令。

"穿红衣服的到前面来。"

"戴帽子的跟短头发那个错开一点。"

"不要望镜头，该干什么干什么，像平常一样。"

"没有摘的就做做样子。"

"轻松点，不要板着脸，也不要大笑，微笑，微笑。"

"先不动，说开始后再动。"

采莲女的同村人也纷纷划船来看拍电视了，大大咧咧一旁议论。挑的都是好看的。村长的丫头不会划船也去哒。还不是想上电视。好假呀，把过节的裌子穿起来采莲，没有的事。荷妹子还戴耳环哒。真话，春枝画眉毛哒，还涂了口红，掉妖。看，香英和鹊伢穿起高跟皮鞋哒，电视又不拍脚。云妹子的对象原先要跟她吹，见乡里挑她拍电视就忙找云妹子逛街买衣服。又好哒？好哒。国庆节说是结婚。

监视器在船舱里，先没被人发现。后来主任 A 叫拿出来看看效果，一下子震惊了四围的观众，密密地围了个不透风。大船上已挤满了人。

"咦呀，当时可看到。"

"看，看，云妹子？"

"香英！香英！香英划得来，她穿红裌子，红裌子摆在最前头。"

惊呼嬉笑议论讥讽还有几句骂人话。

"再来一遍！"主任 A 说。

采莲女个个热汗涔涔，很认真。因为太认真，红裌子居然船一歪，落进了水里。顿时爆出一片大笑，笑得红裌子不好意思。船太小爬不上来，有观者喊她不会游水，便急划过去一个小伙子，帮助她上船。膝盖以下全是泥浆，皮鞋也泡了。她一副欲哭的样子，终见人多而未哭。

主任 A 又来过一遍后，看看红裌子，便说："你过来，划这条船。我到你船上，划进去一点拍几个镜头。"主任Ａ是安慰这女孩哩。

录像Ｃ一直在船舱的，便只得出去，随主任Ａ上船，背着沉沉的录像机。

主任Ａ肩扛摄像机，一步上小船。机器重，人也重，小船一晃，主任Ａ身子歪了歪。还好，站定了。

编辑Ｄ便在大船上喊："留下遗嘱，谁接任你。"

主任Ａ说："以姓氏笔画为序。"便随小船入莲荷之中。

编辑Ｄ摄像Ｂ大学生三人则在大船上算笔画。不料接班人居然是大学生。于是连老丁老戊及甲乙丙三位均笑了起来。大学生是摄制组最年轻最不会办事最毛手毛脚的一个，老挨训。

见刚才已经累热得满脸通红的几个采莲女划小船近了大船，编辑Ｄ摄像Ｂ忙将舱里自带的一箱汽水一瓶瓶递上去请她们喝。围观者中有几个孩子，馋馋地咂嘴，于是又让他们分喝了几瓶。自然请舵手敞开肚子喝。见汽水不多，他们自己倒没拿。

舵手说："你们人好。昨天我给中央电视台几个拍荷花的人开船，他们自己开瓜吃，根本不替别人想。还傲气得很，专门讲风凉话，吼人。"

编辑Ｄ说："要不这样，哪显得出他们是中央台的。"

摄像Ｂ说："哦，是拍楚天风物志的几个小年轻人。"

编辑Ｄ说："荆州地区实在财大气粗。我们拍楚天楚地，又请中央台拍楚天风物，全拍一样的东西。"

老丁说："你别说。还有一家在拍'楚天风光'。我们一星期里接待三批拍电视的，都是一样的东西。明天你们去曹市公社拍农民文化宫？中央台那几个也去那里。你们还要拍曹操湾、乌林寨和黄蓬山是不是？中央台也拍，你们都拍一模一样的东西。"

摄像Ｂ说："我们只管拍，其他的管不了。"

编辑Ｄ说："就凭这一点，也足以证明，中国已富起来了。有钱花。"

老戊说："我明天还要陪'楚天风光'的几位来拍日出。三天没睡好觉。"

谈话间，主任Ａ录像Ｃ已拍完出来了。时已一点二十分，赤日炎炎似火烧。主任Ａ和录像Ｃ都因一个白胖一个白瘦而不喜戴草帽，此刻，经历了几小时的曝晒，两人均呈酱红状，恰如腌过了一般。

采莲女与观众们纷纷散去。大船开向村中吃午饭。

老丁忽而说："拍电视是苦差事。"

主任 A 说："算是有了知音。"

四

午饭在村干部家吃。一家人手忙脚乱。饭菜尚未好，便先请客人们吃瓜、乘凉。

村中到处可见新漆的木船。桐油味飘得满天都是。

见村干部家中仅一方桌几条长凳。堂屋顶上黑乎乎挂着网及其他捕鱼的家什。地坪是泥土的，还凹凸不平。几个脏兮兮的孩子拖鼻涕打赤脚地看这帮陌生人，眼中有疑惑无恐惧。编辑 D 便低声对录像 C 说："这样的家仅仅只能维持生存，太穷了。"

录像 C 也低声说："老丁还说渔民现在富得很哩。"

恰这时，老丁过来说："看，这房子多高。以前他们都是住窝棚，进去得伛腰。这几年才住进了真正的屋。"

老戊说："是呀，日子一天天好起来。渔民船上是家，岸上也有家。"

谈话皆是在啃瓜中进行的。瓜子瓜皮随地吐。地上顿时湿漉漉滑溜溜，软起一些稀稀的泥浆。苍蝇主人一样东飞西窜嗡嗡随声唱几句。

房子的确是新，面积也大。编辑 D 忽而暗笑自己：你怎会觉得人家穷呢？人家有偌大个房子，而你什么都没有。长到三十岁，还从未有过属于自己的一寸空间。真正穷的正是你自己哩。于是又想到自己的孤独、想到自己的苦衷、想到遥远的他会不会理解自己的感情。她相信她和他的心灵一直是在通话。想到几年来无穷尽的苦涩。想到日日装作若无其事的样子而心里却日日作绝望的挣扎。想到摄制组的主任 A 摄像 B 录像 C 一个个都称心满意优游自得快活轻松无忧无虑得像天上的飞鸟湖下的游鱼池塘里欢叫的鹅，便觉得自己活着的乏味和多余，由不得神情黯然，彻骨的伤感。一人踱到湖边看风吹杨柳水荡堤岸，再把翻腾起来的痛苦埋在心深处，浮一脸没事般的笑容。

便开饭了。有白酒葡萄酒香槟啤酒汽水。有炸鱼煮鱼蒸鱼烧鱼。

主人说抱歉封湖了弄不到大鱼。主任 A 说别客气够打扰您了挺好的菜小鱼也好吃。老丁说吃吧吃吧先喝酒。主任 A 说今天不喝酒最多喝几口啤酒。老丁说何故。摄像 B 说下午还要拍片子不能喝这是主任的老规矩。老丁说哦哦。

大学生拿起筷子横竖看了几眼，便起身进主人厨房。听得他在跟女主人说："把菜刀借给我使使。"

编辑 D 觉得奇怪，跟上去看个究竟，却见女主人及几个孩子呆呆地看大学生握着菜刀一下一下削筷子。

编辑 D 顿时火了："你干什么，把刀放下。"说着拉大学生回了原位。

大学生说："什么呀，什么呀。"

编辑 D 说："一点不懂礼貌，怎么当着人家主人的面削人家的筷子呢？"

大学生说："我见筷子挺脏。"

编辑 D 说："脏了去洗洗嘛。人家一家人那么诚心诚意对待我们，你这样做不伤人家心吗？"

问清怎么回事，主任 A 说不像话。摄像 B 说你也太不懂事了。录像 C 说要削也悄悄地削嘛。大学生方才不语。他有点浮有点傻有点吹有点犟但的确是个老实人。摄制组有了他也热闹了好多。

席间便聊菜。主任 A 便大谈名酒名菜，说到味浓时，嘴唇不由咂两下。主任 A 的胃能容南方和北方不同菜系的风格，辣也可麻也可酸也可甜也可淡也可山珍也可海味也可，只要是好菜，一律能勾引食欲。录像 C 则大怨辣味如何令人讨厌，害得他到四川湖南出差常无菜可吃。摄像 B 不语，暗将盘中花生米吃个痛快，他生平最喜此物。编辑 D 说她在甘肃天祝县吃过一顿真正的藏饭，又说住鼓浪屿时吃鲨鱼吃得想跳海，还说北京的菜贵且难吃，唯烤鸭尚可。大学生一听北京二字便振奋，立即列举了北京最好吃的东西。涮羊肉尚有民族气息，其余则是拔丝苹果、沙拉、牛排以及午餐肉三明治酸奶什么的。众人便一起笑大学生，说北方人不要到南方来谈吃，说不出名堂反让人好笑。编辑 D 又特地刺大学生，言北京人根本不懂吃是一种享受。大学生极不服，回击说北京人一般不在家里请客，不是不会做，而是省时间。北京人请客就上馆子。马克西姆餐厅，老莫。哦，你们不懂，就是莫斯科餐厅。老丁老戊听得眼发直。主任 A 说："要吹牛等我们都不在时好不好？免得让人觉得北京人个个傻得很。"

大学生神情严肃，说："怎么是吹牛？真的，不信你到北京去调查。"

主任 A 已吃完，抹抹嘴离了桌，懒理他。编辑 D 录像 C 也纷纷搁了碗，步出大门外，把大学生笑了个够。一致认为是读书读呆了之故，还不晓得世界是什么样子便以为自己已把世界尽收了眼底。

等不及主人收拾残桌，便告辞。时已三点，紧迫得很。

日头仍然很毒。蝉声尖锐。主任 A 提起最沉的箱子，开大步先走了。箱子里是监视器、电池和磁带，满满地塞住。立即摄像 B 同老丁抬起摄像机大箱子。录像 C 是自背录像机。大学生专管扛三脚架。编辑 D 是女士，向来受照顾，只背着自己的包。包里当然有摄像 B 的香烟火柴录像 C 的莲蓬以及其他人的零星物。摄制组是有骑士派头和绅士风度的，一切优先女性。这使编辑 D 感到很多的温暖。

编辑 D 跟上主任 A，嘴上笑着说："这样工作，简直可以写报告文学。"

主任 A 说："你写吧。把我的形象写好点。"

编辑 D 说："那自然，你形象不用吹也都挺不错了。"

主任 A 说："真的？"

编辑 D 说："比方，你现在提最重的箱子。"

主任 A 说："提这最累，我是共产党员，应该让我来。这句话必须写上，这是我的话，稿费来了，要提成的。"

编辑 D 于是笑得喘气："行呀？"

后面的摄像 B 说："只要提到我，我就要提成。"

录像 C 说："稿费一来就请我们吃一顿算了。"

主任 A 说："对，买一瓶茅台。对了，写我时，顺便把我老婆也写写。"

编辑 D 说："怎么写？她有什么事迹？"

主任 A 说："当然有。她很忠实于我，很会弄菜，她弄的菜特别好吃，而且是自己努力考上的大学生。还挺突出吧。写了她，这样，我提成可以多些，加一瓶茅台怎么样？"

编辑 D 说："把你女儿也写上。稿费你全提了。"

主任 A 说："那更好，我拿一半请客。"

说笑不觉累，便到了船停处。

开船去寻放鸭鹅的。寻到方知放鹅的已去了公安县，此处仅剩鸭群。

主任 A 说："鹅群好看得多，光鸭子没意思，不拍了。反正还去监利、石首、松滋几县，哪儿都能找到鹅群。"

于是不拍，时间便显得从容了。只剩鱼鹰捕鱼这一镜头了。

船拐过弯，划出一道弧线，又突突驶向湖心。

五

湖上风光依旧如来时样子，便觉得单调起来。只是风开始不那么热了。人一凉爽，反而都不爱说话。录像 C 到舱里打瞌睡。大学生在船头看湖。编辑 D 找了一小凳坐在驾驶室的阴影下，坐一会儿，便脱了鞋袜，把脚荡进了湖里。摄像 B 亦仿效，不料主任 A 竟也这样了。脚一多，让人担心会弄臭了湖。

"我下去游游泳好不？"大学生忽而回头问。

"不行。"主任 A 说。

"北京人还会游泳？"编辑 D 故作惊讶。

"咄！只游一会儿。"大学生说。

"淹死谁负责？"主任 A 问。

"我自己。我立遗嘱好不好？"大学生问。

"你老实点！你还说起俏皮话来了？！"主任 A 说。

大学生只得罢休。

主任 A 说："不问我你自己去游，我不管，问了我就不行。这个责任要分清。"说着，自己笑了。

编辑 D 说："你的官还可以当大。我会看相。"

主任 A 说："真的？当官还是好，工资改革，当官就能大捞一笔。不过，我恐怕当不了什么官。"

编辑 D 说："为什么？"

主任 A 说："我坐不住。当官要会坐办公室，我坐在那里难受，情愿出来跑。"

编辑 D 说："你当不了官，我们当然高兴。你当主任，我们正好躲在你这棵大树下。"

摄像 B 说："对极了。"

录像 C 忽而从舱里伸头来说："对极了！"

主任 A 挺高兴。编辑 D 说："喵，你好得人心啦。"

主任 A 说："那是因为我这个人还不错是不是？对了，要这样说，我干出一点成绩，是和党的培养分不开的。这句话记上，要提成的。"

摄像 B 说："不要茅台了，来一条三五烟。"

便又大笑。笑完后，主任 A 说："我其实是想当一个真正的记者。一个好记者，名记者。"

摄像 B 说："名记者我没想过，我只想踏踏实实地拍点片子。拍自己想拍的东西。"

录像 C 说："我们的任务片太多了。"

主任 A 说："新闻嘛。"

编辑 D 说："不过，老跟形势赶任务，几十年后，回头看自己走过的路，不知能不能看见一点痕迹。"

摄像 B 说："还说几十年，不出三年，就没了价值。"

主任 A 说："但当时是起了作用的。"

编辑 D 说："任务片当然也要搞，但是同时搞些自己想搞的创作，为什么不行呢？"

主任 A 说："当然行。"

编辑 D 说："有时让人想着生气。《话说长江》同日本人合搞，就搞得挺像回事，谁都爱看。《兄弟民族》这么好的题目，我们自己搞，就搞不出名堂来，看着乏味。我们台呢？我们部呢？也不知道哪部片子给人留下印象。"

于是沉默，任湖上风吹来。脚都还在湖里荡。依然可见水下浓绿的草和逍遥的鱼。

主任 A 最后说："我们都想想，商量一下，搞点好片子。"

快到港汊了，落霞已将西天涂了几片红，却不见渔民和鱼鹰。船驶进汊里，靠了岸，老戊立即进村找人。

气喘吁吁来一个小伙子说，稍等等，马上到。不一会儿，大闸下过来四条小船，每船上各歇四只鱼鹰，甚凶狠一副模样。

渔民说："我们等了四个钟头。"

主任 A 说："快划吧，到芦苇荡旁边拍。"

老戊说："把小船靠过来，让大船带起快些。"

主任 A 说："对对对！"

小船靠拢了，绳子套上大船，鱼鹰便同人挨得很近。鱼鹰眼珠是绿色的，比红眼睛蓝眼睛灰眼睛给人更多的恐惧感。编辑 D 便假装着要干什么事，不动声色地进了舱里。

舱里的录像 C 笑道："害怕了吧？"

编辑 D 说："等下帮我摘几朵荷花拿回宾馆泡着。"

到了芦苇荡旁，将船松开。渔民们排队划着，用竹篙将鱼鹰打下水，然后赶来赶去，按主任Ａ指示的方向。

摄像机架在船的顶篷上。主任Ａ不断呼喊。靠前一点。不要太整齐。船上乱七八糟的东西都拿下去。第二个人把破褂子脱掉。马达停下来，镜头太晃了。划远一点。拐弯。不要看镜头。不要微笑。自然些。再来一次。好，再划一次。

"停！"主任Ａ忽然叫，"怎么不是鱼鹰捉鱼？"

渔民之一说："它们吃饱了。我们等你们时，它们捉过的。它饱了就不想动。"

主任Ａ说："那不行，得想办法让它们捉鱼。"

录像Ｃ便笑："不捉要进行经济制裁。"

编辑Ｄ说："行政处分：留职停薪。"

渔民们也笑。年轻的一个说："哎呀，我这里还有鱼，我丢下去，鱼鹰抢吃时，你们拍。"

主任Ａ说："这个办法好，好！"

年轻的便抓起一条鱼朝鱼鹰群中一扔，一只头上有簇白毛的鱼鹰头往水里一扎，便叼住了那鱼，快得让人眼花缭乱。这是年龄大的那一位渔民的鱼鹰。那渔民将鱼鹰挑起，抓住它的脖子，一捏，鱼鹰到嘴的鱼便掉了下来。

编辑Ｄ说："这么傻，吞下去不就行了？"

录像Ｃ说："它脖子上套了一个环，吞不进。要不都被它吃了，人要它干什么用？"

编辑Ｄ说："人实在是手段太毒。"

主任Ａ说："再来一次。"

年龄大的便将手中的鱼朝水里一扔。又是那只有白毛的鱼鹰眼疾嘴快，鱼刚沾到水面，它便一嘴叼住，没等人反应，它竟吞了下去。

编辑Ｄ说："这回怎么吞了？"

录像Ｃ说："刚才吐鱼时，那人把它脖上的环下了。大概怕你说他太毒。"

主任Ａ气呼呼地喊说："等我叫开始你再扔嘛，慌什么？"

老戊便说："水根，再抓条鱼。"

待主任叫开始，鱼便扔下，鱼鹰便抢，扑扑腾腾一阵。这回白毛鱼鹰没抢着，是另一只形象凶狠的，抢了还是让主人用竹篙挑起，单手一卡脖子，又夺了去。录像Ｃ这时又说人总是让鱼鹰保持一种饥饿感。没人同他答话。

鱼鹰靠人豢养，只能由着人去套环去卡脖子去培养饥饿感。反正总要给吃，而不必去作生存竞争，卡着脖子也觉得快活。

主任A说："收机器，今天的任务圆满完成。"

四根竹篙将十六只鱼鹰挑上船，小船咿咿呀呀地走了。

湖上已有夜色。太阳何时落尽未曾注意，只见得远处红云连接着一片红水。芦苇荡子里野鸭偶尔飞一两只。依旧有飒飒风摇声。

进了港汊，便能见村中袅袅的炊烟和旗帜般飘起的衣裤。

主任A摄像B录像C编辑D大学生均在船头倚栏而立，默然不语。

船将靠岸，主任A忽然说："我想了，回去搞一个我们这一代人的系列专题。"

录像C说："又去找典型采访？"

编辑D说："拍得出真正的我们吗？"

主任A说："试试看。"

摄像B说："只要你下决心，我们全力以赴。"

录像C说："你们忘了新闻的喉舌作用？"

主任A说："这并不矛盾。"

摄像B说："干吧，总比不干强。"

编辑D说："其实真正的我们这代人是拍不出来的。"

主任A说："未见得。"

大学生一直未插话。他还是个孩子，根本理解不了"我们这代人"的真正寓意。

船停了。搬机器上岸。回望洪湖，已灰蒙蒙了。未见心想中跳跃的渔火，唯一望无边的灰雾扑压在湖面上，苍苍茫茫。想那湖中之水必定还清澈，水中之草必定还浓绿，草中之鱼必定还自在。

1985年夏于武汉

这天这年

一

刚过十二月半，气温骤降，忽地飘起了大雪，寒风亦呜呜地吹刮得如丧妇的嚎叫，令许多人的梦陡然地涌出些毛骨悚然的意味。

早晨，雪住了，世界晶莹洁净，一派太平盛世的风度，明亮得让人觉出进入了共产主义。

一大早，何汉江便以身作则地在厂门口扫雪。他是这家木材加工厂的厂长。早在他当工人、人称何疤子的岁月里就习惯这么招摇地干活且因之入党因之提干亦因之当了厂长。老厂长常说一看何汉江的脸就晓得他是当官的料子。眼睛多小嘴唇多厚额头多平，整个一副老实人的派头。老厂长说过这话没多久，何汉江就被提拔了。

何汉江挂着他那副老实得极有勤恳色彩的面孔一锹一扫帚地干得额头冒汗。这架势感动了所有比他后进厂门的积极分子们的心。于是效仿者渐次地加入进来。空气被雪沾洗得极新鲜干净，伸一下舌头便能品到几丝香甜。于这香甜之中的木材加工厂大门口，谈笑声扫帚刷地声以及开心的谩骂声且停且起，融融的一片温情洋溢的风景。

保卫科科长老田拐拐地推了自行车过来，未走近便长喊道："他妈的何疤子，你把马路修得这么平整，害老子今日一连跌了三跤，老子得找你赔这把老骨头！"老田像而今许多老资格的人一样，好在原先的下级、现在的上级面前摆出我并不把你放在眼里的神气。

积极分子们皆哄然一笑，不知笑跌跤还是笑"何疤子"之唤，总之所有的人都哈哈笑得热气直冒。何汉江有心不悦却又奈何不了，奈何不了便也作大度之姿态笑得潇洒如电影里中央首长级别的人。何汉江说："怎么能怪路？得怨天啦！"积极分子们戛地止笑然后附和道："是啊是啊，不怨天怨谁呢？"

厂门口原先有百米长泥土路，长年凸凹不平令常行此道者觉出自己的腿有毛病。往来拖木材的汽车稍不留意便左右翻倾。曾有往来单位叫苦不迭地请何汉江发发慈悲修好门前之路。何汉江笑而不答，心想你们只叫修路却不出钱，哪有这等便宜！修路要大家的钱，掏了这笔钱，平摊到职工口袋里的奖金便低于以前了，而评价一个厂长的好坏自然是以各人口袋里的奖金高低来论。在厂里的职工大会上，何汉江发言说："与天斗，人定胜天；与路斗，人定胜路。这条路是难走，但是战胜艰难才能体现英雄本色。我们工人是真正的英雄！"这番话赢得满堂掌声。有宣传科小段跳出来响应说："三十年代红军连草地那样泥泞的路都走过来了，而今是八十年代，我们什么样的路不能走？！更何况只百米之长。"小段的话亦获得轰隆隆的喝彩。于是何汉江心安理得地告诉往来单位：工人们不同意修此路。直到半年后，小段在去局里开会的途中——距厂大门十米处——被拉木板的家具厂的"东风140"一个倾翻盖在了下面且捎带着砸扁了小段找何汉江借骑的"凤凰"牌自行车。有了如此这般的事故，何汉江方痛心疾首追悔莫及表情沉痛地令人将这条百米土路修筑成宽阔并且平坦的水泥大道。

而这雪便是在这水泥大道竣工的第三日飞扑而来的。平整的路面上立即被敷出一层冰凌，令那些觉得腿出毛病的人又仿佛是动用别人的腿在行走。

见人都骂老天爷，老田亦只有放过了厂长也骂老天爷且使出了一串串的脏字。

正笑骂得极显官民平等民主团结之气氛时，一个嘶啦嘶啦的声音如炸弹般坠了下来："屁话屁话！"

何汉江抬眼见是挂钩工罗建火，满肚子的好情绪立即如腌制了一般全蔫了。他将脸色一沉，说："什么屁不屁的，要放去厕所！"

罗建火说："去你那个没顶的厕所？雪白一片能见得着坑吗？进了那门，不晓得该对准哪儿下屎。"

老田说："见不着坑你就把屁往这一带放吧。"

罗建火说："咦呀老田，你对何疤子在你前面当厂长服气了？怎么跟他配合起来攻击我了呢？我记得前几天你还说……"

"放屁！"老田打断罗建火的话。

"瞧！"罗建火一拍何汉江的肩头，说，"有人把厂大门当厕所了，这可没有文明美呀。"

何汉江见了罗建火那副嬉皮着的脸便不觉反胃，早上吃的豆腐脑和油条皆在那小口袋里翻腾。罗建火非但不尊敬地称他为厂长且屡屡大声大气地不分场合地叫他为"何疤子"。何汉江脸皮上有一块疤，一年四季地发亮，为此也一年四季地背负着何疤子的称号。唯当厂长后，被如此这般叫得少了，少得他快忘了自己的这块疤。只有罗建火叫唤着且不时用手去摸一下嘴上还说很光滑嘛之类的话。这动作最使何汉江那张有疤的脸皮不知该挂哪儿才好。他常咬牙切齿地意欲将罗建火好好整一顿，却无奈罗建火乃厂里仅剩的两名挂钩工之一，不管再把他整到哪里都实在便宜了他：厂里没人愿干挂钩这活儿！何汉江唯一能出口气的便只能如阿Q骂"他妈妈的"一般，用他那一口酸溜溜的天门土语故意将"建火"，叫作"贱货"。

何汉江厌恶地拨下罗建火搭在他肩上的手，脸一沉，说："有个完没有？"

罗建火说："没完！"便又伸手从何汉江衣袋里摸出一盒"万宝路"，从中抽了一支出来即放入自家袋中，且说："只有我关心你，怕你犯了受贿的错误。"

点了烟，狠狠吸上几口，罗建火大摇大摆地边踱步子边挥手臂，说："全他妈白痴了？去年大旱，久不下雪，厂里失了火是不是？今年下了雪，失火的事就不会发生了。去年咱们失得起火，今年还失得起么？"

罗建火一番话令在场所有人不觉恍然。老田道："嗬，建火还有点眼光哩！"

木材厂最怕的便是冬日起火，但凡无雪的冬天这灾难或大或小总是难以逃脱。去年一场火，烧去了厂西边的小仓库，连公安局都给惊动了。好在去年只此一场事故，局里不曾给予什么惩罚。局里早有明文规定：一年中恶性事故超过三起，除厂长解职受罚外且扣掉全厂职工奖金外加取消一年一度下发的加级指标。一想到这些，从何厂长到看门的老头皆不觉手心冒汗。厂里这年恶性事故指标已到顶了：一是小段之死；二是吊车的钢丝绳绷断，砸死下面挂钩的老余头以及追到厂里来吵架的老余头的媳妇；三是加工车间小郭一边嚼口香糖一边同前来进行安全检查的安全员调情，不想在送木料时将自己的胳膊整个儿送到了大圆锯下，在送医院途中因失血过多而死。倘若这年仅剩的十来天里蓦地失上一场火且再搭着烧死个人，那后果就令人两眼发黑了。

这雪下得果真是时候，何汉江想，由不得地对罗建火生出几丝丝好感，且端出一脸平易近人的微笑从另一个口袋里摸出一盒"三五"抽出一支主动递给"贱货"，难得地唤了声"小罗！"。

罗建火耸鼻一笑，学那电影里常见的房东大娘的声气长长地应了声："哎——"

二

下午，停电了。厂子里好几处传出欣喜的欢呼声。罗建火嘶啦嘶啦的声音自然必不可少地夹杂在其中。这个伟大的时刻终于来到了！这一声就是他肚子里出来的。何汉江恰听见这声叫唤，转身对前来商议最后几天安全工作的老田说："我听见贱货的声音就想吐。"老田却笑眯眯地说："这狗日的有时候说点话还有点真理的味道。"何汉江说："有这种事？"老田不语，心想贱货这个王八蛋委实让人想起来就倒胃口，可他骂你何疤子的话却句句是真理。何汉江见老田不语便笑说："看来贱货得把你抬到厕所里面才是。"老田听得何汉江这一说，脱口便骂出一句极脏极淫的话，不晓得是骂罗建火还是骂何汉江。曾有一个夏日的中午，老田脱了上衣仅着裤衩露一身肥肉地在办公室的小床上午睡且将呼噜打得轰轰作响。罗建火路过那里见得此状，便招了食堂炒菜的肥儿连小床一起将老田抬到了厂里女厕所门口。所行一路，两人笑得嘎嘎响而老田居然沉睡不醒并且一如既往地呼噜着。直到老田恍惚听到刺耳的叫骂并觉出肚皮被几只手拍打着别扭方迟缓地睁开眼来。他糊糊涂涂地听着一帮婆娘围着他笑骂且有几个年长的嬉着脸将手往他的裤裆里伸，待看明白自己所处境地时才晓得自己遭人暗算了。那一日他几乎想操把刀宰了罗建火那小子。结果自然没宰。他是干部是党员，若要接着再干下去就得像吞吐沫似的把这口气咽下。那时厂长的位置还没定下来由他何汉江坐。

何汉江瞥得老田阴郁的面孔，心里暗笑，嘴上却道："算了算了。贱货有什么好谈的？谈多了自己都变贱了。"老田说："也是。"

正说时罗建火颠颠地从窗前过，他把脸贴在关闭的玻璃窗上瞄了一下便喊道："搞阴谋诡计呀，小心杀手上门咯！"

"他妈的！"何汉江和老田同声骂起，又几乎同声说，"杀了你才好呢。"

罗建火摇晃着一边自笑一边向厂后门走。后门现已封锁了，只存留一座极小的木板房，罗建火常邀几个狐朋狗友在此聚赌。适才那几位又搓手跺脚着要去"老地方"干一番。罗建火提提裤子说："哥们，今天算了，老子今天拉肚子，没底气，非输不可，不去不去。"

但罗建火却一人悄悄地来了。罗建火哼着小调，寻了几片碎木生了一小堆火，斜斜地躺在老早就堆在那里的草垫子上，然后从口袋里掏出一本书。

罗建火平日里见书便如见了一篓使过的草纸一般，嗤鼻皱眉且外带积极逃避。除了书中许多字不识得外还另有一种别扭：穷工人一个拿本书在手上也不怕牙酸！但罗建火喜欢看小人书，这便使得他晓得不少东西。昨天罗建火去他常去的小书摊时，老板娘一副鬼祟的样子示意他到她房子去一下。老板娘拿出两本厚厚的书露了露书名说：是禁书看不看？罗建火不屑地连名字都懒得收入眼，连摇头说："不看不看，这你就别指望在我这儿发一笔财了。"老板娘一扬眉，说："交女朋友没有？"罗建火说："刚认识一个，实说了，她比我更不爱看，她连有画的都不看。"老板娘说："交了就好，这是教你怎么对付女人的书。"罗建火笑说："我那位蠢得如你一般，还需我动脑子对付？"老板娘仰头打出极响亮的哈哈，哈得肥脸都挣红了，完后笑说："看来你只配找那样的女人。小子，告诉你，是教你这样对付女人的。"她说时做了个示范动作。罗建火顿时心跳得慌。嬉皮笑脸打情骂俏斗斗嘴皮子是他的看家本事，但具体到以行动对付女性他便一窍不通了。

曾有一次随肥儿上旋转舞厅跳舞，被肥儿卖弄地吹成是香港第七大富翁的外甥，致使几个女孩不顾自己舞伴在场而跟他眉目传情，罗建火心里暗笑亦以歪就歪地投桃报李，终于招惹得一个风骚迷人的女孩一定要邀他上公园走走。肥儿鼓动他说："去去怕什么，又不会拉稀感冒得十二指肠溃疡什么的。"罗建火便愉愉快快随那女孩出了舞厅。女孩子娇娆得使罗建火觉出自己脸上甚有光彩，入了公园便听任她带路。女孩轻车熟路十分老练地领了他到公园的桥下。公园里的河干涸了一半，河床上且生出茸茸的青草。女孩娇滴滴地模仿香港电视剧中小姐们惯用的声调说"这儿多幸福啊"，然后便三下两下麻利地拉开了连衣裙。这动作令罗建火吓了一跳，他被这猛然间摊到眼边的一片晃眼的白色弄得手足无措起来，不觉想要小便。女孩说："来呀，让我们幸福一下吧。"罗建火说："我要撒尿。"说完即奔至河边，簌簌声中他不禁回望一眼，见一条白虫似的东西卧在草地上，朦胧月光一照怪异神秘得有些怕人。罗建火不觉小腿哆嗦，小解完便如逃命般窜了回去。他罗建火从没见过这架势更兼他乃乡下一个喂猪老头的外甥。这事的结局叫肥儿取笑了罗建火许久，称他有拾金不昧的精神。很久很久后，罗建火才觉得自己白白地丢了一个机会，实在是没有经验。

老板娘说："动心了吧？"罗建火说："怎么借？"老板娘说："五块钱一天，弄丢了拿五十块来赔，这是禁书，市面上见不到的！"罗建火掏出张十元的"啪"地拍在桌上，说："借两天。"

火将小木房烧得暖融融的，以至于罗建火的呵欠论串地往外涌。书名叫《玫瑰梦》。他妈的外国人的名字实在不好记，看了半天也没弄清谁是谁。书亦不似老板娘示意的那样精彩刺激，几乎半本快翻过了，他罗建火还不曾觉出在对付女人的办法上有了收获。没准下回再遇上一个他还得逃跑。罗建火甚觉老板娘为了赚钱活活耍了他一场，便在心里挑了许多最难听的字将她臭骂了一顿，骂到自觉醉人之处竟禁不住笑出声来。如此这般，他渐渐地入了他自己的梦，却不是玫瑰的。

三

第一个发现厂子北边起火的是安全员小唐。那一刻他正蹲在厕所里读《神雕侠侣》。厕所是露天的兼之雪的反光，使得光线极其明亮，在排泄的同时看看有趣的书，自是别有一番情调。待小唐正看着书中打得热闹时，忽有浓烟一股从头顶上掠过。他嗅了嗅，凭职业敏感觉得有些异常，便拎着裤子直立起身子，于是他看见了一蹿一蹿欲舔天空的火舌。"哎呀！"他叫了一声且顾不得掏手纸，系了裤子便奔出门，且跑且叫，惊动了一厂的人。

幸而是雪天又幸而发现得早更幸者乃何汉江组织救火得力，为此火势未曾蔓延且很快便扑熄了。正待大家为无甚损失而轻松一口气时有人却看到了已烧得奄奄一息的罗建火。

何汉江正怒叫着对小唐说："查查，好好查一下，是谁弄起的火！"忽听人说贱货烧得半死，不觉有些惊喜交加之感。

肥儿同小唐将罗建火抬到厂医务室。厂医说："我要能治这病还到你这破厂来？快送医院吧。"

肥儿说："何疤子，赶紧派厂里小车送送。"

何汉江说："司机已经好几日没来了，他儿子骨折在住院。"

肥儿说："那怎么办？在这儿等死？你何疤子还是不是人？！"

何汉江说："喊什么？给急救站打电话就是了！"说罢何汉江以他一向的

沉着稳重拨起了电话。

老田在组织人清理失火现场。老田说："想不到这小子也有今天！"

老田话刚落即有人憋不住笑，这一笑便都忆起老田仰卧女厕所的事，皆纷纷说是呀是呀，贱货到底还是有像今天这样老实的日子。又说讨人嫌活千年这句话并不准确。

见烧得半死的人是罗建火，厂里竟有半数以上的人心里落下一个石头。女人们再不用担心自己带去的小菜被人吃得只剩下一个空饭盒，男人们则不必警惕打瞌睡时头发莫名其妙被剪掉一绺，车棚里的自行车也不会在某一天里全部被人消了气。老田说："可以放心睡午觉了。"这一说，憋不住的笑便索性不憋了，几乎所有人都放开喉咙笑出了声。

于这笑声中忽有人惊说："贱货会不会死？"另有人淡说："死了中国少一个人正合国情。"又一个人说："那，厂里今年岂不是又死了一个？奖金……"这一位的话没说完，那些落下石头的心忽地又提了起来。

何汉江的电话还未拨通，老田冲进去在他耳边低语了几句。何汉江面孔变严峻了，他"啪"地放下电话连吼带叫地对小唐说："快！到路上去拦车，把小罗送到市里最好的医院。"

小唐正一边吸烟，见厂长突然这般地心急火燎十分奇怪，以至于呆望着何汉江露一副没反应过来的神态。何汉江喊道："快！厂里今年再不能受打击了。"小唐这才弹簧一般从椅子上跳起，说："用厂里的小车吧，司机小陈把钥匙交给我了。"小唐曾在部队开过车，自吹当年在越南冒着炮火跑过无数来回。

小车在许多目光的簇拥下开出厂门。见小车渐渐地远去时，有人叫了一声："上帝保佑。"

四

医院里拥挤得像火车站，哪间屋门口都堆着人，就连很隐蔽的太平间也有一个家族在门外叫嚷什么。但这一切都不妨碍门诊的医生们彼此间谈天说地聊油盐柴米屙屎放屁之类。

外科的主治大夫只对罗建火瞥了一眼便说："烧成这样了，不收不收。"

何汉江说："就是因为烧成这样严重才送医院来抢救哇。"

主治大夫打量了他一下然后"哼"了一声,抓起了下一个病人的病历。

何汉江急了,求着说:"医生,求求你,救救他吧。他还年轻,才二十一岁哩。"

大夫说:"烧到这地步,不管是二十一还是三十一,结果都一样。"

下一个病人亦不耐烦地道:"医生说了不收,还老求个什么?人要有点骨气。"

何汉江朝他怒目一吼:"你他妈进了太平间才晓得骨气是什么东西。"

只得凭一股气去找院长。何汉江挂一副凄切得宛如死了他儿子的面孔找到了院长,说了许多关于这个病人在厂里如何重要如何年轻有为如何前程远大之类的话。

院长说:"我理解你的心情,我也很沉痛。但如果收了他,我们院今年的死亡率就要高于去年了,很多事都不好办。这个病人反正必死无疑莫如抬回去吧。"

何汉江听得此话不觉眼前浮现出可怕的情景,眼泪便一串一串地滚到脸颊上。他泣不成声,一会儿方缓过气来,说:"他一向身体素质好、耐力强,相信他能坚持到明年,请相信他。"

院长正沉吟思索时,有电话找。居然是木料工厂打来的,说是全厂工人都惦着罗建火的病情请医院一定尽全力抢救,至少让他活着过新年。动情的话为:让他再一次迎接新年的来临。

院长听电话时颇有点吃惊有点意外继而则感动万分。院长是六十年代初的大学毕业生,早被生活和病人以及交叉迭起的政治运动磨炼得忘了人道主义,这一回却亲眼见得一个小小的工人牵动全厂人心弦的事,顿觉这日渐冷漠的世界其实仍然拥有着人心与人心之间的脉脉温情。院长当即说:"我愿收下,一定收下,尽全力抢救!"何汉江激动地连声道谢,且说:"我们两股力合在一起,一定能使他活着过新年。"

何汉江晚上到家时已累得精疲力竭连看老婆两眼的劲儿都没有了。老婆却一副年富力强的架势,对他大发雷霆:"你们厂搞什么名堂?我下班回来电话铃就没停过,耳膜都快闹穿了。"何汉江鼓起劲说:"你不接就是了。"老婆说:"平日倒可不接,可今天能不接么?"何汉江这才忆起:老婆的哥哥去了美国,来信说好今日挂长途到这里。老婆一直盘算着要给女儿买一架卡西欧电子琴,正等电话等得心急火燎的。

电话铃又响了，老婆一步上前，刚将电话放在耳边，便又怒气冲冲搁下了，翻了一白眼对何汉江说："讨人嫌，又是你的那些马屁精的。倒好像他们厂长快死了似的。"何汉江挣扎着站起说："真要是厂长快死了，可没人有这份热情。"

打电话的是老田，急不可耐地想要晓得罗建火小命究竟如何。老田说："建火这小子一向不地道，可不能让他到死还不地道。"何汉江如此这般复述了院长的话，最后说："但愿贱货这家伙给大家留个好一点的印象。"

何汉江刚放下电话，铃又响起。一接，乃是加工车间工人打来的，仍是问建火如何了。何汉江叹口气又只得一二三四地把情况讲了一遍，对方小松了一口气。待何汉江搁下电话正欲行至饭桌前吃晚饭时，电话铃又刺耳地响了。还是前两位同样的内容，何汉江又好费了一番口舌。一晚上，如此这般数不清多少遍，何汉江口干舌焦两眼发黑耳朵嗡嗡地响，同一内容的话颠来倒去说得他快不会使用汉语了。待得美国的长途挂来时，他几乎丧失了语言能力。老婆上前说的话。老婆打完电话说："看来这局面得维持到新年才会打住，那样罗建火没死而你这厂长倒先过去了。"何汉江一想：可不？

第二日何汉江到厂里组织成立了抢救看护罗建火小组，组长他亲自担任，规定三班倒为罗建火值班。每一班必须在交班时给厂里播音员打电话，告知罗建火病情进展情况，由播音员一日三次广播出去，以便全厂职工心中有数。播音员在厂里一向无甚事做，懒洋洋地活得自觉空虚无聊，听得厂长交代了如此任务，顿觉一振，立即作了计划一二三，仿佛打淮海战役。

厂里广播便成了人们最关心的事儿，连物价上涨交通事故官老爷发财以及哪家媳妇在外面偷人之类平日里最喜欢议论的事都没人顾得上理会了。每次广播一停还三五一群地议论半天，对政府总理报告都没这么认真讨论过。

这天广播突然提前两小时播了。说是罗建火病情恶化，需得一种什么什么药而医院里正好缺少。何厂长希望大家群策群力有路子的便贡献路子，帮助工厂和罗建火渡过难关。

下午放了半天假，一厂子人全都出去奔路子了。第二日来却发现一无所获，而医院说弄不到那药，罗建火大约活不出二十四小时。何汉江急得发疯。忽而有人说肥儿似乎有个姨父是什么医院的院长，医院在北京。何汉江立即着人找肥儿，却不知肥儿因赌博被派出所抓了三天竟没人知道。好容易寻出丧魂落魄的肥儿，肥儿当即拍了胸脯，说是为了罗建火得两肋插刀。于是立马往北京挂长途。为可靠起见，何汉江派了小唐同肥儿一起去邮局，电话挂到了姨父家。家里却无人。铃响了好一会儿，方有一个自称是家里的小阿姨接了电话，说是姨妈去某某政委家里打麻将去了。问清了某某政委家的电话号码，于是又将电话追到那儿。姨妈总算接到了，惊异肥儿怎么能有这样的本事。待听说肥儿之所以挂电话后，姨妈却说姨父开会去了。问其电话号码，姨妈却又扯些别的闲话且没完没了地说木材太贵她的小三子结婚要打家具之类，肥儿忙说他可帮忙弄两方木料而且是最好的而且还优惠价，姨妈这才说了姨父开会的京丰饭店的电话号码。这一下去了几个小时。姨父倒是个仗义之人，听肥儿一说立即表示应该支援，给了肥儿医院的电话号码，让肥儿十分钟后给那儿打电话并告知怎么送药。十分钟后，肥儿又挂到医院，那边果然一切办妥，但肥儿却不知道怎么才能把药弄到手。当日的飞机已飞走了，而火车得一天一夜，那时刻或许罗建火已见到阎王爷了。小唐一边说："解放军一心为人民。能不能搞个专机送来。"那边沉吟几秒，说："我们想办法送，一定赶在病人要药之前。"解放军医院到底不一样而解放军的作风也到底不一样。药居然及时送到了，感动得何汉江热泪直涌。恰这时小唐告说："长途电话费花了五百七十八元。"

罗建火的病情终于控制住了。播音员用惊喜的声音连续将这个好消息播了三遍。厂里这天很有点欢天喜地的气氛。赶巧报社一个记者靠着老田的路子来厂里买便宜木料，听说此事见得此景感慨万千立马采访，匆匆地写出一篇通讯。字里行间充满温暖无比的人情味儿，第二日便见了报。哪晓得这文章把全市的人都惊动了。人们都来关心罗建火。寄偏方的寄钱的寄感想的寄贵重药品的外加自愿报名要求看护罗建火的，何汉江几乎动用了半厂的人来对付这些。

晚间，何汉江读着一封封充满热情充满爱心的群众来信，陡然地为自己所做的一切感到骄傲起来，心里涌出一股神圣的感情。老婆脸上也溢着光彩，一改往日嘴脸而轻言细语着。老婆说她厂里给了她几天假，要她好好照顾何汉江，以使何汉江又忙厂子又忙病人的同时得到很好的休息。何汉江听老婆说时不觉抬眼望了望她。老婆委实是他温柔美丽的老婆，他想。那一刻，他全然忘了老婆吼叫他令他下跪的一切往事。

局长居然从家里打来了电话。局长说："小何呀，你们厂广大职工的爱心感动了整个社会，也为我们全局人做了个榜样。这些经验要好好总结。今年的表彰大会还没开，明日局宣传科刘干事要带几个人去你们厂整理抢救罗建火事迹的材料，以便汇报。你组织几个人协助一下。另外，有什么困难尽管说，局里会全力支持你们的。哦，对了，我那辆小车也从明日起派给你用。"

这完全是意料之外的收获，何汉江惊喜得一时说不出话，好一会儿才结巴着说："谢谢局长，谢谢局领导的关怀，我们一定尽最大努力挽救罗建火的生命，以报答党和人民的厚爱。"

放了电话，何汉江心里亲切地叹了一句：你这个贱货呀！

五

罗建火的确是个地道的贱货，无论何汉江怎么向他讲述党和人民的关怀，他却极其自愿地往死里走。十二月二十二日刚到，便昏迷不醒了。值班人员惊慌失措地叫来大夫。医院里一阵忙乱地抢救。清晨，主治大夫对闻讯赶来的何汉江说："必须截肢，否则很快危及生命。"

何汉江问："两条腿？"

医生说："两条。"

何汉江一下想起有一年的春节联欢晚会上中央电视台的导演将一位无腿的战斗英雄推上了台且故意显露他失去双腿的部位。何汉江当时便汗毛直竖肌肉发紧且不顾是大年三十而做了一夜怪异恐惧的梦。直视一个无腿的人实际上比自己没了腿还令人害怕。何汉江又有毛骨悚然之感了。

罗建火的家属——父母和兄妹——几天来一直处在激动之中。那么多的关心那么多的爱那么多的问候和那么多寄来的钱有效地冲淡了他们初始见到罗建火时的揪心痛苦。直到何汉江吞吞吐吐说出医生截肢的抢救方案，亢奋中的那几位才于震惊中醒了过来，仿佛猛然回忆起了他们应有的痛苦和焦急，于是眼泪又开始往外淌了。截肢后能不能活命，总算这个问题提得清醒。与何汉江同去的主治大夫说："不敢保证，但能延缓生命。"

建火的母亲听罢便哭，说："不能让他活就别锯他的腿吧，让他落一个全尸吧。"

但建火的哥哥和父亲却沉默不语，问了几遍皆不发话。何汉江略一思索，说："你们自己商量一下，我们厂抢救小组也合计合计。"

建火的哥哥说："好吧，相信我们会支持厂里的工作的。"

厂里抢救小组的会只开了三分钟，快速得令何汉江惊讶，因为他当厂长还从来没遇到过这样的运气，即：在讨论一件事时居然出现了统一的观点。他不觉有些振奋。或许，通过这事厂里领导班子从此团结起来了。

何汉江坐了局长派下来的小车，一脸风光地驰去医院。下车时，他特意慢慢腾腾地出来且又假装公文包忘在车里不紧不慢又伸脑入车中观看了一下。便是这时刻，罗建火的大哥从医院走出来。见何汉江及小车，立住了。罗建火大哥问："你的专车？什么牌的？"何汉江说："桑塔纳。你们家里人态度怎么样？"罗建火大哥说："一致同意医院意见，截吧，哪怕只有百分之一的希望也当作百分之九十九的努力。"何汉江说："太好了，有你这样的觉悟我们的工作就好办多了。是党员？"罗建火大哥说："当然。"又说："不过，这个手术太大，人是相当吃亏的，厂里能否给些补助？"何汉江说："这没问题。厂里再穷，可为了建火就是抽筋放血都是舍得的。"罗建火大哥立即感动得有了眼泪，说是马上要把厂长的这些话告诉父母，让父母知道，建火有了这样的厂长，就是死了也是划得来的。

罗建火在推进手术室那一刹那苏醒了，他拼了死力号叫着："我不锯腿！我不锯！"何汉江和小唐皆鼓励他"要勇敢些"。何汉江说："要有信心，拿出毅力同疾病做斗争。"罗建火白了他一眼，嘴上"扑扑"着无力地吐了两口唾沫。

没多长时间，罗建火被推了出来。床的下半截瘪了下去。何汉江蓦地浑身一个战栗。待床推入到病房后，不觉又一阵松快。医生告诉他说：手术是成功的。

然而成功到十二月二十九日，罗建火右胳膊又告急了。医院会诊后告知何汉江，若不截掉，很可能在四十八小时内死亡。而四十八小时之外也尚处在十二月三十一日的时间里。何汉江心急如焚，冷汗一条条地往下淌。罗建火的爹妈听得此说不顾一切地号哭起来，号得满医院凄惨，宛如世界末日已临。

木材加工厂空气沉闷紧张得足以令心脏病患者发作。女人们开始动摇了，纷纷说让他死了算了，免得活受罪之类的话。肥儿更是嚣张，在食堂里边卖菜边叫嚷着："别硬逼建火活了。就是活过来，人跟瓜一样圆滚滚的怎么活得下去？"尽管老田批评他不要散布悲观情绪，要听医院和厂部的，但随声附和肥儿的竟有好几十人。

何汉江亦开始动摇了，不忍心让贱货活下去但不忍心的同时又不甘心让他死。便又开紧急会议。却不料抢救小组的人们仍然有十足的信心，说是当以大局为重，该截就截。老田说："贱货挺不下去了，但我们应当挺下去。尤其作为一厂之主的你，更应该咬紧牙关不松劲。"小唐亦说："老田言之有理。既已坚持到这一步，不能半途而废，要不先一次的亏就白吃了。"

见如此说法，何汉江方坚定了意志。想想也是，已费了如此大的力气，又何必前功尽弃？更何况几百双睁得哀哀切切的目光总抵得上几条嗓门呼号的力量吧？

何汉江亲临广播室，用沉着无比的声音谆谆教导全厂职工要相信组织，尤其教导女人们切记全局利益，当然也没忘说医院正以最先进的医疗办法在抢救罗建火。

医院院长亦电话寻着了何汉江。院长说："无论如何，你们不能打退堂鼓。我们的意见必须一致，否则家属工作不好做。"何汉江说："那一定，那一定。我们这边一切以病人利益为主，只要他还剩一口气，我们不惜倾家荡产，坚决抢救。"院长说："好，好，我很感动，非常为你们的行动感动。"

何汉江答应付给罗建火一大笔截肢补贴，这数额颇大，于是医院凄切的叫喊声渐渐小了下来，又渐渐没有了。罗建火又被推进了手术室。

手术依然是成功的。第二日即三十日，罗建火竟清醒了一天。他直勾勾地盯着每一个前来看望他的人用清晰的声音反复说："你们想要我活，我偏要死，我偏要死。"回答总是带一股酸楚的低语："想开些，小罗。"

何汉江鼓了好大的勇气才走进病房，他几乎不敢看罗建火的身体部位，只是望着他的脸微笑得极亲切地说："小罗，好好休息，安心养伤，要像张海迪那样，身残志不残。"罗建火亦咧嘴一笑，说："你他妈的何疤子，让我死！让我死！"

六

新年的钟声终于在极艰难的煎熬中清脆地响了。与此同时，何汉江家里的电话尖锐地响起。何汉江急切地抓起。打电话的是正在医院值班的老田。老田的话语充满抑制不住的兴奋。"活着。这小子还有点本事。还很仗义。"老田说。何汉江不知道自己说了些什么，只知道放下电话后，双腿软软的站不起来，倒仿佛它们也被截了去似的。

天还没亮，何汉江家里的电话又不停歇地响，何汉江每接完一个便能感到对方欢天喜地的神情。电话来得实在太多，以至于何汉江没了再接电话的力气，只得将此事交给了老婆。老婆接了几个亦不耐烦了，但凡铃响，便抓起电话道声："还活着！"然后挂上。这样倒也省了好多的事。只是黄昏时刻，何汉江的岳父大人踉踉跄跄怒气冲冲而来，进门便破口大骂。骂了好一会儿，何汉江夫妇方知老头子在街上摔伤了腿，给女儿打了许多电话，不料电话一通就只听得女儿道一句"还活着"便又挂断了。如此几次皆是这般遭遇，气得老头儿浑身发抖，思想着女儿若如此绝情，莫如冲上门去一拼了之。费了许多口舌，几乎将罗建火的事从头到尾说了一遍，老头儿方才稍稍消气，坐在沙发上，狠劲地捶着腿，且说了一句："你们也太那个了。"

"那个"是指什么呢？何汉江终是没悟出来。元月四日，木材加工厂发了奖金。厂里奖金肥厚，人均为六百五十元。人们正嬉笑着点数时，医院有电话来，说是那个烧伤病人恐怕不行了，何汉江正忙着同电视台广告部门的人谈判，他意欲领衔点播香港电视连续剧，但电视台的人心狠手辣张口即要五万。何汉江觉得无论如何只能给两万，这已是到了顶的数字。便是这时，医院里的电话极不是时候地点名寻他。何汉江伸头向外，对正在外面吵着要谁谁谁买糖的小唐喊了声："小唐，贱货不行了，你去处理一下。"小唐回头道一句："厂长哎，我手头还有好多事要办哩。"何汉江说："去一趟吧，花不了你多少时间，搞清楚是死是活就行啦。"小唐说："算我运气差，跑就跑一趟吧。"

电视台还是要去了两万五，约了何汉江十号拍几个镜头且要对观众讲几句话。

虽只几句话，但要说得好说得精彩却也不易。晚上，何汉江寻了几本书，试图发现漂亮一些的可利用的句子以便一借。老婆一边帮忙一边笑说："怎么的一下就用起功来了？"

大约十点半的时候，那几句话终于搞成了，何汉江试讲了几遍，觉得还顺畅，便怀着一颗满意的心搂着老婆睡了去。

第二日上班时，听门卫老头说，罗建火的大哥昨晚打电话到了厂里，说是贱货于昨天晚上九点五十六分去世。何汉江"哦"了一声便像往日一样迈着稳健的步子走向他的厂长办公室。

以后才听得人说，罗建火的最后遗言是："他妈的！"何汉江想是有点他妈的。

1989 年 4 月 10 日于汉口

言午

　　言午从监狱里放出来便接过了他老婆手里的垃圾车。垃圾车是用大红漆涂抹过的，很是鲜亮。言午第一眼见它时猛然一阵心惊肉跳，第二眼他就使自己习惯了。言午在大狱里待了十三年。在那里头他也不知悟出了什么东西，以至于他走出那蓝铮铮的大铁门时竟不觉出他脸上有晦气。游移不定的眼神倒仿佛比谁都轻松，比谁都满不在乎。

　　言午的老婆说："看你这神气好像在里头有了相好似的。"

　　言午笑了笑，没说话。他老婆等了他十三年等出这么一个落拓的他，却还像十三年前一样的"醋"。

　　言午已从大楼里搬到了沿宿舍围墙加盖的一间平房里。这是他入狱后的第一年中机关专为安置他老婆给盖的。单砖薄顶，阴暗潮湿，但毕竟可以居住。言午的老婆就是在这里添了垃圾车和一系列清扫卫生的工具。

　　言午的老婆在言午出狱前就告诉言午，将来她养活他，他尽可以在家看书写文章什么的。

　　言午冷冷一笑，说："我这辈子什么时候要你养过？"

　　一句话使言午的老婆无言以对。言午的老婆自打从她娘家的小书店嫁出来后，就没有挣过一分钱，直到言午入狱。言午是个强悍的男人，至少言午老婆一直这么想。

　　言午到家后差不多只吃了一顿饭，便拉着那辆大红色的板车沿门挨栋地去清垃圾了。

　　言午的形象使很多人吓了一跳，也使很多人感到尴尬，而更多的人则羞愧不已。

　　言午第一次在宿舍区露面就感觉到了这一点。那之后，他便每天上下班时将垃圾车停在路口，好似迎接和欢送那些步履匆匆的上班族。

言午永远穿着件深褐色的中山装。言午这件深褐色的中山装已经很破旧了，尤其衣袖口，布丝筋筋扯扯地缠了一大堆，风一吹，在太阳光下飘飘然煞是瞩目。言午的老婆每次说为他缝补，言午总是淡说一句："你懂个屁！"

言午想，我要的就是这个效果。

但凡人多热闹时，言午在路口便极其夸大了自己的委琐、卑微和下贱。他有时伏在车帮上贪婪地翻扒垃圾中可以卖钱的废纸酒瓶系列，又有时走入路中，在来去匆匆的行人脚下拾取烟头之类。言午有一次拾烟头竟拾到研究室主任脚下了，那是主任刚扔下的一截，还燃着。言午捡起来放到嘴里使劲地吸了几口，而后追赶上去，带着极浓的讨好之意连声地说："谢谢主任，谢谢主任！"主任先是吓了一跳，定睛看言午几秒，两颊立即赤红赤红，逃也似的离开了，倒颇有落荒之举。

言午那天很愉快，晚餐时还喝了一点酒。

言午的老婆是个很贤惠也很能干的人。她在言午回来前夕，将那小平房精心地隔成了两间。分割房间的材料是布。言午的老婆自然没有经济能力去添置如墙那么大面积的布，但她却能创造。她将她从垃圾里拾来的布洗干净后，一块块地拼缝。想来言午的老婆也是个颇有艺术气质的人。她竟将那千百块布拼成了图案。扯开后，竟如一幅现代感极强的装饰帘布。宿舍里一个学美术的大学生听闻之后曾专门去看了一下，看后说言午的老婆色彩感好极了。

其实很少有人知道，言午的老婆在嫁给言午前正是学艺术的，只是婚后言午不愿叫她继续深造，她才一条心做了家庭妇女。

言午的老婆在布帘之后为言午准备了一个尽可能考究的书房。书和书架是言午以前的。皮椅的皮已被人弄破了，言午的老婆又很精心地用皮革重新包了起来，包好后仿佛是市面上根本买不到的流行款式。笔筒里，言午的老婆照老习惯插上了削得尖尖的各式铅笔。细心至微的言午老婆估计言午的钢笔一定没有了，又将言午当初送给她的那支金笔也插在笔筒里。言午的老婆外表已粗糙衰老成一个倒垃圾的婆子，内心依然娟秀细腻如故。言午的老婆有病，没能生下一男半女，这使她对言午有一种深刻的内疚，这内疚随时间而演变成一种坚定不渝的忠诚和死心塌地的爱。

但言午的老婆觉得自己一辈子都理解不了言午。

言午对自己能有如此书房还是感到很惬意的。言午倒完垃圾回来便待在书房里，却从来不看一本书，甚至连立在他的书架前重新翻阅或浏览之意都没有。言午永远是靠在他的皮椅上，两眼直直地望着天花板，跷着的二郎腿时而晃上几晃。

言午的老婆初始以为言午如此这般是痛苦到至极又若没了痛苦的表现，后又觉得不是。言午的眼睛有时会在突然间炯炯地放出光来。那时候言午的神情给人一种可怕之感。

言午的老婆好长时间里预感着会发生什么事，心里惴惴的，无一日安神。但事实证明她多虑了。言午或她的家庭，什么事也没发生。言午每日极其有规律地出门，又极其守时地返回，如一架机器，甚至不辞辛苦地为她拾回很多可以换钱的垃圾。

只是关上家门后，言午则一如往昔地饭来张口，衣来伸手，晚间洗脚也一如往昔地由言午的老婆蹲下去干。

言午的老婆只要言午没有外遇，替他做牛做马都行。言午每天拉车出门时，她总忘不了叮嘱一句曾叮嘱过多年的话："在外面不要盯着女人看哦？！"此外还增补了一句新的："现在的女人比以前的浪多了，你没经验，要小心她们勾引你呵。"

言午每听此语都觉得好笑。来勾引他这个倒垃圾老头儿的除非是个精神病患者。言午同时又从老婆的话里感到一点惊讶，他在这世界上居然还有人喜欢。

言午的日子就这么过了下去，仿佛静如死水。无论是见了他吓一跳的人还是见他尴尬或羞愧的人自然都在他背后议论他。有说他可惜了，也有说他沉沦了，更有说他自我糟践。无论议论是怎样的，这些议论者大多不敢直视他，更不敢上前搭话，嘘长叹短。见了言午，或绕行或加快步子或佯装未见，个个脸上皆挂副不自在的神情。

没有人为言午提出申诉。言午自己也没去。

研究室主任的儿子有一天在家里翻阅旧照相簿时，一张照片飘在了地上。他拾起随意看了一下，见到后面龙飞凤舞写着一行字："这就是言午大博士。""大博士"三字写得极其花哨。

研究室主任的儿子说："这人好狂。"

他妈说："再狂再能不也是个倒垃圾的？"

儿子有些吃惊又有些不明白："你说什么？"

研究室主任夺过照片藏入自己的口袋，铁青着脸斥他的老婆："提他干什么？"然后又铁青着脸踱到了窗口，下意识地朝外看。

言午那一刻正在楼梯口的垃圾箱里撮铲垃圾。

儿子立即跳了起来，惊叫道："是他！是他！"

研究室主任的儿子从那天起便试图接近言午，这个年轻人是学历史的，刚从大学研究生院里毕业。

研究室主任的儿子给言午第一张笑脸时，言午就感觉到了什么。他起先不知道这个年轻人是谁，后来听年轻人自己报了家门后，言午便有了几分热情。当得知年轻人并非受其父亲旨意而是自己想认识言午时，言午的热情更加高涨了。

言午和研究室主任的儿子交往愈来愈密，有时，言午还邀请他到家里喝酒。这个年轻人对言午的谈吐和言午雅致的书房着了迷，为此更加在心里疑惑言午这个人如何这般地生存。在家里的饭桌上，他谈到言午的次数越来越多了，仿佛言午成了他家的一盘菜。

研究室主任和他老婆对言午此番做法心惊肉跳，他们实在想象不出言午到底打算干什么。

老婆问："那家伙会不会用毒药害死儿子？"

研究室主任说："不会吧……"可他心里想起一些事，又一阵阵犯怵，心想怕也难说。

研究室主任叫儿子不要理言午，儿子却不吃他那一套，反诘相问："你那么怕他干吗？难道他能吃掉我？"

父亲哑口无言。但他想告诉儿子或许他真能吃掉你，却终于没说出口。

研究室主任开始失眠。

言午每天在路口见到研究室主任日夜神经紧张得有些变形的面孔，总感到几分宽慰。

年轻人有一天在同言午聊得投机时，忽而问："你跟我父亲有什么关系？我总觉得你们俩之间有种微妙的东西。"

言午从未有故弄玄虚的习惯，他淡淡地说："你父亲原先是我的助手，是我的下级，他崇拜过我。后来又把我送进了监狱。"

研究室主任的儿子惊讶地张大了嘴。他说："这中间发生了什么事？可不可以告诉我？"

言午说："没什么不可以。"

言午的老婆插嘴说："过去的事就别提了。"然后，她用温酒壶为他们温了温酒，这酒是研究室主任的儿子带来的。

言午说："他是学历史的。"

女人便没说什么。

言午说："六七年，你几岁？"

研究室主任的儿子说："三岁。"

言午叹说："太小了。"然后便节省了些语言将一个故事说了个大概。

言午的声音很舒缓很从容，仿佛叙述一个别人的经历。

年轻人在故事的发展中脸色变得苍白如纸。他过去同言午说话时多少带有的一点居高临下感消失殆尽。他有些胆怯地说："这么说打死柳子悦的是我父亲，他却诬陷了你？"

言午说："我没看见你父亲打死他。你父亲只是用一个热水瓶砸了柳子悦的脑袋。柳子悦死没死我没仔细看。后来他不见了。"

年轻人说："我父亲为什么要诬陷你呢？他照直说不行吗？"

言午说："柳子悦那一派的人硬说是我们这派打死了他，又将他的尸体扔进了长江。他们扬言要打死我们这派五个来抵一个柳子悦。"

研究室主任的儿子说："我父亲是五个之一？"

言午点点头。

"你呢？"

"也是。"

"于是我父亲便站出来指明你是凶手？"

言午说："我不知道他是怎么表述的，只知道一天晚上，有人来抓我。后来便天天批判我这个杀人凶手。我怎么辩解也没用。因为你父亲说他亲眼看见我动的手。据说他当时很害怕，立即告诉了其他几个人。那几个人是我一派的，居然也都作了证。"

"你不会反过来指责我父亲吗？"

言午说："我和柳子悦在学术上是死对头，多少年不和。抓住他后，我在言辞上狠狠地刺伤过他，但却没动手。"

研究室主任的儿子停了好一会儿，才说："这是不是你在狱中十几年没事干臆想出来的？以为自己是邓蒂斯①？"

---

① 大仲马小说《基督山伯爵》中主人公的名字。

言午冷冷一笑："你这样以为？"

年轻人说："我不会这么轻易相信你的。"

言午说："我也没打算让你相信我。我对信任这东西早就无所谓了。"

年轻人很尴尬地站起来，缓缓转身意欲离去。

言午在他的身后说："你很像你的父亲。"

研究室主任的儿子以后就再也没找过言午。但言午知道，在一个清早，他离开了他自己的家，很久很久都没回来。

言午现在才认识到劳动人民为什么总是那么乐观那么豁达。因为整日劳作使他们不被思想所困扰。他们从不苦思苦想，也没力气在劳作之余钻牛角尖。言午原先觉得干体力活的人可怜，而这会儿，却悟出他们才是真正活得如神仙。觉得他们可怜的人倒更可怜。

言午倒了好几年垃圾，面色愈加红润起来。在路口的猥琐、卑微和下贱已成了一种日不可少的习惯。

仍然有步履匆匆的人从他身边来来去去，仍然没人搭理他。在小孩眼里，言午已是一个固定的风景。

有一天刮起了大风。这是深秋时节的大风，刮得满地树叶，也刮下了厚重的寒气。

言午仍穿着那件深褐色的中山服。出门时没料想会起大风，故而老婆没帮助他添加一件衣服。

于是言午在呼呼的风中紧缩着脖子。

一个人穿着铁灰色马裤呢风衣出现在言午面前。这个人上前向他打听一个叫言午的先生住在哪里。

言午最先看见的是这个人的皮鞋。这是一双式样漂亮、质地极优的意大利皮鞋。言午很奇怪，居然有人像他过去一样喜欢这种款式的鞋。他于是由鞋及裤又及衣，最后看清了他的面孔。言午和那个人几乎同时惊讶地叫了起来。

言午道："柳……子悦？"

"言……午？"那人说。

言午那天破例提前回家了。

当研究室主任愁锁眉头回家时，言午和柳子悦已端坐在言午的小书房里喝起了酒。这回的酒是言午的老婆专门兴致冲冲跑到商店买的。言午自研究室主任的儿子走后几乎滴酒未沾。

言午说："你没死？你怎么没死？我是公认的打死你的凶手呀。"

柳子悦说："你没打死我，可你把我也骂了个半死。我听见你说：'打人不好，不要打他。'我总记得这个声音。"

言午说："是吗？我说过吗？"

柳子悦说："你难道不记得了？"

言午摇摇头。

"幸亏你给了我那笔钱和那张纸条我才能活到今天。言午兄，你是我的恩人啦。"

言午有些发懵，眼睛睁得大大地望着柳子悦。言午出狱后仿佛头一次这么把眼皮张得大开。

柳子悦不解地说："这你也忘了？你掏手绢时不是扔给我一个纸包吗？里头有三百块钱和一个叫'刘小湖'的人的地址？我就是刘小湖暗中送出境的。我现在是美国公民。"

言午的老婆盈盈地送上几片水果。她听到"刘小湖"三个字时不觉愣了一愣。

言午的老婆说："刘小湖是我的表兄呀，你怎么认识他？"

言午忽然想起什么，转向他的老婆说："是了是了，那年丢的三百块钱原来是掉到他手上了。"

言午的老婆也恍然道："哦，原来是这么回事。"

这倒使柳子悦也糊涂上了。

言午自己想想不觉大笑，笑完又长叹。

柳子悦说："如何？"

言午说："我太太让我寄三百元钱给她的表兄，也就是请刘小湖帮我买一块进口表。钱包在写有地址的纸条里，也不知道怎么给弄丢了。不料想倒帮了你，也还值得。"

柳子悦听罢连声说："奇奇奇。"而后也叹说："不管怎么，你是我的大恩人呀。"

言午说："万不可如此讲。我的罪名就是杀害你的凶手。为这个，我蹲了十三年大牢。"

柳子悦吓了一跳说："这就是你拖垃圾车的缘故？"

言午说："也不全是。"

柳子悦第二日到机关去了。柳子悦在研究室一露脸，过去的同事都以为是在梦里或是见了鬼。以至于柳子悦连续说了三遍："我是柳子悦。"

终于有人欢叫起来，欢叫声中夹杂着一串串的询问。

"你跑出去了？"

"你没死呀？"

"你这些年在哪里？"

研究室主任那天去得很晚，他最后一个见到柳子悦，当时他的眼睛惊慌和恐惧得几乎哭了出来。

人们在看见研究室主任的同时，想起了言午。

当年，言午的同事们为柳子悦之死差不多都狠狠地斗过言午，至少有一半以上的人对言午动过手。

这天那一半以上的人都不由自主地将手在自己的长裤上擦了又擦，而所有狠狠批斗过言午的人心里都有些隐隐作痛。

柳子悦将自己如何出走的过程和自己现在的情况认真地说了一遍。柳子悦将言午无意中弄掉钱包说成了有意。柳子悦叙述时，他看见研究室主任和那几个作假证的人额上都冒出了大汗。

柳子悦下午便将研究室主任和几个证人一起约到他下榻的饭店。柳子悦在酒吧间请他们喝咖啡。饭店的咖啡煮得分外地香，客人们却紧张得丝毫不辨咖啡之味。

柳子悦说："相逢一笑泯恩仇，过去的就算了。"

客人们一起松了口气。

柳子悦说："但是，言午的事你们要帮助安排一下。你们不能让言午背这样的黑锅，过这样的日子。"

客人们差不多异口同声说："那是，那是。"

柳子悦又同他的客人说了些别的什么，最后又说："言午这个人当年太出色、太狂傲、太自恃高明了。我也想狠狠整治他的，但却不想他成现在的样子。"

柳子悦的客人这回都以沉默做了回答。

研究室主任好长一段时间没做研究。他集中全部力量为言午平反改正，重新安排职务，重新调整住房，甚至言午的高级职称也都弄到了手。那一阵子，研究室主任一天也没失眠。

这一天，言午出车的时间还未到，正在他的小书房里仰头望天花板。

研究室主任兴奋地闯进言午屋里，以他最简洁的语言结结巴巴地告诉言午这一系列好消息。

言午的眼睛没有离开天花板，听罢说道："这些东西本来就是我的，我想要不必你帮忙也要得到，只是，"言午顿了顿又说，"现在我不想要了。"

研究室主任张了张口要说什么没说出来。他有些难堪，傻瓜似的站了几秒钟，才退了出来。

他听见言午在身后自语了一句："莫名其妙。"他想，你才莫名其妙呢？

第二天，研究室主任在上班的必经路口，很醒目地看见了言午。他的心惊跳了一下，手上的烟头在正欲脱手那一瞬又掐灭装入了口袋里。研究室主任夜里又开始失眠了。

过了一段日子，言午收到柳子悦从美国寄来的信。柳子悦说："你这种反常举动别人不明白，难道我还不明白吗？你把自己搞成一堆垃圾，粘在每个人的眼珠上。眼珠上有污秽垃圾的人，心里头能舒服吗？你就是要让他们不舒服。但是你错了，人的脸皮和良心的适应力都很强，当他们从心态到脸皮都习惯了你之后，你对他们只是一个司空见惯的景致……"

言午看了信，笑了笑。言午想，原先我倒的确想成一堆垃圾，粘在那些人眼珠上。而现在呢？现在只是一种习惯，一种不由自主。他现在就想这么过完一生，平平静静，稳稳当当。他每天都不由自主地想要重复昨天的经历。他十三年不见天日，这辆红色的垃圾车使他感到快乐。

再说，再说……

言午想，我还能同那些人为伍吗？

言午没给柳子悦回信，一则他懒得再说什么，二则言午那只粗糙僵硬的手也握不住言午的老婆视为珍宝的金笔了。言午从出狱那天签了个名起，就再也没有写过一个字。

果不出柳子悦所料，来去匆匆的人们不再为言午的过去和现在折磨自己，也不再有什么羞愧什么脸红什么绕道而行。言午也只是很多倒垃圾的老头中的一个。研究室主任连自己都不知道他从什么时候起又不失眠了。

而言午也浑然不觉什么。他从里到外都是一个地道的靠倒垃圾捡垃圾为生的劳动者。

时间可以塑造一切。

只是言午的老婆虽然对言午忠心耿耿，但自己男人如此这般毕竟不是她之所愿，于是心情抑郁。过了一些年，竟抑郁成疾，终于在一个夜里连句告别的话都没对言午说就撒手而去。

言午没为她办丧事。言午只是静静地坐在他的小书房中的皮椅上，仰头望着天花板，仿佛等他老婆来叫他吃饭，给他洗脚。

言午等了三天，竟把自己也等得没了气。

人们一连几天不见垃圾车和言午，很是不习惯。言午的不存在使人们又感到了言午的存在。

研究室主任居然又莫名地失眠。

也不知是谁第一个发现这墙边平房里的老两口双双而逝的。

言午夫妇无子女，研究室主任只好领了些人为他们办了丧事，而且还开了个追悼会。开始还觉得悼词不好写，写起来后又觉得没什么难的。

遗像是研究室主任提供的，就是背面签有"这就是言午大博士"的那张。照片上的言午很年轻很神气也很帅。新到研究室的大学生们看后竟一个个惊奇得咂舌头。他们都见过言午拾烟头。

言午的老同事们从这相片上恍惚想起五十年代末刚刚留洋回来的言午。那个言午好狂傲，好大派，好暴躁，英姿勃发，锋芒毕露，恃才傲物，才气袭人，是整个机关最年轻的博士，最不可一世的人。

研究室主任的儿子闻讯而去了。整个追悼会上就他一个人为言午流了眼泪。

言午的房间因无人继承财产而贴上了封条。那房子一直封到现在。机关里住房虽然紧张，却无人申请要那一间。

很多人嫌那里晦气太重。

也有人打过主意，伸头探脑地从门缝和窗孔朝里张望过。说里面的东西都发霉了，只是书桌上一小盆文竹还极为葱绿茂盛。看过后也说那里住不得人了。

言午用过的那辆大红色的垃圾车停了一些日子后，便不翼而飞。

一棵树

　　他一直不愿也不敢到这儿来。这次，他终于来了。一个女孩子同他一起。本来他们是出来商量旅行结婚到什么地方去的，可是一走到那个有淡黄售货亭的路口，他便不知不觉地走到了这里。

　　桥栏已经修好了。他抚了抚桥栏杆，然后探头俯瞰着桥下。此刻的长江像一长条土黄色的布，铺得远远的，远远的。

　　都说那个漩涡是在第四和第五个桥墩之间。很大，很大，转得相当湍急。只几分钟水面上就平复得像什么事都没有过那样。他是被一艘监督艇救上来的。他几乎呆呆地坐了半小时，一个水手才告诉他那个又大又急的漩涡。那么她呢？他张了张嘴，没说出来。

　　"快下雨了。"女孩子说。

　　他没理她。那漩涡是很大的，而且很急。那天，她就是在这又大又急的漩涡中消失的么？他有点想哭，很想让眼泪哗哗地流下来。就像天一样，哗哗地无掩饰无拘束地流下它的泪水，把所有的地面都淋得湿漉漉的。可是，他忍了。一来他是男人。再说，有一次，她还活着时，她曾皱着眉头大声说她最讨厌下雨。路面不好，车轮老打滑，下坡时，她的车差一点撞着一个背书包的孩子。为了这个，他也不想让地面上有一滴水珠。

　　"下雨了，回去吧。"女孩子很温存，又有些不安。她的头发已经贴在了脸颊上，可她却伸出手为他抹了抹搭在额前的乱发。

　　她要是像这个温存的女孩子，就什么事也不会发生了。可她偏不。她像世界上所有的倔女人一样又硬又犟。

　　"别开车了。"他说。

　　"不！我喜欢。"她回答。她手上正用玻璃丝编织一朵紫色的牵牛花。那是镶配在车钥匙上的。要不是这朵花儿，他开始根本不会看上她。

"好吧，那你正点下班。"他有点不高兴。每次约会，时间定在八点，已经够晚了，可她还是迟到。还有一次连面都没露。他的自尊心受不了这个。

"货没拉完怎么走？搬运工会把我吃掉的。"

"你们公司总是侵占工作外时间。"

"没法子。好在多劳多得。"她的花编好了，很得意地自我欣赏着。

"我需要的是你，而不是钱。"他说。

"我都要。"她说，"你，和钱。"

他真绝望。他不喜欢把钱看得太重的女人，虽然钱的确很重要。后来她却又笑了："我才不财迷呢。搬运工要装，你就得拖，他们的生活不容易。"

"那就别开车了。"他又说。他不完全是为了下班晚的缘故。他是修理工，修理工无非是为伺候司机而活着，而她却是堂堂正正的司机。他觉得自己在什么地方被压抑住了，心里总有些那个。

"不，我偏要开，气死你。"她说。

"早晚得气死。"

她望了望他，扬扬手："这花美吗？"

"美。可你是个丑女人。"他说。她唯一像女孩子的地方就是爱花。他感到背和腰都疼了起来。她在捶他。她的手力真和男人一模一样，沉甸甸的。

他拿她没办法。只要她不开车时，他爱她爱得发疯。他们刚刚互相注意时，有一次调休，他带她到他插队住过的山里去。满山满山的红杜鹃紫杜鹃把大山染得斑斑斓斓的。她在城里长大，从来没见过这些。她先是怔得咧开了嘴，然后"噢——噢——"地叫了几声，飞似的向花跑去。她跑的时候，姿势不很美，两只胳膊张扬着，头向左歪得厉害，让人觉得她是要一头扑进花堆里不再出来。她是又热烈又奔放的，还有点点粗犷。当时，几缕阳光透过赤桦树枝斜射在她奔跑的小路上。远山的白云如烟如雾，迷迷茫茫地起伏和缠绕。瀑布从山上跌落到溪水里，"哗啦哗啦"摇荡着山谷。她张扬着手臂，姿势不很美。噢，就是她了。我的老婆就是她了。他当时就是这么想的。

"你瞧，湿透了，会生病的。"女孩子脱下自己的外套，披在他的肩上，然后把脸贴在了他冰冷冰冷的胳膊上。他用大巴掌摸了摸女孩子的脸。她脸上都是水。也许有眼泪哩。她是一个爱哭的女孩子。上星期六他和她从电影院出来，江汉路那儿有两辆自行车撞在一起了，很多人围在那里。他也想去看看。女孩子吓得紧紧地偎着他，一边颤抖，一边流泪阻止他。她怕血，一见到血头便发晕。于是他们绕道走了。他原来喜欢胆小的女孩子，自从那个漩涡，水手说的那个很大很急的漩涡出现后，他就弄不明白女人到底是胆大好还是胆小好。

她是绝顶大胆的。他一直很不欣赏甚至可以说是很厌恶这点。因为常常在他都从心里感到胆怯的时候，她却满不在乎。那次，她的车跑长途，他作为修理工跟车同去了。半路上，一辆拖拉机轧断了一个女孩子的大腿。女孩子和断肢都血淋淋地甩在路上。她的车恰巧从这儿过。她和他都赶紧跳了下来。他们拦了一辆小面包车。他把那个女孩子抱到车上，而她却一直用手托着那条断肢。那血和那裸露的骨头使他感到浑身发冷。而她却严肃地阴沉地紧盯着红色和白色的交混处。

"让那个拖拉机手来托。"他吼道。

"他吓软了。一个笨蛋！"她说。

事后他质问她为什么不害怕。

"顾得上么！"她这么简单地作了答复。她是一个硬心肠的女人。她从来不知道哭。而他却非常非常希望她能伏在他的肩头哭上一小会儿，由他用粗糙的大手抚摸她泪涔涔的脸。这样他才觉得自己像男人，而她像女人。可是她，总是拼命地捶他的背，有时是哈哈大笑着，有时是怒声怒气着。这是她最喜欢的表示欢乐和气恼的方式。

"我知道，你在想她……"女孩子趴在栏杆上抽泣起来。他觉得有些对不起她，想搂着她的肩头安慰她两句。可不知怎么，他只是漠然地望了一望。女孩子长得很像她。好多人为他介绍过对象。只有这个女孩子，他只对相片瞟了一眼便同意了。而在此之前他几乎不打算再恋爱。

她真是从来没有像这个女孩子一样耸动着肩头伤心哭泣。只有一次，他知道她伤了心，但却没哭。

那次，她又没赴约。他决定不再理睬她。第二天，她匆匆找来。他瞥了她一眼，没挪动身子。他很恨那些搬运工，也很恨她。

"广柑到得太多，不运完会烂掉。"她解释。她看出他非常非常不高兴。

"以后，谁做晚饭？"他问。春节他们打算结婚了。

"谁先到家谁做。"她说。过了一会儿还仰头一笑："我真喜欢吃你烧的饭。"

"可男人生下来不是为女人做饭的。"他说。

"女人也一样。"她说。

"我找的是老婆，不是找个主人。"

"我也不想找个仆人。"她不客气得很。

"可是我每天等待等待，将来还要烧饭，说不定还带孩子……"

"他们说，每天多装一车，他们就能喝好一点的酒。"她说。

"我也想喝酒，可没时间。"

"他们说想买电视机就只有让肩膀多扛几趟才行。"

"可给你做饭的不叫'他们'，而是我。"他有些恶狠狠了。在她的心目中，本该是放着他的位置，她却放上了那帮他们。

"那你要我怎么办？我可没有卖给你。"她也恶狠狠了。

"你……真不像女人。"他说。她丝毫不体贴和关心他，他是每天那么孤独地从八点钟开始等待。总是看到别人双双对对地从他眼前掠过，嬉戏和低语。刚开始等待是心急，后来是焦灼，后来是痛苦，而这次却是仇恨了。她的血液里没有爱这种玩意儿。这种女人比男人更心硬。

"那么，"她说，"随你便吧。"

"好的，咱们该结束了。"他说。

就在这时，她才真正意识到问题的严重性。她有些慌乱地看着他，然后泪水涌入了眼眶。他产生一股强烈的快感，又觉得有不忍。他想伸出手去摸摸她的脸，然而却没有。他想应该是她先偎过来，哭诉，哀求，请他原谅和宽恕。这样他才能伸出他那男人的可贵的手掌。

她一动不动，泪水涌动了一会儿，居然又退回去了。她连手帕都没掏。

"我真高兴，你不用再等人了。"她说。

接着她就走了。他张了张嘴想呼唤，可又咽了回去。她不是个好女人，也不会是好老婆，她只是个好司机。

"你真是很想很想她吗？"女孩子自己哭了一会儿，又紧靠在他的身上。她哆嗦着，也呜咽着。

"想极了。"他说。那漩涡到底有多大呀，水手只说很大很急，一会儿就跟没发生什么事一样。所有的人都呆了。是他在瞭望时发现还有一个人活着，然后才冒险冲了过去。朋友，你做错了一件事。如果我和她一起到了那漩涡之下，我就不会有今天这一切的苦涩和沉重。我会幸福无比。她再也不会开车，不会失约。我也不用等待，不用担心谁来做饭。我们每一分钟都在一起，变成水底下两条相亲相爱的鱼。你错了。车门为什么开了呢？这简直是个谜。她推了一掌。在男人和女人一起遇难时，是女人救了男人。她死了，那个不是好女人也不会是好老婆而只是好司机的她，死了。活下来的居然是他。

她那次走了后，他果然不再去等待她了。他开始觉得轻松愉快，如同走长路摆脱了什么。以后，又觉得少了一桩事，生活乏味得很。又过了些日子，他又不自觉地到了他常等她的地方。他并不是想着她。他习惯在这里待上一小时两小时。觉得抽着烟，看别人双双对对摩肩接踵地从眼前掠过，嬉戏和低语，也很惬意。九点或十点，他才离去。只有一点点怅然。

没多久，他为了替弟弟搞木料做家具，又回到他插队的山里。那天，他信步走到山上，吃惊地瞪大了眼睛。满山满山的红杜鹃紫杜鹃，把大山染得斑斑斓斓的。几缕阳光透过赤桦树枝斜射在小路上。远处的白云如烟如雾，迷迷茫茫地起伏和缠绕。瀑布从山上跌落到溪水里，"哗啦哗啦"摇荡着山谷。他蓦然想起她张扬着的手臂。我的老婆只能是她呀。我怎么会不要她呢？我真是个大傻瓜。他终于控制不住对她的思念。于是，顾不上搞什么木料，他便乘车返回了。火车上，他一遍又一遍地想她的一切，你呀，你命里注定找不到一个好女人、好老婆，而只是找一个好司机。她开车回来得晚，你等待她，为她烧饭，还要带孩子，这都是你生活中的必然部分。离开了这些，你没有幸福，没有欢乐，没有活力，也没有生命。你的一切和她的一切交融在一起啦。她原来只是你心里的一粒种子，你等呀等呀，等到她已经抽了芽，拔了节，像一株长得粗粗壮壮的树，把枝枝蔓蔓都延伸到你的每根血管和每丝纤维里，你怎么能挖得掉她呢？

他在仓库门口拦住了她的车，她吃了一惊，但是还是打开了车门。那天下着雨，道路滑溜溜的，她说过她最讨厌下雨天。这鬼雨路曾经使她差一点撞倒一个背书包的孩子。

她抿着嘴不说话，脸上一丝笑意也没有。没有久别偶遇的惊喜，也没有狭路相逢的怨恨。她老是这么副倔模样。

"有事？"过了有淡黄色售货亭的路口，上大桥了，她才问。

他想说我想你想极了。想说我可以等待，可以天天为你烧饭，还可以带孩子。想说你无须哀求什么，我就会伸出巴掌摸摸你的脸，如果你会流泪的话。想说的，他什么也说不出来。她只是一个好司机。她的面孔一点也不柔和。她说话也不温存。男人们不喜欢她这样倔强的女子。男人们要的是小羊羔。

"搭个便车。电车太挤。"他这样说。

车上就只剩下默默的空气了。她变瘦也变黑了，她什么也不说，她的侧面还很美。鼻子翘得很倔。真像她自己的鼻子。她看也不看他。

到了桥中间，他按捺不住了。他不能再失去她，他想喊出他在火车上想的那一切。

一个挎竹篮的小姑娘横穿过来。她按喇叭也来不及了。她拼命把方向盘朝右一打。路湿湿的滑极了。没来得及想什么，车撞上了大桥的栏杆。栏杆"轰隆"一下，便垮了。汽车一头栽了下去。他只感到自己往下坠落，其他什么都糊涂了。直到他被监督艇上的水手从长江里救出来的半天后，他才回忆起：车门不知怎么被甩开。然后，有人推了他一掌。那一掌重而有力。她的手力从来都像男人的一样。而男人也不能同她相比。在那种时候，男人也差不多都是糊涂虫，比方他。汽车栽到江里，漩涡又急又大。过了许多天，车打捞了出来，她却不在。她从此就住在那大而急的漩涡里了。这个建筑陆地上还没有见到过哩。他想。

他微微地发起抖来。雨水真冰冷。他有些想呕吐。他弯下腰，女孩子急促而又轻轻地为他捶背。他干呕了一会儿，没吐出什么。唉，他总是想当男子汉，而且想成为高仓健那样的男人。可是，他是靠了女人的一掌才活出来。那时候，他却连思维都不会了。这一掌使他觉得她是世界上最了不起的人。任何惊天动地，挟雷带风，鬼神皆为之愕然的举动，都抵不上这个女人在急剧的坠落中伸出的一掌。为了这一掌，他再也不想当男子汉了。他的骨髓里缺少那么一点东西。终于，他哭了起来。她不会再在乎路面湿不湿的问题了。他很响亮地哭着。漩涡在桥下，离他很远。他不记得他过去哭过没有，只觉得此刻不放声地哭一哭他就会不顾一切地翻越栏杆，坠入长江，让一个一个漩涡，像上次一样大一样急的漩涡把他带到她那儿。

女孩子捶背的速度慢了下来。最后止住了。

"我们……应该怎么办？"她说。

他没有回答。他哽咽着无法出声。

"是不是……要……结束……"她又说。

他伸出手臂，勾住她的肩。他的头伏在栏杆上。他的眼睛透过栏杆的雕花空隙凝视着黄浊浊的江水。江面很平滑，没有激荡的漩涡。江轮低吼着从这岸驶向那一岸。航标灯醉了般摇晃。白色的监督艇划着弧线拐弯。

"我们结婚，"他说，"到那个地方去。那里有瀑布，有云烟，有赤桦林和斜阳。还有红杜鹃和紫杜鹃，满山满山的……"

　　但是少了一棵树。他想。

1984 年冬于武汉

推测几种

也不知出于怎样的心态，赵一和他的几个朋友觉得城市使他们倒了胃口。

虽然当初为了来城里他们各自都使尽浑身的解数，合法的或非法的。比方钱二咬咬牙把同他恋爱几年的一个漂亮村姑遗弃了，找了个略有残疾的并且并不美丽的城市女孩。虽然他嘴上说是思想和人生观同村姑有了根本差异，实际并不尽然。他自己也十分清楚地认识到这点。又比方孙三他索性与他的老婆办了离婚，虽然他为此付出了代价：被他十岁的儿子所不齿。可他还是觉得值得，因为他终于同他的情人结了婚并且靠她得以将户口转进了城里。他像一个真正的城市人一样堂而皇之地走在大街上并公开地对缩头缩脑地在每一家商店大惊小怪地发议论的乡下的人表示蔑视。至于李四，他则纯粹是靠了自己的努力。因为他拼了命去用功，这使他得以在一个非常运气的日子考上了大学。在大学里他找了一个家里多少有些地位的女朋友，虽然这女孩并不是他很喜欢的一种类型，可他想那又算得了什么，最明白不过的是她能使他在分配时留在城里并且谋一份在社会上很有面子的工作，这就行了。结果自然这一切他都如愿以偿。谈不上他的日子里有多少爱，他在家里永远处于劣势，他只能低声下气地讨他老婆的欢喜，但他走出家门，那种扬眉吐气之感便强烈地从他的身体内向四周散发，他觉得自己这种人上之人的气度是他的老婆带给他的，这种感觉也足以让他平衡了他在家中隐隐产生的不悦。他觉得同他的父亲相比，他的人生是恰恰翻了个个。他的父亲在家里是一家人的活阎王，谁都得让着他。可一出了家门他便只是一个龟孙子，谁都可以欺负他。他想与其像他父亲这样怕许多的人，不如像他这样只需怕上一个。更何况，他安慰自己说，这一个人到底也还有让他压在她身上的时候。

他们几个在一个偶然的日子里非常偶然地碰到了一起。起先他们都谈自己的事业和家。谈着谈着，他们都发现彼此的共同点，即他们都是靠了女人的关系才得以做一个城市人，于是他们都纷纷地感慨起来。赵一说，城里这些头脸人物家的女儿其实就是为我们这些人准备的。钱二说要奋斗就会有牺牲，为什么明知有牺牲还去奋斗？那就是因为奋斗所得到的东西远远地大于牺牲掉的东西。人人都不傻。孙三说城里的女孩读多了浪漫的小说，总以为我们都是如何如何纯朴如何如何老实的，其实也不一定是这样是不是？赵一、钱二、李四听他这一说都笑了起来。李四说只有我们从乡下走出来的人才知道我们这一群人最根本的心思。其他三个听他如此一说皆笑问道：你说说看，是什么？看我们认不认这个账。李四说：那就是，我们不能也不甘像我们的祖辈那样去活！

　　他的话后是好一阵的沉默，显然另外的三个都认了这个账。

　　那次偶然相遇后，他们便经常地小聚，在一起喝酒和发牢骚，甚至于骂老婆。这后一桩事是他们以前早想做而一直没机会也没胆量做的。现在他们有了自己的地方。他们好是开心。

　　有一天，好像是一个春暖花开的日子，他们又找了个由头聚到了一起。这一次的话题比较干净，是从城市的春天是灰色的这一点开始谈起来的。赵一说那些小巷子到处散发着阴湿潮霉之气。钱二说不知为什么，树叶子就是不显得绿。孙三说做一口深呼吸，进去的一半是灰尘。李四说太阳挂在城市的上空都显得没什么精神。他们都大骂起了城市的丑恶，痛诉城市是如何扼杀人性、如何令人压抑窒息，如何把一个鲜活的人改造成了一个呆板的机器。谈着谈着他们觉得如此一个让人生厌之地自己怎么就能一待就是几年呢？于是在莫名间他们都开始怀念起了彼此都待过的山间和乡下。想起那里凉凉的清泉，郁郁的树林，广袤的田野和日夜都有的鸡鸣狗吠。想得心里都是疼的。

　　好半天，才听得赵一用一种商量的口气说：怎么样，到山里去清静几天？钱二说：请假？那工作？赵一说：去他妈的工作！孙三说：老婆那儿怎么说？赵一又说：也去他妈的老婆！李四说：自费么？赵一说自费又怎么样，再去他妈的钱！其余人都痛快地大笑了起来，几乎是异口同声地说：下一个是，去他妈的城市！

　　在距那个春暖花开的日子没两天，赵一、钱二、孙三、李四便都找到了各自合适的理由出门了。这也是一个春暖花开的日子，虽然他们一再地表示出城市里的这种春光大大地逊色于乡下，可火车开动的一刹那，他们都在心里生出一点点怅然的情绪。这突出地表现在火车启动时他们都望着窗外，没有说话。这其实不太符合他们的性格，因为他们是一帮讲究实际的人，而这样的人是不容易产生伤感情绪的。也不知是不是他们久居城市已被改造得易于波动感情了。

他们去的那地方叫瓣山。瓣山是一座什么样的山，除了李四之外，其余几个闻所未闻。李四是做记者的，当然见多识广。他解释说有一次他采访路过此地，知道这山里有泉水有森林有奇花异草。除此外，李四说是他在黄昏之际驱车在半山腰时，见得山峦四处起伏着蓝紫色的烟雾，极令人想入非非。当时他就想他这一辈子无论如何都要到这地方来待上几天。他得来沾一些大富大贵之气。果然他的梦实现了，而且他还带上了一些朋友来与他共享之。赵一当即便笑说那我们岂不是把你的大富大贵均分了？李四亦笑笑说其实还有顶顶重要的没有说，就是这山上有好几个疗养所，有一个所的所长我认识，我们可以免费住上一星期是绝没问题的。其余人皆欢呼了起来。这是他们出门的第一阵欢呼，为了他们的免费住宿。

A疗养所的所长果然还是个仗义之士。他是个北方佬，操一口纯粹的东北话，胸膛拍得梆梆响地说：没问题，就住我这儿，难得来你们这些大城市的人，食宿我全包了。一天三餐都有酒，只要你们敢喝。要想吃野味，自己拿了枪去山里打，打了什么给你们吃什么。从城里来我们这老山里，我明白，就是图个野趣，是不是？赵一钱二孙三李四都连忙答道是是是。

山里的风景真正是叫人难以形容。远望千岩竞秀，重峰环合，近游修竹参差，曲径通幽。赵一一行手舞足蹈，眉飞色舞着放肆欣赏山景。赵一说这才是人生呀。钱二说这才叫作苍翠欲滴呀。孙三说快把原先吸进去的灰清出来呀。李四说太阳挂这儿才不枉为太阳呀。他们就这么地大发感慨，嘲笑着那些只知道傻住在城里、视城里那一隅之地为不换之宝地的人。他们嘲笑得尽了兴便回去了。所长真的拿出了好酒款待他们，乘兴致好，他们几个都喝了个一醉方休。

次日醒来已是日升山顶的时候了，便都笑说山里的空气有催眠药的成分。正说笑时，赵一突然发现对面树林边有一个头发花白的老头蹲在地上干些什么。于是提出疑问。钱二说管人家，玩咱们的去吧。孙三李四也都说是呀是呀管人家的什么事。

这一日他们爬了另外一座山。他们之所以去爬它，是因为昨天他们在看山景时一致认为这是众山中最美的一座，想当然进入其间会更有美景数不胜数。不料他们人人一身臭汗地抵达他们预期设计的地点时，却觉得眼前一切似同想象中的差了些距离。更兼赵一的鞋叫一块利石扎了个眼；钱二的皮夹克被树枝拉了条小口子，这是钱二托人从皮服厂以厂价买来的，就这还花了四百多人民币；而孙三的太阳镜在他从一块大石头上跳下来时摔折了腿；李四虽未受任何损失，可他最后一个爬上来时至少用了十分钟喘气，嘴里不断叹说武功全失武功全失。

这一天似乎不及头日来劲，但也还算玩了一通。在他们精疲力竭地到达他们所住的山头并已看见疗养所的白色屋顶时，钱二又发现了早上的那个老头蹲在树林的另一边搞些什么。他像早晨的赵一一样提出了问题。可众人实在是太累，没有一个人接他的话，这包括早上对这老头儿多少有点兴趣的赵一。

孙三是在这一天里第一个起床的人。虽说争得了第一，可其实也已是十点之后了。要是在城里，坐在办公室至少也已喝下去三杯茶。他感慨着光阴似箭，便独自出了门。他一出来便见到了昨天赵一钱二都已提到过的那个老头。老头还是蹲在地上专心致志地研究着什么，孙三刚想走过去问一个明白，可老头恰恰这时起了身，并朝另一片树林走去，使孙三大大地产生一股自家被冷落的失望，也由此对老头陡生反感。正反感得有些思想深度时，钱二叫他，说是吃饭了，别让厨房里的人发多了牢骚，这几天他们为每天早上不能早点下班已憋了一肚子的火。孙三听得此说，方将适才对老头的反感暂时搁在了脑袋一边，集中了力量攻击厨房。孙三说是他们的官大还是所长的官大？也不看看我们是些什么人！孙三说完想起至少是十年前他还是一个孩子的时候，一个城里来的人就是用这样鄙视的语气说他。那时他十五岁，在乡政府食堂帮忙烧火。

昨天的疲劳使他们四个人全都没有在一夜间恢复过来，于是这一日他们都不想出去了。钱二第一个开始想家。他刚说一句要是在家里……便立即遭到另外三个的进攻。赵一说事先说好了的，不玩足一星期不回家。孙三说不是说城里的树叶都不绿吗？钱二说我不是想城市，是想我自己的家。李四便说上回你不是还说看见你老婆你就够了吗？钱二说可是看不见就不够了。他这一说，原本攻击他的三个人又都一下子失声笑了起来。然后他们找服务员借了一副牌，四个人打起了"拱猪牵羊"。这一拱一牵就是到半夜，除了吃饭上厕所，他们什么也没干。

李四是几个人中这天早上起得最早的一个。李四习惯早上长时间地蹲厕所，这毛病说来也是进城之后才学会的，因为城里人的厕所委实是比较舒服，不在里面蹲长点时间似乎不太合算，李四想他最初蹲城里的厕所时就是这么想的。而疗养所的厕所不仅仅是厕所，它是卫生间，这就意味着洁净白亮的瓷砖和可供坐着边看小说边排泄的马桶，意味着它的舒适度更高于城里的私家厕所。很自然地，李四的入厕时间又延长了好几分钟。待他出来时，其他三个都已不在了，李四便到窗口去张望他们的去向。他刚想点名道姓一一呼喊时，忽然间也看到了令赵一钱二孙三都感到奇怪的那个老头。同样的，他眼里的老头也采用蹲式，他全神贯注地盯着地上的什么东西，手上也间或地东捅一下西捅一下。李四想他这是在干什么呢？

吃罢早饭他们几个都一起回到房间，商量着下面的时间他们该往何处去。赵一说去东边的山，钱二说去西边的山，孙三说去南边的山，李四说去北边的山，一人一票，没法统一，每个人都叙述自己强有力的理由。赵一激动起来，挥着手臂，一派叱咤风云的样子，他走到窗口，突然他的手臂僵住了，声音也小下去许多。钱二也冲动起来，他吼着赵一说：说呀你说呀，怎么不说了呢？他说时也踱到了窗边，他怔了怔，他也如赵一般，手臂停止了挥动，声音也变了硬度。孙三李四也都走了过来。孙三说怎么了？李四说你们呆了？在他们见到在此前他们见过的这个老头时，他们也同赵一钱二一样地沉默了下来。

老头其实并没有什么新的花招。他只是还像他们前几天所见的那样，身体蹲得很低，脸部距地面很近，手里捏了根小棍或是镊子什么的，捅来捅去，这一次相距较近，赵一钱二孙三李四都能看见他的嘴里似乎还在念念有词。赵一说：他到底在干什么？钱二说：这是个什么人？孙三说：未必是在作研究？李四说：是土族还是外来的？

仍然还是争论不休。李四到底读过大学，脑子运动得比他人快。他说：这样吧，我们来推测一下这老头到底是干什么的，谁猜对了，就去谁的山头。这个民主的提议得到大家一致的赞同，纷纷说书读得多的人就是同旁人不一样，既公平又有趣。于是决定给十分钟考虑时间，十分钟后由赵一开始起讲。

其实那十分钟考虑时间谁也没用。赵一去泡了杯茶。钱二去撒了泡尿。孙三去找他昨天被赵一拿去画猪的笔。李四则把他的扑克牌洗好装入了盒子里。然后时间就到了。

赵一说：我认为这老头是个土壤学家，他是在研究这儿的土质。他是一个做大学问的人。因为只有这样的人，才有一种与众不同的气质。这种气质中有许多的迂阔，许多的傻劲。不用问，我们今天得上东山了。

　　钱二说：我看他更像是一个诗人。他住在这儿搞创作，偶尔出来转转，观察观察地上的小生物，恰恰每次都叫我们几个碰上了。赵一说他为什么只观察小生物呢？既然是诗人，他恐怕更多会是去观察树叶云彩太阳光线什么的，何苦一天到晚撅着屁股往地上看。

　　孙三说：不，我认为这个老头是一个神经病。这里的土壤有什么研究头？种田？石太多，开不出几分地；种果树？山太高，没几人愿往这里跑；办工厂？笑话一个。我想他是没什么目的的，他只是有毛病而已。

　　孙三的观点遭到一致的反对。钱二说如果你说他像个神经病这就从另一个方面证明了我的判断，因为所有的诗人都是神经质的。孙三说请记住：神经质并不等于神经病。钱二说那也只是一字之差。赵一说别争了，听听李四怎么讲。

　　李四慢条斯理地开了口。他说：我想他一定是一个侦探。他是在为一桩案子寻找蛛丝马迹。能这么锲而不舍地去发现他所能发现的一切，这证明这不会是一件小案子，至少会是命案，更有可能是一桩大命案。凶手说不定来过这里，也说不定现在也还待在这里。赵一钱二孙三一起吸了口冷气。李四继续说：他在这里的任务或是监视也或许是侦察。否则很难解释他的行为为什么这样的怪异。

　　孙三反对说：不！绝不可能。因为愈是做侦探的就愈要使自己大众化，以不让自己的对手察觉。赵一钱二皆说：是呀是呀，电影电视里可不都是这样的？李四冷笑一声道：连你们都会这样想，凶手难道就不会？真正的大侦探是完全能掌握常人的心态的。他故意做出神秘状，他的对手一想电影电视里的侦探都不是这样弄得神秘兮兮的，料想此人肯定不是。这一来就真的上了他的圈套。赵一钱二孙三觉得李四的思路是对的，可他的判断却一定不对。所以都觉得有话想说，又不知从何说起。这时，李四却一脸傲慢地站起了身说：怎么样？服了吧，今日可是定了上北山？

　　回答是三人一致的吼叫：不——！李四说：怎么？不服？好吧，不服者可以亲自去问。只是我得提醒你们，真正的侦探也是不会轻易地暴露自己身份的。他即使十分地佩服我的分析，他也会编一个谎话来应付局面。最后的结果我料定不出这样。

赵一钱二孙三几个目瞪口呆，他们这回才真正体会到了读书人的厉害：问和不问李四都已经稳操胜券。

但是赵一还是决定去问个明白。李四表示他无兴趣前往，理由还是他先前所说的，对方不可能对他们说真话，既不能说真话，问之又有何用？孙三也表示他懒得动。孙三是因为那天叫了老头一声没被理会，对老头始终抱有反感。他想他犯不着再去跟那个神经病多搭腔。李四说你们两个去也一样，我和孙三俩在家玩玩"跑得快"。于是赵一钱二就身负重任地去找那老头儿了。

几乎到了吃中饭的时间，赵一钱二才回来。他们俩的气色不是太好。孙三李四皆说还是我的话说得对吧？

赵一说：你们俩和我们一样，都是放的一个响屁。孙三说怎么讲？钱二说：那老头才不是一般的人哩。你们知道这一点就够了。李四说：我从来就没有说过侦探是一般的人。赵一说他要是个侦探砍我的头。李四说他要真是个侦探你的头就能让人砍吗？赌这些不能兑现的咒是最没有效果的。赵一张口结舌，一肚子的理由不知如何说出才能令李四信服。

钱二说，说了你们也许不信，老头是一个退休老干部。孙三说，多大官？赵一说这辈子你恐怕还没见过那么大的。孙三叱了一下，冷笑两声，以示不服。钱二便说了他的来头。孙三听得不由得咧开了嘴。他自然有些不信，可钱二的神情的确没有半点开心的意思。李四淡淡笑笑说：你们说他是如此之人，那么你们也说说他到底在那里干什么呢？像他这样的大人物，在此荒山僻野之地，蹲在地上一蹲便是一天，是不是也太不合情理了？赵一钱二皆说是是，是不符合情理。赵一说可你在听了他说他在这里干什么你会觉得他更不符合情理。李四说怎么讲？钱二说他以前是搞地下工作的，总是在敌人内部做瓦解工作，做惯了，喜欢看别人争斗。后来的日子里，逢他做小官时，他上面的大官便总是不和，再后来，他自己做了大官，他手下的小官们则总是不和。他说：待在一边冷眼看别人在他的调度下相互斗得头破血流，其中之乐趣真是难以言说。李四听得入迷，连连称道有趣有趣，又追问着以下的。赵一说他来这儿，是回乡玩玩。没有人相互争斗的日子顶寂寞无聊，所以他决定逗逗蚂蚁。他的工具是一瓶蜜。他把蚂蚁之间的战争挑了起来，他说他很快就弄清楚了怎样可以使蚂蚁在最短的时间内发生战斗。虽然这乐趣比看人和人之间相斗要少一点，但真正地投入进去看也依然是其乐无穷。孙三听此一说，顿时有目瞪口呆之感，嘴上反复道：世上有这样的人？有这样的人？不，不，这也只能划入神经病的范畴。李四则拊掌顿足地叫：真奇人也，真奇人也。太有性格了，太有性格了。深刻深刻。叫得孙三只觉得神经病不是老头儿而是李四。

于是推测又深入到了另一阶段，即老头儿是纯属一解寂寞呢还是习惯行为？是从中取乐呢还是非此不可？赵一钱二孙三李四又是各自持一种答案。以李四的意见，得用几天时间去同老头好好地谈谈，探索探索人世间的苦甜酸辣。但他的动议遭到了赵一钱二孙三三人的反对。因为，他们已用去了整一天的时间来讨论老头儿的问题，结果弄得无论是东山还是西山，无论是南山还是北山，他们都没有去成，下山的时间就到了。

疗养所的所长是他们四人一致认为的世上最好的人。他派了辆专车送他们下山，然后送给了他们每人一袋上好的香菇和木耳，外带一块硬度很高的桦木菜板。所长说：把这东西拿回去，你们的老婆肯定个个高兴。赵一钱二孙三李四一想：可不是？

这趟春天的旅行用李四文绉绉语言来形容是：充满浪漫，富有情调，尤其老头的出现，使之更加意味深长。究竟有怎样的浪漫有怎样的情调以及有怎样的深长意味，赵一钱二孙三都没有琢磨透。他们各个推测了许久也没推测出来。并且带回去的东西也没怎么讨到老婆的多少好，反之老婆们却认为山里既然有那么多的木料，怎么不想法子弄一两方回来，家具都该换下一轮的了。老婆们的欲望有多大，赵一钱二孙三几个也推测了许久也未推测出来。只有李四，每次见到他们，都一次又一次地推测老头的目的和意义，一次又一次地推翻自己的推测，以至于赵一钱二孙三都私下里推测李四到底是走火入魔还是故意在他们面前显示自己读了书的不同。这个推测也没有结果。

后来不知怎么，他们的小聚慢慢地稀了，又慢慢地没有了。但他们的推测却是愈来愈多。他们总是推测：城市到底是好呢还是不好？城市到底是让人得到了解放呢还是让人更加压抑？答案有许多，只是他们几个都没有找到最为合适的一种。

1992 年冬于武汉

哪里来哪里去

　　达子走出孤儿院大门时，外面正刮着大风。风有些寒意，穿透达子薄薄的衣衫直奔骨缝。达子颤了一下。秋天已朝它自己的季节里走得很深远了。达子后悔没听陈太的话将她那件线背心穿上。达子当初没穿是因为陈太那线背心太破而且太土了。达子想我马上就能挣到工资我还要那干什么？陈太也没坚持。陈太是孤老，也很穷。陈太在孤儿院好多年了。达子进去时，第一顿饭便是陈太喂的。陈太说那时达子美得像只小猫，眼睛大大的，又黑又亮，而且出奇地乖，午睡时也不要人哄，只自己躺在床上哼歌。达子能哼很多的歌，哼时喜欢把"月亮"哼成"亮月"，把"红花"哼成"花红"。陈太说达子那光景才两岁出头，一个地道的小不点。达子曾问过陈太，谁送了她去孤儿院？为什么送她去？她的爸爸妈妈是什么人？陈太总是晃晃脑袋，表示她不晓得这么多。达子对陈太的回答一直有一种失望感。达子在孤儿院十几年来，差不多没有一个人去看过她。达子最亲近的人就是陈太。这也不过是因为陈太是孤儿院最老的保育员而达子则是院龄最长的孤儿而已。

　　达子十四岁开始承担保育员的事儿。达子对那些咿哩呜哇乱哭的小孩有一种深刻的怜惜，达子总是给他们额外地弄些吃的。有一回达子捧了一包蚕豆去，每个小孩都发几粒，结果一个叫月月的女孩差一点呛住气管。院长狠训了达子一顿，便叫达子待在伙房帮厨。伙房做饭的大师傅姓张，说话喷出的气很臭，达子很怕闻这股味道，可张厨子却总好凑到达子面前说话。有一天张厨子叫达子晚间去厨房一下，张厨子说明早包肉包子准备点馅儿。达子依时去了。不料达子一进门张厨子便搂过去亲嘴。达子稀里糊涂没明白怎么回事，就叫尾随而来的陈太撞上。陈太破口狠骂张厨子，说他禽兽不如，骂完又训达子，叫她要懂规矩。达子正委屈，却听张厨子说："跟她妈一样，放在哪儿都勾男人，男人一碰骨头就酥。"陈太吼了一句："你放屁。"然后拉了达子便走。达子头一回听到有人提她的妈妈，不觉惊喜万分，她使劲摔开陈太抓着的手，想冲过去问个明白。陈太却又伸手勒住她，活活将她推了回去。陈太说张臭嘴不是个人，从他嘴里出来的东西没有不臭的，跟他多说了话也会染上臭嘴。达子信任陈太，此后但凡遇上张厨子便绕开了去。

这事过了两星期后，院长笑盈盈地找到了达子，告诉达子给她找了个工作。院长说是在加油站，很舒服，也不太累，且说而今加油站的加油机高级得很。达子那些日子出了伙房每天只打扫下院里的卫生，正无聊，便兴高采烈地答应了。达子只是在大风呼呼地吹过时回头又望了望孤儿院的大门，那一瞬间达子心里感到一阵空落，空得像头上云彩散去的天。

达子分到一件厚厚的工作服和一双白手套。达子将工作服穿上又将手套戴好，然后便去照镜子。达子恍惚觉出自己叫这袍子一般的衣服笼罩了起来，很是有趣。

加油站添了达子便有三个人：站长、会计和达子。都是女人，所以生活起来很方便。比方厕所没有门，只一块小布帘隔了一下，又比方晚上洗脸洗脚也不必一定要端水进屋，坐在小客厅里稀里哗啦一下就好了。达子住的房间原先是个小储藏室，有五个多平方米，窗口好小。达子非常满意。她原先总是与人合住，最少的人数也没低于六个。而现在她却有了自己单独的一间。达子现在的梦都是充满欢乐和歌声的。

站长快五十岁了，说起话来高声武气，一开口便要带上几句脏话，这是达子在孤儿院从未听讲过的语言，为此达子觉得非常有味道。会计叫小芬，比达子大七岁，已经结了婚。小芬经常回家。小芬的丈夫是个司机，他们是在加油时认识的。后来小芬怀孕了。然后他们便匆匆结了婚。小芬的丈夫常来这里加油。达子第一回见他时就晓得往后这个人来不必收油票。小芬告诉达子，留意一点过往的司机，见哪个好，就盯紧了别放。达子明白小芬的意思，脸红了红说："那怎么盯得住呢？"小芬说："那些人呀，渴得很。"达子奇怪这跟口渴有什么相干，便问了小芬一句："那他不晓得喝水么？"小芬大笑，笑出了眼泪水，而后告诉站长。站长亦笑，嘎嘎嘎地震落天花板上一些灰尘，笑完说："你就是水啊。"达子那一刻方领悟渴的内涵。

达子有一种天生的领悟力。她对不懂的东西总好搁在心里头辐射开来一揣摩，便能明白。达子在孤儿院生活的年数太久，久得令达子觉得曾经是生活在一口极深的井里。从一口井中能见识到天空的几颗星呢？为此井外的一切达子只能凭了自己的领悟力去认识和理解。达子自我感觉良好。

有一天，小芬回家了，站长跟达子缩在屋里头烤火。那已是冬天了，外面开始下雪。站长问达子："你还记得你爸爸妈妈么？"

达子摇摇头。

站长又问："他们从前是干什么的？"

达子仍摇头。

站长说："你几岁进的孤儿院总晓得吧？"

达子说："听陈太说好像刚两岁。"

站长说："是亲戚送去的？"

达子说："不晓得。"

站长说："那怎么就晓得是姓达？"

达子说："抱我去的那个人写的。"

站长说："就写了'达子'？"

达子说："陈太讲就只写了'达'，后来大家都管我叫达子。我就成了达子。"

站长说："达子你过去的事一点印象都没有了？"

达子说："记得最远的事是我有一回摔破了碗，一个阿姨打我的手，陈太护我，说别打她，她可怜。那阿姨说，进了这个门的小孩都可怜。陈太说她不一样。我究竟怎么不一样，陈太一点都不告诉我。"

站长不再多问了，只是自个儿唏嘘了老半天。

元旦前夕，陈太来加油站看达子。达子高兴坏了。陈太更高兴，因为陈太看到加油站乃清一色的女人，陈太说这一来她就放心了。陈太原先是修女，后来便一直待在孤儿院。陈太一生厌恶男人，也一生都警防着男人。陈太说世界上所有的罪恶都是他们制造的。达子留陈太在加油站过一夜，陈太没肯，陈太从未在外宿夜。达子只好陪她吃了顿晚餐。晚餐的菜是站长弄的。站长的男人是开餐馆的，所以站长做菜也很有一手。达子和陈太都吃得好满意。吃完饭站长令达子去洗碗和拾捡厨房，自己则拉了陈太去她房间里问话。达子刚洗一个碗，觉得小腹一阵紧张，便欲泻肚子。达子丢下碗，返身回屋寻张草纸，又往厕所奔。去厕所必经站长房间。达子刚走过，忽听见陈太的声音。陈太说："她妈死得好惨。"

达子觉出陈太正是在说她的事，便夹紧了肛门，贴在窗口听。

陈太说："是她的舅舅送她去的孤儿院。他不敢收留她。她还有一个哥哥和一个姐姐被救活了。只是头上都有刀疤，破了相。他们太大了，孤儿院没收，后来听说都送到了乡下。"

站长说："那么这孩子就再没亲人了？"

陈太又说："有是有，就是不晓得哪里去找，等于没有。"

站长说："好可怜。"

陈太说："是可怜呀，拜托您多照应了。"

站长说："那自然，那自然。"

达子听得发痴了，心里头仿佛散开了无限的悲凉之气。她不晓得自己怎么进了厕所。达子蹲在那里呆想。达子想原来我还有过哥哥姐姐呀！原来我家里是出过大事的呀！难道杀人？妈妈死得好惨？是杀死的？我怎么又活着？达子心乱如麻。

陈太和站长在外面喊达子，喊了好几声都无人应。站长这才找到厕所。站长掀开布帘，见达子眼睛发直，吓了一跳，忙上前拍了拍她的脸。达子冷丁一惊，缓过神来。达子说："肚好疼，疼得头发昏。"

陈太跟了进来，说："那你赶紧回房歇着，我自己回吧。"

正好外面有车来加油，站长叫那车将陈太带上一脚，陈太上车时，达子还是出屋来了。达子忽觉陈太一走她将失去什么，不觉潸然泪下。达子说："陈太，除了您，没哪个记得我。"

陈太说："快莫这么讲，日后记挂你的人多得是。"

陈太走后，达子上站长房里。达子给站长打了盆洗脸水，达子是经常干这活儿的。达子说："站长，陈太是不是告诉你我爸妈的事了？"

站长怔了怔，笑说："我倒是问了，可她没说清。她自己也搅不清楚。"

达子说："是不是有人杀了我的爸爸妈妈？"

站长说："莫说得吓我，没那事。看，来车子了，加油去。"

达子一无所获。站长的嘴太严。达子想，一定是有人杀了她的爸爸妈妈，还有她的兄弟姐妹。但她和她的哥哥姐姐没被杀死。哥姐被送到乡下，而她因为小，则被送进了孤儿院。一定是这样。达子为自己的推理弄得万分激动起来。那么，达子想，她的爸妈到底是什么人呢？谁杀了他们？为了什么？她有几个兄弟姐妹？送到乡下的哥哥姐姐又在哪里？可有亲戚？曾居何处？老家何在？达子满腹疑问，却无处寻找答案。有一天晚上，她做了噩梦。梦中有人拿刀追杀她。她惊慌地逃跑，却跑到了楼梯死角。那人追了上来，狞笑着。达子从他的笑容里看到了殷红的血，又忽地发现自己正站在血泊之中，她的周围尸体横陈，有她的父亲母亲和兄弟姐妹，其中一具尸体在她脚边爬了起来，翻着白眼对她笑，一道深刻的刀伤横过他的面孔。在楼梯死角的一盏暗灯的照耀下，翻起的白肉上结出了血疤。达子尖叫着呼救，突然间就醒了。醒来达子首先想到的问题是：我真的是姓达么？

达子被自己弄得有些痛苦了。她经常地魂不守舍。小芬便开心她，说："达子，想男人了吧？"

达子便回嘴说："是呀。"

小芬笑说："哟，真有心上人了？是什么样子的？"

达子不假思索，用食指在自己脸上斜划了一下说："喏，就这样，脸上有这么长道疤。"

小芬笑得前仰后合，大笑水灵灵的一个达子，干什么找那么个怪样子的？站长沉着脸走过来，屈起中指在达子脑门上叩了一下，斥道："不许胡说八道！"

居然从那一天起，达子开始在过往的行人中留神起来。达子要找脸上有刀疤的人。

开春之后，加油站一天忙似一天。站长的丈夫在距加油站最近的一个路口开了家餐馆。他原先的餐馆开在城里，生意也还红火，但离老婆太远。站长几乎每夜都宿在加油站。站长的丈夫有些打熬不住，便同他餐馆里一个女招待不干不净了几个月。站长晓得后，奔进城将那女招待打骂得几欲自杀，且又同她丈夫闹得个石破天惊。后来站长的丈夫便将餐馆开到了老婆身边。站长的丈夫每夜回到站长房间里睡觉。站长没有锁门的习惯。有一回达子给站长送洗脸水，推门进去正撞上站长被她的丈夫压在床上。达子尖叫道："你干什么欺负人呀！"站长则急喊："快出去！出去，达子。"

达子忙退出。退出后达子才仿佛忆起站长的丈夫是在啃站长的脸。达子想到了当年张厨子啃她的事，便不觉红了脸。达子感到体内一阵躁动。躁动得她有些茫然。

几乎进入伏天了。有一天傍晚来了辆"东风"卡车。车加完油，便开到路口歇下。司机和另一个小伙子一起进了站长丈夫的餐馆里吃饭。一会儿，站长的丈夫差人来喊达子过去一下。达子去了。站长丈夫指着达子对那两个吃饭的人说："喏，这姑娘针线活儿不错，你们求她帮帮忙吧。"

那两人望着达子笑，却不开口。达子忽然看到其中一人的额头上有一条刀疤。刀痕擦过眉毛一直滑到面颊上。达子的心陡然提了起来，她感觉自己的两腿在发抖。

站长的丈夫说："达子，帮个忙。这个师傅不小心划破了裤子，回不了家。你给他缝几针吧。"站长的丈夫一指有疤痕的青年。

达子望了望那年轻人，她感到他眼里有几分亲切。达子说："拿来吧。"另一个人便又笑，笑完说："还在屁股上套着。"

达子脸红了。达子说："那怎么缝？"

站长丈夫忙说："先拿我的一条裤子穿上，缝好后，你再还我。"

这时达子听到远处有汽车马达声，她用手搭了个眼罩望望，说："车来了，我得去加油，你换了裤子送过来吧。"达子说完，便跑向加油站。

达子加完油，回她房里找出针线。正穿针时，那有刀疤的青年进来了。他把裤子递给达子。达子接裤子时使劲盯着他看，心里紧张得咚咚乱跳。

那有刀疤青年说："你这么看我干什么？觉得我丑？"

达子忙说："不不不。我觉得你好像一个人。"

有刀疤青年说："像哪个？"

达子迟疑了一下，还是说了："像我哥哥。"

有刀疤青年笑了，说："那好哇，你就叫我哥哥吧？你姓什么？"

达子说："姓达，你呢？"

达子问完，心又提了起来，有刀疤青年说："哟，你要姓刘多好，连姓都不消改就可做我的妹子。我叫刘林，你叫我林哥吧。"

达子有些失望。达子觉得他该姓达或者她自己该姓刘才对。

刘林见达子没说话，便问："怎么样？又变卦了？"

达子忙说："没没没。"然后她顿了顿，笑眯眯地叫了声："林哥。"达子想，或许是他们俩中间的哪一个改了姓。

刘林说："对了，这才是好妹子。"说完突然伸头在达子脸颊上亲了一口，亲完又望望门外，见无人，又伸手在达子胸脯上捏捏。

达子没设防，躲避不及。她叫这突如其来的动作弄得发怔。刘林说："原来你这么土呀，我还以为你老练得很哩。有男人碰过你没有？"

达子摇摇头。

刘林说："那我是头一个？"

达子又点点头，刘林便一把拉过达子，把达子拥在自己的怀里，用劲地挤压她搓揉她。刘林以一种温柔的嗓音说："你真是个好姑娘，你叫我疼你都疼不过来了。"

达子被刘林的声音深深打动了。从来还没有人这样动感情地同她说话，她在刘林如钳夹般的拥抱中一动不动，她把自己的脸紧贴着刘林的胸脯，倾听着那里面的心跳声。刘林把脸嗅了过来，他急剧地喘息着。达子忽觉刘林的气息好香，只一瞬间，她便被那芬芳的鼻息融化了。达子带了点激动，她又叫了一声："林哥。"

便在这时，站长喊："达子，来车了，猫在屋里干什么？"

达子挣脱刘林，奔了出去，达子说："大叔要我跟一个客人缝缝裤子。"

站长说："把这车的油加了，你去缝吧。"

达子加完油返回房间时，刘林已经走了。达子便拿起他的裤子翻找破口，裤子是炸了线，如同开裆裤。达子看了便笑了起来。达子缝得很仔细。在孤儿院时，达子学过女红，可她一直讨厌干这事，而这一刻，达子觉得干针线好叫人愉快呀。达子想，过去我怎么会对这事不感兴趣呢？

刘林再转来时，达子已将裤子缝好了，达子缝好后见裤子皱巴巴的，便将开水倒进茶缸，把裤子平摊在床板上，用茶缸底慢慢地熨着。天很有些热，屋里不透风，头上又吊着四十瓦的电灯泡，大滴大滴的汗从达子额上流向面颊，达子时而勾起食指从额头上刮过，然后甩一条汗水在地下。刘林忽而产生几分感动，而像刘林这样走南闯北惯了的人是不轻易被感动的。刘林便不再像适才那般轻薄，而是认真地谢了达子，并且说："你是世上少有的好人，就好像不是吃米饭长大的。"

刘林没再拥抱达子，亦没有亲她，达子在刘林的车走远后，方摸摸自己的脸，一屁股坐在床沿上，达子无端地觉得委屈。

达子晚上睡觉时，不知怎么开始想念起刘林来。达子尽自己的想象力来编织她和刘林的梦。达子甚至弄不清自己到底是将刘林当作哥哥还是当作情人。但达子有一点非常执着，这便是刘林绝不是她每天所见的那些过客，刘林肯定还会来找她。没有她达子，达子想，刘林在这个世界上闯荡心里头怎么会踏实？

达子梦了许久，可刘林并没有再现。达子甚至已不能很清晰地在心里勾勒出刘林的模样了，但刘林这个人却占领了她全部的心。有一回小芬要介绍一个当兵的给达子做男朋友，小芬说那兵长得很帅，家境也好，图达子只身一人，无牵无挂无负担，可以一条心爱他。小芬自夸说达子若能找到这样的男人，就是福气了。不料达子却一口回绝了，弄得小芬惊讶无比，连连追问达子可是有了心上人。达子想了半天，还是说有了，且交代了他叫刘林，最后又补充说她是把刘林当哥哥，因为刘林很像他。小芬起劲地嘲笑达子，说她在感情问题上是个地道的糊涂蛋。达子也就由她说，自己糊不糊涂只有自己清楚，达子想。

不觉又入了冬。这年冬天的雪下得早，雪片太小，落地不白，只稀释了冻僵的泥土。雪止的那天晚上，又刮起了干北风，风呼啸得很凶，过往的车辆明显少了。这天达子老早就上了床，她偎在被窝里织毛线裤，其实刚入冬时达子便将自己的毛衣毛裤织全了。她歇了几天，手中无事，便产生欲给刘林织条毛裤的念头，这念头一生，便收它不住。达子终于又抽上一个休息日去买了一斤半毛线，毛线是黑色的，黑得油亮油亮。达子不敢白天公开织，只敢晚上上了床后悄悄地干，这么着，干了十来天，现只剩下点收尾的事儿。达子为刘林干着这，居然也缓解了她对刘林的思念。

外面除了风声，什么都给淹没了。达子有点倦，伸了个懒腰预备躺下，在她褪下毛衣时，她突然听见有人敲她的窗子。达子怦然心动。她想，一定是刘林，一定是刘林。达子急急下床，根本连问都没问便开了窗子。外面果然是她朝思暮念的人。那道醒目的刀疤几乎令达子欢喜地叫出了声。

刘林伸手入窗捂住了达子的嘴，而后急进屋。窗口好小，刘林吃力地钻着，达子在里面使劲地拉着他，达子又闻到了刘林芬芳的鼻息。

刘林一进屋便迅疾地关窗拉灯，不容达子说什么即用嘴堵住了她的嘴，刘林亦抱亦挟地将达子弄到床边，三下两下地扒下达子的衣服。达子挣扎着欲说不，达子又想说你是我哥哥，但刘林压着嗓子说：“什么都别讲。”

达子在暗夜里睁开了眼睛，她看着刘林以极快的动作脱下了他的衣服。达子被那白的身体弄得晕眩起来，她浑身发软，恐惧而又紧张。刘林钻进被子，使劲地抱着达子。达子在刘林的抚摸中如火如灼，可她仍想：这不行。想告诉刘林他们是兄妹。但达子终于没说。她愿意这样躺在刘林的怀里任他抚弄。她第一次接触男性的肉体。接触得这样的彻底，她意识到她将再也不能缺少他。她想刘林的刀疤同我哥哥的那道一定是不一样的，她还想那天陈太对站长讲的说不定是别的一个什么人家发生的事。

刘林忽地支起身体，侧着耳聆听什么，达子说："就只有风，有什么听头？"

刘林说："别说话。"

只一会儿，达子听到了脚步声，达子想可是有人捉？达子想到此，便浑身开始哆嗦。

刘林说："万不可开门哦？也不能让人晓得有我在。不然，你的名声完了，弄不好，饭碗都得丢。"

达子愈加抖得厉害。刘林说："别怕，没人敢撞你的房间。"

有人在擂大门了。站长出了屋，嘴里骂骂咧咧的。外面人喊："刚才有人来过没有？"

站长把门开了条缝，没有拉下连着柜门的链锁。站长说："这里既不是银行也不是妓院，半夜里来什么人？"

另有人低声说了几句什么，站长态度缓下了。站长说："的确没见有人来。"

那人说："就你一个人有大门钥匙？"

站长说："还有达子。"说完站长便喊："达子，你起来开过门没有？"

达子吓得一点力气没有。刘林在她的腿上轻轻掐了一把。

站长又喊："达子，你睡死了？她是个小姑娘，孤儿一个，没亲没戚的，天一黑就钻被窝，谁去找她？"

达子终于攒足了劲。达子说："谁呀？谁找我呀？"

站长说："刚才有没有人来过？"

达子说："不晓得呀！未必陈太今天来了？她说过几天来的呢。"

站长说："扯哪里去了。"又说："这丫头有些糊。早睡迷糊了。"

来人呼啦啦如潮退下，一忽儿又只有风声了。站长重新锁上了门，达子听见她从厕所里发出的淅淅沥沥的撒尿声。达子松了口气，她感觉刘林比她更加松软了下来。

站长锁了她的房门，刘林方贴着达子的耳朵说："你真是个好姑娘。"

达子说："他们在找你？你干了什么？"

刘林说："不是找我，完全是巧合。"

达子说："那你是想我才来的。"

刘林说："当然是。你这么性感这么迷人，我见一次便永生难忘。"

达子没说话，达子只是用明亮的眼睛盯着他。达子知道刘林在撒谎，她轻轻地叹了一口气。

刘林在达子叹气间伏上了她的身。达子说："别……"

刘林说："我们都这样了，你还在乎？"

达子说："林哥，你是我林哥啊！"

刘林笑说："好妹子，哪一家的情哥哥最终图的还是这个。"

达子便不再说什么，她闭上了眼睛。后来她便在刘林温暖的鼻息中睡着了。

刘林在凌晨时依然翻窗而去。刘林穿上了达子给她织的毛裤。刘林亲了亲达子，说："为我怀个孩子，我过些天来和你结婚。"达子告诉过刘林，小芬是怀上孩子后，她丈夫才和她结婚的。达子说她想做第二个小芬，刘林的话使达子幸福无比。

达子抚着自己的腹，自豪地对刘林说："他一定已经住进去了。"

天刚亮，有车过来了。达子刚套上长裤，站长便大喊大叫地让她去加油。达子不及梳理，凌乱着头发跑出去。在出大门时，她同站长打了个照面，达子不知自己为什么竟一下红了脸。站长狐疑地瞥她一眼。

达子加完油哼着歌回到自己房间时，她忽地傻了眼。站长正端端地坐在床沿上，她的被子被掀开了，床单上袒露着刘林夜里留下的污迹和她处女的血。达子畏缩地立定不前。

站长严厉着脸，说："我昨天下半夜就觉得你这边跟往日不同，果然如此。想不到你这么不老实。他是谁？"

达子说："他……叫……刘林。"

站长说："哪里的？"

达子说："不晓得。"

站长说："不晓得底细你就留他过夜？你开妓院了？他多大年龄？"

达子说："他说他二十六。"

站长说："他长得什么样子？"

达子忽忆起陈太对站长说过的她的哥哥的事。达子抬起了头，缓缓地说："他的脸上有一道……刀疤。"

站长惊异地望着达子。达子面色苍白，眼睛里却燃烧着一种站长从未见过的痛苦。站长的心抖了一下。她站起来走近达子，伸手在她肩上拍了拍，叹说："你什么都不明白。你不明白自己干了些什么。"

她说完便出去了。达子揣摩了好一会她的话，终是不明白她到底在说什么。

好多天好多天以后，从北面过来加油的司机都说，有一个歹徒杀了人跑了近两个月现在被发现了。歹徒钻到了一幢大楼的人家屋里负隅顽抗。那屋里有一个老太太和一个三岁的小女孩。歹徒有枪有炸药，警察不敢贸然撞入，一直僵持着。

达子在加油站听杀人抢劫之类的事她听得多了，再骇人听闻的事她都当作寻常新闻。但达子却发觉站长突然地坐立不安起来，站长一会儿喊达子想说什么，却欲说又罢；一会儿又喊达子，仍张口又止。达子被弄得莫名其妙。终于到了下午，站长说："达子，你搭个便车去看看吧。"

达子很吃惊。

站长又说："反正不远，你去看个热闹，回来给我们传达真实的，免得叫这帮家伙哄了。"

站长的话说得轻描淡写，达子却好似觉出站长不是了往日的站长。但达子还是从命而去。达子想，去玩一圈儿也好。

达子乘坐的便车还没进入邻县，便听得远处一声闷闷的轰隆声，却并不是雷。司机一踩油门，说："怕是出了事。"

达子想，未必那歹徒炸了房子？达子不觉为老太太和小孩担忧起来。达子想，当年我家是否可也是这般遭的害？

前面戒严了，车只好歇下。好多人攀在车边沿伸头探脑朝前处观望。达子爬到了车顶上。远处有尘烟升起，其他什么都看不见。戒严圈内又赶出一些人，外面观众忙打听。出来的人说，那歹徒在城里杀了他的仇人，逃跑时被人发现，没追上。听说后来是加油站的人提供了线索，掌握了特征，最后才在这里发现他的行踪。有人问，老太婆和小孩怎么样？回答的人说这歹徒还算有点良心，把老太婆和小孩放了出来。自己倒拉炸药自杀了。达子听得心惊肉跳，她觉出一种不祥，正想俯身问点什么，便又听一个人叹说，这是个老犯了啦，原先总是蒙着脸，没有人见过他的真相，这一带哪回抢劫都少不了他。我老弟在分局，说这人愚蠢，脸上偌长道刀疤，去到哪里都好认，哪里配当坏人？

许多人笑了，在飞扬的笑声中，达子腿一软，从车顶上滑了下来。边上人尖叫开来，好多手伸出来接住了达子。

达子晕了几秒钟，醒来，她推开几双摇晃着唤她的手，飘飘然地走到戒严人身边。

达子说："我要过去。"

戒严人厉声喝道："都不准过。"

达子说："他是我丈夫。"

戒严人说："人家的老婆孩子早来了，哭得差不多断了气。你发什么骚？"

达子怔了怔，她想起并不久远的一个夜晚的事，不觉淌下了眼泪。达子说："我有些晕。我讲错了，他是我哥哥。"

戒严人见达子面容惨然并非凑热闹之徒，便带了她进去。

许多人在忙碌，闪光灯东抖一下西晃一下。达子跌跌撞撞地走到了跟前。达子第一眼看到的是一棵小树。小树杈上飘着一片破碎了的毛线织物片。毛线织物片黑亮黑亮的，在风的吹拂下一飘一扬，宛如一面小小的黑旗。毛线织物是织的元宝针，织片的边缘间隔着有血。血鲜艳欲滴，反射着阳光。达子只觉得那黑旗忽忽地飘下树来，然后覆在了她的脸上。

达子醒时，已躺在了她的小床上。达子睁眼茫然地望着天花板，那带血的小黑旗似乎在上面微微地闪动。达子凄厉地叫了一声。

站长和另外几个人一起进来。站长坐在了达子的床边。达子盯着站长，凝眸不语。站长有些不安，又似有愧疚。站长说："达子没你的事，我们都替你说清了。你同歹徒毫不相干。"

达子尖锐地说："可你同他相干。"

站长说："达子你别糊涂，有些事不能由着自己的感情，当怎么做就怎么做。"

达子说："是你杀了他。"

站长说："你错了，是他杀了人。"

达子说："他杀的是仇人，仇人！仇人杀死了我的爸爸我的妈妈还有我们全家。他是我哥哥，他为我们报仇！"

达子歇斯底里地叫喊着。站长对旁边几个人说："这孩子神志不清，是不是再请个大夫来看看？"

达子在床上睡了整整一个星期。是陈太来看护她的。陈太没有考虑是不是宿在外面的事，只是很精心也很愁苦地照顾达子。达子再次求陈太告诉她关于她家曾经发生过的事。陈太连连叹气，说："还是不晓得好，还是不晓得好。"达子问紧的时候，陈太便说："我不晓得，真不晓得，劝你也不用去晓得。"

达子下床的那天，陈太回孤儿院了。达子望着远去的身影和扬起的灰尘，呆呆地想，的确不必知道。知道了又有什么意思？达子这么想着，折回屋里。达子将自己的衣服收拾到旅行袋里，她留恋地环视了一下她的房间，便走了。

　　这天开庆功会，站长去参加授奖了，小芬的孩子生了病，临时跑回了家，没人知道达子到哪里去了。只是加油站门口，有达子呕吐过的一摊污秽。

　　好几辆车都没能加上油，其中还有一辆领导的车。站长为此还吃了不少批评，她没有解释原因，只是见人便打听达子。但是没有一个人说得出达子到哪里去了。

1990 年秋于武汉

中篇小说

闲聊宦子塌

一

春上，宦子塌来了个陌生客，手里拿起盖了乡政府红戳子的介绍信找到村长秦老大，说是要收集革命民歌。

秦老大便引他去找胡幺爹爹。一路上不停嘴地说胡幺爹爹是方圆百里内最有名的歌师傅，歌唱得冇①得人可比。虽说而今上了七十，但唱三天三夜不歇嘴是常事，尤其孝歌唱得好。

陌生客听哒好高兴，连哑嘴说："太好了，太好了！"

陌生客是省里来的。胡幺爹爹一听他口音就晓得这个人来头不小，忙把笑堆得满脸，沟沟畔畔的皱纹横起斜起扯起到耳背后。"要唱歌，喏您是找对哒人。全荆州也冇几个人唱得过我。前年新堤镇上有个伙计的老子在香港死哒，还专门请我坐飞机去那里唱孝歌。香港是阶级敌人的窝子，我是贫下中农，去了还有活路？跟您呐讲实的，新堤那伙计流起眼泪下哒跪，我也冇答应。这个立场我胡幺伢还是有的……"

秦老大说："幺伯，那时您不是正病倒在床吗？"

胡幺爹爹忙咳两声："是病，是病。不病也不得去呀！两码事。"

陌生客笑哒，问胡幺爹爹能唱革命民歌不？胡幺爹爹问："么事为革命民歌？孝歌算不算？"

陌生客说："孝歌不算。"

"哭嫁歌？"

---

① 冇：方言，没有的意思。

"也不算。"

"秧田歌？"

"不算。"

"打硪号子？"

"不算。"

"小调？这是情歌，怕也不得算。"

"是不算。要有打土豪分田地，或者跟红军闹革命的歌。"

"那我就唱不到哒。"

"别的老人家会不会？"陌生客转脸问秦老大。

秦老大说："您稍歇，晚上我把村里的老人家都找起来。"

"我都唱不到，别个未必还会？咄。"胡幺爹爹说。

村里难得有新鲜事。天刚擦黑，一个个老人家就到小学的教室里坐起哒。宦子塝离荆州城百把来里，算是正宗的楚天楚地。楚人善舞善歌，古书上也都记得有。"下里""巴人"唱起来，和者数千。宦子塝一带的老人家自然开口也都喊得几段。打硪、搬运、划船、赶马、采茶、放牛、榨油、抬轿、栽秧、薅草，口里都喊，号子打得地动山摇，五句子喊得遍野回音。连女将们做衣、绣花、纳鞋也是手上做起，嘴上哼起，一支支的小曲，叹四季，想五更，十二月对花，十二月想郎，十爱十恨十怨十骂，哀哀切切凄凄婉婉，唱得一个个的男将们心里麻酥哒。

不过，经陌生客一说，老人家们都讲唱不到革命民歌。

陌生客紧说："再想一想，再想一想。这里距洪湖虽是有些远，但总还是属于老革命根据地的地盘。"

老人家们互望望，不讲话。不晓得为么事，宦子塝竟是冇来过红军。

末后，田七爹爹站起说："我这一个不晓得算不算。"

所有的爹爹妈妈都直了眼。从冇听讲过田七爹爹会唱歌子！怕是日头西起东落哒。

陌生客赶紧说："唱唱看，唱唱看。"

田七爹爹居然就唱哒。声气还蛮大。

五洲高岳首推亚细亚，

俄罗斯对红海西向欧罗巴。

太平洋隔北美科斯依罕加，

西洋大陆隔东海亚非利加。

帝国主义势力没多大，

钱虽多人很少全靠拿租押。

我革命他反动每日来交战，

武装暴动消灭他大家享荣华。

陌生客笔头子写得飞快，写完问："科斯依罕加是指什么？"

田七爹爹脸一红，说："不晓得。"

"那，亚非利加呢？"

"也不晓得。"

老人家们先前好安静，听得田七爹爹连答不晓得，一个个都笑哒。胡幺爹爹"嘎嘎"的声音最大，像湖上的野鸭子叫。

陌生客笑完问："您过去在革命队伍里干过吗？"

田七爹爹冇答，胡幺爹爹抢起说："他呀，在国民党里当勤务兵。"

又是"嘎嘎"的笑声。

田七爹爹板起脸，恶似的横了胡幺爹爹一眼。

"没有关系。国共又要合作啦。"陌生客说。

冇哪个弄得清国共合作为么事，只晓得陌生客抄了一个"革命民歌"，第二日一清早连饭都冇来得及吃，就赶早车走哒。

二

一村人对田七爹爹都增了些敬意。但近些日子，田七爹爹却发怪哒。一早起就蹲在河边看水，还呆想。眼光直直的，让人不解。其实田七爹爹眼皮底下的河水跟往日也冇么事差别。还不是悠悠转转，泛几片青叶杂草，再鼓鼓污水泡泡？自打四湖总干渠跟洪排河挖了过后，河道被分隔，班船也不开哒。只时不时淌来几条划子，划子上一两个人不声不气地摇橹，吱吱呀呀地又淌出眼界。

这条河就是荆河，蛇一样在长江和汉水之间爬了无数年。荆河两岸的景色算不得么事美。

田享生去秦家妪妪屋头替喜贵剃头，秦家妪妪问："享生，你七伯么样哒？"

享生说："不晓得。"

秦家妪妪说："怕不是要去哒？"

享生说："捏不准。人老哒，心思麻乱。"

秦家妪妪说："买多些好吃的，孝敬孝敬老人家。"

享生说："那是。"

享生是田七爹爹的儿。宦子塆称父亲为"伯"，且一律按排行称谓。田七爹爹是二房的老四，与大房的三兄加起，是为老七。享生会说话起便称的是"七伯"。

村里的老人家多是各自居家编芦席和筐篮，这几日也坐立不安哒。碰了面，都说老七怪哉。议了几天，突然悟出荆河里怕是出了么事稀罕。

秦家妪妪一领头，一个个老人家都慌哒，呼儿唤孙地颤颤起爬上河堤，扯直了颈下的老干皮，勾倒花花的一个个脑壳，往河里张望。

直到颈子酸。

"见到么事？"有人问。

"冇哇。"有人答。

"怕还是有么事，看老七的呆相。"有人说。

"只怕是。"有人附和。

秦家妪妪说："我们宦子塆的水一古是有仙气的。"

"那是。"胡幺爹爹说，"我宦子塆的水向来不凡。"

"为么事？"几个给老人家当"拐棍"的伢儿都抢问。

"想当初，"胡幺爹爹立即摆起古来，"咸丰皇帝时候，有一日，无风无雨，日丽天和，塘里湖里的水都自家跳起来哒。嘀，六七尺高，左边跳起，右边塌下，边边跳起，中间塌下，闹了个把小时。"

"后来咧？"伢儿问。

"后来一村人都跪倒磕头。结果来年宦子塆大发，五谷丰登，人畜兴旺。还考出哒一个秀才。"

"叫么名？"一个叫木瓜的伢问。

"告诉你也不认得哒。是我胡家的一个先人。"胡幺爹爹说。

"湖里水跳，是地震吧？"木瓜刚上小学，人精，晓得一粒粒事。

"不是，是龙王翻身。"秦家妣妣说。

"哦——"木瓜懂了。

爹爹们冇见出河里有么名堂，只得回。

却不得了个木瓜。

以后，木瓜一放学，连书包都不放，笔直颠到河边，眼睛死死盯住河。他晓得田七爹爹做么事看河哒。

村里好多人惊：木瓜那个小精怪么样也看河哒？

也不晓得龙王几时再翻身。

三

要说宦子塌这个地方的水有仙气，只怕是真的。听讲县志上都有得记。冇弄清么朝代，湖南一个商人撑船由长江入了荆河。船上装满瓦罐子。天黑下哒，商人在河边找了个湾湾泊船歇夜，把竹篙子插入水兜里固好船。第二日清早一起，商人抽篙，不由大吓。竹篙发青哒，尖尖还冒出几片细叶。他一时不晓得如何好，连连倒退，退到船边不小心落到河里。船也翻哒，一船瓦罐子都沉入水底。商人扳起船，飞起往屋里赶。他晓得，这个位子风水不得了。一家伙举家迁到河边的小岗上落户，还给岗子起名为"罐子岗"。此处果然风水不凡，冇过几代，商人屋里就有儿孙在朝中当了官宦。官宦来年回乡，执意把"罐子岗"改成了"宦子岗"。

宦子岗处在云梦泽东南的长江泛滥平原上。河湖环周，水路四通八达。前有荆河，后有汉湖。渔舟商船时常挤满河道。过往行人，有时可从一条船跳到别一条船直走对岸。连荆州城里人都晓得：要想鱼吃伤，只去宦子岗。据说那些年头，宦子岗三里半长街，有门就是店。渔行、粮行、杂货、熟食、榨坊、染坊、槽坊、肉案、药铺，都是隔壁哒隔壁。细伢们得扯紧姆妈的衣裳角才敢出门。

末后，洪水滥发，一年年不歇。

大水一来，呼漫漫淹到岗尖尖。方圆数百里，一时冲田成湖，一时退潮为田。不晓得几时，海大个太白湖不见了影，又不晓得哪年，冲出了上洪湖和下洪湖。道光年间，堤毁垸塌，上下洪湖就连成了百里大湖。再往后，贺龙领人在洪湖打游击，把个洪湖打得世界出了名。

宦子岗离洪湖蛮远。在沧海桑田变幻中，倒是有冲成湖。只是岗子好像一次大水冲一层土般，一年比一年低。百姓人户为了宦子岗好风水，逃难出去又寻了回来。一年大水过后，突然发现宦子岗已经凹下去哒。其时最有学问的胡家秀才，立在河边，仰脸长叹："何处宦子岗，唯见宦子塌。"

凹土为塌。宦子塌就这样叫开了头，一直叫到而今。

老人家都说，自从宦子岗变成宦子塌以后，这里的风水就走气哒。打比说，邻近的雀儿剅、将军垸、袁家台，对河的虾形塌、红花剅，哪个村子都出了几个人物。将军垸长征的老红军就有上十个，一人回乡，满村光荣。困难时，救济粮、救灾款都分得多些。唯独宦子塌，一个能人冇出。先前田七爹爹在外混，都指望他会捞个一官半职，不想也是落拓而归。霉气的是，"文革"中有人追问田七爹爹在外头的年月干些么事，田七爹爹吞吞吐吐半天才说是当了国民党。问干何职，又讲是么事师长的勤务兵。硬叫一村人气得议了几日。那时，胡幺爹爹一搞就跟人说："哎，就算是当了国民党，当个大官，也叫人好想些吧？他却恰恰只搞了个勤务兵；哎，就是当兵吧，也还是有升上去的机会，叫人也好想吧？他却冇等提拔就开溜哒。几冇得骨气。怕不是跟师长太太有点不干净被赶出来的吧？"田七爹爹气是气，却也冇得几多理由跟他吵，只是淡说一句："你们哪晓得脑壳是么样保住的哟！"再问，死也不讲哒。

至今冇哪个晓得！

宦子塌而今最大的官当到了乡里。秦家妣妣的二儿在乡政府搞副乡长。

宦子塌的街面也冇得哒，只胡幺爹爹的儿胡大富开了个小杂货铺。

胡幺爹爹常叹说，对先人不起。

秦家妣妣倒说是风水对后人不住。

四

胡幺爹爹一屋的瘦壳壳。自胡幺爹爹起，顺大富，到莲英，再到孙子胡天壮，比赛样一个个往下细，偏还又比赛样一个个往上长。田七爹爹一屋人，都精壮。四女一男。上两女，下两女，中间夹个享生。莫说腰圆膀大的享生，几个姐子妹子，顶细腰的也比大富的要粗。享生生就一张活嘴，舌头一弹就有话说。他一老晃晃悠悠到村头大榆树下高声大气说："看幺伯，像门杠；看大富，像船篙；看莲英，像鱼竿；再看天壮，硬像是一根女人手上的纳鞋索。"胡幺爹爹大量，一笑了事。他也有笑骂田家的时候。大富冷心冷脸，一条心做生意，只要不亏他的钱，他只当冇听见。唯天壮怄得很。时有村里的伢儿，拍手跌脚跟起他身后唱："天壮哥，麻索索；纳鞋底，一摞摞；手拉妹子唱情歌。"也不晓得哪个编的，天壮一律迁怒于享生。见享生，头一偏过了去，耳都不耳。这其实倒冇冤枉享生。他到袁家台串村剃头，见天壮同秦家喜鹊子一路走一路疯笑，弃大路走林子，不蛮规矩。享生忙回避哒，免他两个日后见他脸红。走远后还听了一句歌："野猫思想笼内鸡，情哥思想姐房里。"是天壮的声音。回来编排天壮的歌，顺便暗射了一句。但宦子塥人并冇从中悟出天壮跟喜鹊有么事勾挂。算起来，喜鹊十六，天壮十八，也是偷情的年龄哒。想想他享生那般年龄时，已经干过了三个女人。

天壮跟喜鹊相好有了半年。

天壮高中毕业冇考取大学，由县里回来，闲在屋，心烦。读了上十年书，自然也不想种田。天壮一个独子，胡家已经是两代单传哒。天壮自小被一屋人宠爱，废话多，脾气怪。胡幺爹爹还常说："得亏你妪妪早死，要不，壮伢必是被娇得敢上堂屋屙屎尿。"

宦子塥三年中每年有一个考进县中读书的。头年是天壮，二年是喜鹊的哥哥喜贵，三年是村尾住的中花。这三个人也算是宦子塥的人物。平常寒暑假一回，衬衣上别管钢笔，前长后短地在村头大榆树下摆文，也神气得够哒。末后，天壮毕业，灰溜溜回村，那两个放假也不见影哒。听讲是在学校里赌起狠读书。

一日夜晚，天壮无聊，便起身出屋，跟姆妈说声到将军垸同学屋里玩玩。刚出门冇几步，迎面碰到喜鹊。喜鹊也说无聊，想玩玩。两个人就一起往将军垸走。

喜鹊冇上过学，在乡里砖瓦厂打土坯。自小跟一群结过婚的娘娘婶婶一路干活。冇学会做姑娘的斯文，就学会了娘们的泼辣。说话走路，又粗又野。跟天壮在黑地里走，把砖瓦厂听来的话都拿出来说，也不管说得说不得。撩得天壮心里麻痒。不晓得怎么就冇走到将军垸的路上，倒是翻过了堤，到了荆河边。

荆河边有防水树林子，密匝匝，黑漆漆。钻进几十人只要不作声，相互都不见。一进林子，喜鹊的脚就崴哒，她一声"哎哟"，天壮赶紧拉一把。这一把就拉到了自家眼皮底下。两个人都"突突"地心跳，末后就箍到了一起。

再后，天壮隔天就跟姆妈说到将军垸同学屋里玩玩；喜鹊隔天就跟她妃妃说到砖瓦厂一个嫂子屋里学绣花。

喜鹊一见头日崴脚的地方，脚又忍不住崴，天壮也觉得到了这林子，喜鹊的脚必崴不可，先不先就伸出了手。

其实两个人倒么事话讲，也冇得么事能讲到一路的话题。且不如用一个人的嘴去堵另一个人的嘴。

胡大富两口子一心赚钱，也不晓得儿子有了相好。

胡大富的杂货铺办的年头也蛮长哒。早先是大队办的，大队撤销后，就承包给了胡家。多少年，大富狠心赚钱，却也冇见他发财。破门破面加上大富和他老婆莲英两张垮垮的黄脸皮。

"冇吃过猪肉，该也见过猪在地上跑吵？！生意做成那个蠢像。"胡幺爹爹一旦肚里有气时，也不管跟大富有无关系，张嘴就骂大富。儿子生下来原本也就是让老子有个位子出气的。

大富闷到怄，却也冇得法。胡幺爹爹先前挑剃头担子走村下垸，能赚点活钱，老了又在屋里编芦席，从冇闲手。况且近几十里地内，但凡死人，必请他去唱孝歌。唱一夜，二十块，是笔不小的收入。倘碰上个孝子，连唱三夜，六十块就到手哒。屋里的经济台柱实实还是胡幺爹爹。那还不该他在屋里充狠！大富总唯愿宦子塌的老人家都早些死，一个个都死在他幺伯前。再想儿女最好个个行孝，这样死一个就赚得六十。

胡大富生意做得不好，倒把钱看得干贵。

近几年，经济活泛，荆河往来的运输船只多哒。宦子塌无形中成了船上人中途歇脚吃饭的靠岸码头。大富的杂货铺离码头顶近。

那天，有一条船歇下，上来个大胡子到杂货铺打酒。大胡子一看就是财大气粗之人，爽爽快快掏一把票子，抽一张十块的给大富。接过酒壶，仰头大呷一口。呼地一抹嘴，酒星星溅得满胡茬。斜一只眼望到大富，说："两成水。"

大富立即脸臊红，晓得碰到了行家，讷讷说："现在的酒，一出厂质量就差。"

大胡子说："不消多说，做生意的人晓得做生意的难。"

大富心里好感激，难得遇上这样通晓情理的好人。大富这辈子冇学会对人讲好听的话，岔了一股，说："您呐也做生意？"

"是。"

"做么事啦？"

"药材。"

"而今做药材生意顶好发财。"

"一趟这个数。"大胡子伸出三根手指头。

"三百？"

"您怕讲吧？！"

"三千？"大富小心地说。

"只多不少。"大胡子笑起，拿酒大摆大划而去。

大富的眼珠子都凸出来哒。他不晓得大胡子是不是钱神爷转世。珠子还冇退回眼窝，见大胡子又转了回。

"落下了么事？"

"看您也是本分人，跟您招笔财喜么样？"大胡子说别的。

"您呐说，么事？"大富忙问。

"我今日有急事要赶回去，船上一批药材想搁您铺子里几日，过些天有人来拿。"

"可得，可得。"

"存放费嘛……"大胡子想了一下，才说，"一天十块，行不？"

"十块！"大富惊了出声，又赶紧缩回舌头，客气说，"可得。可得。可得。"点头不迭。

大胡子再转来时，领了几个人，大包小包扛来几麻袋。交代了来人的名姓和长相。

难得大富脸上有了一点红光光。

胡幺爹爹从外回屋，见麻袋，围起打了几转，用脚踢了两下，问："么事？"

"药材。"胡大富赶紧说，"一个路过的船老板有急事要赶起回沙市，求到我，在我屋里搁几天。"

果然是一股子药气。胡幺爹爹冇讲么事。江湖上有忙必帮，胡幺爹爹是个重义的人。

大富冇提一天十块钱的话。

五

中午，木瓜去上学，从河边上跑。太阳白汪汪地照得河上晃眼。田七爹爹蹲到一棵柳树下，看水。

下午，木瓜下学回来，又沿河边边跑。太阳红鲜鲜照起，河上又漂红光。田七爹爹还蹲在那棵柳树下。

田七爹爹穿到一件灰褂子，一动不动，硬像块石头。

"七爹爹！"木瓜轻气轻声地喊。

"么事？"

"七爹爹，您呐看龙王翻身是不是？幺爹爹说龙王原先翻了一次的。"

"不是。"

"那您呐天天看么事？"

"看一个人。"

"河兜里住了人？"木瓜不省，立即趴到地下，像小狗子喝水，脸都挨到了河面。

"只见到木瓜一个脸影影，七爹爹。"木瓜爬起说。

"伢，得用心看。用心看能看到你想看的人。"

"真话？那我用心看我伯伯在不在河里，行不？"

田七爹爹一怔，叹了一口气，冇讲话。

木瓜真是用心看起来。

田七爹爹真也是用心看的。他觉得河面是一卷子画。画卷一寸一寸地展开。他见到很多人。他们跟他打招呼，跟他扯闲，还有的老远就喊："吃饭哒冇？"这是秦家妃妃早死了的男将秦水货。秦水货就是在厕所里蹲，隔到板缝见人都问："吃饭哒冇？"田七爹爹这回还点了点头。

不过，有一个人他终是冇见到。

那时，他总跟到那个人。

"为么事到中午河上就发白光，下午，就漂红光啦？"有一回他问。

"几多苕，白太阳照白光，红太阳照红光。"那个人说。

末后，便总喊他"苕伢"。

有一日，他跟那个人一路出去，划了一条小船。他摇橹，寂得慌，就脱

方方自选集

96

口唱了一支歌。把那个人日常讲的话都唱了出来。那个人惊叫哒："茗伢还真不凡咧，能当歌唱家。"

他忙说："我宦子塌的水不凡哩。"

宦子塌的水不凡，人也该是个个不凡的。

末后，他终还是个凡人。终冇当成歌唱家，连话都讲少哒。日日里只晓得挖起头种田。别么事不敢想。

"木瓜——"

远远传来喊，却是天已灰哒。木瓜的姆妈正寻木瓜。木瓜的姆妈叫金枝，声音尖细好听。

"呃——"木瓜答，然后颠起脚跑。

田七爹爹此番才起身，扯了扯衣褂，慢腾腾踱回屋。

六

热气冇退尽，乡邮员送来一封信。是秦乡长要他立即送到宦子塌的。由乡镇上到宦子塌也有二十大里路，乡邮员说他只用了一口气，蹬起脚踏车飞起赶来的。

倒是么事？那急？

秦家妃妃的孙儿喜贵取了大学！还要到汉口去！

秦家屋里闹哄哒。喜鹊拍起巴掌跳进跳出，尖起声笑，笑得人头皮一炸一炸。

"么样？么样？"刚从田里回的人不晓得出了么事，忙凑上前去问。

"我喜贵哥要去汉口上大学哒！"喜鹊响声响气说。

"真话的？"

宦子塌满村激动哒。

"秦家好风水哇！"

"宦子塌数秦家最有造化。"

秦家的风水的确是好。现在的住屋是原先秦家榨房的地基，面朝荆河，背靠青岭。其实，江汉平原本无山，有几个土坡子，几个大冢子，就称山唤岭。宦子塌是凹地，青岭只不过比它高出一截罢了。算起来，还冇得镇上的商店高。就这，冇哪个不说，山水的精气都流到秦家哒。比方他屋里老二当副乡长，老大当村长，比方两个姑娘一个嫁到了新堤，一个嫁到了荆州城，都吃商品粮。又比方宦子塝独一无二的拖拉机是秦家老五开。这回更了不得，宦子塝自打胡家出了个秀才后，再有见出么事读书人，而秦家，又出了喜贵。

秦家妲妲亲自动驾去胡大富杂货铺买糖果。包好糖果，径直走入胡幺爹爹屋。胡幺爹爹正在编席，一抬头，呆了一下。

"幺爹爹，跟您呐报喜。"秦家妲妲抓一把糖果搁在席上，又说，"我屋里喜贵，取了大学，过几日要去汉口。"

胡幺爹爹手脚不晓得搁哪里好，惊问："真话？当真？贵伢？"

秦家妲妲说："您忙，我还得回屋分糖果，您忙。"

两个老人家眼里都有光。

回屋后秦家妲妲便倚在门口发糖果，见人就给。老扁嘴笑得歪歪神，涎水直往下落，蓝布大褂上显印出一条一条的湿杠杠。

"恭喜您，秦家妲妲。"

"都说，只有您秦家才能把孙儿调养得能去汉口上大学。"

"宦子塝的风水要回哒。"

秦家妲妲更是歪嘴得厉害，耳朵忙不赢。只一心发糖，嘴上连说："吃，吃，吃糖，吃糖。"

天将黑，见"状元"回，秦家妲妲才急起扯开老嗓喊："贵伢——！"

喜贵一整个暑季都陪到他低班的同学中花在河里打鱼摸虾。喜贵高考完哒，书本也不消再摸，日日里去找中花。中花也顾不得自家还狠不狠心用功，甩了书本随喜贵跑。

喜贵每日把鱼虾挑到镇上去卖，赚几个小零花。给妹子喜鹊买了双尼龙袜，给中花买了条红纱巾，给自己买了件白汗衫。晒得漆黑像阎王殿的小鬼。只说是数学考砸哒，冇料到过了线。填了表格，查了身体，心里还惶惶然。不敢想好运会落到自家头上。跟屋里人谈过这些，自然也有得人想起问。只说是责任田又多一个劳力。

通知书送到时，喜贵正和中花约到青岭凤凰冢玩去哒。凤凰冢在青岭顶上，相传古时有人见此地一只凤凰，上前捕捉，不意把凤凰压死哒。凤死尸消，就地涌出一冢，便叫了凤凰冢。其实，就一个土包包，比一般坟墓稍高稍圆些而已。青岭不高，但因凤凰冢不近山路，不常有闲人来。那里，便成了喜贵跟中花两个人的天下。

两人同学，又同村，偏又男大女小，免不了箍到一起啄嘴皮啄脸。喜贵在学校里也读过一些书，也晓得男女在一起该做些么事。隔不两日，他两个便悠到山上，玩够了再回。村里出了么事大事他两个都是不晓得的。

吃晚饭时，喜贵才最后一个看到通知书，手哆嗦好半天。"妣妣！姆妈！伯！"瞎喊一气，引得一屋人笑。

晚饭加了一碗蒸鱼，一碗炖乌龟，特为喜贵贺功的。妣妣、伯、姆妈、妹子，都把好块子往他的碗里夹。

立即喜贵就挺起肚子像个人样哒。特意地由村头走到村尾，又由村尾走到村头，站在大榆树下，讲汉口有么事稀罕，讲得唾沫子飞得听众满脸皮，让老人家们远远地满背脊地夸。

只是把约好晚上同中花到青岭再好好亲热亲热的事忘哒。

天壮冇吃晚饭，关到屋里冇出来。就这，还是关不住"硬是秦家喜贵有板眼"的感叹。兼有老人家还加句把"胡家算是败哒"一说，憋得天壮恨不得找根绳子"吊颈"。得亏喜鹊来，又是摸又是舔地闹了一下，才缓了过劲。一黑天，就去堤边柳林子里快活去哒。

胡幺爹爹倒是百事冇得，晚饭还喝了一杯酒。出门见到喜贵，便跟屁虫一样追到说："喜贵，好伢，好伢。我脸上都有光。"

把个胡大富和媳妇莲英怄得眼皮子翻。

"自家的孙儿倒不心疼！"莲英一怄就达①碗摔筷子，达得满屋子乒乒乓乓。

七

莲英达碗在宦子塌出名。别个达碗总是气狠哒顺手抓一个手边的，莲英不是，她要挑半天，找一个达起来不心疼的。手扶拖拉机给杂货铺送货，逢运碗，就有破损的。碗破不计数，莲英就留起。搁窗台好拿起来达。气得狠时，一家伙能达五个。

莲英一达碗，木瓜就去哒。他把碗碴碴一起拾起，约几个一般大小的细伢伢，把碎瓷片锤成碴碴，到村头树下拼图案。小姑娘伢多半拼一个"房子"，

---

① 达：方言，即"摔"。

捡块石板，独脚跳进跳出。木瓜不。木瓜能拼出一个头像。问他拼的哪一个，他说是他的伯伯。

问者多半一言不发，走哒。

木瓜冇见过他的伯伯。他心里好想。做过一回梦，伯伯背他去看电影。看的是一个赤脚医生看病的电影。胡幺爹爹问他梦里的伯伯是么样子，木瓜说："好高，眼睛眯起，一开口，缺半个牙。"

胡幺爹爹听得半天不敢动。他姆妈金枝捂起脸恶似哭。

宦子塝的人晓得后，都惊起说："木瓜是个精怪。"

木瓜的伯伯是汉口下放来的知青。果真是好高，眯眼睛，一开口就见缺半个牙。金枝有一回去雀儿剐看电影，那日收工完，村里人都先去哒。她走到半道上，已见天黑。不经意路边跑出一个人，拦腰抱住就亲嘴解裤子，吓得金枝尖喊尖叫。恰恰知青也走这里，跑上前打走了那家伙，把他自己的牙也打落了半颗。末后，两个人就一路走。金枝还冇缓过来，扯着知青的褂子一直走到雀儿剐。末后，看完电影，知青又送她回村。知青是将军垸的。电影名叫《春苗》。再末后，知青就要求由将军垸转到宦子塝来哒。

有一日金枝身子不舒服，呕吐，告诉知青。知青就去公社打了张结婚证。怀木瓜四个月，肚子还冇显形，知青屋里有信来叫回去顶替，知青就走哒。一去再也不回，连信都冇打一封。

都晓得，金枝是个苦命。

八

那一日，享生从对河虾形塝回来，把剃头挑子往堆杂物的厢房里一丢，喊了一声："七伯，我再不搞剃头这个行当哒。"

田七爹爹闷声闷气说："也好，一心种责任田。"

享生说："冇得那好的事，我要去外头闯江山，赚大钱。"

"田哪个种？"田七爹爹说。

"找帮工。"享生说。

一屋人吃饭，冇人言语。

享生在宦子塝也算得个人物。他上两姐下两妹，独子一个，在屋里自是一霸。田七爹爹重子轻女，勒紧腰带让享生读到初中毕业。望子成龙却偏偏时运不佳。"文化大革命"，书就冇得办法再读下去哒。有一丁点文化的享生在宦子塌还成了个"闹药"。红卫兵时，一村老少还冇弄清膀子上戴红箍是为么事，享生就领起一帮人喊到口号砸了秦家、胡家、田家三户大姓人家的祠堂。一村人都指到田七爹爹的脊背骂祖宗。享生倒不在乎。末后，又冇花一分钱，全国跑了一遭。拿回一毛巾纪念章，讲了外头几多新鲜事，还结识了十几个汉口的人，把宦子塌的人一个个都惊得目瞪口呆。有一年，享生还去汉口住了大半年。回来时，大腿绑起纱布，一拐一拐的。天天晚上跟村里人讲汉口的么事"六·一七惨案"，"六·二四打工造"，"七·二零事件"，还扯开纱布给人看他大腿上的伤口，说是被铁矛子戳的。不少人见哒，果然一个大窟窿的伤口。于是，冇有人不晓得汉口正打仗打得凶。胡幺爹爹追起问了几回："贺龙那边赢了还是输了？"享生常"咄"一声，不答。村上人都不以为然，一律小看胡幺爹爹。还用问，贺龙的队伍哪有输的理！

享生伤一好，又跑了出去。三个月后，带回一个女子。听讲是沙市的女学生。女学生住享生屋里，日日听得见他两个浪笑。怄得享生的姆妈隔日里骂骂猪，骂骂鸡。女学生肚子眼望到大起，末后就在宦子塌生了个女伢儿。女伢儿会跑时，享生跟女学生闹翻哒，日夜里吵嘴。一个冬日，女学生抱起女伢儿哭唏唏走哒。享生冇事一样。享生一屋人也冇事一样。他姆妈说："烧高香。"

享生一个人过了好几年日子。偷情的事也常有。他人灵光，世面见得大，脸模子又长得好。一个人晓得自己的脸好看，自是比丑人要多几分心思。在人堆里，享生讲起话来面是面，里是里，叫人心服。在人稀时，见到女人，当然也晓得到了么样的火候才能把手伸过去捏一把。

享生最喜欢摘棉的季节。满地红女子绿女子的让人兴奋。吃中饭，找一大树荫，必撞得见趁空纳鞋绣花的女人。此刻享生便一举手一投足一扭屁股，冇有不带情意的。惹得村上一些骚女人远远见得享生便拖起声音喊："享生嘞——"把自家的男将怄得攥拳头。

秦家妃妃劝过享生再娶个媳妇回。享生冇言语，嘻嘻地一笑，算是了事。其实，莫看享生寻花问柳，打情骂俏地混过一日又一日，他心里倒是有个人。

好早的一个热天，享生在荆河里游水。小木瓜蹲在一边看他。正是日落之时，金枝找木瓜回去吃饭。走上前，摸摸木瓜的脑壳，弯下腰，柔柔地说了一句："乖伢，吃饭哒。"便牵起木瓜的小手，轻移细步，走哒。享生看得呆。

一直看到一大一小的人影不见哒，都冇收眼。心里就日日响起金枝柔柔的声气。开始痴想。开始睡不着觉。开始见到别的女人就厌。末后，终于忍不住，挑起剃头担，闯进了金枝屋，讲是见木瓜的头发长哒。金枝倒冇说么事，按木瓜在小凳子上，自己坐一边陪起。只跟木瓜说话。

近年把的时间，木瓜的头发都难得长到一寸。

随享生么样暗示，金枝总冇得反应。享生一急，终是托了秦家老大前来说媒。不料金枝一口回了，说是还想等知青几年。

憨痴。享生叹了口气，自恨自家无福。也就收了心。依旧是去迷那些轻佻的女子。不谈再娶的话。日子过得也还不差，忙时下田，闲时挑担，穿村下垸。也常有女人夜里相伴。也常深夜摸入情人屋中。

连他七伯和姆妈也都睁一只眼闭一只眼。能讨女人的欢喜，是他儿子有本事。

吃过饭，享生逛到河边，见木瓜，上前去拍拍他。他走前蛮想再见金枝一面。

"享生伯伯。"木瓜人精嘴甜，忙喊一声。

"木瓜，头发长哒，我今晚跟你剃剃，好不？"享生说。

"那有么事不好？"木瓜说，"去我屋里。前几日，我姆妈说，你享生伯伯好久冇来跟你剃头哒。我姆妈她念您呐。"

"真话？"享生一惊一喜。

"么样不真？"木瓜说。

跟木瓜剃了头。那一晚，享生在金枝屋里坐了好长时间，讲了好多的话。木瓜不懂，只看见他姆妈笑了几回。后来木瓜困哒，享生才慢吞吞地收捡担子出门。

金枝头一回送他出大门。还站在门框上，看到他走远。

第二日，享生就走哒。宦子塌冇得人晓得他去哪里赚大钱哒。

九

入冬。中花有一日去秦家，冇找见喜鹊，只见秦家妃妃坐在墙根下晒太阳，脑壳还一点一点地冲瞌睡。

中花轻悄喊了一声："秦家妃妃！"

秦家妭妭睁了眼。

"您屋里喜贵打信回冇？"中花问，过后脸还一红。

"打哒。"秦家妭妭说。

"他……冇病吧？"中花说。

"冇。讲是过年不回。要他大伯寄三十块钱去。我叫寄了五十。我伢是在汉口读书，不能叫别个看他不起。贵伢出息得很，还当了个领导。几多争气。"秦家脸上放出红光。

中花快快地听她紧说。

十

夜里，秦家妭妭落了气。

宦子塌那一晚冇得月亮也冇得星辰。青岭上的风倒是呼呼地响了半夜。

吃夜饭时，听得孙姑娘喜鹊在屋里哭啼啼的。秦家妭妭问儿子秦老大出了么事。秦老大说不晓得。再一猜，说恐怕是胡幺爹爹屋里的天壮跟小学里的几个女老师邀到一起去县城哒，冇喊喜鹊。

"冇喊才好，冇喊才好。"秦家妭妭连说。

"天壮本先说好跟我一路去的。做么事又邀别个？"喜鹊呜呜地哭。

"我喜鹊金枝玉叶，不消耳天壮得。"

"不，他说话不算话。"

"天壮一个瘦壳壳，不消耳他。我喜鹊大眼小嘴，美人一个，鲜花一朵，多的是清爽的男将来邀到去县城。"秦家妭妭说。

"我非要跟天壮一路。"喜鹊还是哭。

"不准。天壮几多丑，喜鹊明儿要找个精壮的男将。"秦家妭妭用拐棍头笃到地说。

"天壮才不丑。我就欢喜跟他一路。"

"你敢！"秦家妭妭马起了脸。

"就敢。"喜鹊说。

"伢，你……你跟天壮么样吧？"秦家妭妭突然软起问。

"么事？"喜鹊不解。

"……跟他……他……睡觉吧？"秦家妭妭声音抖哒。

"睡了觉就是他的人哒，是不？"喜鹊问。

"说，睡哒？"

"睡哒又么样？还要跟他养个儿。"喜鹊说到还拍拍自家肚子。

"砰！"喜鹊脑壳上挨了一拐棍。

"贱货！"秦家妣妣气喘喘说。

喜鹊放声哭起，嘴上还喊："您呐打，您呐打，打死算哒。您呐未必冇跟男将睡过？"

"不要脸！"秦老大过来，扯起喜鹊到屋角落，脱下鞋就往她脸上刷。

喜鹊是幺姑娘，上有哥，下无妹，一贯是个泼辣货。宠惯哒，爹妈管不住。自家拿了主意，任人的话是不听的。宧子塆老人家都笑说：像神了她妣妣年轻的时候。

喜鹊手劲蛮大，一年到头打土坯，早练出来哒。她三两下就挣脱出来，抄起个小板凳照她伯伯站的位子丢去，然后急旋风跑出门。

秦老大冇得法，跺起脚在大门口捅人，倒是把自家和自家祖宗骂得个不干不净。喜鹊的姆妈但凡吵架就躲在灶房里不出，婆婆在堂，屋里冇得她说话的位子。

喜鹊满村满地找天壮时，天壮却由县城回来，冇落屋，就跟他幺爹爹一路，去袁家台哒。那里死了个爹爹，请了他幺爹爹。天壮无聊，跟起去看看热闹，再混一顿好酒肉吃。

秦家妣妣拄到拐棍回自家房中。她躺在床上，夜饭也冇吃，眼睛直直地看屋梁。夜半，秦老大听得姆妈喊了声"报应哟！"，便起身过来问安，不想秦家妣妣已经冇得气哒。

喜鹊哭得在地上滚来滚去，抓起菜刀要剁自家的头，硬说是自家气死了妣妣。几个人扯才抢下菜刀。吓得秦家姆妈把刀子剪子之类伤得死人的家伙都隐了起来。

胡幺爹爹一晚上眼皮跳，冇歇好。清早，他就挑起自家编的席，去镇上哒。一直到中午才回，还剩两张席，冇出手。

走到村口，看到木瓜一帮细伢们在玩。也冇耳。

倒是木瓜喊了声："胡幺爹爹！"

"唔，唔。"胡幺爹爹嘴上答，还赶他的路。

木瓜上前去扯住了他的衣角："幺爹爹，您眼皮跳了冇？"

胡幺爹爹心惊，问："问这做么事？"且停下脚步。

"我的眼皮跳了一夜晚，我晓得村上必是要死人哒。"木瓜蛮有把握说。

"死了？"

"死哒。"

"哪个？"

"当然是秦家妃妃。我眼皮跳得好凶。"木瓜说。

胡幺爹爹吓然倒退一步，冇言语，踉跄地挑到担子进村。

行至秦家附近，听得屋里有惨哭声。胡幺爹爹鼻一酸，掉头就走。心口像是被棉花塞住一般。

进自家屋，放下担子。莲英忙说："幺伯，吃午饭。"

胡幺爹爹并冇搭腔，由后门出，一个人挖到头① 走出村外。

十一

从宦子塌到雀儿剅，途中必经汉湖。汉湖一带，湖阔人稀，沿岸芦苇密密挤挤，风一吹呼呼啦啦响得像汉湖扯到喉咙唱歌。

汉湖沿岸无人家。只因汉湖水深浪高，浮泛不宁。尤其光绪年间，一场大水，冲堤没垸，几千人一夜间成鱼食。过后，再立的小村子便都移至距湖岸两里开外的地方了。当然，这都是老话。

擦湖边走约莫十里路，就是雀儿剅。

雀儿剅有个姑娘叫云仙。云仙出名是因为她的喉咙又脆又亮。她若开口唱歌，别个就不消再张嘴巴。

楚时的扬歌，传几千年不衰。在大田里，手上干起，嘴上唱起。栽秧唱栽秧歌，薅草唱薅草歌，车水唱车水歌，做么事都有得唱，且伴有锣鼓敲奏。一人唱主腔，众人和号子。此起彼落，一天下来，不觉乏累。

云仙顶喜欢在地开人多的田里唱。她的喉咙尖脆，满地里乱窜。别个男将歌师傅，多半手上干活，嘴里喊歌。云仙却时常光起脚丫，叉开腿，立在田界上，扯起喉咙喊。男将们都说她不像个女人，又眼巴巴地想听她唱，随她和。老人家们更是晃起脑壳骂云仙冇规矩，生怕自家屋里的姑娘沾了云仙

---

① 挖到头：方言，低着头的意思。

的边。那个年头像云仙这样的女子实在不多，她泼她野，反让得屋里爹娘、族里的老辈子都不敢管她。

雀儿剅云仙独一无二，想媚她的男将装得几船。

云仙野，唱歌也野。几多缠绵有情的小曲经她的嘴出，一下子都变了调。

> 一个鸡蛋两个黄，
> 有个大姐想十郎。
> ——娘子扯来甭扯甭，哎唷，
> 想个大郎当军长，
> 想个二郎开银行，
> 想个三郎绸缎铺，
> 想个四郎开槽坊，
> ……

媚她的男将们都叹到气说：云仙太野哒。不敢娶。

宦子塆有个胡幺伢，生就一副响嗓，扬脸一喊，四野嗡嗡地满是回音。

论唱歌，有谚说："女比不过云仙，男斗不过幺伢。"方圆几十里，竟是无人不晓。

一心想娶云仙的恐怕只有幺伢。一到栽秧的日子，他就日日走几十里路，到雀儿剅去当歌师傅。为的就是听云仙野里野气的歌子。

有一回，走雀儿剅回宦子塆时，天已黑哒。刚刚走到汉湖边，芦苇里"呼"地蹿出一个人。胡幺伢吓了一跳，定神一看，是云仙。

云仙叉到腰，挡住路，问："为么事日日到我们雀儿剅来？"

"想看我心上的人。"胡幺伢说。

"哪一个？"

"我盯到看的那一个。"

"你盯到看的是我。我一唱你眼都不眨。"

"你晓得还问么事？我心上的人，我喜欢盯。"

云仙一下子挨近他，脸离他的鼻子得一尺，嘴上还说："让你盯个够。"

胡幺伢心里发紧，腿也哆嗦，不晓得下一步咋样办。嘴巴张了几张，冇发出声。

"不敢看哒？"云仙眉一挑。

"么样不敢！"胡幺伢心一横，一伸手膀子，拦腰抱住云仙往芦苇深处走。任云仙又是捶又是打也不耳。云仙挣扎几下，也算哒，趁势搂住他的颈子。

胡幺伢心里喜得乱跳。直到一处芦苇稀松的位子，才放下云仙。

头上有月亮，湖上有轻风，还有芦苇沙沙的声音。胡幺伢把头枕在云仙腿上，听凭云仙的小手在他脸上摩来摩去。末后说："云仙，心肝肝，唱个小曲给哥哥听。"

云仙开口唱哒。恰恰唱的"有个大姐想十郎"。

> 十个郎君都想到，
> 缺少么事有情郎。
> 要打官司找军长，
> 要有钱花找银行，
> 要穿新衣找绸缎铺，
> 要得酒喝找槽坊，
> ……

听完，胡幺伢站起身，发了一下呆，一整衣褂，脸一马，走哒。以后，就再冇去过雀儿剅。胡幺伢那时种田。大姐想的十个郎君中，冇得一个种田郎。他想云仙是特地说给他听的。胡幺伢年轻气盛，几多要强哟。一年过后，云仙还是嫁到了宦子塌。是宦子塌开油榨房的秦水货娶了这个如花的女子。歌子里有"想个八郎开榨房"，果然是"要有油吃有榨坊"哒。胡幺伢一肚子瞧云仙不起，又一肚子地嫉恨"秦八郎"。一气下，到容城一带帮工去哒。

过了许多许多的年头，云仙就成了秦家妑妑。

过了许多许多的年头，胡幺伢就成了胡幺爹爹。

胡幺爹爹不晓得怎么，就走到了去雀儿剅的方向，就走到了汊湖边，就想寻往年的芦苇丛。

湖岸不再是荒无人迹哒。而今这里是汊湖渔场的地盘。岸边的芦苇早就剩不下几根了，在风里头，可怜巴巴地摇晃。也有得了歌一般的"沙沙"声。

胡幺爹爹回家进屋时，见到正坐在堂屋候他的秦老大。冇等秦老大开腔，胡幺爹爹说："老大，你姆妈在我宦子塌是个有脸面的人物，得唱三夜孝歌才对得住她。"

秦老大忙说："那是，我弟兄几个正是这样想，只怕您推说年纪大哒，不肯。"

"别哪个我是不得肯，人老哒，唱几夜吃亏大。但是你的姆妈我定是要唱三夜的。"胡幺爹爹说。

十二

胡幺爹爹冇换了一身孝服，刚撩腿跨过门槛，胡大富从屋里追出。

"幺伯！"

"么事？"

"您一夜开三十块钱的价，不算多。"

"原先不是二十块吗？"

"秦家儿女子多，不得小里小气。"

莲英帮腔："幺伯，您未必不晓得，外头随么事都看涨。国家政策许涨，您一样涨得。"

"冇错，您也涨得。"

胡幺爹爹冇搭腔，眼一横，手一甩，去哒。

宦子塆死个人硬跟过节一样热闹。尤其夜晚，胡幺爹爹必是为死者唱丧。那跟唱一台戏不差，煞是有听头。

胡幺爹爹走进秦家时，秦家里三层外三层围了人。胡幺爹爹一露面，让道的人纷纷起往后跌。

有人喊："特级歌师来哒，大路让开！"声气里有一丝哀悲。立即有捂起嘴窃笑之声。

老人死，原本是件白喜事。是人难逃一死。早死有早死之福，晚死有晚死之难。都说，秦家死的还是个时候。

宦子塆的老人家都端端地坐在堂屋里，挤得很。一个个枯手指点点画画地议秦家的三男二女。五个伢儿，个个清清爽爽。又是副乡长，又是村长的，女子不做官，却嫁到好人家屋里，男人吃商品粮，把老婆养得白白胖胖。且还有孙儿上大学。像秦家妮妮这样的人，理应唱三夜孝歌，让她老人家顺顺当当地走完由阳间到阴间的那段路。

胡幺爹爹正正坐到歌师的位子上。秦老大单腿一跪，敬上一杯茶。男儿向歌师傅敬茶，是秦家祖上的规矩，这茶，杯杯都是替代死人喝的。

胡幺爹爹瞄一眼，脚边跪起一条壮壮实实的汉子。他心里一哆嗦，接茶仰头喝尽。甜茶。递还杯子，秦老二立刻上前，又一个单腿跪，敬一杯茶，胡幺爹爹瞄一眼，脚边又一条壮实的汉子。不由心里又一哆嗦，端茶一饮而尽。咸茶。秦老三跪的双膝，这是幺儿的跪式。胡幺爹爹接过秦老三手中杯，瞄一眼，心又一哆嗦，方才一口喝尽。淡茶。

秦家的规矩把堂屋的气氛弄得肃穆起来。

几好的三个儿哟！自家死却只有大富一个儿送终。一杯淡茶孝敬歌师，在去阴间的路上，还不渴死？秦家有甜有咸有淡，是福呀。胡幺爹爹想。

秦家三个儿退一边哒。胡幺爹爹用衣袖一抹嘴，就手从袖筒里抽出鼓槌。手落鼓响。

鼓点子"咚呵咚呵"，悲从中来。在宦子塌，能在单调的鼓点之中敲出悲喜来的，除了胡幺爹爹，再无二人。眼前的鼓点子，出奇地悲。立刻，屋里有了抽鼻子的唏唏声。

一听有哭，胡幺爹爹的鼓点子就转味哒。一脸的悲哀一扫而尽。他直了直腰板，双眉一抖，脸上窝到一堆的老皮子豁然舒展。眼睛环扫一周，冷冷地生出几多的精神。

他背后来和歌的人也浑身一震，抖擞地清喉咙，伸腰板。

胡幺爹爹仰脸长喊："伏矣——！"

四周围顿爆回应："哦！"

好响！好壮！好气魄！满屋子声势。老人家们一下走了悲，痴呆呆地入神。年轻人轻浮，被震得心里惴惴发慌。只两声，叫活人都活得不轻松。

"自从盘古开天地，"

"哦！"

"三皇五帝定乾坤，"

"哦！"

"以三十日为一月，"

"哦！"

"以十二月为一年。"

"哦！"

"母亲生我！"

"哦！"

"父亲育我！"

"哦！"

"生我育我！"

"哦！"

"欲极之德。"

"哦！"

"昊天罔极。"

"哦！"

胡幺爹爹开场几句道白，"哦"声和得虎啸狼吼。胡幺爹爹极是中意，脸上红光泛了出来。就手一收鼓槌，把节奏缓下。一屋人方才松垮起筋骨吐一口气。

　　耳旁哦听得有人的报吔，
　　你家啰黄金落了的窖吔，
　　本当哦想来吊个的孝吔，
　　缺少哦香纸和鞭的炮吔。

胡幺爹爹的喉咙，说沙吧，又亮得很；说亮吧，又分明杂几丝丝沙音。亮音悲悲壮壮，沙音凄凄切切。歌子拖得悠长，冇得法子不叫好。

孝歌原先是唱死人一生的功德，历数死者的善事善行。但是死人中冇得几个人有值得唱一夜的善行。末后，就演化成唱历史，讲故事。胡幺爹爹最喜唱历史，光是三国，就不晓得唱了几多遍。回回唱都冇得人听厌。

胡幺爹爹起腔一落，就有人赶紧递话："唱三国，曹操起兵下江南。"

若平日，胡幺爹爹也就依允哒。死人原都是些不相干者，做做悲样，就够哒。不过这回，秦家妃妃非但相干，且是他昔日的情人，如胶似漆地过过好些的夜晚。

想起往昔的日子往昔的事，胡幺爹爹就悲从心来。老嗓苍凉，三国如何唱得出？

胡幺爹爹果是冇唱三国。鼓点子复又悲起。爹爹们冇见过他这种唱法，齐齐地咧开嘴想听个究竟。

不唱呀三国和古人，
不唱呀亡灵和鬼魂，
唱一个如花的女子小云仙，
她是呀下凡的女仙人。
一岁两岁呀在娘怀，
三岁四岁呀站起来，
五岁六岁呀生得乖，
七岁八岁呀惹人爱，
过了十岁呀好人才，
一朵鲜花呀开不败，
十五岁下田唱起歌，
喉咙一开百鸟来。
十八岁来了个少年郎，
痴痴情情把姐爱。
哪晓得一言冇听清，
少年郎负心把姐害。
十九岁……

唱到云仙出嫁时，胡幺爹爹老泪横流。除了低低的和声外，一屋人都冇了声气。

胡幺爹爹眼泪咽住哒，一唱完出嫁时的排场、唱完新婚后的夫妻走娘家，就发不出了声。

十三

他好后悔哟。

为么事不把云仙唱十郎的歌子听完再走呢？歌子的最末一句，硬唱的是大姐冇找十郎，独独相中一个痴痴情情的种田郎，他心里几多不舒坦。眼巴巴看到云仙跟秦水货双双对对地进出，硬想再把日子拉回去，拉到那一晚的芦苇丛中。

终是办不到。便外出闯荡。在容城帮工一年，又到新堤待过几月，还去过沔阳，一双手给人打短工，刚刚糊口。三年过后，落拓而归。

归后也相亲哒。姑娘是雀儿剅过去三里高家垸人。冇一点讨他喜欢，笨头傻脑不善言语，独独是脸模子有几分像云仙。

那一日，日落西头他慢慢行回。刚过雀儿剅，见云仙红裤绿褂地走在前。云仙一身鲜亮，必是走了娘屋的。他心里酸溜溜，倒也并不想上前挑逗。别个的老婆别个享。他压起步子荡在后。

不想，一到汊湖边，云仙定住不动哒。

他赶紧挖下头，放快几步，超上前。心里窃喜，晓得云仙此番动作必是有意于他。走了几步，不听得身后动静，憋不住偷偷回头。这一回头不打紧，吓得他骨头软成了肉，一泡尿险些夹不住。

云仙正往汊湖中央走。湖水已经淹到了腰，她却冇停步。

他顾不得许多，连哭带喊地跑了下去，抱起云仙，一路走上岸一路不停地说些么事。

云仙箍住他的颈子，歪起头听他讲。一上干地，便挣了下来，跳起脚来笑，像鸟喉咙冒出的声音。

"你？你……不寻……寻死？"他脸变色，声变调，心变灰哒。料想不到云仙耍他。心里好怄。

"多谢您救命之恩。"云仙说，还笑。

他扭头走，裤子湿漉漉地巴起在屁股腿上。

"哎——"云仙不笑哒，扯住他的衣裳角，"莫走。"

"不定做么事？未必投河还要找个人看热闹？"他恶里恶气说。

"我这辈子都不想跳河。还不是想后头那个不肯耳我的人来搭救我。"云仙斜起眼，也恶气地说。

他心头一热，手脚慌哒。想走又不舍，语短答不出话。心里倒像有个江湖把式正一腿一腿地练拳脚，蹬得他一下一下地疼。

"你将才抱我，嘴里喊些么事呀？"云仙晃起脑壳好得意。

他的脸腾红。想起自家本心欲喊"云仙"，出嘴却变成了"心肝肝"。

"说呀！"

他冇说，一把搂住她。手膀子像两把大夹子，夹得云仙骨头都酥碎哒。泪珠子一串串落，却是冇叫痛。

云仙的日子过得苦。嫁到秦家三年，冇有生养。公公婆婆日日骂。不骂儿子，只骂媳妇。云仙如何受得这等气。起先跳起来吵，骂话却更加难听，男人也夹在中间不干不净地说。云仙势单，只好学会了忍。冇生养的女人在哪里都算不得人。

云仙说着哭起来，听得他血管子发炸，热血一股股满身乱涌乱窜。天黑很哒，两个人就冇回去。

芦苇丛好密好密。

过了几个月，云仙肚子大了起来。

又过了几个月，云仙生了儿子秦老大。

秦家里摆了酒席。喝酒划拳闹了一夜。

他到底娶了高家垸的姑娘，却在心里装个云仙。一听讲云仙回了娘家，魂就跟着去哒。日落时就守在芦苇丛里。第二日回去随口扯个谎，也冇哪个在意。他老婆生了大富后，又生过一女。女儿三岁掉进塘里淹死哒。气头上，他把老婆打了一顿。老婆疼女，日日哭。哭出了病，冇几久，也死哒。末后，几多人上门说亲，他立意不再娶，一门心思等到会云仙。云仙倒是一连又生了二女二男，生得秦家人丁兴旺，却冇一个鼻眼像秦水货。秦水货活得长，解放了三年才死。云仙从此便冇去过芦苇丛。他空空地等过好多回数。云仙一个人把五个伢儿拉扯大。没人不说秦家祖上积了德，娶了云仙这样贤德的媳妇。

日子过得好淡。人情也变得好淡。

添了孙儿以后，他见了云仙，跟起孙儿一样地喊："秦家妃妃，吃饭哒？"

云仙也呵呵地跟起孙儿唤："胡幺爹爹，还冇吃饭？"

不晓得世界上原本有过汉河和河边的芦苇丛。那芦苇丛好密好密哩。

胡幺爹爹一阵咳，脸憋得通红，老泪都憋出来哒。

胡幺爹爹头一回给人唱孝歌一曲未了，中间卡壳。要是往常，这一顿住，必是满招非议。那帮听熟了孝歌的爹爹就会长舌长嘴地说不如哪个哪个唱得出色，再不就是，人老了硬是不行一类话。而这回，冇人响。倒是妃妃们一路拭眼睛擤鼻子，一路相顾说：不晓得能不能修到秦家妃妃这样的福气。幺爹爹把她唱活哒。自家死后，不晓得能唱成这样不。爹爹们也浊起声音说：要死得赶早，死在胡幺爹爹之前。

秦家儿女先是听得痴呆，从冇听说过姆妈做姑娘时是那样出色的女子。胡幺爹爹此番一咳，五个儿女山一样倒下，一排跪起，个个高端茶杯。胡幺爹爹从秦老大手上喝起，一直到老五，连灌五杯。灌得肚子鼓起溜圆，眼珠子直勾勾盯起一张张脸细看，也不言语。他从冇过机会这样细看眼前的几个伢儿。

唉，随么样的人都有自家的心思。

随么样的人都晓得隐起那些必须隐起的东西。

天下为人不知晓的事比人所共知的事多得多咧。

胡幺爹爹一连唱了三夜。除了唱云仙回娘屋时，断了一口气外，末后都是一气唱下。云仙终究是个凡女子，一夜就唱完了她一生中的所有。第二夜、第三夜，还是唱了三国，唱了秦叔宝，唱了薛仁贵，唱了孟姜女。

最后一阵鼓点子敲完，天开始发白。

> 屋大好停丧，
> 门大好出丧，
> 千年死一个，
> 万年死一双。

唱落腔时，胡幺爹爹的声音仍还是又沙又亮。不过此刻，听众已稀疏哒。一个个出门时，拖到长呵欠，乍听，硬像满村都是呵欠声。

胡幺爹爹一收鼓槌，冇言语，只朝秦家姆妈的棺材看了一眼，出了门。秦老大后脚跟出，手上拿了六十块钱，不停说："幺爹爹，辛苦您哒。您忘记拿钱哒。三个夜晚，六十块。您点个数。我姆妈有您这样唱也算命中有福。"

胡幺爹爹一脸的老皮子又皱叠得一层层，眼睛浑浊失了光彩，和先前唱起腔时辰，活脱脱是换了一人。他伸出手，接票子，倒是像娘们一样亲柔柔地摸了摸秦老大的手背。

秦老大一惊，缩回手："幺爹爹，您……？"

"不收钱，不收钱。"胡幺爹爹嘴上说到，晃晃地走哒。秦老大冇省出个名堂。

天白光哒，日头冇出。惨惨的，让人觉出日头这辈子出不来的恐慌。胡幺爹爹心口闷。

大富正过早，见胡幺爹爹进屋忙站起。

"幺伯，回哒？"

胡幺爹爹冇言语，脸灰起精神。

"幺伯，秦家给您七十五块？"

"冇！"

"给几多，六十？"

"我一分冇要。"

"秦老大也太欺负人哒。"胡大富把筷子狠起往桌上一磕，脸都扯横哒。

"是我冇要。"

大富一惊，看胡幺爹爹脸色阴沉，冇敢再讲话，蔫蔫地坐下。

"幺伯，天底下学这样行善的人只怕剩得您一个哒。秦家对您有过么好处？秦家妣妣活到时又给您多占过么事便宜。"莲英冷飕飕地说。

"给老子闭嘴！"胡幺爹爹低吼一声。桌子震了一震。

胡幺爹爹回屋上床躺下，软软的，动不得，元气失尽。

怕是云仙又约到去芦苇丛吧。

十四

田七爹爹一早起便蹲在河边，任村里出了么事，他只是不耳。

木瓜背着书包一蹦一跳过来，鸟雀子一样地喊："七爹爹，您今天一早见到哪个？"

"宦子塌死去的爹爹都见到哒。"

"他们出水冇？"

"冇，在阴司里，出不来。"

"我伯伯在不在阴司？"木瓜想想问。

田七爹爹摇摇头，说："老人家才去那里。"

"七爹爹，您几时去？"

"伢，快哒。"

"带我去不？"

"那带不得。木瓜伢的日子还长，像荆河水那长。七爹爹的日子短哒，像你屋门口的阴沟。"

"我晓得哒。您若去了阴司，我天天到河边看您。您要是饭吃不饱，就用手拍一下肚子。莫讲话，讲话要呛水。我就跟您丢馒头下来。"

田七爹爹脸上露了笑，老泪涌出："几精怪个伢哟。"

十五

一个冬天，冇人晓得享生在搞么事。连村长秦老大也不清楚。问他七伯田七爹爹，田七爹爹嘻嘻地说不清。终是各人有各人的事，懒得管他田享生咸享生的。

只是有一个女子开始想他哒。特别是儿子的头发长到寸把长，便越发想，想得心口都疼。过去好像也冇这样想那个知青。

享生却在女人的梦里走南闯北地打江山。

享生一向对干农活厌得很。窝到田里日夜干，五更去，天黑回，累死累活，还不晓得年终会有个么样的结局。天公一不作美，旱一下，再不涝一下，一年的辛苦就只能顾个肚皮。农人靠的是天。

他想出去帮工，搞一点活钱在手上。他走沙市，去荆州，下汉口，一个月下来，碰的钉子得论斤数。城里有得活干的人多得是，连大姑娘都摆起小摊做买卖，况且他，一个什么证明也冇得的乡巴佬。钱冇赚到，倒是赚回一些白眼。

享生霉头霉脑悠转到洪湖，打算到往日一个熟人屋里喝点闷酒。

在洪湖他算是看到了好景色。

湖上，满是群而聚之的野鸭，扑腾腾地觅食戏水，几多热闹。

潜伏的猎民一起出动，围成一个扇形猎区"轰隆"放一串铁铣，眼睁睁地见野鸭一片片倒下。猎民的小船满处荡，一个个抢起捡野鸭。

享生想搞几对野鸭回去过年也好，不由凑上前搭话。价不高。又闲聊，听得说猎民野鸭捕得多，当地卖不起价，到外头又打不开销路。个个叹息："野鸭是个宝，多了销不了。"

享生心一动，脑瓜子转活哒。忙拦住一个猎民说："帮我挑几对大鸭，我去外面打打销路，么样？"

猎民好笑："又不是个苕，不认得你，哪么能随便给你鸭？红烧吃哒，我找哪个讨钱？"

享生忙掏出身上全部钞票，数太小，又急忙脱下卫生衣裤作抵押，还在一张小纸片上写下自家的地址。

猎民拿到钱，又拿了地址，横竖打量了享生半天，终是冇收卫生衣裤。给了他三对野鸭。唯一要求，倘是打开了销路，得包销他的鸭子。

"那是一定，那是一定。您的大恩大德我定是要重报的。"享生说。

平原上的人大多心眼灵嘴巴活，既像城里人那样善说会道能骗能诈，也像山里人那样不怕吃苦长于算计。享生硬是个冒尖的。

他扛到野鸭，走几十里路去了新堤镇，混进一些贩子中摸行情。不料新堤镇上的生意人，皆一个个老手，且人多势大，全不同情孤单单闯江湖的一个享生。有一日反而扎一帮，欲算计他。享生悟得快，立即溜了。

卖了一对鸭，赚了十块钱，也不晓得划得来划不来。划不来也认了。日要吃饭，夜要住店，如何少得钱？

躺床上，享生脑袋瓜子转转神。住的是一个集体办的小招待所。听得外面勺子声"咚咚"响，方想起自家冇吃夜饭，起身去了厨房。

一见师傅慌手慌脚地忙，几个顾客捏起账单议得热烈。享生凑上前，见菜单上居然有"红烧野鸭"。

享生趋上前，递一根烟给老师傅："师傅，有红烧野鸭冇？"

"冇得，上午就完哒。现在还想吃得到？"师傅把烟往耳朵上一夹，说。

"哟，那样俏？"享生说。

老师傅说："哪么不俏？市场上漫天要价，今日都卖到八块钱一斤哒。说是明日还要涨。再这样下去，您五更起来也怕是吃不到红烧野鸭哒。"

"么样咧？"

"店里买不起。"

"八块钱一斤您店可买得起？"

"马虎像，少买点还可以。"

"七块五呢？"

"七块五一斤，来几多要几多。哪有这样好的事？"老师傅说。

"师傅，师傅，"享生连忙拉住他，"我出七块五的价，把您店里的野鸭包下，么样？"

师傅先是惊，后是喜，问："有现货？"

"有，有。"享生说，又腾腾回屋，把剩下的两对鸭拎了来，堆一脸笑，"师傅，这两对，白送您。年关近哒，也好腌起过年。"

师傅拎到鸭，脸笑开哒，眉眼都动了位子。

第一张合同便签成哒。

三天后，享生坐到手扶拖拉机上，果真送来三百对鸭。出了店，立即买了个钱包。一下子钱包鼓了起来。跟猎民一分，自家落得一百。

享生弄通哒，专找大馆子大旅店，把价开得低一点，一拖就是一大批。

猎民乐呵呵地拿到一大笔钱，唤享生作"恩人"。

说享生人灵光，那不是假。晓得事情顺哒也有顺的坏处。贩运二批鸭后，便花去百把元钱，给一户户的关键人物送了礼，还外带三对野鸭。包了国家的税，包了市场管理费，包了卫生检疫费，还为自家在新堤镇上包了一间屋。

大道一清，不怕有石有沟地绊脚栽车哒。贩出近万对鸭，大发而归。

十六

宦子塆的人见享生，都说："哟，红胖红胖的，怕是发了财吧？"

享生不隐，高声答："是的，您呐！"

有人亲眼见享生数了大把票子存进银行。晓得这回是真发。打听如何发，享生却是不说。只说是劳动所得，非偷非抢。

冇听说劳动能赚到那多钱的。

享生阔了起来，隔三两日去胡大富店里打酒，然后，哼到小曲，拐到金枝那里。金枝弄得一手好下酒菜。

胡大富嫉得眼珠子冒血。回回想掏出享生的底细，享生都七岔八扯地讲到别的事情上哒。弄得后来大富见了享生，心口都被筋扯一样疼。

其实大富的荷包里，已经沉沉地有不少钱哒。他跟大胡子的关系日日加深。不光是帮忙存药材，还帮忙推销，等于是入了股。偶然一回，他发觉好些贵重药都是假货，冇声张，暗示了大胡子一回。大胡子当即又多给了他五十块钱。大富觉得天下再冇得比大胡子更够朋友的人了，便愈发地卖起力来。唯一发愁的是，这多的钱放哪里才安稳。存进银行，怕别个晓得；搁在抽屉，怕老鼠拖走；放箱子里，又怕幺伯看见了查问。埋到地下更怕潮湿沤烂。

一大摞钞票，捏在手上不晓得么办。还是莲英说："搞个瓦罐子埋在床底下。"大富果然照做了，心里方踏实许多。

大富红胖起来，莲英也显出肉肉的了。其实吃得跟原先冇么事不同。但心里搁了钱，颗米不沾也长膘。天壮冇长肉，不过添得几件新衣褂。

大富把铺面涂了新油漆，装糖果的瓶子和打酒的瓢都换了新的。然后把铺子里的事一把交给了莲英，自家则干起了一本正经的药材生意。

"酒里还掺水不？"莲英问。

"掺，少一点。"

"火柴呢？"

"还抽，改九盒抽十盒。小心点，莫叫幺伯撞见哒。"

"晓得。"莲英说。

晚饭时，天壮才从外头回。胡幺爹爹为秦家妮妮唱完孝歌后，一直生病。自留地就都是天壮在忙。

莲英在柜台上招呼。幺爹爹躺倒在床。饭桌上只有大富和天壮两个。

桌上的菜不蛮好，天壮一脸不乐。他自小在屋里娇爱惯哒，随几时都拉得出脸色。

"壮伢，"大富小心翼翼说，"伯伯最近攒了些钱，想给你买个手表。"

"真话？"天壮顿喜。

"你想要么牌子？"

天壮想了一下，冇想出。他也搞不清么牌子好，得去打听打听。

"想好哒，写个信给喜贵，叫他在汉口帮到买。我寄钱去。"

"那好。不要电子的，别个都说电子的假。"

"由你。壮伢，讲实哒，要想买好东西，就得赚大钱。你胡子叔叔的伢儿手表脚踏车还有么事机，都有。伯伯往日穷，冇跟你办到。"

天壮知道胡子伯伯是个有钱人。

"他的伢儿搞么工作？"

"摆小摊。在镇上。一个月可以赚几百。"

"哦？！"天壮惊叹一声。他还从冇一次见过一百块钱哩。

"连他屋里幺妹子也摆摊。金耳环金链子都戴起，几多富贵。"

天壮冇作声，在想。

"壮伢，伯问你一句，你想不想摆摊？若想，伯伯托大胡子去镇上办个执照。他熟路子多，十拿九稳。"

摆小摊比种田不晓得好到哪里去哒。况且能赚大钱，如何不摆？天壮迫不及待说："摆！摆！"

十七

宦子塆的人一夜晚都晓得哒：喜贵又写信叫寄五十块钱。过年不回屋，要去哪块调查。

"真真一个有出息的伢。"都说。

十八

胡幺爹爹一病就是两个月。村里老少都晓得他是累的。过了七十的门槛，一气唱三个夜晚，不病才是稀罕。

病中，胡大富去秦家把七十五块钱要到手，胡幺爹爹竟是一点不晓得。

一日，胡幺爹爹正迷糊。听得外头天壮扯到喉咙唱歌，唱完又自家笑。还有一个女伢的声音。胡幺爹爹突然想：老也老哒，跟云仙也有三十年交往，芦苇丛也冇得哒，自家何必那样伤悲。云仙说不定在阴间正跟秦水货说说笑笑，早忘记阳世上有个胡幺伢！这一想，脑壳像是遭人拍了一下，闷住的位子都通哒，出气也顺，血脉也清爽哒。第二日胡幺爹爹的眼睛就起了神，一清早披起衣裙出门去哒。

出大门，跟做完早田的人们一路打招呼。

"早哇！"

"胡幺爹爹，好哒？"

"还得活几年。"

"幺爹爹，您好生休息哟。"

"休息足哒。"

行至河边，仍见田七爹爹一人蹲在那里，一动不动。

"幺爹爹！"胡幺爹爹正欲上前跟田七爹爹搭话，有人扯了衣角。一低头，见是木瓜。

"幺爹爹，我以为您跟秦家妲妲一路去哒。"木瓜说起一笑，正正露出缺牙。

胡幺爹爹一惊，伸手揪住木瓜的耳朵，笑说："这个精怪。"

"是不是有得伯伯的伢都是精怪？"

胡幺爹爹一怔："嗯？"

"我做梦，梦见伯伯。伯伯说：'我再也见不到你哒。'就走哒。我撵半天，冇撵上。幺爹爹，我几多想我伯伯哟。"木瓜说完还长叹口气。

胡幺爹爹哈哈大笑："这个伢，真是有情义。你姆妈要为你找一个伯伯的。"

"是享生伯不是？"

"享生伯不好？"

"好是好，就是光跟我剃头不好。还有，夜里把我赶到小屋……"

胡幺爹爹又笑，笑得快淌眼泪。

晚上，天黑得很。木瓜却跑了来，找胡幺爹爹。

"幺爹爹，七爹爹叫我来喊您呐去。"

这种事少有。胡幺爹爹忙随木瓜一路走。

田七爹爹屋里，除了享生外，还有秦老大、秦老二。

秦老二正说话，像有么事要紧事。

"么事？"胡幺爹爹问。

"县公安局到乡里来了个人，说要调查木瓜他伯伯的事。"

"是得调查。把老婆一丢走几年，伢也不要，冇见过这种男将。"

"是调查他跟金枝到底结婚冇。"

"哪么冇结？还是我唱到歌送他两个进的洞房。老七，你那天也在。"

"冇打结婚证就不算结婚！他是不是又想回来？"享生头上急得出汗。

"结婚证也打过。我亲眼见打的。"秦老大说。

"他末后又结哒，已经有了个伢儿，将将满三岁。"秦老二说。

"真话的？！"胡幺爹爹大惊。

"若是金枝真和他有结婚证，他就是重婚罪。"

"重婚罪是么事？"

"就是娶两个老婆，违法。"

"这个狗日的，有妻有妾，比老子们强得多，坐牢不？"享生说。

"当然坐。幺爹爹，您看呢……"

"让他坐！好好给金枝出口气，免得以为我宦子塝的女人好欺负。"

田七爹爹一直冇作声，蹲一边，呆想。胡幺爹爹踢了踢他的屁股："老七，得告诉金枝，去县里告那个小杂种。"

木瓜却突然"哇"地大号，抓住胡幺爹爹又是踢，又是咬，嘴上还喊："莫告我伯伯，不准害我伯伯坐牢。"

享生上前费好大力，才抱住木瓜。

"大人的事，小孩莫管。"胡幺爹爹斥道，又吼，"告！一定得告！"

金枝听到信哭得死去活来。等了七八年，痴痴地想等个人回来，再一路过日子。不想，别个在外头早已经安安逸逸地过起了自家的小日子。居然还有了三岁的伢儿，全不念他们的小木瓜。金枝哭自家的命苦，哭木瓜的命苦，哭得用脑壳往墙上擂。得亏享生眼疾手快，一把抱住哒。

几个女人劝不住金枝。

享生怒哒，操起桌上一个水瓶，恶似的往地上一达。水瓶"砰"地好响。

"号，号丧！死了爹娘也冇这样号过。那个人是哪样值得你伤心？跟你过了几个月的日子？你等他七八年，他连信都冇打一封回，自家在城里抱老婆抱伢儿。你还那样痴他。我田享生，虽是农家儿，钱也能赚，力气也有，文化比不得他差，跟你两个也算得上有情有意，你寻死就一点冇想过我？你死，只管去死。木瓜有我养。"享生一口气说完，扯起木瓜就走。

享生与金枝偷情，村里已有风传，不过还冇被人拿来开心，今日倒被享生自家说穿哒，且又说得如此的堂堂正正。

"是呀，享生未必不如你先前那个？"人都劝。

金枝止住号，直起眼发呆。抬头寻享生，享生却已出了门。

"享生呃，莫丢我……"金枝哭到长喊一声。

满屋子都响起了杂音："享生，快转来。"

"享生，金枝想过来哒。"

听得享生跑回的脚步声。

秦老二此刻才说："我说，木瓜他伯伯确实犯有重婚罪，可以告他，金枝。"

"不——"金枝又喊，"千万莫让他坐牢，莫让他坐牢。求您哒。"喊完又哭。

木瓜直直站在秦老二前，双腿一屈，跪下磕头："秦二伯，莫让我伯伯坐牢。"

享生抱起木瓜，对秦老二说："老二，算哒，就说先前冇结婚。"

田七爹爹叹了一声，也说："就依了金枝吧。"

胡幺爹爹一帮老人家都蹲在门口，相互叹气，也都插言："还有个三岁的伢儿，就依了金枝吧。"

秦老二想想说："那好。乡里那边我去做手脚，你们回去交代一下，凡有人问这事，都答冇结婚。"

"唉，那伢在我宦子塥也住过不少日子。天壮和喜贵两个屁点大时都喜欢跟到他玩。"胡幺爹爹说。

十九

天壮的小摊还蛮有个看头。货不少，洋玩意也多，得亏大胡子相帮。他先摆了一两年的摊也比不过天壮的齐整。天壮顶佩服的就是大胡子，他的本事能通天。

几个月下来，也赚了不少。料子衣裤和皮鞋都先后添置哒。穿起在宦子塥走一遭，人人都"咦，咦"地把他当个贵客。

大富最满意："再干一些时，心眼子更活哒，钱怕是会赚得更多。"

莲英笑眯哒："壮伢这一身架子，不愁漂亮姑娘求上门。"

胡幺爹爹倒是冇说么事。

还有一个人，为了天壮这一变，又是高兴又是愁。这个人是喜鹊。天壮在村子有脸面，她喜，觉得自家脸上也光彩。天壮一有脸面晚上就不去河边哒，总推说要算账，她愁，生怕天壮甩了她。

于是，日日夜晚去天壮那里。得机会说话，就看他拨算盘。算盘珠子一停，就凑上前，摸一下，亲一下。天壮常不动，由她去。

天壮的确想甩喜鹊哒。只是冇找到机会。

办小摊后，天壮时不时要去县城搞点货。中午便去县中找低班同学中花那里搭便吃碗饭。原本他们也是熟的，去的回数多哒，就更亲密。跟中花一路，天壮话多得说不完。有一回，还请了中花看过一场电影。看到男主角和女主角搂抱时，天壮禁不住瞟了中花一眼，恰恰中花也瞟他。弄得天壮好半天心跳。记不得跟喜鹊一路有冇心跳过。

县城便去得越发勤。

终是被喜鹊晓得了风声，凶凶地找到天壮，要天壮去县城带上她。天壮哪肯。

喜鹊怒哒，伸出巴掌朝天壮脸上抓去，天壮偏让一下，两根指甲划的红杠杠就留在颈子上。

"你去会中花，不想带上我。"喜鹊哭唏唏地又伸出巴掌。

天壮伸出手抓住她："未必要打架？"

"中花原先分明是跟我喜贵哥好，现在又勾引你，这个骚货。"喜鹊嘴里使起劲喊。

天壮沉下脸，不言语，慢慢地抓住喜鹊的手按在自己嘴上，嘴巴撮起，一下一下地啄。

喜鹊一下子柔顺哒。她趴在天壮身上，眼泪鼻涕一把地哭到说："你莫耳中花，你要喜欢我。你要再耳她，我去寻死。"说到伸手到天壮的衣服里，狠劲地掐他胸脯上一点点薄肉。

"哎哟——"天壮疼得喊。

只得带她去了趟县城，自然是冇去县中。

宦子塌离县城好远。走几十里路，到镇上坐车，中间还要倒一次。去了那里，几近中午。喜鹊极少去县城，一是怕误工，二是冇得人带，一个人不敢出门。这回，跟上自家心爱的人一路，不晓得几多兴奋。喜鹊原本就不是个会遮掩的人，出了门冇得人认识，又加上高兴，更加是不遮掩哒。一路上高声武气地说话，大笑，还有大惊小怪的尖叫，全然不把别的人放在眼里。

去了一家商店，原本不打算买么事。喜鹊却偏要售货员一下子拿床单，一下子拿水瓶，都是手摸摸，看两眼，说声："这个不行，比我的屋里的差远哒，是不是？"还反问一下天壮。天壮只得点头，心说你屋里有个呵欠！而今售货员都跟兔子一样精，笑到说："荷包冇得钱，还要脸面上光滑。不说这话，还光一点，一说哒，我都替你丢脸。"虽是笑，话说得却几多毒。天壮难为情，喜鹊却蛮认真地站到听，像不是在说她。

出了商店，逛小摊子。天壮趁机看看别个的摊子上有么事新鲜货。喜鹊揪到他的衣角不敢松。走到一个小摊前，喜鹊停了脚步，抓起一个白色的乳罩在自家胸前比画，问天壮："白的好看还是绿的好看？"天壮脸臊得冇办法待，扭头往前走。喜鹊居然放大声音追到喊："哪么走啦？那回你不是要我买吗？还说买两个换洗。"一排摆小摊的男女笑得人仰马翻。天壮无地自容，喜鹊却不知晓，凶凶地吼人："吃了笑药？不买哒。笑死你一屋人。"人们笑得更凶了。

天壮无心再玩，当即回去。一路无言，且心里发誓这辈子再不跟喜鹊一路进城。一个人冇文化随几好看，也还是丑。中花不及喜鹊脸模子好，有文化懂文明就是美。天壮叹想。

喜鹊倒是百事不解，一路还多话，还大笑，还尖叫。

二十

转眼夏季。喜贵走了一年，终于回宦子塌过暑假哒。

人长高哒，壮哒，完完全全地一副城市洋学生打扮。裤子巴紧屁股，汗衫上有洋字码，鼻子上还架起宽边大眼镜。"硬像电影里头的人。"村上人都喷起嘴夸。宦子塌多了个喜贵多了几脸的光彩，秦家人多了个喜贵多出几脸的傲气。

偏喜鹊不把喜贵放在眼里。

吃饭时，喜贵问喜鹊："鹊妹子，做么事不耳人？"

喜鹊说："恨你。"

秦老大吓了一跳："做么事恨你哥？"

喜鹊说："连您一路恨。"

喜贵笑哒："这就不得了。恨不恨姆妈？"

喜鹊眼皮一翻说："都恨。"

"疯丫头！"姆妈说了一句，还用筷子刷了喜鹊一下。

"就恨，恨你们。"喜鹊一达碗，连说。突然地又放声悲号。

喜贵原先不过跟妹子寻个开心，这下见来真的，倒发了傻。

"么回事？大伯。"他问秦老大。

"天晓得。这丫头就是疯野。"秦老大说。

喜贵终是冇弄清妹子为么事恨他。

喜贵头几日，天天闷在屋里看书写字。末后，见一屋老小皆忙，也去地里干了几天活。歇了一年，再干硬是觉得乏累，屋里人也心疼，都喊到要他歇起，莫累垮了身子骨。

便歇了几日，中午，就去荆河游水。

河边，田七爹爹和木瓜蹲起一大一小两块石头。

"木瓜，下来，我教你游水。"喜贵朝木瓜喊。

"我不，我要看人。"木瓜说。

"么吵？"

"河兜里有人。七爹爹说，用心看就能看到。"

喜贵好奇怪，忙爬上岸，还冇近上前，被人拉住了手。

回头见是胡幺爹爹。"幺爹爹。"喜贵喊了一声。

胡幺爹爹望到喜贵，眼珠子不转。喜贵宽肩头，细腰身，长腿长膀子，几多壮实，让任何人看到都由心里喜欢。

喜贵见胡幺爹爹盯紧自家打量，一低头，见自家只穿得一条三角形短裤，以为幺爹爹不满，赶赶忙忙换上衣服。

胡幺爹爹忽然伸出手，摸摸喜贵的肩膀，说："好伢，去我屋里跟天壮扯扯闲，交个兄弟。"

"好呀。"喜贵说。

"幺爹爹，喜贵哥哪么跟天壮哥好像？"木瓜已走了过来，幽幽地说一句。

胡幺爹爹心里立即"扑扑"急跳几下。

喜贵扯起木瓜去田七爹爹那里问河里有么人的事去哒。喜贵走路好威武，随哪个屋里有这样的伢就是福。

天刚黑，喜贵在院子里跟秦老大说："大伯，我去天壮屋里玩一下。"

喜鹊在屋里听到，立刻尖叫一声："我要跟你一路去。"

喜贵说："去就去，喊个么事！"

两人相跟进了胡家大门。天壮刚收摊回屋几分钟，正趴在桌前算账。中花竟站一边替他打扇。

喜鹊和喜贵都变了脸色。喜鹊恶里恶气地说："中花，你真是贤惠呀。"

中花一抬头，见喜鹊后头跟到喜贵，脸一红，搁下扇子就跑。

喜贵闪到一边，冇作声。上大学后，他给她写过三封信，以后就忘记了。忘记了青岭和凤凰冢。放假后，倒是去找过她，不料中花正高考，冇回。末了，就算哒。

见中花那般柔情地待天壮，喜贵心里有些醋。

喜鹊挨到天壮，伸手拉他的膀子。天壮冇动。喜鹊又抓起扇子，为天壮扇。

天壮让开，铁到脸，坐到床边。

喜鹊又往前凑。喜贵吼了一声："喜鹊！"

"你吼么事吼！不是你，天壮会不要我？大伯和姆妈准你读书，不准我去，让我在屋里赚钱，你上大学，我是文盲，天壮嫌我。姆妈呀，我好命苦。"喜鹊泼起来又哭又喊。

喜贵只好把她扯回去，一句话冇跟天壮讲。

"壮伢。"

喜贵和喜鹊刚走，胡幺爹爹在他屋里喊起来。

天壮忙过去。

"喜鹊喊么事？"胡幺爹爹问。

"冇喊么事。"

"屁话，我听见她哭。"

"是……她想我跟她两个……好。"天壮说。

"么哟？"胡幺爹爹惊问。

"她想我娶她。"

"你敢！"胡幺爹爹脸像立刻凶起，"你敢动一下娶喜鹊的念头，我割你的脑壳。"

"我冇动。"天壮心却一喜。

"告诉你，打光棍也不准娶她。在爹爹面前赌个咒。"

"我一点不喜欢她。蠢死，连小学文化都冇得，粗野得要命。我见她就心烦。"天壮忙表白。

"啪！"胡幺爹爹给了他一个嘴巴，"叫你赌咒，又冇叫你骂人。喜鹊是个好伢，你再敢骂她一句。"

天壮闹不清幺爹爹么样哒。一下子这样说，一下子那样说。他只好照幺爹爹的要求赌了咒："一辈子不娶喜鹊，若违背，遭雷轰死，电劈死，水淹死，火烧死。"

大富和莲英在堂屋屏住气听，搞不清幺伯究竟为么事。算起来，喜鹊倒是蛮好个姑娘，泼辣，能干，长得又壮实，必是个好劳力。

却是不敢多言语。

第二日，喜贵去了镇上，在街口找到天壮的摊子。天壮并冇显得高兴。

"你跟我屋里喜鹊谈过恋爱？"喜贵问。

"冇！"天壮答。

"那你引她到河边……"

"冇得事干，玩玩。"

"你要她？"

"不。"

"我屋里喜鹊有文化就好哒，跟你还是蛮配。"

"中花取不了大学配你也有多。"

喜贵不语哒，心里有毛虫虫爬。

天壮再冇耳他，自顾自做生意，见有人立摊子前，就吆喝两声，拉客。

"天壮，你对摆小摊有么事想法？"

"冇得，能赚钱就行。"

"原先的理想咧？"

"原先就只不想种田，干么事都行。"

"你，跟中花好哒？"

"冇。"

"她跟你说了些么事？"

"都说哒，还说恨你。"

"你福气好。喜鹊从冇说恨你，天天念你的好。"喜贵说完鼻子还"哼"了一声。

天壮心一动，冇答话。又想这"哼"是么意思。

"幺爹爹要我跟你交个兄弟，我两个这下真成了兄弟。我是大学生甩了中花，你是中学生甩了喜鹊。一个样子。"喜贵自嘲说。

天壮觉得喜贵说得也冇错。

中午，胡幺爹爹给天壮送午饭来哒。一见喜贵跟天壮坐一条凳上，好欢喜，说："喜贵，跟我壮伢一路吃。"

"不哒，我吃了，您吃么事？"喜贵说。

"瞎说。你幺爹爹是吃了饭来的。"胡幺爹爹说谎，"难得两个坐一路扯闲，哪里说走就走？我把你当我壮伢一样。"

喜贵说："我们小辈子在您跟前都跟壮伢一样，您直管教训。"

胡幺爹爹笑呵哒："贵伢的嘴几多甜蜜。"

天壮端起碗，狠扒一口，才说："我幺爹爹叫你吃，你就吃。"

喜贵这才动手。

胡幺爹爹坐一边，看他两个大口吃饭，眼睛出神，烟都忘记了抽。

路过的人翻看摊上吊起的衣褂，嘴里说："这两兄弟吃饭好香哪。"

二十一

对河红花剅一个巫医听说宦子塆胡大富店里有药材卖，且价钱比公家药店便宜，就划了船过来买了一大批。治冇治好病人，胡大富不问，只是欺巫医是外乡的，暗把钱涨了五厘。

冇过几久，远乡姜公剅和迎王口的巫医，用巫术骗钱，相隔一天，各人整死一个妇女。县公安局把他两个捉起去，责成各乡注意其他巫医。红花剅的巫医被喊到乡政府，几个乡干部盘问他干冇干骗钱害命的缺德事，他忙说冇。还说他给人看病虽是跳了神，回回也都还开了药。乡政府派了卫生院两个医生去检查他的药，发现全部是假货。

再一追，就到了宦子塆。在胡大富店铺门口，公安局当到宦子塆老少的面，开包检查。竟冇发现一包真货。

胡幺爹爹立即跳起脚大骂大胡子，一直上到祖宗几代。也骂大富昏眼不识人。骂完，喘两口气，告诉乡政府的人和公安局："是一个大胡子跑生意的人搁我屋兜里的，我大富不晓得是假货。"

乡政府的人忙问大富这话是不是真。

大富一脸苦相，讷讷地要说不说。胡幺爹爹朝他踢一脚，吼："哑巴哒？还不跟政府讲老实话？"

大富说："原先不晓得，后来晓得哒。原先是大胡子一个人存的，现在……我……我也……有一份……"说到，蹲下来，低下头，像是要缩进地里头去。他晓得，即便乡政府的人饶得过他，他的幺爹爹定是不会饶的。

果然，胡幺爹爹先是呆了眼。

围观的人不多，倒是骚动声一片。

"讲是胡家么样发财哒，还刷了新门面。"

"真是有人生养，冇人教训。大富自小财迷心窍，大了赚黑心钱。"

"冇有人不晓得，胡家铺子里的酒，回回掺哒水。"

叽叽喳喳，骂声不绝，全不顾胡幺爹爹一张老脸。

胡幺爹爹缓过了气，走上前，揪起大富的头发，朝围起观望的人展览地把胡大富的脸转了一圈，扬手就朝脸上刷巴掌。一连几十下，胡大富面颊顿见红肿，嘴角淌出了血。

竟冇人说话哒，也冇人上去劝，只听得胡幺爹爹的巴掌和喘气。大富给宦子塌丢尽了脸，哪个还得去同情他？

莲英末后"哇"地号起，连滚带爬扑到胡幺爹爹足下，高声喊："幺伯，您呐饶了他吧，就这一回，再不敢哒。再不敢哒。您呐行行好。政府要么样赔，我两个割肉卖血都赔，求您呐饶了他。"

胡幺爹爹歇下手，对跪在他跟前的莲英吼："你这个婆娘也不是好东西，明晓得男将干恶事还当帮手。你两个黑了良心，冇钱也要清白过日子，如何能干这种缺德事？害人命的钱你两个哪么花得出手？你赔得起人命？赔得起我胡家一世的清白？"胡幺爹爹骂着骂着，声气由痛恨渐转为苍凉，"天爷爷，我如何养了这个孽种，丢尽我宦子塌一村人的脸，叫我么样去见胡家列祖列宗？"

胡幺爹爹老泪落下，"扑通"一声跪下，仰天大喊："天爷爷，我胡老幺有么脸在村里待下去？"

几个老人上前扯起他。"幺爹爹，儿大由不得爹娘，与您无关。附近哪个不晓得您幺爹爹一向是侠骨热肠的正人。您万莫伤哒元气。"有老人家说。

"你们晓得我的为人，你们都晓得的。"站起来的胡幺爹爹一下子显得老态龙钟哒，说话都颤颤地不连贯。

木瓜递过一条湿毛巾："幺爹爹，您揩脸。您莫稀罕大富伯伯这个儿，我长大哒，我养您。我老哒，叫我的儿养您。"

一下子，惹一些人笑起。

享生跟金枝杂在人中看热闹。享生捏一下金枝的手说："我木瓜伢长大不得了。"

金枝叹息道："这伢硬是个精怪。"

药材全部没收哒。胡大富先送乡里交代问题，莲英待在屋里听候发落。

胡天壮回来时，高潮已经过去哒。进屋见姆妈哭，幺爹爹骂，不晓得出了么事。问清，才说一句："幺爹爹，您莫怄，这种事世界上多得很。人穷有么办法？想发财就得昧一点良心。我想得穿得很。"

"闭口！再讲一句，老子打断你的狗腿。"胡幺爹爹怒吼一声。

胡幺爹爹从冇生过这么大的气，也从冇丢过这么大的丑。一连几天，不出大门。末后出了，也只低头走路。养了如此儿孙，胡家有何脸面在宦子塌摆露？胡家是大姓，据说祖宗是东汉年间辅佐过六个皇帝的大学者胡广。至今的监利县志还可查到胡广政绩和胡广高门深宅的草图。只因后来逃水灾，才由容城迁到宦子塌。宦子塌对胡家的根底都晓得。胡幺爹爹唱孝歌回回都要唱："容城有个伟胡广，辅佐六帝英名扬。"因此，提起胡家，冇人不起敬意。

不料却出了个胡大富，把姓胡的光彩都玷污哒。胡幺爹爹怄。当初做么事结婚，做么事要养大富这个孽种。他又不是冇得自己的亲骨肉。哪怕说不清白，却总归是有的。

天壮那天赚得多些，一条五块六进货的裤子，卖了十二块三毛；一件十一块钱进货的腈纶毛衣，二十块钱卖给了一个傻大姐。摆小摊后，数那天赚得顺。

由镇上回，路上又遇到中花。中花大学未取，回乡哒。正在屋里帮兄弟种责任田。天壮试着约她晚上去河边玩玩，中花居然允了。

天壮进大门时，便学那些香港人浪声浪气地唱起歌："你问我爱你有多深，我爱你有几分？"刚跨过门槛冇几步，听得幺爹爹在他房里喊："天壮，过来。"

天壮停了歌子，颠颠地过去："幺爹爹，您有么事？"

"听到，从今日起，不准去摆小摊。"

天壮大惊："为么事？"

莲英见胡幺爹爹喊天壮的声气不对，忙倚在门口听，怕天壮受了委屈。一听胡幺爹爹的话，晓得他的意思，忙说："不关壮伢的事，他随么事都不晓得。"

"你收起！冇脸皮的东西！"胡幺爹爹脸朝外吼一句，才又说，"听到，壮伢，人一想赚钱就黑哒心。我胡家一辈子冇得做生意的人。大富一个够哒，再冇得脸可丢哒。壮伢不准再干这种事。穷死饿死也要清白。"

"幺爹爹，那我做么事？您说说。"天壮不乐。

"种田。"胡幺爹爹说，"你祖上都种过田。"

"幺伯，您看壮伢身上那一把骨头，您舍得我舍不得。大富是您的儿，您管，壮伢是从我肚子里出来的，我要守着他活。"莲英说。

"你闭口。闲时跟我学着唱孝歌。"

"您疯哒，是么时代哒。哪个年轻人搞这？"天壮喊了起来。

"老子唱歌时，不也才二十几？"

"您二十几有壮伢这样的文化？"莲英又说。

"你少放两个屁！你还有脸讲话？未必叫壮伢学你两个伤天害理地赚钱？老子说哒，壮伢不下田就跟老子唱孝歌。壮伢，我再跟你说，手跟钱多摸几回，坏心思就长出几节。干不几久，就学你伯伯一般，干坏哒人胚子。做人比赚钱紧要。"

天壮灰起脸。好情绪全光哒。想想么爹爹说得也在理。再想想又觉得那些道理太老哒。

"容我想一晚。"天壮跟胡么爹爹说。

中花果然在河边等天壮。天壮心跳得比往日快多哒。

两个人沿河走。走远哒，又倒回。又走远哒，又倒回。来来去去好几趟，话多得说不完。

天晚得厉害，末后，中花说："回去算哒，你明天一早起还要赶到镇上。"

天壮说："再不得去哒。"

中花奇怪："为么事？"

"我么爹爹不准。怕我时间长哒变成我伯伯那样的人。"

"么爹爹讲得也有理。"

"你说我去好还是不去好？"

"不去就在村里种田？"

"是呀。闲时么爹爹要我跟他学唱孝歌。"

"真话？"

"真话。"

"你唱不？"

"我要想一下，你说呢？"

"我最喜欢听么爹爹唱孝歌哒。你要唱，我回回去听。"

"当真？"天壮意外地喜。

"我几时哄过你？日后，在乡里谋个好一些的事干，业余时间去唱，我陪你去……"中花声气越说越细。

天壮好激动。他晓得自家是真心地喜欢中花，但在中花面前总是畏畏缩缩，怕中花看他不起。闷了好些日子，不敢说，适才两人走来走去，天壮蛮想搂到中花的腰，学电影上的情人一样，终是冇敢。现晓得中花心上有他，一下子耐不住哒。

天壮刹住脚，长手臂伸过去把中花捉进自家怀里，箍得中花挣不脱，只好由他的嘴鼻子在自家脸上横来竖起地擦，只闭起眼一声不响。

"花，好妹子，有了你，哥哥活着都有味哒。"天壮舔到中花的耳朵说。

"哥哥……跟喜鹊……是不是也这样？"中花问。

"早冇哒。今后只跟你。"

中花身子直哆嗦，像是打摆子发冷。

天壮想了想说："是不是想喜贵？"

中花落哒泪："对不起，今后只想你。"

天壮便又箍得紧些。

第二日清早，天壮一起床就跟胡幺爹爹说："幺爹爹，就按您说的办。"

胡幺爹爹说："这才做得我胡家的儿孙。"

二十二

宦子塌近几日有几桩事，天天被议得吼。

头一件事是喜贵回校一个月，写信要屋里寄一百块钱。愁得秦家一屋人几天歇不好觉。不寄吧，又怕屈了伢，寄吧，又不晓得何处能借，何时能还。末后喜鹊一咬牙，拿出自家攒了几年的私房，给了秦老大。横直天壮不要她哒，攒钱也冇得用。喜鹊姆妈心疼姑娘，望起喜鹊落泪，却是冇得第二个法。

这笔钱，喜鹊十二岁做工攒起到而今。

随哪个都夸喜鹊明大义。喜贵是么事人？要一块金砖也是该给的。宦子塌如没喜贵，少几多威风！

二一件事是胡大富被罚了款，一千块钱。都说罚得好，又忧胡家去哪里谋钱。见了胡幺爹爹和大富，怕多说哒话，客气几句忙忙地溜走。更不敢提钱的事，借到自家头上，总归是不好。况胡家猴年马月能还得出？

三一件事是金枝跟享生两个到底打了结婚证。秋后就办喜事。虽说两人都是二婚，享生还是要把婚事办热闹。手头有钱哒，显示一下脸面也是需的。

结婚前，金枝给享生做了一身新衣褂，还给田七爹爹缝了件袄子。享生好感激，赶一趟县城，给木瓜买了双新球鞋，一套小海军衣裤，穿得木瓜每天都串门子。送给金枝的东西就贵重哒。一双真金的耳环子。金枝对镜一戴，立即显得好看了许多。心里喜，嘴上却嗔怨享生："这耳环子么样敢戴出门？"享生说："不怕，不怕。你要实在不敢，夜里就戴给我一个人看越发是好。"

"我也看。"木瓜赶紧说。

金枝跟享生有情后，就常出来同村里的嫂子们闲扯。脸上常见笑，只是话还不多。见金枝在哪里，享生必是要凑上前热闹几句，一去自然成众矢之的。

"哟，享生，娶个媳妇还得个儿，真好福气。"

"金枝再要好生管住享生，享生善勾引人哩。"

"享生，金枝姐肚子里的伢儿几个月哒？"

享生就喜欢听女人家的这一些废话，听得心里几多舒服。金枝倒是一阵阵脸红。虽说是冇跟享生举行正式仪式也冇摆酒席，但肚子里的确有了享生的伢儿。

"金枝要跟我生一个儿，像木瓜一样贼。"享生得意说。

再过几日，就办喜事哒。金枝突然收到一封信，拆开，光看信封上的字，眼泪珠子就"吧嗒"地落。搁在桌上不敢摸，像怕烫手。

派木瓜去喊享生。

享生正把旧家具漆新，一身斑斑点点。一听木瓜说姆妈在哭脸，手冇洗，慌慌起奔去。进门就抱起金枝脑壳，嘴上连说："么样哒，么样事。莫哭，莫哭，哭得我心口抽筋。我见不得你哭脸。"黑手便在金枝脸上抹来抹去，把一张白脸抹得花花一片。

金枝一指桌上："他来的。"

"么吵？"享生一吓。他最怕这个。怕金枝为了这个人又不想跟他结婚哒。冇得金枝，他觉得活着冇得味。他心慌得很，不敢摸信。

"金枝，好妹子。随他写么事，莫耳，好不？莫丢我。莫耳他。莫看信。好不？好不？"享生哀哀地求。

"木瓜，把信拿到灶房里烧它！"金枝见享生吓得脸白，不忍却他一片痴情，一边扯起享生的衣襟揩脸，一边喊木瓜。

木瓜拿到信，进了灶房。刚想烧，又拆开来认字。好多字不识，但也认出了几行："小孩有八岁了吧？是男还是女？长得像不像我？我好想他。他叫什么名字？"

木瓜呆哒。是伯伯的信。伯伯也想他。他在河里见过伯伯，梦里见过伯伯，夜夜里想他回来。

夜晚，木瓜冇出去玩，趴在桌上，给他伯伯写信。"伯伯，我想你，你回来看木瓜。"想想又加一句，"木瓜是个儿。"

用作业纸糊了个信封，写上：汉口，伯伯收。怕人寻不到，又画了一个人，高个子，眯眼睛，张开了嘴，露出少了半边的牙。

金枝只当他是在做作业。

二十三

胡幺爹爹先是去秦老大屋里借钱。不料进得门，听喜鹊哭得凶，嘴里恶似的骂他哥喜贵。秦老大垮到脸，在院里劈柴。

"老大，喜鹊么样哒？"

"把喜鹊攒了几多年的钱寄得喜贵哒，哪晓得这个狗杂种花一百块钱只买了一件衣服一条裤子。"秦老大说。

"么吵，一百块钱只买一件衣裤？"胡幺爹爹大惊。

"说是毛料子西装，同学都穿这。"

"啧啧，那是么衣服？怕是金线缝的，用金子做的扣吧？毛主席的衣服才用金扣子。你屋里喜贵也用，怕是好兆头咧。我最唯愿我宧子塌出个真龙天子。"

"您说笑。"

"我宧子塌风水好，定得有贵人出。我算哒，不是你屋里喜贵，就是木瓜。那个伢儿，硬是个人精。"

胡幺爹爹出门时，冇提借钱的话。

便去找享生。

享生正粉墙。

"享生，床扎实不？"胡幺爹爹寻他的开心。

"当然扎实。不得翻垮。"享生笑说。

"脸皮子也有磨一样厚哒。你七伯天黑前回来不？"

"差不多。"

"在河边到底看么事？你有问过？"

"哪晓得，说是看人。河里么样会有人？人老哒，脑壳子里不清白，装些稀奇古怪的家伙，叫旁人觉得可笑。您有事？"

"我？"胡幺爹爹顿住，过一下才说，"找你帮我剃个头。"

"您幺爹爹来哒，就是火烧到屁股，也是先跟您剃完，再去救火。"享生放下刷子，让胡幺爹爹进堂屋，坐下，抓一条灰黑了的布单子，往胡幺爹爹颈下一围。

"幺爹爹，乡政府几多心辣，罚您大富一千块，也太多啦。"享生说，手上灵便地在胡幺爹爹头上盘来盘去。

"该的！"胡幺爹爹说。

"话是这么说，可这笔钱么样叫人拿得出咧？又不是旧社会的财主，屋里隐一些的财喜。"

"拿不出也得拿呀。这都有脸面见人哒，一赖账不更惹人耻笑？"

"那也是。宦子塌有有哪个不晓得您胡幺爹爹是个清正之人。骨头硬，心气也硬，活得干干净净，从来是被人在眼跟前跷大拇指，不兴在背脊上指二拇指。"

"享生，难得你晓得我。"胡幺爹爹好感激，脸上挂满喜。

"我猜，您只怕得卖屋才能凑齐数？"享生好随意地说，手有停推头发。

"卖屋？"胡幺爹爹耳朵竖起，怕听漏。

"宦子塌的屋不好卖。太远哒。离得县城、镇上都太远哒。那些年，人越住越少，我若不是跟金枝结婚，也有想到在宦子塌买屋。"

"你，要……买屋？"

"是，幺爹爹，您若卖屋，先告诉我……"

"我的屋，卖它？"

"不卖么么齐得了一千块？我手头还有点现钱，保险不拖欠您一分。我田家跟胡家交情也算深……"

"放屁！"胡幺爹爹屁股从凳上腾起，"老子屋里闹鬼，哪个住进去断子绝孙。"

享生不防备他屁股的一腾，手一晃，割得胡幺爹爹头皮流血。顾不得听胡幺爹爹喊些么事，抓起布单子往胡幺爹爹头上捂。

胡幺爹爹扯下单子，往地上一甩，唾沫子飞得享生满脸，手舞脚跺地骂："你田家一屋人心术不正。你伯伯教出你这样的儿，还想剥削还想强占民房？"

田享生听到黑起脸，眼睛恶似的盯到胡幺爹爹好久。末后，听胡幺爹爹骂声不绝，把灰黑的单子收拾起，抬头回一句："您有大富这样的儿，在宦子塌骂人气都要粗些。"

胡幺爹爹哑了嘴。

钱冇借到，还被人算计了屋。胡幺爹爹肚子里火旺，烧得身子骨发乍。他好恨享生，冇说是见他胡家遭难，接济一把，倒连忙挑起别个卖屋。他田老七当了几年国民党，养的儿不是好东西。胡幺爹爹恨想。胡幺爹爹年轻时吃过国民党的亏，永远敌视国民党，连水灾，火灾，汽车轧死人之类，也一律认为是国民党在搞鬼。

到河边，见到田七爹爹，胡幺爹爹张口便骂："老七，想霸占我的屋，打错哒算盘。而今是共产党当天下，不是你国民党时候。"接下去骂一串脏话。

田七爹爹慢慢站起身，呆呆望着胡幺爹爹，说："冤啦。"吐了两个字说不下去，就不说哒。

"你才是国民党，我七爹爹是红军。"木瓜不晓得从哪里蹿出，仰到头朝胡幺爹爹瞎喊一气。

胡幺爹爹鼻子带"哼"地走哒。听得田七爹爹说："硬是只有木瓜懂七爹爹。"

进到屋，大富和莲英关上了他两个自家的房门，搞得响，弄不清搞么事。

"不要脸！"胡幺爹爹火头上，用脚在门上踹了一下，"几十岁的人，伢都要娶媳妇哒，还天不黑就关门。孽种。"

屋里又一阵窸窸窣窣。过了一下，大富才出来。脸红得很，有些慌张气，靠到门框，手脚一时不晓得搁哪。

"告诉你，这屋不准卖给田家享生手上。"胡幺爹爹说。

"么吵？卖么事？"胡大富冇搞清白。

"胡家的屋不得卖田家享生。"

"做么事卖屋？"胡大富骇然惊住。

"幺伯，您老哒，不清醒哒。平白无故卖么事屋？卖了屋叫我一家人住马路上？"莲英说。

"你两个不干伤天害理的事，我会卖屋？又不是疯哒。冇你讲话的地方！"胡幺爹爹说。

"您说卖屋认罚？"大富问。

"怕不是？到哪里去偷一千块钱？"

大富望一眼莲英，松下气，说："幺伯，您不消操心。我干的事我凑钱。您歇气，不消耳这件事。"

"我不耳？又尽你去变法子赚黑良心的钱？"

大富不作声哒。

"幺伯，您莫老揭人短。未必钱都是黑心赚来的。城里人个个住高楼房，穿金戴银，未必也都是黑心钱买的。"

"大富！"胡幺爹爹说，"拿棍子，给老子把这婆娘教训好，看她还敢不敢顶撞老人。"

"幺伯，莲英说把她从娘屋里带过来的首饰去卖它，兑几个钱，去交乡里。您……"

"你两个一鼻孔出气。"胡幺爹爹掉头回自家房，闷在角落里，抽烟。心里几多不爽气。

吃饭时，胡幺爹爹拿了一叠钱，零票子多。往桌上一搁，说："这原先是我攒起买棺材板的钱，一百一十六块七角六分。拿起去。横直我也是冇脸皮睡到棺材见先人。一把火烧成灰，算哒。"

胡幺爹爹好沉痛。后几句话，像是遭人捏到喉咙挤豆子一样，一个字一个字挤出的。

大富、莲英低到头扒饭，不作声。

"人一世，不光是饱肚子，脸皮子怕是更要紧些。"胡幺爹爹又说。

"我幺爹爹硬是有个做人的样子，一生清白。"天壮说。

突然间胡幺爹爹眼前晃起一片片芦苇。心一紧，就不再讲话哒。

莲英拾掇桌子，拿尽胡幺爹爹搁在上面的钱，心里好喜。不晓得幺伯竟攒了百把块哩。

喊了大富，两人又关哒门。

"把幺伯的算上，还有几多？"大富问。

"原先是三千四百二十八块，去一千，剩两千四百二十八，加上幺伯的，统共有两千五百四十四块七角六分。"莲英拨几下算盘说。

"拿零头出，剩两千五百还埋起。备个万一用。"

"那是，吃了一场亏，总还赚哒一些。"

"学幺伯讲么事脸皮，一辈子穷死。"

"穷未必不丢脸皮。幺伯硬是老哒。"

"不得准天壮学幺伯的性子。"

"那是。"

大富和莲英赔了款，依然红胖。见了人，依然客气，也冇见脸面子少了么事光彩。

倒是胡幺爹爹瘦了几圈，声音老浊哒。

二十四

黄昏时，田七爹爹又蹲到了河边。太阳正慢慢往黑厚黑厚的云层兜里落。薄云处显出一杠一杠的浅浅红。河面上冇得红光。

划过几条船。一个人扯起喉咙对到岸上唱歌。

　　　五洲高岳首推亚细亚，
　　　　俄罗斯对红海西向欧罗巴。

就唱两句，田七爹爹耳根子发紧，一时间张皇失措。想吼：莫唱哒！又冇吼出。却哀哀地喊一声："队长。"

木瓜蛇一般轻巧，到田七爹爹身边边站了好一下，大气冇出。用小手钩住田七爹爹的一个指头，问："七爹爹，您跟河兜里人说么事？"

宦子塝的人都晓得田七爹爹冇几多日子哒。脸上的阳气日日地少。脑壳子里跟阴间的人开始对话哒。

享生和金枝日日给田七爹爹弄些他喜欢吃的东西，说，也不枉您呐到世上走了一遭。

二十五

钱送去了乡里，屋并冇卖，胡幺爹爹的心绪日日好转哒。加之天壮跟胡幺爹爹学唱孝歌，也还蛮专心。

天壮的喉咙只亮不沙，唱起来冇一丝悲气，跟喇叭里唱歌一样。

"幺爹爹，我怕不是唱歌的料，唱不出悲气来。"

"要么事悲气？都是些不相干的死人。"胡幺爹爹说。

"别个死人屋里怕会不高兴吧？"

"屋里死个人有么事不高兴？少一张嘴，省好些钱。儿孙哭一场，本先也是做个样子，过后，不一样快活？"

"您死我就不快活。"天壮忙说。

"说只怕就是说。"

"真话。我敬重您，幺爹爹。我伯伯和姆妈只晓得钻钱眼子。您不是。您把人品看得重。我觉得应该学您这样为人。"

胡幺爹爹心里喜，嘴上却突然叹了一口气："幺爹爹的为人也不消学得。"

天壮练习打鼓点，练了几天，也出了一点味。手酸时，就歇下跟胡幺爹爹扯闲。

"幺爹爹，人死哒，为么事不哭，倒要唱呀？"

"那当然。让死人高高兴兴去阴间做鬼，让活人也安安神神在阳世为人。都有这样一天，由不得哪个不肯，有么事好哭头？唱孝歌，声气子壮，去哒阴间，大小鬼也晓得新来的在阳世不是小户人，不敢瞎欺侮。"

天壮笑，还有点小视胡幺爹爹的意思。

"笑么事？你去哒就晓得。"

"幺爹爹，秦家妣妣死，您做么事哭得泪流？"

胡幺爹爹喉咙管被么事家伙卡了一下，连忙咳清，声音蛮响。半天才说："那是哭她在阳世冇过几天好日子。"

"秦家妣妣冇过好日子？！您搞错了吧？秦家儿孙成群，又个个争气，宦子塆哪个赶得上她。说真话，我幺爹爹才冇过几天好日子。"

"伢们不晓得老人家的苦哟！"胡幺爹爹又叹气，然后自家敲起鼓。

> 正月初一去看郎喀，
> 我郎病在牙床上嘞，
> 问郎喀害的么事病嘞，
> 情郎不语泪汪汪喀。

天壮歪起头笑："幺爹爹，这是么事孝歌？分明是情歌咧。"

"就这个唱法。只要死人高兴，么样唱都可得。"胡幺爹爹说。

又练习鼓点子。鼓面鼓边，交错相击，咚咚呵呵的满屋子声音。

胡幺爹爹被鼓点子击上了劲头，又扯开老嗓：

曹操哇起兵下江南啦，

雄兵啦八十有三万。

东吴哇修书入朝班，

要同个皇叔破曹瞒啦。

唱一段，咳两声，说："老哒，喉咙走气。嗨，不吹，你幺爹爹年轻的时候，那个威风哇……"

胡幺爹爹一脸红光。老人家一想起自家年轻时间抖过的威风，总是把脸烧得通红。通红通红中，转而又记起毕竟老哒，冇得几多用哒，又渐渐黯然下去，长叹不止。胡幺爹爹总这样。

"讲一下，幺爹爹，您年轻时么样？"天壮蛮想听点过去的事。

胡幺爹爹见有听众，方又振起精神。"我年轻那时，喉咙不晓得几好听。哪个屋里说是请了胡家幺伢唱孝歌，哪个屋里的丧事就做得光彩。刚解放那年，将军台一个姓余的死哒，村上人说，余家的大儿是贺龙手下的红军，跟毛主席立过大功，要好生给这个红军姆妈做丧事。将军台村长亲自到我屋里请。我讲要把丧事办热闹，非得'拉丧'。全村人都叫好。心齐硬是好办事。拉丧那天，人挤人，比县城里看花灯还热闹。雀儿剅，红花剅，高家台，虾形塌，还有我们宦子塌都去哒一些人，看热闹。我一生也冇见过那多人。心里几高兴。我和雀儿剅一个老歌师骑高头大马走前头。后头十八根大杠抬起棺材。两匹白麻布一头扯到我两个歌师的马上，一头系棺材两边。布织有几长，就扯几远。怕是有好几十丈。所有的儿孙披麻戴孝夹在两条白布中间。和歌的人走马的两边。我骑马上，一阵鼓一声喊：'伏矣！'两边和声：'哦！'才一声，跟起看的人都哄起：'好声气！'一路轰轰响响走哒几十里，随哪个都说：冇见过办得那样光彩的丧事，起码说了十回'谢谢'，余家的儿那时是个军长，几多敬重我。"

正说到，田七爹爹进来。等田七爹爹开口，胡幺爹爹说："不信，问你七爹爹。你幺爹爹那时硬是风光。出了宦子塌几十里，都有人指起脊背喊'歌师！歌师！'。"

天壮听得脸上生光，见他幺爹爹醉醉的讲话的样子，手脚都比画，便故意说："这种风光有么用？您要学人家余家的儿，跟贺龙当红军，立下功劳，那才是真风光。怕不也当了军长？我一屋人吃香喝辣，不住在北京，也住进了汉口，何至您一辈子冇进过汉口的门槛。您说是不，七爹爹？"

"嗨，嗨！"胡幺爹爹干叹两声，想想也是该悔一下。

田七爹爹原来找胡幺爹爹讲个事，还冇开得口，听天壮一问，就忘记要讲么事哒。脸皮子灰黑灰黑地垮起。眼珠木木地转动不得，也不晓得望冇望见东西。

冇说话，起身出去哒。

天壮说："七爹爹好怪。"

胡幺爹爹说："这个老七，硬是不行哒。"

二十六

六月里，中花到乡里文化站去哒。那里缺一个人管放录像。秦老二荐了中花。中花是读过县中的高中生，自然是脑袋灵光。去了冇得几久，上下都遭喜欢。

七月里，喜鹊去对河鲤鱼墩相亲哒。男将是鲤鱼墩小学的老师。见面时，听讲是文化人，秦家和喜鹊都同意哒。末后才晓得小学老师的右腿比左腿短一些，走起来总像路不平。

喜鹊冇在乎。出嫁头一晚，打扮得清清爽爽到胡幺爹爹屋里。

"鹊伢，几时走？"胡幺爹爹说，心里有些不舒坦。

"明儿一早来船接。"

"莫忘了你幺爹爹，时常过河来看看。"

"随哪个都忘，独独记到您幺爹爹，好不？"喜鹊的嘴蜜糖甜。

"硬是我的个好鹊伢。"胡幺爹爹脸笑开哒。

天壮在屋里听见喜鹊的声音，心里扑通跳得紧。一听讲喜鹊要嫁的事，有几夜冇歇好。又听得那男将是个跛子，倒想去哭一场。虽说眼下跟中花正情绵，但心里终究还是装了许多喜鹊的好。喜鹊心疼他，顺到他，就像他而今心疼中花，顺到中花一样。差不多有一年，喜鹊都是在他的怀里扭来转去，一下子，成了别个的。不敢想喜鹊被跛男将搂起的姿态。一个人要能一手搂一个女人就好哒。左手是中花，右手是喜鹊。一个陪讲话，一个持家。天壮瞎想，想得心里乱。

喜鹊"哐"地撞开门。

天壮忙起身。他晓得喜鹊是专为他来的。他眼巴巴望着喜鹊，眼眶突然有些湿。冇说话，心里像是蛮委屈。

"壮伢，我明日走。"

"我晓得哒。"

"我走哒，你想我不？"喜鹊刚一问，又自答，"料定是不得想，你有中花。"

"天天想。"天壮说。

"当真？"

"当真！"

喜鹊不由得哭起扑上去，把天壮箍得紧紧。"你做么事不娶我？我冇文化怕么事？一样可以侍候你，跟你做饭洗衣生伢儿。中花有么好？中花是个破坛子。我哥去大学前把她破哒。我是整坛子，除了你，跟别个男将冇拉过手……"

天壮任她箍住，流了泪，说："我晓得。"

"你也把我破它。我不要那个跛男将先破我。"喜鹊说。

"莫讲苕话。"天壮推开她。

喜鹊又要放声号，天壮按住了她的嘴，说："莫号，乖妹子，叫么爹爹听到不好。"

"那我两个出去。"喜鹊说。

架不住喜鹊的眼泪，天壮旧情又冒出，便跟起喜鹊去河边哒。

天好黑，四周冇得灯。只有对河见得几星星光点。

"他屋里住塘边，门口有三棵槐树，一认就认出哒。壮伢，你今后常去玩。"喜鹊说。

天壮不言语。他想问，你哪么晓得中花是破坛子。终又冇问。

"他长得几多精壮。就是脚不好。他不规矩，他姆妈一进灶屋，他就把手伸进我褂子里。我本先想打他的手，后想算哒，反正是他的婆娘；由他去捏……"

喜鹊的话冇讲完，脸上挨了一巴掌。她发起呆望着天壮。

天壮怒视她几秒钟，朝她腿弯踢了两脚，像头疯狮子把她掀到地下，自家叉起腰，呼呼地站一边喘粗气。

喜鹊趴到湿地上，呜呜哭。

"壮伢——"远远地有人喊。

"壮伢——"是胡幺爹爹的声音。

"莫耳他。"喜鹊爬起来捂天壮的嘴。

"壮伢——"那声音又急切又凄惶。

"呃——"天壮拨开喜鹊，应一声。

胡幺爹爹踉踉跄跄来，上前甩了天壮一掌，很可怜巴巴地转身问喜鹊："冇吧？"

喜鹊气狠哒，好气说："冇！"

"回去！"胡幺爹爹松口气，厉声吼天壮。

"您先回，我跟天壮有事。"喜鹊伸膀子挡住天壮。

"鹊伢，你不晓得。做不得呀。你明儿当新媳妇哒，日后跟男将要规矩。"

"幺爹爹年轻时候跟女将一路未必蛮规矩。"喜鹊说。

胡幺爹爹冇说话，扯起天壮，往转走。走几步，就被黑夜吞尽了影子。

四周里像是只有喜鹊一个活人。她往地上一趴，放声地号起，声音传得好远。

木瓜跟他姆妈说："姆妈，您肚子里的妹子在哭。"

"是个儿。"享生说。

"妹子哭得好狠。像喜鹊姐姐的声气。就叫妹子喜鹊好不？"木瓜继续说。

第二日晚，金枝果真生了个妹子。叫田七爹爹起名。七爹爹说："一早走一个喜鹊，一晚来一个喜鹊。小伢伢就叫喜鹊，讨个吉利。"

享生在灶屋煨鸡汤，一听丫头的名字果真起的是"喜鹊"，硬不相信木瓜是个凡胎。

木瓜添了妹子，晚上无事便轻轻去摸妹子的小脚板。

二十七

学校一放假，喜贵就回哒。脸上越发地显白净。一到屋就说，只能在屋里住两天，讲好跟几个老红军写回忆录，要到洪湖屈家湾去几天，再回汉口。

喜鹊听到信，连忙跟她的跛子男将一路过河来哒。

见天壮，忙喊"壮伢"，还介绍给小学老师。天壮一肚子不情愿，又不得不打起笑脸。

"我原先跟他相好。"喜鹊还补了一句。天壮脸绯红，被跛子老师盯到讷讷地有讲清话，就逃跑一样走哒。

中花好几天有回哒。天壮去过一回，吃了一顿饭，心里并不乐。中花跟别的男将有说有笑地几多欢，倒么样答理他。

田七爹爹听讲洪湖要来一批老红军参观，一下怔住了，忙慌慌去找喜贵。不料喜贵已经搭车走了。秦老大说："贵伢讲他是第一批，还要去好些哩。"

田七爹爹回屋，脸上蛮显精神，换了一身新褂子。金枝问他去哪里。田七爹爹有耳。转进儿子媳妇的屋，还照了一下镜子。金枝更是奇："七伯，您出门？"

田七爹爹支吾："不，不出，就在村里。"

其实立即就出门。走出村，一直朝西。日头正高。"红光是红太阳照的，白光是白太阳照的。"田七爹爹抬起头，望望天，又望望河，嘴里说。

转了一回车，走了好些路，到屈家湾已是下午三点哒。他沿到青石板小街由东往西走。他看哒贺龙旧居，又看哒段德昌旧居。后来就蹲到原先的文化俱乐部房子跟前，把房子一遍遍上上下下地望。望了好久，才站起身。

田七爹爹刚准备走路，听得前面乱叫声。紧紧张张过来几个人，一头大汗，吼几声把他赶开。田七爹爹还有会意出了么事，又见一个人肩上像扛猴子一样扛了个家伙，急匆匆地跑，偏还另有一人背到皮箱急匆匆地追在后。一群细伢拍起手喊：拍电视，拍电视。

"老头，让开！"一个人推了他一掌，田七爹爹险些歪倒。

勾到颈子望，见迎面走来几个胖人。胖人后头又跟了几个老人，都在指手画脚地说笑。笑得蛮响，让人听到生一些的敬意。一个小老头在文化俱乐部门口停下哒，忙有人上前递烟，点火。小老头在房门口，像田七爹爹刚才那样上上下下地望，嘴里跟几个人说："当年，我几乎天天在这儿。那时才二十来岁。想不到五十年之后能故地重游。"

田七爹爹不由得死死盯起他看。小老头转过身子，田七爹爹慢慢地转到他的正面。他看清了小老头的脸，不顾得有有得人挡，笔直前去。越近哒，又见到他眉毛上的刀疤，一下子浑身哆嗦，脸上虚汗冒得凶，嘴张了几下就合不拢哒。

忙有人过来阻拦。不料田七爹爹居然喊出了声："队长，范……队长。"

声音像是发冷。

小老头听得一震，一把抓住田七爹爹的手："什么？你说什么？"

"您是范队长。"田七爹爹喃喃地，眼泪珠子往下落哒。

"您记得我？您以前是干什么的？"

"您不记得哒？我小名叫田七伢，您还给我起了一个田保国的名字。原先我一直跟到您。"

"田七伢，田保国？"小老头在想。

"您总说我的歌唱得好。那回在河边我自家把您常讲的话编了一首歌。五洲高岳首推亚细亚，俄罗斯对红海西向欧罗巴……"田七爹爹说到唱了两句。

那个"扛猴子"的人正正地对到小老头和田七爹爹。

"您眉上的疤就是那回在五峰桥被子弹擦的，您是为了推开我才碰到子弹的。我这辈子都记得您。"田七爹爹泪涟涟的。

小老头也落哒泪。他紧紧握住田七爹爹的手，狠劲地摇，激动得很。"后来呢？后来那些年，你到哪里去了？都在干些什么？"说到，扳起田七爹爹肩细细打量。

"您忘记哒？您说我是改组派，把我关起。我晓得，改组派要杀头的。您说柱伢是改组派，过两天，柱伢就被杀哒。我吓不过，就偷跑出哒……"

"老同志，您认错人了。"小老头突然甩开紧抓的田七爹爹的手，打断他的话，脸一灰，说。

田七爹爹一怔："冇错。"

小老头冷声冷气说："你老了，头脑不清楚，我不姓范。"说完，扬起脸便走，两只手甩得还蛮开。

跟他一路的人把围到看热闹的伢儿赶开，让小老头在前。那个"扛猴子"的又忙忙地冲到前面去哒，依然有一群细伢儿拍起手，尖嗓喊："拍电视！拍电视！"

丢下田七爹爹一个人，好孤零地站在路边。他不明白么样范队长又不姓范哒。于是，又呆望俱乐部的大门，上上下下一遍又一遍看。

天黑骏骏哒，街上亮起一两盏灯。过来过去的人都瞟一眼，不解田七爹爹为么事盯着这房子。

田七爹爹望着望着，冇得了劲，硬像有人把他的筋抽脱哒。

宦子塌的人都不晓得田七爹爹到哪里去哒。一直到天黑，冇人见到他。享生和金枝都急哒。突然想起七爹爹会不会跳荆河，金枝说要不换一身新衣做么事？

这一分析不打紧，一村的人都去了河边，沿河喊。

享生问木瓜："你说七爹爹会不会跳河？"

木瓜眨巴起眼，说："七爹爹哪么会跳河啦？河里的人还冇见到咧。"

人都说木瓜也痴了，信田七爹爹的话。河兜里有么人？享生倒信。他不是信田七爹爹不会有跳河的行动，而是信木瓜的判断。便叫回河边的人，说明日去乡里报个案。

不想天快亮时，田七爹爹回哒。浑身的衣服上沾起泥水。他一头栽倒在屋门口，把门磕得"咚"一响。享生和金枝忙了大半夜才睡，刚睡得熟，冇听见。直到天大亮，外头闹哄哄敲门，有人喊"田七爹爹回哒"，才慌慌地爬下床，连滚带爬地打开大门。

享生把田七爹爹抱上床，换了衣衫，问他去了哪里。七爹爹冇言语，只是闭起眼睛。问他要不要吃点饭，七爹爹还是不言语。

"七爹爹病哒，快送起去县医院。"金枝说。

"我冇病，累哒。"七爹爹喉咙咕噜了一下。

累哒就让他休息。到七爹爹屋里来探视的人，都连忙地退出，说："那您得好生地睡一觉。"

田七爹爹一觉睡着，就再冇醒过来。

胡幺爹爹的喉咙不行哒，中气上不来。田七爹爹做丧便是天壮唱的孝歌。没想到听的人还蛮多，姑娘伢见天壮做古正经的样子，偷起捂嘴笑。

天壮特为此到镇上告诉了中花一声。不过，中花冇来。

天壮唱哒田七爹爹一生。几分钟就唱完哒，硬不晓得田七爹爹一生有些么事。先前问了一些老人家，都说不清白。连享生都说他七伯太平凡哒。平凡得冇得了历史。

只得唱三国，唱隋唐，还唱别么事乱七八糟的段子。

年轻伢，嘴巴子利索，嗯嗯呀呀地拖不长久，再加天壮本来也冇把幺爹爹肚子里的东西学全。

哼，盘古哦初把嘞天地分嘞，

　　　　三皇五帝嘞定乾坤。
　　　　也有呃明主与昏君，
　　　　也有呃忠臣与奸臣，
　　　　也有呃孝子与贤人，
　　　　也有呃不忠哇不孝的人。

　　咚咚呵呵半天，天壮再也唱不出词哒，惹得人一哄笑。一个伢儿喊："来新词！"一些人应道："对，对，来新的。"
　　天壮眼珠一转，心一活，又打紧了鼓点子。

　　　　呃，我丢了这段就唱那段，
　　　　丢了湖北讲湖南，
　　　　丢了长沙讲武汉。
　　　　武汉有座大铁桥，
　　　　大桥修得几多高。
　　　　你看两头修的是桥头堡，
　　　　解放军他是来放哨，
　　　　旁边还有人行道。
　　　　上面又是电车开，
　　　　下面又是轮船跑。
　　　　你看山上是黄鹤楼，
　　　　你去了那里不想走。
　　　　你看山下是纪念塔，
　　　　红灯绿灯围起挂。
　　　　……

　　冇完，众人哄起叫好。
　　唱一夜，天壮名声大振。自然赚了二十块钱。
　　末后便总编新词唱。

二十八

一日，县里来了个作家。径直找到县志办，说是想看看地名志。

作家找到了宦子塌。见上面这样写道：

宦子塌（Huànzǐ Tā）原名宦子岗。古时为荆河一小集镇码头，以后铺面消失，人口外迁。在青岭之南，汉湖东北 5.8 公里处。119 人。

作家问去宦子塌么样搭车。

县里人奇怪，说："宦子塌偏远得很，去那里做么事？"

"一个老红军托我去看一个人。"作家说。他冇讲为么事看人和看哪一个人。也冇讲老红军交把他五百块钱，再再三三地嘱他把钱一定要交到一个姓田，大名叫田保国，小名叫田七伢的老人手上。

作家帮老红军写回忆录，有一段卡了壳。老红军叫他去宦子塌，说是去了那里就能写出新的东西。老红军说时脸好阴郁。

县里派了一个吉普，送作家去哒。

全村人都用手摸了吉普。一路上的灰尘都抹得干净。

村里人好不解，作家为么事竟不找别个，而找田七爹爹？争起告诉作家：死哒，田七爹爹死几个月哒。

"他的后代呢？"作家一惊，又问。

"他的儿享生出去赚钱哒。不晓得去了哪里。"

作家见到金枝和木瓜，便把钱拿出来。只说是一个老红军派他来看望田七爹爹。

更说得让宦子塌人不摸头脑，齐齐地说："必是弄错哒人。"

作家好失望，自叹白白颠了一天的路。

吉普走哒。木瓜扯到胡幺爹爹的衣角说："幺爹爹，我七爹爹是红军不？"

胡幺爹爹笑说："我都不是，他还是？撞鬼哒。"

一晚上宦子塌的人都在议这个事，都笑到说："真真是撞鬼哒。"

唯木瓜不语。且还常去那荆河边看水。

1985 年冬于武汉

白梦

一

那天，家伙刚穿上那件黑毛衣，就觉得整个儿不对。小贩忙说："真正的日本货哩。"家伙说："不晓得从哪个日本死人身上扒下的。"小贩说："没那么巧。我这儿八十四件中就十三件有血污，早卖了，连一分钱也没便宜。"

家伙脱下时，发现衣领上有块血斑之类的什么，忙把眼一闭，心说，我可什么也没看见。便走。小贩连说几句"喂喂，你重要个价吧"，她也没理。

心里便老有一件黑毛衣挂着。走到街上，还觉得满街来来去去流水一般的活动衣架上都套着件黑毛衣。家伙左眼零点一，右眼零点二，对世界的认识很少有清楚的时候。电视剧部主任老吴常提醒她弄个眼镜挂脸上。还举出美工大牛和灯光皮匠双眼皆一点五都忙不迭配眼镜的例子来说明戴眼镜的重要。家伙告诉老吴，大牛近期正研究模糊美学，所以配了二百五十度的眼镜。皮匠则是想让人第一眼便能识出他已经拿了一个什么大的大专文凭。家伙又说我若戴了眼镜，把世界的底细看得个一清二楚便会不认识了自己，也不晓得自己究竟是在干无聊的事还是在干无用的事。老吴没听懂，却也有所启发，第二日即去配了眼镜。老吴没文凭，常牢骚说把事情干得花团锦绣也没什么指望头，接下便后悔不该初中没读完便急急忙忙跑出去闹革命。

出了街口，小腹便有所胀痛。家伙有慢性肠炎，总在关键时刻来点情况。兼之昨日在药厂拍代制片，好鱼好肉乱填了一气，夜里虽只起来过五至六回，却是把临去前厂里赠送的一瓶黄连素推销了个干净。谁料一瓶的阻挡力竟是不足。家伙想那药厂的厂长真是能干透顶了。

家伙抬着头步伐匆匆地寻找厕所。在大都市里干这事总是很难。这同农村比有着明显的城乡差别。那边猪圈的隔壁老给人留一个位置。即令猪在板缝里垂涎三尺哼哼哈哈让你惭愧得拉不出什么，却也毕竟给你一点希望。尤其是猪圈几乎家家都有这一点足以让城市人欣喜若狂。有一回一个朋友不断向家伙苦诉彩电难买。家伙问："有没有在闹市里找厕所难？"朋友想想，终于说："没有。"果然不久买到了电视。

而家伙现在还没找到那蓝色的指示牌。家伙认识一个油漆工，他是个业余诗人，特别喜欢蓝色。常见他笔下有"蓝色的微笑使这爱焕发出蓝色的温柔"抑或"灿烂地走来我那蓝色的梦"。家伙老觉得那个蓝色的厕所指示牌是他给涂的油漆。有一回还对他说，啊，人们蓝色地蹲下。

难受得浑身紧张时，遇到一家小卫生院。家伙想医生护士总归是要方便方便的，便自信地进了去。看门的老头挺不怀善意地盯着她。盯得家伙觉得那老头宛如《黑三角》或《405谋杀案》里一个什么侦察科长似的。忙掏出五分钱挂了一个号。起先大叹亏了。后又想三年前在上海进厕所也还买过两分一张的"门票"，而眼下满天涨价都在瘾头上，"门票"涨上五分实在也不过分。心下便立刻坦然好多。

出了厕所，方发现那号上写着"内科"。便想昨天吃了药厂的鱼肉，也该为它一效犬马之力方是。即去了内科门诊。

医院历来热闹。全然可与节日的商场、公园、火车站以及什么个体户一条街媲美。这风景立即让家伙想到那年在江南见的"打一场计划生育的人民战争"的标语以及庵院寺庙墙上贴的"只生一个好"的口号实在是收效不大。家伙不顾自己在家里是老八的地位而痛恨那些无视指标而纷纷出笼的孩子，一个宁静的世界就是被他们搅得乱乱哄哄。万事万物，多了便贱。人亦是。医生护士便像吼小动物般地把病人吼得不再敢病。这动物还得排除熊猫金丝猴及华南虎那些珍贵一点的。

两个男女医生对面而坐。家伙溜进去，想趁其不备把号牌搁到前面。家伙不是存心要插队。她的确有些事：她下午要去采访一个女孩子。那女孩的邻居是个大学生，偷窃第五十三回后被抓获。不知什么原因，所有人都希望那女孩去爱大学生。动员她用爱情去感化那个并没进行第五十四回偷窃且有可能变为金不换的人。还列举了北京上海哪个哪个姑娘就敢反对偏见大胆同一个流氓或诈骗犯结婚的例子。有知情者提醒女孩子这么一来便能成为三八红旗手或者什么会议的代表。那女孩还在犹犹豫豫着而报社记者已将三千字的通讯写好了，只等女孩说同意便发头条。老吴极善抓现实题材，闻知此事，马上指示家伙采访，感慨这回总算可以搞出个在全国拿大奖的片子了。

男医生正拨弄病人口腔。女医生听着一个小孩的心脏。男医生说："张嘴。啊——。陈大夫，你儿子这回总分考了多少？"女医生说："四百多。"男医生说："有希望吗？"女医生说："不要紧，教育局我有熟人。""肯帮忙？""他敢不帮？他乡下丈母娘得了癌全靠我开药开到他名下。把衣服穿上！"男医生说："那是不能白开了。扁桃腺发炎。"

两人均低头写得处方笺上龙飞凤舞。家伙正欲上前递上号，只见进来个细高个。细高个行至男医生侧，大巴掌一拍肩："吴猴子，给开点药。"男医生另拿一处方笺，问："开什么？"细高个说："乌鸡白凤丸。""多少？""五盒。""叫什么？""哟，忘了问。我同学的一个亲戚。算了，写我同学的名字，刘大飞。反正能报。""男的？""男的。"

细高个一转脸时，看见了家伙。迟疑几秒，问："是……家伙？"家伙想了想，说："是……丝瓜？"两人便都笑了。丝瓜说："有十年没见了。看病？"家伙说："想开点药。"丝瓜说："要什么？"家伙说："黄连素。"丝瓜说："吴猴子你再给来一张。光黄连素？"家伙说："就这。"丝瓜说："吴猴子你再加两瓶膏子药，瓶子要清爽一点的。"家伙说："我不吃膏子药，腻。"丝瓜说："到水管子里一冲两个清清爽爽的空瓶子。反正报销，怕什么？！"

男医生把处方笺递给丝瓜，问桌子一侧的病人："你怎么啦？"那病人说："你说是扁桃腺发炎。"男医生怔了怔，方低下头寻出写了一半的处方笺，刷刷地又画了几笔，递给病人。又说："下一个。"

家伙觉得所有医院都擅长医治一种病，这便是性急病。一进了那门，便开始了疗程。挂号，排队；就诊，排队；划价，排队；交款，排队；取药，排队。五大疗程，一次不能幸免。若化验，拍片子，做超声波之类，便还得几个回合。唯一缺憾是医生本人皆性急，三两分钟高速打发一个病人。这说明整个医治性急病的疗程不十分完美。为此，患者没法断根，少不了还得都涌至医院。

有丝瓜，自然一切皆如瓦解冰消。三个窗口呈蛇形。老烟囱！二虾！花卷子！丝瓜三声叫，便见大瓶小瓶到了手。

丝瓜说："到我那里坐坐。"家伙说："你干哪行？"丝瓜说："X光。"家伙说："人不会少吧？"丝瓜说："让他们等，反正死不了人。"又问："你在哪儿混差事？"家伙说："电视台。"丝瓜说："呀，你好大的路子。"

果然见八九人等得一脸愁云。见丝瓜便有人叫："来了，来了。"丝瓜说："叫什么叫？！"那人说："等了半个多小时了。"丝瓜说："昨天吃了辣椒，上火拉不出屎，只等了半小时是你们的福气。"

　　稀里哗啦地很快照完八九人。两人便坐下聊天。喋喋呱呱地谈中学同学。秃三结了婚，得了个儿子，在老婆面前从此就像龟孙；四眼当了小学老师，总是布置多得不得了的作业，惹得小学生叫他"四眼狗"；香秀得癌症死了；活鱼被汽车撞断一条腿后便找路子去了体委；王娜娜入了党调到市妇联工作，总是做报告号召少女把爱情献给残疾人；齐小静的姨妈在婚姻介绍所，几乎让她见了一个团的对象。最后真的挑了个团长。那团长刚死了老婆，说自己不久会提到师里。最后讲了团支部书记田贵生同他一个堂叔的小姨子结了婚，去了香港。那女人五十五岁，不过看上去才四十岁左右。

　　"不过，除了田贵生以外，都不如你。"丝瓜说。又说："我记得你家不是高干，怎么让你搞进了电视台？"家伙说："捞了张大学文凭。"丝瓜说："不是说大学生都要分到最艰苦的地方去吗？"家伙说："哪里，大多数都留在城市。"丝瓜说："你是哪个路子进的电视台？"家伙说："没路子。我发表了几篇小说，电视台就点名要了我。"丝瓜说："这话只有鬼信！放心，我不会找你摸路子的。我姐夫的弟弟的老丈人在省委做事，经常见得到省长。要办什么事一句话就行了。你以后有什么需要帮忙的，尽管开口。"家伙说："好的。"

　　家伙要走，丝瓜说："再坐坐，难得碰到。"

　　便又再坐。

　　丝瓜说："你爱人在哪里工作？"家伙说："我还没结婚。"丝瓜说："啊！还没结婚？！"家伙说："怎么啦？"丝瓜说："快三十了吧？我记得你只比我小几个月。"便很同情地叹了口气。又说："我替你留个心。不过，你也不要自卑，在离过婚的男人中还是可以碰到好人的。"家伙笑了笑，说："行呀。"便问丝瓜："你爱人在哪里工作？"丝瓜说："菜场。肉案组当组长。要买排骨，新鲜鱼，给我打个电话。52369。保险给你留最好的。"家伙说："好咧！"

　　丝瓜留着家伙吃完中饭，又一直把家伙送出大门。临了说："有那种……那种内部录像，带我去看几场。"

　　家伙一路琢磨"那种"是什么种，便想汉语实在深奥和奇妙。

二

苇儿来找家伙时，她正端着碗去食堂买饭。

"家伙！"苇儿叫一声。

家伙回过头，说："挺会赶时候的。"便又转回宿舍多拿了几张餐票。

苇儿是家伙低班同学，比家伙整整小七岁。苇儿老是和家伙这帮高年级学生一块上选修课。同苇儿坐一个教室里听讲，让家伙觉得自己七年的大米饭吃得有些冤枉。

小七岁的苇儿居然也弄小说这玩意儿。虽说头篇小说是爸爸的熟人、一个什么伯伯帮忙发的，但第二篇却是正经八百靠的本事。小说一出来，立即让大半个中国的老百姓倾倒。其人数绝不比倾倒《射雕英雄传》和《姿三四郎》的少。崇拜信求教信和情书便雪片似的飞来。还有人找上门拿着名人留言簿请苇儿题词签名。忙得苇儿胖脸消下来一圈。苇儿同家伙一起加入作协的。家伙最佩服苇儿在名流作家面前能像熊猫一般单纯、天真且憨态可掬。苇儿总是脖子一缩，双手绞着往膝前一放，羞怯怯地歪着头，眉头还皱上几皱。有时候还像一个受了虐待的小媳妇，让人涌出一股对她的同情，这同情又化为悯爱。家伙觉得这么干挺要勇气。有几回想学学，终是拿不出手。名流们便常慈祥地拍着苇儿的头说："这孩子真是朴实可爱。"接下来便漫天地夸奖苇儿的小说实在写得清新明朗真挚感人。苇儿一定是不负众望地用极细弱甜美的声音说："哪……里。写得不……好。还应该向各位老师学习……呢。"那声音颇不像是从隐匿在她粗脖子中的喉管发出来的，倒是仿佛来自隔壁的一个什么汗毛孔。名流们便都笑："小姑娘单纯得透明。"说罢，一反他们作品中聪敏睿智的风度而傻乎乎地发一阵哈哈。

苇儿喜欢管所有的人叫老师。有一回叫了一个老师，那"老师"吓一跳，说："我是来找我爸爸的。"苇儿说："你爸爸是我的老师，你也可以是。"那"老师"挺发愁，说："我让我爸爸帮我找个人替我去参加初中文凭考试。"

家伙总是想，苇儿谦虚得这么厉害，都让人怀疑那小说是不是她一个字一个字想出来的了。不过，凭着苇儿这么副纯洁可爱的天使模样，国家级小说评奖若不给苇儿一个，简直可以说有人昧了良心。

幸而世界还公正。苇儿捞了大奖。去了趟北京，拾得三百元奖金和数顿宴席的便宜。见识了高级宾馆和最出色的名人。回来后消一圈的脸又鼓胀起来。见人便讲谁谁谁为她祝酒，谁谁谁为她签名，谁谁谁为她背书。清一色是文坛泰斗或巨匠的名字，听得家伙们有些战战兢兢，始觉得苇儿加入那行列实在是指日可待。苇儿将北京之旅为全校同学作了次报告，那天她穿上了用奖金在北京买的一件红毛衣。苇儿上身宽胖，上台时，便像摇摇晃晃地走出来一面红旗。

家伙跟苇儿交往还多。尤其夏天她们常一起去湖边游泳。苇儿能狗爬式地游四十米。不过苇儿最拿手的还是趁家伙不备时抄到背后，把家伙的脑袋往水里狠狠一按。那一刻家伙除了灌几口水毫无他法。扬起头时，还能听见苇儿咯咯地一边笑得畅快。不过尽管如此，家伙还是觉得自己同苇儿关系还不错。

排到窗口，家伙说："豆腐烧肉，再加个小白菜？"苇儿说："随你。"家伙说："晚上来，你就惨了。"苇儿说："为什么？"家伙说："头儿们全回家吃饭了，弄好菜显然意义不大。"苇儿说："那你晚上在哪儿吃？"家伙说："上馆子。"苇儿说："每天？"家伙说："还行。五百个字可以吃一顿真格的。"苇儿说："你每天写多少？"家伙说："一星期三千字，刚够。"又笑笑说："没准不发，就靠工资贴啦。"苇儿说："还是要存点钱才是。"

吃过饭，便聊天。聊天是国粹。苇儿问家伙最近遇到瑛瑛没有。家伙说她好长日子没去作协了。瑛瑛是县里一个创作员，说是要写长篇小说，便在作协弄了个房间住下。瑛瑛其实是男性。先前用"天雄"的笔名写小说一篇也发不出。后来改用"瑛瑛"，便一跃而为文坛新秀。自吹好几个男作家来信邀"她"一起去一僻静处深入生活。瑛瑛最大的特长是说起话来滴水不漏。有一回作协开会讨论峰峦的小说《荒原弥漫夜》时，瑛瑛说："我对这篇小说要说的只有一点。我这个人说话一向直来直去，想到哪里说到哪里，这个大家了解。不过，不管我这一点峰峦同志能否同意，但还是本着虚怀若谷的态度为好。当然啰，我没经过深思熟虑的东西一般不轻易说出口的。我觉得这是对一个同志负责的问题。一个人无论创作还是评论都应该持老实态度。只有这样才能真正将我省的文学搞上去。"所有人都点头称是。家伙想半天没想出来瑛瑛要说的一点是什么。问峰峦，峰峦说："不就是说创作和评论要持老实态度吗？我知道这话里有名堂。"

苇儿说："听说瑛瑛要调作协干专业作家了。"家伙说："那我得去敲他一次竹杠。"苇儿说："本来是调你的，他的后台硬，才又让了他。"家伙说："那得敲两次。"

家伙住集体宿舍。同屋的女孩子全是播音员，久闻苇儿的大名，便耐不住自己看了又唤隔壁的来看。忽听一个男人问："鬼头鬼脑看什么？"一个女孩答："看熊猫。"苇儿眉头立即皱叠。家伙忙说："熊猫是国宝，一百个人也不如一头熊猫值钱。"

直到苇儿起身时，家伙才发现她书包里装有罐头水果什么的。心想留下一点倒是令人快活。苇儿没露那意思。

"不再玩玩？"家伙说。"一个亲戚住院了，我得去看看。"苇儿说。

晚上，家伙去赶一场电影，车蹬得飞快。红灯的路口，遇见省里最著名的老作家正悠悠散步，便叫了一声，寒暄几句。老作家正住院，寂寞得慌，说："家伙你怎么也不来玩玩？"家伙说："不知道您在这儿。下午苇儿上我这儿来过，我们还说起一块儿去您家拜访哩。"老作家笑笑，说："苇儿下午到我这儿来过，还买些什么罐头。小姑娘挺懂得关心人。"

家伙晓得苇儿又抄到她背后把她的脑袋按进水里了一次。家伙想这回可比以往数次来得精彩多了。

作协常开会。家伙便常去。中午交四毛钱能吃一顿不错的午餐。碰上头儿们高兴时，兴许不交且还有酒。家伙不会喝酒却有喝酒的兴趣。问缘故，说是曾拍一部电视剧，中间拍了酒厂大门的一个镜头，硬让酒厂赞助了五千块钱。从此便觉得应帮酒厂干点事才是。

家伙一早急忙赶去作协。会议已经开始了。借的部队小礼堂。台上比台下只多坐了一个人。家伙见了苇儿，问会议什么内容。苇儿说是讨论文学与生活的问题。家伙问是不是要组织我们到下面跑跑。苇儿说还没听出那意思。

会议时间一天。正进行的是开幕式。这回为会议作序的只有六个人。而且每个人都缩短话题只讲了半个钟头。而且只有两个半钟头是阐述的同一内容，那半个钟头居然讲起了五七年的事。而且开幕式只到十一点钟就结束了，以至于家伙一帮作家不得不在上午开始正式讨论。

瑛瑛首先发的言，说："我只讲一点。我这个人一向直来直去，有什么说什么，这个大家都知道。《左传》上说'子好直言，必及于难'，也就是说直言贾祸。说起'直'来，还有些趣话。古人称拐杖为'直兄'，拐杖，人之依托也，为人的第三条腿，可见'直'是何等重要。直的对应字是'曲'，古人亦有'务正学以言，无曲学以阿世'一说，这就是说不要歪曲自己的观点曲从或迎合别人。"瑛瑛讲完，大家纷纷说："瑛瑛的古典文学基础厚实。"正说着便到了吃饭时间。

会议下午两点又开始，接着上午的讨论。苇儿讲话嗡嗡嗡地像蚊子叫唤。家伙便突然想到鲁迅先生写的关于跳蚤、蚊子和苍蝇的事，心想鲁迅先生显然应该把蚊子的地位放在跳蚤之前。实事求是地说蚊子比跳蚤还是可爱得多。且那嗡嗡嗡的声音比起好些演员在电视剧里捏腔捏调的声音好听得不止十倍。苇儿过后，便是峰峦讲话。峰峦是个才华横溢的作家，风格壮美沉雄，极让家伙崇拜。家伙觉得峰峦从头皮到脚板心哪儿都是优点，只有一点点让人感到美中不足：峰峦被打成过右派，二十多年来习惯于被迫害。峰峦常常从每个人的每句话每个眼神每一举动中来判断有无迫害他的痕迹。即使每句话每个眼神每一举动中都看不出问题，他也能根据臆想推测出是否有人正背后整他，然后见人就滔滔不绝地解释。开始大家挺同情他，后来便觉得有趣，暗叫他祥林嫂。再后来，他若哪次不说点这问题，谁都难受得坐立不安，闷气得很。便常有人主动询问。这回发言便是瑛瑛问："你没说不愿意下去生活的话吧？"

峰峦说："我知道有人要整我，早就做好了思想准备。二十多年我都过来了，现在还怕什么？无非是我那个长篇里有一句话得罪了一个人。那句话我现在就敢念：'一看那鼻子就觉得他不可能把官当长。'其实我又不是影射他的，而且我又没在意他是塌鼻子，还塌得变了形。"其实峰峦那个长篇在出版社连清样都没出。不过他这一说，家伙还真觉得有人鼻子的确塌，且的确塌变了形，且凭那鼻子是不可能把官当长。

峰峦叹气坐下后，忧心忡忡。便有人点家伙发言了。家伙一看表，说："都三点了，还开不开闭幕式？"大家全看表，果然三点，便说："是啰是啰，早开完好赶车。"

闭幕式只有三个人作会议总结，比上午少了一半。家伙有点为减少的那三人抱屈。总结中重点介绍了瑛瑛的发言。并由此强调青年作家要向瑛瑛那样加强古典文学的学习。

四点半散了会。各各握手辞别。言"再见"！

次日，省、市报都为此会发了消息。

三

　　早晨，家伙醒来时，已是九点半。自上班的第一天，她便有了迟到的爱好。每天坚持迟到一至二小时不等。早饭自然免了。好在部里人都不擅长发扬自己的长处，他们每天坚持早退一至二小时不等，这便让家伙觉得了平等。家伙不到标准的五点半是绝不出办公室大门的。倒不是她因为自己迟到而特意补偿一至二小时，而是食堂事务长那家伙是个局里的先进，不亲眼见长短针跑到五点三十那儿，宁可站在窗口同女炊事员调情也绝不开卖。

　　家伙进办公室时，那屋里正热闹。聊嘉宝和褒曼谁更有魅力。最后公推嘉宝。最关键是导演叶子一句话："褒曼像是在个什么妇联里干过几天似的。男人觉得不过瘾。"这一锤便定了音。

　　办公室小得让胖人们私下惭愧。偏家伙也胖，便心里常内疚。幸亏编辑扬码以及主任老吴也都超过了"身高 −100= 体重"的标准太多。老吴只要一见他们几个全挤在办公室便来气，便无端地冒火，全然不理会社会主义优越性在他们身上得到如何充分的显露。

　　叶子见了家伙，说："家伙，来事了。"家伙问："什么事？"叶子说："老头子要上《山上的海》，让你当责任编辑。"家伙说："谁的剧本？"叶子说："他亲家的。"家伙说："谁执导？"叶子说："当然老头子自己。"家伙说："有意思。"

　　家伙崇拜老头子是没话说的。老头子原本是相声演员，学侯宝林学得尤绝。《戏剧与方言》里的"谁、俺、咋、尿"四个字回回叫家伙笑得肚子疼。后来家伙亲眼见过老头子的一次演出，包袱抖得挺来劲儿，活活抖出一个迫害工农兵的走资派形象，叫家伙从此见了走资派便横扫一白眼。再后来家伙分到电视台，便知老头子干了导演，同家伙同一战壕了。家伙专门到总编室借出老头子导的几部电视剧，看后极推崇老头子敢于将它拿出来见观众的勇气。老头子大有人虽老而宝刀不老之志。拍了儿子的剧本又拍媳妇的，常常一干就半年不歇。尽管剧组吃饭不要钱且住的宾馆又是单间，但有老话言"金窝银窝，不如自家的狗窝"。故此，老头子还是能称得上为革命忘乎所以的。家伙每次写小说不出时，便找一部老头子拍的电视剧瞧瞧，一看便能生出许多的自信。

叶子说："老头子亲家来头大，给派了辆吉普出去看外景。"家伙问："去哪里？"叶子说："挑最好的山头！去一趟，亏不了。"

恰好集体宿舍正闹鼠灾，每天夜里有窸窸窣窣的串联活动声。同室女孩子皆策划着灭鼠。家伙想出去避避难也好，免得被那些幸灾乐祸的鼠们咬上一口，便说："好吧。"

第二日一清早，宿舍门被擂得嘭嘭响，乍一听，还以为世界大战又爆发了。问清来者，是美工大牛来找家伙的，家伙翻身而起。

大牛说："你他妈也太高枕无忧了。快准备，老头子说立即出发。"家伙问："到哪儿去呀？"大牛说："看外景，你不知道？"家伙说："哦。哦，知道，知道。"便迅疾地收拾行李，问："怎么搞突然袭击？"大牛说："老头子亲家昨夜十二点才决定一起去，他只有几天闲时间。"家伙说："他去干什么？"大牛说："那亲家在那一带闹过革命。跟上他，一天一顿好酒肉少得了？"家伙说："倒是个好题材。"大牛说："用叶子的行话说，是'有戏'。"

车便由一辆成了两辆。前面是小轿车，老头子和亲家所坐。后面是吉普，有摄像、大牛和家伙。

大牛一张嘴，肌肉极发达。望着前面的"上海"，便说坐上海跟坐小拖差不多。摄像便说大牛像那个想吃葡萄的狐狸。家伙说叶子的爸爸是坐红旗的。大牛便说那红旗委实神。叶子他爸坐它去教育局检查了一回工作，就把中学历史教员叶子辉给检查到了电视台。家伙说要不中国电视剧史上还缺一个人名哩。大牛说可不，那显得历史多不完整。

摄像和家伙都笑。

家伙问："你怎么来台的？"大牛说："我姑姑跟一个要人有点那个，这点面子还能不给？"摄像便笑骂："他妈的！"

家伙过去觉得"他妈的"这句话既不堪入耳亦不堪出口。自从有一回在北京开什么电视剧题材会，一个胖老头来小组听取汇报。北方一家电视台的什么长汇报得鼻青脸肿时，那胖老人家却偏起头有节奏地打开了呼噜。家伙的邻座，大约是湖北电视台的老兄立即用他刚硬的楚语骂了句："他妈的！"一刹那，家伙觉得只有这句话可以表达那一刻全部的心情。且顿悟出这话之所以绵延数千年，广泛于全中国，实在是它能在各种场合下准确地表现出各种不同的、难以说清的情感。喜怒哀乐讥谑愤叹，如此之类。可谓伟人与凡夫通用，高雅及粗俗皆容。家伙想第一个将之称为"国骂"的人实在是可以拿一个什么发明奖。

渐渐地有些无聊。大牛说："讲故事吧。"家伙忙说："由高到矮。"

摄像一米八五，便首先开了头。说是一日有演员、歌星、魔术师、作家、记者五人同桌吃饭，均言自己不会喝酒。演员说我闻到酒就醉。歌星说我看见酒就醉。魔术师说我看见馒头就醉。众人问馒头与酒何干？魔术师说馒头乃酒曲发酵。作家便说我看见和尚就醉。众人又不解。作家便说和尚的脑壳像馒头。最后记者说我看见我老婆就醉。众人诧问缘故。记者说我老婆骂我时一手叉腰一手伸着胳膊指点，活像个酒壶。便都说还是记者思维最发达，吹牛竟比作家形象。记者说我还省着劲哩，若我们主编在场，我得说看见厕所就醉。众人奇之，又刨根问底。记者说那些拉屎的人纵然没有闻酒看酒之徒，总还有几个吃过馒头的吧？

大牛大笑着连连国骂几句，方说："难怪文章们总是曲曲折折地离事实远。"家伙说："算了吧，他瞎编的。"家伙晓得，那故事原本不是这样。不过摄像改编得倒绝。

下一个归到大牛。大牛说他转业后当过半年警察，有一回抓了个小偷。那偷儿比泥鳅还滑，竟趁他不备溜了。他追了一阵，眼看抓不上，便气得大叫：你跑，你往哪里跑！跑到天上去，天上有飞机；跑到地下去，地下有火车，跑到台湾去，台湾要解放；跑到美国去，全球一片红。那偷儿不知何故跑不动了，倚着墙冲他只乐，他便一步冲上抓了回。

家伙问："怎么会呢？"大牛说："他笑软了，还说被我这样的警察抓去还值得。"家伙说："可不，是挺值得。"

接下来便是家伙了。她说，从前有个才子，极能写三句半，出口成句，且极其讲究真实。县令爱才，便在中秋之夜，请他喝酒赏月作诗。县令夫人久闻才子大名，忙梳妆打扮出来。县令即着那才子为夫人献诗一首。才子开口便道："珠玉叮当响，夫人出绣房。金莲三寸长，"说到此，顿住。夫人好是喜欢，急等下句。不料才子眼珠转过一轮，又说："横量。"夫人恰是大脚，最恐人提此缺陷，便大哭起来。县令惧内，立即下令将那才子充军。临行前，才子的舅父前来相送。二人抱头痛哭，挥泪如雨。才子说："充军黑龙江，见舅如见娘。两人齐流泪，"便又顿住，其舅已哽咽得出气不匀。才子方长叹一口气说："三行！"舅父听罢泪一抹，怒道："充军充军，越远越好。"

大牛说："两人流泪该是四行嘛。"家伙说："那舅父是个独眼。"

中午，在一座小镇歇下。车是直开镇委会的。不料镇长是个初出茅庐之徒且装得十分清廉，把那"上海"真当了小拖。开口即说并不知亲家这个名字，闭嘴又言县里三令五申不许见来客便吃吃喝喝。气得老头子当场记下那镇长的名姓。倒是亲家海量，嘿嘿一笑，说："见到关小毛儿，告诉他我来过了。"便上车关门离去。吉普尾随。但见到镇长高扬手臂跳着脚喊什么。

只好进了镇上最大的餐馆。老头子买了瓶酒。亲家，以及摄像、大牛均笑得眉眼大开，皆言老头子够意思。亲家算得上是个亲切和蔼的老字辈，说话必带全脸微笑，也不多使用众官们好使用的哼啊之类的感叹字。唯一不足是收回笑容时速度略快，不摸底细者还以为是突然间恼怒。家伙想在他手下干秘书怕是得多一点提心吊胆。

餐馆人不多。桌子是木头的，未漆。主人自是懂得节省。三五个月吃进去，便呈天然黑色。手一抹，黏糊糊，似那新打的油漆未干一般。长板凳倒是坐不垮。挺括括的裤子大多深色，坐下后，屁股上粘些什么倒也看不太出。这地方毕竟不醒目也不重要。

饭间，家伙问："关小毛儿是谁？"亲家说："我南下时的一个警卫员。"家伙说："他还在这镇上干革命？"老头子说："何止。他是这县的县长。"家伙说："哟，那镇长可踩到您埋的地雷上了。"大牛说："这官儿可就只当到这一级了。惨不忍睹。"

亲家笑笑不语。老头子说："那混蛋一脸的小人气。咱们这号人，吃他一顿是给他面子，他还不识。"

吃了一会儿，大牛问："今天几号？"家伙说："十三号。"又想，难怪，这可是个不怎么地的日子。

喝到兴头上，亲家便讲他在这儿一个叫尖山凹的地方当过乡长。那时他刚十九岁。几百人在他的手下服服帖帖。他六岁起便开始放羊，一群羊按他的口令或东或北。他自小就练出了指挥才能。若不是国民党的五颗子弹分别打中了脖子、肺、腿、胳膊和屁股，他说不定早就是哪个大军区的副司令了。运气好当个正司令也没准。伤好后，行动不便，只好下到地方。地方上的人滑头得多，难缠。又加上左左右右的路线叫你分不清。满以为当了左派，可别人说你右了。赶紧左一点，可又有人说太左。一辈子都左左右右地调整个没完。亲家说他现在连左右手都常常弄混。

十九岁！家伙记住了这个数字。她挺感动，差一点没流泪。这一下总算能理解亲家一类人何故非要把着自己屁股下的那把交椅不肯下来。五颗子弹呵，差不多一条命换来的五十几年官场沉浮。别说那椅子还有舒适宜人的时候，即使总是凉飕飕一铁疙瘩坐了五十几年也是舍不得易屁股的。汉民族重感情且还细腻，再加上有那蜡烛成灰春蚕丝尽的精神指导。

　　家伙想，愿坐的且让他理所当然地坐吧，坐不上的也且让他垂涎三尺地去站吧。

　　看外景自然是看风景加买土产。要去哪里，全看导演一句话。虽说老头子的电视剧没给老百姓脑子里画上痕迹，但全国最漂亮的风景区毕竟被老头子的两脚画上了痕迹。老头子常说尽管我的电视剧影响不大，但画面总是最美的。这就站住了脚。纯艺术的东西总是吊不起观众的胃口。他说这话的时候，脸一点都没红，桃花笑春风一般神态。有一回，老头子拍《黑夜有人呼叫》一片，有个情节是美女勾引侦察科长。老头子安排她在大海边勾引。为这事跑了趟青岛。青岛海滨实在美得不行。老头子要美女撩起裙子，露出大腿且一直要露出红色三角裤。美女不干。老头子说这是艺术，搞艺术要有献身精神。美女只好从命。亏得老头子只顾看美女的动作而忘了看监视器，所以并不知录像员也稀里糊涂地没录上。那片子后来影响不大的原因全在这个小疏忽。艺术性极让人遗憾地被削弱了许多。

　　这回看外景让家伙饱了眼福。她原先还不知道看外景有如此弹性：想去哪儿便有充分的理由去哪儿。便想日后凡看外景就跟上。免费旅游且吃饭不要掏钱且有出差补助费且还能振振有词地对主任老吴提出在外面辛苦得补休几天。

　　外景看到最后一个县时，达到高潮。县城是亲家当年率兵马打下的。县志上都记得有。晚饭时刻，县长急令小食堂备酒菜。小食堂传递信息历来神速。立即，县委机关、县政府机关无人不知来者为谁。各部门负责人都很激动，便纷纷要求参加晚宴，说陪老前辈吃顿饭是一生的幸福。县长只好将原定的一桌酒菜扩为五桌。累得一帮炊事员异口同声地骂娘。

　　席间先谈县里整党情况。学习了几次文件，开了几次会，各个作了几回检查。最令人欣慰的是全部通过。党风好转的最显著标志是几家大饭馆开始赔钱。这表明公款请客已经杜绝了。赔钱是小事。党风正了，赔钱也应该。然后又说改革。县一级领导几乎都三进三出了党校，基本都拿了大专文凭。最年轻的县委副书记是中央某某首长的儿子，十分出息，是第三梯队候选人。

让他在这儿进行基层工作锻炼是上级领导对县里领导班子的信任和关心。最后说了全县的变化和下一步打算。最重要的一点是打算将鞋钉厂、酱油厂、砖瓦厂和制瓶厂合并，在此基础上开办彩色电视机厂，力求成为本省第一家县办电视机厂。

亲家一边一筷一口地夹大龙虾，一边连称："好！真好！"家伙也连嚼了几个虾，心想的确是好。

之后有人小心问亲家近况。亲家朗声说离退下去还远着呢。又说写了个电视剧本，电视台马上拍。一言未了，满座皆惊，大叹人若有才真是能文能武。老头子呷着酒说："还有一手好书法。"

县长说："今天是个激动人心的日子，要记载到县志上。"转脸又央请亲家留下点笔墨，以便子孙后代能见到这位救星的真迹。

亲家欣然应允了。他生平好题字，兼了好几个业余书法协会的名誉顾问或主席什么的。他的字其实总让那些真正的书法家为自己也干这营生而尴尬。

县里干部劝酒的本事比训人的本事还行。家伙没明白怎么回事便被灌得大半醉。微睁开眼，见亲家正吟哦他的题字，便伸长了脖子看。见有"整党决心大，齐心干四化"十字，即跷起拇指对县长说："如何？瞧这内涵，王羲之米芾之流爬都爬不出。"县长说："那是，那是。"

再往下的内容，家伙就记不清了。她觉得很少有这么痛快过。痛快得彻了底。

到家那天，"上海"和吉普上的土特产多得让人觉得他们是个什么合作社的汽车运输队。

四

家伙半夜里被追得跑不动也喘不来气。不知怎么竟总是跑到楼梯的死角里。心里一直想完了，完了。

早上醒来时，却见自己安卧在床上。先是有些侥幸，再便是有些兴奋。是个好兆头，她想。家伙知道，梦从来都是假货。

上大学时，家伙常对人说，我谁也不相信，只相信我自己。可自从那天那个极平凡的早晨之后，她便对自己的话产生了怀疑。那早晨她分明记得找苇儿借了五块钱买了一套《第三帝国的兴亡》，可翻遍书架不见书影。还钱给苇儿时，苇儿也茫然相对。家伙立即意识到问题的症结：即便是自己也不可全然相信！家伙一天能有效地控制自己不过十多个小时。余下的时间，则抛下沉睡如烂泥的肉体，溜出去干些别的什么玩意儿了。梦便是编出来哄骗和迷惑那条肉块的。《第三帝国的兴亡》至今未买到手。自那日起，家伙便对人改口说：我谁也不相信，只三分之二相信自己。好多人竟赞赏这话。叶子便是其中之一。还说给那三分之一编部电视剧，想必不错。家伙说："看弗洛伊德行不。"

家伙一进办公室，便见黑板上有人留了字："家伙，一个医院的人（男士）打电话找你，说有急事……太平间约会。"点点后的字自然是写字的人自加的。家伙上前擦了，想，可能是丝瓜。这几天全市都闹纷纷的上班不能安心，一帮电影明星要来演出。有两个一直漂亮到面孔有卖弄之嫌的程度才肯罢休的女演员和几个会把最不好笑的相声说到下流得好笑之地步的男演员。明星们演一场得五百元，便一天演五场，演到钱多得有点不那么对得起观众为止。市民们崇拜影星比纳粹德国崇拜希特勒更甚。明晓得那帮名流在台上唱歌不及歌星，朗诵不及话剧团的，相声比侯宝林重孙的重孙还差好几台阶，但还是冒着掏三块钱买张票的风险前去一睹。不在乎是否得有一顿饭少几片肉或鸡蛋什么的。管他们演成什么样，本来也就只想亲眼看看他们油腔滑调招人喜欢的劲儿。丝瓜找，必是为此。

便给丝瓜打电话。不料怎么都忆不出电话号码。便又找电话号码簿。均说发下第三天就不见了。剧部里凡是能搬得动的公家东西老是不见。有一回扬码的一只茶杯也不见了，大牛便在办公室嚷了两天。"要拿拿公家的，何必偷私人的呢，就赚那几个小钱！"后来便再没丢过私人的东西。扬码说："家伙别找了，问 114 吧。"家伙笑了笑，懒打了。她觉得世界上最难打通的电话便是 114。有几回赌气，发誓非拨通不可，可几回都拨了近半小时，照样不通。家伙常想不晓得是不是电话局给市民们开玩笑，设了个聋子耳朵。

刚处理一个剧本，电话铃响了。找家伙，果然是丝瓜。果然是要票。丝瓜极恳切地央求家伙，一连串唤家伙为"救命恩人"。家伙便说："你把演员当鸦片了？"丝瓜说："没错！"家伙只好说："我试试吧。"丝瓜说："两张。两张。"

两张票，六块钱。弄到手自然也是不好找丝瓜要钱的。家伙托了同房间的播音员小灵。她神通广大。家伙总笑她凭一张脸走遍全省，所向无敌。小灵说跟中央台的杜宪薛飞他们比简直像班长跟军长比似的。家伙便安慰她班长好歹也是个官儿。小灵果然得手。家伙付钱时忙想：记住下篇小说得多写五百字。或者把人物一律起复姓端木、欧阳、上官什么或者写一个人老咳嗽个没完，再不弄上一个结巴子，叫读者看得累死。

再挂电话，没通。家伙便借了辆自行车骑到卫生院。已是快下班时间，丝瓜正闲着没事。见家伙作揖再三，问："多少钱？"家伙说："算了。"便算了。

坐了一会儿，丝瓜说："透个视怎么样！"家伙说："别没病找病。"丝瓜说："看看总比不看好。死不了几个细胞。"家伙笑笑，便站到那小台子上。听得哗啦哗啦响动，然后丝瓜"啊！"一声惊叹。家伙问："怎么样？"没见丝瓜回话。还是哗啦哗啦。家伙又问："我下了吧？"丝瓜说："别动！"那声音有些异样。家伙说："嘀，还真有你的，看出来点东西呀。"

一会儿，丝瓜说"好了"，即走到一边，在一张透视检查单上画图，不理家伙。家伙走近，说："哪这么神秘？"刚说完，见丝瓜收起透视单说："叫你爱人来一下。"家伙说："那家伙到现在还没跟我对上象哩。"丝瓜说："哦，我忘了。"家伙说："所以下死亡通知书都得我自己去拿。"丝瓜说："那，你们领导来，行？"家伙说："算啦，领导的胆儿都小，且不如我代劳吧。早些说了，我还可趁气没断把几件事办完呢。"

丝瓜方递上透视单，吞吞吐吐，说："不过，我们医院条件差，你最好去省医院复查一下。"家伙看看透视单上的图，说："我里面的东西就长得这么丑？"丝瓜说："你理智些。不要紧张。我仔细看了，你肺上有阴影，大约有 4×5 大。"家伙说："我这几天常晒太阳啊。"丝瓜说："你冷静些。一般来说，是肺上有肿瘤。我看得很清楚。技术水平问题你放心，我刚拿了大学哲学系的大专文凭。"家伙说："瞧，这运气还行。这辈子跟好多人打过交道，偏把死神这老兄给漏了。他还不服，找上门了。"丝瓜说："你一定要重视。如果是恶性的，那多半就是肺癌了。"他说着，便沉重地说不下去。家伙忙安慰他，说："没问题。前年出差，汽车翻到河里，死了三个人，就留下了我。算起来，我都赚了两年。"

回去一路，家伙想，正经得干几件事了。首先把十八本日记全烧掉，若叫别人看了，没准连追悼会都不给开一个。第二是把订阅的十几种杂志退掉，换回现钱，还能买点什么短期用的。第三得好好构思个遗嘱。天鹅都还有最后一唱哩。遗嘱结尾把财产分送掉。比方书架送给扬码，书送给苇儿，裙子和大衣送给同屋的小灵。要命的是非得跟收发室提条意见：为什么要把报纸压到下午才发？

路过妇女用品商店，进去转了转，买了件极时髦的羊毛蝙蝠衫。这钱，原本是要寄到四川出版社买"走向未来"丛书的。未来是没法走去了，但毛衣则可在火葬时穿上。那个日子总得穿得像那么回事才行。要不，叫同炉人都瞧不起。

扬码是编辑组组长，家伙拿着透视单去向他请一天假。扬码脸都吓白了，连问："再多请几天好不好？"

回宿舍，那里正热闹，不足两平米的空地上，正扭着四五个人。跳动七十二，噼噼啪啪怪声怪气地响。家伙把东西往床上一扔，立即也进入了。家伙的迪斯科在作协的舞会上跳得遭人吹捧，而在这儿，算上末流水平还得宽大限度才行。

磁带换面时，家伙拿了透视单炫耀说："这回是真格的病号了。本星期打开水得往下轮。"小灵说："又来虚构，鬼才相信。"叽叽喳喳的声音都乱叫："作家是捏造的天才！"家伙说："看，有公章哩，色彩盖得多红！"

几个女孩子围上，仔细辨认，半信半疑，说："这回是真的？"家伙说："瞧，多大块阴影。4×5，恶性的话，就是癌。"

屋里一下子很安静。一会儿，又有声音问："是真的？"家伙说："可不。近期内你们趁机好好贿赂贿赂我。到了阎王殿，打通打通关节，晚点勾你们去。"

音乐又轰隆隆响了。家伙上场扭了几下，居然没人再跟上。透视单还在几个女孩手上传来传去。

小灵"呜……"地捂住脸。其他几个也抽抽搭搭抹眼泪。

家伙停住脚，静默几分钟，才笑说："也行，提前行动，免得我进了炉子只顾听火烧得响，顾不上炉子外的流水声了。"

没人理她。一伙子还是低声哭。家伙无奈，觉得这帮人乏味。仿佛她眼下就要断气似的，皆忙不迭要向她表示自己的悲哀之情。心里好笑，便自家踱到书架旁，信手抽一本书翻翻。她看见几行字："生命是个痴人编成的故事，充满了声音与愤怒，里面却是虚无一片。"

有意思，家伙想。又放下了书。

敲门进来的是扬码和他的爱人安雨。安雨在电台搞播音，说话跟播新闻一样硬邦邦每个字砸不死人也能叫人骨折。

扬码手上提了一袋水果。两人均一脸哀容，悲切切地盯着家伙，也不出声。弄得家伙觉出自己似不在了人世。家伙笑笑，说："来真格的了？"

安雨坐了下，说："同志之间应该互相关心，家伙，你不要太绝望，战胜疾病首先要战胜自己。精神力量往往能医治各种病痛。"

家伙说："没错。"又想，我要是那癌细胞，听了安雨这话，非较量较量不可，看你们人有什么厉害的精神。

扬码说："我姐夫在省医院，我给你写个条子。你找他，叫他帮你找个好医生检查。"

家伙说："行呀。"

接下来便都没话说了。

扬码跟灯光皮匠合住一屋。结婚没房子，便在屋内拉一道布帘。扬码和安雨住里，皮匠住外。皮匠是个二十刚出头的小伙子。住过几夜之后，便吓得每晚外出寻夜场电影看。再不就找个哥儿们家打麻将，赌到夜半方回。

家伙最害怕相对而坐，无话可说，便说："安雨，扬码再出门组稿，你就住我这床。我把东西都留给你。保险半夜不来勾你出去玩儿。"

安雨吓得身子一缩，说："不不，不不不。台里要给我们房子了。"

家伙说："那我就让别人住了。好几个人等着这铺呢。"

安雨说："你让，你让，我不要。"

那著名大夫举着片子看半天，说："肺上什么也没有哇？干干净净的。"

家伙说："您仔细瞧瞧。说是有 4×5 呢，比我自行车胎上最大一块补疤还大一半多。"

大夫说："奇怪。你的身体没什么反常吧？"

家伙说："有一点。就是老记挂着吃点什么。对了，还有，原先骑车一小时就累得喊娘，前天我骑了两小时，还上了一座桥，倒跟没事一样。挺像回光返照似的，是不是？再就是记忆力锐减，三个月才能记下三个英语单词。"

大夫笑了笑，突然又严肃下来，问："身上贴了什么膏药没有？"

家伙一怔，立即找大夫要了尺，挽起裤管比了比膝盖上的伤湿止痛膏。4×5。说："这玩笑开得可真惊险。"

大夫说。"怎么？"

家伙说："我服了您。医生和医生的确不同。"便要走。

大夫扯住不放，说是弄清楚好有交代。

家伙一笑，说："昨天这儿长了个红疱，痒痒的，怕抓破，便贴了膏药，隔着抓。今早起时，撕了。就这。"

大夫先愣，一会儿便想笑，又拼命忍。最后还是笑出声。好几十秒钟忘了端出大家风度。

午饭时，家伙便掏了三十块钱买了瓶正宗的法国白兰地。把盒子上仅有的几个中国字"法国好景来""拿破仑白兰地"读了好几遍，再纠集全宿舍女公民开庆祝会，为又一次拾回生命而干杯。

小灵说家伙真沉着。战争年代，鬼子若抓住家伙算是彻底掏不出口供。家伙说哪里哪里，鬼子若说给我一个单人间住一辈子，我准得把上至毛主席下至王二小全坦白出去。

五

家伙有一个好题材，打算写篇一出笼即能轰动的东西。写了三天，写不下去。集体宿舍老是人来客往忙忙碌碌。莫名其妙还来些崇拜者找，毕恭毕敬的神态让家伙真觉出自己有那么点伟大的味道来。崇拜者大多惊讶地观光这十平米挤四人住的宿舍，为自己心中羡慕已久的作家也不过居此陋室而感到安慰。小说便停顿在第二百六十一个字上。家伙想再不写出来，半年以后就有可能发生经济危机。只好给作协挂了个电话，央请那边帮忙请几天创作假，再找一个房间。

作协仗义，全办妥了。家伙便提了旅行包住了进去。

只住得一天，便觉哪儿都不顺眼。房间太大，空气令人不习惯地稀薄。光线太亮，台灯开了跟没开一样。而家伙的集体宿舍，白天伸手刚能见五指，便养成家伙离了台灯读不进书写不出小说的特长。更不谈晚上见不到人亦听不到迪斯科跳动的节奏。世界冷清得让家伙感觉出末日将临的神秘。其结果是一个字也写不出了，只好可怜地露一副幸福嘴脸坐窗前发呆。漫想人本来是以穹窿为室的，为了让自己能长久地住在这个大空间中，便想出了房子这玩意儿。料不得住进房子后却发现自己彻底地离开了大空间，只剩得一个盒子里的天地。待到盒子里的人挤得欲漫出时，再想以穹隆为室却不是那么容易了。家伙觉得自己走不出集体宿舍那小黑屋。

第二日便坚决要求换进最小最黑的房间。有楼梯斜角处可搁一铺。家伙喜得乱跳。光线、气氛与集体宿舍何其相像。

苇儿到作协送一篇创作经验谈的稿，得知家伙住这儿，忙找了去。

苇儿说："这条件也太差了，别人还以为你是哪个生产小队来的业余作者哩。"家伙说："原先听人说吃惯了腌菜的人吃不惯肉，总不信。心想人哪这么贱？这会儿可信了。人是贱。"苇儿说："出去再让我住不带卫生间的房子，我简直受不了。"家伙说："瞧，这么下去，回你那个小镇子，你怕连石子路都不敢走了。"苇儿说："就是。那破路根本不配皮鞋踩。"

往下苇儿便问家伙前一阵去了哪里。家伙左手屈指数了几县，右手屈指数了几个牌子的名酒。并掀起衣服告诉苇儿，皮带又松了两个眼，而牛仔裤根本拉不上拉链了。苇儿说跟我在电影厂改剧本时一样，他们老请客。吃到最后上飞机时，生怕空中小姐嫌太重不让上。

家伙笑了。难得苇儿有一点幽默。便和苇儿比谁的胳膊粗，发现还是苇儿粗好几圈，只好承认县里毕竟不如电影厂。苇儿的小说要拍电影，来来回回飞了几次电影厂。连她爸爸都去天上过了过瘾，喜得见人不打招呼便先提女儿的大名。苇儿到名人和影星堆里混了几日，拾得好些秘闻隐私，说话便大家气派多了。红毛衣不再扣成红旗一面的样子，而是像江姐就义时那穿法，不扣扣子。原先的假领换成真正的淮海路上买来的果绿真丝衬衣。全然一副由贫苦向殷实人户过渡的风度。尤其脸上那副大眼镜，闪着光，炫耀学问之高深。镜架说是西德进口的。家伙试了试，觉得跟没戴强不到哪里，便问度数。苇儿说："右眼一百度，左眼一百五十。"家伙说："瞧瞧瞧，两眼加起来成了二百五。"

苇儿絮絮叨叨说了好些名演员轶事。对这些东西，苇儿总是很留心且记性好得不得了。重点介绍了哪个哪个女演员跟哪个哪个男导演如此这般后方能演哪个哪个电影的女主角。苇儿叙述时，胖脸兴奋得通红，一如她自己占得什么便宜似的。偏家伙最不善记忆电影演员，好几回竟乱点了鸳鸯谱。最后家伙说："再看这帮人演天使般的角色时，就会产生桃色联想。电影的味儿就整个变了。"

苇儿要毕业了，去向尚不知。不过凭苇儿在老师和校领导面前那副楚楚动人的小媳妇神态，必定是捞得到做学生所能捞到的全部好处，况苇儿在学校各方面的表现也是十分的出众。

中文系一向平庸，没出什么叫得响的人物。突然冒出个苇儿，如同肉掌上突生一颗夜明珠。系里的老少自然都疼爱得不行。可喜的是苇儿争气，既专亦红。学校号召学生献血，苇儿抢先付诸行动，不顾有人说抽过血更要发胖的警告；学校号召学生买国库券，苇儿立即奔去银行，尽数取回存款，夺得连教授算在内的全校性金牌。那之后，苇儿名气愈加色彩鲜艳，便写了入党申请书。申请交得正是火候，没几天便批了下来，迅速得叫苇儿搔头抓耳地兴奋。前几届分配的实况在那儿搁着：党员是绝不会有到边疆或基层小单位去的运气的。除非他自己再三再四求学校。

家伙倒要看看苇儿到底去干哪行。苇儿正在文学和仕途的岔路上徘徊。分配小组把所有的名额搁她面前，由她挑选，她便花了眼。

家伙说："你跟我到商场买东西一样，一琳琅满目，便不知从哪儿下手。"

苇儿说："去报社当记者太辛苦，去刊物干编辑太乏味。而且我这种地位也不合适干那行。剩下的就只有搞行政了。文学院答应为我弄个名额，可惜不能在北京。"

家伙说："还是文学院好，自在。别去什么行政部门。"家伙从不屑做官和不屑与官方大员打交道。前者的理由是做人不痛快，想说的话老得塞肚子里憋着，后者的理由是太累，官们总喜欢唯他马首是瞻。

苇儿没答话，只说是回家问问她父亲。苇儿的父亲虽说写过小说可对文学一窍不通。通不过去便自然瞧不起文学，便替苇儿指出前进方向：北京，中国最高行政机关。理由是就是干得不顺下到地方，地方上也绝不敢小视。山上的一棵草躺倒也比山沟一棵参天大树高得没法说。况且苇儿能写小说。高级领导多喜欢舞文弄墨以示修养。苇儿这一手必定招人喜爱。苇儿极崇拜她父亲，茅塞开后便欣然从命。充满信心地对家伙解释，去那儿从政的目的是为了写出好小说。把上面的阴暗东西了解透彻，写出来的影响将是世界性的。家伙吓一跳，忙说："这话可不能到处乱讲。"

那天家伙到学校图书馆查了点资料，又顺便去看了苇儿。苇儿说方案已经公布，这几天就得离校。又问家伙是不是还住在作协。家伙说："是。"又说："小说写完了，可住得舒服，便不想回。"

苇儿说想去作协领导家告个辞。家伙说那正好一起走。

在苇儿那里吃过晚饭，便抄小路去作协。天黑压压一片，像墨像染料像座黑咕隆咚的山倒卧在头顶。要下来的仿佛不是雨而是更厉害的别的什么，比方石块。走到半路，大风也起了。家伙和苇儿都穿的裙子，便拼命用手抓住，免得飘扬起来不那么雅。

瓢泼大雨终于下了。家伙说："跑的结果和不跑的结果一样，且不如雨中散散心。没准写首诗，还能赚得几十元稿费。"苇儿说："你怎么现在开口闭口总谈稿费，叫人觉得格调不高。"家伙说："物价涨得比工资快，不谈稿费怎么办？就是想当个体户都凑不足本钱。"苇儿说："国家干部不能搞第二职业，你别胡思乱想。"家伙说："可不，只有业余当作家名正言顺。"家伙的幽默在苇儿面前总是溃不成军。苇儿的耳朵天生适应听最严肃的报告，苇儿总学不会去吃透人家的话味儿。有一回家伙说她刚来电视台时骑自行车去采访一个三八红旗手。问路时，所有人都告诉她向左拐。拐到最后又回到了电视台。原来那三八红旗手是台长他老婆。当时便想这回可真格弄清楚地球是圆的了。苇儿死追问，这跟地球是圆的何干？还说分明是你没调查清楚。家伙没法回答，而那时尚未领悟"他妈的！"这句话的伟大，便只好说："对对，我没弄清。"不过前些时听说苇儿的毕业论文题是《论王蒙小说的幽默》且轻易得了个优，便在心里来了这么一句。不好设想王蒙式的幽默在苇儿笔下的悲惨遭遇。

去了招待所便立即洗澡换衣。雨势渐渐小了，又慢慢没了。夏天的雨，寻人开心似的。你在路上时它拼命地下得凶狠，你回到屋它便收住，存心同人作对。家伙觉得简直比反革命还可恶。

苇儿换上家伙的上衣。稍瘦了一点，把苇儿显得鼓胀胀的，前曲线倒蛮清晰。"挺像张得蒂的雕塑。"苇儿没明白。家伙说："我挺喜欢她的作品。夸张和变形很有分寸，让人感到极美。"苇儿便不再追问。

接下来去了作协主席、副主席、刊物主编、副主编的家。家伙沾苇儿的光。要不，总难找一个不那么小人气的理由到这些人屋里看看。都奇怪苇儿为什么要去那儿工作。苇儿便解释："学校希望我从政。我想既然搞行政工作，那就不如去一个专管行政工作的部门去搞行政工作。"家伙听了五遍也没弄清专管行政工作的部门和搞行政工作的部门究竟是怎么回事，只是想苇儿选择自己的道路怎么老有一股子做贼心虚的感觉。何必不说，我觉得那部门适合于我，我就要求去了那里。便又想，中国文人总是一肚子的拐弯抹角别别扭扭。想去仕途之路，又恐人说不那么清高。其实，这时代，无论当不当官，都根本不存在什么清高之士了。又不可能像魏晋名士那般大彻大悟后便游名山，泛沧海，筑室畎川，量力守志，凿井而饮，耕田而食，过自给自足的生活。见人则或翻青眼或翻白眼。这年月首先你游名山沧海得赔着笑脸求人帮买车船票，其次你自己根本没土地。没土地你得工作，你工作就得同领导搞好关系。这个关系便意味着晋级、住房的顺利以及运动来时不会轻易打成什么分子。还有上公共汽车夹了脚你得央求售票员松一松门，免得夹成了骨折；上商店你得不断向那些永远聊天没完的售货员道歉，请她拿一件你想买的东西看看。且还不算总想开点后门弄那些市场上见不到的俏货，凤凰自行车蜜蜂缝纫机以及不是黑市价的红双喜烟和苹果牌牛仔裤。假如有人叫家伙做一个清高之士，家伙准得呵斥他："你还想不想让我活？"话又说回来，一个人真要想在不清高者中显得稍清高一点的话，做官倒是一个不错的法子。

家伙说："苇儿你没错，你应该理直气壮。"

苇儿说："我没有什么不理直气壮的呀。"

家伙说："别没完没了说什么管行政和搞行政之类的绕口令。就堂堂正正去那儿干也挺有意思。文人总嫌当官的没水平，这回咱们掺沙子。"

苇儿说："那我成了沙子了？"

家伙无奈。

苇儿是第二日清早走的。夜间同家伙挤一床，呼噜打得震天。不料，刚到中午又红涨红涨着脸跑来，手里拿着一个纸卷。说是学校路石校长叫她临走前一定请作协主席题字留念。路石校长且亲自送了她这一卷纸。

家伙说："校长也管得太宽了。"

苇儿脸红了红，说："真的。他还再三催我呢。"

家伙觉得人都变得越来越有趣，便陪了苇儿去主席家。主席欣然命笔，一挥而就。苇儿在一边只叫唤："太好了，太好了。"两巴掌还兴奋地在胸前拍个没完，节奏很快但不响亮。

最后走时，苇儿才说十天之后，请家伙帮忙托运行李和买一张去北京的火车票。

家伙说："没问题，这回我两肋插刀。"说罢想自己还很有些豪侠之气。为那一句豪言壮语沾沾自喜了一夜。

六

叶子打电话到作协，问家伙创作假有完没完？家伙忙说："完了，完了。"

当下便打点行装回台了。

　　叶子要拍一个名为《葵花向阳》的战争片子。那片子要去黄山拍外景。其意义是在美丽的风光中表现痛苦的流血，以形成和平与战争、可爱与可悲的鲜明对照。扬码是责任编辑，又恰好同室的皮匠阑尾开刀住了院，便决定随摄制组开赴黄山。扬码一去，在家值班的事就得家伙干了。扬码因为不能让安雨一个人留在宿舍与灯光皮匠只离一布帘，平日便总照顾家伙出去。这回家伙说："你安心去玩，编辑部的事我保证每一件都干得精彩漂亮。"

　　办公室主任跑来说："叶子，你们总说摄制组在下面拍片子辛苦，叫我们办公室的人下组生活一段时间。这次我总算抽出了时间，打算跟你们走走，了解了解情况。"

　　扬码说："哎呀哎呀，人太多了。吴主任也要亲自领航，电视报去两个记者采访，技术员也添了三个。不算演员，摄制组都有三十八个人了。"

　　办公室主任发了脾气："要我们下组也是你们，好容易调整好时间，你们又不要我们了。这样出尔反尔，叫我们怎么开展工作？"

　　叶子忙说："您息怒。您什么时候想下剧组都行。我们热烈欢迎。"

　　办公室主任怒气方消，说："几号出发？我的级别可以坐软卧和二等舱。"叶子说："行，行。"

　　下班后，叶子召集摄制组核心人员开会：制片主任、副导演和摄像，扬码列席。家伙和大牛从食堂买了饭端来办公室吃，也趁机入了伙。

　　叶子这回搞改革，摄制组承包了。两万块钱。剩了，自家分；不够，自家贴。呼啦啦涌上一帮闲客，吃喝住全归摄制组掏腰包，且还得好房间加什么二等舱软卧之类。没准到最后真得领着人马扛几月大包赚点回家路费哩。

　　制片主任说："闲杂人一律不许去。"

　　大牛说："看你气粗的！吴主任是闲人？技术员是闲人？记者是闲人？到时给你来两条反面评论，叫你肺气到肚脐眼儿。只有办公室主任是闲人，可你敢让他下？"

　　扬码说："那我们上北大荒去拍。"

　　叶子说："好主意！那儿凉快，正好避暑，全台人都恨不能去。二万块钱全当路费得了。"

　　家伙说："可不，我都想。"

　　大牛磕磕碗，说："他妈的，咱们去河南。找个最苦最赖的县住下。伙食便宜，住房价廉，吃它几十天苦头，省下钱，回来分红。一人几百没问题。"

叶子说这个主意好。扬码说其他人怎么办。叶子说愿去者还欢迎。扬码说他都不想去了。家伙说别太死板，人一见少，再拐到黄山一样。叶子一拍大腿，连叫太对了。

方案公布后，果然人员锐减。记者、技术员、办公室主任全都因故退出，剩得干巴巴几个没法不去的人。扬码还得兼打灯光。走之前，摄制组一个个喜气洋洋，每个人都漫一脸笃定发财的笑意。

灯光皮匠的阑尾给割了，可一直没出院。伤口老是不合拢。皮匠说比葛洲坝合龙还难。自然疼得爹妈地乱叫。只好又划开来瞧瞧。大夫从里面捡出一块纱布，笑着给皮匠看。皮匠便得意起来，称那是二次战役的战利品，险些要来作纪念。

家伙跟主任老吴一起去看皮匠时，他正躺在床上看武侠小说，梁羽生的《萍踪侠影》。医院对大作家们反对大量出版武侠小说的呼吁深表不满。武侠小说对于病人实乃一剂良药。躺床上捧一本，哼哼哈哈声少了，胡思乱想少了，挑刺找茬的也少了。精神一轻松，一个个脸色便红润起来，全暗暗琢磨着"降龙十八掌""九阴真经"抑或"借花献佛""手挥五弦""云横秦岭""琵琶别抱"之类的招式。反正金庸梁羽生全写的是学不会的武术，便也不必担心医院里突然冒出"丐帮"或"天山七子"诸类派别以及闹两件"华山论剑"之类的事。

家伙说："好消遣呀。"皮匠说："可不。总算弄清头儿们干吗老喜欢生病了。"老吴说："你小子嘴留点神。"皮匠说："这有什么，护士说得才有趣。楼上高干病房，清污以前，住一帮人成天骂骂咧咧说自由化得不成名堂。一清污，这帮人齐整整出院了。换上一轮。这一轮人便日夜里长吁短叹，说早知如此何必当初。"家伙说："再这么住两天，比院长还清楚底细了。"皮匠说："院长小了点，得跟局长比。我当局长要发布的第一条指令，就是得让医院的卫生比火车站强。"老吴说："你不得了了！明天给我出院。"皮匠说："行呀。扬码出差了，屋里住着安雨。我就说是您让我回去住的。"老吴说："你住口，年轻轻的学那么邪气！"

老吴五十来岁，正是训别人而又不好被别人训的年龄。

家伙说："那就再住些日子吧，到扬码回来。"老吴说："医院会许？"皮匠说："看来得再得个病。将革命进行到底。"家伙说："明天多吃点，弄个胃穿孔。"皮匠说:"不行不行。以后成了无底洞吃多少都填不满,没人要我当女婿了。"老吴说:"胃穿了孔,你吃屁!当是米袋子破了个洞?"

家伙忽而想起老吴过去在武工队干过卫生员,便说:"老吴,给想一个能吃能喝,对身体无害,又能住院的病,好不?"老吴说:"这还不容易?"

家伙和皮匠异口同声叫:"是什么?"老吴说:"生小孩!"然后自己也笑得浑身抽搐。笑完歇下,又说:"他妈的!"

家伙一气处理了几百本积压稿。几天下来看得眼睛发直快不认识方块字了。便想世界上最容易干的活儿大约便是写电视剧本。

家伙最讨厌那些故意用米饭把稿纸粘一块儿试探编辑的作者。凭那居心不良的劲儿,家伙便故意不分开。心想只看三行字就晓得你这是什么货色了。便夹一张铅印退稿单打了回。不过有一回一位老兄就这一事在报纸上发了文章,批评编辑对工作不负责任。老吴狠狠批评了家伙。家伙说:"我看他写得可怜,特地照顾他赚报纸几块钱稿费呢。"心里却暗骂自己笨蛋早知报纸连这玩意儿也登,且不如事先化名写一段呢,何苦让稿费归那小子得。家伙用钢笔写的退稿信也挺多。除了朋友和拐了七八十个弯的熟人外,对那些夹有写着"编辑爷爷""救命恩人""编辑大人"之类信件的作者也认真回信。总归不能让人白喊一声吧。

那天刚上班,老吴便说:"家伙,有一个先进典型巡回演讲团来了,你赶紧去采访采访,仔细点,看哪个人的事迹能编电视剧。"

家伙正警惕屁股会不会坐出老茧来,一听此言,欣然领命而去。

家伙先私后公。看了场电影,《第一滴血》,出了门还发怔。又逛了几家服装店,想买件呢大衣。最后去了图书馆,借得一本《巴顿将军》,看了个舒舒服服。巴顿说:"与战争相比,人类的一切奋斗都相形见绌。"巴顿说:"和平对我来说,将是一座地狱。"巴顿说:"一个职业军人的适当归宿是在最后一战中被最后一颗子弹击中而干净利落地死去。"倒霉的是巴顿却在他的打鸟途中被粗心大意的汽车撞死了。命运同巴顿幽默了一次。和平的确成了地狱。

先进典型的巡回演讲可真让家伙开了眼界。她本来只想听听知道是几个什么人以便回去向老吴交差。后来听到那个典型说:"我苏醒后的第一句话是问:'那个凶恶残忍的歹徒抓到没有?'同志们亲切地告诉我:'他没有逃出人民布下的天罗地网。'于是,我那苍白如纸的脸上才浮现出欣慰的笑容。"家伙从不晓得人话可以这样讲,便为自己也讲人话而难为情起来。立即决定细细地采访一下。

先进典型们久经沙场，对采访的新闻记者已经不像开始那么服了。家伙便亮出作协会员证，且一口气说了几篇自己的作品，不料几位均摇摇头表示不知。家伙便有些尴尬，大恨自己的名气比张海迪朱伯儒小得太多。幸而此时那位"苍白如纸的脸上浮现出欣慰笑容"的典型进了来。他是个文学爱好人士，一听家伙的名字，奔上前握住家伙的手又摇又捏，连说："能够瞻仰你的面容，吾辈真是三生有幸，三生有幸。"并告诉家伙他曾给她写过一信，请教文学问题。家伙忙说："抱歉，抱歉。"

有这位文学爱好者穿针引线，事情就好办多了。家伙便采用答记者问的方式，请他们说心里话。并说："我不是以新闻记者的身份来采访的，而是以作家身份。我想知道先进人物内心深处的真实想法，不会对外报道的。"

她便提了问："演讲稿是自己写的吗？"

典型 A 说："不是，是宣传干事写的。"

典型 B 说："局领导专门调了几个才子一块儿帮我写的。"

典型 C 说："我的草稿，领导又指派人改了一遍。"

典型 D，即那位文学爱好者说："我全是自己亲手动的笔。比我写小说快多了。"

家伙又问："我挺佩服你们不拿讲稿能一口气讲完自己的事迹。平常开会发言也这样？"

典型 A 说："哪敢呀。我背了半个多月，排演第五回时，还把'但是'念成了'于是'。"

典型 B 说："感谢上级领导关心，还给了十天假背诵稿子，讲得好是党培养的结果。"

典型 C 说："背稿和念稿都一回事，反正是把你干的想的告诉别人。要我背我就背。"

典型 D 说："这样演讲好，能调动情绪。比方我讲到领导们到医院看望我时，我这时的情绪应该是热泪滚滚。要是拿着稿纸，就腾不出手来揩泪水了。"

家伙说："你们的事迹都大版大版地登了报纸。对这些文章，你们怎么看？"

典型 A 说："有些事原先也不知道是干好事，记者一写才明白。像我给楼上王大爷送牛奶的事，只想王大爷也常帮我烫头发。他的事帮一把是应该的。

还有，班组小姐妹生病了我去看望的事，是因为我病了她们也都来看我。"

典型 B 说："我看了那文章觉得那是上级领导对我的信任，记者对我的鼓励。有些事不是我干的，有些话我也没说，但写上去是对我提出的新要求。我回去就干，就说，不辜负党和记者同志的希望。"

典型 C 说："那文章一写，我在厂里没法待了。每天一下班就有人叫我帮忙买煤买米管教小孩，再就是找我借钱。我出来演讲，正好躲一下。"

典型 D 说："那记者文学水平太低了。我抓歹徒时，明明是一个箭步勇敢地冲上去，他却只写'一步冲上去'。我对那文章不怎么满意。"

家伙说："能给我写二句你们的豪言壮语吗？"

典型 A 写道："一定为四化贡献青春。"

典型 B 写道："革命战士一块砖，党叫干啥就干啥。"

典型 C 写道："做事要做这样的事，做人要做这样的人。"

典型 D 写道："我是路边一朵微笑的花，愿为大地增加色彩；我是桌上一支红色的烛，愿为革命燃烧自己；我是树上一只辛勤的鸟，愿为四化放声歌唱；我是大海一排雪花色的浪，愿为航船奔腾向前。"

家伙看完典型 D 写的那几行，心里刚想着骂一句"他妈的"好像还不过瘾时，演讲团负责人过来，一看，立即怔了。好一会儿，才说："好，好，这是小花精神。红烛精神。鸟儿精神。海浪精神。"激动得引来好几个围着那豪言壮语。负责人又说："找人抄一份，到音乐学院请最好的教授写曲子。"然后握着家伙的手不断感谢家伙挖掘出了先进人物内心最美好的东西。握得家伙的手湿腻腻的，便偏过头连问典型 A 哪儿有自来水。

回来向老吴一汇报，老吴拍腿大叫："好！就写那个典型。主题歌就用豪言壮语。"并立即指令家伙深入采访。家伙说："那典型本人是个文学爱好者，叫他自己写剧本会更有分量。"老吴说："家伙家伙，你脑子真快。全国电视台都还没这样的纪录。自己写自己，用自己的豪言壮语作主题歌。对了，可以要他自己演自己。付了稿酬就不必付劳务费了。"家伙说："没错。"

事情就这么定了。老吴在全部会议上大大表扬了家伙。家伙那天晚上上馆子吃饭时便买了一瓶酒。

出门时，服务员指着她的背议论说："这女的喝了八杯，醉了。"

家伙想还不知道谁醉哩。

七

家伙不晓得是自己越来越有趣了，还是世界越来越有趣了。那天她去商场买橘子汁。售货员微笑着不厌其烦，说话的声音优美动听得像流行歌手在台上自报家门。家伙不晓得自己为什么心里发怵，总觉得那笑容和那声音美好得让人怀疑橘子汁不是橘子做的而是什么金黄广告色和自来水配的。欲买橘子汁的几个顾客也都狐疑地相互望望，没敢买。家伙也没敢买。后来家伙去看电影，不料被告知不放了，因为只卖出十三张票。接下来便又进了一家咖啡厅，总觉得这玩意儿开在中国难得赚钱。家伙想为人民做点好事未尝不可，便要一杯最贵的。可卖咖啡的女孩子怎么都不理她，只顾低头数钱。家伙火了，大叫一声："你聋了？"那女孩方抬头，说："你瞎子？"家伙说："我买咖啡。"女孩说："说你瞎你还不知趣。八点下班，现在都七点四十五了！"家伙正欲驳斥，有人请她让让脚，她才发现服务员已在抹桌扫地了。一个服务员正托着抹布守在一对情侣旁等他们喝完。而这一刻那男子的手正搁在那女的腿上来回地摩挲。

家伙常想妈妈生她下来是不是就是要这个世界同她过不去。她坐火车，离终点还有两三个小时，乘务员就来收拾床单，折叠毛毯，弄得一车厢灰扑扑且不说，此后还只能坐在污迹斑斑的垫子上；她去住旅店，想换个干净被子，服务员说不管住过多少人，被子十天才一换。家伙想没准一个什么牛皮癣的男人还睡过，便只能和衣而卧。她去上馆子，饭还没吃完，服务员就催命似的喊："快点快点。"然后拿起扫帚和黑皮胶管稀里哗啦冲地，还把你旁边没人坐的凳子反扣在桌上。最有意思的是她去乘汽车，路上熄了火，售票员叫大家下去推，然后自己在窗口喊："一二，加油！"车启动了，可也一溜烟开走了，把她和推车的一帮人全搁在了半道。

扬码平日里正经得有些窝囊。但因为常出差坐火车常住店常被作者请或常请作者下馆子且也常在公共汽车上受些无端之气，对这些竟深恶痛绝，大放厥词说不晓得资本主义国家是否也这样。如果不是这样，那他宁可冒着被打成什么什么分子的风险也要承认资本主义比社会主义有教养。家伙立即批判他大可不必如此猖狂。再复述一遍，该打什么还是照样要打。那时想出差免费旅行，免费住店，有人请吃或有钱请吃以及公家出一大半钱买月票乘公共汽车之类的好处就全捞不着了。

家伙要买的气压水瓶，终于买到了。上海货。喜欢买上海货和不喜欢同上海人打交道的人一样多。上海人虽说小家子气十足但精明的他们做出的东西就是比别处强。不过这个气压水瓶倒没给上海挣多少脸面。拿回去装上水，跟婴儿撒尿一般，侍候半天，才稀稀地出一小注。家伙只好显得很没大家风范地去换一个。

家伙狡猾地拉上了小灵，有她那张脸，击败对手怕容易得多。

天下恐怕没有比售货员更擅长聊天的人了。哪怕柜台里只有两个人也能脸对脸地聊得热热火火如一台戏，且耳朵又严重失聪得总听不见顾客的叫唤。家伙同小灵轮换叫了好几遍。又不敢高声，怕说是态度不好。好容易边说着最后一句话走来一个售货员，家伙便把笑拼命地凝固在脸皮上，又是道歉又是赔礼又是检讨自己，最后才说明刚买的水瓶有问题，想换一换。自然是不肯。只得又将好话堆起来说，小灵说："实实在在对不起了，下回买的时候我们就提一桶水来，试好了再拿。这次还请您辛苦一下，帮忙换换。她这个人是个作家，一向马马虎虎。"售货员说："换了又发现毛病，又来换还让不让我们活？"小灵说："就是个破胆也认了。保险不再来找麻烦。"小灵那口普通话太纯正，售货员终于认出是电视台播新闻的，便软了口："这看你的面子，要不然，怎么都不会换的。"

走离柜台时，说了铺天盖地的谢谢，大松一口气。家伙说："运气还行，得给这个售货员写个表扬，她连一句骂人的话都没说。"小灵说："她胸前别了'服务明星'的牌子，到底还是强多了。"

老头子的《山上的海》后期录制终于完成。估计播出后影响不会太大，便商议开一个记者招待会并邀请文学评论界上下人物。老头子说没有一部好作品不是靠请人吹出来的。

家伙负责买纪念品。家伙自己是集邮迷，便买回几本集邮册，很漂亮精美。老头子看着集邮册眼睛发直，说："家伙，这，这，怎么是这？"家伙说："漂亮呀。"老头子说："影集也还好说。这要了有什么用？"家伙说："那您的一本就转送给我吧。"老头子翻来看看，屈指说："粮票、油票、国库券、兑换券、煤票、洗澡票、机动票、布票、棉花票。"然后满意了，说："家伙还能办事。"

招待会空前成功。评论家和记者笑嘻嘻地看了电视拿了集邮册发了言。

有鼓吹亦有批评，共同的语言是："有一定的新意。"最后宴请吃了一顿。席间自然觥筹交错，笑语喧哗。

糟糕了的是家伙。多吃了几个丸子，并不知那丸子是臭肉所做，放了五花八门的佐料，把臭味压住了，反显得比不臭之肉丸子更有诱惑力。一送走几十张油兮兮和红扑扑的嘴脸后，家伙的肚子里便开始了不那么高雅的活动。

这么一干便是五天。吃尽痢特灵黄连素土霉素四环素都不见成效，只好去吃氯霉素。不料又三天拉不出大便。便又吃果导片和猛喝蜂蜜水。通畅后却还继续腹泻。忽左忽右，像路线斗争一般。吃得卫生室没有药可供她吃了。医生方说："还是去医院吧。"

只好捂着肚子到她最怕去的地方。大夫问了病史，便开药。连开几种，家伙均言吃过无效。大夫拿不出更好的，便说："做个直肠镜吧。"家伙说："怎么做？"大夫说："今天先吃点泻药，明天空肚子来。"家伙说："再吃泻药就只好泻肠子它自己了。"大夫说："那就不吃吧。明天早上空腹来。"家伙说："肚子早空了，快透明了。"大夫笑了笑："那你现在就去吧。"

家伙终于发现医院还有一块寂寞之地。除了穿白大褂的人之外，杂色衣只三件。白衣人便三五一堆聚着谈笑风生。

家伙想不出直肠镜怎么个查法，便大怨自己之所以小说写得不出众实乃想象力不丰富所致。她把检查单递给一个满脸皱纹的女大夫。她记得电影里这种形象的人总是很慈祥很亲切。家伙问："怎么查呀？"那女大夫说："怎么查？裤子一扒，双膝一跪，屁股撅起，尽量把屁眼张开，好从那儿塞一根管子看你的肠子。就这么查。"她说罢，觉得自己口才不错，便得意地笑了。屋里笑谈的几个男女都哄然一笑。家伙等他们笑完，也笑笑，说："您这医院还行。地净墙白。要是人嘴干净点就可以用'五讲四美'这个词来形容了。"

那女大夫盯了家伙一会儿，指着布帘后的床，说："上去。不过话要说在前头，这儿有八个大学实习生。一个个观察，可能要慢些。你到时耐心点。"

家伙吓一跳，见那八人之中有六人乃五大三粗之男子汉，便不敢想自己撅着屁股让他们通过屁眼观察肠子的情景。又想即便不考虑性别问题，可大学生文学爱好者甚多，碰上一个恰看过自己小说又偏爱写什么印象记的人那就彻底完蛋了。上回有个什么杂志编辑就是。只跟她说了五分钟话，便回去写了个什么印象记。把她说的叶子导演的电视剧让人觉得白痴干导演更合适的话也写了进去。弄得叶子认真找她谈了一次心。而那句话是她谈到叶子时的一句幽默，是熟朋友之间笑闹着相互攻击的话。那编辑去头去尾只留了一句。幸而叶子听罢她的叙述，哈哈一笑了事。这会儿，家伙觉得出名实在是件丑恶的事。

家伙说："还是不必让别人观察吧？"那女大夫说："都像你这样，干我们这行的不是要绝种？"家伙说："哪能呀。像我这样思想落后的人毕竟还少嘛。要相信大多数病人都是开明的。"那女大夫说："少拐弯抹角，看不看？"家伙说："当然看。"那女大夫说："要看实习生一起看，要就不给你看，你自己决定。"家伙说："您大概从来没当过官，拿着这点权力到我身上过过瘾。不看就不看，大不了一个直肠癌。跟您说，我连肺癌都得过，还怕那？"说罢便走。

刚出门，几个实习生追出："同志，你还是看病要紧，我们不进去。"一个女的说："按道理是应该先征求你的意见的。"家伙说："算啦，叫她看我还不放心肠子。她整个没把人当人，没准像灌香肠那样给我插几下，我还没法提裤子跑。"

家伙想，病总还得去看看。于是便想到丝瓜。不料急急赶去后，门诊室的吴猴子告诉说丝瓜被拘留了。家伙问缘故。吴猴子说丝瓜他老婆给丝瓜生了个女孩，丝瓜一怒把那女孩扔到郊区农民地里了，且还没给他老婆买一只鸡吃。他老婆便告了他。吴猴子还是给家伙开的黄连素。又说："你跟丝瓜是同学，又有名气，肯定认得省里的大官。救死扶伤一次给丝瓜求个情。"家伙说："那好像不好办吧？有法律在那儿哩。"吴猴子说："法律有个屁用。法律也是人定的。关键是人。"并举了例：哪个哪个的儿子犯了什么什么的流氓罪，只判了两年还监外执行。有路子阎王爷那里都走得通，别说一个小监狱。那儿子眼下就悄悄地办什么环球公司干得欢着哩。家伙便说："全中国我就认识一个警察，在十字路口岗亭上。被没收了执照可以帮帮。"吴猴子半天没说话。见家伙要走时，方冷笑一声，说："我和丝瓜倒没什么深交，倒是你们同学一场，怎么都该在危难时扶助一把。"一席话叫家伙哑口无言。便支吾着走了，连药都没取。

晚上，竟有一个老太婆来找家伙，一直找到了集体宿舍。泪涟涟的，见家伙就磕头。吓得家伙以为哪儿来的个神经病。半天才弄清原来是丝瓜的妈妈，要家伙去替丝瓜求个情儿。少判丝瓜几年，她有个盼头。老太太再三强调家伙一定要找人说明丝瓜家里有个八十岁的老母。土匪剪径都不杀有八十岁老母的孝儿，新社会政府还不如土匪？小灵一旁听得捂着嘴不敢笑出声。家伙连忙说去试试。叫了扬码，将那老太太送了回。回来一路，笑得肚子疼。一疼之后，腹泻便就此打住了。

家伙去看丝瓜时，丝瓜挺高兴。家伙说你怎么气色还这么好。丝瓜说，怎么不？还说已经托他姐夫的弟弟的老丈人去说情了。丝瓜说："洪伯伯上下班都是小车接小车送，一句话管一大片人。我这还不就在他一句话？"家伙说："你把自己的亲生骨肉弄死了，就不心疼？"丝瓜说："我妈就我一个儿，传宗接代全指望我。这是大事。心疼也得顾全大局。"家伙说："这下好，顾到监狱里了，没准毙了你。"丝瓜说："怎么会？国家医院里打胎刮孩子不都是人命？我不过就是晚几个月动手而已。"家伙说："说得好轻巧。"丝瓜说："可不是。牢还是要坐几年的。苦是苦点，出去再娶一房，总归还能得个儿子。"家伙说："还真豁达呀。"便又问在监狱里干些什么。丝瓜说："能有什么干？哦，让学法律。"家伙说："觉悟提高了一点吧？"丝瓜说："有趣。有几个号子里的人是从重从严时候抓进的。一学法律就闹着上诉，说是按几款几条他的罪只该判三到五年，结果给判了十五年。"丝瓜笑了一阵子，又说："幸亏我老婆是从重从严后才生小孩，要不我肯定得多蹲好几年呢。"家伙说："你老婆跟你离婚了？"丝瓜说："嗨，别提。她不肯。她厂里妇联的人都要她帮助我，等我回来。还说宁拆十座庙不拆一件婚。真他妈运气差。"家伙说："那你怎么办？"丝瓜说："当然离！不要说是她把我告到牢里来，就凭她家一串女儿全生不出儿子这一条，我也算是不会再要她。"

两人愉快地分了手。临走前丝瓜才问："你怎么知道我在这儿？"家伙说我找你看病来着。丝瓜这才想起来问："你的瘤子是良性的么？"家伙说："没有瘤。可是是恶性的。"

八

家伙感到自己的才思已经被稿费榨干了，只剩得一张吹牛不含糊的嘴。每回开会都笑着跟瑛瑛说："这回看我的。把阿城何立伟之流全镇住。"瑛瑛说："这个问题嘛，我这个人一向很直，这你知道。有时说话难免不中听。不过我对这些也不在乎。管别人爱不爱听。阿城的小说论字还没我的五分之一多，而何立伟的也不到我的三分之一。"

有一回，又开会，还住在一个宾馆里。家伙又跟峰峦说了"看我的"之类话。峰峦鼻子耸了一下发出一哼，方说："你要镇住我就直接点名好了，何必又扯人家阿城何立伟什么的。"家伙说："你以为我还没镇住你呀？简直是错误估计形势。"峰峦听得直怔。

偏那一日开会还拍了新闻。去的新闻部那伙计同家伙熟，便私下给家伙推了几个大特写，晚上播出时，家伙找人吹牛去了。十点方回房间，路过会务组，听得峰峦在里面责问为什么给家伙的镜头有十七秒之长，比省里领导的还长七秒，是什么用意？又说："我知道有人在搞我的鬼，但是我根本不怕。"

家伙便推门进了去，说："真格的是有用意的，你不知道？"峰峦："不知道呀。作协好多事都瞒着我故意悄悄干。"家伙说："省作协要推荐我去干全国作协党组副书记呢。你算算，该享受什么级别待遇？"峰峦说："你什么时候入的党？这简直是阴谋。我五七年就交了入党申请书。我知道有人整我。"家伙说："我五七年刚流放到人间。到这会儿还没写申请。这叫破格提拔。"接下去又说："看了你在《人民文学》上的那个小说，还行。一个错别字都没有。到底是北京，没人整你。"说罢便走。

其实那小说真写得棒极了。家伙想自己再怎么折腾也弄不到那种水平线上去，便又想就凭右派里出那么一大群来劲的作家，也得替五七年那场运动说几句好听的话。

苇儿出现的时候，家伙当真大吃了一惊。家伙正让一个瞎子算命，生怕人瞧见，恰恰在瞎子说她胆儿大，但唯独怕人的时候，苇儿叫了她一声。

家伙只得恋恋不舍地撇下瞎子，迎上去应酬苇儿。

苇儿说她是陪一位首长下来检查工作的，是坐专机来的。苇儿说了那首长的职务，叫家伙猜出他的名字。家伙想半天想不出。苇儿只好很不来精神地说出来三个字。家伙说："没听说过这人呀。"苇儿几乎有些愤怒了："连他都不知道？你怎么一点国家大事都不关心呢？"家伙说："国家大事轮着我来关心了，你们那儿的人怎么办？失业？"苇儿说："哎呀，跟你说不清，太小市民了。"家伙说："瞧，就凭这一句话，也晓得北京你没白待。"

家伙说："走吧，上我宿舍玩玩。"苇儿想了想，说："好吧。不过我只能在你那儿坐半小时。三点半有小车来这儿接我。时间太紧了，晚上还有个宴会。省里各级领导都要到场。你不知道，你只要有一点才华，领导就拼命要你干。这次到下面来，我累得不得了。"家伙说："还挺有伟人风度哩。猴子总算变成人了。"

半个小时太短了。苇儿来不及屈起手指一个个数她交往的政界名流，便从书包里拿出一本彩色相片夹。

第一张相片便把家伙唬住了。苇儿笑得幸福的脸之右边，是中国鼎鼎有名的领袖人物。家伙不由抬头望望苇儿，见苇儿正迫切地等待她的询问，便低下头，很随便地翻了过去，心里暗笑。后面也全是显赫的政界人士，数得出来的名人。苇儿几乎同他们每一个人都合了影。又娇憨、又纯洁可爱地站在旁边，脖子还是缩得很适度。原先最得意的几张同文坛名流以及电影明星的合影，便夹在了后面。最后一页全是同大鼻子蓝眼睛的洋鬼子的合影，苇儿站在他们之中，挺像高头大马脚边立了一只牧羊犬，不那么伟岸。家伙翻完后，递给苇儿，说："知道不，瑛瑛正式调到作协搞专业了。"

立即见苇儿一脸沮丧。苇儿说："是吗？"家伙说："峰峦在《人民文学》上的那个短篇真棒。"苇儿说："是吗？"家伙说："我们电视台要给我分房子了。"苇儿说："是吗？"家伙说："民以食为天，以住为地。"苇儿说："是吗？"家伙说："你是昨天到的还是今天？"苇儿说："是吗？"

苇儿的脸都痛苦地变了形，说话也没了准星。家伙便想自己是不是太残忍了，便又要过苇儿的相片夹，翻了开，指着一个同苇儿差不多高的女孩子，问："这个女孩长得不怎么样，是谁呀？"

苇儿脸上顿起春风，眉眼也立即生出光辉，说："你不知道她？"便翻开相片夹第一页，指指那最显赫人物说："是他的女儿呢。她还在报纸上写过她爸爸的文章。她跟我关系好得不得了。"又说那第一张照片拍摄的过程。家伙问："你一共洗了多少张？"苇儿说："只洗了几十张，亲戚都不够送。不过，我可以送给你一张。"家伙说："免了吧，我没影集夹。"苇儿说："买个小镜框最合适。"家伙说："那是给男朋友留的地盘。"

苇儿一发不可收拾，一页一页介绍。直到家伙已经分不清相片上是动物还是植物，只有一片片红红绿绿地晃来晃去，苇儿还不肯罢休。

家伙看看表，说："哎呀，三点半早过了。"苇儿说："没关系，司机不敢不等我。"家伙只好说："我要拉肚子了，你稍等一下。"苇儿便说："那我得走了。说实在的，我们班好几个人约我聚会我都没同意去。"家伙说："我知道你挺给我面子的。"苇儿说："哪里哪里。你别客气。"

出了门老半天没见着小车。家伙问苇儿："你现在不写小说了？"苇儿说："怎么不写，欠好多稿债。我太醒目了。老是有编辑来找。"家伙说："可不。"苇儿说："有一回《花都》杂志的主编还亲自来过。要我无论如何支持他，还说稿费从优。"家伙说："那你趁机把小说写得长长的。"苇儿说："我哪里有这么低的格调？"家伙便暗为自己的低格调叫声"惭愧"。

车始终没来，苇儿只好乘公共汽车。家伙送她到车站。人偏多得出奇。过来一辆，家伙说："时间太紧的话，豁出去挤一次还能减肥。"苇儿说："我都不习惯挤车了，总觉得人要这样显得挺野蛮。"家伙心里掖了老半天的那句"他妈的"几乎要脱口而出。忽而她说："不行了，我来不及了，要屙出来了。我得去那儿。"苇儿立即说："快快快，我不用你担心。"家伙说："那就不送了。"苇儿说："下次回来我尽量多抽点时间来看你。"

家伙想，再多跟苇儿待一小会儿，胃里的东西准会整个儿倒出来，而中午恰恰吃的是韭菜炒鸡蛋，家伙最喜欢的菜，自然舍不得。

《花都》杂志每期都给家伙寄刊物。《花都》的主编道貌岸然像个学者，眼珠却爱贼溜溜乱窜。家伙想，管什么眼睛不眼睛，能给刊物就是好主编。

那天，家伙收到《花都》，见有苇儿的大作《男仙儿》，挺长的吓唬人，便想苇儿果然还是不顾低格调地把小说拉得无限长了。立即拜读。

读罢，好一阵发呆，苇儿编了个下流故事，却在介绍女主人公时套用了家伙简单的历史：年龄性别干什么活儿写过什么小说。让相当数量的人一看都会以为苇儿写的正是家伙的隐私，而家伙可怜得比这肤浅得多的浪漫史都没有。

干得太漂亮了，苇儿。家伙想。这回苇儿真格儿抄到背后来了个最厉害的袭击，让家伙呛得哭笑不得且说不出一句话。

瑛瑛见了家伙说："家伙，还有这一手？那男的是哪一个呀，透个姓名。"

峰峦也说："苇儿的文学是下流了些，不过，你总有点什么吧？"

家伙说："我要有那经历倒是我的福气。"

便想连峰峦都觉得苇儿有那么些下流，苇儿可怎么再扮得像天使般纯洁。渐渐地，为苇儿担心起来。

九

《山上的海》播出后比随便一个什么人放的屁要有影响得多。那屁顶多只有些臭气叫周围的人皱眉或屏住气不呼吸。而《山》剧却引来了三封群众来信。还有一封由黑龙江漠河来，可见影响的广远。

三封信中，一封问男主人公身上的那件丝棉袄哪儿有得卖；另一封信说能否把演女主角的演员的地址告诉他，她和他理想中的知音一模一样；第三封信便是漠河的，热情洋溢地赞颂了《山》剧一番后，下文是："我激动地写出了这部剧的续集，望贵台能采用。这样精彩而有分量的电视剧如不拍续集就太令人遗憾了。"

老头子叫家伙将这三封信综合一下，写成百字小文给《电视周报》。家伙问清有稿费便琢磨着把百字弄成三百。开头导语是：由本省电视剧著名导演、老艺术家亲手执导的电视剧《山上的海》播出后反响强烈。不少群众观后辗转反侧夜不能寐，欣然提笔，写来一封封热情洋溢的信，鼓励导演和演职员们再接再厉。家伙想报纸若不说大话怎么叫报纸？只要老头子肚子不疼就什么都可不在乎。然后便写信的内容，归为三条：一、关于电视剧服装协调的问题；二、关于女演员表演动人的问题；三、摘了信中原有热情洋溢的句子。结尾是，群众一致要求拍出续集，编导们正在考虑如何满足群众之需要。

送了周报后，家伙便等着拿五元稿费以便晚餐到饭馆可点一至二个稍好一些的菜。

叶子他们回来的时候，一个个全都眼圈发黑颧骨突出面黄肌瘦兴高采烈。老吴称他们为高速度高水平，叫家伙用红纸写了个表扬，贴在电视厅大门最醒目之地，让全厅人一上班都能看见。果然，厅长一清早就打电话到电视剧部表示祝贺和慰问。祝贺承包制获得成功，慰问全摄制组的演职员。

家伙暗跟大牛说："这回没听你吵着买这泡沫那夹板的呀？"大牛说："可不，省几个钱是自己的。"家伙说："每人分赃几百？"大牛说："太他妈的不公平了。叶子拿五百当然没说的，副导演凭什么拿四百五？我都只拿了四百。他妈的剧务算老几？拿了三百还不服，跟我攀。"家伙说："谁定的嘛？"大牛说："制片主任呗。"家伙说："他多少？"大牛说："还会比五百少？加上揩的些小油水，绝对不止。"家伙说："算啦，别一闹矛盾把钱弄得又干净不了。"大牛说："那也是，只当自个儿拾了四百块，不看别人。他妈的！"

不过这事终究还是闹了。剧务和化妆都认为不公平，告到老吴那里。老吴一听分了那许多钱，立即上了火。勒令上缴一半，然后平均一分摊。他自己也轮了一份，当然也推辞过几次。剧组人员本来相互斥责，终又把矛头一致对准了老吴。

无论如何，钱比先一次拿得少得多，尤其制片主任。一伙人便纷纷说："再不搞什么承包制了。"好些天，剧部里上班的目的就是为了下班。

家伙和灯光皮匠两人是在上缴钱之前敲了叶子、扬码和大牛三人的竹杠，连连三夜吃得腹犹果圆，嗝声如雷。

那天，老吴给家伙介绍个男朋友，约好下午七点碰头。想到苇儿在小说里来劲地大谈"女光棍"如何如何，也得不辜负她才是。苇儿是很得意地拥有了男朋友。原先是个留学生，在美国。这中间，她像买货一样，左手拿着一件右手还在挑别的。后来又挑了一个，便把左手的搁下了。苇儿现在的男朋友据说也是个显赫人物。老吴送家伙出门时，叮咛再三，说是那人虽离过婚，但没有孩子。而且住房宽得很。你能找到这样的人已经相当不错了。当然也别自卑。家伙好像记得丝瓜也劝过她别自卑。原先没想过。听了这些话，便真的觉出货卖不出去的自卑。老吴又说一定得讲清你每年千多块的稿费收入，镇住他。家伙说："没问题。"

那人倒是气宇轩昂得像个什么香港大亨。见家伙开口便言："说实话，也只有我这样的人才肯要你这样的。"家伙说："我是什么样的？"那人露一副你连这都不晓得的神气，说："大龄女知识分子呀。除了啃书本，屁事不会干。我是因为自己没拿着初中文凭，想找个文化人，总归是有好处。"家伙想这人实在可爱。便说："我会写小说哩。"那人便说："写小说有什么用？到我们厂问问，有几个人看小说。"家伙说："你们不看没关系，可我能写就能每月拿差不多一百元左右的稿费。"那人说："真的？这么多？"家伙说："可不，若出集子，二三千都不止。"那人说："工资照拿？"家伙说："当然。不过我工资少，就九十几块。"那人说："九十几？"家伙说："低薪阶层。"那人说："我们的事，今天能定吗？"家伙说："看你的胆量。"那人说："找老婆，还有什么不敢？"家伙说："作决定了？"那人说："定了。"家伙说："有一点事，很小的事，得告诉你。我有五个情人，是采访武术队时认识的，他们说了，谁同我结婚就要把谁揍成残废。去年一个是正准备和我拿结婚证的头天，被揍得肝破裂。用气功弄破的，一点外伤都没有。"那人便说："我，我今天还有事。"家伙说："如果定了的话，我想要你今天见见他们。"那人说："不不不。"走时还用手捂捂肝。

回来说给小灵她们听，都笑得一个个滚倒在床，半天伸不直腰。尖叫着"太棒了"，让家伙的耳膜好一会儿疼。小灵说："那人准会以为你是个什么黑手党的成员。"家伙说："如果他知道黑手党倒也还行。可爱的是他肯定不知。"

正笑着叶子来找，问清见面的情况，叶子说："把老吴头嫁给他。老头子一月工资一百五十多哩。"家伙便说："这回拿了把柄，到吴老头那儿讨好有了货。"叶子说："没事儿，老头子要退了。"

问叶子来找有何事。叶子说："快帮我去编编片子。"家伙说："抽什么风，不是下午刚编完吗？"叶子说："别提。领导审查时说葵花嫂是个正面人物，还是不死好。"家伙说："人口都爆满了，死了是为革命做贡献。"叶子说："帮帮忙，干一宿，让大嫂活了吧。"

素材带葵花嫂活着的镜头还多，凑上几段没问题。演员回北京了，没法配音。家伙便说："葵花嫂虽没死，可嗓子不能说话了。用画外音说明。"叶子说："没错！"

早晨六点干完，一收拾便是七点半。蹒跚着打起呵欠进办公室。刚进门，叶子有电话。说完话，家伙见他软坐在椅子上，不像个活人。

家伙说："你老婆？"叶子说："要命！"家伙说："怨你一夜没回？"叶子说："是这倒好了。上面的。说是昨晚考虑再三，觉得还是让葵花嫂死了更悲壮些。"家伙说："瞧这领导不人道的。"

总编室没安排剪辑时间，想干还得晚上熬夜。叶子说："睡觉去。"

晚上人下班时，叶子和家伙加了剪辑师又上班。通宵恢复原样。清早便醉酒一般到宣传部，请部长们审看。上下集。完后，副部长之一说："结尾处理不合适吧。葵花嫂这样的英雄最好让她活着。死了对片子并没什么特殊意义吧。"

泛出一片和声。老规矩是一人提了意见，剩余的必然附和。傻瓜才会为一个小小的电视剧中一个小小人物得罪自己的共事者或对手。叶子只想找一个软一点的地下去晕倒。偏偏那全是水磨石，只好硬直了腰听下去。

于是又一个通宵达旦。再出门时家伙发誓要睡三天三夜再起来。

老头子当然不会拍《山上的海》的续集。眼下正忙碌着一部三集连续剧。用老吴的话说："这是个可以拿金鹰奖或飞天奖的题材。"

这回的编剧同老头子绝不沾亲带故。他是个什么东方开发公司的副经理，有一串亲戚在美国。他绝没似小人讨好般给老头子送任何一点礼，只是顺便把老头子的小女儿从曲艺团弄到美国去自费留学了。老头子可以说是秉公办事。他退掉了先前那个已定好的写农村改革的剧本。不顾及那编剧每年必定送上门的黄花菜木耳花生米以及一个腌得紫红的猪头的情面。

老头子分镜头写完了，便去请家伙当责任编辑。电视剧部有明文规定，没有责编的剧本，一律不许拍。老头子说同家伙合作很愉快，便还是找家伙。家伙一切由他们折腾，并不多管。反正连剧本都没见着面，多挂一个名也不会得感冒。

老头子说："这回得来真格的。"家伙说："怎么真法？"老头子说："这是个英雄题材，是我们时代的英雄。要表现这种英雄气概，必须实景实拍。比方冰窟窿救儿童一场，就得来真的。"家伙立即觉冷，问："演员肯？"老头子说："搞艺术连这点献身精神都没有？"家伙说："小孩呢，"老头子说："可以搞搞招募。这么大城市，未必没有几个思想高尚的家长？"

当下便派了三五个剧务外出招募七至十岁的孩子。不料报名者竟有些踊跃。父母们迫切要让自己的孩子十岁之前成才的心情委实伟大而崇高，有豪言壮语云："要想孩子早日成才，就得让他吃吃苦头。冻一冻算什么？比起当年小红军爬雪山过草地这简直是享福。是当年小红军的父母支持他们出来干革命，才有他们今天坐小车住洋楼的好日子。我们应该向那样的父母学习。"一席话不蔓不枝铿锵有力掷地有声。便拍板定了豪言壮语者之子。

起先演英雄的演员不干。老头子做了思想工作之后，答应另付劳务费三百元，又说把这个英雄形象刻入人民的脑海中后，这辈子就够了。演员方抖擞起来。

拍"冰窟救孩子"那天，家伙去作协开会了。为此没见着老头子"真格儿"的场面，后来听说极伟大悲壮。那小孩在冰窟窿里挣扎着又哭又喊，喊得岸上的母亲顾不得豪言壮语而号啕起来。英雄跳入水后，才想起自己并不会游泳。呛得几口，同孩子一起叫："救命呀！"摄像机立在冰块上。摄像的手哆嗦个没完了。监视器里的镜头摇晃如醉了酒一般。老头子急得一跺脚，大喊："稳一点！"不料老头子内功厉害而脚下那冰块挺不坚强。一退缩只好把老头子陷了进去。摄像连三脚架机器扛了便跑。机器是借来的，且是高档货，自然比人贵重得多。站在岸上看热闹的剧务、灯光、美工以及群众演员这才觉出不妙，纷纷战战兢兢上前营救。立即送了医院。打了感冒预防针，喝了姜汤，方百事全无。那欲学小红军的孩子再也没露面。大牛和皮匠站在路边说给家伙听，家伙笑得过路人皆以为这女人嗓子出了毛病。

<h1 style="text-align:center">十</h1>

那天，家伙到宗教管理处去。她找佛教协会的一个理事采访。家伙搞不清自己怎么去找干这行的人采访。那理事不在，便请了一个人去寻。家伙坐在一边静候。

对面一张桌前，一个和尚正愤愤不平地同另一人说什么。家伙无聊，便侧耳听。听得那和尚颠来倒去地说着一句话："应该提我当方丈的，怎么提了他。我比他早进庙好几年呀。"老是这么几句，便越发觉得无聊。没等那理事来，家伙便起身走了。

那晚上，家伙做了一个梦。茫茫的一片白色。除了那白，什么也没有。早晨起来家伙想怎么会什么都没有呢？至少有我的眼睛呀，要不怎么能看见那白呢？可家伙又清楚地记得的确什么都没有。

渐渐地，家伙想，有趣，太有趣了。

1986 年 3 月于武汉

白雾

一

豆儿常说贝贝这个人聪明得往你跟前一站你就觉得人类若少了他简直进入不了高级动物这一档次。早说好这次朋友聚会的咖啡点心以及道口烧鸡凤尾鱼罐头午餐肉归贝贝出钱，且贝贝业已跺脚拍胸脯答应得撼天动地，可这会儿豆儿及田平两人等得饥肠辘辘抓耳挠腮地痛苦，贝贝却仍然未见踪影。贝贝在航校当教官，身高一米八二风流倜傥翩翩然一副伟丈夫模样但却视钱如命，每花出一分钱都如遭人放了一次血。有一回骑自行车去商场买牙膏，因为存车处的老头硬将存车费由二分涨成了三分，致使贝贝愤怒地争论了半个多小时。幸而那天他穿的是便衣，很多人围着观看他也不满不在乎。争论的结局是贝贝放弃买牙膏掉头回家了。为此连连用别人的牙膏达一个月之久。不过贝贝为人心地善良原则性强仅仅只有那一个缺点。豆儿说这主要是为了让"人无完人"这话还能继续使用。田平说上帝看来也还公平，要是贝贝成了完人，那将招惹多少人的嫉妒？贝贝每次都有理由来躲避归他出钱的聚会。这次更是。

第二日便听说贝贝再也不怕、也不在乎有人要花他的钱了。贝贝在给他的那帮未来的空中之鹰讲课时，很潇洒地打开驾驶舱后，一屁股坐在驾驶员位置上，指着红色的手柄说："飞机上凡是红色的都不要乱动，尤其这儿。否则弹出去就该让你摔成肉饼啦。"贝贝说完笑笑，为自己的幽默感到得意。然后他竟情不自禁地按了一下。如他所说他被弹了出去，在空中挣扎了一下然后直落机场。他以切身经历否定了他自己的理论：人是摔不成肉饼的。所有的学员虽然痛心但也不得不承认：贝教官有些夸大其词。

应该说贝贝的追悼会还是开得有一定规格的。悼词也还灿烂。人已经死了，既无级别上的竞争亦无名利上的分成，赞美词不妨多用几个让阎王爷听着心悦也好重用之。那天豆儿和田平都去了。这种活动还是头一次参加，故而两人都打扮得很齐整。豆儿和田平给贝贝送了花圈。花圈火葬场有现成的卖。豆儿在小报当记者认识那卖花圈的哥子。豆儿指着一个最大的说："这花圈用过几个人了？"

那哥子说："才十一个哩。还用过一个高干的妈。那天小汽车停满了，火葬场好不气派威风！"

豆儿说："多少钱？"

那哥子说："咱们兄弟还论什么钱，用完你再还来就是。钱谈多了显得俗气。"

想到贝贝生前的脾性，便也觉得这样使一个花圈更有意义。豆儿说："纪念贝贝最好的方式是继承贝贝遗志，高扬贝贝精神。"

田平说："没错。而且要落实到行动上。"

贝贝躺在会场浅灰色的布幔之后。贝贝原被摔得压进胸腔了的脑袋拔出来了，似乎一米八二不止，肃穆而更显伟岸。这身躯又令一米六七落得"残废"之称的豆儿自卑起来。贝贝的确不像肉饼而更像面人。他眉如柳叶唇似樱桃面白鼻红，跟他活着时差不多做作。这就给人一种栩栩如生感。豆儿和田平一见便立即化悲痛为欣喜而大叹化妆师妙手神笔。料想贝贝在阳世未能结婚而在阴间无疑能以其英俊的外貌赢得姑娘们的青睐。

贝贝的女朋友叫李亚，与豆儿和田平有过几面之交。李亚与贝贝一直若即若离。有新朋友时即与贝贝散伙，新朋友变成旧的且将旧的扔掉时又与贝贝和好。反反复复。好在贝贝心怀宽阔并不计较，又好在李亚经常弃旧换新，这之间又老有一段空档时间，这也就给了贝贝连绵之恩。贝贝死的那天李亚正与新结识的朋友在风景区划船。李亚对贝贝还是有深厚感情的，追悼会上李亚哭得鼻青脸肿。所有与会者都知道了这个着一袭青衣的美貌女子乃是贝贝的未婚妻，而且已同贝贝睡过好几次觉。这信息自然是从李亚的哭诉中透露出来的。李亚哭着到处跟人说他那么大的个子可他温柔极了他的动作很轻完全是一种艺术享受。

豆儿和田平碰到李亚时是在火葬场的汽车站。李亚正同一个小伙子站在站牌下有说有笑。豆儿说大概贝贝五千三百块钱的存款被李亚拿到手了，否则就很难解释她现在的笑容。田平说贝贝吃了我们好多次，我们多少得吃回一些才是，说罢便迎向李亚。李亚说："谢谢你们对贝贝的友谊。"

田平说："我们和贝贝的友谊是吃的友谊。怎么样，吃一顿去吧？算是给贝贝饯行。"

豆儿说："贝贝欠我们好几顿。现在他撒手去了，我们可就指望你啦。"

李亚倒痛快。显然不是花她的钱。李亚说："好建议。去哪儿？"

豆儿说："你管出钱，其他的就不劳你的神。跟我们走就是。"

豆儿带李亚去的是一个个体户餐馆。豆儿曾给那个个体户写过一个小报道，令那家伙门庭若市食客如潮大发其财且还参加了省里召开的个体户劳模会，见得了省长并同一些不知官名的大干部握过手，自觉名利双收光宗耀祖，见豆儿便如见恩公，尽其放开肚子吃香喝辣都断然不收一文。

见豆儿领着一男一女潇潇洒洒地进来，那个体户忙殷勤作揖，当即轰了雅座上的一对老夫妇，气粗地说："报社记者优先，你俩靠边去！"随即又点头哈腰问豆儿："来点什么？"

豆儿说："有新样的菜没有？比方猴头菌、甲鱼或者蛇羹之类。今天有人付款。"豆儿信手指了指李亚。

个体户说："有，有，全有。钱的事好说。"

田平叫李亚掏出十五块钱，很大家风度地买了一瓶郎酒，找回李亚两块，自己贴了四毛零的。田平将酒往桌上重重一磕说："人生在世如同轻尘弱草，得享乐时且享乐。要不躺到那灰布幔后面才想起酒没喝足就奇冤难伸了。"

豆儿说："吃喝是中华民族之传统。西方文化乃男女文化，他们享受情爱。中国文化乃饮食文化，我们享受酒肉。所以外国人见女人和中国人见酒肉的表情都有惊人相似之处。"

李亚说："什么表情？"

豆儿说："按捺不住。"

李亚说："没出息的中国人。"

田平说："你这看法不对。他们那是为了发泄，我们却是为了吞取。还是'饮食文化'优于'男女文化'！没出息的是他们。"

李亚说："男人没好的。"

田平说："女人好。女人拿了男人积攒的钱然后请别的男人去小店吃喝。"

李亚嘻嘻一笑，说："你都知道了？"

田平说："不知道。我只知道男人女人，彼此彼此。"

菜送上后，李亚忽而看了看酒瓶说："这酒是假货。"

　　田平说："怎么会？"

　　李亚说："怎么不会？奶粉月饼药都能作假，酒未必不会？"

　　豆儿说："说出理由来。"

　　李亚说："听人讲真郎酒，'郎'字全红，假郎酒，'郎'字自上而下由黑变红。"

　　豆儿夺瓶一看，果然见"郎"字由黑中渐渐出来变为红色。

　　田平说："是否讹传？"

　　李亚说："难说。不过假酒里必放'敌敌畏'，可杀大肠杆菌没准还能治好你的胃癌肠癌什么的。"

　　这一说，豆儿田平皆不敢喝那酒了。均言不想受用那个连贝贝统共用过一打人的花圈尽管还有一高干的妈也用过且使火葬场史无前例地威风过一次。

　　李亚便去把那郎酒退了，退得十三元四角。四角零的是田平出的，这下也一起归了李亚的荷包。

　　个体户刚说"这钱嘛"，李亚便说："我早就知道像您这样仗义的人绝对会给豆儿记者面子的。最近电视台约我搞个专题片，豆儿，把你那个报道给我改个脚本如何？我们合作一次。"

　　豆儿未来得及答话。个体户忙喜笑颜开地说："那就拜托了，拜托了。"结果不再提钱。三人腹犹果圆嗝声如雷出门来，天已黑透了。行至岔路口分手道别各自归家时，却见夜雾迷天漫地腾腾而来，霏霏然如粉如尘如蒸汽，顷刻间淹没了整个城市。房屋及树皆被吞噬一尽。咫尺之外瞵眺莫见。唯汽车喇叭尖锐地叫喊，喊得非一般凄厉和惊慌，徒然地让人生出一个世界破碎了而另一个世界尚未建成的恐惧与凄凉。行人们连足下之路都难以认清，仿佛自己打包裹似的被一卷一卷捆了起。四面如堵。落寞而孤零。一如整个星球只留下他单独一个。

　　以后豆儿田平和李亚在一次偶尔相遇时都说起了那雾，都说那雾是乳白色的。很白，很白。

二

　　田平原先在科学院开大客车，一早一晚接送上下班人士。虽然坐车的无论黑毛白毛杂毛者见他皆亲亲热热地唤"田师傅",但加工资分房子评先进时却个个视他田孙子不如。田平开了五年半车,油水没捞到什么,依然黄皮寡瘦的一张猴脸且仍住十二人一室的宿舍。十二双臭脚熏得鼻子嗅觉功能失调。百种味道归为一种,以致失却人间许多的享受,一怒之下便辞职而归。

田平赋闲在家的第一天曾经算过一命。那算命瞎子据说是有特异功能,准确率达百分之百。瞎子亲口告田平说曾经有一个副县长找过他,没等那副县长说第三句话,他便道出九日之内你将由副职变为正职。果不其然,一星期后副县长被任命为正县长。为报答他特意地驱车百八十公里,将他接至县里的温泉疗养地小住了一星期。日日里好酒肉招待,过得比皇帝不差。那瞎子终于使田平摸出了荷包里仅剩的十块钱,拿过钱便惊呼大叫田平为有福之人,言田平这辈子每逢凶必化吉,即使到最终一死,也死得有别样一种名堂。这名堂便荫福于后人。说得田平恨不能再给他人民币十元。只是囊中空虚,索性递上了花八元钱买来的牛皮钱包。第三日便见了逢凶化吉之效果。有改革家新成立了"舒适"出租汽车公司,满天下招聘司机。田平虽无门路却与豆儿在穿开裆裤时便是割颈换头的朋友,求至其门下,焉能不为之效劳?豆儿热情洋溢地去"舒适"公司采访了一次。一如所有的改革家喜欢记者般,"舒适"公司的经理自然也不例外。豆儿上门前经理对记者们何故对他这个改革家竟视而不见颇愤愤然,一见豆儿便如见知音,拊腿大叹:有了你的支持,改革便可轰轰烈烈了!随后一二三四五六七说了好些纲领措施方案意义以及决心以及豪言壮语以及有血有肉的细节以及像每一个改革家一样的感慨:"每个成功的男人身后都站着一个可敬的女人。"并历数妻子怎样依偎着他表示支持他改革的事迹。说到激动之处,经理站起来如电影里的什么人一样在办公室来回踱步把大拇指和食指叉在下巴颏上。最后说:"这一点你一定得写上,否则她老是怀疑我晚上不是在办公室而是跟女司机逛荡去了。"说完便亲自开了"皇冠"陪豆儿去吃了一顿西餐。席间豆儿提到田平。经理说:"没问题。拿张表格去填填,考试免了。这儿的事由我说了算。"

豆儿将表格送给了田平,田平便又拉他下了馆子,喝啤酒喝得三番五次寻厕所,回来后便连夜赶制了三千字的采访记。题目是"一个强者和他背后的人物",挺醒目挺提神挺吓人。

校样出来豆儿亲自送给经理一份,阅罢又被邀请进餐。这回是田平开的车,仍是"皇冠"。没吃西餐,但却喝到了"茅台"。经理的哥哥是一家大饭店的经理，如此，喝"茅台"便是一件很容易办到的事。豆儿和田平都是首次受此厚待，自是豪兴大发、痛快淋漓地喝了个尽醉，险些没在回家的路上撞倒电线杆。

田平的父亲对田平干这一行可从没施舍过好脸色。田平的父亲是中学语文老师，常动用其丰富词汇骂田平没出息：活得如行尸走肉！身为下里巴人如何从未见有寝不安席食不甘味状？！唯知鲜衣美食油腔滑调而不知悬梁刺股映雪读书，俏皮话能将地球由圆说方而文凭却只拿得个初中。随即列举邻居豆儿，本科毕业且当了记者，谁见了他皆面挂三分微笑，背跷一个大拇指。尤其豆儿到学校采访一次，给校长写了一则小小通讯，令校长出尽风头，其父也得遂大志被评为一级教师。教师节还进了北京且在人民大会堂照了相，从此说话发言提建议都显出相当分量。教育局还专门批给了他两房一厅，几乎享受校长的待遇。而豆儿他爸不过大专毕业，田平他爸则是正宗北师大的高才生。田平他爸每次训导儿子都有根有据有理有节。田平虽不服气，但其辩说都不及语文老师精辟具体逻辑性强。无可奈何，便只好佯装工作辛苦疲劳之极拖长音调打着呵欠速速上床将脑袋埋在被子里然后大骂老头子乃天下头号势利眼。

幸而田平他爸终有一日明白了骂田平实在有失厚道、公允。关键在于那天市里成立教师协会，田平他爸坐了田平的车前去会场。田平机警过人，将车顶"出租"二字摘下。停车后田平赶紧先下来，毕恭毕敬地替他爸爸打开车门。田平他爸红光满面悠然而出连望都不望一眼田平。这气派令好些人肃然起敬，便纷纷打听来者为谁。到末了选协会理事时，田平他爸得票竟进入前五名，比名气赫然的豆儿他爸多出几十票，自然当选成了理事。豆儿他爸无疑是挤公共汽车去的，且不幸被汽车上必不可少的铁皮毛刺之类附属物将裤子撕拉开一条三角口，露出白色的衬裤在屁股之处，令许多女教师或掩嘴而笑或嗤之以鼻，最终导致身份大跌。

田平到底为他爸争了一回光，先是自豪，而后却沮丧。田平他爸自当选为理事之后便俨然若政府长官、党委书记一般严正，自觉革命已将最关键最重要的一副担子搁在了他的肩头。从此将思想和语言与报纸化为一色，保持同步。每逢吃饭，必对家人大谈五讲四美三热爱以及两个必须一个坚决朱伯儒张海迪曲啸如此这般。弄得田平耳朵奇痒，忍无可忍。去医院看过，被诊断为中耳炎。

而最最倒霉的尚不是耳朵，而是房子。田平他爸主动将自己分房子排第二位的名次搁在了最末，以此换得了校长亲笔签名的大红纸表扬和教育局内部通讯上一条六十字消息。田平与他奶奶爸爸妈妈妹妹五人三代合居一室，以帘代壁为两间。可田平他爸仍然高尚着脸皮教育全家人说："我们有十五平米足矣。有的人家连人均两平米都不到。我们应该响应组织号召，谦让一些。为国家为组织分忧是每个公民的职责。"

田平说："组织是谁？您得去参观参观组织住得怎么样才是。"

田平他爸说："领导工作忙贡献大，住好一点也是应该的。"

田平说："那就没什么可说了。您愿意别人不把您当人以致有一日别人想起来把您当人时您都会没法子做人的。"

田平他爸拍桌一怒高叫"放肆！"，尔后大叹这一代青年的确垮掉了，思想如此污垢岂能不猛烈清洗！否则老一辈人百年之后国将不国。便就此话题开三天夜车作了文章。遣词造句行文，精警透辟，既豪情满怀，又十分得体。吟诵再三，颇觉神采飞扬。趁豆儿来家寻田平闲聊时恭敬递上，谦谦然请豆儿不吝赐教斧正，肃肃然指出此文若能见诸报纸，无论是观点还是文字都具有引起社会重视的可能。

待田平送豆儿出门时，田平说："你把老头子那文章给我留下，别弄得满天下臭气。"

豆儿笑了，便交给了他。一连三日，田平上厕所都用那文章揩屁股且不断跟隔壁一格的伙计感慨现在的纸实在太光滑了，一次得使三张，委实不符合勤俭节约之精神。

田平的车开得好，人也仗义，熟人朋友坐车田平是绝不收钱的，碰上能报销的且常撕十块钱小票让拿了去报销。田平说："赚点烟钱吧。"于是熟人朋友上上下下没有不说田平好话的，便常有人写信到公司称赞田平热情诚恳服务周到实为新一代优秀司机。田平由此成了公司的先进青年。

田平倒也并不觉得当先进有什么了不起，常对朋友说别写那表扬信了，不如省下邮票钱。且说："自己兄弟，收钱脸红。下几个顾客多收他几个也就统统赚回来了。亏是绝不会吃的。"去火车站八块钱的价无疑提到十二块。乘客们常抱怨车费太贵却又毫不手软地掏钱，轻松得田平都替他的工资袋心疼。不过没心疼几回便晓得除开个体户，送到田平手上的都是公款。一想到反正是从国家的左边荷包到右边荷包，田平要起价来便更是理直气壮胸有成竹了。

去火车站的钱数又由十二发展到十六。自然不必担心没人坐车，亦不必担心有人手软。

田平的车大多停在饭店门口。闲时常同饭店里的女服务员散坐在台阶上打情骂俏嗑瓜子儿。只要不是上级检查或文明月评比什么的日子，服务员们便常出门来同田平几个司机聊天。有房客叫唤才懒懒地进去草草应付一番依旧出来。田平大方，几乎每次都是他掏钱买瓜子。他对那帮女孩子优雅地将瓜子壳吐得满地的姿势甚是欣赏。

那天田平正讲着澳大利亚一对老夫妇在给羊接生时接下一个小男孩的奇闻，一个女人过来要车去火车站。田平说："十六块。"那女人说："可以。"便提着行李上了车。

到车站田平见那女子一副呆脸，便转了一轮眼珠说："你报销不？"

女人说："报销怎么样？不报销又怎么样？"

女人说："若报销呢？"

田平说："那你给我二十块钱，我给你二十五块钱车票怎么样？"

女人说："为什么？不是只要十六块钱吗？"

田平说："心放活一点嘛，两下都不吃亏。"

女人说："你们平常也都这样干？"

田平说："这年月能捞就捞。大官大捞小民小捞，谁也不用讲客气。"

女人便答应了，临走还冲着田平微微一笑。

不料那女人心怀叵测，竟于微笑中暗暗记下了田平的车号，给省报写了信还附上了多得的五块钱且义正词严地谈了一通职业道德等等。结果正赶上文明礼貌月，报纸便把信发表了，外加了评论员文章。足足开展了半个月的专题讨论。一时间田平名声大噪几乎妇孺皆晓，白白扣去半年奖金倒是小事，每夜里听他爸爸一至两小时的理论教育实在痛苦不堪。

田平找豆儿想请豆儿把他从他父亲嘴巴下解救出来。豆儿见面就说："你小子给人活活当了垫脚石啦。"田平惊问缘故。豆儿方说那写信的女人是纺织局团委副书记，正与另一副书记竞争局办公室主任的席位。这事之后，那女人自然以思想境界高而被哄抬为精神文明标兵。这一来办公室主任就非她莫属了。豆儿为此专门跑了趟纺织局，果然见那女人走马上任。田平懊丧之极，大悔。说早知如此便宜之事，他便先写信去报社了，说是那女人提出给二十块钱付二十五块车票的建议的。两人现场，谁能作证？没准田平自己也能捞个文明标兵以及什么主任干干。

豆儿莞尔一笑，说："其实现在也不晚。"

田平问："有何高招？"

豆儿说："你到那女人家登门拜访一次，人放乖点，话挑好听的说。再给报社写封信说你在她的帮助下怎么改邪归正重新做人的。"

田平大喜，连说对对对，然后赞叹豆儿足智多谋有鬼神不测之机。

田平晚上即去了那女人家。那女人刚搬进新房子。局办公室主任相当于正处级，自然三室一厅是跑不掉的。

那女人给田平倒了一杯茶又递了一支"红金龙"的烟。这使田平感到十分温暖。一温暖便产生激情。趁着这股激情田平大贬了自己往日的行为，然后说通过她的启发最近已提高了觉悟不光按里程标准收费且能主动下车为乘客开门拿行李以及解决一切困难。那女人说："这样就好。能挽救一个人对我来说真是莫大的幸福。希望你能够更好地学习马列主义，坚持四项基本原则，反对资产阶级自由化，为革命掌握好方向盘。"田平说："是是是。我全都铭刻在心上了。"

正说着，来了省电台两个记者搞录音采访。致使那女人一阵忙乱，倒了橘子汁又递"红双喜"，再转进另一屋换了件外套。接待规格又升了一级。

记者问清田平为何人后，大喜过望。立即将先拟定的由那女人独讲十五分钟的录音讲话改为由田平与她二人对话。幸喜田平这一段常听他父亲教诲，深知时下流行语言，便成竹在胸地侃侃而谈。说到痛处，声音低沉；说到好处，声音激昂；偶尔来点小幽默。由那女人的帮助教育一直说到他临来之前送一个迷途的孩子回家。如此一番，令每一个人都觉出田平若不是"金不换"那简直就像说太阳不是热的一般滑稽可笑。

广播一放，效果出奇之好。报社记者敏感地来了个追踪采访，从"之一"一直写到了"之五"，直到田平害怕再写下去便没人把他当人了才用计使记者打住。田平说："现在好些女孩来信向我表示仰慕。你再写下去，她们来找我睡觉我可是不会拒绝的。俗话说英雄难过美人关嘛。"记者一听便不再露面了。

田平每月能赚四百来块钱。虽说是早出晚归却也值得。有回送一个白发教授去个什么地方讲学。田平先是战战兢兢，生怕颠碎了教授的贵体。待问得教授不过每月拿两百出头后便大舒了一口气，下车时便怠慢了好多。又一回坐上来一个作家，先问了田平月赚多少后便大叹"惭愧"。作家月工资才六十几元，吭吭哧哧写一两个月小说，一个三万字中篇也只能拿到五百块而田平原先以为至少可以拿三千的。有比较才有鉴别。同那些轰轰烈烈的人一比方知自己委实了不得，平添了些许做人的信心。

近月来田平大有突破五百块的趋势。原因是田平开一个青年什么代表会时认识了一个个体户。那家伙坐田平旁边并递给了田平一支"良友"。"良友"烧完后田平亦不示弱反手还上一支"三五"。这一来二去，大有知音之感。一问职业，知对方全不属运动员杂技演员诗人歌唱家小提琴手以及青年理论家电视播音员优秀影视明星诸如此类场面上的人物。晚间散会便相邀下馆子喝了酒且结拜兄弟。

个体户常点名要田平的车。钱是照付的。虽说是朋友，可他老兄的钱也来得太顺手，田平自然也懒得客气。

那一日恰巧豆儿找田平没事玩玩。个体户来了，点要田平的车。见豆儿，问田平："是你朋友？"田平说："绝对可靠。"个体户便没啰唆，上车即说："到原处，照老样子。"

田平开着车七拐八弯，居然拐入细肠般的小巷。让豆儿如若灌了迷魂汤脑子里糊糊涂涂起来，心觉有趣，油然升起一股地下党员找暗号接头的滋味。车在一家极破旧的小板皮屋前停了。个体户下车时说："今天给九十。那十块给这兄弟买点饮料解解渴。"说罢朝豆儿一示意，便下车进了那屋。一去半天不见回转。

豆儿问："这是干什么？像地下党。"

田平说："这还不明白，亏你为社会名记者。"

豆儿说："可别搅到什么地下组织里去了。杀人放火都行，这方面的亏可吃不得。"

田平说："政治上的事谁还敢管。想管还没那份文化。赌场，明白了吧？"

豆儿说："何必不让你走？这不招惹警察吗？"

田平说："警察不就在街面上转转，管得了这了？留我就是防警察的。"

豆儿说："怎么讲？"

田平说："不敢多带钱在身上，输了就坐车回去拿，赢了也得送回去。我这叫跑程。"

豆儿说："为什么不多带？"

田平说："怕抓呗。抓住了按钱带得最多的一人为罚款标准，往上翻番。

你若带了一万，其他人只带了三千，也得以一万为底往上翻。这岂不太亏？"

豆儿说："一万？说得好吓人。"

田平说："一万算什么。现在下赌注都不带数钱的。游标尺一卡，论厘米不论元。"

豆儿连连"啧啧"。想想自己颠来倒去地奔波亦不过六百八十大毛，便大叹早知如此不如干个体户好。又问田平："常赌么？"

田平说："要不怎么打发日子？什么都买到手了，钱却还有一大堆，又不能买房子修别墅像外国什么大老板一样开个什么工厂。放屋里长霉不说还占位置，且不如一赌为快，还算过了一过文化生活。"

豆儿说："捐给国家盖个学校办个幼儿园什么的，买个名声不也挺好？"

田平说："国库里的钱让一些官僚们挥霍得快活，盖学校修幼儿园什么的倒叫老百姓掏钱，这实在不是什么光彩的事。为了国家面子上多一些光彩，还是不捐为好。"

豆儿笑说："什么逻辑。"

田平说："虽说文化水平不高可爱国主义精神还是有的。"

说话间，个体户闪了出来，几步上了车，对田平说："上我家。"

田平说："看气色赢了？"

个体户说："好眼力！"便信手拿出一条"三五"，扔到田平身边，"托你的福。每次坐你的车都得手。你跟这个兄弟凑合这一条吧。下回再补。"个体户豪迈地说。

田平常说：运气来了，门板都挡不住。果然如此。没有什么东西能阻挡田平的运气闯上门来。

公司通知田平参加市里组织的演讲报告团，专讲他本人由后进变先进的过程。起先田平不想去，怕别人把他当怪物。倒是豆儿心胸阔大，说是怪物就怪物，好处是你得了，你自己不把自己当怪物就行了。田平又担心外出期间只能拿点基本工资少捞好些外快。豆儿又骂他小家子气，说是一演讲，少不了全国到处旅游，吃喝拉撒睡全管了还不收你一文钱，比你自个儿看风景不知省多少钱和力气。田平顿悟，承认自己小家子气，不及豆儿见多识广。便兴奋起来。

演讲报告团由九人组成。除田平外，尚有帮助田平进步的那女人和省报的一个编辑。那女人谈她怎样不占便宜怎样敏感地发现职业道德的重要性又怎样帮助田平这棵扭曲的小树伸直了腰杆。编辑则谈他如何在千百封读者来信中慧眼独具而发现那女人的信价值连城以及如何克服来自左右两方面的阻力及时组织了有关职业道德的专题讨论。此外的六人，一个领队（他主要进行总结性讲话，谈那封信和那场讨论给全市带来的振奋人心的场面并列举某某老人说雷锋精神又回来了），两个副领队（协助领队工作），一个会计（管九人账目），一个录音及一个跑腿打杂的（联系车辆以及倒茶送水）。报告团计划先去南方比如深圳珠海一带，到那边接受一些最新信息，西丽湖海上世界深圳湾大酒店游乐场的过山车毕竟大家都没见过。然后沿京广线北上，途中的大城市比方长沙武汉郑州石家庄之类都打算下一下。那些地方都有出租车。这场演讲必定能起到一石激起千层浪的效果。加上橘子洲头黄鹤楼及稍稍弯一点路即能去的少林寺龙门石窟都能激发爱国之情和陶冶性格。北京是重点。领队的岳父在中央机关任要职，准备通过他活动请中央首长题题词。职位越高的越好，字写得好坏不论，反正报社只认官衔不认字体。此行的结果必将对本城市进入全国文明城市行列起到关键性作用。而市长到省里做官的大门也就打得更开了。领队私下透露：若能在北京一炮打响，便将携全团人马继续北上，至少跑到哈尔滨。然后到青岛大连看看，休养几天，坐海船去上海，由上海坐飞机回来。所有这一切就全看讲演的发挥如何了。

田平方知自己的责任重大。田平对豆儿说："演讲稿你一定要帮我写好。要动强烈的感情，在我应该流泪的地方做上记号，免得我到时候弄错了。咱得为培养咱长大成人的城市和父母官们做点贡献。"

豆儿笑笑，果真一本正经为田平写好了演讲稿。果真动了强烈感情，且不惜写到了肉麻的地步。稿子有近三万字。领队要求背诵，且请了话剧团两个演员稍稍导演了一下，无非是哪个地方该挥挥手哪个地方该提高八度而已。事情很简单，但却把田平累得死去活来，快弄不清由自己嗓子眼里冒出来的声音是人语还是蛙鸣狗叫。

临行前，市里专门请来了具有"本市李燕杰"之称的德育讲师进行检验。只用了一天时间，便得到认可。尤其田平的演讲得到赞许。德育讲师拍着田平的肩对市里负责人说："像这样的好青年应该保送到大学里学习。"负责人说："这个建议非常好。"

走的那天很多重要人物都去车站欢送。每个人脸上都露出希望，希望田平一行能马到成功。那些张殷切的面容和语重心长的祝愿弄得田平觉得自己仿佛要去抢占娄山关攻打腊子口以及血战台儿庄似的，而且大有不成功则成仁之悲壮感。

报纸自然发了消息。且有目光敏锐腿脚利索的记者对田平他爸进行了专访。访问记者的导语是："田平之父———一位年过花甲的中学老师噙着热泪对记者说：儿子总算成材了！"

三

豆儿那天在办公室尽其所知个体户聚赌之气魄夸夸其谈了一个多小时，引得一室人凝神屏气听了个快活，纷纷夸豆儿对社会情况了解深入。却不料豆儿对桌的苏小沪竟就此谈作出一篇文章，对城市娱乐活动的贫乏大发了一通议论。豆儿闻后暗叹大亏，如此能搅动社会舆论的题材竟从自己手边滑过对岸，实乃疏忽。又不料主编唤了苏小沪去谈话，指出这文章的社会效果只能引起人们怀疑我们到底还是不是社会主义。如果是，怎么会有黑社会的存在？

苏小沪无言以对，只得回办公室大发牢骚。豆儿心里一块石头落地，便笑道："这可是你自己撞到枪口上的呀。"

苏小沪说："'粉碎'这么多年了，怎么思想还不解放？"

豆儿说："原本让你作喉舌，你却这么大谈思想且还要解放岂不显得有些奢侈？"

苏小沪听豆儿如是说，脸便涨得通红，低头一思又找不出反击之理，只得自认晦气。

苏小沪同豆儿同班同学，一向学习成绩好。作《新闻的生命在于真实》一论文时，曾获全年级最高分。而豆儿刚刚混得个及格。这就导致苏小沪在报社总觉得抑郁不快而豆儿却如鱼得水。

豆儿负责周末版"三教九流"这个栏目，为此而几乎认识普天下的人。反正有指示要求挑好的说，乐得豆儿睁一只眼尽看见好人好事，闭一只眼不看亦不知坏人坏事。提笔展纸便妙笔生花，时而也指天射鱼指雁为羹地来点创造。好在顶头上司只要光明并不在乎豆儿说的是真话假话而下面即令知道你说假话也愿认可。这局面使豆儿确实有了"无冕之王"的气概。

豆儿理发是特级理发师。豆儿做衣服是特级裁缝。豆儿下馆子是特级厨师。豆儿上舞厅听音乐会买正价的"良友""红双喜""洋河大曲"之类都易如反掌。我为人人，人人为我。在豆儿笔下露过面的人自然也都尝过甜头。一俟成为知名人士，房子问题工资问题待遇问题提拔问题评职称问题自是比旁人要占便宜得多。

田平曾说豆儿占着一个好地方，便宜便自动送上门来。豆儿却说他这是利用仅有的一点权力为人民做好事。

豆儿常庆幸自己在大学期间没把《新闻学概论》学好，才使他不至于被著名的五个"W"所束缚得无法动弹，而得以浮出轻松的微笑看着苏小沪们严肃地痛苦。

那天豆儿正在看书。书上说："教授，您听过这样一个故事吗？当'泰坦尼克号'的锅炉爆炸时，一名船员被气浪掀到了水里。后来有人问他：'你是在什么时候离开船的？'他自豪地回答说：'我从来没有离开过船，是船离开了我。'"

这时，苏小沪过来说："豆儿，主任找你。"然后又一脸霉气地坐下。

豆儿去了主任办公室。主任眼睛里喷着怒火说："这个重要的采访就交给你了。"

豆儿说："最好比挑战者爆炸更惊人些才好。"

主任说："从某种意义上说也不相上下。"

豆儿说："太好了，怎么回事？"

主任说："工学院那个吴教授你记得吧？"

豆儿说："记得。您为他写的那个报告文学用了整个版面哩。连他老婆都占了三千字。"

主任说："是呀是呀。他太忘恩负义了。上个月他居然到法院提出离婚。完全不顾我们报纸的威信，也不顾社会影响。而且他都五十岁了，还这么邪乎。"

豆儿说："离就离呗，管人家。"

主任说："那还行？都这么干，社会不就乱套了？"

豆儿说："哪里会都这么干呢？比方您就不会。"

主任说："政策要允许那也没准。傻瓜才不想要年轻姑娘哩。"

豆儿说："不过'道德法庭'是归苏小沪跑的呀。"

主任说："别提她。她居然说那教授没错，他应该离婚。我若不是看在她父亲是市检察院的头儿面上，就简直怀疑她正处在第三者的位置上。"

豆儿说："这话可别乱说。苏小沪的爱人也是我同学，是省委宣传部长的儿子。"

主任忙说："算我没说，算我没说。你包着一点。咱得罪不起。"

豆儿说："要搞多大篇幅？"

主任说："二千字以内。用特写的形式，要有议论，要观点鲜明。要通过这文章使社会上如同吴教授这样道德败坏的人无地自容。"

豆儿说："没问题。最好让他们自杀，为减少人口做点贡献。"

主任吓一跳，说："那也不行。吴教授科研上有一手。还得让他活着出些成果。"

豆儿领命而归。正欲继续看他的书，苏小沪问："你打算写？"

豆儿说："我一向服从领导。"

苏小沪说："你觉得吴教授没有离婚的权利吗？"

豆儿说："我觉得只要他自己愿意，离婚也对，不离婚也对。"

苏小沪说："很好，那你怎么写？"

豆儿说："自然看主任脸色行事。"

苏小沪说："你何必如此乖巧。舍了人格，可中级职称未必轮得上你。"

豆儿说："那倒是。朝廷无人便只好把人格脸皮自尊都秤了去卖，以换取一点好日子过。"

苏小沪说："但是人不能这么自私，为了自身利益，连是非都不分辨。"

豆儿说："就是。好在把是非分清了也没什么用。且不如听其自然。"然后懒得多说，又翻开他先前搁下的书。忽而，他朗声念道："我从来没有离开过船，是船离开了我。"

豆儿早点是在路口小摊上吃的。他原先打算吃油条，不料见那师傅挖了鼻孔又挖耳朵然后将手猛一插在面团里大刀阔斧地揉了起来。豆儿虽没尝过加了耳屎和鼻屎的油条是什么味儿，但也不打算品尝一二，于是便只喝了一碗馄饨。吃馄饨时见那些炸得焦黄的油条一忽儿就卖去大半。

搁下碗，见时间尚早，便逛了逛小书摊。小书摊上除了琼瑶金庸张恨水外，还有《人论》《大趋势》及汤因比的《历史研究》。豆儿突然发现一本杂志，是妇联办的杂志。封面上赫然有醒目标题：《丈夫有了外遇的对策之一》。豆儿想有趣，便买了一本，打算送给教授夫人，并提醒她妇联是专为妇女说话的。有"之一"必然就会有"之二""之三"，记住买下几期，也算是为自己的"娘家"做点贡献。豆儿进法院民事审判庭时正是时候，审判长刚开始说话：都是往五十走的人了，老夫老妻，又何苦这么折腾？……豆儿前后几个穿灰不溜秋衣服的女人皆鸡啄米似的点头，私下里说是呀，审判长头句话就击中要害。豆儿望望，认出那都是市妇联的，便笑笑。妇联最仇视男人遗弃老婆最恨第三者最恨离婚案件，常说老婆为你生儿育女你凭什么休掉人家让女人后辈子靠谁？又骂第三者，男人又不是一碟菜，隔着锅难道就香一些？然后算计着离婚案件的多少推测这回能否评上文明单位。

一个女人在豆儿身后说："每个成功的男人身后都站着一个可敬的女人。"豆儿不禁回了回头，见是熟人，妇联杂志的叶编辑，便微微一点头，亮了亮他手中的杂志。叶编辑立即笑容满面，说："多谢多谢。"并指着封面标题说："这是我组的稿，请提意见。"豆儿一看是那"对策"，便说："不错不错。很有风格很有个性。"

吴教授此刻说话了。洋洋洒洒说了好些。若无其事一副样子。不像是在与他相伴二十来年的老婆离婚倒像是要将他一件旧衣服处理掉。这种态度让妇联诸女性产生屈辱感。吴教授说来说去总算让人弄清他离婚之故乃是因为他与老婆的价值观念不同。审判长对"价值观念"一词理解不透，便晃着二郎腿请吴教授说具体点。一具体便全是琐事。惹听众们高声武气地恨不能笑掉大牙。吴教授在笑声中气焰大灭仿佛还有一些灰溜溜。轮教授夫人开口时场上就安静了。夫人凄凄切切谈他俩曾有过的花前月下的恋爱。如同惯例教授当年是个穷小子而夫人曾是某高级知识分子的女儿。又说她为成就他献出了青春，作了多少自我牺牲。还很隐约含蓄地表白他们半年前还有过夫妻生活，只是在教授带了那个女研究生后，家里才出现不和谐局面。夫人边谈边泣。于是妇联的人又窃窃私语，间或有"流氓"二字冒出。豆儿听得甚是有趣，回头问叶编辑："你觉得他们该不该离？"

叶编辑说："那还用问？当然不能离。不能太便宜那个男的了。"

豆儿说："离了后那女人还可以另找一个爱她的嘛。"

叶编辑说："她这种年龄，顶多只能找个老工人或一般小职员什么的。哪里还能碰上吴教授这样好条件的？"

豆儿说："可吴教授并不爱她呀！"

叶编辑说："豆儿你真好玩儿。他们都一大把年龄了，还谈什么爱不爱的话？扛着'教授夫人'的牌子见阎王总归还是光彩。"

豆儿说："那么只好又建立一个'维持会'？"

叶编辑旁边的一个女人说："哪里。一直调解到他们不愿离婚为止。既然不离了，就说明还是有感情基础，家庭就还是幸福的。"

豆儿说："这大概是第二十三条军规。"

叶编辑和那女人都没懂。叶编辑说："这是我们妇联余副主任。"

余副主任说："记者同志，你不知道我们现在多忙，大量的调解工作都得靠我们这一张嘴皮去慢慢磨。我们已经投入了大量的人力物力和时间，可离婚率还是超过了规定指标。今年的先进集体眼看着又轮不到我们了。像吴教授这样的人，还是先进模范人物，都不能替我们的事业着想，你说这让我们感到多寒心。"

豆儿说："的确。他也太不高尚了，只顾自己。就算不替老婆想也该替妇联想想呀。"

余副主任说："太对了。还是你能理解我们。记者同志，你多大了？"

豆儿说："二十七。"

余副主任说："结婚了么？"

豆儿说："没有。"

余副主任说："也不小了，该解决了。"

豆儿说："打算光棍一辈子哩。"

余副主任说："为什么？"

豆儿说："怕离婚。"

审判长宣布依据《中华人民共和国婚姻法》第二十五条规定的精神，判决不准离婚。听众席上陡然响起一阵掌声。豆儿听见余副主任兴奋地说："我们又胜利了！"

教授夫人同许多人一一握手，一把鼻涕一把泪说："谢谢大家，谢谢大家。"余副主任上前使劲摇着她的手说："祝贺你。可得把他看管好，不要让别人有可乘之机。"教授夫人说："一定，一定看管好。"

豆儿把杂志送给教授夫人，然后走向教授。教授无精打采沮丧万分地坐在凳子上没动。

豆儿递上一支烟，便坐在他旁边。两人皆埋头抽烟。好一会儿，豆儿说："习惯了就好了。"

豆儿的文章隔天便在"道德法庭"一栏中露面。题目是:《正义的胜利》。苏小沪阅后狠狠朝桌上一摔,不顾温文尔雅之风度,说:"全是屁话。"

豆儿说:"此评价恰如其分。有人爱闻,你就得为他放。"

豆儿近期日日里颠颠簸簸地忙,大有国家少了他机器就运转不灵的架势。先是应郊区果园之邀前去采访,说是一星期前厅局级领导在此学习文件,果园党支部专门送去五筐鲜梨,正在忐忑只比过去多送了一筐,会不会又出现赔了鲜梨又折印象的局面时,梨被送了回来,而且一个未动。果园的书记激动万分,说:"这足以证明党的优良传统又回来了。"豆儿采访了一天,临了在主人盛情劝说下背回去了二十斤梨,自慰说自己尚未入党并不影响党风问题。拿了大半去办公室慰问众同事,吃罢抹嘴洗手才纷纷然说并不好吃,内容像棉絮。

刚写完《党的优良传统又回来了》的文章,尚处在慷慨激昂之情绪中时,一个朋友携了汾酒及百事可乐来访。朋友在机床厂工作。说是一个月前环卫所请求机床厂赞助一万元钱添置新式清洁工具,以便保障人民身体健康。但机床厂正处在转产时期只能勉强发得出工人工资断断拿不出额外的一万元,便婉言回绝了。这之后环卫所便不来机床厂工人宿舍区打扫卫生和清除垃圾。开始没介意,日子一长垃圾便蔓延开来,恶臭熏天。工人怨声载道。厂里欲组织青年突击队突击一番,可是盘算半天又发不出犒赏青年突击队的奖金且突击完后还会有源源不断的垃圾问世。朋友在机床厂政工股当干事,正处在可能提拔亦可能不提拔的微妙境地,便欲请豆儿向社会披露一下,立上一功以变微妙为显然。豆儿满口答应了。即令不存在朋友的前程问题,这档闲事也是值得一管的。"哪里不平哪有我。"毕竟将济公的歌子唱得烂熟。

豆儿采访那天正好感冒,鼻子堵塞了,但见满院垃圾及它们豢养的众绿头苍蝇,倒也没能闻上臭气,这使豆儿私下里庆幸自己感冒得十分及时。厂区居民见豆儿如杨各庄的乡亲见了八路,倒不尽的苦水诉不完的冤。豆儿频频点头极表同情又极表愤怒,详尽作了笔记,连夜搞了个批评报道。报道见报后机床厂人人奔走相告欢呼雀跃皆言终归还是邪不压正。不料三日已过,环卫所竟无动于衷。垃圾堆又高出几尺宽出几米。苍蝇依然每日里像过节一般嗡得欢畅。豆儿便又被朋友用紧急电话召了去。豆儿的感冒竟在头一晚被速效感冒胶囊治好了,没进家属区便闻得恶臭。豆儿便径直去了环卫所。环卫所下午上班铃刚响，豆儿进一办公室掏出记者证言要找所长。办公室三人正在算分而一人正收拾摊撒一桌的麻将。听豆儿说完，收拾麻将的男人便说："我就是。"豆儿递上批评报道的报纸给那所长，问看过没有。所长说："看过了看过了，你的文笔还可以嘛。"便告知豆儿他也很喜欢文学。豆儿说："你打算采取什么措施？"

所长笑嘻嘻说："这是卫生局指示我们这么干的，局里下了新指示叫我们采取什么措施我们才能采取措施。"

豆儿说："那你们的职责呢？"

所长说："我们职责最重要的一点就是听上面的指令。"

豆儿说："但是你们应该对机床厂职工健康负责。"

所长说："那就是医院的事了。我们的扫帚又不能打针动手术。"

趴桌上算分的几个人都笑开了。其中之一对那所长说："今天你输惨了。"所长说："明天中午原班人马，你们一个都不许走，我再不赢就是乖乖儿。"

豆儿又追至卫生局。局长长着一副精明强干的脸，同电影电视里惯有的改革家形象差不了多少。豆儿想，提拔他或选举他的人肯定都看过三部以上的国产改革片。局长说："文教卫，穷单位。医护人员工作条件和生活条件都差极。自己都活不好，怎么去治疗和照顾别人？我这里要求调动改行的医生护士是四十二个。中国人现在两千人只摊得上一个半医生而三千人才摊得上两个护士。我要是把这四十二个人放走了，将有多少人连一个医生护士都摊不上？"

豆儿说："这是机床厂的责任么？"

局长说："当然不是。但是我们要改善医院的工作条件和医护人员的生活条件就只好求助于企业。人家铁路局给了三万，烟厂给了一万五，就是锅炉厂也给了八千。机床厂人口比锅炉厂还多五百人怎么就不能给？应该为振兴祖国医学作些贡献嘛。难道他们厂的人都是铁打的，不生病？铁打的也还要长锈哩。"

豆儿落荒而逃。打电话告朋友说他碰上了硬角，搞不下去了。机床厂终于在卫生局的坚固堡垒前举出了白旗。谈判之后，付了八千，换得全厂人士朝思暮想的干净空气和不臭之风。打扫垃圾时，清洁工们皆笑说，早给了钱不就没这些事？自找罪受。职工们亦说：可不是，厂里也是小气得要死。厂里领导则互相宽慰，说是抗争一个多月毕竟还是省下了两千块钱。两千块钱可以办不少事哩。比方非买不可的党员学习材料和五讲四美问答之类不就都解决了？最受损失的还算是豆儿的朋友。忙碌了一番拍了胸脯挥了拳头花了烟酒钱饮料钱和车钱，处境却更加微妙甚至渺茫。豆儿每思此兄便生出许多的惭愧。幸而眼下事情太多，遂将这种惭愧冲得很淡很淡。

苏小沪告诉豆儿每个职工都必须参加市讲师团组织的干部哲学考试时，豆儿正准备去蒙娜饭店采访正在那里召开的全省性"灭鼠现场会"。去的原因是因为蒙娜饭店是市里第一流的饭店且又多次被评为"五讲四美"先进典型，完全想象不出在那儿怎么进行现场灭鼠。再加上豆儿的"三教九流"尚未出现灭鼠英雄，便意欲寻个原型塑造一个。听苏小沪一说，大吃一惊亦大吓一跳，便欲放弃看灭鼠。豆儿说："在大学不是已经考过了么？"

苏小沪说："考过了也还得考。"

豆儿说："为什么？"

苏小沪说："要不讲师团拿什么汇报他们的工作成绩？"

豆儿连呼："完了完了。"豆儿最怕考试背课文，尤其哲学。在校间曾因不及格补考过一次。从此一听哲学，大脑小脑便一块儿疼痛起来。

幸而这疼痛只持续了一天，第二天便公布考试为开卷。豆儿的大小脑戛然止疼，三分钟后便抖擞而起一脸笑容地赶去"灭鼠现场会"。

此次哲学考试被豆儿誉为中国最佳考试方式，考得人人心情舒畅轻松自如。最先每人发了一本艾思奇的《辩证唯物主义与历史唯物主义》，三天后又发一册哲学问答书，又三天后发下打印得完美无缺的哲学复习题，每题答案都标明在哲学问答书的几页几行及参考艾思奇一书的哪章哪节。最后发下考试题，共四道，选做两道，一千字。复习书里自然有。三天之后交卷。豆儿说："我就是得了痴呆症也能得个九十八分。"

苏小沪说："这种考法令人怀疑有别的名堂。是不是要在回答的深刻性上做文章？"

豆儿说："你照他的书一字不落地抄下来，准没错。就是有错别字你也照写上。"

苏小沪说："恐怕讲师团还是要看水平。"

豆儿果然一字不落地照抄了，而苏小沪则倾其才思，洋洋洒洒写了好些，参考了众多权威的文章且融入自己的观点。交卷那天还将豆儿好好嘲笑了一顿。

考试结果公布时，豆儿坐田平的车到风景区兜风去了。回到办公室众同事见他皆起哄叫唤他请客。豆儿问何故。同事七嘴八舌说你得了个"优秀"。豆儿说："得优秀的人没有百分之百也有百分之九十九点五，何苦敲诈我一人？"同事杂声说唯你不一样。豆儿说："为什么？"苏小沪笑吟吟说："我居然考了个不及格。出席新闻战线的先进工作者的资格被撤下来了，改换了你。"

豆儿听罢大惊，随即大笑。笑得有范进中举之嫌。

苏小沪说："先进工作者每人都有一口高压锅作为奖赏，你请不请客？"

豆儿连说："请。请。"

几个同事便呼啦啦拥了豆儿去了餐馆。吃去了豆儿的高压锅且让豆儿又倒贴了十几元钱。席间举杯频频猜拳行酒令打赌吟诗可谓百花齐放，直至全桌醉倒。豆儿是惯醉而苏小沪则是首次。

第二日考试消息见了报。说全市干部在讲师团辅导下有百分之九十几点几通过了相当于大专水平的哲学考试。结论为这对于提高干部队伍素质将产生不可低估的影响。

苏小沪醉后三天没上班。第四天一反常态浓妆艳抹地款款而来，说是已经在办调动了。

豆儿问调哪儿。苏小沪说外贸局。一时间办公室几乎所有人都惊叫出：好单位呀！苏小沪说："是呀。我到我的中学同学家里去，见她家里几个大件都是进口货，其他各种生活小玩意儿又齐全又漂亮。你看了就觉得这才活得像个人样。我同学说她在外贸局只是一般办事员，是最穷的人之一。要是站在一个要害点的位置上，国内国外人都得小心侍候，日子过得精彩得不得了。"

豆儿笑说："难得小沪这么开阔通达。你是咱们这儿最后一个弄清人该怎么活的人。"

苏小沪说："这得谢你的酒。狂饮一通后反而大醒。"

豆儿又笑说："那么这之前是众人皆醒你独醉喽？"

苏小沪也笑，说："现在是众人皆醒我亦醒。"

田平晚上到豆儿家去告诉豆儿说李亚最近到处找路子想要出家。豆儿说这比说太阳是绿的还要令人震惊。即问准备去哪儿。

田平说："先想去少林寺当尼姑，后又想去武当山当道姑。最后觉得那两处都太苦，就挑了郊区的凌云寺。"

豆儿说："已经去了？"

田平说："不知道呀，最近老没见她来要车坐。怕是已经削发了。"

豆儿说："明天咱俩去看看。庙里有内线没准能抽个好签。"

田平说："那我得算婚姻，我想娶老婆了。"

次日豆儿坐了田平的车去了凌云寺。凌云寺不大但香火很旺。一些着西装牛仔裤之类的哥儿姐儿们嬉笑着烧香磕头，把那些真正的香客挤得没了地方，只呆呆地一边望着。牛仔裤绷紧着屁股跪下去却是得费一点工夫的。

豆儿和田平找到住持，问及李亚其人。住持说是来过这么个女人，长得太艳，又没介绍信，故而拒之于门外了。豆儿问得开什么样的介绍信。住持说我们寺庙目前相当于正处级单位，不是什么人都能随便收的。豆儿说："那您现在的级别相当于正处？"

住持说："阿弥陀佛，出家人不说假话。"

正说着进来一个穿黑布衣的男人。问清眼前即住持后便点头哈腰，掏出一张纸递上然后又打给豆儿田平一人一支烟。豆儿点烟时便探头看那纸上内容。见是一张介绍信，上写有"兹介绍张大苟同志一人系中共党员（曾任大队党支部书记）前来你寺出家请接洽并予以协助为盼此致敬礼。河南 × 县 × 公社 × 乡 × 村"。

住持沉吟片刻说："你先找地方住下，我们要研究一下。"

那张大苟说："我腰无分文付不了房钱。"

住持说："你想法子克服吧，要出家也总得受些磨难。我们研究后还得报上级审批。哪能像你想的那样说来就来了？"

豆儿田平没听他俩谈完便出来了。一出门两人便忍不住相视而笑。笑罢即去抽签。田平抽得大吉之签而豆儿则是不好不坏，回去的路上便叹说："要是李亚在，我肯定也是个大吉。"田平则说："看来我的命硬。庙里无熟人居然也能克敌制胜。"

到晚上一直寻到了迪斯科舞厅也没能找着李亚。有趣的是在那儿竟碰到妇联的叶编辑。

豆儿说："你到这儿来可是令人惊讶。"

叶编辑说："正在搞一个采访，谈舞厅对家庭生活的冲击。到时绝对反应强烈。"

豆儿说："那就提前祝贺你了。"

叶编辑说："你上回写的《正义的胜利》反响也很大的嘛。"

豆儿说："哪里哪里。不过吴教授现在怎么样了？"

叶编辑说："算他走运，到底还是给离掉了。"然后便不顾斯文体面而大骂了一通，说是离婚不到一个月就同那女研究生结了婚，市长竟去贺喜，这情况几乎让妇联的人一个个全晕倒在地。豆儿大觉有异峰突起之感，忙兴趣百倍地问个究竟。被告之说市长新上任时，妇联的人都欣喜万分，料想吴教授的婚是离不掉了。因为早闻说新市长先前是吴教授学校的校长，两人长期不和。吴教授重提离婚一事时，新市长果然含糊其词且有谴责之意。不料吴教授一怒之下外出左开一个会右去讲个学久久不回，而由他主持的一项科研则是市里重点之中的重点，指望着他在国际上打响的。新市长无奈，只得拍电报去找。电文是："速回办离婚。"两天后吴教授便出现了。有市长做工作，这次办得很快，批准离了。很多同志想不通，认为这助长了陈世美的威风；市长说还是从大局着想吧，一切服从科研需要。余副主任在会上专门强调说："这项科研成果是要走向世界的。我们为走向世界开绿灯，值得。虽然多了一个陈世美，但同时也多了一个积极的科技工作者，对于社会并没亏什么。"这一说大家也就纷纷露出释然状。

豆儿同叶编辑分手时已近十二点。田平说："这让我结婚有了信心。"豆儿说："怎么讲？"田平说："只要有恒心，想离也还是离得掉的。"

豆儿笑笑，未语，第二日便匆匆采访了吴教授，写了一个专访。大谈其科研的意义和新夫人对教授工作的支持，用了志同道合比翼双飞风雨同舟齐头并进诸语。

主任阅后对全室同人说："当记者就得有豆儿这样的素质。兔一样的快速，狗一样的机敏，牛一样的勤奋，羊一样的顺从，以及猪一般的超脱。"

主任说完后，同室人纷纷恭喜豆儿，说这回豆儿的中级职称绝对是没问题了。豆儿说："若这样，加了工资定然请诸位喝酒。"

众人说好好好，这段日子总算有了个盼头。

四

没人给李亚开介绍信且李亚在宗教管理处一个熟人都没有，所以出家当尼姑或道姑的事便成镜花水月。李亚出家并非看破红尘而消极人生。李亚对人生绝对持进取的态度，且始终不失其固有之浪漫主义特色。她自信像她这样的年轻姑娘一旦出家便笃定出名。比方给哪家刊物写一封痛苦的信，然后削发为尼或挽发为道；然后刊物登出许多善良之人给她写信其中不乏名流雅士；然后择中一名流或一雅士回信此后便书信频频；然后找个合适的时候还俗且定要再给刊物写一封信且必言在刊物或名流的温暖下重返生活之路的心情；然后试看能否与名流或雅士结为秦晋之好。倘若此，生命之情节就可谓五音繁会、彩色缤纷了。可惜李亚做的是一个鸡蛋的梦。鸡蛋摔碎了，一切还是得从原处起步。

李亚一直在展览馆当讲解员。文章虽写得登不上大雅或小雅之堂但错别字却毕竟只是百里挑一。李亚已拿到电大中文系文凭，填表格文化程度一格中便写上了"大专"。自然不提没拿到高中文凭的事。有了"大专"之后立即觉出依然故我地干讲解员委实屈才。讲解员不算知识分子，而知识分子这些年行情看涨。于是李亚便长叹伯乐何在、千里马望眼欲穿，卞和可有、璞玉安能久埋。

贝贝尚在世时，李亚有一回拿着文凭找领导请调工作。不料领导欣然允之，说是你找好接收单位就来办手续吧。这结果令李亚恼怒万分。李亚说："我在这里少说也工作了三年，是块石头也揣热了舍不得扔哩。"领导说："就是因为你不是石头，又揣不得，老也热不起来，且不如换块石头。"李亚说："你这样做太叫人寒心了。"领导说："人才流通嘛，这山上不去上那山。总归得登个山头是不是？"李亚说："那你为什么放我走？我是大专毕业，难道不是人才？"领导说："想留就留下吧。展览馆少你一个也富不起来。"李亚这才有所安慰地回去，终于没调。李亚说："他们巴不得我调走。我就是想走也偏不走。不能太便宜了他们。"贝贝说："当然得有一些傲气。就是要亲眼看着他们一个一个地进火葬场。"

不过，没几天，李亚便亲眼看见贝贝进了火葬场且亲眼看见贝贝从炉子里出来后被三锹两下地灌进了骨灰坛。

展览馆自建成以来就没办多少展览。关键是没什么东西可展，又关键是即令办了前去一观的人也寥寥可数，这就有得不偿失之嫌，便索性不办。如此一来，展览馆便常年凄清。馆员们自是穷得叮叮当当，工资既低又拿不到几个奖金，只好眼睁睁地看着栅栏外来来去去的人们红润着面孔揣着兜里一摞钞票将笑容一直展示到耳根。

所幸遇上改革之年。政策由方便圆。万事万物一经变圆就有活动之余地了。展览馆出现前所未有的新气象。所有的空荡荡的展厅很大家风度地租给了个体户私营商店以及什么企业服务公司。展览馆前所未有地引人注目起来，宛若夜空里升起一颗新星。人群如潮涌来。老少咸宜。雅俗共赏。领导搓手叫好。寂静的日子终于一去不返而随着租金的上涨，馆员的奖金亦一月多于一月。原先总靠国家补贴，现今自己供养自己。展览馆由此一举而为改革的典型且建馆以来首次被评为先进集体。荣誉不是空的。年终每人得一床毛巾床罩以示鼓励。

李亚初始老是骂骂咧咧说展览馆像个杂货铺。自月月拿得奖金且又另得床罩后，骂声便日渐弱了下去。加上后来又识得好些柜台上的老板并能以最便宜的价格买得最时髦的衣裙，骂声便更小甚至变出了些甜味来。改革的伟大意义到这时才被李亚认识清楚。且即在此时，有"奇人"姓马名亦光者，因李亚穿着在展览馆买的大红真丝长裙就对李亚一见钟情。这一来便改变了李亚全部的命运。

那天李亚同学的妹妹结婚。同学的妹妹的爱人在电视台搞摄影，李亚自贝贝死后一直没有固定的男朋友而贝贝的遗产却已经花得灰飞烟灭了。李亚很想找一个电视台的导演抑或编剧什么的，便随同学一起去参加了婚礼。李亚穿着大红裙子容光焕发把新娘子的气焰全然地压了下去。兼之李亚六分姿色四分活泼普通话又说得行云流水，便自然成了婚礼上的一枝花，弄得一些整新娘的人都调转枪口对准了她。

马亦光坐到李亚旁边时李亚并没在意。马亦光貌不惊人眼睛毫无挑逗之光彩。李亚将在座所有英俊小伙子都看了个遍且打听了名姓和家史而唯独没注意马亦光。亦光只好扯了扯李亚的裙子说："这裙子真耀眼。"李亚方看见眼皮下的他。

李亚说："好看吗？"

亦光说："非常好看。"

新郎官一直不搭理李亚，见亦光与李亚说话便立即热情洋溢地前来，说："亦光可不是轻易夸人的。亦光的爸爸是咱们省里进入前五名的官儿。亦光在女孩面前向来是个骄傲的王子。"

李亚说："是么？我倒是觉得他挺平易近人的。"

新郎说："我都是头一次见亦光这么谦逊。亦光你是不是爱上李亚了？"

亦光便笑笑说："可能吧。"

李亚说："那我们俩就应了'心有灵犀一点通'这句诗了。"

新郎说："这可真是喜上加喜，让我也觉得吉利。"然后转身便向公众宣布。一时间李亚周围掌声四起，并伴随着哇哇的尖叫和欢呼。美人事奇，奇人事美，喧宾夺主。李亚同亦光就这么在同学的妹妹的婚礼中定了关系。

李亚后来才知道亦光幼时得过脑膜炎，留下奇极妙极的后遗症：近记忆力一塌糊涂而远记忆力则超出常人。他能对一年以前的任何一件事都记得清清楚楚，甚至几月几日是星期几国家有什么重要新闻自己说了些什么话都能脱口而出，一如去年当日。但是今年的事就"有如东风射马耳"了。想让他再想起非得等到明年。李亚几乎想拉倒不干。因为李亚叫亦光帮她调动工作亦光始终不记得。后来想到亦光的背景和亦光明年就能记忆起来便决定还是继续下去。李亚高尚地对豆儿和田平说像亦光这样的人有权利享受一个好女人的温情。

亦光所住的三房一厅并非亦光他爸爸开后门弄的，而是有关人员自动为之安排的。亦光他爸爸若拒绝又怕有关人员说他拿架子或假清高什么的，兼之同僚们对此类事均采取谦虚顺从态度，自己特立独行便有搞特殊化之嫌，于是亦光便搬入了三房一厅内，连叹说没有家具放的地方。

亦光他爸爸打算将亦光调到历史研究所去。他爸爸去年就对亦光说了，可亦光一直没记住。他爸爸日理万机，亦光不再提起，他爸爸自有其他许多要事待办。到了今年亦光记起来了，这才向爸爸催办此事。亦光显然早该调走。电视台注重的是今天而亦光却总生活在去年甚至更远。这就不能不影响亦光在评定职称时能否顺利地进入中级这一档次。尽管亦光的爸爸凛凛威风地坐在台上，但电视台这鬼地方有好些爸爸们也都凛凛威风地坐在高处，若想东风压倒西风抑或西风压倒东风就得凭自身的实力了。亦光除了头破血流地败下阵来显然无路可走。而调历史研究所，亦光他爸爸说："显然没有一个人能与我们亦光媲美。"

李亚说她与亦光的相识是她生命的转折点。为此李亚爱亦光爱得热火朝天气势磅礴，大有爱不成毋宁死之架势。然而亦光却在李亚走过之后不记得她。要想记起得到明年。这致使李亚每次见到亦光第一句话便说：我是李亚。我是你的未婚妻。有一回李亚出了车祸，大腿被划拉开一道口缝了十几针，打电话告诉了亦光。亦光当即去看了李亚，尔后却再也没露面。李亚气得几欲自杀，腿好后计划着同亦光大闹一场，不料见到亦光，亦光说："我把风衣搁在咖啡厅第三排左边的椅背上忘了拿。"而这却是去年的事。李亚猛醒，只好撤销计划。

李亚爱亦光是全身心的。李亚有观点云：在社交的场合中，最受众人注目和宠爱的女人第一是家庭地位很高的，第二是自身容貌美丽的，第三是才华横溢的。而地位、容貌和才华都占有的女人则可以征服天下。亦光给了李亚作为女人最重要的一条，而李亚容貌经化妆后也算得上漂亮。于是，李亚意欲征服天下，显示才华便成了她迫在眉睫的事。

李亚那天去亦光那儿见一个男人口若悬河地对亦光说个没完，而亦光却爱理不理地由他说去。李亚听了半天弄清楚这男人写了个电视剧，欲拉亦光做制片主任建立一个摄制组。亦光说："我不屑于干。"

李亚说："找电视剧部比找亦光强多了。"

那男人说："电视剧部全大老爷一个，我攀不上。"

李亚说："那你还拍什么电视剧？"

那男人说："自己搭班子嘛。剧本我已经写好了，就缺一个强有力的制片主任。如果亦光肯动大驾那就再好不过了。我们首先到工厂搞点赞助，然后用这些钱请导演摄像和演员之类人。拍完之后卖给电视台播出。"

李亚听此介绍有些兴奋，说："这就行了？"

那男人说："当然，外面都这么干。"

李亚说："亦光不去我去。"

那男人眼睛立即亮了，连说："太好了太好了。"又说："搞赞助女人外交比男人外交行得多。"

事情就这么定了。那男人叫沙风，在副食品商店当采购，是那种让人见后便产生踢他两脚欲望的角色。

李亚向展览馆请了长假。少发一个人的工资展览馆自然也求之不得。虽说现今已财大气粗了，但节俭是革命的传家宝，能省几个当省几个。

沙风的剧本叫《情与血的抒情》。沙风说这是个情感片，是将强烈的抒情色彩和曲折的故事情节糅合在一起，如果导演的艺术感觉能达到及格的水平便能将这部片子拍得轰动全国，拿个金鹰奖或百花奖或别的什么专为评职称定工资设的奖是绝对不成问题。这一说令李亚意气风发，将两手抓住胸口的衣服激动地再三表白：为艺术什么都能豁出去。

李亚和沙风奔波了一个半星期，弄到了三万块钱的赞助费。沙风的舅舅在钢厂当厂长，沙风带李亚到舅舅家向舅舅介绍李亚是省里谁谁谁的儿媳妇。沙风节约了"未来"两个字，舅舅厂长立即满面春风说是见过见过且在一桌吃过饭，然后连称那是一个不可多得的好领导。李亚忙及时地说："我对爸爸说今晚到您家拜访，爸爸也说他对您印象很深刻，还托我问您好。"

沙风说："那自然。我舅舅的魄力在全省甚至全国都是颇有名气的。"

舅舅厂长说："小风，跟李亚说这没关系，到外面可得替我谦虚一点哦。李亚，回去替我谢谢你爸爸，也问候他好。"

李亚说："一定办到。"然后便借助这友好和谐乐融融的气氛谈及电视剧及其经费问题。舅舅厂长果然是有魄力，当即答应赞助一万。舅舅厂长说："别说剧本是我外甥小风写的，就是别的不相干的人写的，你李亚亲自登门来求，我还能不答应？"

李亚说："您真像个乔厂长，我回去好好跟爸爸描述描述。爸爸最欣赏乔厂长这样的人。"出门后，沙风说："李亚，你非常有才能。这部电视剧你得挂一个副导演的牌子。"

李亚说："那当然更好。我被社会埋没了这么多年，也应该给我个副导演补偿一下。"

沙风说："你在剧组当副导演兼制片主任，有了这个片子作基础，今后你走到哪里都底气足，腰杆壮。"

之后，沙风和李亚又跑了啤酒厂玩具厂毛纺厂。啤酒厂厂长同舅舅厂长去北京开会时同住过一屋，两人曾相见恨晚天天到小餐馆饮酒长谈。啤酒厂厂长见舅舅厂长给了一万且来者又是舅舅厂长之外甥又是省里谁谁谁之媳妇便允了八千。玩具厂厂长是女人。女人比男人小气。但女人像男人一样好出风头。沙风说要在玩具厂拍几组镜头并希望厂长能露面。沙风说："只有三到五个镜头，还是厂长这个角色，这就免得我们再去找别人。"女厂长说："可以可以。但厂里不像钢厂那样财大气粗，只能给三千，顶多也不能超过五千。"

李亚说："那就五千吧。我听爸爸说过玩具厂经过改革后面貌焕然一新。我听爸爸的口气你们厂现在是很赚钱的。"

女厂长说："赚是赚点，但家大口阔也难呀。给你们六千吧。"

毛纺厂厂长最痛快，一提赞助便答应给六千。然后说他有个侄子在餐馆当厨师，问剧组能不能将他借调出来。沙风说："当然可以。只要他们餐馆肯放，我让他来干剧务。"毛纺厂厂长说："放是没问题的。他们餐馆通过他找我们厂赞助两千块修门面，我明天就答应他们。我给了他们面子，他们还能不给我面子？"

李亚说："就是。这一来就没问题了。"

毛纺厂厂长请吃了中饭。副厂长、书记均来作陪。八菜一汤皆美味佳肴，但没上酒。书记说整党之后有明文规定不许摆酒席，就只好在菜上下了点功夫，无酒不成席，这还是叫作便餐。厂长介绍说沙风是青年编剧，李亚是副导演兼制片主任且是谁谁谁的儿媳妇。一桌陪客便都嚼着肉啃着鸡腿说：这样才貌双全的女人也只有他的儿子配享受。

请来的导演是大电影厂科班出身的导演。虽因反右和浩劫之故平生未导过一部电影，但工龄在那儿搁着，谁还能否掉他的导演头衔不成。导演姓白，便将艺名起为"白黑"。沙风说："这名字太棒了，令人过目难忘。"沙风的奉承虽说很叫人发自内心地舒服，但白导演在接受不接受这个片子的问题上还是考虑了很久。毕竟不是正经八百电视台前来请的，而是"野鸡"班子（电视台的人都这么称呼他们系统之外的电视剧组，称呼时必然同时仰着头大笑几声）。不过当李亚又认真地谈起"爸爸"对这个摄制组的关心以及劳务费可比别处高两倍且节省的话还可分钱之后，白黑导演便不再迟疑了，大腿一拍说："不看别的，就冲着你们俩的真诚我也干定了。今年以来好几家电视台请我搞巨片我都没同意。连谢晋找我合作我都回绝了。"

然后又请演员。自然挑漂亮的请。白黑导演在外表美和气质美的问题上与现今流行的以气质美为美之第一的观点全然不一样。白黑导演认为关键还是在外貌上。人的容貌本身就具有极高的欣赏价值。一个美人的出现能使观众忘掉一切地盯住她不眨眼，甚至剧完了还恨不能砸开电视瞧瞧那美人还在里面否。有了美人，其他情节也好，道具真伪也好，思想深浅也好，都无所谓。美能战胜一切。

白黑导演将他的"美学"观念同沙风李亚谈了一夜，令此二人茅塞大开，极点头称是。三人齐心合作，果然寻得漂亮无比之男女演员，个个皆搔首弄姿极尽媚态，实在让人百看不厌。暗想若在动物园，足以令其他动物嫉妒大自然对人的偏爱而肝火大发且致死。这也正是动物园铁笼内有各类动物而无人的重要原因。

摄制过程顺利得没什么情节。说好三万元若用不完便停机后分红。为此从导演到剧务勤杂人员个个皆以勤俭为本。饰一号角色的女演员亦宁可住四人一间的屋子而放弃了昔日必住的单间。沙风见此便几次对李亚摇头赞叹说："我们的演员同志多么可爱呵。谁说她们都贵族化了？让那些说闲话的人来看看，看看我们演员们的心是怎样贴近人民的，是怎样和人民保持一致的。"

李亚说："是呀是呀。她们在成才之后仍能保持劳动人民朴素的本色，真是难能可贵。"

李亚在说了难能可贵之后，忽然想到豆儿，便咚咚地跑去给豆儿挂了个电话，请豆儿来写一写他们的摄制组，写一写天才的导演和可爱的演员。豆儿说："有酒有肉招待吗？"

李亚说："别那么俗气。看贝贝的面子上来一趟吧。"

豆儿说："贝贝？"然后说："好吧，我来。"

豆儿如期到达，依次采访了导演编剧主要男女演员。完后，李亚说："怎么样？我的阵容如何？"

豆儿说："亏得你的勇气，也亏得他们的勇气。"

李亚说："别朦胧诗了。"

豆儿说："我估计这剧一播出后很多人要开始忙碌了。"

李亚说："忙碌什么？"

豆儿说："拍卖电视机。"

李亚有一段时间常跟沙风一唱一和嘲笑豆儿为"伪预言家"。《情与血的抒情》播出了，可拍卖电视机的场面并没出现。恰恰相反的是，临近国庆，家家商店都投放一批彩电上市，为此家家店门口都挤着一群群的人打听投放多少台什么牌子，均言豁出去排一通宵队。

但豆儿毕竟还是够朋友的。豆儿为《情与血的抒情》写了拍摄花絮。花絮之一谈了李亚。那一晚李亚亦光一起去亦光爸妈家吃饭，亦光爸爸说："李亚，你怎么到电视剧组当副导演了？"

李亚说："现在不是人才流通吗？我觉得我的才能更适合干导演，所以我不愿意束缚自己。我要走自己的路，自己设计自己。"

亦光爸爸说："现在的青年的确敢想敢干，比我年轻时有出息。李亚，我支持你。但有一点，不许到处打我的招牌。"

李亚说："我要想打您的招牌早就求上您了，也不等今天您看了报纸才知道。我就是要自己闯荡一番，让您在我的成就面前吓一跳。"

亦光爸爸笑笑，说："挺自信嘛。但是在外面要谦虚。"

第二日亦光爸爸即打电话找广播电视局局长，说是据了解展览馆有一个女讲解员，很年轻，最近还导了一部电视剧，听说还不错。这样的人才，不能随便浪费。现在电视剧队伍人才奇缺，可考虑让她归队的问题。局长立即说马上研究。

电视剧部主任副主任及在家导演雷厉风行调看了《情与血的抒情》。自片头开始便"妈妈的"骂起，一直骂到剧终。一个叫叶子的导演说："这，这，这，这叫我再提'导演'两个字就像提'屁股'两个字一样，首先想到难为情。"另一个叫家伙的编辑说："电视剧搞到这地步就有希望了。老话说红肿之疮不及化脓。脓一穿头，就自会长出新肉。"主任姓吴，说："别说得让人起鸡皮疙瘩，明天把李导演请来。"叶导演说："真调来？"吴主任说："组织上决定的事，不想执行也得执行。"

不几日李亚便在电视剧部上了班。头一天露面时，那个叫家伙的唤了她一声"李导演"之后，便向那个叫叶子的人说："叶子，你从今天起提'导演'就像提什么一样呀？"一屋人全笑了。笑得很响。李亚也格格地响着嗓子笑。

三万块钱自然没用完。众人各个分得几百作鸟兽散。临别时，纷纷对李亚说："李导演，以后你导戏的机会多了，可别忘了我们是你的第一批道具。"白黑导演亦激动万分，说是从来没有遇到过像李亚这么配合默契的副导演，总是那么谦虚地以他的意见为主，从不多说一句。这话叫李亚感动得流了眼泪，连说希望下一次再合作，劳务费还按这次一样付。白黑说，一言为定，一言为定！

李亚的生活又揭开了新的一页。李亚很自信地对亦光说："世界正是为我这样的人准备的。"

亦光忽而说："你的腿不是被车撞了吗？"

五

……老实告诉你，我依隐玩世，诽谤人间，也已乏了。我欣喜你来，因为我在饶舌之中，感觉寂寞，在絮絮之中，常起寒栗，我遨游于孤魂之间，看那些孤魂在梦中做扒手，互相偷窃，我欣喜你来，因为对他们，我常戴着俳优的假面具，我为他们学会傻笑的艺术。我凭这傻笑面具，与他们往来……

豆儿近日常练字。见书便不择段落地拈来一些，在纸上写得龙飞凤舞。报社一直没给豆儿发名片。豆儿常羡慕李亚见人便掏出一香喷喷之名片让人放鼻前又嗅又闻的派头。每遇此时，豆儿却不得不捉虫般在人家的笔记本抑或小纸片抑或手掌心留下自己的尊姓大名。名片没有，这种事就还得继续下去。豆儿虽说大学已毕业，钢笔字却写得歪歪斜斜，如同乡下民工盖房子搭的脚手架，令人一见便产生片刻即倾的感觉。字者于文章如人者之衣裳。豆儿若想文章漂亮便不得不挤出许多时间练字。

那日正练着，田平来。田平已寻得未婚妻了，亦是开出租车的。田平说我俩是地道的鱼找鱼虾找虾乌龟找王八。田平翻翻豆儿抄的书，说："没意思。不如这个。"便掏出适才在小摊上买的一书递给豆儿，又说："专讲吃喝玩乐的。你先看，再教我。"豆儿说："你这几日忙什么？"

田平说："公司动员我们参加市里组织的集体婚礼，说是外国人要参观。"

豆儿说："这倒好，可以省下酒席了。"

田平说："省什么，婚礼完了自己再办一次。"

豆儿说："岂不结两次婚了？"

田平说："何止。星期天还让我们新郎新娘穿好服装在文化宫预演一次呢。怕外国人来了嫌站得不整齐。这就三次了。"

豆儿说："有趣。新娘子能结一次换一次就好。"

田平说："不行呀，肚子里已有了我的种。若是个儿子，换给别人岂不可惜。"

两人便大笑。笑完，豆儿说："星期天我去欣赏欣赏结婚彩排。"

田平去后，豆儿信手翻阅他留下的书。读至金圣叹与其朋友在阴雨之中居庙宇而计算人生最快之事时，豆儿大为倾倒，便又抄文练字。

夏七月，赤日停天，亦无风，亦无云；前后庭赫然如烘炉，无一鸟敢来飞。汗出遍身，纵横成渠。置饭于前，不可得吃。呼簟欲卧地上，则地湿如膏，苍蝇又来缘颈附鼻，驱之不去。正莫可如何，忽然大黑车轴，疾澎澎湃之声，如数百万金鼓。檐溜浩于瀑布。身汗顿收，地燥如扫，苍蝇尽去，饭便得吃。不亦快哉！

街行见两措大执争一理，既皆目裂颈赤，如不戴天，而又高拱手，低曲腰，满口仍用者也之乎等字。其语刺刺，势将连年不休。忽有壮夫掉臂行来，振威从中一喝而解。不亦快哉！

夏月早起，看人于松棚下，锯大竹作筒用。不亦快哉！

存得三四癞疮于私处，时呼热汤关门澡之。不亦快哉！

作县官，每日打鼓退堂时，不亦快哉！

星期天豆儿果然去了文化宫，见得双双对对红男绿女，虽则是练习结婚，却也个个眉梢带笑。纷纷传说外国人看了还要拍电影呢。言辞不免有些激动，如同自己即将坐上波音去纽约一般。豆儿暗笑。忽而想，见人结婚演习以度礼拜，不亦快哉！

正觉快哉异常时，有人唤他，见是李亚。豆儿说："你导演这结婚？"

李亚说："这是团省委领导的。我也是来结婚的。"

豆儿说："亦光呢？"

李亚说："昨天同他说好了，可他肯定忘了。要想起得明年。"

豆儿笑了："岂不唱独角戏？"

李亚说："就是呀，影响多不好。程序安排中还有人模拟外国朋友同我交谈呢。"

豆儿说："外国人恰恰会找到你？"

李亚说："先安排好了。陪同人员对外国人说新娘子中还有一个青年导演。估计外国人有兴趣，就带过来同我握手。"

豆儿说："挺幽默的。"

李亚说："是啊，可是亦光没来，婚礼的领导会不高兴的。"

豆儿说："是有些煞风景。"

李亚说："要不，豆儿，你来顶替一下亦光行么？"

豆儿说："晚间上床也顶替？"

李亚说："别这么说。你要愿意，我自然甘心情愿。可是我知道你是世界上最骄傲的人。"

豆儿说："屁话少说。走吧，老婆。"

许多许多的新郎新娘，佩戴红花在音乐中入场。站在自己规定的位置上。向来宾鞠躬。向亲友鞠躬。互相鞠躬。有一对新人站错了地方，指挥的人提示了几次，他们仍不改正。弄得指挥只好命令全体停下，当众批评那两个活宝。豆儿看清，那是田平和他的鱼（或是虾或是王八）。两人嬉笑着回位，不料演习开始两人又错。便又停，又批评，如此几次。所有人皆明白他俩闹着玩。气得指挥几欲将他俩除名。

　　豆儿在欣赏田平二人表演时，点了支烟，然后对李亚说："代人结婚演习，有新郎新娘当众骚扰。悠然吸烟见婚礼之领导暴跳如雷，不亦快哉！"说罢，便将青烟吐出，望之徐徐升空顷刻化为乌有。

1987年春写于武汉

白驹

人生天地之间，若白驹之过隙，忽然而已。

——《庄子·知北游》

一

麦子给夏春冬秋打电话告说小男自杀的消息时，夏春冬秋立即地笑出了声。尽管几十里的电话把夏春冬秋隔得老远，可那笑声还是一丝不漏地灌入了麦子的耳朵。

夏春冬秋说："我宁可相信人是毛驴变的也不能相信小男会寻死。对你的话，我一向只动用百分之二十的信任感。"麦子笑说："干你这行的，一般能获得老百姓零点九的信任感，如此比较起来，你对我的评价还是相当高的。"夏春冬秋说："你也是错觉。老百姓比相信自己更相信报纸。明知是假，见报纸如是说，也就当了真的来安慰自己。这一点我比你有发言权。"麦子说："少跟我弯弯绕了。说真的，小男的确消失了。他一头撞了汽车。"夏春冬秋说："为什么？干吗不去喝正义的'来福灵'，或者吃它十瓶八瓶安眠药，要是我就绝不选择汽车那玩意儿。"麦子说："可不，连个全尸都没落下。"夏春冬秋说："选在什么地方？"麦子说："刚出风景区的下山路上。"夏春冬秋说："啊，这一带就那儿风光还行。"麦子说："那条路又宽又直，简直像外国人修的。小男骑着自行车拼命追汽车，跟汽车比赛似的。好容易追上，他老人家却特地把龙头朝右一拐，就这一下，全完了。"夏春冬秋说："身首分家了？"麦子说："岂止？汽车左轮不偏不倚地碾过他的脖子，脑袋碾去一半，剩下了半个头盖骨一路骨碌碌滚了几十米。"夏春冬秋说："啊，那太遗憾了，小男他爸没法为他化妆了。"麦子说："正是。他爸就为这事痛苦得死去活来。说是此生没将小男生得英俊，原想或许会以自己这手艺弥补一下的，不料小男竟连这个机会都没给他。"夏春冬秋说："这倒真让人怀疑小男是不是故意让他爸痛苦一次。"麦子说："这父子俩的关系不怎样，这种可能性倒也存在。"小男他爸是殡葬馆的化妆师。生得一米八四的大高个，浓眉鼓眼极威严厚重的一副模样，让人觉得他是阎王爷的保镖或者侍卫队长什么的。小男他爸极热爱自己的事业，为此每年的先进生产者都无法少他。有一年省电视台春节晚会还请了小男他爸参加。那次麦子作为青年改革家也去了。回来后麦子对夏春冬秋说小男他爸虎视眈眈地将所有与会者的脸巡视了一遍。然后一直在算计某人的鼻梁当勾长点而某人的嘴唇可丰厚些。有理论云鼻梁线长显得人潇洒，嘴唇丰厚则富于性感。但凡有人向小男他爸致敬示意，小男他爸都热情洋溢地说："欢迎您光临我们场，我一定以最高的服务质量使您满意。"话说得每个人都脸色煞白地拂袖而去。当然麦子得到的更多一些，大约是熟人之故。小男他爸好几次用手掌托着麦子的下巴，以极严肃的职业眼光端详着麦子说，你的底色一直要抹到耳根下间，方能显示出面阔耳长的贵族气。致使麦子欣然大喜，当场同小男他爸订了合同。说是如若死在小男他爸之前，定留遗嘱要小男他爸化妆。小男他爸说："我可以按内部职工待遇，给你开优惠价。"

夏春冬秋沉默了几秒，忽而说："原先还以为自杀是一门挺高尚的艺术哩。"麦子说："可不，连小男这样的人都玩起了自杀，可见而今这活儿也很不值钱了。"夏春冬秋说："有没有可能不是自杀？"麦子说："难道还是他杀？"夏春冬秋说："我宁可相信这个。"麦子笑了，说："倘若如此，你在这下半年就不至于长吁短叹地叫嚷人生空虚了。"夏春冬秋亦笑，说："没准是桩谋杀案，我倒真打算调查一下。协助公安局破案可得多少奖金？"麦子说："不知道。不过我给你提供了线索，这个我可是要进行提成的哟。"夏春冬秋说："行呀，今晚先预支给你。"麦子歇了歇，方说："今晚我不回来。"夏春冬秋说："我对你回不回来也无所谓。只是有几件秋衣你得拿去。你的情人不会为你想到这些的。"麦子笑笑，说："不至于。她倒是给我买了件毛衣，不过没你买的式样和质地好。是腈纶的。"夏春冬秋说："所以偶然心动给我打电话。"麦子说："当然也是看看你是否还活着并且告诉你我也还活着。"

麦子搁下电话，呆了几分钟，甚无味，便拿起这些日很流行的谢尔顿小说翻阅。麦子的办公室很气派，据说是专门从广州请来工匠装潢布置的。时值正午，同僚们纷纷然午睡去了，办公室便生出一些空旷静谧的味道。麦子不好午睡，曾及时地宣传贯彻上级关于免去午睡、节省时间、提高效率的通知，但没能成功。众官员和众百姓协同一致对抗上级指示精神，这大约是新中国成立以来第一次。全国人仍都午睡，他的公司也就不便搞特殊化。只是麦子还是拒绝午睡，办公室人便常笑说麦子大约不是纯种中国人。

这理论自然站不住脚。因为眼下无论什么人只要能证实自己有些"杂"处，便急急忙忙漂洋过海，投奔乐园，哪怕洗盘子当保姆做妓女。麦子未必能免俗。麦子说他大哥是生在高粱地里的，为此起名高粱。这之后他爸便以粮为纲，分别给他二哥和姐姐起了苞谷和小豆的名字。轮上他便叫了麦子。麦子他爸说："粮食规格的提高充分表明了我们的生活蒸蒸日上。"

麦子姓金。金麦子这个名字便于记忆且充满诗意，极易为女孩所注目。麦子对此感觉极佳，常吹说："在一千个名字中，人们首先记住的只可能是金麦子。"当然名字的痛苦也不是没有过。在大学里上党史大课时，老师提问总是眼望天花板想也不想便脱口而出："金麦子！"而麦子永远也记不住在什么阶段有什么样的基本路线诸如此类问题。更何况他什么课都采取逃跑政策而对党史课却不能不一星期扎扎实实坐上两小时。

麦子是一九七六年上大学的，一如许多干部子弟一样在轮着他下乡时便去了军队。吃不了军队的苦便又雄赳赳上了大学。麦子学的是历史。七六级学生牌子仍是"工农兵"的，但功课却毫无道理地严于前几届。这就造成了麦子门门功课不及格的恶果。幸而麦子洒脱，挥挥手告别校园，笑说："我特地为正确的教育路线提供一点证据，说明工农兵学员的确不行。"然后吹着一支很愉快的口哨回家了。

麦子现在是一家名为"环宇"的实业公司的副总经理。像麦子这样三十刚出头的年轻人能跷着二郎腿坐在副总经理的交椅上一根接一根地抽"三五"或"万宝路"，在中国这个老人说话算数的礼仪之国中显然不是个人奋斗的结果。很多人都希望至少麦子这么精明能干的人是自己叱咤风云干出来的，但结果仍然恰恰相反。麦子他爸到底是个什么级别的官儿几乎谁也没弄清。但凭着麦子光棍一条却拥有三室一厅的房子达五年之久便让人三分气短地不敢贸然推测相当于什么级别了。九九归一为来头不小尚握实权未曾离休就是了。

麦子毕业原本是分在地势很高的机关工作，尽管他一门功课没能及格，各单位仍然抢着要他。平心而论，麦子根本没动用他爸的权力。如果连这都需要他爸亲口来说，那么也太伤害下面人的感情了。仿佛他们连这一点都想不到似的。要命的则是麦子宁可到纱厂去跟女工打情骂俏或去码头同搬运工喝酒赌博也不愿去机关里看那一张张冲着他笑得宛若蒙了假皮的脸。幸而"环宇"公司总经理再三再四去机关领导那儿要求麦子来当他的副职，这才使麦子如同死里逃生般出了机关大楼。

　　麦子去的头天一听公司名为"环宇"，便立即高谈阔论说："宇宙能环吗？连它是圆是方都搞不清便想去环？岂不惹人耻笑。"然后又笑说："起这名字的人实在是屁虫一样的学问。"旁边人听他如是说皆哧哧发笑。麦子奇怪问缘故。方有人告诉：公司原本叫"环球"，是麦子他爸红笔一勾改为"环宇"的。因为邻省有一个环球公司，这儿自然不能小于他们才是。麦子他爸边改边说："就像隔壁人家屋里买了台双缸洗衣机，我们就得买全自动的。这就叫志气。"麦子听罢大笑，说："这就可以理解了，起高粱苞谷小豆和麦子的人能起出'环宇'这样的名字，也算从农民意识走向了现代意识。可谓历史性进步。"众人面面相觑，然后纷纷然推举麦子为副总经理。麦子先是竭力推辞，直到有人说麦子你若不干人家会议论我们的，说我们没把你爸爸放在眼里，甚至很有可能引起一些猜测：你爸爸是不是内定离休了？这一来，我们公司的局面就会非常被动。麦子无奈这才答应下来。走马上任那天给夏春冬秋打电话说："无论如何得委屈自己而尊重人民的感情，不然他们会痛苦的。"夏春冬秋在那一端笑说："狗屁！"

二

　　夏春冬秋是市早报"社会临摹"栏目的记者，实属"天上事知道一半，地上事全知"一类的人物。夏春冬秋的父亲是个诗人。五十年代末因为《四季》一诗轰动文坛，为此心血来潮将他那年出世的女儿取了夏春冬秋的名字。夏春冬秋长大后常笑他父亲，说是幸而姓了夏，如若姓了别的岂不得动用五个字？又如若姓了苟、史、梅之类，那又如何叫得？其父亦笑，说是正因为人世间没那么多的"如若"，所以才能漂漂亮亮地叫上夏春冬秋。不过夏春冬秋上户口时遇到一点小麻烦。户籍警认为如此叫法不规范，不是中国的传统且有仿日本之嫌，坚持不给上户口。并提议说，现在女孩最流行的名字是"超英""超美"，何不取这样一个？诗人的思维方式自然是与众不同的，听此言，立即愤慨着说："我女儿原本就超过了英国佬美国猪，我何苦让她挂这个招牌。"户籍警忙解释他所说的超英超美并非指人，而是整个国家。诗人便说："那么就让中国叫'超英''超美'国好了，为什么非让我女儿叫呢？她一叫这名，国家就超了？"争执中，派出所所长去了。幸而所长是个诗歌爱好者且又极渴望得到夏诗人的诗集，于是便让户籍警放松了尺度，给了夏春冬秋的准公民权利。诗人极赞所长机智灵活，然后约了在夏春冬秋满月那天去家里吃酒并送一本有诗人亲自签名的诗集。

夏春冬秋既为诗人之女，自然也很有些诗人的气质和傲气。尤其少年时，颇有些鼻尖朝天的意味。只是在后来得知其父在"文革"中也悄悄地写过一些别的诗人的揭发材料，这材料且使一个夏春冬秋很喜欢的诗人去新疆流放达十年之久。从这以后，夏春冬秋便开始生出了那种名为"自卑"的东西。及至前两年，偶尔见她父亲对前去拜他为师的女孩又是拍头又是摸脸地亲昵之后，再听她父亲教导她做人要正派要清高之类言语时，便情不自禁地吐。闹得几乎家里人都认为她得了胃癌。有一回，她在一家人关切的询问下，笑了笑说："癌这种东西还是由爸爸这样的人得上更好。"

夏春冬秋和麦子可以说是一见钟情。所有认识和了解他俩的都禁不住赞叹他们乃天造地设的一对。夏春冬秋认识麦子是在她的舅舅家里。舅舅是大学里的历史教师，曾给麦子所学的功课打过不及格的分。但麦子仍然不计前嫌地在年节闲暇时前去看望一番。麦子是个热心快肠且兼有豪侠之气的人，交了满天下的朋友并不介意对方的地位、家庭、职业之类东西。麦子说话好拍胸脯且不时抖动双腿。那一日在夏春冬秋舅舅家时也这么干。舅舅便说这习惯不怎么样。麦子笑了，然后说他的姐姐小豆常嘲笑他不像是他们这样家庭出生的人，倒更像是哪个搬运工或者什么江湖术士的儿子，毫无贵族之气。麦子说他当即便进行了反驳，说是他爸当年也不过是哪个山旮旯里的农民后生，轮着他麦子摆贵族脸谱还太早了一点。骨髓里的东西得经过几代人的扬弃才能变得纯正。比如他的姐姐小豆，站则晃头晃脑，坐则两腿大叉，说起话来张牙舞爪唾沫像天女散花，走上大街还又嗑瓜子又啃甘蔗的，吃完用手掌抹抹嘴，一点老底即刻泄露得干干净净，到哪儿谈什么贵族气？顶多不过在脸上搁一点老头子的权力，见平民百姓便傲慢无礼得如同脖子被拧了一般。麦子说我看见这些人就想笑。麦子的高谈阔论吸引了舅舅家的所有人，这之中也包括刚去那里一会儿的夏春冬秋。舅舅听罢一直后悔自己缺少眼光，居然没能让麦子的历史专业课及格。舅舅说他一向认为中国没贵族，早年的皇亲国戚公侯伯子男之类均在近几十年的风雨变幻中摸爬滚打全然无了贵族之气，没准一些还混迹于街口小餐馆邋遢的炸油饼大娘或路边看手相的老头儿之中。如今的显贵倒是不少，但大多数来自农民和市井中，一个个脾气倒是早早具备了贵族派头，但教养和气质却依旧是他爹妈的一套。舅舅说他自己乃世代书香之家，但读书人的历史便是清贫的历史。到了现代社会也不可能一箪食一瓢饮在陋巷而不改其乐。首先抽水马桶要坏，自来水要停，出差要领钱买车票，做学问要复印资料以及论文，诸如此类，全得情不自禁地对有关人员哈腰点头低三下四做小人状。谁也不敢有丝毫贵族气。舅舅的话说得听者们皆哈哈大笑。夏春冬秋说："按舅舅的思路来分析，在中国，能贵族一点儿的还是他爹他们。"说罢扬手指了指麦子，又说："因为他们不用求人，而人都得求他们。"麦子说："不是他爹他们，而是他爹的儿女们。但不能算贵族，还是称暴发户为宜。"夏春冬秋说："你真坦率，你不也是你爹的儿女么？"麦子笑说："是呀，我一面当他爹的儿女，一面当他爹的儿女的叛逆。"夏春冬秋说："够英勇的嘛。"麦子说："不不不，只是玩玩而已。社会玩你太被动，显得老没志气的，得你玩社会才是。所谓强者、开拓者大约都是这样。"

这之后，麦子同夏春冬秋便愈谈愈投机。笑谈人生，宛如两个站在岸上的人俯瞰江流中起伏不定的泳者。再之后，便心血来潮打了结婚证。婚礼上，舅舅喝得两颊发红，跟人说："我以为天下再难见到比他俩更合适的一对了。倘若他俩不能白头到老那我简直不相信白头偕老这个词了。"麦子和夏春冬秋互一对视，笑了。麦子说："恰恰我俩最难白头到老，比不得农民同他的老婆。"舅舅问为何。夏春冬秋说："因为太易痛苦。"舅舅又问为什么而痛苦。麦子说："什么也不为。"夏春冬秋则说："因为智慧。"

果然两年之后，他们分居了。

夏春冬秋骑她新买的"飞达"二十四英寸自行车前往小男家。骑新自行车常给人这样一种感觉，即组装自行车的人仿佛特意不上紧螺丝。夏春冬秋的车骑不过五天，螺丝却已脱落八个。跟报社几个同事提及此事大发牢骚。同事皆笑说连这最正常不过的情况也发牢骚，得亏你肠子结实。自行车虽掉螺丝但毕竟还是金属做的，本质尚好，不似那桐油奶粉白酒以及晋江的药。这一说便让夏春冬秋得到一种平衡，想想，可不？！

小男的家住在过去日租界一幢浅黄色楼房里。那里原先住着一个资本家遗弃的两房姨太太。两姨太太虽没男人却也整日里妖妖娆娆地自得其乐。这种好吃懒做之辈显然为附近无产者所难容。难容的结果是一九六六年将她们赶回各自老家，然后自己呼啦啦搬将进去。小男他爸高扬着他每天摸死人面颊的手抢占了小楼里最大的一个房间。其他十来户人虽嫉恨小男他爸但毕竟自己也有所得且思索着终究一天要转到小男他爸手上去便也罢了。见面依然笑脸相迎。小男他妈是织布厂的，所识汉字虽不及王力老先生多，但毕竟也有二三十个能读出音来。为此她曾在好长一段时间里做过大学工宣队。据说大学教授见她都点头哈腰，于是小男他妈一神气将读得出的二三十个字也尽情忘掉了。

　　小男对他爸毫无兴趣，却极钦佩他妈。钦佩的第一感觉是深为自己已识得几百字而且怎么都忘不掉而痛苦不堪。待业时有一回去一家仓库玩儿，听说那里面存有高档香烟，小男自然也想趁机摸几根，不料库房门口写了"闲人免进，违者重罚"的字牌。气得小男猛烈敲击自己脑袋，大喊道："我怎么连这几个字都没忘呢？我怎么还没忘记呢？"终于怕重罚，没敢溜进去过瘾。又一次，小男在小摊上，乘摊主不备时偷了两个苹果放口袋里，不料叫居委会一个积极分子大娘瞧见了，立即揭发了他。事后且在小男家门口贴了警告，警告为："王小男二十岁偷小摊苹果实属品质卑劣，念其态度尚好暂不计较只此警告下不为例。"小男外出而回，见警告，竟一字没错地通读了下来。读完则又两拳击头，号叫着："我怎么还记得这么多呢，连'卑劣'这么难的都认识，这多让我丢脸。"号完便一脸痛苦地蹲在墙角，且顺手将邻居晒在那里的萝卜干吃了一串半。

　　夏春冬秋正是听麦子如此介绍小男之后，才产生同小男认识的愿望的。有一次麦子特地带她去小男家。行至黄楼附近，见一干瘦的男人正同一女子吵架。麦子便指着那男人说："这就是王小男。"然后说正好见见小男的真面目。于是两人便挤在围观者中看热闹。情况大约是那女人经过黄楼时，小男由窗口泼下一盆脏水，恰恰劈头盖脸浇在那女人身上，于是便开始了骂架。那女人善骂粗话，声音却还尖细。小男却很文明地扮一副笑脸，说是你还算运气好，我没洗脚。那天一个老头撞上的还是洗脚水，人家都没你吵得这么凶。说罢还跷起脚蠕动了一下又黑又脏的脚丫。那女人不示弱连骂脏话且动用一些内涵复杂的词汇，引得一帮围观者大声喝彩，仿佛自己吃着肉一般过瘾。小男亦跟着叫好，叫完后说："我跟你头回见面，还没来得及上床，你怎么把我体会得这样深刻？叫我都觉得自己有点儿雄伟壮丽了。"于是又是一阵又响又长的大笑。麦子在这时才走了过去。麦子朝小男腿肚子踢了一脚，说："你练什么嘴皮子？打算参加演讲比赛怎么着？"小男见是他，立即笑说："好了好了，来了君子，你快将那女人救走，要不我对象来了还以为她是第三者哩。"麦子说："狗屁！"然后将小男推推搡搡弄进屋。一场恶战才结束。只是围观者们都怨恨地瞥了麦子几眼，方带着尚未满足的遗憾散去。

麦子向小男介绍了夏春冬秋。小男一本正经打量了夏春冬秋几眼，便向麦子讨了支烟，边点烟边压着嗓子对麦子说："不算漂亮嘛。"夏春冬秋一笑，说："可比你要强得多，是不是？"小男："那自然，我把自己漂亮的机会留给下一辈了。只求上帝下辈子别让我投生为马，漂亮马人人都爱骑，我可受用不了。"夏春冬秋说："那就投胎为狗吧，漂亮的狗总是被贵妇人搂着。"小男听罢跳了起来，说："这主意不坏。你还够意思。挺配我麦子老兄的。"

这之后，夏春冬秋便同小男熟了。常同麦子笑说："世间若有无赖协会，小男当主席的资格是足够了的。"

夏春冬秋推开小男家的门，小男他妈立即一脸堆笑地迎了上来，仿佛家中并未死人而只是死了一条狗抑或一只鸡什么的。小男他妈说："夏姑娘，是什么风吹你来的？小甲，给夏姑娘倒茶。夏姑娘，这茶不错哩。小男是月初死的，他工厂挺仗义，给发了全月工资。好多厂这种情况只给半月的哩。昨天，我用零头买了这茶，好像知道今天会来贵客。"

夏春冬秋说："大妈，小男究竟是为了什么想不开，您知道不？"

小男他妈说："不知道哇。他爸说小男活了二十来年，就这一件事干得不像我们王家人。"

夏春冬秋说："小男死前同家里人吵过架了没有？"

小男他妈说："小男只要在家就没有不吵架的日子，不是跟他爸就是跟他弟小甲和小由。"

夏春冬秋说："最近一次为什么吵？"

小男他妈说："这次吵的时间最短，才一个半小时。小男和小甲，一个人睡床一个人睡地板，两人一月对调一次。不料这回小男睡了一个月床后竟霸占不想让了。说是交了个女朋友晚上若要钻他的被窝不好让她跟他睡地板。而且小甲可以俯瞰他们，那也太占便宜了。小甲不干，也说有女朋友要来钻他的被窝也不能容忍小男俯瞰占便宜。小男说：'在我死之前，你别想上床。'说完这话，第二天他就钻了汽车。想到他钻汽车也不是为了给小甲腾床的缘故，小甲便高高兴兴拾了个大便宜。"

夏春冬秋说："小男说那话时，表情如何？"

小男他妈说："他不就那副样子，嬉着脸皮，二郎腿跷着抖抖的。怎么，你要登报纸？"

夏春冬秋说："不不不，我只是觉得小男死得有点怪，恐怕有别的原因。"

小男他妈说："你别哄我，我在大学里工作过好几年，晓得你们知识分子的把戏。你如果拿小男的事写了文章，卖得的钱该分给我们一些不是？"

夏春冬秋说："那自然，那自然。"瞬间，觉得喉管宛如有虫蠕动，忙告辞小男他妈出来。

小男他妈跟着追喊："钱要亲自交我手上，寄来也行，我的名字叫黄细姣。"夏春冬秋说好的好的，头也不回，迅疾出了门。一上马路，便将一胃的东西吐了个干净。那是早晨在小摊上吃的油饼稀饭。揩面时，仰头望天，天极蓝，有几许卷帘云优雅地舒展和飘移着，久望之，令人无端生出崇高感和圣洁感。夏春冬秋闭了眼，心想，且将那崇高圣洁之类玩意儿留给儿子辈吧。天空是他们的，而自己还是只能低头看黑泥更好。不觉一低头，地上却正是她适才呕吐的一堆污秽。夏春冬秋无奈，只得耸肩一笑，蹬车而去。

三

环宇公司在麦子去之前正处在生死危机之中，环宇公司经理之所以把脸皮笑得松垮着去请麦子出山也正是为了在死亡中求活。全公司老百姓都知道，麦子这种人出现在哪里，哪里的问题就如冰见火立即消融了。这结果自然是使公司赚大钱。这结果又自然使公司百姓各自多得几个。至于北京有学生骂"太子党"之类，大大地不必理睬。经理在会上都说不让他们干难道还让你们干？你们算什么？说话管用，让你弄一百台冰箱你能弄来？让你跟外国什么老板联系投资你有门路？他们想当又有条件当又何必要你去折腾？没见李向南？电视剧里清清白白告诉你改革要想前进一步就得靠李向南这样的人，而李向南这样的人没有他爹在背后站着成得了李向南吗？金麦子就是我公司请来的李向南！一番话说得人人点头称是。《新星》哪个老百姓没看过？哪个不崇拜李向南？哪个不明白李向南没他爹早完蛋了？如果不完蛋那便是他连当县委书记的运气都没有。后来麦子知道了他在人们心目中乃环宇公司的李向南，便笑说："最好给我找两个漂亮女人来配合一下，要不然我可当得不那么像。"弄得几个女秘书都在麦子面前跃跃欲试。

环宇公司像众多公司一样于半年前贴过一张广告。告消费者说可以买到日立牌彩电，十四、十八英寸皆有，预先付款，半年后提货。这消息令四周百姓奔走相告满天下筹款夜半三更找门路生怕轮不上自己。连副市长都亲自打了电话说是无论如何得让他的外甥女把款交上。原以为交了钱届时提货便是，并未考虑公司虽为公家单位但也有失误之时骗人之意。半年过后，宣布货已订，不日将回。不料又过了三个月，仍是原话。中国百姓虽说忍耐性是极佳的，但一想自家手上的一千多块钱在别人兜里便五内如焚坐卧不安。终于有人耐不住了，找公司经理询问。说是如果是公家的钱，十万八万放你这儿都没关系，但这是私人的呀，是一毛一块地攒起来的呀。经理深表同情，说是采购员在外，已来电报即日将回。又说自己也很着急，若是公家的东西倒也由它去了，但这是私人的，责任就重了。并告说副市长的外甥女也订了货。前去询问的人听说副市长的外甥女亦在订货者之列，便平静了好多。纷纷想连她都没拿着，我们这点委屈就算不得什么了。又一个月后，采购员仍然杳无音讯，终于有内线者探出：采购员携了巨款带了女友去南方提货，见得眼花缭乱之世界不知所措，于挠耳弄腮的激情中又吃又赌，不仅将彩电输得精光，连女友也输给了一个干瘦的老头。输光之后方醒悟自己在劫难逃，便跳了珠江。消息不胫而走，立即，围攻者吵闹者哭骂者告状者将环宇公司弄得鸡犬不宁，人人皆心惊胆战。副市长的批评自然是所有批评中最严厉的。

便是在这危难之际麦子出现了，且走马上任了。麦子那天对围挤在公司的订货者们首先介绍了他爸爸的情况，无非名姓、简历和现任职务而已，然后说："我是他的儿子。"这时刻下面鸦雀无声。麦子说："从现在起，这件事交给我来处理。如果两个月之后诸位再拿不到彩电，我将以双倍的人民币退还给诸位。"说罢，为每个人留了字据，以示可靠。闹事者们听得此说且拿了字据便欢天喜地而去。既有麦子这样的人亲自出面，又何愁彩电弄不来呢？

这种直觉显然可靠。不足两个月，每个买主都喜滋滋地抱了彩电回去。纷纷夸麦子乃人民信得过的好经理（激动中省略了"副"字），颂歌献辞说得麦子消化不良。副市长自然又有言曰："麦子实在是开拓型人才。所谓开拓型人才便是能于危难之际力挽狂澜，于死亡之时寻出生路。"而麦子实际上连他爸都没惊动。只是给他爸的老部下以及老战友的儿子分别挂了电话，然后一飞机坐到南方，悠悠然然地花了十天时间玩了西丽湖香蜜湖海上世界以及所有能称上豪华型的酒吧和舞厅，第十一天便电报到公司叫人前去押货返回了。

便是在这期间麦子认识了一个叫香香的歌星。

香香一如众多歌星般能将流行歌曲唱得撕肝裂肺地痛苦却在平日里只能傻乎乎地调情。香香有一副值钱的嗓子兼之模仿能力十分厉害，不必费多大劲便可将凤飞飞汪明荃陈美龄什么的学得惟妙惟肖。仅此而已。香香从不思考，为此活得如鸡如猫般无忧无虑。更何况她有钱。灌盒式带电视台录像年节演出歌星汇唱诸如此类，所赚钞票每月顶十个教授不止。教授们若想听香香之流歌星音乐会，买票时手还得好一阵颤抖。

麦子同香香交往常常只动用百分之一的智力。这就使麦子产生一种从头皮到脚板心都彻底放松了的感觉。与此相比，便想往日里曾没完没了地同夏春冬秋默然相对以心交谈简直同码头扛大包一样累人。那时刻总仿佛有一只手把心给捏住而且搓揉而且死命往下拽，拽得周身沉甸甸的。人若这样活着倒真不如学屈原一死了之。若不想死，做渔夫岂不更好？香香叽叽喳喳又丢媚眼又扭屁股的使你轻飘得宛如没了心。只此一点，麦子觉得香香的境界在某种程度上已远远在夏春冬秋之上。

于是回家后即把香香的相片递给夏春冬秋。夏春冬秋扫一眼说："珠光宝气的，还挺有时代特点。"麦子说："可不？是个歌星，自称已跟世界歌星同步了。"夏春冬秋笑笑，说："这么说今后看她唱歌不用掏四块钱买门票了？"麦子说："那自然，有我哩。"夏春冬秋说："这就说定了。你们俩还挺配的。"麦子说："我也是这么想。我们俩再一起过，不出一年全得自杀。"夏春冬秋想想说："也是。不过，请你给我一个星期时间，我得租房间去。原先集体宿舍的床位早叫人占领了。"麦子笑了："别小家子气十足。我再去搞一套。这一套你先住着。我让给你并不是表示我高尚。拍马屁的人反正多，不给他们一两个机会他们还发愁得不行哩。"夏春冬秋也笑，说："那好吧，省得我折腾。没有了丈夫却有了房子，结婚一场也算是很划得来了。"

麦子当夜即住进了宾馆。香香被邀请参加一家公司成立三周年纪念的演出活动，在宾馆里包了一个房间。麦子便趾高气扬地当起了男主人。

那天麦子刚出宾馆没走出十米，便听见有人叫他的名字。麦子张望半天，方发现马路对面有一个人冲着他又挥手又呐喊的。马路为了交通安全树起了高高的铁栅栏。一共三道。左右两排阻拦行人，以免除汽车撞人之患，中间一排隔开车辆，以免除汽车互撞，三排铁栅栏威风凛凛地挺立于阳光之下，便让人觉出对面那伙计有囚牢呼救的架势。麦子不由好笑。汽车来回呜呜乱叫，喊话自是听不明白。麦子只好自认倒霉地做了个手势表示自己将绕人行横道线过来。人行横道线老远，绕一趟多少得好几分钟。过马路时，麦子方想起某年某月夏春冬秋曾在报纸上歌颂铁栅栏之好处一二三的文章乃纯属屁话。

喊麦子的是建筑公司邬经理的秘书小丛。邬经理是麦子在企业家俱乐部里认识的。有一回新年送挂历，邬经理的一本元月份那张有些污点，这使邬经理发了近半小时的牢骚。恰巧那天麦子坐他旁边，听他啰啰唆唆得恨不能割下耳朵，于是便将自己的一本送给了他。邬经理是一个重义气的人，绝不会得了别人的好处不回报的。便再三再四问麦子需不需要搭灶台砌洗澡池诸类事，如需要，他可派最好的泥工，清一色镶白瓷砖而且不收一分钱。麦子不忍拒绝他的好意，便给他开了小男家的住址。三天不到，小男家的厕所便被修得比他们的房间还要典雅。果然没收一分钱。乐得小男手舞足蹈，开着他厂里的东风140卡车为麦子公司拖了三批货也没收一分钱费用。

麦子说："心急火燎的，出了什么事，小丛？"

小丛说："邬经理今晚要请新闻界名流吃饭，请你务必同你夫人一起赏光。邬经理交代了，别人寄份请柬即可，但麦子和夏记者是专人请。这不特派了我。"

小丛是邬经理的外甥。原先在县下面的区，区之下的乡里一家食堂掌大勺。小丛能弄一手好菜。自吹曾有省领导调他去西欧某使馆当师傅，因为他舅舅邬经理赏识他并调他到自己身边工作，便知恩图报而放弃了西欧。士为知己者死。小丛自然颇具"士"气。只是小丛不识字，这个缺陷令邬经理伤神不少。但小丛能烧一手好菜，便又将那伤去的神通过酒肉补了回来。所以邬经理还是觉得合算。更兼小丛是他姐姐的长子，即令吃了亏也算不了什么。公司别的领导有意见，但都没当面提过，只是纷纷然在背后说长道短个没完且将自己的外甥以及侄儿以及妻弟以及八竿子打不着的亲戚全都从乡下从小地方弄来身边。与此同时，每逢年节，小丛便挽起袖子去各位领导家大显身手，外带上虾米香菇猴头菌类配料，终于使各领导——同邬经理会心一笑，握手言欢，千怨万恨便在谈笑中同"希尔顿""良友""红塔山"一起化为灰烬。

麦子说："就这事呀，咋咋呼呼的，我还以为你们要炸掉这房子在这儿修大坝哩。"麦子说时随手一指刚竣工的博物馆大厦。

小丛说："您可真神。怪不得邬经理一提您的名字就毕恭毕敬的。大坝虽不修，但也的确和这博物馆有关。"

麦子说："一目了然。这楼肯定是外表装修得漂亮，里面却是一塌糊涂，就像一个穿了丝绸衣的白痴。"

小丛说："近墨者黑，你也学得同记者一样了，不管好事坏事一律夸大。你不晓得，我们也是同社会各行业同步前进哩。质量太高，老百姓全都来夸奖我们，再又抬出我们抨击别人，岂不遭人怨恨？"小丛跟了邬经理一些日子，字仍没学得几个，但思想境界和言谈水准已经颇有些邬经理的高度了。

麦子说："是窗子关不严还是楼梯扶手垮了？"

小丛说："都有一点，问题不大。顶要紧的也不过是厕所不通。其实原本是通的，后期施工的一帮小子每天去那儿拉屎，又没水冲，日久天长，屎越积越厚而且变得又干又硬，便堵住了。这种鸡毛小事，怎能算质量不过关呢？若是民居，就是天花板垮下来，都有人打架去抢哩。"

麦子呵然一笑，说："这么说比起民居来，你们已是客气多了。"

"那当然。"小丛说，"民居嘛，再破再差也没关系。搬家时哪个不是欣喜若狂？再说家家都能自己找到门路把房间修理得比设计得还好，这个我们建筑部门清楚得很。"

麦子问："博物馆的人怎么说？"

小丛说："嗨，别提，他们真不好伺候，验收时啰啰唆唆。那个馆长简直不像在中国长大的。请他上馆子吃饭，他倒说：'你我又不是深交，请吃饭干什么？'说完还一副好奇怪的样子望着你。土得跟兵马俑没两样。邬经理说最怕遇到这号人，自己对社会常识一窍不通还自以为是。"

麦子一乐，笑说："有趣。不过这样的人眼下也剩不得几个了。"

小丛说："就是，要不我们建筑公司怎么发展得了？"

麦子："你的话绝对深刻。"

小丛说："我们邬经理才是真正深刻。早就料到知识分子难缠，所以一再叮嘱少捞油水，保证质量。我原先还想同他们交往说不定私下里会给点唐马汉砖什么的让我们到外面换点活钱花。不料他们头摆得像货郎鼓，说是一根针都得登记。见鬼了。我们小喽啰倒没什么，可我们邬经理看中的那个青瓷花瓶，就是冒冒风险也该给一个嘛。没有他，你们那大楼能盖好吗？听了邬经理要我们少捞油水的指示，我连一句话都没说他们。这下好，马屁全拍到了马背上。博物馆长竟扬言要通过新闻界捅出去。"

麦子说："那怎么办？"

小丛说："所以我们邬经理要宴请新闻界人士。我们保证做好善后处理，新闻界也就别多管这事，让夏记者给同行们递个话，就说中央一直认为目前形势一片大好，不是小好，把这事闹得天下纷纷乱乱的，岂不是没同中央保持一致？"

麦子说："难得你为新闻界考虑得这么周到。"

小丛说："嗨，别客气，要想闯荡世界，哪能不互相照顾。今晚'醉太白'酒楼就看你和夏记者的水平了，留点肚子，三百块一桌的。"

麦子说："我和夏记者分居了。"

小丛说："打了离婚证？"

麦子说："还没有。"

小丛说："这就没关系了。横直都还是你老婆，你尽管搂着她出门下饭馆，法律也是管不着的。"

麦子笑笑，说："好吧，那就听你的。"

四

夏春冬秋听麦子电话里说完有人让我带你一起下馆子吃酒席的话后，便笑了，说："行呀，有吃就上，正是眼下最时髦的。"麦子说："那么我们先在'好好'咖啡厅碰头如何？"夏春冬秋说："可以。为什么不来家里一起走呢？"麦子说："让我家老头子的耳报神们见着可不怎么样，跑去他那儿献个小殷勤不打紧，可得让我耳朵长达半个月不那么舒服。"夏春冬秋说："那好吧，干得秘密一点，像真正的国产电视剧情节一样。"说罢便又笑，笑完方挂电话。

"好好"咖啡厅距"醉太白"酒楼乃百步之遥。麦子和夏春冬秋过去常来这儿小饮。分居两个月后，两人皆未再光临过。麦子在门口见到夏春冬秋时，不由怔了怔。夏春冬秋一袭白色连衣裙飘飘袅袅宛若仙女临界，眉眼均前所未有地抹了淡妆。同艳丽香浓的香香比，又别是一番超凡脱俗的韵致。麦子想怎的三个月不见面便变成如此高洁女子了。待挽了夏春冬秋进咖啡厅坐下后，才发现，那白裙仍是一年前自己送给夏春冬秋的那条。夏春冬秋超然的笑意后依然藏着厚重的阴郁之气。

虽是很高档的咖啡厅，但女招待们依然很下九流地围着一个男招待打情骂俏。红衣红裙在一片浪笑中火一样刺激人眼。且有一串串比粪便略为干净点的语言从中穿越跃动。麦子千呼万唤无人搭腔。最后夏春冬秋起了身，很是优雅地掏出记者证说是想见见贵店经理。这方使一团红火迅速散开，忙不迭地致歉且殷殷勤勤端上咖啡，其浓度至少是过去的三倍。既如此认真地改正错误，夏春冬秋便罢了。麦子一直笑而不语，唯观看而已，恰如公园看猴表演，目光扫过来又扫过去。最后喝着咖啡说："我估计他们今年想争取成为商业局先进，否则不可能把你那张'派司'当文件。"夏春冬秋笑了笑，顺便问了一个女招待，果然如此。女招待说："去年没弄到先进，奖金都少了几十块，还有一条床单。今年就不那么蠢了。我们专门派了个副经理在局里活动，他是局里刘书记一条线上的。局长现在忙着年底出国考察的事，顾不得刘书记线上的活动。所以，我们被弄上先进的希望还是很大的。您可千万别捅一刀子，让我们都白忙了一年。"夏春冬秋说："好吧。"

咖啡厅里流行歌曲始终唱着。一忽儿激昂万分，一派精忠报国的豪气；一忽儿又幽幽怨怨，伤感得如几死几活。麦子和夏春冬秋无言以对，又似倾心听歌。咖啡具虽缺口掉柄的但咖啡却是纯正的麦氏三合一。天顶上的日光灯坏了两管，另有一管忽明忽暗，使得所有喝咖啡的人脸上不断变幻色调，白去紫来，善走恶出。

夏春冬秋突然说："'在每张脸庞后面你看到那种精神空虚正在加深，／只留下无所可想的越增越剧的恐惧。'"

麦子一笑，说："艾略特？'或当头脑是有意识的，但什么都意识不到时，／在那些时刻，我对我的灵魂说，静下来，不怀希望地等待，／因为希望也会是对于错误事物的希望；不带爱情地等待，／因为爱情也会是对错了的事物的爱情；还有信仰……'"

夏春冬秋插了上去："'不假思索地等待，因为你没准备好怎样思想，／所以黑暗将是光明，静止将是舞蹈。'麦子，我奇怪你怎么对艾略特有了兴趣。那你把香香搁哪儿了？"

麦子说："把香香搁在肉上，把艾略特搁心里。不过，那书是你原先托我买的，我刚买到，昨天偶尔翻到这一段，觉得有意思……"

夏春冬秋似笑非笑盯着麦子，然后说："我们真的像在演国产电视剧了。"

麦子说："可不，跟香香唱流行歌曲一样档次了。"

夏春冬秋说："换个话题吧，比方小男自杀案。"

麦子说："还真立了案？你立的？找到原因了吗？"

夏春冬秋说："应该能找到，可奇怪的是还没有。"

夏春冬秋说她找过十来个目击者。目击者皆是一家毛线厂的工人，由共青团组织到风景区游玩的。领队说："先是见一个小伙子骑车同我们汽车比赛，大家还挺开心。好多人都又喊又叫地笑骂他，不料他一超过汽车就撞进去了。不过很显然他是故意往里撞的。"

目击者之二说："我们笑骂他，他也还嘴，不过声音不大，听不清他喊的什么，谁也没想到他会自杀。"

目击者之三说："在风景区餐馆我见过这人。他还得意扬扬喝了两瓶啤酒。为了抢座位跟一个妇女吵了一架。他很会骂人，话骂得又刁钻又下流，当然那女人也不逊色，我根本没想到能那样骂女人的人也会有自杀的念头。"

目击者之四说："我站在车前面，那小子超过我们车时，我还骂了他一句，说超到前面来就多活几年？没想到刚说完他就死了。他是故意往车轮下歪的，司机没责任。"

目击者之五说："那小子混蛋一个。想死去跳河好了，何必撞汽车，让我们白白待了好几小时不能回家。司机小白第二天要结婚。为了这，婚期延长了一个月。现在这么热结婚，睡觉都不能抱着。那小子的确死得混蛋。"

司机去外地度蜜月了，得两星期之后才能回。夏春冬秋从目击者那里得到的是千篇一律的情况，无疑小男是自杀。

麦子说："小男有几个狐朋狗友，说不定他们知道点什么。"

夏春冬秋说："干这种调查比谈恋爱还吸引人，我一边干一边写小说，第二章已写完了。"

麦子说："你又恋爱了？"

复春冬秋说："怎么不？"

麦子说："还是缓缓为好。香香下个月就走了。而且，我不再让她来了。"

夏春冬秋说："那与我无关吧。女人又不是出租车，挥手即去，招手即停。"

麦子笑了，说："好吧，那你还是当巴士吧，该停时自己去停。"

夏春冬秋亦笑，说："若想上车，你得自己找个站去等着。"

说罢两人均嘎嘎大笑，笑得咖啡厅的人均怒目而视，唯女招待一脸紧张过来问："我们还有什么没做好，请指正，请指正。"

城市里的宾馆饭店酒楼商场日见伟岸豪华，个个膀大腰圆一如大丈夫比试肌肉看谁强壮丰实。唯将医院学校幼儿园挤得宛若大户人家的小媳妇一脸酸楚地蹲在高墙大院的角落。极让人觉出人活一世有吃有喝有商场逛即足矣，至于生病以及上学以及入托那都是外国人的事。麦子就此话题曾同邬经理探讨过。邬经理笑说："这真是简单不过了。就像老百姓，把买衬裤的钱攒起来买冰箱放客厅里。来人见有冰箱而不见无衬裤矣。"麦子想想也是，便不多语，何况他已不必上学读书且进医院也有门路，管那么多政府的事干什么。

麦子同夏春冬秋相偕去了"醉太白"，"醉太白"乃市里一流的酒楼。一流的酒楼往往装饰极雅致，设施极考究，服务极周到，但菜肴却不见得比个体户小摊强得了什么。不过麦子和夏春冬秋这样的人对吃的氛围看得比吃本身要重要。故而总是一次次宽容了大师傅的手艺而屡屡光临"醉太白"。雅座里光线柔和舒适，桌椅洁净光滑，杯碗晶莹明亮（偶有缺柄破瓷的，外国人来了不拿出来就是了），且有白衣裙少女递菜送热毛巾，时而笑微微为你斟满酒杯。远远的，有极轻松的音乐和风缓缓而来。如此这般，被麦子和夏春冬秋称为"惊人的优雅"。便常笑说人若是能活在这种境界里，那么做人也就还有点意思了。

建筑公司邬经理早已在酒楼恭候新闻界诸人士了。干这种事人们一般比较准时，绝不似开这个那个的会议，通知八点你尽管九点去绝对不会迟到。酒菜准时上了桌，一碰杯，彼此便不分主客了。你来我往，甜言蜜语多得比桌上肥肉更让人腻。邬经理极能饮酒，亦极能劝酒，众人便纷纷夸说此乃典型的干部人才。并举例说某工厂为了能陪好上级的各类检查团，专门将车间一个极善饮酒的锻工提了干。锻工喝一斤半白酒仍能轻松地骑着自行车回家。每来检查团，只要有他出马，各路人员均能满意地打着嗝出厂大门。为此厂里每项检查都顺利得到通过。全厂干部无一不说那锻工是这些年新发现的特殊人才，弄得厂里一帮酒鬼均称自己是人才并谋求改换办公室的工作。邬经理是不是因酒而提干的，尚不得知。麦子在见他一连干下八杯白酒依旧谈笑自若时，不由大叹，说看来邬经理的官还能大下去，的确是非同小可的人才。说得邬经理朗声大笑，笑完又将手中一杯一饮而尽，此乃第九杯了。

夏春冬秋笑说："若能饮酒且又能将马屁拍得尽善尽美，那么一个人的前途便不可估量了。"

小丛说："拍马屁已过时了。人人都拍马屁，马屁便只是一个马屁的价了。"

夏春冬秋说："这话有点道理。比方《红楼梦》里，人人都拍老祖宗的马屁，只有王熙凤插科打诨地反着话说，结果倒是受宠不过。"

麦子说："那其实仍然是拍马屁，只不过艺术性高一些罢了。"

邬经理说："王熙凤的马屁显得人不那么贱。而有些人，好话堆成山，他就觉得他卑微。人既卑微，一日到头拍别人马屁也就理所当然了。"

小丛说："对对对，我们经理就喜欢王熙凤这样的底下人。此外，经理本人也具有王熙凤式的艺术水平。"

小丛的话引得众人哈哈一笑。邬经理待大家笑过，便拈须扬眉，神采奕然地说："这一说我就非得'王熙凤'一次喽。讲个故事给大家解解闷吧。"众人皆吼："欢迎欢迎。"于是邬经理说："我老家最近传出个笑话，我一个远房亲戚，因婚姻问题想不通，便去供销社买了瓶农药。这愣小子进家门咕噜咕噜将农药灌进肚里，然后找了件新褂子套上，打算去其恋人家一死了之。不料那家伙蹲在附近等药劲上来等了老半天也没什么反应，只好败兴而归，大骂供销社。其父弄清原委，喜极而泣，知道亏了假农药才救得他儿子一命，便连夜请人用大红纸写了感谢信，一大清早便贴在了供销社门口。"

在场人，连同端菜倒酒的女招待均听得目瞪口呆。麦子最先缓过来，说："可谓精彩漂亮。"

邬经理说："所以现在流行的是以假充真。各行各业都如此。比较起来我们建筑部门倒强多了。不管怎么样，那房子总归一砖一瓦砌起来，看得见触得着。"

众人皆打着嗝喝着西米银耳汤说："那是，那是。"

邬经理又说："纵然有一点什么问题，也是一目了然，何况只要我们一发现，改正的速度比闪电还快。总归不会出个毒酒毒盐那一类的后果。比方市博物馆大楼，有几处小地方不太合标准，对方并没提出什么异议，但我们发现了，仍然要用百分之百的力量去修正，我们的目的就是要用户百分之百满意。哈哈哈。"

麦子心里暗笑，不觉望小丛。小丛却正点头磕脑地应和着是呀是呀，极正直和虔诚的一副面孔。记者们便打着响嗝异口同声说不错不错。麦子将嘴贴近夏春冬秋的耳根，说："人若能修炼到邬经理这地步，也算没白活。"夏春冬秋笑答："此乃智者。你爸爸之类尚够不上这等档次。"正说时，小丛忽而大叫："你俩分的什么居？在大庭广众下还亲嘴亲耳哩。"说得满屋一哄，酒席便散了。

五

麦子已经几天没去香香那儿了，急得香香四处打电话寻找却无一次找到。既找不到麦子，又不能寂寞地活，便顺理成章地向别的英俊小生丢开了媚眼。好在香香姿色尚在，名声又大兼腰袋里钞票饱满厚实，为此英俊小生全心全意肝脑涂地一塌糊涂地拜倒在香香的超短裙下也是大大可以理解的事了。何况古来便有英雄爱美人之说，既爱了美人，又落得英雄之名，岂不美哉。唯一使香香有点扫兴的是：有个"英雄"居然问她，你同那么多男人好过，会不会有艾滋病？

麦子终于给香香打了电话，虽然香香已换了好几个情人，但仍然热情洋溢地向麦子撒娇。

麦子说："把我的行装清一下，有人晚上来拿。你想留下什么作个纪念就拿出来，除了汗衫短裤。"香香说："这么说你那块雷达表是可以留下的喽？"麦子方想起雷达表一直放在枕头下，不觉吞咽了一下，宛若吃进一只苍蝇，旋即笑说："只要你愿意，什么都行。我认识你几个月，最后也总算看到你聪明的一面。"没说完，她便挂了电话。麦子有点怅然，心想香香竟能根据话意挂了电话，可见得还是有些智商的。

麦子在办公室里搭了折叠床。次日便有手下人主动给装了布帘，将床桌分隔开来。布帘乃淡绿底白菊花尼龙绸，横空一垂，倒给生意味儿十足的办公室平添几分典雅之气。不料次日小丛来打探新闻界对博物馆大楼的反映情况，见此状，便夸下海口，愿将自己的两室一厅借出一室来给麦子住，一直住到邬经理帮麦子再搞到一套新房为止。且说新开辟的小区已盖起了二十来栋楼，虽然社会上为房子打架扯皮要人命地闹个没完，但他们想搞一两套永远是轻而易举的。麦子想想堂堂副总经理住办公室，无论多雅也仍然不雅。

兼之同小丛住一起，日日享用他的手艺也不失为人生一大乐趣，便欣然允了。周瑜打黄盖，打与被打皆心甘情愿，一如他麦子和小丛，吃与被吃皆心甘情愿一样。

　　当晚便喝了酒，小丛单身，尚未结婚。从前在乡下曾有过对象，但一进城便同大多数人一样不再喜欢土里土气的乡下女子了。尽管那姑娘为了他烫了发修了眉且买了高跟鞋满身上洒了浓浓的香水，小丛仍然嫌土。且说："猴不穿衣，让人还觉得是个猴，猴穿了衣服，猴性还在那儿搁着，便让人觉得人不人猴不猴的比原先还可嫌。"说得她当即哭脸，哭完又人不人猴不猴地跑到小丛妈那儿屋前屋后地伺候，忍着小丛妈没完没了的刁钻话，铁了心肠不改前衷。以致隔壁邻居村里村外皆夸那姑娘忠贞不贰实乃高尚情操，纷纷指点着那姑娘的背脊让自家女孩要学她那样为人。

　　麦子问小丛，进城后又交了女朋友没有。小丛说交了又吹了。现在看中了一个公共汽车售票员，已打听清楚她刚满二十三岁。父母亲皆个体户，十分富有，只是寻了几次机会都没能接近她。有朋友介绍他认识了一个叫熊熊的男人，说熊熊是最能帮人解决这一类问题的。麦子问："熊熊？住租界街黄房子的那个？"

　　小丛说："是呀是呀，你认识？"

　　麦子说："老熟人了。我有个同学叫王小男，住熊熊楼下，他俩是真正的狗熊朋友。"

　　小丛说："王小男？我认识他呀。就是他介绍我认识熊熊的。刚介绍没三天，那家伙就闯了汽车。"

　　麦子说："你怎么认识小男的？"

　　小丛说："他的车帮我们拖过几车材料。邬经理老丈人家盖房子，就是小男帮忙跑的车。这小子极够朋友，没刁难过一次，叫跑几趟就跑几趟。干了三个晚上，我只给了他一方木料。换了别人，起码要两方，另外还得加上其他小费。"

　　麦子说："想不到小男还有点大家风度。"

　　小丛说："那当然。要不我怎么同他交朋友。想不到你同他也熟，可见我的眼力。"

　　麦子说："那你知不知道他为什么撞汽车？"

　　小丛说："我也正奇怪哩。他让我帮忙搞套房子，说是要结婚。我答应考虑考虑，总不会就为这吧？"

麦子说："小男要结婚，真有女朋友？我还以为他自己吹牛哩。竟有女孩肯嫁给他。"

小丛大笑了，说："你这话说得好奇怪，男人就是一条癞狗，也会有女人找上门的。还听小男说他的女朋友是个什么大学生哩。已经同小男睡了好几觉了，真馋人得很。"

麦子说："大学生？大学生能看上王小男，那我就弄不清她那大学是怎么读的了。"

小丛说："你以为大学生就值钱了？一个个说话酸溜溜的，让我找个大学生，我的牙还受不了。"

麦子一笑，说："我也是大学毕业哩。"

小丛愣了愣，打量麦子一番，然后说："不那么像呀，你恐怕书读得不怎么样吧？要不怎的能跟我们这号人一块儿喝酒？"

麦子说："你的眼力的确不错。"

麦子带着酒意上床，按以往，头碰枕便呼呼睡过去了。不料这回却因了小男找了个女大学生朋友的事折磨得他翻来覆去辗转反侧使尽人间所有办法，却无法令自己沉入黑洞之乡。便只好眼睁睁盯着天花板想小男的事。

麦子跟小男几乎从小学同学一直到高中毕业，曾有一段时间，班上几个高头大马的男生天天追逐小男，追上即打，扬言说是练练拳头。小男虽欺软，但却格外怕硬，每日狗一样号叫着奔跑。麦子有一天看不过意了，仗义救了小男，自然自己也被打得鼻青脸肿。但从那次后，高头大马们再也没有动小男一根毫毛，使小男只剩得了欺负别人的历史。小男为此对麦子感激涕零，朝天俯地赌咒要给麦子做一辈子奴才。麦子不介意，由他去做，权当自己多了一条狗。十几年过去了，小男果真对麦子忠心耿耿，这使得麦子终于把这条狗深深印在自己心上。所遗憾的是，麦子为小男付出的代价远远超过他从小男那儿得到的实惠。小男为了追随麦子，经常去麦子家帮忙干活儿。比方拖个地板洗个碗什么的，干过一些回数后，麦子父亲便渐渐发现只要小男露过一下面，桌上的好烟及打火机巧克力外加小瓷人钢笔之类皆不翼而飞。有一回小男在晒台帮忙浇花又顺带偷了麦子姐姐小豆的三角裤。最要命的是恰恰被小豆眼疾瞧见了。当时不便发作，只是暗自忍辱落泪。待小男前脚出门，小豆便立即冲进麦子房间同麦子恶吵一架。父母大人归来询问，自然气得手脚冰凉，一律臭骂麦子不同自己一个阶层的人来往，尽交些下三烂的朋友。尤其是王小男，比流氓还下贱。骂完即下通告：若不同小男断绝外交关系，从此别想得到一文钱生活费用。起先麦子自是不睬，后来见情况发展不那么妙，掏起钱来愈来愈心跳手软像个上海街头的老百姓，委实在众朋友面前抬不起头来。他只好求了他父亲的朋友，着一身军衣去了部队。临了对小男说："这全是你把我送去当光荣解放军的。一想到起早床训练这一条我的肚子就开始晕乎乎的不像肚子了。"小男说："没问题，有我呢。"麦子为小男这话琢磨了好久，始终没弄明白它的内涵和外延。好多年后，麦子又回来了，小男则继续追随其后，不改初衷。于是麦子家的小玩意儿又开始不辞而别。好在麦子他爸已不介意了。现在的东西大多为外人所送，来得太易去之亦不惜。兼之小豆已出嫁，生了孩子，成了肥硕的娘们一个。其三角裤改换成大裤衩子，对小男毫无吸引力。但有一回麦子还是忍不住就小男贪小的议题择尽世界上最尖酸刻薄的话，将小男好好鄙薄了一顿。其目的倒不在于帮助小男改邪归正，而是因为麦子那天吃得太多，遵医生之嘱，得寻点事情帮助消化。小男偏着脑袋听麦子说，时而矫正麦子运用得不够熟练的时髦俏皮话，一副从容大度的大家派头，最后待麦子肠胃通畅了，连连放了数个响屁打了一串响嗝一头栽在床上昏然欲睡之际，小男方哈哈一笑，说："我若不拿，谁帮你家吐故纳新？不吐故纳新，你爸爸哪有那么多地方放东西？没了地方，岂不令好些人失去了拍马屁的机会？不拍马屁，这一辈子又该怎么活下去？我的行动虽小，却也是关系到国计民生的大事。"麦子听罢，不禁失笑，睡意顿去。禁不住高声赞叹小男虽龌龊，但却龌龊得深刻。

上午，两个前来洽谈生意的香港人西装革履，操着广东普通话一本正经同麦子谈判。谈了一会儿，其中之一突然脱了皮鞋，将一只右脚贴在左小腿上搓来搓去。发黑的尼龙袜使暴露在外的大趾头和脚后跟明亮得招人耳目。麦子不觉疑了心，便在自家的普通话中夹带了河北河南湖南江西陕西诸地的土语。此二人听懂了河南的。麦子便笑了笑，说："二位是河南人？"对方一听此话，不觉一愣，双方交换了一下表情。麦子说："可见得你们还不老练，撞到师傅门上了。回老家去吧，关起门来练习半年，再来我这儿试试，能过我这一关，你们也就能闯天下了。"那二人听得大汗淋淋，依然用广东普通话说："同志，你误会了，你误会了。"然后生意也不谈了，提了豪华公文包鼠窜而去。

麦子笑望他们背影，心想天下果然活了，什么样的人都能出来闯荡。笑完忽觉心口堵得慌，大有心肌梗死之意，便立即信手抓起桌边搁着的金庸之小说《鹿鼎记》读上几页便大笑不止，心口通道便又畅行无阻。

麦子想起来该给夏春冬秋挂个电话了。关于小男女朋友的信息无疑能为小男自杀之谜提供一点线索。

电话挂到报社，接电话者不提夏春冬秋在与不在，倒是一再追问：你是什么人？你找她有什么事？麦子说："你这儿是报社还是公安局呀？"对方说："你搞不清楚打什么电话？"麦子说："所以才请教于你嘛。"对方说："是报社，又怎么样？"麦子说："是报社就让人发愁了，怎么弄出跟公安局一个味儿？告诉你，我是夏春冬秋的情夫，你呢？"对方竟笑了笑，说："我也是。"然后"吧嗒"挂断电话。他的回答叫麦子怔了半天，心想若说气话倒也罢了，无非占了点小便宜，若来真格的，麦子咽了咽口水，压下去一些肚子里涌出来的醋意。

晚间麦子约了小丛一道去租界的黄房子找熊熊。敲门后，听得里面稀里哗啦地一片慌乱。麦子说："熊，别吓得成真狗熊了，那是要送动物园的。"话刚完，门即开了，熊熊给麦子当胸一拳，说话如吼："是你这狗东西。到手的运气全让你冲了。"

小丛立即点头磕脑说："冲了熊大哥的财喜，今后我来补，我来补。"

麦子进门笑笑说："熊，知道我现在的身份么？"

小丛忙说："麦子大哥现在是环宇公司的副总经理，相当于副处级了。"

熊熊说："这等好事还能不知？小男一天到晚挂嘴上给自己壮胆。中国的副处级比垃圾都多，这吓唬得了谁，就只把小男爹妈吓唬得一愣一愣的。"

麦子说："他爸愣什么，管谁多大的官儿，终究得归到他那儿去呀？"

熊熊说："我死后是不找小男他爸抹脸蛋的，他爸那手，粗糙。脸上不划拉一些印子才怪。再说，他爸每天坐家门口搓脚丫，他那手还能在你脸上来回抹？"

麦子说："你倒讲究。你的手不也是揩完屁股又拿油条吃吗？完了还用指甲进嘴里挑牙缝里的肉渣。"

熊熊说："文雅点文雅点，小心说得明日我不敢再抓油条了。"然后即笑，笑完问："麦子大哥轻易不上我的门，此行找我有何贵干？"

麦子说："听说你给小男介绍了一个女朋友？"

熊熊说："嘿，精彩极了，你也想要一个？"

小丛说："他有老婆了，是我想要。"

熊熊打量了一下小丛，说："你比麦子困难多了，你太瘦，打不过我，怎么也打不过。"

麦子说："又不要你，跟你打什么？未必夺你的女朋友？"

熊熊说："麦子这就不怕你聪明过人了。打死你你也猜不出我怎么给小男介绍朋友的。"

麦子说："打死我我自然猜不出，若活着还有可能性。"

熊熊说："你猜，起码我们在哪个公园后门碰上那丫头你都不知道。"

麦子说："可我已知道你们肯定是一个装歹徒一个装英雄，把人家姑娘弄到手。"

熊熊说："麦子你还真神哩。怪不得小男最服你，说玉皇大帝也比你差几箩筐。"

麦子说："这是老套子了，我老婆三年前的一篇小说里就写的这。"

熊熊说："真的？看的人不多吧？可别抢了我的生意。"

麦子说："怎么，干起了专业户？"

熊熊说："这叫专利，搞一次五十块。搞成功拿了婚票，再加一百。我主要给朋友帮忙，收费收得低。"

麦子说："小男那是第几次？"

熊熊说："小男开的头哩。"然后告诉麦子，小男一直想交个女朋友。可老没人看上他。好容易找一个，可那女人还没跟小男睡一次觉，就在有天上班时，被一个急刹车弄瞎了一只眼。只怪那只弄瞎的眼视力太棒，正好插在坐在椅子上的一个女人的毛线针上。小男虽想女人，但也不打算找个瞎子，便立马同那女人吹了。熊熊说我劝他花点钱到火车站找暗娼玩玩免得一个人闷得慌。小男不干，说是自己已经这么干瘦，再得个花柳病，小命就保不住了。熊熊又说我又劝他不如强拉个女孩算了。小男不敢，说是坐牢倒不怕，万一碰上了严惩时期，被枪毙了也太不合算。小男既不干又不敢，便只有在汽车上一脸享受地捏捏女孩的屁股，再不就趁邻居没留神顺手偷几条女人的三角裤穿上，熊熊说罢大笑，说唯有小男撞汽车这一回，让人觉得小男归根结底是个男人，有股男人气。

麦子说："小男的女朋友是哪儿的？"

熊熊说："在松林公园捡来的。"

小丛说："这么容易？"

熊熊说："松林公园后门边你知道，虽有路灯但从来没亮过。我带小男去那儿，告诉他只要听见女人叫喊声，就冲上前营救。小男笨狗一条，说是我打架不行，若被人揍了几天都回不了原形。我说老子能把你往狠处揍吗？小男这才醒悟，忙说他是沙鼻子，一碰就出血，你用胳膊拐一下那儿，别处最好都不碰。我首先便踢了他一屁股，自己去了。只一会儿，便见了一个女孩过来，我刚拦腰一抱，她便杀猪般地叫。小男倒快，颠颠地冲上来。刚想打我，又缩回了手，结果他这狗绕到我背后，两手爪伸进我腰眼里死命挠痒痒，弄得我几乎笑出声来。说他笨，他也鬼。老子浑身一软，松了那女孩。最后气他不过，把他踢翻在地。"

麦子和小丛听到此也忍不住笑出声，仿佛也有人正挠他们的腰眼似的。熊熊说第二日小男找上门，说是幸亏熊熊踹了他一脚，那女孩原准备逃命的，小男躺在地上便"哎哟"起来。女孩只好回转身，扶起小男，且一边替小男拍灰一边说感谢话。小男说太多了，再说几遍谢谢，我还得再救你一次才能消受得了。女孩笑了，说是你这么瘦怎敢同那个肥壮的流氓打？小男说我是不敢而且打不过，但是我能用智，我到他背后挠他的痒，他就没劲了。女孩一下子笑得咯咯咯喘不出气。小男越发上劲了，说笑死了挠痒也救不了，快哭几声调剂一下。这么一来一去，女孩就由着小男送她回家了。且还说欢迎小男去玩。

小男之后拿出五十元钱给熊熊作为答谢，且说如拿了婚票再加倍给。熊熊轻易得了钱，才想出这条绝妙的生财之道。

小丛说："我先付一百块钱，事成之后再加倍。"

熊熊说："有钱就好办。你要的那女人不像小男那个，小男那是碰上什么是什么。你是指定的，不好跟踪，所以……"

小丛说："不必说透，小弟心里明白。放心好了，我舅舅是建筑公司经理，腰杆不细。别人办不到的他都能帮我办到。"

熊熊说："好说好说。"

麦子说："那女孩是大学生？"

熊熊说："原来听说是，后又说是电大毕业。在邮局管发电报。我去看过一次，见长得还俏，但嘴巴最毒。你去洪桥路邮局，谁最凶谁就是小男的朋友。可怜小男不知被那母夜叉怎么给整得闯了汽车。"

小丛说："不会不会，不会是这个原因。小男还让我帮忙搞房子结婚哩。"

麦子说："熊，小男死之前，有没有输钱的事？"

熊熊说："屁输，他死的头一晚赢了个肚子发胀，给我的地盘费是三百五十。"

麦子说："会不会有人抢了他的钱，他想不开自杀了？"

熊熊说："银行在隔壁，他百分之百转身就存进去了。"

麦子说："那小男一个人跑风景区干什么呢？他平常总是开自己的车到处跑的。"

熊熊说："他的车倒是在修理厂。为什么去风景区那里得去问洪桥路邮局的母夜叉。不瞒你说，麦子，我想问问，小男已经死了这些天数，你打算干什么？可以发一笔死人财？"

麦子笑笑，说："有可能。"

熊熊说："那你如果不让我提点成就不公平了吧？"

麦子说："是。"然后告辞出来，小丛要留下继续同熊熊协商帮他搞对象的事，便交了门钥匙给麦子，让他先回。

麦子出了黄房子，甚觉精神恍惚。记得夏春冬秋说过她那天一出这个楼来便在街头呕吐了一地。麦子不觉亦有呕吐感，一摸口袋，内里装有一瓶风油精，便三七二十一全不顾，仰头往嘴里倒了大半瓶。苦涩且不说，一吐气，几米内皆飘浮起风油精的气味。

麦子恍惚中竟闯到夏春冬秋处。分居以来，麦子还是头一次回来。时已十点，夏春冬秋只开了一盏台灯，满屋幽暗阴森一派寂寥之气。夏春冬秋蜷腿坐在沙发上，一支烟已抽去了大半。夏春冬秋说："你来干什么？"

麦子说："想老婆了，回家看看。"

夏春冬秋说："到下一站等着吧。"

麦子说："你情夫是报社的？不怎么文明嘛。"

夏春冬秋说："兔子不吃窝边草。找报社的人发疯。"

麦子说："那是哪儿的？"

夏春冬秋说："小说里的。这段情还没了结。"

麦子说："看来我老婆还贞洁，今天收留我么？"

夏春冬秋说："今天还打算贞洁贞洁。"

麦子说："那好吧。"

麦子刚出门，觉出一些凉意。夏春冬秋追上来，递给麦子一件外套和几片口香糖。夏春冬秋说："想呕吐时嚼嚼口香糖，立即产生我们的生活比蜜甜的快感，然后吐意全失。"

麦子推开口香糖，披了外套，笑笑说："我们可不都是在甜水里生甜水里长的么？甜得发腻才呕吐，来不得口香糖。"说罢，摇摇晃晃融进夜色，与迷茫之黑雾合为一体。

六

报社里这一段日子气氛紧张。早几月便有闲言碎语说即将评定职称，业务人员纷纷奔走相告欢呼雀跃勾脖伸脑地盼望这一天的来临，唯行政干部一个个垮下面孔，把一肚子不服气挂在脸上。岂不料，喧哗一阵子，职称评定一事竟渐渐愈来愈没了声气。副刊部主任是个豁达大度之士，便在会上劝慰众将士，说是得缓缓，国家没钱。众人亦不愧为豁达大度之士的部下，皆笑说没关系，等国家有了钱再说。不料"国家没钱"一说出笼没几日，渐渐地到处提拔了一些处长副处长之类且一夜之间全都将工资补得恰如其分。那些曾经垮下去的脸也在一个清早一律又圆了起来。

夏春冬秋们便纷纷质问主任，主任笑说："你们这么聪明的人，怎么一下子全都傻笨起来了：加工资的事原本就归处长科长们管着，自己都有份儿，能让它们多过几夜吗？他想偷懒，他老婆还不干哩。"质问者们想想也是，活儿虽是自己这一伙干的，但自己这一伙得归人家管。自然得看着人家红红胖胖地安顿好自己的日子再用一点闲暇来安顿尔等诸位。好在全国都一样，并非自己报社特殊，也就罢了。更何况拿了钱的那帮处长什么的自然会一脸慈祥地开会发言要你为国家着想，替国家分忧。

评职称的事终于开始落实了，开始之后方晓得没有人会让你轻轻松松拿个职称又增长工资的，报社这回是试点。文件下达后，全社职工皆放下手中一切事情，比如写小说写报告文学采访名流到风景区开会旅行结婚休假探亲住院疗养送儿子去北京上大学诸如此类。职称评定核心小组人的家中开始渐渐多出了高级香烟，上等好酒，土特产以及新鲜柑橘鱼虾螃蟹诸物。登门造访者不厌其烦地述说自己的功绩，一直说到你觉得若不将他弄上一个满意的职称他便唠叨到你自杀的那一刻。

副刊部一向有些吊儿郎当，这些时候却出其不意地人员整齐。每日学习精神领会意义自我表态填表格自传集中讨论个别交换意见群众评论核心小组再复议再研究再潜伏下去摸底再调查核实鉴定……累得人人死去活来提心吊胆相互窥探暗中比较并且乐此不疲，都道职称虽是虚荣，评不评皆干一样的活儿。但倘若评职称关联到涨工资的问题，这便一切都实。谁让小白菜四毛钱一斤而鸡蛋一块钱三个半呢？

夏春冬秋在买了小白菜和鸡蛋过后，便见人则立即堆一脸子的笑容。人亦将笑容堆得一脸。同事之间关系突然间亲密友善得全体以为进了"文明礼貌月"。唯腮帮子因笑得太频显得酸胀且略有变形，以致熟悉不过的面孔一律多出些陌生感来。

这时间持续了好几个月。夏春冬秋终于有些不耐烦了，便想起自己十天休假再不用便过期了。于是去了主任办公室告假。

主任正跷着二郎腿侧身疾书着什么。听人推门没抬头即说："有事明天来，我这会儿正忙。"夏春冬秋说："若是明天的事还会提前到今天来找？都这么先进现代化就早实现了，我这是半个月前的事哩。"

主任抬起头，叹一口气，说："夏春冬秋呀，是你找，那我就是失火也得放下水桶。"

夏春冬秋说："这您就错了，现在都用灭火器。"

主任说："我说的是农村失火。"

夏春冬秋笑了，说："什么事这么紧张，该不是写什么交代材料吧。"

主任说："不不不，我的问题历史早做出了结论。现在是关系到高级职称的问题。"

夏春冬秋说："您还要那玩意儿干什么？扛着不怕累？您现在是处座，处座相当于正教授，大学里分房子都是这么排列的。"

主任说："副编审的派头比处座大多了。房子嘛，我已经有三室一厅了，并不指望副编审的牌子能弄到比这更好的一套。只是业务职称表示对一个人一生事业的评价问题。"

夏春冬秋说："处长的官衔难道不是对一个人一生事业的肯定？"

主任说："小夏你是聪明人。处长这席位什么混蛋都能坐，只要马屁和运气畅通，但混个副高级就不那么容易了。"

夏春冬秋说："虽这么说，但您又何必发愁？反正决定职称都是你们这些处长局长什么的，互相抬举点，把自己弄上去还不是跟搞套房子一样容易的事？您连这点深刻都没有？"

主任说："你说得有道理。只是趁现在还是有权说了算，得抓紧才是。"

夏春冬秋说："职称得多久才能批下来？"

主任说："短则一年，长则三年。"

夏春冬秋说："那大家的腮帮子怎么受得了这种持久战？"

主任说："今年冬天落实知识分子政策，每人发只口罩。"

夏春冬秋说："这个主意倒不坏。"

主任说："我们老的都不急。你年轻，更要对这类事采取从容态度。俗话说，好事多磨。时间越磨得长，届时大家才能加倍地产生喜悦之情，这件事的意义也就愈加显得重大。"

夏春冬秋说："太深刻了，那我将专门去各大学采访一下那些磨够了而格外激动的教授们，弄一篇叫得响的稿子。"

主任一拍桌霍地站起。夏春冬秋吓了一跳。主任说："小夏，我就是欣赏你的这种机智灵活。这个点子好，争取搞个头版头条的通讯，让广大知识分子倍感党的雨露甘霖。"

夏春冬秋说："没问题。不过，从下星期一起，轮我休假了，全年的。"

主任想想说："今年很忙。你这个重头稿也作点准备。是不是再缓缓？"

夏春冬秋说："可以考虑。"

主任说："另外，可以给你透露，不少同志都认为你已够了党员标准。我们想下一批发展你。如果你能放弃今年休假，我介绍你的情况时，有利条件就多多了。实在怕吃亏，明年我多批你几天就是。"

夏春冬秋笑了，说："这等美事留给别人吧，我不敢当。"

主任说："我劝你灵活点，入党不入党完全不一样。说句真话，假如犯了什么法，还可以有个开除党籍缓冲一下，要不一下抓进大狱那味道不怎么好受。"

夏春冬秋说："这还算条说得过去的理由。不过，我想写一篇'蹲大狱印象记'的文章，一直愁没有机会哩。"说罢，夏春冬秋走出门口，关门时丢下一句话："就为这，下星期一起，我十天不来！"

夏春冬秋果然不顾主任一片好心，一意孤行地在家休假了。有知其事者皆奇怪夏春冬秋一向聪明伶俐为何这次将一块分明到嘴的肥肉给扔了。夏春冬秋笑笑，然后一本正经解释说："我减肥。"此话传开，又有人议论，说夏春冬秋很苗条减什么肥呢？

休假头三日，夏春冬秋在家蒙头大睡，指望梦中能寻见一块乐园并借此时机好好放松放松。不料两日两夜睡过，皆无梦。无梦也罢，却将头睡得宛若有人装了炸弹随时可能起爆般的痛。便又吃去痛片抹风油精刮痧按摩热水袋敷凉毛巾浸，用尽世间去痛方法，仍未将炸弹取出。这才明白睡得太厉害比忙得厉害更为痛苦，于是又熬了两个通宵看书，方将神经平衡了过来。

"我还将说吗？为了要来到那里，/来到你在的地方，离开你不在的地方，/你必须沿着一条其中没有狂喜的路走。/为了来到你所不知道的地方，/你必须用一种无知的方法去走。/为了占有你没有占有的东西，/你必须用一种剥夺的方法去做。/为了成为你还不是的人，/你必须沿着你还不是的那个人走的道路。/而你不知道的东西正是你唯一知道的东西，/你拥有的东西正是你不拥有的东西，/你在的地方正是你不在的地方。"书上总是这一套。

麦子找到夏春冬秋时，夏春冬秋正一脸发呆地望着桌上一堆稿纸。稿纸上一片空白。麦子说："打算写一部无字书？"夏春冬秋说："若有出版社肯用倒可以一试。"麦子笑说："那还不如让人买图画本得了。"夏春冬秋说："书脊上注明此乃小说，便具有了同图画全然不同的意义。"麦子说："那稿费怎么算？出版社可是论字给钱的呀。"夏春冬秋听罢大笑。

麦子从包里摸出一套书，说："我劝你读读这个。读通了，便懂得如何生活。"

夏春冬秋接过翻翻，见是金庸的《鹿鼎记》，便说："听办公室人士议论过，说是有一个天底下最聪明的人叫韦小宝？"

麦子说："正是。做不成史可法郑成功之类人物匡扶天下精忠报国为己任，做个韦小宝也是不错的。"

夏春冬秋说："其实你我谁也做不了，只能做金麦子和夏春冬秋。"

麦子说："此话怎讲？"

夏春冬秋说："因为文化。因为你知道黑格尔马克思萨特，知道孔子老子庄子，还有李白李清照鲁迅巴金郭小川以及步鑫生张海迪鲁冠球以及邓力群诸人士，你就只能成为你自己。韦小宝则只是你的一个梦或是你的一点自我慰藉。"

麦子说："我原本想好今晚回家住的，看来还是不行。我叫你一开口，浑身上下筋骨到每一根汗毛都累。"

夏春冬秋一笑，说："你知道累，这本身就做不成韦小宝了。"

麦子说："那我就还是告辞的好，洪桥路邮局去过了？"

夏春冬秋说："险些忘了。"

麦子说："小男走的路似乎本是你该走的。"

夏春冬秋说："但小男已挪用了我的归宿，我只好留下他的了。"

麦子说："这倒不错。小男的名言是'好死不如赖活着'。我希望你尊重他。"

夏春冬秋说："当然，这也是小男死后我悟出来的。"

麦子几乎没落座又告辞。夏春冬秋随他一块儿出了门。太阳有些刺目。夏春冬秋几天没出屋，不觉感到眼睛酸胀，有初黄了的树叶在她朦胧的目光中飘落。

洪桥路紧靠洪桥，洪桥乃城市中一座老旧的石桥。早年也是繁华之处，因了新的石桥修在了百米开外处，这儿便显得寥落起来。洪桥路邮局虽立在桥头醒目处，但其中邮客只三两人来去，唯门口倒卖邮票的一团一丛围得密密匝匝。

夏春冬秋果然见得一个俏丽的女孩在"电报"的小牌之后，欲上前打探时，方想起并不知其名姓且并不知此女孩是否便是小男的那个。夏春冬秋略一思索，便买了一张电报单，恶作剧般写道："王小男自杀身亡所欠款项请寄我处。"

女孩趴在"电报"小牌后打瞌睡，脑袋时而被睡眠压迫得往胸前一坠。夏春冬秋唤了几声未见动静，便屈起中指敲了敲工作台。那女孩打了个呵欠，方睁眼，见夏春冬秋便吼一声："敲什么嘛？放文明点。"

夏春冬秋笑笑："文明是要用在文明人身上的。"

女孩说："你要干什么？嬉皮笑脸的。"

夏春冬秋说："要发电报。你打算干什么？虎视眈眈的。"

女孩用鼻子哼了一声说："你认识了几个字还丢词。凭你这样子送妓院都不够格。"

夏春冬秋说："你长得倒像个城里的女孩，怎么这张嘴的水平跟乡下的公共厕所一个档次。"夏春冬秋说完又笑了笑。门口几个看倒卖邮票的人听见吵架顷刻围上，听得此一说，便哄然笑起。

女孩大怒："笑什么笑？一个个没文化的样子。"

笑者之一说："你也差不多嘛。"

女孩说："笑话，我电大毕业，文凭拿到了手。"

夏春冬秋说："这一说你就更不能吵了。我是本科毕业，应邀给电大新闻专业当了三年授课教师。"

女孩打量着夏春冬秋，然后说："你？吹牛又不犯法。鬼才知道。"说罢，一手抓过夏春冬秋的电报单，看了好半天没说话。

夏春冬秋说："没什么生字呀，电大生应该都认识。"

女孩放下电报单，盯着夏春冬秋说："你是王小男什么人？"

夏春冬秋说："发电报还查户口？你说我是什么人呢？"

女孩说："告诉你，我是王小男的女朋友，我有权问你。如果你是第三者，我就能找到你单位告你。"

夏春冬秋说："哦，你就是小男的女朋友？我叫夏春冬秋，是金麦子的爱人。你听说过金麦子吧？"

女孩大惊，说："你是麦子的夫人？在报社？"

夏春冬秋说："是呀，还想跟我吵架？"

女孩立即堆一脸笑，软声软气说："不不不，夏姐姐，都是我有眼不识货，请原谅。麦子是小男的好朋友，我们也应该成为好朋友。"

夏春冬秋说："行呀。只是我想问问小男自杀前有没有什么反常情况。"

女孩一听便流开了眼泪，边哭边说："对别人我不好说，对你，夏姐姐，我说真心话，小男是为我而死的。"

夏春冬秋说："为什么？"

女孩说："我每星期二四六都去小男家睡觉。但是那个星期六我有别的事，没有去。第二天小男就自杀了。我知道，他爱我爱得很深。我没去，他很痛苦。痛苦得受不了，就寻了死。我不敢跟别人说，怕小男家怪罪我。万一抓进牢里，我就活不下去了。"

夏春冬秋说："就为这点事？不太可能吧。"

女孩说："怎么不可能？你完全不了解小男，小男是一个极专一极痴情极温存的男子，既具有英雄的气概又具有诗人的缠绵。他离我而去，使我痛不欲生。"

夏春冬秋说："那你知道他为什么一个人跑到风景区去呢？"

女孩说："正是因为他去了那里，我才知道他是为我而死。"

夏春冬秋说："为什么？"

女孩说："因为我们第一次……是在风景区的树林里。我经验很丰富，小男几乎是我教会的，所以那一次他特别开心。他回忆了自己曾有过的好时光，就带着满足的心情去死了。"女孩说至此，又流开了泪，一串串的，在日光灯下，很是晶亮。夏春冬秋看去觉得甚有趣。

已另有拍电报的人站成了队。有人全然不理解女孩的悲伤，开始发牢骚："是工作要紧还是聊天要紧？眼泪留着晚间被窝里流吧。"女孩双眉一竖，伸出手指指点着牢骚者鼻尖云："老子想聊天就聊天，要流泪就流泪，未必还留在被窝里给你看？"这一说便有几个嬉皮笑脸哄起而笑，下流话如水泡一咕噜一咕噜往上冒。夏春冬秋见之不妙，便趁女孩不备，抽身溜了。

孰料夏春冬秋正开自行车锁时，女孩追了出来。女孩说："夏姐姐，我想问问是谁欠了小男的钱，欠了多少。我跟小男虽没打结婚证，但我们是事实上的夫妻，这一点他们全家都知道。他家小甲可能还亲眼见过。所以我觉得……"

夏春冬秋说："我觉得这事得去问上帝。"说罢蹬上了自行车。

女孩跟车后追了几步，喊道："这是很重要的事，我要请律师来过问。我男朋友的爸爸是公检法的……"女孩费了好大劲方把"炊事员"三个字吞进肚里。又喊道："我叫钱小品。"

夏春冬秋遇到第一个电话亭便下了车进去给麦子挂了个电话，说了女孩谈出的小男之死因。麦子说："纯属屁话。小男死的头一夜在熊熊家打麻将而且赢了一大笔钱。"

夏春冬秋听罢半天不语，麦子说："喂，喂，喂，你怎么不说话？你怎么啦？"

夏春冬秋长嘘一气，方说："我不舒服。你晚上能不能……回来一下。"

麦子说："需要我干什么？"

她说："把韦小宝最精彩的一段读给我听听。"

七

休假的最后一天，夏春冬秋终于找到了开车碾死王小男的司机小白。小白是一个潇洒的小伙子。见夏春冬秋便落落大方说："你还很有点记者风度，就是眼光有些阴郁，好像全世界都欠着你什么。"夏春冬秋微微一笑，说："看得出，你是个不同凡响的人。"小白说："老三届的，做过红卫兵领袖。领略过世界。我们那时常用的词是火眼金睛。"夏春冬秋说："怎么到这年头才去度蜜月？"小白说："离了，这是第二轮。"夏春冬秋说："怪不得你眉眼间都是喜气。在中国能享受两个女人的人也不多嘛。"小白说："那自然。"夏春冬秋说："听说那个自杀的王小男害你差点误了婚期。"小白说："可不，而且还害得我现在见不得白色。一见便有那家伙的脑浆在眼里晃来晃去。"夏春冬秋说："豆腐是没法吃的了。"小白说："快别提了，我已经有点儿作呕了。"然后走开几步干呕了一会儿。

"不过，"小白干呕过来说，"那小子自杀倒是救了我的大驾。"

夏春冬秋说："为什么？"

小白告诉她，交通大队来现场检查时，所有人都证实王小男是自己撞车死的，司机毫无责任。那时，他坐在路边一动不想动，突然在往车底看时，他发现汽车前轮的横拉杆脱了一边，横拉杆脱落，方向盘即失灵。下山那一路宽且直，他一直没发现。倘再开一百米，路向左拐，他的车就有翻下坡的危险。小白说这种巧合只能说是上帝帮助了我。

夏春冬秋忽而心动，说："王小男在后面追汽车时是不是高喊些什么？"

小白略一回忆，说："好像喊过。"

她说："倘若他想自杀，为什么要大声喊叫呢？"

小白怔了怔，没有回答。

夏春冬秋觉出心里蓦然开了一扇窗，一切都透亮了，不由兴奋起来。她说："我调查了很长时间，找不出一丝一点可以使王小男自杀的原因。而王小男这样的人，据我对他的了解，他也没有头脑想到自杀或者说没有力量进行自杀。那么，目前就有另一种可能：那便是王小男发现了你们的危险，便开始追你们。喊叫无法使你停车，他便走了极端，即舍身救人。"

小白说："这种可能性倒有。"

夏春冬秋突然叫起："一定是这样，是这样！王小男本人是司机。"

小白带了夏春冬秋向毛线厂领导详细汇报了这一新发现。厂领导甚觉意外，重新召集起那一日车上所有的乘客。便有目击者纷纷说："的确听他喊'停车'二字，以为他想搭便车，车上人便都起哄。"又有人说："他喊时还不断扬扬手，一副很焦急的样子。倒是不像去自杀的神态。"更有人说："似乎记得听到他喊危险，以为他在欺诈。"

线索越来越多，团委书记忽然想起，说："可以向那个农民调查一下。他的自行车是我们厂赔的。他说王小男抢了他的车。王小男为什么要抢他的车呢？"

夏春冬秋说："有这事？那必须找他查问一下。"

厂里当即便派了小白和团委书记二人陪夏春冬秋驱车去风景区。在那附近找到那农民。农民说他正站在路边小便，一辆汽车开过后，突然听得身后一个人叫了声："哎呀，不好！"冲上来蹬了他的自行车便追汽车去了。夏春冬秋对小白说："如果小男自杀，他不会这么叫，只能是这时他发现了车的问题。"

情况再次汇报，没有一个人再否认小男之死乃是为救人救车。一夜间，小男便成了英雄。所有骂过小男的人皆后悔不已。毛线厂厂长是个脑袋瓜灵活的改革家，当即紧握夏春冬秋的手说："夏记者，王小男同志救了我们厂几十号人，是个英雄呀，你们报纸得好好宣传宣传。"转脸又向众厂员说："凡是目击者都写写纪念文章。我们厂要利用宣传英雄的机会把厂名打出去。在轰轰烈烈的学英雄高潮中将我们三个产品的毛线也宣传得轰轰隆隆。上个月的新品种取名为'学男'牌。"厂长话音刚落，轰起一阵掌声。小白对夏春冬秋说："王小男看来既救了人又救了厂。"夏春冬秋说："怎么讲？"小白说："厂里毛线积压惊人，月月亏损，这回指望翻身了。"

夏春冬秋叹一气，说："想不到生之王小男没干过一点好事，死之王小男却如此了得。可谓生如蝼蚁，死如泰山。"

毛线厂将感谢信和向王小男英雄学习的标语贴至小男生前工作过的化工厂里，几乎全厂领导都笑得一仰。厂长叹道："若是王小男一夜间变成癫狗，厂里人会认为那是很自然不过的事。可惜小男一夜间变成了英雄，就实在有些让人们心里不好想了。"

夏春冬秋说："不好想什么？"

厂长说："不好想英雄这个词是不是卖不出去而大跌价了。"

毛线厂去送感谢信的宣传部长说："不能这么说嘛，无论癫狗癫猫，没有王小男，就会有另几十条生命横尸人间。要允许英雄有缺点嘛。"

厂长又叹一口气说："那也只好这么想了。"

化工厂工人们见王小男的放大相片挂在大门口时，皆笑得一哄一哄。笑完，颇不解。互相询问，待得知小男之死实实在在是为了救一车人命，便也通情达理地接受了。纷纷感叹：小男癫活了一场好死了一次，倒也不失为一条汉子！

夏春冬秋带了采访本寻些小男的生前好友意欲发掘一点闪光的东西为小男装饰一下。英雄至少有百分之七十皆为人所塑造，这也不是夏春冬秋的发明。为此，她暗想自己那支笔塑造小男还是绰绰有余的。

被夏春冬秋问到的人，一提小男皆首先嗤嗤发笑，夏春冬秋亦笑，自己先说："小男的劣迹我已尽知。比方借饭菜票从来不还，喜欢在女人面前占点小便宜，还有工作时能偷懒则偷懒。如此之类，多如牛毛。正因为他是这样一种人，所以对于他能舍身救人我们都感到惊讶。我要了解他正面的一面，也是想寻出他这么做的根源。"无论夏春冬秋把这话说了多少遍，人们还是很难想出小男在厂里到底干过什么好事。

终于有宣传科科长说了小男是一个勇于承认错误心胸豁达的人。夏春冬秋请他举出实例，他拉了夏春冬秋在一边说：厂里有小青工议论保卫科长同人事科副科长，她是女的，有点那个关系。保卫科长的儿子同王小男在一个车队，坚持说那纯属谣言。小男不服，便说可以验证一下。结果他请了一个女司机学人事科副科长的声音给保卫科长打了电话，娇滴滴地约保卫科长晚间去松林公园石桥下的小木椅处幽会。然后自己又模仿保卫科长的声音给人事科副科长挂了电话。这一切都是瞒了保卫科长的儿子干的。晚间，汽车队一帮喜欢凑热闹的小伙子约了保卫科长的儿子一起去松林公园，告诉他说有一件极有趣的事即将发生。一伙人埋伏在石桥周围。果然见有一男一女先后到了小木椅处坐下，然后拥抱然后接吻然后又是一些不宜公开的动作。到此时小男一声"冲呀"，小伙子们连同保卫科长的儿子一起皆亢奋地冲了过去并形成包围圈。结果当然证明了厂里流传的那些话并非谣言。保卫科长的儿子上前先将他老子揍了几拳头，接下转身揪住王小男死命地揍了一顿。有趣的是，当下围了好几人都无一上前扯劝。保卫科长和人事科副科长丢尽脸面不说且还受到调离原工作岗位和党内警告处分。但参与这件事的所有人都没有什么好果子吃。说是全部将扣除半年奖金且记过处分。结果开全厂职工大会时，小男站了起来把责任全揽了。说是这事是他的总指挥，别人皆不晓得。他愿意接受任何处分，并愿意到任何一个场合作检讨，而且保证检讨深刻。因为小男态度尚好，厂里也就只是批评教育了一下。从此，小男便改了，再也没干过这一类的坏事。

夏春冬秋记罢，心里暗笑小男的阴刁。竟让那两男女蒙受如此巨大的羞辱，真不知这辈子如何在儿女面前做长辈。午餐时，同前来陪她的车队队长议起此事，队长笑说："他妈的王小男，他收了我们每人二十元钱，说是愿意当出头鸟，替大家担担子。我们一想也是，舍财免灾吧。先还想难得小男这么够朋友，不料小男拿了一百八十块，花了八十块给厂长书记送了些礼，又托了个叫麦子还是大米的什么人给厂里领导打了电话，说是望关照一下小男。结果小男得了一百块钱，只是被批评教育了几句。比起他往日受的批评不知轻到哪里去了。"

夏春冬秋听罢，仰脸哈哈大笑，笑得眼泪都冒了出来，笑完告诉那队长："那个叫麦子还是大米的什么人是我的丈夫。"

夏春冬秋将小男的这情况简述给麦子听，并追问麦子有无此事时，麦子亦笑得一仰一合，完毕方说："的确有一次小男说他厂里要整他，请我给他的领导打个电话，让厂里关照一下。那厂长恰是我哥哥高粱的同学，三言两语便解决了。我并不知其中缘故。"麦子说罢又笑，说："想不到小男还有这等英雄事迹，这倒比我印象中的他要高大得多了。"

夏春冬秋将拟好的写王小男英雄事迹的通讯提纲交给主任看时，主任说："好，这样的青年能在非常时刻挺身而出，说明他的本质是纯正的。他的人性的光芒在他生命的最后一刹那照亮了他人生的全程，所有那些污秽在这光芒照射下皆化为烟云而散。为了他最后的一举，人们能够原谅他过去的无数。小夏，按这样的基调去写，今年的优秀通讯稿奖绝对少不了你的。"

主任多给了夏春冬秋五天假。夏春冬秋闭门不出，撕烂的稿纸达三本之多，始终无法将小男铺垫成为英雄。除去最后一举，无论怎么看，小男皆是地道的流氓无赖无疑。而从流氓无赖摇身而为英雄，这之间的催化剂从何而来？搜肠刮肚绞尽脑汁以至于头顶生出数根白发，仍然未能将绝对能得奖的通讯弄成。她深感自己才思已尽笔力如秋风落叶没了精神，便放下了王小男，顺手抄起麦子搁在这儿的《鹿鼎记》消遣一番。看时，大笑不已，越发没了写小男的兴致。

晚间，麦子突然来此，并领了一个尖嘴猴腮的青年人。麦子一指尖嘴猴腮，说："他给我们带来了关于小男的新情况。"

夏春冬秋说："什么？"

尖嘴猴腮哭丧着脸，用一副爹妈全死的可怜腔说："我原来不想说的，但小男的英雄事迹感动了我。我要向他学习，改正自己的缺点，所以我想找你说说，请你写文章时，能把我作为一个通过学习小男，后进变先进的典型写进去。要不，我老婆要同我离婚。"

夏春冬秋说："你说吧，什么事？"

尖嘴猴腮说："你答应了？太感谢了。"

夏春冬秋说："我得看你说的事重不重要。"

尖嘴猴腮说："重要，非常重要。我约了小男到风景区谈一笔买卖。不瞒您，跟走私有关。只有我俩晓得。小男预付了我一千五百元钱，结果他自杀了。当时我还有些高兴，弄不清小男为什么要死，心想那一千五百元我是得定了。昨天，听人说小男是为救一车人而死的，便同我老婆说了这事。我老婆大骂我没良心，说若不是人家小男，你的小命早在山坡下面给狗撕了。你若不在那车上，私吞这钱倒情有可原，偏你也是小男用命换回来的，若再私吞小男的钱，老天爷都会惩罚。刚好那几日，家里不是热水瓶爆了就是儿子摔骨折了胳膊。今晚我老婆挤汽车时又叫人用刀划破了裤子，钱包被偷跑了。尽管里面只有几张厂里的饭菜票，但总不是好兆头呀。我老婆到家就令我立即把那笔钱送出门，说靠死人发财的没什么好下场，定要舍财保命。喏，这就是那钱，一分不少。"

夏春冬秋见尖嘴猴腮递上来的一摞钞票，笑了笑，立即抽出一张稿纸，信笔写了张收条交给尖嘴猴腮。然后说："不管怎么样，你能交出这笔钱也是够不简单的了。这本来可以买一台彩电的。"

尖嘴猴腮说："是呀是呀，我原打算买台编织机，让我老婆找熟医生开全休的证明，在家帮个体户编织加工毛衣，那一月可赚好几百哩。"

麦子说："好了好了，你还有什么事？"

他说："没了没了。谢谢你们帮我提高了觉悟。"

麦子将尖嘴猴腮送至门口，又折回屋里。夏春冬秋说："他怎么找到了你？"

麦子说："熊熊领去的。"

夏春冬秋说："你现在还回小丛那儿？"

麦子说："熊熊帮小丛弄了个女朋友，他们在一起过夜，我去那里不太方便了。"

夏春冬秋说："那你怎么办？"

麦子说："站在车站，看有没有出租车停下，比方，你这辆。"

夏春冬秋笑了，说："你没见车站正有一辆的士在等么。"

麦子说："是呀，所以我就上来了。"

夏春冬秋说："请不要随意换车了。"

半夜，麦子已迷糊过去了，猛然间被夏春冬秋摇醒。夏春冬秋说："我有了惊人的突破。假设小男见汽车出了问题，首先想到的是那尖嘴猴腮的小子不能死，若他一死，小男的一千五必定成了其家属口袋里的钞票了，为此，小男拼命追车。追到车前，或许他只是想制造个小事故，比方拐一下车龙头而人被甩到一边，可能会受伤，但不至于死，那笔钱又不至于成为他人之物。最后的结果是在操作中，小男用力不当，或是衣服被钩挂住了，不幸被车碾死。"

麦子想了想，说："似有道理，这更像小男。只是这如何向别人交代呢？而且所有的又只是推测。"

夏春冬秋不语，默然地睁眼望着浓黑不见的天花板呆思。

夏春冬秋终究是没有将能得奖的通讯写成，仅以极简单的语言写了一则消息。小男妈打电话问这消息给多少钱，夏春冬秋说："五块。"便挂了电话。

下午便骑了自行车去黄房子，从自己刚领的工资中抽了五块来给了小男妈。小男妈欢天喜地说："小男厂里和毛线厂给小男专门发了奖金，这数字我不能告诉你。小男这么出息，让我跟他爸脸上都生光了。"

夏春冬秋没能听完她的唠叨，便抽身而去。

晚间，有文艺界人士请看话剧，夏春冬秋便同麦子相携而去。话剧是关于改革家的。麦子虽是改革人物之一，却在剧院里睡得鼾声如雷。出门时，夏春冬秋笑话他。麦子说："彼时魂在台上。"再问夏春冬秋台上究竟演些什么。夏春冬秋想了想，说："有好几位西装革履人士走来走去，且时而有女人穿插其间。其中一人说过一句话：'人生天地之间，若白驹之过隙，忽然而已。'"

麦子说："如此说来，人竟是可怜得很啦。"

夏春冬秋说："人若能自知自己可怜，便能进入生命的另一个层次了。一个高一点儿的，或许这一种类的名称并不称为'人'。"

中篇小说

麦子说："叫什么？赶快回去翻翻《辞海》，造出一个，然后我们去申请专利，有一笔钱哩。"

说罢两人皆大笑。笑得一个警察踱来，一脸尊严地吼道："笑什么？文明点，这儿是马路，不是娱乐场！"

1988 年冬写于武汉

风景

　　……在浩漫的生存布景后面，在深渊最黑暗的所在，我清楚地看见那些奇异世界……

　　　　　　　　　　　　　　　　　　　　——波特莱尔

一

　　七哥说，当你把这个世界的一切连同这个世界本身都看得一钱不值时，你才会觉得自己活到这会儿才活出点滋味来，你才能天马行空般在人生路上洒脱地走个来回。

　　七哥说，生命如同树叶，来去匆匆。春日里的萌芽就是为了秋天里的飘落。殊路却同归，又何必在乎是不是抢了别人的营养而让自己肥绿肥绿的呢？

　　七哥说，号称清廉的人们大多为了自己的名声活着，虽未害人却也未为社会及人类做出什么贡献。而遭人贬斥的靠不义之财发富的人却有可能拿出一大笔钱修座医院抑或学校，让众多的人尽享其好处。这两种人你能说谁更好一些谁更坏一些么？

　　七哥只要一进家门，就像一条发了疯的狗毫无节制地乱叫乱嚷，仿佛是对他小时候从来没有说话的权利而进行的残酷报复。

　　父亲和母亲听不得七哥这一套，总是叫着"牙酸"然后跑到门外。京广铁路几乎是从屋檐边擦过。火车平均七分钟一趟，轰隆隆驶来时，夹带着呼啸而过的风和震耳欲聋的噪音。在这里，父亲和母亲能听到七哥的每一个音节都被庞大的车轮碾得粉碎。

　　依照父亲往日的脾气，七哥第一次这么干时，父亲就会拿出刀割下他的舌头。而现在父亲不敢了。七哥现在是个人物。父亲得忍住自己全部的骄傲去适应这个人物。

七哥已经很高很胖了。他脸上时常地泛出红油油的光。肚子恰如其分地挺出来一点点。很难想象支撑他这一身肉的仍然是他早先的那一副骨架。我怀疑他二十岁那次动手术没有割去盲肠而是换了骨头。否则就不好解释打那以后他越长越胖这个事实了。七哥穿上西装打上领带便仪表堂堂地像个港商。后来又戴了副无框眼镜便酷似教授抑或什么专家。七哥走在大街上常有些姑娘忍不住含情脉脉地凝视他。七哥在外面说话毫无疯狗气,文质彬彬地卖弄他那些据说是哲人也得几十年修炼才能悟出的思想。

七哥住过晴川饭店。起先父亲不信。父亲每天到江边溜达都能看到那高白高白的房子,父亲在汉口活了偌些年从来还没见过这么高的房子,便咬定只有毛主席或者是周总理这个级别的人才能住。母亲说毛主席和周总理来不及住进去就升天了。父亲说那还有胡总书记和赵总理能住哩。父亲说这话时是一九八四年。

七哥解释不清,便说那大楼里的"晴川饭店"写得像"暗川饭店",不信你们去查证。

父亲和母亲自然是不敢设想自己有机会去那里瞧瞧。直到有一天报上登着个体户住进晴川饭店的消息后,五哥和六哥各带一千块钱去了一趟。第二日回来对父亲说小七子的确在那里住过,那字真的写得像"暗"川饭店。

七哥说他去那里总是坐"的士",每回都有穿红衣服的小侍者为他打开车门,然后还鞠个躬说:"欢迎您的光临。"

五哥和六哥是坐公共汽车去的,下了大桥,还走了好远的路,无法证实七哥的话。但父亲母亲不必做何证实也完全相信了。

父亲再往江边转悠时,遇见熟人便忍不住说:"那个晴川饭店也就那样,我小七子住过好些回数。"

"哦?就是睡床底下的那个小七子?"熟人常惊叹着问。

父亲说:"是呀,是呀,硬是睡出个人物来了。"父亲说这话时,脸上充满慈爱和骄傲之气。

其实,过去父亲总怀疑七哥不是他的儿子。在母亲肚皮隆起时,父亲才知道有这么回事。父亲蹲在门口推算日期,算着算着便抓过母亲扇了两嘴巴。

父亲说那时候他跟一只货船到安庆去了，一个老朋友要死了想再见他一面。他前后去了十五天，而母亲却在这段日子里怀上了七哥。母亲风骚了一辈子，这一点父亲是知道的。他一走半月，母亲如何能耐得住寂寞？父亲觉得隔壁的白礼泉最为可疑。白礼泉精瘦精瘦，眼珠滴溜溜地不怀好意，薄嘴皮能言会道勾引女人还有富余。而最关键的是父亲亲眼见过他和母亲打情骂俏。父亲越想越觉得真理在握。为此在母亲生七哥坐月子的时间里，父亲看都不看七哥一眼，若无其事地坐在屋门口大口喝酒，把下酒的炒黄豆嚼得"吧咯吧咯"地响。

服侍母亲的事全是大哥干的。大哥那时已经十七岁了。他十分庄严地照料这个小肉虫一样软软的七弟。半年后父亲头一次看了七哥。他看得很仔细，然后像扔个包袱一样把七哥朝床上一甩。七哥瘦瘦巴巴的，全然不似高高壮壮的父亲的骨肉。父亲揪住母亲的头发，追问她七哥到底是谁的儿子。母亲声嘶力竭地同他吵闹，骂他是野猪是恶狗是瞎了眼的魔鬼，说他到安庆去为他过去的情人送终还有脸回家吵架。父亲和母亲的喉咙都大得惊人。平均七分钟一趟的火车都没能压住他们的喧闹。于是左邻右舍来看热闹。那时正是晚饭时候，一个个的观众端着碗将门前围得密密匝匝。他们一边嚼着饭一边笑嘻嘻地对父亲和母亲评头论足。母亲朝父亲吐唾沫时，就有议论说母亲这个姿势没有以前好看了。父亲怒不可遏地砸碗时，好些声音又说砸碗没有砸开水瓶的声音好听。不过了解内情的人会立即补充说他们家主要是没有开水瓶，要不然父亲是不会砸碗的。所有人都能证明父亲是这个叫河南棚子的地方的一条响当当的好汉。

这个问题毋庸置疑，父亲的确是条好汉。全家人都崇拜父亲，母亲自然更甚。母亲一辈子唯一值得她骄傲的就是她拥有父亲这么个人。尽管她同他结婚四十年而挨打次数已逾万次，可她还是活得十分得意。父亲打母亲几乎是他们两人生活中的一个重要内容。母亲需要挨完打后父亲低三下四谦卑无比且极其温存的举动。为了这个，母亲在一段时间没挨打后还故意地挑起事端引得父亲暴跳如雷。母亲是个美丽的女人，自然风骚无比。但她的确从未背叛过父亲。她喜欢在男人们面前挑逗和卖弄那是她的天性，仅此而已。母亲说难道世界上还会有比父亲更像男人的吗？母亲说如果有那才是真的见鬼了。母亲说除非父亲先她而死她才会滚到另一个男人怀里。母亲说这话时才二十五岁，而现在她已六十了，父亲仍然健在。母亲毫无疑问地履行着她的诺言。所以父亲怀疑七哥是隔壁白礼泉的崽子显然是不讲道理。白礼泉比母亲小十八岁，母亲常忍不住去逗弄他，偶尔也动手动脚，但七哥绝对无误是父母的儿子。因为只有父亲这样的人才可能生出七哥这样的儿子。这个道理直到二十五年后七哥突然一天说他被调到团省委当一个什么官了之后父亲才想明白。父亲从七哥那里听说团省委的人下一步就是去党省委，有运气到中央也是不难的。父亲几乎有点接受不了这个事实。父亲这辈子连县一级的官都没见过。父亲跟他认识的同样对方也认识他的最大的官员——搬运站的站长——一共只说过两句半话。有半句是站长没听完就接电话去了。而现在，他的小七子居然比站长大好些级别并且还只有二十来岁。鉴于这点，对七哥一进家门就狂妄得像个无时无刻不高翘起他的尾巴的公鸡之状态，父亲一反常规地宽容大度。

二

父亲带着他的妻子和七男二女住在汉口河南棚子一个十三平米的板壁屋子里。父亲从结婚那天就是住在这屋。他和母亲在这里用十七年时间生下了他们的九个儿女。第八个儿子生下来半个月就死掉了。父亲对这条小生命的早夭痛心疾首。父亲那年四十八岁。新生儿不仅同他一样属虎而且竟与他的生日同月同日同一时辰。十五天里，父亲欣喜若狂地每天必抱他的小儿子。他对所有的儿女都没给予过这样深厚的父爱。然而第十六天小婴儿突然全身抽筋随后在晚上咽了气。父亲悲哀的神情几乎把母亲吓晕过去。父亲买了木料做了一口小小的棺材把小婴儿埋在了窗下。那就是我。

我极其感激父亲给我的这块血肉并让我永远和家人待在一起。我宁静地看着我的哥哥姐姐们生活和成长，在困厄中挣扎和在彼此间殴斗。我听见他们每个人都对着窗下说过还是小八子舒服的话。我为我比他们每个人都拥有更多的幸福和安宁而忐忑不安。命运如此厚待了我而薄了他们这完全不是我的过错。我常常是怀着内疚之情凝视我的父母和兄长。在他们最痛苦的时刻我甚至想挺身而出，让出我的一切幸福去与他们分享痛苦。但我始终没有勇气做到这一步。我对他们那个世界由衷感到不寒而栗。我是一个懦弱的人，为此我常在心里请求我所有的亲人原谅我的这种懦弱，原谅我独自享受着本该属于全家人的安宁和温馨，原谅我以十分冷静的目光一滴不漏地看着他们劳碌奔波，看着他们的艰辛和凄惶。

那时是一九六一年。九个儿女都饿得伸着小细脖呆呆地望着父母。父亲和母亲才断然决定终止他们年轻时声称的生他一个排的计划。

小屋里有一张大床和一张矮矮的小饭桌。装衣物的木盆和纸盒堆在屋角。父亲为两个女儿搭了个极小的阁楼。其余七个儿子排一溜睡在夜晚临时搭的地铺上。父亲每天睡觉前点点数，知道儿女们都活着就行了。然后他一头倒下枕在母亲的胳膊上呼呼地打起鼾来。

父亲说这地方之所以叫河南棚子就是因为祖父他们那群逃荒者在此安营扎寨的缘故。河南棚子在今天差不多是在市中心的地盘上了。向南去翻过京广铁路便是车站路。汉口火车站阴郁地像个教堂立在路的尽头。走出车站路向右拐，便上了中山大道。这一段中山大道，几乎有门即是店。铁鸟照相馆老通城饭店首家服装厂扬子街江汉路六渡桥诸如此类汉口繁华处几乎占全。父亲每天越过中山大道一直走到滨江公园去练太极拳。父亲总是骄傲地对他的拳友们说他是河南棚子的老住客。而实际上老汉口人提起河南棚子这四个字如果不用一种轻蔑的口气那简直是等于降低了他们的人格。

父亲说祖父是在光绪十二年从河南周口逃荒到汉口的。祖父在汉口扛码头。自他干上这一行后到四哥已经是第三代干了。三哥总说爷爷若一来便当兵，没准参加辛亥革命，没准还当上一个头领，那家里就发富了。说不定弟兄姐妹都是北京的高干子弟。父亲便吼放屁。父亲说人若不像祖父那样活着那活得完全没有意思。祖父是个腰圆膀粗力大如牛有求必应的人。祖父老早就加入了洪帮。那时"打码头"风气极盛，祖父是打码头的好手。洪帮所有的龙头拐子都对他倍加赏识。祖父认朋友而不认是非，每有所唤都狂热地冲在最前面。父亲说他十四岁就跟着祖父打码头。他亲眼见过祖父是何等的英勇和凶悍。后来祖父在一次恶战中负了重伤，肋骨被打断了好几根，全身血流如注宛若红布裹着一般。祖父被抬到家时已经奄奄一息。尽管如此祖父却一直带着微笑。父亲说大头佬殷其周专门派人为祖父送来了云南白药。殷其周是当时汉口最有名的"码头皇帝"。父亲至今提起他的名字还激动得战栗不已。不过那药仍然没能救活祖父。祖父把手在父亲的肩上拍了两下便咽了气。那时父亲正跪在祖父面前垂泪。他见祖父头一歪便号叫一声扑在他身上。立即所有人都知道祖父已经走了。啜泣声便如远天滚过的雷。为祖父洒泪哀伤的人几乎是一望无边。父亲至今也没想明白究竟是怎么回事。父亲猜测大约是祖父善打码头的缘故。父亲时年二十岁，除了身子比祖父稍稍单薄一点以外差不多同祖父一模一样。父亲安葬了祖父的第三天便被头佬叫去打码头。他虎视眈眈地往那儿一站，对方的人立即目瞪口呆。竟有人颤着声问他是人还是鬼。

父亲每回说到这里都要仰面哈哈大笑。笑罢又大饮一口酒，把十来颗黄豆扔进嘴里嚼得"吧喀吧喀"响。

父亲每回喝酒都要没完没了地讲述他的战史。这时刻他所有的儿子都必须老老实实坐在他的身边听他进行"传统教育"。有一次二哥想上他的朋友家去温习功课以便考上一中，不料刚走到门口，父亲便将一盘黄豆连盘子扔了过去。姐姐大香和小香立即尖声叫起。黄豆撒了一地，盘子划破了二哥的脸，血从额头一直淌到嘴角。父亲说："给老子坐下，听听你老子当初是怎么做人的。"从此，逢到父亲这种时候谁也不敢把屁股挪动一下。七哥有几回都把尿憋了出来，湿了一裤。

最喜欢听父亲说往事的只有母亲。母亲记忆力比父亲强多了。父亲忘却的日期地点人名全靠母亲提醒，如果母亲也忘记了，父亲就得使劲地擂着脑袋想，想得一脸痛苦表情。父亲不想出来是绝不往下讲的。遇到这种意外，父亲的儿女们才如同大赦。有一回父亲为了想民国三十六年轰动武汉的徐家棚码头之争的日期整整地想了一星期。一星期后仍没想起便只好用季节代替日期重新召拢他的听众。父亲说那是民国三十六年的冬天，日本人刚跑掉，粤汉铁路通了车，徐家棚码头业务大增油水肥厚，一些头佬都眼馋得发疯，相互寻衅械斗好几次都没有结果，洪帮头子王理松托人约了父亲。父亲那几日正手痒，便一口应允了。父亲为了打徐家棚码头凌晨三点就起了床，过江的时候天还漆黑，凛冽的风横吹过来刺得脸皮一阵阵发麻。父亲穿一件黑袄，搭肩往腰间一扎，显得威风凛凛。他上船前喝了至少八两酒，酒精把他的血烧得一窜一窜的周身痒痒，故而他对挤进骨缝的寒风感到莫名的欢喜。他望着浩淼长江，脸上像单刀赴会的关羽一样毫无惧色。父亲手上拿的是扁担，父亲每次用的都是这根，深棕色油光油光的。他挥动起来得心应手，他觉得这玩意儿不比关公的青龙偃月刀逊色。父亲的同伴熊金苟坐在船舱里瑟瑟发抖。父亲指着他的腿笑得全身抽搐，然后说："老子恨不得把你这个熊包扔到江里喂鱼。"江水浑浊不堪，小船咿呀地摇着一支很媚人的歌，在浅黑色的凌晨显得清丽幽婉。熊金苟总是哆嗦，不管父亲怎么辱骂他都不停止这个活动。这使得他旁边的几个人都一块儿干起这活儿来。熊金苟有个瞎眼的老母和三个细弱如草的小姑娘，第四个又把他老婆的肚子撑得老高老高了。父亲他们抵岸时天还没亮。他们捷足先登立即抢占了徐家棚的上中下码头。父亲他们全都剽悍体壮，吓得对方手足发软。当有人发现华清街的哑巴打手队之后，更是屁滚尿流地边跑边哀号爹妈何故只给了两条腿。

华清街的哑巴是鲁老十豢养的一群打手。那时说起"华清街之虎"鲁老十，人们会情不自禁地发抖。他的打手心毒手辣且从来不问为什么出手便打。不过他们也的确不会问为什么。父亲与鲁老十从无交情，哑巴中倒有一二曾崇拜过祖父。父亲他们那次自然打赢了。天亮以后他们把对方丢下的尸体绑上石头沉入江底。父亲是给一个姓张的人系的石头。父亲说他认识这个人。他们在一个码头干过活。父亲记得他曾经在父亲趔趄一下时扶了父亲一把。父亲晓得张是很老实的，但不晓得这回死在乱棒之下的怎么恰恰是他。想来想去父亲还是说这是命。父亲的腿在那一天被铁棍撕了个三角口，血流如喷。父亲对流血已经很习惯了，他只用土擦了一下，第二天就去码头干活。那道伤痕至今还染着泥土的色彩留在父亲的腿上。打赢了的头佬总是在当夜便灯红酒绿地频频举杯祝捷。而那时，父亲们却在自己的茅棚中擦洗伤口抑或为受伤的同伴寻医为死去的朋友落泪。打哆嗦的熊金苟连轻伤都没负。他把父亲搀到屋里然后笑盈盈地走了。父亲说没打死他实在是件遗憾的事，因为半个月后的又一次械斗，他被头佬定为"打死"对象。头佬们为了扛着尸体打赢官司悄悄派手下人在混乱中将熊金苟打死了。父亲亲眼看见一根铁棍砸向熊金苟的。父亲喊了他一声，结果在他迟钝地一扭头时，铁棍正砸在他天灵盖上。他连哼也没哼便"噗"地倒地，血浆流淌着把他的头变得像个新品种西瓜。

父亲那一晚喝得酩酊大醉。他揍了母亲一顿然后起誓说他再不去打码头了。不过，父亲自然是要食言的。他打架斗殴像抽了鸦片一样难得戒掉。

父亲的精力过剩。他不这么消耗便会被堵塞在体内而散发不出的精力折磨而死。

那一幕幕悲壮的往事总是能让父亲激动得手舞足蹈。他有时还大口地喝着酒然后叫喊道："儿子们你们什么时候能像老子这样来点惊险的事呢？"

三

父亲现在落寞得有些痛苦了。而像父亲这样的人能为什么事情产生痛苦感那的确不是件很容易的事。毋庸置疑的是父亲确实痛苦了。父亲还是住在老房子里，而他的儿女们却一个个飞了出去。地铺上起伏的鼾声和讨厌的骚动以及阁楼上无端的娇笑，统统被寂静所替代。房子倒显得空荡起来。过年时，每个儿女各出十块钱为他买了一个沙发。沙发靠着墙壁，父亲从来不坐它。父亲说坐了屁股疼。晴天的时候，父亲便去马路边打牌，而雨天里便靠在床上长吁短叹。父亲说："只有小八子陪我了。"父亲说这话时让我感动了好几天。后来父亲在我的覆身之土上种了些一串红。父亲对母亲说像小八子的头发。

苍凉的冬天到来的时候，父亲便闷着头默默地喝他的酒。北风吹得门板和窗哐哐地响。火车蓦然鸣一下整个房子在颤动中几乎意欲醉倒。母亲用她满是眼屎的目光凝望父亲。父亲退休之后就再也没揍过母亲，这使得母亲一下子衰老了起来。父亲和母亲之间已经没什么话好谈了，他们只是默契地生活。语言成了多余的东西。

回家次数最多的是七哥。七哥还没有成家。他总是在星期六回来。这天晚上偶尔也有其他弟兄拖儿带女地过来小坐片刻。父亲对他花团锦簇且粉团团的孙辈们毫无兴趣，父亲说人要像这么养着就会有一天全变成猪。这话使父亲所有的媳妇对他恨之入骨。父亲说她们懂个屁。看我们小七子，不就是老子的拳脚教出来的么？要当个人物就得过些不像人的日子。

父亲每次这么说都令七哥心如刀绞。七哥不想对父亲辩白什么。他想他对父亲的感情仅仅是一个小畜生对一个老畜生的感情。是父亲给了他这条命。而命较之于其他的一切显然重要得多。七哥总是在星期天一早就走，他厌恶这个家。他不想看父亲喝酒骂人然后"叭"地在屋中央吐一口浓绿浓绿的痰。他看不惯骨瘦如柴的母亲一见男人便作少女状，然后张嘴便说谁家的公公与媳妇如何，谁家的岳母勾引女婿。小屋里散发着永远的潮湿气，这气息总是能让七哥不由自主地打寒噤。

七哥在星期天一早出门时多半手里拿根鱼竿。有熟人路遇便说"你可真有闲情逸致啊"，七哥只是笑笑。七哥从河南棚子穿巷走街，总摆一副富态高雅的架势，以显示他并非此地土著。七哥的外貌变化之大如沧海桑田以至于人们绝不可能想象他就是十几年前常在这一带转悠着拾破烂捡菜叶的小七子。

七哥表面上很是平静。他抿着嘴一副神态自若的样子。但他的眼睛里却充填着仇恨。倘若仔细地盯着他三分钟，你就会发现他的眼珠宛若两颗炸弹随时可能起爆。而他的生命则正是为了这起爆而存在。

七哥捡破烂的时候是五岁。那是孪生的五哥六哥在一天偷吃了水果铺腐烂的苹果同时患急性痢疾送进医院时七哥主动提出的。当时父亲正暴跳如雷。住院那一笔开销将他三个月所有的工资贴进去还远不够数。七哥蹲在门槛上看父亲吐着唾沫骂人。七哥感到喉咙痒了便轻咳了一声。父亲听见一步上前，一脚把他踢翻在门外。父亲说你再咳我掐死你。七哥说我不是咳我是想说我去捡破烂。父亲说你早就该去了，老子养了你五年，把你养得不如一条狗。

七哥对于他五岁就敢在河南棚子穿梭于小巷小道中拾破烂的胆略极其诧异。大香姐姐的孩子五岁还每天要叼着大香姐姐的奶头而小香姐姐的孩子五岁却还不会自己蹲下撒尿。七哥记得他捡的第一件东西是一块破了角的手绢。手绢上有些黏黏糊糊的东西。七哥用舌头舔了一下，是甜的，便又舔了好多下，直到那手绢湿漉漉的。七哥相信他至死都不会忘记他蹲在墙根下虔诚地舔手绢的模样。七哥很少说话，有大人指着他的小篮子说些什么他也从来不理。七哥每天要把小篮子装到他提不动为止。他拾的破烂都堆在窗口下。那里因为埋了他的弟弟而有一块空地。七哥见过他的这个小弟弟，见过父亲亲他的小脸。那一刻七哥还摸了摸自己的脸，他不记得父亲在他这儿亲过没有。七哥对小弟弟能永远安宁地躺在那下面羡慕至极。他看见父亲把小弟弟放进一个盒子里然后又盖上了土。他很想让父亲也给他一个盒子让他老是睡在里面动也不动。然而他不敢开口。

七哥常常很饿很饿，看见别人吃东西便忍不住涎水往下巴那儿流。久而久之，下巴处流了两道白印子。那天七哥走过天桥到了火车站，又往前一点还走进了儿童商店。那里面有很多打扮得像画上一样的小娃娃，他们在买衣服和皮鞋。七哥对衣服皮鞋毫无欲望，他看见一个穿粉红衣裳的小姑娘在吃桃酥。她嚼得沙沙直响。七哥走到她身边，他闻到了那饼的香味，那香味使七哥的胃和肠子一起扭动起来。七哥便一伸手抓住了那桃酥。小姑娘"妈呀"一叫松了手，桃酥便落在七哥手上了。小姑娘的妈妈瞪着眼说了句"小要饭的"便拉走了她的女儿。七哥简直不敢相信这块小饼归他所有了。他战战兢兢咬了一口，没有任何人干涉，的确是他的。他便像发了疯一样吞咽下去。七哥从来没有过这样的幸福时刻，那一瞬间获得的快感几乎使他想奔跑回去告诉家里的每一个人。七哥后来就常去儿童商店。他从任何一个小孩手上抓来的东西都归他所有。他吃了许多他根本想不出来应该叫什么名字的东西。

儿童商店给了七哥童年中最璀璨的岁月。

　　七哥七岁上了小学。这是父亲极不情愿的事。父亲自己不识字，但他觉得自己活得也很自在也很惬意。父亲说世界上总得有人不识字才行，要不那些苦力活谁去干呢？父亲说这话是针对二哥的。二哥初中毕业坚持要考高中而不肯去帮父亲拉板车。二哥说读完了中学又去扛包完全是浪费人才。二哥同父亲吵了三夜，三哥也为二哥帮忙，父亲才气哼哼地向儿子妥协。这是在父亲做人的历史上极少出现的事情。父亲说政府怎么糊里糊涂的？让人都学了文化码头还办不办？凭良心说父亲的认识还是深刻的。码头要办下去就得有人扛码头。而读过书的人都不肯干这活儿，可不就是得让一些人不读书专门用来充实码头么？父亲是不会知道科学能发展到用金属做一个机器人出来的。

　　七哥终于在政府的要求下去上小学了。七哥对上学不感兴趣。他头一天衣衫褴褛地走进教室就听到有声音说怎么来了这么个脏狗。后来，全班人都叫他脏狗。七哥对学校和同学的厌恶便从第一天就开始了。

　　七哥不再捡破烂。母亲说破烂卖不了什么钱不如去黑泥湖捡点菜回来。七哥便去捡菜了。七哥每天下午都逃学。一吃过中饭他就挎上篮子往郊外走。他要走过黄浦路从黄家墩穿刘家庙然后到黑泥湖一带。这里地多人少，到处是农民的菜园。有时只走到刘家庙就能拾到很好的菜叶。夏天的时候七哥还得带上叉子。父亲说每天都得叉一串青蛙回来给他下酒。七哥喜欢叉青蛙。他在河沟边跳来跳去敏捷而迅疾地叉中一个青蛙时总是高兴得想笑出声来。七哥在家里却从来没笑过。所有认识他的人都说这孩子天生缺少笑神经。

　　那一天，七哥走到刘家庙附近，见农民们都坐着小凳在田里给白菜间秧，七哥便静静地蹲在了一个大嫂身后。大嫂间下一把秧往自己篮子里扔去时，手边总是要漏掉几棵。这便是属于七哥的。七哥捡了半篮之后，大嫂身后又跟了一个小姑娘。七哥厌恶地瞥瞥她。她的手比七哥利索，总是先将大嫂漏下的拾进自己的小篮子。七哥几乎为此想砍掉她的手。这时刻大嫂回了头。大嫂问你们这是何苦呢？就这几棵菜。小姑娘说不捡菜就没有吃的。七哥说我也是。大嫂说你们就不累？小姑娘说累比挨打好受多了。七哥说我也是。那大嫂便叹口气扯下许多很好的菜秧给了七哥和小姑娘，把他们的篮子装得满满的。小姑娘高兴得笑个不停。七哥没笑，但心里也高兴极了。

　　后来七哥认识了小姑娘。她叫够够。够够说她住三眼桥。她是老五。生下她时她父亲一看是个女孩气得大吼她母亲一声："你够没够？"她母亲慌忙回答："够，够。"两人吵了一架后，就给她起个名字叫够够。尽管有了够够，她父亲却还是没让她母亲停止生产。够够又添了两个妹妹。够够说她妈妈又要生了，这回大家都说生男孩。她家已有七仙女了。就是八仙过海也得有一个异性。

　　七哥常常能碰上够够，碰上够够就约她一起走，于是他们总是在铁路边碰头。够够小嘴灵得像鸟儿，七哥总怀疑她是鸟变的。够够叽叽喳喳起来没个完，七哥便安静地听着，刚开始时有些不耐烦，后来就习惯了，再后来就喜欢听她讲。七哥想要是小香姐姐也能像够够这样该多好。够够和七哥的小香姐姐一样大，都比七哥大两岁。小香姐姐却从来不理睬七哥。她要是想起七哥时就是七哥倒霉的时候到了。那天晚上父亲喝酒喝得高兴，小香姐姐连忙凑上去对父亲说七哥见到白礼泉就一面哭一面喊爸爸，还从白礼泉手上接过一块糖。父亲一听勃然大怒，他使劲地放下酒杯，吼着七哥："给老子过来！"七哥已经吓得站不起来了。他如狗一般爬到父亲脚下。父亲用大脚趾抬起他的下巴，骂道："你这个杂种。"然后一脚蹬翻了他。父亲令五哥提起七哥，将七哥推到墙壁前面壁而立。之后又指示六哥扒下七哥的裤子，用竹条抽打五十下，五哥和六哥乐呵呵地干着这些。父亲赏识他们时才会让他们干这样的活儿。小香姐姐坐在床沿边让大香姐姐用红药水给她染指甲。她俩尖声地笑着。七哥忍着全部的痛苦去听她们笑得如歌一般流畅。父亲又坐下喝酒了，嘴唇咂得"叭叭"地响。而母亲自始至终地低头剪着脚指甲，还从脚掌上剪下一条条的破皮。母亲喜欢看人整狗，而七哥不是狗，所以母亲连头都没抬一下。火车轰隆隆从门外驰过。雪亮的光一闪一闪。和它们叠在一起的是竹条以及它挥舞出来的音响。这一切成为七哥脑海中永恒的场景。

　　铁道线不知从何而来。伸延前去，又不知指向何处。够够在哪儿呢？或许她的灵魂一直在这儿飘荡，引得七哥无法克制自己而一次次走向那里。

　　这日子，是七哥最美丽和善良的日子。它在无数黑浓黑浓的日子里微弱地闪烁几星绚烂的光点。

四

　　只要大哥在家的日子，七哥就用他迷迷蒙蒙的眼睛一眨不眨地盯着大哥。大哥不理他，大哥不编造谎言让父亲的拳脚砸得他透不来气。大哥不用最刻薄的语言诅咒他，大哥不把他当白痴当玩物当一头要死没死的癞狗。小时候七哥以为大哥是他的父亲，后来才弄清他只是大哥。大哥和父亲是两类完全不同的东西。

大哥对七哥现在这副不可一世的模样从心底生厌。时间简直是个魔术师。当年睡在父亲床底下的七弟居然蜕掉了他那副可怜巴巴的外表而人模狗样地在小屋中央指手画脚。每逢大哥在家，七哥若酸溜溜地炫耀他的哲言时，大哥必定会暴吼一声："小七子，你再动一下嘴皮看我割了你的舌！"

可惜大哥在家时间少极了，少极了。七哥从记事起就知道大哥从来不在家睡觉。弟兄们一天天长大，地铺上已经挤不下七条汉子了。父亲便一脚把七哥踢到了床底下，而大哥则开始成日成月成年地上夜班。

大哥总是在星光灿烂的时刻推门而出。他手里提着一个饭盒，里面有半斤米和一小碟咸菜。清早大哥回到家时，父亲和母亲都上班了，大哥便一头栽到床上呼呼地睡到太阳落山，然后起来同一家人一起吃晚饭。到星光灿烂父亲打长长的呵欠时，大哥便又推门而出，手里拎着那个饭盒。日复一日。年复一年。

大哥小学四年级没读完就进了工厂。大哥曾经留过两级。他跟二哥同了一年学之后又跟三哥同学。大哥比三哥大四岁，几乎高出三哥一个整头。班上同学都如三哥般弱小。他们管大哥叫"刘大爷"。起先大哥还乐呵呵地答应，后来三哥说那是骂他留级生大爷哩，大哥这才一听人如此叫唤便翻下虎脸。大哥打架出奇勇敢，出手迅猛有力，打在兴头上敢抢刀杀人。这是父亲最赏识他的地方。所有的同学对大哥都畏之如虎。其实大哥很少揍他的同学，他们太弱了。大哥不屑于对这种"小萝卜"——大哥的话——动手。大哥说他绝不学父亲。他不打比自己弱小的人。而父亲，打起自己的妻子和儿女像喝酒一样频繁且兴奋。

大哥是被学校开除的。那天上体育课。体育老师油头粉面的，他让大哥抬了跳箱又抬垫子。垫子是给女生翻跟斗的。大哥说他不抬。体育老师便说刘大爷不抬谁又会去抬呢？大哥便走上前，挥起小臂给了老师一肘，只一会儿，那白粉捏的一样的鼻子便淌出了两道红血。所有的学生都吓傻了，女生还有人嘤嘤地哭泣。大哥扫了他们一眼扬长而去。学校原本不想开除大哥，因为在场同学都证明老师骂了大哥大哥才动的手。晚上，那老师灰着脸跟在教导主任身后来到了河南棚子。父亲在门口堵住了他们。教导主任说是来向大哥道歉并也希望大哥向老师道歉的。父亲一瞪眼骂了几句直指祖宗的脏话，然后说："幸亏你撞在我儿子手下，他实在比老子小时候窝囊。换了我，莫说你的鼻子，叫你的牙都一颗剩不下。"父亲说完笑得洪钟一样嘹亮。教导主任和体育老师都不约而同地发起抖来。然后他们连退几步，大惶大惑的一副神态望着父亲，踉跄着远去。

大哥从此不再上学了。这是他第一天背起书包就盼望的事。大哥刚满十五岁。父亲把他送进了铁厂当学徒。大哥当了锻工。父亲说干这行拿钱多而且练身体。果然没多久大哥的胳膊就粗了起来，浑身黑油油的闪着乌光。大哥二十岁的时候已经像父亲那样粗壮了。他的下巴上浮出毛茸茸的胡子。大哥有时就用他这一点可怜的胡子扎七哥的脸。七哥一直等待着大哥的胡子长长。他常想如果长长了不是也可以像小香姐姐那样扎起小辫子吗？

大哥过了二十岁以后，脾气就变大了。晚饭时动不动就发火。进家门总是用大脚轰然一下踢开。大哥对父亲母亲都吵过架，吵得天翻地覆的。七哥总是爬进床底一动不敢动，他不明白大哥为了什么。后来有一天，大哥同父亲打了一场恶架，那以后家里就平安了好多。

大哥和父亲打架，说起来完全是隔壁白礼泉的责任。白天里大哥是回家睡觉的。中午的饭总是母亲从她工作的打包社回来做。那时五哥六哥都刚上小学不久，而七哥还在从事拾破烂的事业。

母亲打包的手脚极利索。母亲的舌头嘴唇都仿佛是蜜做的。打包社的领导都吃她那一套，额外让母亲每天提前半个钟头回家弄饭。母亲洗菜时得去公用水管。母亲在那里经常碰得到白礼泉。白礼泉在武钢上班，三班倒的工作让人觉得他总在家里。母亲跟男人说话老使出一股子风骚劲。她扭腰肢的时候屁股也一摆一摆的像只想下蛋的母鸡。母亲的眼光很独特，从那里面射出来的光能让全世界的男人神魂颠倒。母亲在白礼泉面前从无顾忌。白礼泉的老婆漂亮苗条是他手掌上的明珠。但明珠生不出一个孩子而母亲却一气生了九个。这使得母亲常常嘲笑白礼泉而且一直要笑到他无地自容为止。无地自容的结果便是抬起头来同母亲调情。那天母亲洗完菜同白礼泉一起嘻嘻哈哈地走回屋里。白礼泉调侃着跟在母亲身后也嘻嘻地笑。白礼泉的手指细长细长跟父亲短粗短粗的手指感觉完全不一样。母亲弯下腰切菜时，她的乳房便像两只布袋一样垂了下来。白礼泉站在母亲背后将双手绕着母亲，然后细长的手指便捏揉起那两只布袋。母亲不理会他的动作，只是嘴里假骂道馋猫馋狗馋猪之类。白礼泉挨着骂手指却依然熟练而快速地运动。他的手越来越灵活，活动的地域也越来越广，母亲不由得兴奋地咯咯大笑。就在这个时候躺在床上的大哥醒了。大哥没吭气只是长长地打了一个呵欠。

母亲说："贱货！这时间了还不起？"大哥说："贱货也是你生的。全都一块儿贱也不错。"白礼泉说："哎呀，老大白天就这么睡？下午小五小六小七几个不闹翻天？"大哥说："摊上这样的爹娘，只给了这一点地方，有什么法子。"白礼泉忙说："你要不嫌弃，白天可以睡我屋里。我两口子都上班，你去睡觉还可以看个门。我那个收音机是五灯的，不放心得很哪。"大哥说："这主意倒不坏。"母亲说："那太谢谢你白叔叔了。"

白礼泉倒是言行一致。果然，大哥在白天住到他家里去了。先一段时间日子也过得相安无事。后来那天三八妇女节放假半天，白礼泉的老婆枝姐在家休息，于是日子便有异峰突兀而起了。枝姐在半天的休息时间里要把房间重新摆布一下，大哥便上前帮了忙。一阵折腾，大哥汗流浃背顺手脱下外衣。他露出黧黑的臂膀，凸起的肌肉在黑皮肤下鼓胀。阳光从窗口斜射进来，落在大哥熠熠发光的肩膀上。大哥有几次都不小心碰着了枝姐，让枝姐心里颤抖了好几回。在架床的时候，枝姐的手指叫床板夹了一下，疼得她尖声叫起，眼睛里一下子涌出泪花。大哥便一步上前捉住她的手将她的手指放进嘴里。大哥用他厚软的舌在枝姐手指上舔来舔去。大哥说这是止痛的祖传秘方。枝姐全信了。这之后她就老是夹着手，每次都要大哥动用祖传秘方。

枝姐比大哥大九岁，早过三十了。可是枝姐因为没有生小孩便依旧一副粉脸含春的少女模样。枝姐珠黑睛亮，眉若新月，随意瞟人一眼，便见得柔情如水似的娇羞。这对于青春勃发的大哥自然如铁遇磁。

从那天起，枝姐老是上半天班，不是病假就是调休什么的。最先察觉的是母亲。母亲一字不识但直觉却像所有杰出的女人那样灵敏。母亲对大哥说："你小心那骚狐狸。她要勾引你哩。"大哥说："就不会说我在勾引她？"母亲说："你这王八蛋小子简直和你父亲一个样。"大哥说："那女人简直跟你一样。"母亲说："怎么跟我一样？"大哥说："见男人就化了。巴不得上钩。"母亲说："你小心点，她男人别看骨瘦如柴，倒也不是个好惹的货。"大哥说："未必比我父亲还厉害一些？"母亲说："你那天看见了什么？"大哥说："什么都看见了。女人不值钱。"母亲便身体后倾着朗声大笑起来："好小子，有出息。

你老娘可没让他占多少便宜。你得比白礼泉高明点才行。"大哥也笑了，说："那当然。我儿子大概已经在她肚子里了。"母亲惊喜地问："真的？"

大哥和白礼泉的女人不干不净弄得邻近的人家都晓得了。那都是母亲在外面说的。母亲逢人就夸口，说是别看白礼泉的女人一扭三摆的妖精样，可在我大小子怀里比猫还乖哩。父亲好晚才知道，只是说想不到儿子也到了偷鱼吃的年岁了。

白礼泉最后一个听说。他不敢在枝姐面前逞凶便找上门来同大哥对骂。大哥说："你再骂一句，我叫枝儿跟你离婚。她现在听我的。"白礼泉说："我离了你想要她？"大哥说："那当然。""好吧。那房子是我的，我要收回。你娶她吧，让她住在你们那个猪窝里。跟你的父亲住一起，跟你的弟兄住一起。让你全家人把她从头发根到脚丫都看个一清二楚。还顺便看你俩是怎么过夜的。"白礼泉的话便是砸在大哥胸口上的石头。大哥突然脸色苍白，眼泪差点没落下来。这副熊样子不光被白礼泉看到了也被刚干完活下班回家的父亲以及看热闹的观众们看到了。白礼泉阴险地笑出了声。他嘴上继续说一些刻毒且下流的话。而大哥却默然不语。父亲上前"叭"地扇了大哥一个耳光，大骂大哥窝囊得不如一条虫，然后说："白礼泉的女人看上你这种东西那成色也就跟拉客的窑姐儿没什么两样。"大哥听完父亲的话便猛虎一样扑向父亲和父亲扭打成一团。大哥咒骂父亲，说世界上像父亲这样愚蠢低贱的人数不出几个。混了一辈子，却让儿女吃没吃穿没穿的像猪狗一样挤在这个十三平米的小破屋里。这样的父亲居然还有脸面在儿女面前有滋有味地活着。

这场架打得灰尘四起，旁观者皆避之不及。父亲的脸被大哥的拳头打得满是青肿，而大哥的门牙叫父亲打脱了，手臂也被父亲用刀砍了一道深口，缝了十四针。

第二日白礼泉没去上班，中午乐滋滋地到家里来对大哥说上午他陪枝姐一起去了医院，只一会儿，就把她肚子里的胎儿打掉了。白礼泉说他虽然想要个小孩，但也不能养着个野种。大哥怒目圆睁暴吼了一声："给老子滚！"

从此大哥再也没理睬枝姐，每当两人路遇，枝姐忧戚戚地频频顾盼大哥，大哥则抱拳当胸，傲然而去。

到大哥同大嫂结婚已是十年以后的事了。十年间，他除了自己家里的女人外，对全世界的女人都摆出一副不屑一顾的架势。母亲曾打算给他说门亲。大哥说："你只要带她进这个家门我就杀了她。"

这十年中的第九年里，枝姐上班时被卡车压断大腿，流血而尽死去。在场的人都听见她一直叫着"大根"的名字。人们以为那是她丈夫。而实际上，"大根"是大哥的名字。

<h1 style="text-align:center">五</h1>

七哥最痛恨他的姐姐大香和小香。七哥从记事起就没同她们说过话。七哥记得他很小很小的时候尿湿了裤子，姐姐大香便用指甲拼命地掐他的屁股。大香为了学有钱人家的女孩，总是把指甲留得尖尖的。而小香更毒。只要她在家里，她就不许七哥站起来走路。小香说七哥是狗投生的，必须爬行。七哥忍气吞声，从不敢违抗。晚上吃饭时，小香则多半会指着七哥的黑膝盖告诉父亲说七哥故意学狗爬不学人走。小香长得像父亲又像母亲。小香伶牙俐齿活泼爱笑却心狠手辣，父亲宠爱她，每次为了让她高兴不惜惩治七哥。小香比七哥大两岁，出生在双胞胎五哥和六哥之后，在家排行也算老八了，故而娇得鼻眼不正。七哥在父亲的拳脚下奄奄一息，而小香则捂着嘴"咻咻"笑个不停，还把七哥麻木地忍受的姿态学给大香看。小香干这样的事一直干到七哥下乡那天。

在大哥同父亲打架之后，家里能给七哥一点温暖的就是二哥了。很久很久，七哥对二哥都没什么印象。二哥总是和三哥一起进出，七哥在他眼里似乎有又似乎无。七哥不记得二哥同他说过话没有，直到那件事发生之前。

那是一个夏天，七哥被父亲揍过之后便爬回到大床底下。他只有到这个黑洞洞的充满他熟悉的潮湿气的地方才感到几分安全。七哥那天浑身火辣辣地疼。他趴在那里一动也不想动。伤痛和闷热的天气几乎让他觉得自己快要死了。他这样趴了一天一夜。屋外每过一列火车都仿佛从他身上碾过。轰隆隆的声音使劲地撞击着他的脑袋，撞得似乎就要爆炸，他想爬出来，可一动弹大腿内侧便如刀剜割一样。七哥想干脆让我死吧，便"呵"了一声死了过去。

等他醒来之时，七哥感到自己被人抱着。他的腿依然如刀剜割。他睁开眼睛见到一个陌生的脸庞，恍惚之中听到滴水之声。水滴了很长时间，七哥才渐渐看清那陌生的脸庞原来是二哥。二哥用毛巾擦着他的身体。七哥温顺地倚在二哥怀中一动不动。他第一次感到生命的安全，第一次认识到人体的温暖。晚上直到父亲回来的时候二哥仍小心地抱着七哥。"怎么搞得像个小少爷？"父亲说。

二哥将七哥放在床上，撩开盖在他腿上的布，对父亲说："他还是条命。你也不要太狠了。他的腿伤口烂了，长了蛆。你要想让他活，就不能让他再睡床底下。里面又湿又闷，什么虫都有。"父亲看了七哥，冷冷地说："他是老子养出来的，用不着你来教训。"二哥说："正因为他是你的儿子也是我的弟弟，我才要求你好好爱护他。"父亲顺手重重地给了二哥一耳光。父亲说："让你读点书你就邪了，在老子面前咬文嚼字。你给我滚。"

二哥愤怒地盯了父亲一眼，一跺脚出去了。七哥自然又回到了床底下，把他的小棉絮弄成弯的，他想象那是二哥的手臂，他躺在那手臂里宛如在二哥的怀中。

以后，二哥便格外地关照七哥了。每天吃饭时，二哥都有意坐在七哥旁边。二哥一筷子一筷子为七哥夹菜。而在此之前，七哥几乎全靠吃白饭填肚子，尽管家里的菜几乎全都是他捡来的。

那年冬天，七哥差不多满十二岁了。母亲说原先小五小六到这时候总能挖一些藕回来，小七子倒好，只会捡些烂菜叶。二哥说何必哩，捡什么吃什么好了。小香立刻叫道妈妈我要吃藕。七哥便用极干瘪的声音说我明天就去挖藕。

第二天刮风，寒嗖嗖的。七哥一出家门就被风吹斜了身子。他斜斜地行走，小竹篮里还搁了一条麻袋。他一路走一路在算计哪一块藕塘比较好。风把七哥的脸吹得红通通的，左脸颊上的冻疮又鼓胀了起来。七哥并不觉得这日子有什么特殊的苦，他已经习惯这样的生活了。万一哪一天让他安安逸逸地享受一天，他倒是会惊恐不安地以为出了什么大事。七哥在铁路边碰上了够够。够够当时正迎着风尖起嗓门唱歌。那歌子的词是七哥一辈子忘不了的。"美丽的哈瓦那，那里有我的家，明媚的阳光照进屋，门前开红花。"够够总是唱这支歌，一遍又一遍地对七哥说如果有一个新家在哈瓦那，门口种满了鲜艳的花朵那该多好哇。讲得他俩都极羡慕哈瓦那了。

藕塘里的水已经抽干了。大人们已经仔细地挖过一遍。七哥绕着藕塘四周看了看，然后迅疾地扒下棉衣棉裤，等不及够够冲上来劝阻，他便下到了塘里。泥浆一下子淹到了他的胸部。七哥太矮小了。他的脸上现出恐惧状，吓得够够惊呼大叫快来人救命呀。几个路过的中学生把七哥扯了出来，然后把他送进一个牛棚里。牛棚里有一个独眼的老头。他给七哥倒了一杯滚烫的开水。七哥浑身筛糠一般颤抖。够够像大人一样用生气的口吻令七哥脱下泥浆浸透的衣裤。七哥穿着空心棉衣棉裤，和独眼老头一起蜷在屋角的稻草堆中。七哥看着够够拿着脏衣服往湖边走去。在风中她像一只奇怪的大虾，弓着背越走越远。够够为他洗净泥浆，然后在牛棚中的火盆前为他烘烤。她的脸焕发出一层奇特的红光，眼珠嵌在红光之中宛若两块宝石。七哥呆呆地看着她。外面的风刮得干枝干叶噼噼啪啪地响。时而几声呼啸在长天中一划而过。七哥突然感到眼睛潮湿了。他觉得这时刻如若能痛哭一场该是多么愉快。够够无意思地瞟了七哥一眼，七哥便立即装作一副平常的神态。七哥从来不曾把他的心向任何人袒露过。七哥从不愿意让别人能猜测出他心里正想些什么。

天全黑了，够够才将七哥的衣裤烘干。七哥穿上后说了句很舒服。但他心里知道，今天又难逃过一顿毒打了。出门时，独眼老人叹着气从屋里拿出两节藕，分给七哥和够够。

七哥一路无言。分手时，够够将那一节藕也给了七哥说我家里不爱吃藕。七哥默默地接过放入麻袋。够够说你这个人怎么总是有心事的样子。七哥憋了半天终于说明天再告诉你。

七哥刚跨入家门，小香便叫："爸、妈，野种回来了。"母亲冲上来揪住七哥的耳朵吼道："你还晓得回家？你玩得好快活，害得你二哥一晚上去黑泥湖了。"七哥未缓过劲来，迎面又挨了一嘴巴，这是父亲扇过来的。父亲说："你怎么不死？回家干什么？铁路又没有栏杆。为你这个小臭虫全家人都睡不成觉。你以为我们都像你这样舒服？"父亲骂了又打。七哥不语。他挨打从来都不语。他以往常想着长大了他将首先揍父亲还是首先揍母亲这个问题。而这回，他一直在回忆牛棚中红红的火光中够够的脸庞和眼睛。他的表情竟出奇地平静，这使得父亲极为恼怒。小香说："爸，你看他还在笑。"父亲立即一脚踢向七哥的小腿，七哥轰然摔倒在地。红光在他的眼前烧成一片红云，腾腾地升起。所有的一切：人、物及声音，都在这红云中弥漫和溶化。七哥真的不禁咧嘴笑了一笑。

七哥的腿红肿得无法迈步。他一步也不能行走，几乎在床底下躺了三天。他的视线里的红云依然飘浮和升腾，七哥这三天过得安静极了。二哥几次唤他出来要带他去医院，七哥都没答应。七哥说我是在休息哩。

第四天父亲说我家里的儿子命贱，没有人生病躺好几天这事。母亲弯下腰对着床下叫："你还弄得像个阔少爷哩，你再不去捡菜就休想吃一颗米。"

父亲和母亲上班之后，七哥爬了出来，他摇晃着走出门。他走到那次同够够碰面的那一段铁路上。他坐在铁轨上一边等，一边想把什么都对够够说。等了好久好久，够够没来，七哥只好自己独自捡菜去了。

　　回来的路上，七哥又走到牛棚。他想见见那独眼老人，想再去那稻草堆中蜷缩着看奇特的红光。七哥进去时，老人愣了一愣，然后问："跟你一起的小姑娘呢？"七哥说："她没来。我等了她好半天。"老人说："前两天你们都一起回去的？"七哥说："前两天我病了没出来。"老人说："前天下午，一个女孩被火车碾了，不晓得是不是她。"七哥立即呆了。世界上所有的女孩都死掉也不能死够够。七哥拼了全身力气疯狂地向铁路边奔跑。他一声声呼唤"够够"的声音像野地里饿狼凄厉的嚎叫。

　　那出事的地方已经看不出有什么血迹了。只有在路坡底下，七哥看到一节竹篮上的提把，提把上拴着一根白纱布做的小绳子。这是够够编的，是很久前的一天七哥亲眼看见她编的。

　　够够永远消失了。七哥为此大病一场，几乎一星期昏迷不醒。这场病耗去了家里很多钱。父亲答应给大香和小香一人买一条围巾的钱，答应给五哥六哥一人买一双凉鞋的钱，答应为母亲买一双尼龙袜子的钱以及大哥存了多年打算买手表的钱全部被七哥这场病消耗一空。所有人都沉下脸不理睬七哥。连大哥都阴郁着面孔一句话不说。

　　此后七哥每天还是沿着他和够够的路线去捡菜。他每天都在够够死去的地方默默地坐十几分钟。他坐在这里用心向够够诉说他的一切。

　　八年的捡菜史给至今二十八岁的七哥留下了深深的印记。他曾尽情地怀念过够够和享受过完全归他所有的孤独。七哥大学毕业回来的第二天便不知不觉去了一趟黑泥湖。那里变化惊人。昔日的菜地上几乎全部覆盖着高低不等的房子。他已经无法辨认哪条路通向哪里了。只有一个地方无论发生什么变化，七哥也能一眼认出。七哥喜欢独自地坐在那里。七哥想够够该有三十了。说不定够够能成为他的妻子。尽管够够比他大两岁，可这又算得了什么呢？只要是够够，就是大十岁大一百岁七哥也不在乎。然而够够永远只能是十四岁。

　　铁轨纠缠一起又分离开来，蜿蜒着扭曲着延伸向远方。七哥不知道它从何处而来又将指向何处。七哥常想他自己便是这铁轨般的命运。

六

当七哥觉得家里唯一能同他对话的人只有二哥时，二哥却已经死了。七哥想起二哥的死因，心底里总是升出一股冰凉的怜惜之感。

父亲却对二哥的死愤愤然之极。每逢二哥忌日父亲便大骂二哥是世界上最没出息的男人，混蛋一个，却装得像个情种。然后接下去必然骂这都是读书读木了脑袋。父亲骂二哥时若遇三哥在场二人便有一场恶战。

三哥和二哥关系好得让人难以思议。三哥是个粗鲁得像父亲一般不打架就难受的人，而二哥却文质彬彬的不像是父亲的儿子。二哥只比三哥大一岁。他俩共睡一个枕头几乎直到二哥死去的前夜。二哥极其细瘦，个子高得让人看着不那么顺眼。父亲对二哥这副骨架非常之不满，常愤愤然说这哪里像我哪里像我？然后捶着三哥的胸脯说真货是这样的是这样的。母亲为此跟父亲怄过好多回气。母亲疼爱二哥超过她另外六男二女，这原因是二哥救过母亲一条性命。那时二哥才三岁，摇摇晃晃地刚学会小跑步。一天母亲牵着二哥去买盐。行至路口遇见父亲搬运站的几个朋友。母亲便挑逗着同他们打情骂俏。搬运工男女相遇常有骇人之举，这便是扒下对方裤子或伸手到对方裤裆。虽是下流无比却也公开无遗。母亲撇下二哥同他们疯打到一辆货车旁，笑得长一声短一声接不上气。突然二哥颠颠地小跑到母亲身边，极怪异地大叫："妈妈，我要撒尿！"那正是初冬时分，二哥若湿了裤子便没有了穿的。于是母亲立即抱着二哥往背风处跑。母亲刚一跑开，货车上的绳子便断了。货箱垮下来砸死了那群男人中的三个，其中之一刚喊完母亲的绰号还没来得及说出下面的话便脑浆四溅。母亲听得身后巨响如爆几乎魂飞魄散。她抱起二哥放肆地号啕大哭。二哥这时说："妈妈，要回家。不尿尿了。"事后母亲想起二哥是临出门时才撒的尿，按正常情况那时他不应该叫撒尿的。而且那声音怪异使母亲在回忆时还感到几丝丝毛骨悚然。父亲说看来是有些莫名其妙。

二哥是一个言语极少的人。他的眼睛凹入脸庞显得阴郁而深沉。倘若不是他的鼻梁挺拔且嘴角的线条很好看的话，他那双眼睛就令人不堪入目了。恰恰上帝给了他相应于那对眼睛的鼻子和嘴，这使得他显示出一种很独特的漂亮。邻人常夸双胞胎五哥和六哥算得上河南棚子最英俊的男人，而七哥，还有我都认为：五哥六哥同二哥相比还差一个等级。五哥六哥一肚子浅俗的人生哲学和空洞洞的眼睛使他们脸庞上那漂亮的组合毫无生气。

二哥用眼神就能制服父亲用拳头都难以制服的三哥，对这一点父亲始终感到是一种耻辱。尽管耻辱，他却不能不接受这一事实。二哥和三哥结成的是钢铁同盟。这使得父亲想揍他们中的任何一个时都不能不踌躇再三。为此二哥和三哥挨打次数极少。五哥六哥先是嫉妒后来则是献媚，意欲加入二哥三哥的联盟。二哥不置可否而三哥却严词拒绝了。三哥说不能让小七子一个人挨打，你俩得分担一些。三哥是家中的"二霸王"。这绰号是大香姐姐起的。"大霸王"自然是指父亲。三哥比大香姐姐大两岁。在一次争吵中大香姐姐脱口叫出"二霸王"三个字。三哥听了很得意，竟不再与大香姐姐吵闹且俨然是她的一个什么保护人。三哥在相当长一段时间充当河南棚子小年轻的"拐子哥"，名气一直蔓延到球场街及西马路一带。所有知道他的人都尽可能不去惹他。三哥手下有一帮小喽啰。他们在百姓面前虎狼般凶煞恶极蛮不讲理，但在三哥面前却低三下四如同猪狗。他们都知道三哥的厉害。三哥曾跟一个走江湖卖狗皮膏药的师傅学过几年武艺。那师傅是父亲早年拜把子的兄弟，对三哥的教导极为尽心。三哥一巴掌砍下能使三块砖同时断裂是河南棚子的小哥们儿亲眼所见。三哥赤手空拳能使十个像他一样粗壮的小伙子在进攻他时全都仰翻在地。三哥威武有力鲁莽无比却能屈服于二哥的眼神。三哥跟二哥好得像一个人。而二哥却是同三哥全然不同的人。

其实若不是一件偶然的事改变了二哥的命运，二哥是不会同家里人有什么质的变化的。那件事的出现使二哥步入一条与家里所有人全然不同的轨道。二哥愉快地在这轨道上一滴一滴地流尽鲜血而后死去。

那一瞬间发生的事还是在七哥刚出生的年月。二哥和三哥每天都去铁路外抑或货场偷煤。家里的煤从来都是这样弄来的。偷窃者对于这么干是否合法不予考虑。家里要煤烧而家里又无钱买煤，无条件地向外界索取便成了自然而然的事。二哥和三哥从多大开始干这活儿已经记不清了，只知道初始只是拾煤渣而已，而后是三哥进行了改革才发展成为后一阶段的用麻袋偷。冬天里，煤块烧得毕毕剥剥响时，父亲便放口称赞三哥聪明能干，是块好料。

那天火车经黄浦路道口时放慢了速度。三哥一挥手便扒了上去。二哥略一迟疑，也上了去。火车轰隆隆地向前开着。他俩在车上将煤装了满满一麻袋。快进煤厂时，三哥将麻袋往下一扔，然后自己飘然而下。二哥又迟疑了一下。待他小心翼翼跳下来时，却没能见到三哥的影子。二哥沿铁路往回走。

当他走到一个池塘附近忽听见一个女孩惊恐万状的声音："救命呀！""哥哥，你可别死呀！"二哥便朝那声音奔了去。我知道，就是这个惊恐的颤抖的声音改变了二哥整个的人生，使他本该活八十岁的生命在二十八岁时戛然中断，把剩余的五十二年变成蒙蒙的烟云，从情人的眼前飘拂而去，无声无息。

池塘里一双手挣扎的姿势像一个优秀的舞蹈演员在用空间线条感召他的观众。二哥连鞋都没脱便跳了下去。二哥的游泳技术是没话说的，从河南棚子翻过天桥到长江边至多只要半个钟头。夏天里的中午和黄昏，二哥三哥以及许多他们这样的人常去那里玩水。他们游到对岸然后再游回来简直像吃完饭用手抹抹嘴一样容易。尽管每年都有一两个伙伴沉入江底而成为长江的儿子，但这种悲剧一点也没影响他们畅游长江的情绪和兴致。二哥在同伴之中不是游得最好但也不差。这个小池塘对他来说便有澡盆之嫌了。二哥只几下就扑到了溺水者身边。那家伙性急而死死地勒住了二哥的脖子。二哥便只好凶狠地给了他一拳然后托着他的头从容地游到岸边。那家伙的肚子隆得圆圆像个孕妇。二哥拍了拍便一屁股坐在上面一松一压。女孩子尖叫道你不要弄死他你不要弄死他，然后去撕扯二哥衣服，二哥只好又给了她一巴掌。那一下委实重了一点，女孩苍白的脸上顿时起了五条红杠。女孩"哇"地大哭掉头跑了，这动作使二哥呆愣了好一会儿。

女孩再来时身后跟了两个张皇失措的大人。女孩说这是她的父母。他们的儿子此刻已经苏醒了，只是疲惫不堪地躺在地上不想动弹。他见到父母的第一句话是："没有他我就完了。"然后将目光移向二哥。那眼光中的感激、钦佩、真诚、温情一下子竟使二哥的心好一阵战栗。二哥从来没见过这样的眼光。

二哥以恩人的姿态出现在这个家庭里自然成了最受欢迎的人。溺水的男孩跟二哥一样大，叫杨朦。他的妹妹小三岁，叫杨朗。他们的父亲是市里一所大医院的著名医生而他们的母亲则是中学里的语文教员。为此他们的家庭显得极其洁净雅致。他们住在南京路英租界的一幢红楼里。他们有七个房间，整整占据了一层楼。仅保姆许姨住的房间都比二哥家的屋子大两个平米。他们一家四口人住四间屋子还剩下一间客厅和一间贮藏室。杨朦说这房子是他的外祖父留下来的。他祖父的一幢房子更漂亮，前面有花园，后面有庭院。但他父亲老早就把它贡献给了国家。

说实话，这个家庭对二哥来说仿佛是外星来客。二哥是河南棚子长大的。

他几乎都认定夫妻打架，父子斗殴，兄妹吵闹是每个家庭中最正常的现象。只有这些纠纷，才使家像个家，使自家人像自家人。否则跟公共场所有什么区别？而杨家却全然另一种活法。一家人这般地相亲相爱，这般地民主平等，这般地文质彬彬，这般地温情脉脉。二哥初次进杨家门时差不多不知道手如何动作脚如何迈步，两三个月后才稍稍适应过来。二哥完全被杨家的气氛所陶醉了。他觉得只有到了这儿他的心才感觉到它是在为一个真正的人跳动。他不知不觉地三天两头闯进杨家。

杨朦准备考到男一中去读高中。他是学校的尖子，胜利在握。而就学于民办中学的二哥学习成绩却平平淡淡。杨朦对自己的恩人极诚恳热情，谈话亦十分投机。于是二人结为莫逆之交。二哥渐渐地学会了喝咖啡。开始他以为那深褐色的水是中药，是杨大夫给他消毒的。后来才明白那玩意儿叫咖啡，上等人都爱喝它。二哥在杨家品尝到许多他从未吃过或见过的东西。有一天喝银耳汤，杨朗牙疼不喝多出一碗。杨朦硬叫二哥喝了。结果二哥一夜浑身燥得无法入睡，半夜里还怀疑汤里是不是放了什么怪药。问杨朦时，叫杨朦哈哈大笑了一阵。

二哥也打算考到男一中去。杨朦帮他补习了几天功课说凭二哥的智力今后考清华问题不大。这使得二哥的生活中陡然地树起了一个目标。

晚上，做完功课，语文老师常常拿出一本书来，轻言慢语地朗读给大家听。她的声音极柔美，缓缓的，像是从天上飘下来的。与二哥幻觉中神仙的声音完全一样。二哥常想母亲若也能这样那该是多么好呵。母亲说话仿佛有只手在她喉管里拼命地撑大她的声音。母亲唾沫横飞常使她旁边的人不得不时时用衣袖抹抹脸。母亲从来不读书，但母亲绝顶聪明。母亲会从许多语言中挑出最俏皮最刻毒且下流得让人发笑的话来骂人，令对方哭笑不得左右不是。而语文老师和她的儿女连最一般的粗话都不曾讲过。有一回二哥讲家里的玻璃窗被人砸了的事时不留意带出一句"他妈的"，立即让一屋人都皱上了眉头。杨朗还捂着耳朵说："难听死了，像小流氓一样。"二哥当即脸红得像抹了彩，好半天抬不起头来。没人再说他什么，自此他在杨家不敢吐一个脏字。二哥听语文老师读过高尔基的《海燕》，朱自清的《荷塘月色》以及但丁的《神曲》。一个星期六，月亮很好。月光穿透窗外的树影把屋里映得斑驳一片。杨朗让大家都坐在这碎月零光之下，然后把留声机上足发条。音乐轻缓地升起时，杨朗着一身白裙，赤着脚飘然上前，对着月光低吟：

我看见，那欢乐的岁月、哀伤的岁月——我自己的年华，把一片片黑影连接着掠过我的身。紧接着，我就觉察我背后正有个神秘的黑影在移动，而且一把揪住了我的发，往后拉，还有一声吆喝（我只是在挣扎）："这回是谁逮住你？猜！""死。"我答话。听哪，那银铃似的回音："不是死，是爱！"

　　她最后一句爆发出热烈的欢笑，然后房间里的灯光大亮。所有人都被她美丽的表演所感染，杨朦跳了起来，大叫："朗朗太了不起了！"

　　二哥被月光下飘动的那条白色之影震惊了。那一句一句的诗将他的心一层一层缠绕得紧紧的。最外一层显赫地裸露着"不是死，是爱"五个字。在热烈的掌声鼓完后的那一刹那，二哥从心底涌出无限无限的忧伤。这忧伤之泉直到他死都不曾停止过喷涌。二哥咽气的最后一瞬还说的是"不是死，是爱"。然后才垂下他的头。他的眼睛是杨朦去关上的。那两口深奥的洞穴中装着没有人能够理解的忧伤。

　　二哥开始发奋。借着复习功课的名义，他三天两头到杨家去。他只要一进这家的大门，骚动的心立即变得安宁而平和。

　　二哥这么做使得三哥颇为不满。三哥不想读书，也觉得二哥犯不着读。三哥说父亲没文化不也活得挺快活？二哥说可他的儿女们活得并不快活。三哥说我觉得还蛮好嘛。二哥说我觉得像狗一样，特别是小七子，连狗都不如。二哥说这话时，七哥正一脸污垢地坐在门口，把鼻涕往嘴里抹，嘴还喷喷地咂响。

　　三哥对杨家有一种天生的厌恶。尤其对杨朗。他说这女孩子完全是妖精投胎。他说头一回时二哥只是瞪了他一眼。说第二回时，是二哥在路上碰到杨朗之后。那天二哥和三哥是在去偷煤的路上遇到杨朗和杨朦的。杨朦见二哥和三哥手里拿着麻袋便问你们去哪里。二哥支吾说去弄些煤。二哥回避了偷字也回避了捡字。杨朦说需要我帮忙吗。杨朦话音刚落，杨朗就拽着他的衣服说："那怎么行？脏死了，脏死了。"三哥这时板着脸对二哥说："我一个人先走。"二哥忙对杨氏兄妹说了声："我走了。"便同三哥匆匆而去。三哥脱口骂了句"臭妖精"。二哥立即站定，眼睛里喷着火，他咬牙切齿说："你这是第二次骂了，如果我再听到第三次，我跟你的兄弟关系从此了结。"三哥莫名其妙，委屈得很。只得嘴上连连喊叫几句："我怎么啦？我怎么啦？"

过了好多天，杨朗说"脏死了"的话被她母亲——语文老师知道了。语文老师要杨朗向二哥赔礼道歉。杨朗说"请原谅"时倒是大大方方，而二哥却"刷"地一下红了脸。二哥嗫嚅着向语文老师说他和弟弟实际是去偷煤的。语文老师没说什么只是长叹了一口气。那叹声显得那般沉重以致二哥的心被压迫得一阵阵发疼，那一晚复习功课老是走神。临走前，语文老师第一次把二哥送上了马路。月光铺在沥青路上泛起一片白色。语文老师说："我知道你家里很困难，但人穷要穷得有骨气。这一点你应该理解。"二哥使劲地点了点头。

　　二哥错就错在他不该把语文教师的话原版说给父亲听。父亲气得当即把手里的酒瓶朝地上一砸，怒吼道："什么叫没有骨气？叫她来过过我们这种日子，她就明白骨气这东西值多少钱了。"二哥吓得不敢吭气。父亲说："你小子再敢去什么羊家猪家的，老子定砍了你的腿。"母亲也说："哼，他们那种人不就是靠我们工人养活的吗？他们是吸我们的血才肥起来的。"二哥说："他们家是医生，又不是资本家。"母亲说："你若替他们讲话，就跟他们姓杨好了。"父亲说："小子，什么叫骨气让我来告诉你。骨气就是不要跟有钱人打交道，让他们觉得你是流着口水羡慕他们过日子。"

　　二哥叫父亲说得一脸羞愧。他觉得自己的确有点像流着口水的角色。二哥果然一连几天没去杨家。他很难受，心口像坠着许多石头沉甸甸地在胸膛内摆来摆去。第七天，二哥和三哥背着煤回来时，遇到了杨朗。杨朗迎上前，说："你怎么不来了呢？"二哥张了张嘴，答不出。杨朗说："你恨我了是不是？我不是已经承认错误了吗？"二哥凝神望了她几秒才偏过头低沉地回了一句："我不配去。"杨朗随二哥进了屋，她第一次看清了这是一个什么样的家。杨朗说："你晚上还去吧，要不哥哥又要责怪我了。"二哥说："你告诉杨朦，我家里有事，这几天不能来。"杨朗说："好吧。"她退出去的时候，手不小心碰着了正往屋里走的七哥。她尖叫一声，迅速跳到门外，然后掏出小手绢一边走一边使劲地擦。直到她人影消失前的最后一个动作还是在擦手。

　　二哥最终还是没去杨家。他也没能考上一中。但这实在不能怪他没努力。好长一段时间他总是在路灯下复习功课，而临考前的一个星期，天一直下着雨。这使他根本找不到一块读书的地方。只得在家里窝在众弟兄中，一遍又一遍地听父亲讲他当年的故事。八点钟和全家人一起睡觉。

　　二哥被录取到八中。这在我们家已经是第一个了。如果不是七哥在极偶然的情况下去上了大学，那么，二哥这个高中生就算是家里学历最高的人了。

杨朦自然上了一中。这也是二哥早料到的。假期中，杨朦曾经到家里玩过几次。他和二哥坐在门口看着一辆辆火车从眼边掠过，两人谈了很多很多。开学之后，渐渐二哥与杨家日益淡泊以致完全没有了往来。

二哥是一个出色的学生。他的派头和说话的口气同家里人越来越不一样。他对父亲说他要上大学，他想当一个建筑师。他要让父亲和母亲住进他亲手设计的世界上最美丽的房子里。他说这些话时，深奥的眼睛里放射的光芒能照进所有人的心。父亲和母亲像被电击了一般呆望了他好一会儿。屋外一阵汽笛长鸣，小屋在火车的轰隆中摇摆时，父亲才一下子醒悟。父亲一反常态像一个小孩子一样狂喜狂叫道："我儿子有出息。像我的种。"然后把二哥横看竖看拍拍打打了好半天。那一天全家人都兴奋至极，只有七哥一如往日小狗般爬进床底睡得死沉。

二哥上大学当建筑师的梦自然和许多许多人的梦一样，叫一场"文化大革命"冲得粉碎。二哥的工人出身使他可以当红卫兵司令，但他仍然感到心灰无比。他没参加任何一派，他被父亲指示回来干活。他有一排半截子大的弟妹，他得为生活劳碌。父亲给二哥弄了一辆板车，二哥每天到黄浦路货场往江边拖货，他能挣不少钱。冬天的时候，他让他的弟妹们都穿上了线袜子。

一天晚上，家里人全都睡下了。家里人总是睡得很早，因为明天要干活也因为不睡下小屋里便拥挤不堪嘈杂不堪。在屋里的鼾声此起彼伏时，突然门被敲得轰响。所有人都在同一刻被惊醒。这似乎是记忆中未曾有过的事情。父亲首先喊骂起来："魂掉了？哪有这样个敲法？"不料答话的竟是杨朦。二哥从地铺上一跃而起，他显然有些紧张，仿佛预料到了什么。二哥开了门，他看见杨朦的右手紧紧揽着杨朗而杨朗全身哆嗦着两眼红肿。二哥急问："出了什么事？"杨朦脸色很冷峻，说话时却很悲哀。他说他们的父母下午双双出去，到现在尚未回来。他们兄妹等到晚上觉得奇怪，便到父亲卧室里看看有没有什么纸条。结果发现父母联名给杨朦的信。信上要杨朦对家里所有发生的事都不要太吃惊，他唯一的责任就是照顾好妹妹。然后在最后一行写下"别了，亲爱的孩子们"几个字。杨朦的话还没说完，屋里的父亲立即吼了起来："蠢猪，还慢慢说什么？他们去找阎王爷了。还不快去找。"杨朦说："朗朗已经受不了了，许姨上个月就被赶回了老家。我想请你照顾她一下。"二哥说："我去替你找，你照顾朗朗。"杨朦说："那怎么行？"此刻父亲已经下了床。他用脚踢着正趴在地铺上听杨朦说话的三哥四哥五哥六哥，嘴上说："起来起来，今晚都去找人。"父亲转身对杨朦说："让二小子陪姑娘，这几个小子都派给你，你尽管指使他们。"杨朦说："伯伯我该怎么感谢您呢？"父亲说："少说几句废话就行了。"

二哥几乎是将杨朗背回去的。她软弱得无法走路，嘴上喃喃地说些二哥完全听不清楚的话。二哥三天三夜没有合眼。杨朗到家之后便发起了高烧。她的眼泪已经哭干了。脸烧得通红通红，嘴唇上的燎泡使她的模样完全变了。二哥为她请医生为她煮稀饭喂药然后小心地趴在床边哀声求她一定要坚强些。

第四天杨朦精疲力竭回来说父母找到了。他俩双双跳了长江。他母亲结婚时的一条白纱绸将他们的腰紧紧扎在一起。尸体在阳逻打捞出时已经肿胀得变了形。杨朦说完这些，双腿一软跪在地上痛苦地呕吐起来。他几天没吃什么，呕出一些黄水，脖子上的青筋扭动和鼓胀得令二哥无法直视。如果不是二哥急中生智，突然伏在他耳边说："千万别这样，朗朗见了，就完了。"杨朦恐怕也挺不住了。朗朗正在屋里昏睡，一切情况都尽可能瞒着她。

一个星期后，丧事在二哥三哥及诸兄弟共同帮助努力下，算是比较顺利地办完了。医生和语文老师的骨灰合放入一口小小的白坛之中。父亲帮忙在扁担山寻了一块墓地，于是他们便长眠在那座寂寥的山头。二哥站在坟边，望着满山青枝绿叶黑坟白碑，心里陡生凄惶苍凉之感。生似蝼蚁，死如尘埃。这是包括他在内的多少生灵的写照呢？一个活人和一个死者这之间又有多大的差距呢？死者有没有可能在他们的世界里说他们本是活着的而世间芸芸众生则是死的呢？死，是不是进入了生命的更高一个层次呢？二哥产生一种他原先从未产生过的痛苦。这便是对生命的困惑和迷茫而导致的无法解脱的痛苦。这痛苦后来之所以没能长时间困扰他并致使他消沉于这种困扰之中，只是因为他几乎在产生这痛苦的同时也产生了爱情。爱情的强烈和炽热溶化了他的生命。在爱情的天空之下，他活得那么坚强自如和坦然。直到一个阴天里爱情突然之间幻化为一阵烟云随风散去，他的生命又重新凝固起来。他的为生命而涌出的痛苦才又顽固地拍击着他的心。他想起扁担山上那幅青枝绿叶黑坟白碑的图景，也蓦然记忆起自己关于生命进入高一层次的思考。那个夜晚他便用刮胡子刀片割断了手腕上的血管。他将手臂垂下床沿，让血潺潺地流入泥土之中。同他挤在一床的三哥到清晨起床时才发现他已命若游丝。闻讯而来的杨朦杨朗惊骇地看着一地的血水。杨朗失声叫道："为什么非得去死呢？"二哥那一刻睁开了眼睛，清晰地说了一句："不是死，是爱！"然后头向一边歪去。

这是一九七五年在江汉平原东荆河北岸发生的事。迄今业已十个年头了。

七

七哥现在想起来当年他听到二哥的死讯之时完全像听到一个陌生人之死一样，表情很淡泊，尽管二哥曾有一段时间待他相当不错。七哥那时下乡也有一年了。他在大洪山中一座被树围得密密实实的小山村里。他一直没有回去。大哥歪歪倒倒的几个字告诉他二哥已死这个消息。这是他收到家中的唯一的一封信。他没有回信。

七哥下乡那天家里很平静。他一个人悄悄走的。走到巷口时，遇到小香姐姐同一个黑胡子男人。小香姐姐正同那男人搂搂抱抱地迎面而来。这是小香姐姐的第几个男人七哥已经搞不清了。只是不久前听母亲对父亲说小香姐姐要嫁给这个男人。一来她可以不下乡了，二来她已经有了他的孩子。小香姐姐已经不能再打胎了，要不她以后就根本不能生育。这是医生对陪小香姐姐去检查的母亲说的。小香的风骚劲儿同当年母亲的一模一样。唯一不同的是小香的男人换了许多而母亲的男人却只有父亲一个。七哥见到小香姐姐时忙谦卑地站到路边，让她嬉笑着过去然后自己再踽踽而行。小香姐姐仿佛根本没见到七哥一样，连瞟都没瞟他一眼。七哥最仇恨家里的三个女性，尤其以小香姐姐为最。七哥曾发过一个毒誓：若有报复机会，他将当着父亲的面将他的母亲和他的两个姐姐全部强奸一次。七哥起这个誓时是十五岁。原因是那一天他在床底下睡觉时五哥六哥带了一个女孩到屋里来。一会儿七哥听见那女孩子挣扎着哭泣，床板在七哥上面咯吱咯吱地响得厉害。七哥不知出了什么事便伸出了头。七哥看见五哥和六哥都赤裸着下身。五哥伏在女孩身上而六哥则按着她分开的腿。六哥看见七哥便使劲照他的头击了一下，吼道："你什么也没看见，说！"七哥嗫嚅着说："我什么也没看见！"然后缩回床底。他听见那女孩一阵阵的呻吟声，那呻吟中的痛苦使七哥感到浑身刺痛。他觉得只有眼见着世界灭亡的人才能发出那样的痛苦之声。当即他便想他得让他仇视的人：他的母亲和他的姐姐们也这么痛苦一次。

七哥的誓言当然成了他嘲笑自己的材料。当他后来有无数机会之时，他却毫无这种报复的欲望。

七哥是孤独一人进的小山村。这是七哥自己挑的地方。这里下了汽车还得走整整一天的山路。七哥就是想到这么一个地方，让所有人都不知道他在哪里。

七哥和他房东的儿子共睡一张床。这是他有生以来第一次在正经八百的床上睡觉。油污的床单下垫着玉米秆和稻草。满屋里散发着一股植物的香味。屋后有三棵香果树。七哥仰躺着。两尺之外的空间不再有黑压压的床板和父母翻身而引起的吱嘎之声。三步开外没有他并排躺在地铺上的一排兄长起伏的鼾声和梦呓。空间很大，有老鼠从梁上"刷"地跑过。月光白惨惨地从屋瓦的缝里泄了下来。云遮云开，那光如在屋子里飘忽。七哥突然感到万分恐惧。房东的儿子睡在那一头，死寂一般毫无声响。这让七哥觉得他正躺在人类之外的另一个世界。他从未想到过的关于死的问题在那一晚却想了数次。七哥想是不是他已经死了而他本人还不知道。人们把他埋在这里并告诉他这是到农村去而实际上却是在阴间的一个什么地方。七哥一连许多天都这么想个不停。他还试图在男人中找到他的弟弟——我。他想他的弟弟很可能是在这群人里，只不过他们分别已久彼此认不出来了。七哥他很高兴自己知道很多别人悟不到的东西。他明白他周围的人都是先他而来的阴魂。这些阴魂也不知道自己死了。他们很自豪地认定自己在阳世而且活得很舒服。七哥想只要看他们走路那种飘来飘去的劲儿，就知道换了世界。

七哥不同村里任何一个人交往。不到非说话不可的时候他绝不开口。他像一条沉默的狗，主人叫舔哪儿就乖乖地去哪儿舔上几口。村里人开始都说七哥老实透了，后来又说七哥其实是阴险之极。不叫的狗最为厉害这是老幼皆知的古训。最后大家还是一致认为七哥是个怪物。七哥对那些纷纷繁繁的议论充耳不闻。七哥认定正常的死人是不说话的。

七哥到村里住了三个月后听说村里最近开始闹鬼了。七哥觉得好笑，我们自己不都是鬼吗？七哥对那些越说越惊心动魄的鬼的故事毫不理会。但他倒是希望自己能碰上那鬼。说不定那是小八子，七哥这么想。

房东的儿子每天吃饭时都带回鬼的故事。那鬼是极瘦的。喏，像他那样。他指了指七哥。走起路来像飘一样。鬼每天围着村口的银杏树飘三圈然后就进林子。进了林子鬼就变成了白的。从一棵树飘到另一棵树。每飘到一棵树下就发出一阵凄厉的叫声。那声音极古怪，从林子上空缓缓越过村子然后转一个弯又回到林子里。就这么一直到下半夜，鬼才化作一股烟气消散。

过几日房东儿子又说：鬼现在要在林子很深很深的地方尖叫。那里的野兽都吓跑了。猎民在那里连一只野鸡都打不到。

再几日，房东儿子又报道：村头老鱼头的女儿回娘家，上山时崴了脚，半夜才跛到家。她在林子边遇见了鬼。起先她没发现，是鬼先飘到她跟前的。她吓得使劲把鬼一推拔腿就跑。到家后她说鬼是滑溜溜的。

村里到处都是鬼影，奇怪的是鬼并没有干恶事。便有人商讨是不是把鬼抓来看看究竟是什么样的。这主意自然是青年人出的。七哥原本也想去看看鬼到底是怎么回事，但他那天实在太困便在天一擦黑时倒床睡下了。

那天夜里没有月亮。七八个年轻人都伏在林子里。房东的儿子也去了。他们个个都发着抖。抖得一边的灌木都不断发出簌簌的声音。子夜时分，鬼就围着树绕圈子了。果然极瘦，果然飘一般地走路。走入林子之后发现它果然是白色的。年轻人胆怯着不敢动手。终于其中一个干过猎人的小伙子抛出一根绳圈，一下套住了鬼。鬼凄厉地叫了。一连三声，又长又亮。全村人都听见了。它叫完之后，轰然倒下，不再声响。年轻人用绳子捆住了鬼。手摸上去，那鬼果然滑溜溜的。抬到村边亮处，才发现是一个活人。他均匀地呼吸着，沉睡一般。房东的儿子点了火，他失声叫了起来。人们都认出了，这是七哥。七哥浑身赤裸着。他身上的肌肤极白，他依然平稳地呼吸着，还很随意地翻了一个身。

有人照七哥屁股上狠踢了一脚。七哥"哎哟"一声，突然醒了。他莫名其妙地看着一圈又一圈围着他的男人和女人，眨了眨眼，低下头又发现自己一丝不挂。他低吼一句："你们要干什么？"那声音沉闷而有力，仿佛是从远天穿过无数山脊之后落在这儿的。于是有人问七哥你是不是天神派来的。七哥说不是，我一直在阴间里老老实实做真正的死人。七哥是按自己的思路回答的，却叫所有的人毛骨悚然。天亮了，人们惶惶惑惑地散去。房东的儿子找回七哥的衣裤，极恭敬和谦卑。

七哥好久不明白到底他那一晚出了什么事。"鬼"仍然每夜出来在林子里飘荡。

七哥是一九七六年突然被推荐上大学的。他去的那所学校叫"北京大学"。在此前，七哥几乎没听过这所学校的名字，更不知道北京大学是中国最了不起的学府。七哥走的是狗屎运。七哥的父亲是苦大仇深的码头工人，这使其他知青望尘莫及。再加上村里人一直吵闹着要将七哥送走，鬼气在他们的生活中已日见浓郁，为此他们不能再忍受下去。北大不怕鬼，却极欣赏七哥苦大仇深的家史。父亲自七哥出生那天起就与他为敌，这会儿却不期然为他办了件好事。

七哥惆怅着走出那树林密绕的小山村。七哥觉得自己在那里已经活了一个世纪，眼下他又重新投胎回到人间了。七哥走上公路时，太阳已经当顶，光线明亮得让他感到一阵阵晕眩。一阵风过，路旁的树扬起轻松的呼呼声，鸟也叫得十分轻快。七哥喘了口气。他摸摸心口，觉得心跳动得比原先要响亮多了。

七哥要去北京，而且要堂堂正正坐火车去北京，而且火车要耀武扬威地从家门口一驰而过，这消息使得全家人都愤怒得想发疯。就凭癞狗一样的七哥，怎么能成为家里第一个坐火车远行的人呢？七哥到家那晚，父亲边饮酒边痛骂。七哥默默地爬到他的领地——床底下，忍着听所有的一切。

七哥走的那天下着大雨。七哥只有一双洗得发白的球鞋。他怕到了学校没有鞋穿所以光着脚上的路。父亲和母亲一早都上班了，他们连一句话都没说，仿佛眼中并没有七哥这么个人。大哥把七哥送到巷口，然后给了他一毛钱，说雨太大了你坐一段公共汽车吧。七哥没有坐车。他淋着雨穿过大街小巷。他的行李越来越重，衣服紧紧贴在身上。他的骨头凸了出来使得七哥很有立体感。七哥想得很清楚，棉絮打湿了是没什么关系的，夏季的太阳一个下午就能把它晒干。

七哥一走三年未归。家里人简直不知他的死活。没人打听他，他也未曾写信。直到三年后七哥神采奕奕地出现在家门口时，所有在家里见到他的人都大吃了一惊。

"怎么都发呆了？还不是和你们一样的一个脑袋上七个孔。"七哥说。

归来的七哥已经完全是另一副样子了。

八

三哥宽肩细腰上身呈倒三角形，是女人尤为欣赏的体形。三哥在夏日里脱去汗衫，光膀子摇着大蒲扇坐在路边歇凉时，所有路过的女人都忍不住心跳要将他多看几眼。三哥袒臂露胸，肌肉神气活现地凸起，将皮肤撑得饱满。邻居白礼泉那天看了美国电影《第一滴血》后回来吹嘘说："嗬，那个美国佬好块头，简直快赶上隔壁的小三子了。"弄得河南棚子好些人争相去看史泰龙的好块头。结果回来都说真不错，是快赶上小三子的块头了。但是三哥的相貌不及史泰龙，这也是公认的。三哥原先倒也长得像父亲年轻时一样英俊。但三哥脸上老是露一副凶相，渐渐地，便长出父亲所没有的横肉。那横肉便使三哥的模样不容易叫人接受。父亲说，心里没有女人的男人才生长出这种霸王肉来。

三哥心里是没有女人。三哥对女性持有一种敌视态度。三哥尽管已经过了三十五岁几乎奔四十了他却仍然没有结婚。他根本不想结婚。常常有女人去找他去向他献殷勤。三哥也不拒绝，在她们愿意的情况下三哥也留她们过夜。三哥怀着一股复仇的心理与她们厮混。三哥发泄的全是仇恨而没有爱。而女人们要的是三哥的身体倒并不在乎感情是怎样的色彩。三哥是在二哥死后招到航运公司的。二哥的死给了三哥生命中最沉重的一击。二哥是三哥在人间一睁开眼就朝夕相处的亲哥哥。他爱他甚于超过爱自己是因为三哥清楚记得他小时候莽莽撞撞干的许多坏事都被二哥勇敢地承担了。二哥为此遭过不少毒打但在他长大后从来没对三哥提过一句。三哥把这一切都牢记在心。三哥正是这样一种人：谁要真心对他好，他也是肝脑涂地以心相报。而二哥除此外，还是与他一脉相承的兄长。二哥却被女人折磨死了。女人从那天起便像一把匕首插在三哥的心口上，使得三哥一见女人心口便痛得渗出血来。他常常愤怒地想女人怎能配得上男人的爱呢？男人竟然愚蠢到要去爱一个女人的地步了么？每当在街上他看见男人低三下四地拎一大堆包跟在一个趾高气扬的女人身后抑或在墙角和树下什么的地方看见男人一脸胆怯向女人讨好时他都恨不得冲上去将那些男女统统揍上一顿。这种事三哥不是没干过。一天晚上他送醉了酒的船长回家，返回时他抄近道走的是龟山上的小路。月光如水，山静如死。三哥打着饱嗝跌撞着乱窜，忽然他看见一棵树下的两个人影。他原本走过去视而不见的。不料人影中之一扑通一下跪到地上。他听见那是个男人的声音。那男人可怜巴巴地说："求求你答应我。没有你我活不下去。"另一个人影只是用鼻子"哼"了一声，这果然是个女人。三哥七孔都冒出怒火。他连犹豫都没有，大吼一声冲上去，朝那熊包一般的男人拳打脚踢。然后回过身将吓傻的女人胸口抓住，用全力横扫几巴掌。巴掌在女人脸颊上撞击得啪啪响，声音清脆悦耳。三哥的心这才舒坦了许多。如此他才丢下那对男女继续打着饱嗝下山了。

三哥在驳船上当水手。他的船长十分赏识他。三哥安心住在船上从不觉得水手是份丢人的职业。三哥身高力大干起活儿来从不耍滑。三哥还能陪船长喝酒。这是船长感到最兴奋的事。船长说三哥是他有生以来最默契的酒友。他们俩在一起能将两斤白酒喝得瓶底朝天。夏天的时候，船长常会冒出些疯狂念头。他叫驳船继续行驶而自己拉了三哥跳入长江一路游去。船长和三哥游泳的本事也不相上下。他俩胆大包天，在长江里宛如两条棕色的龙。船长对三哥说如果掉进漩涡就平摊开身体不要动，漩涡就会把你自动地甩出来。三哥故意激他，说是你又没进去过怎么倒向我传授经验？船长急了说你不信？这是老水手都清楚的。三哥说我没见过的都不信。船长突然指着一个漩涡说那我就叫你见一次。没等三哥阻止他便几下冲了进去。三哥大汗淋漓呆愣愣地踩着水不敢往前。漩涡转得比想象的要快，三哥看不清船长在什么地方。但是一会儿他听见了呼叫，是船长在他的侧面嘻嘻地招手。当三哥游过去后船长说险些丢了命。三哥说如何？船长说像是有许多手把你往江底拽，我已经觉得完了的时候一下子被放出来了。船长说平摊着不动也不行，得看什么时候动。三哥默然不语。忽而他见到一个漩涡立即对船长说了句看我的，便一头扎了进去。三哥在漩涡里身不由己。他被许多只巨手像掷球一样掷来掷去。他的肚皮上有另一种磁力将他往水底吸去。三哥不由失声叫了起来："救命呀。"他没有叫完又喝了好几口水。三哥瞬间想也好，进阴曹地府可能还能见到二哥哩。这一刻三哥被一只手轰地一下抛了出来。三哥傻瓜一样不明了方向。直到船长游到他跟前他才清醒。船长游过去扇了三哥几耳光，大声训斥道："小命也是可以开玩笑的？你死了，我还要受处分哩。"三哥的脸上火辣辣的但他感到很舒服。三哥说："我以漩涡报答漩涡。"

晚上抛锚后船长和三哥在甲板上饮酒。船长敬了三哥三杯酒，连声说一条好汉一条好汉一条好汉。

船长和三哥在甲板对酌时常叹说要有女人就好了。船长有老婆和两个小子，夜里也牵肠挂肚地想。三哥唯在这点上与船长不投。三哥说酒比女人好，最便宜的酒也比最漂亮的女人有味道。三哥说时常咂咂嘴连饮三杯。江上清风徐来，山间明月笼罩，取不尽用不竭。三哥说人生如此当心满意足。船长说你没有女人为你搭一个窝没有女人跟你心贴着心地掉眼泪你做人的滋味也算没尝着。三哥不语。

三哥想他宁愿没尝着做人的滋味。女人害死了他的二哥，他还能跟女人心贴着心么？三哥说这简直是开玩笑。当年二哥对杨朗好到什么地步几乎没人想得出来。二哥原本可以不下乡然而杨朗下乡二哥也就下了。他把板车交给了四哥。三哥为了二哥也一块儿下到杨朗的队里。二哥几乎把该杨朗干的活儿全部揽下了，连杨朦都插不上手。那时间杨朗绕着二哥又是说又是笑。两人在河边草滩上抱着打滚连三哥都不好意思多看几眼。二哥一分一分地存钱。他要买最漂亮的家具布置新房。他要把家弄得像杨朗过去的家一样舒适。三哥也为这个目的同二哥一起奋斗着。一次又一次招工，没有杨朗。二哥一次又一次放弃自己的机会。三哥也陪伴着。每年修水利，二哥一星期都要回村一次。几十里路连夜走哇，只是为了看一眼他心爱的人。每年如此每周如此。到有一天杨朗终于拿到了表格。杨朗填了表到县里去了。她一去就是三天，回来告诉大家这次必走无疑，职业是护士。二哥几乎将全公社的知青都请来喝了酒。有人告诉他杨朗是用贞操换来的职业。二哥呆愣了，手上的酒瓶落在地上。杨朦转身而去。他揪住了他妹妹的头发。杨朗承认了，但她没说那男人是谁。三哥手上已经拿了刀。三哥准备杀人去的。杨朗说她既然把身子交给了那个男人就打算和那人结婚。二哥让杨朦松开了他的手。他忍受不了他心爱的人被她哥哥揪扯住头发。二哥一缕一缕替杨朗理顺发丝，颤着声说："我知道你是迫不得已。我不怪你。我不计较那些。但你不能同那人结婚。那是个禽兽。"杨朗说："你就死了心吧。我是不可能嫁给你的。"二哥惊问为什么，杨朗说："我从来就没爱过你。我只是看你可怜才应付你一下。你千万不要当真。"二哥脸色煞白，他长啸一声冲出门去。三哥扔下刀追了出去。三哥把二哥拖到自己的屋里，他让半昏迷的二哥躺下了。他自己也躺在一边。三哥的怒火一蹿一蹿，他想去狠狠教训一顿杨朗，然而他寸步不敢离开二哥。他知道这给他的二哥是致命的一击。他知道二哥活不长了。三哥忧郁地想着迷迷糊糊睡了过去。他没料到他的二哥失去了爱情连一夜都不打算活。

杨朗终于走了而杨朦留了下来。他在二哥的坟前盖了个草棚。他说他将陪伴他的朋友直到他死。他替他的妹妹赎罪。三哥为此扔掉了那把准备杀死杨朗的刀子。这兄妹俩迥异的表现使三哥猜不透究竟是什么原因。三哥只能去设想：女人天生阴毒。

船长对三哥所说的一切不置可否。他只是对三哥说等你有一天碰上一个好女人时，你就知道男人跟女人比简直是臭虫一个。

可惜船长没能见到三哥碰到好女人的日子。船长对三哥说那一番话不久，驳船在青山岬水道翻了。一船人都沉到江底包括船长而唯独三哥逃了出来。

这是一九八五年的初春时节。三哥从此不敢上船,连游泳都不敢了。于是他辞了职。他像一个孤魂飘飘荡荡来无影去无踪。好多天好多天后,三哥申请了一个执照,添置了一套工具。每天坐在地下商场侧门,见人买了皮鞋便追着问:"钉个掌怎么样?"

九

七哥成天里忙忙碌碌。又是开这个会又是起草那个文件又是接待先进典型又是帮助落后青年。每晚一头倒下床脑袋里混沌一片。他不知道自己究竟在干些什么事和干这些事的意义何在。他只知道如此这般卖命干了就能博得领导好印象。好印象的结果是提拔。而提拔的结果是有社会地位有权力。而有权力的结果是工资加高房子分到手福利优厚以及来自四方的尊敬。如此,一个人的命运才能得到最为彻底的改变。七哥觉得他活着的目的就是为了改变命运。他想象不出来如果不上大学他将是什么样子。

七哥到学校第一个晚上梦游时就被同寝室的同学抓到了。

七哥睡的是上铺。下床时他蹬倒了床边的方凳子。他的下铺立即醒来。他看见七哥一件件脱下背心短裤然后赤裸着往外走,心里甚是骇然。七哥出门后,他便叫醒全屋人一起悄悄跟上。他们跟着七哥出了宿舍楼,七哥看见树就绕圈子,绕了几圈后便发出令人毛骨悚然的尖啸。几个同学由害怕到不解,继而终有人悟出,说恐怕是梦游。于是一起上前,几双手拼命摇撼七哥。七哥睁开眼猛眨几下,身体一惊颤,说你们干什么?一同学说:你梦游了,我们想叫你回去。七哥茫然四顾,再低头看自己一身,突然醒悟。他挣脱同学的手,疯狂地奔进房间,爬上床铺,一动不动。七哥想起曾经有过的关于鬼的故事。他想这么说来村子里白色的皮肤光滑的鬼就是他自己了。

七哥自小卑微惯了。入校后依然眉眼中露出怯生生之气,一副极委琐的样子。梦游的事成为全体同学的话柄,这使七哥愈加缩头缩脑自惭形秽。七哥每天三点一线:宿舍——教室——食堂。无人睬他他也懒睬旁人。如此相安无事几乎一年。

学校的生活自是清苦。而对于七哥却是好得不得了的日子。七哥削尖的脸由此而圆润起来。七哥毕竟是父亲的儿子。父亲所有儿子中没有一个不是身架均匀五官搭配极佳的好男儿。七哥委琐归委琐，但相貌在那儿搁着。班上有极风流俊雅的女生叹惜说七哥如果有三分洒脱也可称全系的美男子。而七哥却嗫嗫嚅嚅的完全与洒脱无缘。美男子的称号只得落在七哥的下铺身上。

七哥的下铺是从苏北一个乡下来的。苏北佬在公社读高中时很能写文章，曾写过好几篇公社书记的先进事迹报道。这些报道通过有线广播弄得全县人都知道了那书记的大名。出了名的书记便在苏北佬毕业一年后乐呵呵地将他推荐到了大学。临走前欢送会上又开了他的入党宣誓会。为此，苏北佬一到学校便成了班上党支部的宣传委员。苏北佬白白净净典型的江南小生模样，大眼小唇温文尔雅故而很得那些女生的喜爱。班上女生大多高干子弟或女干部，自己泼辣能干张牙舞爪成性却对温顺柔弱的男人有兴趣。这当然也是奇怪之至的事情。苏北佬被几个豪放过人的女孩子追得狗一样乱窜却不见他对其中某个产生兴趣。这劲头弄得女生泪眼涟涟男生醋意十足。

不料一日系里召集全系大会，在会上宣读了一封来信。信写得情真意切。写信人是一位女清洁工，说是她因患骨癌对生活感到绝望之时遇上了田水生。七哥想田水生不就是苏北佬么？是田水生诚恳的谈话使她放弃了死的计划。这之后田水生常常去看望她鼓励她，陪她去长城饱览万里河山去香山欣赏深秋红叶，教会了她很多做人的真理。于是他们俩相爱了，爱得很深很深。但是近半年来，她的病情恶化得很厉害，癌细胞已遍布全身。水生却对她忠心耿耿百般照顾。为了使她享受到做人的幸福，水生已答应同她结婚。信中说："我即将告别这个世界走向死亡那遥远的甬道。在我踏上那甬道之前，我有责任将这个青年美好的灵魂展现出来。我渴望向全世界人宣布我的丈夫是一个了不起的人。"

来信引起的反响不啻有人在图书馆放了炸弹并且准时爆响了。苏北佬一下子成了英雄。报社记者络绎不绝，每一篇报道都催人泪下。苏北佬出去讲演过好多次。据说每一次讲演效果皆佳。动人心弦的故事给命运套上了极艳丽的花环。苏北佬同清洁工结婚了。半年不到，她死了。而她给苏北佬带来的花环却依然栩栩如生大放异彩。

七哥却从苏北佬极诚挚的语言和极慷慨的激情之后看出那一丝丝古怪而诡谲的笑意。那笑意随着女人的离世而愈加明朗。一天早上起来苏北佬竟拿着小梳子对着小圆镜梳头发而嘴里却哼着一支极欢快的歌子。房间里同学都去早锻炼了。七哥刷牙回来听见这歌子不由直勾勾地盯着他。苏北佬放下镜子看见了七哥也看见了七哥直勾勾的目光。他尴尬地假咳两声逃也似的出了房门。那女清洁工死了才二十三天。这数字是七哥掐指算了好一会儿才算出的。

苏北佬知道七哥已勾去了他的真正的魂灵。苏北佬对七哥一下子亲善起来。七哥得了阑尾炎住院动了手术，这期间只有苏北佬天天来看望他。七哥从来没领教过时时被人记挂的感觉。面对苏北佬的殷勤和关心，七哥苍白的脸上不由自主浮出许多感激之情。苏北佬总是淡然一笑说没什么没什么。

七哥的伤口快拆线的那天，七哥斜躺在病床上看书。那一堆书都是苏北佬带给七哥解闷的。七哥过去几乎没读过几本文学书籍，倒是这次住院开了一点眼界。窗外干风吹打着树枝啪啪地响。劈栅栏木条的人居然成为美国总统这一事使七哥激动不安，以致苏北佬进门来时七哥仍满额汗珠手指颤抖。

苏北佬坐在七哥床边，无言地也用那直勾勾的目光看着七哥。七哥感到他的魂灵也要被这目光勾走了。七哥突然说我理解了你。苏北佬说理解了就好。七哥说我应该怎么办？苏北佬说换一种活法。七哥说怎么活？苏北佬说干那些能够改变你的命运的事情，不要选择手段和方式。七哥说得下狠心是么？苏北佬说每天晚上去想你曾有过的一切痛苦，去想人们对你低微的地位而投出的蔑视的目光，去想你的子孙后代还将沿着你走过的路在社会的底层艰难跋涉。

七哥果然想了整整一夜，往事潮水一样涌来而又卷去。七哥惊恐地叫出了声。护士来时他正大汗淋漓地打着哆嗦。伤口又崩裂了，一丝一线地渗着血。护士说："做噩梦了？"七哥说："是，做噩梦了。"

一场噩梦已过。当太阳高升之时，七哥突然感到生命的原动力正在他周身集聚感到血液正欢快而流畅地奔涌感到骨骼为了他的青春正吧喀吧喀地作响，一种由衷的解脱和由衷的轻松在他的身心内全面生长。

那一年，七哥二十岁。两年后他分回了武汉。他在汉口一所普通的中学教书。七哥明白这里绝不是他的久留之地。七哥对寂然地活着已经腻味了。七哥渴望着叱咤风云而这种机会只要去寻找和创造总归还是会出现的。

十

七哥现在最难见到面的是他的四哥。七哥对四哥无好感亦无恶感。四哥对七哥也是这般。

四哥是个哑巴。他在六个月时发高烧而父亲那天打码头负了伤母亲为父亲忙碌去了。高烧之后四哥虽然活了下来却丧失了听和说的能力。四哥能吃能喝心情愉快地在这个家庭中生长。只有他从来没挨过父亲的拳脚。这使得四哥对父亲格外亲热。只有四哥在看见父亲下班后才会欣喜地迎上前用他混浊不清的话叫着"爸……爸"。四哥只会叫这一个字，他不会叫妈。为此母亲并不因为他的残疾而格外怜爱他。

四哥十四岁就出去干零工了。他先跟泥瓦匠打下手。后来二哥随杨朗下乡后把他名下的板车交给了四哥，四哥便当了搬运工，一直稳定地干到今天。

四哥的经历平凡而顺畅。四哥二十四岁便和一个盲女子结了婚。四哥有眼而她有灵敏的耳和灵巧的嘴。这是一个完整人的家庭。四哥分了间十六平方米的房子。这比父母住了一辈子的那间还要大一点。四哥便在这里和他的妻子生儿育女。四哥先生了一个女儿后来又生了一个儿子。四哥是赶在只许生一个的前面生的这个儿子。四哥的儿女漂亮如父聪明如母，这使得四哥每日咿咿哦哦地兴奋不已。四哥家里已添置了电视机和洗衣机。四嫂说电冰箱的钱也快攒齐了。

七哥到四哥家里去过一次。他看见四哥家的墙壁上贴满了各种奖状。那全是四嫂和侄儿侄女的，没有四哥一张。七哥问四嫂，为什么没有四哥的呢？四嫂说他又不会说甜言蜜语，人家选先进时他又不晓得是干什么。四哥四嫂留七哥吃了饭。四哥拿出一瓶洋河大曲。四哥在这点上同父亲一模一样，只是四哥酒后绝不打他的儿女。七哥想这大约是四哥从未挨过打的缘故吧。

能有几人像四哥这样平和安宁地过自给自足的日子呢？这是因为嘈杂繁乱的世界之声完全进入不了他的心境才使得他生活得这般和谐和安稳的么？

四哥又聋又哑啊。

十一

七哥在该恋爱的年龄里就自然而然地恋爱了。那女孩比七哥小两岁，长得眉清目秀的。连父亲都诧异万分，说小七子还真有能耐，把这样的姑娘都弄到了手。这是有七哥以来父亲夸奖他的第一句话。女孩教英语，外语学院毕业的。女孩的父亲是大学里的教授。儒雅之家使得女孩天生一股娴静悠然落落大方的风度。这气质使七哥大为倾倒。七哥同她恋爱了两年，便将自己也熏染得如教授之子般温文尔雅。七哥已经同他的女朋友一起商量买家具的事了。但因学校里一直没有房子,买家具和结婚的事就搁了下来。按照工龄和级别,七哥还得等上三年才能有一个小小的单间。这怨不了谁。学校里的老教师也不过如此,更何况小字辈。七哥几乎快没了耐心。

暑假里,七哥出了一趟差,到上海去观摩学习了二十天。回来时船逆流而行,时间极枯燥难熬。七哥认识了他的上铺,一个眼角已叠起鱼尾纹的女士。女士穿着很时髦谈吐不凡与七哥的女朋友相比又有另外一番大家气派。三天的路程,七哥同她很聊得来。下船时,她给七哥留了地址和她家的电话号码。七哥看着她写下"水果湖"几个字就知道他遇上的不是一个普通人家的女性,及至她写下电话号码时,七哥心里猛然划过一道闪电。这电光刺得他的心有些隐隐作痛而痛过之后蓦地生出许多的兴奋。七哥含笑说去你那里玩儿欢迎吗。女士说大门永远向有识之士敞开。

三天后,七哥给女士打了一个电话。她说她一直在等七哥电话。七哥的心陡地动了一动。于是七哥开始约她散步或吃饭她也约七哥看内部电影或看演出。

七哥已经知道了她的父亲是何许人物。她比七哥大八岁,是老三届的学生。她父亲倒霉时她下了乡。她为了赎罪拼命地干活。结果她得了病。她丧失了生育能力。那是一个暴风雨的日子,她不顾月经来临而坚持上大堤抢险。在堤坝有裂缝时她像男人一样跳进水里同大家手挽手地阻止了洪水的冲击。最后她昏倒在了浪里。人们将她拖出来后她住了一个月的医院。出院时医生告诉了她这个对于女人来说最不幸的消息。她当时二十二岁,还没想过找男朋友的事,为此对生育问题更不介意。她只是淡淡地笑了笑。随着年龄的增长,这个问题才显得越来越严重。每次结识一个男朋友她都把这个情况诚实地告诉对方,大多人都叹口气终止了同她的交往。她过了三十五岁后,心灵上的创伤已经无法愈合。她想如果四十岁她还是这样孑然一身地生活那么她就到当年使她丧失她最宝贵东西的大堤上去自杀。就在她把这个问题一遍又一遍地考虑时,她认识了七哥。她愿意同七哥接触的初衷仅仅是像所有女人一样喜欢同外貌漂亮而又显得有知识的男人接触,喜欢同陌生的异性谈自己心里深处的东西。但她万没料到半个月后她遭到七哥猛烈的追求。她在告诉七哥她不能为他生育时七哥连惊异的表示都没有,一如既往地出现在她身边,陪她买东西喝咖啡走亲友,在人烟稀少的地方把手臂揽在她的腰上偶尔还微笑着在她额上留一个吻。在她的充满女性气息的房间里七哥总是拥抱着她使她气都喘不上来。这种充满热烈之情的拥抱使她感到迷醉而她的心底却痛苦不堪。在情绪稍稍平静时就有一个声音警钟似的有呼叫：这个男人感兴趣的不是你而是你的父亲。她想摆脱这个警钟而这声音却响得愈加频繁。

有一天她终于忍不住了。她问七哥："如果我父亲是像你父亲一样的人，你会这样追求我吗？"七哥淡淡一笑，说："何必问这么愚蠢的问题呢？"她说："我知道你的动机、你的野心。"七哥冷静地直视她几秒，然后说："如果你还是一个完整的女人你会接受我这样家庭这样地位的人的爱情吗？"她低下了头。

几天后，七哥把她带到了河南棚子，带到了我们的家。七哥掀开床板指着那潮湿幽暗的地方告诉她他曾在那儿睡到他下乡的前一日。七哥搬开新添的沙发用脚划出一块地盘说那是他的五个哥哥睡觉的地方。七哥说他的大哥因为没有地方住便成年累月上夜班。

屋里除了多出一架长沙发和小方桌上的一台黑白电视机外，一切都还是老样子。小屋的窗子因搭厨房而封死了，为此只剩得屋顶上嵌着的那片玻璃瓦。屋里全部的光线都是由那儿透入。墙壁还是当年的报纸糊的。泛黄的纸上还展示着昔日那些极有趣的文章。七哥说："你如果在这样的地方生活过一年，你就明白我所做的一切是多么重要。我选择你的确有百分之八十是因为你父亲的权力。而那百分之二十是为了你的诚实和善良。我需要通过你父亲这座桥梁来到达我的目的地。"七哥说："我还可以告诉你在我认识你之前我有过一个女朋友。她父亲是个大学教授。我同她的关系已经很深了。我在几乎快打结婚证时碰到了你。你和你父亲比她和她父亲对我来说重要得多。"七哥说在中国教授这玩意儿毫不值钱。"他对我就像这些过时的报纸一样毫无帮助。所以我很果断地同原先那个女友分了手。我是带着百倍的信心和勇气走向你的。我一定要得到。"七哥的话语言之凿凿掷地作金石声。她惊愕得使那张青春已逝的脸如被人扭了一般，歪斜得可怖。她跨了一步给了七哥一个响亮的耳光然后抽身逃去。

七哥淡淡地笑了笑没说什么。七哥怀着无限的自信等待她的回心转意。七哥知道她需要他比他需要她更为强烈。有人写了一部小说叫悲剧比没有剧好。七哥没看过那小说但他觉得那题目起得棒极了。有魔鬼比什么都没有要好。七哥想她最终会得出这么个结论的。

七哥的判断像诸葛亮一样准确无误。三天刚过，她红肿着眼泡来找七哥了。她没有别的男人可找。她只有七哥。况且七哥的确还不是个很差的角色。她对七哥说她是一时冲动，没能从七哥的角度去理解七哥。她请求七哥谅解。七哥一言未发，只是上前吻了吻她。她激动得热泪盈盈。七哥固然利用她达到自己的目的而她也一样地利用七哥去获得全新的生活。七哥当天就把她所渴望的给了她。那种生命最彻底的快感使她衰败下去的容颜又焕发出光彩。当她神采奕奕出现在她的朋友们的面前时，人们几乎没法将她同昔日的形象相比。这是七哥为她创造的青春。由此她对七哥更是死心塌地和严加看管。

其实七哥全然不是寻花问柳之辈。七哥全部的用心不在那上面。如果认识不到这一点那就实在小看了七哥。七哥觉得把情欲看得很重是低能动物的水平。七哥不属于这些。七哥的目的在于进入上层社会，做叱咤风云的人物做世界瞩目的人物做一呼百应的人物。七哥想将他的穷根全部斩断埋葬，让命运完整地翻一个身。七哥想拯救自己。他觉得他有责任使自己像别人一样过上美好的日子。否则他会因为感到世界亏待了他而死后阴魂不散。

七哥调到了团省委，这是七哥提出的去处。七哥看过一张统计表，那上面记有解放以来历届团干离任后的情况。七哥记不得他们各自都干了些什么具体职业。但他唯一的印象是：从那扇门出来的人几乎全部升上了高处而且还在继续上升着。那些相当级别的职位一个挨一个排列着如一条冰凉的蛇从七哥心头爬过。七哥打了个寒噤然后欣喜若狂。七哥知道他已经找到了他的终南捷径。

七哥分到了很宽敞的房子。在他原先的学校拥有三十年教龄的老师也没资格住上七哥现在的这房子。七哥的房子布置得像官殿。落地的双层窗帘，先锋的组合音响，遥控的彩色电视还有松软宽大的席梦思。七哥结婚前夕，父亲和母亲相偕着去过一次。父亲坚持说那床一定要睡坏骨头的，而母亲则生气地说那窗帘浪费了好几件褂子的衣料。

七哥的蜜月是在广州和深圳度过的。七哥住在深圳湾大酒店的那几夜几乎夜夜都失眠。他的全身如火灼一般难受而又如火灼一般兴奋。他在他的妻子睡着之后还忍不住一次次把脸埋进她的胸脯里。七哥对她感激涕零。七哥有一种预感，那就是她给他带来的幸运，很可能在某一个日子超出他的想象。

那一段日子七哥纵情享受恣意欢笑如入天堂之门，却有另一个女孩子把眼泪哭干了把嘴唇咬破了。她的老父老母只能咬牙切齿地痛骂几句"小人"

之类无伤大雅的话然后陪着伤心欲绝的女儿长长地叹气。

十二

五哥辞职干个体户时并不知道六哥也辞职干个体户了。他俩碰面时是在轮船上。五哥进餐厅吃晚饭时看见了正在端菜的六哥，五哥惊叫了一声以致六哥手一滑菜盘掉在了地上。他俩相视片刻哈哈大笑了。五哥到南京去订购一批汗衫而六哥则去南通进棉纱长袜。

五哥和六哥是一对双胞胎。他俩的心似乎是相通的。五哥想到的东西六哥也能想到。五哥感冒六哥百分之百也要伤风流鼻涕。最奇特的是小学时一次语文考试，三个造句，他俩造得完全一样而实际上他俩的座位却隔得很远。五哥六哥自小是一对坏种，打架骂人偷盗玩女孩无恶不作。直到各自娶了老婆添了儿子才走上正轨，像模像样地过开了日子。

五哥第一次带女朋友到家里来时，父亲和母亲正在吵架。那是为了母亲买回来的酒是兑过水的，父亲一怒之下连酒壶都扔到了铁路上。恰巧一列火车开过，酒壶碾成了薄铁皮。于是母亲便横着嗓子同父亲吵开了。五哥的女朋友如同巡视大员般，毫不把父亲和母亲放在眼里，只傲慢地将屋子环视一遍，说："就这屁点破屋？"五哥未曾来得及答话，父亲却撇开母亲朝这边吼开了。父亲说："嫌老子屋破，这里还没你的地盘哩。"那女朋友也不示弱："这老家伙吃错了药，怎么见什么人就吼什么人？"说罢扬长而去。气得五哥跳起来对父亲乱叫了一通便又蹬蹬蹬地去追赶那女朋友。父亲发了一会儿呆，摇摇头说："日月颠倒了，颠倒了。"然后自己找了个空瓶，长吁短叹地打酒去了。

结果是，五哥的女朋友再也不肯来家了，五哥只好做了上门女婿。五哥的女朋友是汉正街的。六哥常陪五哥去那里，于是六哥也找了个汉正街的姑娘。六哥知趣，不敢带女朋友回家，主动对父亲说想要倒插门。父亲大手一挥："去去去，少废话。你俩反正是一对。"六哥如获大赦，轻松地告别了这个家，住进了老婆屋里。五哥和六哥几乎同时（只差三天呀！）各得一子。肥墩墩的，让岳父岳母们欢天喜地。五哥六哥当女婿比当儿子舒服多了，渐渐地不太记得河南棚子的老父老母。

汉正街自古便是商贾云集之处。以谦祥益商店为中心，上至武圣路下至集家嘴，沿街经商的个体户而今已经达两千多户。长街小摊，百货纷呈。五哥问清楚几乎有一千家已经成万元户，立即心慌意乱头脑混沌了。五哥是建筑队的泥瓦工，工资不算低。即使不低，细细想来辛辛苦苦一个月还不及个体户一天赚的钱多。五哥觉得自己活得窝囊，他得赚大钱过富日子才不枉做人一遭。五哥连同老婆商量一下的情绪都没有，当天便打了辞职报告。六哥只比五哥早一天。六哥的邻居仅从一百五十元的资金起家，不到一年已成了万元富户。这变化是六哥亲眼所见。六哥眼珠都快突出来了，他想了一夜，辞去了运输公司汽车修理工的职务。

　　五哥订购的汗衫原本就是积压货。五哥订了一万件但却只销出了一千五。钱周转不了，五嫂夜夜指着五哥的鼻尖骂祖宗。五哥怕老婆，五哥在这一点上完全不像父亲。连日里五哥东奔西跑得下巴都尖了，汗衫还是积压着。

　　那天五嫂又砸杯子扔碗地骂祖宗了，五哥只好溜之乎也。五哥信步溜达到航空路。航空路到商场一带是"飞虎队"的地盘。"飞虎队"是市民给那些流动小贩们的绰号。"飞虎队"的小贩们拉起生意来可以说是死皮赖脸。抬高价短斤两是他们的拿手好戏。圈套也做得像真的。五哥看见几个女子围着一个小贩高声议论羊毛衫的价格。五哥一眼看出他们都是一伙的，假卖假买地哄来一些真正的顾客。一个红衣女子的眉眼不断地向路人扫来扫去。她看到了五哥。她叫了声："哎呀，这羊毛衫要是让这个男的穿上简直可以成为三镇第一美男子。"五哥笑了笑，走过去，问小贩："多少钱一件？"小贩说："看你穿着肯定合适，我心里高兴，就便宜点卖给你，二十六吧，别人我都是卖三十呢。"五哥用手捏了捏，深知毛线中腈纶多于羊毛，便又笑笑说："出厂价，十六块，这我清楚。"然后意味深长地丢下一声笑，甩手而去。他听见小贩和几个女子冲着他的背脊骂骂咧咧的声音。五哥从来都不是好惹的家伙。五哥在家以外的地盘上还从来没输过。这回自然也是。五哥心里暗笑一下，拐到一个稍清静的地方，然后放开嗓子爆喊一声："工商局的人来了！"

　　这声喊宛如扔下一枚炸弹。五哥的眼前炸窝了。抢收衣服的，逃窜的，装作顾客若无其事地混杂入人群的，互相叮咛的，应有尽有丑态万千。一忽儿，"飞虎队"无踪无影，只丢些空纸盒在路上。五哥看得有趣，不由倚在墙根下捧腹大笑。待五哥笑得上气难接下气时，他的肩膀被一只手拍了一下。五哥回过头，认出了是红衣女子。五哥一笑，说："怎么不跑？"红衣女子冷冷地说："想看看你还有几手。"五哥说："闹着玩玩，何必当真。"红衣女子说：

"闹着玩也得看地方看人。"五哥呵呵一笑:"你们拉客过后又骂人也没有看人看地方呀。"红衣女子打量了一下五哥,说:"你还像个人物呀。"五哥说:"当然。河南棚子的儿子汉正街的女婿,堂堂正正是个人物。"红衣女子说:"汉正街的?万元户?"五哥说:"万元户还得过两年。"红衣女子说:"这么说是同行了?何必拿一路人开心,不都是端这个饭碗的?"五哥说:"那我就道声对不起了。要不要去云鹤酒楼压惊?"红衣女子说:"哥们儿还痛快,去就去。"

五哥同红衣女子一道上了三楼,红衣女子拿起菜谱就点,心狠手辣地完全不顾及五哥腰里并没带几块钱。烧甲鱼炖海参炒虾米白斩鸡外带一碗三鲜汤和四瓶青岛啤酒。点得五哥暗叫苦也。

红衣女子问五哥生意做得如何。五哥灌几口啤酒长叹一口气说正在倒霉。红衣女子问缘故。五哥便如实说了汗衫的滞销。红衣女子说:"再不好销的东西,只要想好了办法,总是能赚到钱的。"五哥说:"有什么好点子?"红衣女子说:"就这么白给你出?"五哥说:"当然给好处。"红衣女子说:"怎么讲?"五哥伸出右手:"五十张。"红衣女子说:"半千还算钱?如果让你一件汗衫赚一块钱,那你得了多少?给我了多少?简直小气得不像男人。"五哥说:"未必给你一千?"红衣女子说:"说良心话,这我还不一定要呢。做生意眼光要放长远一点。"五哥默然不语。见啤酒已尽,说:"我再去要两罐啤酒来。"五哥在服务台拿了啤酒刚转身欲回饭桌,见红衣女子正背对服务台,不禁心头一转,将啤酒装进裤兜里,自言自语道:"再去买两盘冷菜。"便悠悠然地下了楼。五哥下了楼便直奔一路汽车站,一口气坐到了六渡桥,打着饱嗝到朋友家推了一夜麻将,第二日凌晨才摇摇晃晃地回到了家。

五嫂开门第一件事便是送给了五哥几耳光。五哥不动气,慢慢说:"跟你讲件滑稽事。"便添油加醋地将昨日白吃一顿的事细细讲述了一遍。五嫂不由得笑得倒在了床上,大骂女人的愚蠢和男人的狡猾。骂声中不禁为这男人是自己的丈夫而感到自豪起来。五哥这时则歪在沙发上呼呼地大睡开了。

一清早六哥大汗淋漓奔来时五哥还没起来。六哥将五哥打起,愤怒地叫道:"今天无论如何帮兄弟一把。"五哥忙问什么事。六哥说:"我一早刚把摊子摆出去,一个女的带了几个人,二话不说砸了我的摊子。他们人多,我又不敢对抗。临了,那女的丢下这件汗衫说一千块准备好,我到时来取。"五哥跳起来抓过汗衫细细查看。汗衫的胸前用圆珠笔勾勒了一个霍元甲打拳的形象。五哥心头豁然一亮,眉头舒展,连声叫:"妙极了妙极了。"倒将六哥弄得莫名其妙。五哥方将昨日之事一五一十说了一遍，拍着胸脯对六哥说："你今天的损失我负责加倍赔你。绝不放空屁。"

五哥将他积压的近万件汗衫五千件印上了霍元甲三千件印上了陈真。电视连续剧刚放过不久，人们对这二人印象颇深。五哥拿出二十件送给玩武术的小伙子，不到三天，五哥的摊前购者如云。五哥暗暗又抬了三次价，汗衫依然畅销。五哥发了财，五嫂每日见五哥都眉开眼笑，又端茶又打扇还撒娇般地在五哥面前扭来扭去。五哥脑子里却抹不掉那红衣女子的模样。但是那女人却一直没有出现。

三个月后，五哥从广州回来，刚出汉口火车站，一个女人朝他嫣然一笑。蓦然他认出那是红衣女子，只不过红衣被一件橄榄绿的棒针衫所代替。五哥立即向她迎去。红衣女子说："怎么，还认识？"五哥说："恩人嘛，当然不敢忘。"红衣女子说："我家在这附近，要不要去坐坐？"五哥说："当然想，只要你瞧得起。"红衣女子笑道："你一表人才又聪明又能干，我巴结都来不及哩。"五哥说："我唯一佩服的女人就是你。"红衣女子眼一斜说："是吗？"五哥被那一眼望得心乱了。五哥觉得这女人同他老婆比简直像仙女同讨饭婆相比一样。五哥想要是能同这女人享受一场那么他也就宛若神仙了。五哥说："你家里……还有谁？"红衣女子说："就我一个。我丈夫到深圳去了。"五哥说："我刚从南边回。我提前了两天。我老婆还当我是后天到哩。"红衣女子笑了笑。五哥趁机把手放在了她的腰上。

五哥跟着她拐弯抹角。五哥满心欢喜。他几乎是怀着甜蜜的感情打量他身边这个女人的一切，眼睛眉毛嘴唇以及胸脯。五哥都有点按捺不住了。

五哥刚跟红衣女子走进家门，后脚便跟进几个彪形大汉。五哥觉出有些不对，忙堆起笑，说："上次你帮了大忙。我准备了两千块钱酬劳你。"红衣女子冷笑一声："我说一千就只要一千。钱我已经从你兄弟那儿取来了。不过事情还不那么简单。"五哥出汗了，说："还有什么，尽管说，尽管说。"红衣女子说："你姑奶奶不是随便让人耍的。冒充工商局的，是耍第一次；在云鹤酒楼一拍屁股开溜是耍第二次；今日一路不怀好意是耍第三次。我明白告诉你，我今天只想叫人揍你一顿，叫你记清楚闹着玩玩得看人看地方。"

五哥无言以对。五哥自然也不会轻易讨饶。五哥毕竟是父亲的儿子。父亲说过做男人就是把刀架在脖子上也要硬着筋骨。五哥此刻便硬着了筋骨。五哥见几条大汉脱下了衣服，每人都露一件由他摊上卖出去的印有霍元甲的汗衫，不由得心一沉。突然，五哥说："朋友，我讲几句话。"红衣女子说："有屁快放。"五哥说："我们是一账还一账，所以今天这顿打我认了。打伤了我看病，打残了我躺床，打死了我不怪。不过这笔账了结后，我们井水不犯河水，不必死结冤家。生意兴旺靠朋友，互相拆台栽跟头。"红衣女子说："你还是条汉子。你放心，你死不了残不了。血还是要放一点的。拆台的事我不做，其他的人我不保证。"

红衣女子说罢出了门。五哥立即被拳脚包围了。很快五哥便人事不知地瘫倒在地。五哥醒的时候，天已黑了。屋里亮着灯。红衣女子正哗啦哗啦地滑动着编织机织毛衣。五哥艰难地站起来，一言不发，向门外走去。五哥快要跨出大门，忽飘来那女子软软的声音："代我跟你兄弟道个歉。说那天我认错了人。"

五哥回家时叫了出租车。一家人见他血淋淋的模样都惊呼大叫。五哥没敢说也没脸皮说挨打之故，只说在汽车上同流氓争吵结果动起手来。五哥躺了整一星期。父亲闻知后，鼻子一嗤说五哥是笨蛋加癞皮狗一个。笨在居然能被人打到这种地步，癞在居然还大大方方地躺上七天。父亲委实感叹一代不如一代。

一切都恍若做梦。五哥伤好之后生意照常做了下去。五哥担心还会有人前来挑衅，结果，一连几个月都相安无事。五哥不由从心底服了那女子。他曾到处打听过红衣女子的下落。五哥想同她交个朋友。可惜五哥至今仍未打听到。

五哥现已是汉正街万元户之一了。六哥自然也不例外。汉正街的万元户说起来只千来户人家而其实远远不止。潜伏在地底下的万元户们至少也有几百。五哥和六哥这种人，发富之后学会的第一桩事便是赌钱。起先是麻将。后来嫌麻将太磨人也太费脑子，便掷骰子。有人读过金庸的小说《鹿鼎记》，知道那里面有个善赌的韦小宝，便在摇骰子时爆喊一声："韦小宝来啦！"五哥六哥均不知韦小宝为何物，但每次轮到他们掷时，也长长地吆喝："韦小宝哇！"

偶尔五哥也回河南棚子看看父亲母亲。见父亲端端地坐在小凳上与一帮老朽们以一毛两毛钱这样的数目打牌，脸红脖子粗地叫喊这个是臭牌那个是霉星，便也如父亲嗤他一样对父亲嗤一鼻子。五哥说他们现在下赌注根本不数钞票的张数。父亲不服便傲然问道那怎么算账？五哥说把钱摞起来用尺量厚薄。五哥说我下得最凶的一次赌注是十个厘米。父亲说十个厘米有多少？

未必比一百块还多？五哥说压紧一点也就差不多一千块。父亲"呸"地朝五哥吐了一口浓痰，怒道："吹牛找你孙子去莫找你老子。"五哥大骂着父亲混蛋透顶而去。而同父亲一起的牌友们直到五哥走得没影儿了惊愕的面孔还没复原。

这回父亲怀疑五哥和六哥是不是他的儿子了。

十三

七哥瞧不起五哥和六哥到了极点。七哥常在肚子里用最恶毒最尖刻的话骂五哥和六哥。童年时代五哥和六哥给七哥的伤害令七哥永生难忘。但七哥在组织个体户们座谈时却每一次都以自豪的口吻提到他有两个哥哥都是个体户。七哥说他对他的这两个哥哥极其敬重，因为他们全靠自己的勤劳和智慧创造自己的生活。七哥鼓励个体户青年不要自卑要自信，要认识到自己这个职业的高尚和伟大。七哥还诙谐地说他们这些搞政治工作的人只能靠嘴皮吃饭，别的什么本事都没有。假如有一天我干腻了这一行就辞职去干个体户。七哥说起码可以到深圳广州跑几趟而这两处他还没去过哩。七哥的话让那些常往南边跑的个体户们都笑了起来。个体户们都纷纷称赞七哥说这个人难得，便将七哥视为知音。而实际上他们都不知道七哥度蜜月在深圳住了二十天。

元旦时，七哥回了一趟家。恰恰五哥六哥也携子来家了。五哥六哥自小就没把七哥放在眼里，到现在依然是。他们完全不顾七哥是广大个体户的知音这一事实。五哥和六哥你一言我一语大声讥刺七哥费心思往上爬不如费心思赚点钱，然后故意把儿子的胖脸亲得"叭叭"地响。那响声在七哥的心上像是锤子砸下一样，一锤一锤地让他痛苦。

父亲对七嫂极不满意。父亲想这女人大概有妖术。要不凭她那年龄和不能生儿子这罪该万死的毛病怎么能把七哥给勾引上呢？父亲想没有男人愿意讨一个不会生孩子的女人。而女人生不下孩子，父亲想，那还有什么用？父亲说不孝有三无后为大。父亲说现如今又不能讨小，看小七子你今后怎么办？父亲说不如把你那个休掉，再找个年轻漂亮的。七哥说瞎吵什么，你懂个屁。七哥一句话噎得父亲说不上来了。父亲在七哥面前显得很谦卑。父亲常想着七哥是省里头的人。

元旦刚过几天，父亲突然颠颠赶到武昌来找到七哥。父亲说大香和小香都要请七哥吃饭，叙叙姐弟之情。七哥听得大吃一惊，那惊愕的程度不亚于听说里根总统请他赴宴。片刻，七哥冷笑一声："黄鼠狼给鸡拜年，哪有好心。"父亲说："她们当不了黄鼠狼，你也不是鸡。"七哥说："我从来都只当没有姐姐的。"父亲说："你们都是我养的。都是从你妈一个人肚子里钻出来的，有没有姐姐由不得你。"七哥又是一声冷笑。七嫂说既然请，那就去吧。何况父亲又老远跑来了。七哥听七嫂的，便淡淡地回父亲说："请就请。有吃的何乐而不为？"

小香姐姐住在黄孝河边。小香姐姐当年嫁的那个黑胡子男人是个无业游民。小香姐姐跟他结婚三个半月后生了一个女孩。那黑胡子要的是男孩而小香姐姐却没有办到。小香姐姐在七哥面前可以为所欲为地打骂撕咬，却不能将她的丈夫奈何下去。没等女孩满两岁黑胡子假称回老家将小香卖到了河南。河南乡下的日子清苦，这使小香一次又一次地逃跑，终于三年后跑了回来。到家里怀里又抱着一个男孩。那天母亲几乎以为她是个讨饭的。直到小香姐姐凄苦地喊了声妈妈，母亲才认出这是她的小女儿。

小香姐姐一年不到又结了婚。没有男人小香姐姐是活不下去的。甚至只有一个男人她也依然觉得日子难熬。小香姐姐为这回的丈夫生了一个儿子。小香的丈夫是菜农，因为妻子生了一个女孩而一怒之下与之离婚。这回小香称了他的心愿，便万事百事由着小香姐姐。儿子已经有了，老婆的意义就不大了。逗儿子逗得高兴时，即使小香领了情人来家调情他也无所谓。他抱着儿子给小香做菜还殷勤地问客人味道如何。

小香姐姐有了一女二子。河南带回的那个连户口都没有。小香姐姐想起了七哥。

几乎同时，大香姐姐也在想七哥了。大香结婚甚早。大香有三个小老虎似的儿子。小的也都初中毕业了，而大的业已开始了待业。大香姐姐十八岁就结了婚。大香姐姐丈夫是木匠，木匠比大香大十岁。大香姐姐小日子过得十分富足。大香常常在休假之日坐在门口晒太阳，嗑着瓜子同一帮老娘们扯三拉四地聊天。星期天则提一点吃的或酒回河南棚子看望父母亲，大香姐姐住在三眼桥，这也是汉口下层人历来所居之地。

父亲告诉大香和小香，说是七哥答应去她们那里吃饭。大香说那就先去我那儿吧。小香说不不不，先去我那儿。大香说你那破地方，七弟怎么能踏得进脚。小香说你不要什么都想得到手，你的日子过得够好的了。大香说就是日子过得好了，才要多为子孙后代想。小香说我则是一心为七弟着想。大香说你心肠好，怎么小时候不为七弟想？小香说你比七弟大那么多却从不照顾他。大香姐姐和小香姐姐争吵得互相骂了祖宗，倒没想到她俩是同一个祖宗下的儿女。

父亲说吵个什么名堂，就在我这儿吧。你们俩一起做东，打点好酒来。老子陪小七子喝酒，你俩有什么屁就在饭桌上放。父亲的话令两个女儿皆大欢喜。

七哥那天进门时见到大香姐姐和小香姐姐的笑容几乎当场呕吐。火车依旧哐啷哐啷地从门前开过，震得房子微微颤动。小桌放在了屋中央。桌面上加了一层圆桌面。扩大了的桌面上已摆上了香肠卤牛肉花生米之类冷盘。酒是黄鹤楼牌的。父亲眯着眼边闻边咂着嘴唇。桌上倒了三杯酒。父亲把大哥也叫来了。七哥父亲大哥，三个男人坐在桌旁。而所有的女人——母亲大香小香——都在他们身边忙碌，谦卑地问七哥菜如何酒如何。七哥不知道到底为了什么事。他只觉得自己仿佛在一个陌生人家里做客。

父亲在三杯酒下肚后，舌头便又润滑了起来。父亲说："小七子你这辈子不能光你两口子过。"七哥说："您这是什么意思？"父亲说："得有儿子。要不你费老命奔的前途有谁能接着走下去？"大哥说："小七子，爸爸的话说得对。你的社会地位再高，你一死百事全了。还是得有儿子继承才是。"七哥没言语。他觉得父亲和大哥的话倒是不错。七哥想自己把自己的命运彻底地翻了个面，可又怎么样呢？没有儿孙为自己的这番奋斗自豪，亦没有儿孙能享受到自己的成果。这岂不是有些枉然？父亲说："小七子，你可以过继一个儿子。"小香姐姐立即说："我的老二，你晓得的，身体又结实，长相也不错，为了弟弟到老有依靠，我豁出去把他交给你了。"七哥吃了一惊："你儿子？"小香姐姐夹了一只鸡腿给七哥，说："是呀，那是个好小子。"大香姐姐："小七子别听她的。那小子是她跟河南乡下农民养的，蠢头蠢脑。我那个老三，一表人才，年龄虽大了点，不过，过继给你也合适。"七哥又一惊："你说三毛？"大香姐姐说："是呀，三毛常说他最佩服的人就是他七舅哩。"小香姐姐说："三毛十五岁了怎么合适？"大香姐姐说："那也比杂种要好呀。"大香姐姐和小香姐姐又一顿好吵。七哥心烦意乱毫无吃兴。一桌酒菜便如毒药般让他汗毛耸起。七哥站起来，对父亲和大哥说："我不吃了。"父亲喝息了大香和小香的战火对七哥说："再坐坐，你不陪你老子也陪陪你大哥。"大哥说："七弟要走就让他走。不过话还是得跟你说明白。你小时在家里受够了苦，这我清楚。吃得苦中苦方为人上人。现如今你出息了，再出息的人也得有子嗣。大香和小香的儿子是你的外甥。你们血缘亲近，你过继哪一个可以挑，但最好还是要过继有血缘关系的。否则，我们家不承认那个孙子。"七哥说："我得想想。"七哥一出家门，大香姐姐和小香姐姐的声音便在身后炸起。走了老远，还能听到她俩尖锐的叫喊。这一切使七哥恍若又回到了他过去的日子。七哥恐惧地加快了脚步，而心底里却一忽儿一个寒噤。七哥终于忍不住了，他扶着一棵树，勾下头将适才的饭菜呕吐一尽。他想将心底的恐惧和寒气一起呕出去。吐完，七哥望着灰蒙蒙的天空，想：家里过去又在什么时候承认过我这个儿子的呢？

三天后七哥回家了一趟。七哥告诉父亲：他已到孤儿院领了一个小男孩，那孩子刚一岁。七哥说："不管你们承认不承认他是你们的孙子，但我得说，他是我的儿子！"七哥说完扬长而去。七哥的行为叫父亲目瞪口呆。父亲想骂人而终未骂出。父亲不敢骂七哥。父亲心里的七哥是政府的儿子而不是他的。

十四

河南棚子盖起了好些新房子。那些陈旧的板壁屋便如衣衫褴褛的童养媳夹杂在青枝绿叶般的新娘子之间。据说新火车站要修到建设大道的方向去，教堂般的汉口火车站从此结束它的使命。穿越城市的铁路要改为高质量的公路，公路两边的破旧房屋全部拆除，重新起盖高楼大厦。

邻居们都欢呼雀跃，纷纷盘算旧屋该折价多少，如何向政府讨价还价多分几套房子。只有父亲愁眉不展。父亲说没火车叫他是睡不着觉的。父亲说住楼房沾不到地气人要短寿。父亲说小八子怎么办？那几日父亲常坐在窗口下唠唠叨叨地说："我只有一个小八子还留在身边。"

我知道我再也不可能和父亲母亲一起了。二十多个幸福的岁月，我享受到了无比无比多而热烈的亲情之爱。那温暖的土层包裹着我弱小的身躯。开放在这热土之上的一串红火一般的艳丽。火车雄壮地隆隆而过，那播撒的光芒雪亮地照耀父亲的小屋。很难想象没有父亲这小屋会是什么样子。

父亲把我挖出的那天是个大晴天。太阳刺眼地照射着大地。父亲叫来了三哥。三哥将小木盒置入一个大纸盒里，然后用绳子捆绑好。三哥说："我把他埋到二哥旁边吧，有个伴儿。"三哥把纸盒架在自行车后，左脚一蹬，右脚飞越过纸盒踩上踏板。三哥的车铃丁零零按响的时候，父亲和母亲，相拥着望着我们远去。他们像一对恩爱的老夫妻慈善着面孔望了很远很远，然后一起颓然地坐在门槛上。这一天我才发现，父亲和母亲已经非常苍老非常憔悴非常软弱了。

三哥将我埋在二哥身边，然后抚着二哥的墓碑，阴着面孔长舒了一口气。直到天黑三哥才缓缓地向山下走去。他的脚步是那么沉重和孤独，一声声敲打着地心仿佛告诉这山头所有的朋友，他累极了累极了。

星星出来了。灿烂的夜空没能化解这山头上的静谧，月光惨然地洒下它的光，普照着我们这个永远平和安宁的国土。

我想起七哥的话。七哥说生命如同树叶，所有的生长都是为了死亡。殊路却是同归。七哥说谁是好人谁是坏人直到死都是无法判清的。七哥说你把这个世界连同它本身都看透了之后你才会弄清你该有个什么样的活法。我将七哥的话品味了很久很久，但我仍然没有悟出他到底看透了什么到底作怎样的判断到底是选择生长还是死亡。我想七哥毕竟还幼稚且浅薄得像每一个活着的人。

而我和七哥不一样。我什么都不是。我只是冷静而恒久地去看山下那变幻无穷的最美丽的风景。

1987 年 2 月于武汉

在我的开始是我的结束

那本来可能发生的和已经发生的
指向一个终结，终结永远是现在。
足音在记忆中回响
沿着我们不曾走过的那条通道
通往我们不曾打开的那扇门。

——摘自艾略特《四个四重奏》

一

黄苏子生下的那天，她父亲正坐在医院的走廊上读苏轼的词。他已经有了两个儿子和两个女儿，对于老婆生不生孩子或这回生成什么性别他都无所谓。这是个秋天。秋天这种季节总像一个怀着勃勃雄心而永不被人赏识的男人，心情沮丧，脾气好一阵坏一阵。现在就正好遇上他坏的时候。天空因此阴沉着脸，暗淡的云彩便如同天脸上的斑块。

医院走廊的灯和它太平间的一样，狡黠地散发着光线，昏色令四周暧昧。玻璃窗都破了，破得龇牙咧嘴，像一头愤怒的狮子正张着大口。冷光便在玻璃碴子的牙上闪烁。风带着微响，擦着牙边，灌进走廊。黄苏子的父亲坐在一张摇摇晃晃的椅子上看苏词。他不停地因风而缩缩脖子，椅子也就在他缩脖之时发出吱吱的响声。

书页在黄苏子父亲的手指上无声地翻动。他的手指白皙细长，蓦然间会痉挛一下。书已老旧得发黄了。字是竖排着的。书面上有一张瘦削着面孔并留着长胡须的苏东坡画像。这个苏东坡并不如黄苏子父亲想象中的那样伟岸和潇洒。黄苏子的父亲曾经愤怒地想过，苏东坡要是这副样子还成得了苏东坡？为此他断定画此肖像的人非但没见过苏东坡，甚至从来也没有读懂过苏东坡。只是眼下的黄苏子的父亲用了一张大红塑料皮包装着此书并非是因为他不喜欢这张肖像的缘故。

这是 1966 年的秋天。黄苏子的父亲正在被人批判，而黄苏子的母亲因为红卫兵搜家受惊而动了胎气。

苏子说："有笔头千字，胸中万卷。致君尧舜，此事何难。用舍由时，行藏在我，袖手何妨闲处看。身上健，但悠游卒岁，且斗樽前。"黄苏子的父亲看得心动，联想自己被贴得满墙的大字报，不由连说："好好好，写得好。"

便是这时，一个女医生款款地走过来告诉他说："生了个女儿，三斤八两。"她说时显得很别有用心地望了望黄苏子父亲手上的书。

黄苏子的父亲赶紧把书一合，说："毛主席这篇文章写得太好了。"

女医生说："哪一篇呀？"

黄苏子的父亲做贼心虚，忙不迭回答说："就是《实践论》。太好了，写得太好了。我都想好了，孩子起名叫黄实践。我姓黄。"

女医生笑了笑，认真地回答说："这个名字很有纪念意义。我参加过学习毛主席著作讲用团。不过你看不出来像一个学习毛主席著作的积极分子。"女医生说完就走了。

黄苏子的父亲一身冷汗湿透了内衣。

其实，他原本想好，无论生男生女，他都要用"黄苏子"这三个字命名的。一个多嘴的女医生却令他这个美丽而富有意味的名字没有出笼便自取消亡。因为这个，黄苏子的父亲对刚刚来到人世间的黄苏子心里便无端地生出几分的厌倦。

黄苏子是在十二年后知道了自己名字的来历。那是她的父亲在批判会上发言时讲出来的。父亲在讲到医院那一节时，热泪盈眶，然后当众宣布要把那个消亡了的"黄苏子"请回来。于是很多人都鼓了掌。他们都是黄苏子父亲的同事和黄苏子的同学——一所中学的老师和学生们。

黄苏子也坐在台下，她刚读初一，正处在敏感和害羞的年龄。许多同学都向她张望，窃窃私语地说她些什么，还有人咻咻地好笑，这令她感到十分紧张，紧张得只想撒尿。一个男生——黄苏子班上的同学都叫他"流打鬼"——甚至咧开大嘴说："黄实……贱人变成了黄苏……婊子……"他说时，吐沫喷到了黄苏子的脸上。周围的人都大笑起来。

笑声在阳光下波浪起伏。围墙旁的榆树借着阳光把它长长的阴影投射过来，斑斑驳驳的树影落洒在人群里。一蓬高枝伸得老远，一头倒在讲台上。风动一动，阳光就像洒在阴影中的碎银子，摇摇闪闪。于是坐在台上的人脸便也随风黑一阵白一阵或是黑白相间地花一阵，如同演戏。花着脸的校长在台上不停地喊叫："安静点！听黄老师继续批判'四人帮'！"

黄苏子悄悄地哭了。四周虽然已经安静了下来，可是大部分人都没有听到她的泣声。

黄苏子原本话就不多，这一来，她便更不爱说话了。黄苏子的父亲并不知道这些。他第二天便去为黄苏子改了户口。回到家里，大声向全家宣布："从今以后，世界上没有了黄实践，有的只是黄苏子。"

黄苏子的姐姐一撇嘴说："梳子？还发卡哩。"

黄苏子的大哥说："其实叫黄实践也还蛮有纪念意义的。"

黄苏子的大姐便尖叫道："文化大革命还有什么好纪念的？爸爸挨斗，践践出世，没什么好事，神经病才去纪念。"

黄苏子的小哥说："妹妹小名原来叫践践，现在叫什么？苏苏还是子子？"

黄苏子的父亲想了想，说："好像都别扭，是吧？"

黄苏子的母亲说："世界上真没几个有你这么神经的。"

黄苏子在家里的小名便仍然叫"践践"。

黄苏子就是在这样一个众说纷纭的家里长大。她一直都是一个腼腆安静的女孩子。她的两个哥哥和两个姐姐从不因她是小妹而格外照顾她，父母也不因为她是家中小女而对她多出一份怜爱。就仿佛她是一个多余的人。于是黄苏子就总是形单影只，一副落落寡欢的样子。有时被兄姐欺负了，迫于无奈去母亲面前告状。母亲是个家庭妇女，与父亲的婚姻并不愉快，故常常不分好坏。偶尔地帮她几句，更多时却反过来骂她喜欢惹事。这个结果使得黄苏子在自己被人欺负后常常不知道应该怎么办才好。而她告状的代价却是两个姐姐一致地认为她是一个"阴险"的人。

黄苏子的父亲从来也不理会他儿女之间的纷争。他很少跟他们在一起，他把他的时间都献给了学校。并且他对学生的关心也是无微不至的。于是他年年都拿回一张先进工作者的奖状。"文革"中他拿，"文革"后他也拿。他每天都在办公室里忙到天黑。有时天黑了也不回来，让黄苏子或是她的哥哥姐姐把饭菜送到学校去。黄苏子想，他好像不是他学生的老师，而是他们的爸爸。黄苏子从来也不记得父亲帮助过她什么，或者轻言细语地对她教导过些什么。她唯一记得清楚的是有一次在家里吃饭，她夹菜没用公筷，而咀嚼的声音又略微大了一点。黄苏子的父亲顿时把人脸拉成马脸，呵斥道："夹菜必须用公筷，嘴巴不要出声，从小就要讲文明。"结果吓得她那天连菜都不再敢夹。

随着年龄的增长，黄苏子越来越不爱说话，也不好活动，甚至连笑也非常非常之少。这样一来，她也就没有什么朋友。她总是默默地做自己的事情，对什么都很淡然，仿佛有些木。于是从小就对她不是太好的哥哥姐姐们越发地不喜欢她，在家里总呵斥说："你是不是弱智呀？"

但黄苏子显然一点也不弱智。她轻轻松松就考上了市里最好的中学，而她的哥哥和姐姐都比她要费劲得多。尤其她的小姐姐，靠了黄苏子父亲本人是学校老师，内部照顾，又交了一些钱，才把她收留进去。

黄苏子的姐姐比她高两班，黄苏子上高中时，她已几近毕业。虽是亲姐妹，两人却从不一起去学校，就算在学校操场相遇，也无话可说。学校的老师都认识黄苏子的父亲，很自然地也就认识黄苏子这两姐妹。大家都议论说这两姐妹真是怪怪的。黄苏子的父亲一向注意自己的形象，对此颇为不满，他声色俱厉地批评黄苏子，认为原因在于黄苏子的骄傲。却并没有怎么说姐姐，这使得黄苏子心里蓦然地生出一点点对父亲的仇恨。黄苏子想，不说话是两个人的事，凭什么骂我不骂她。因了黄苏子父亲的斥责，黄苏子和她的姐姐更是如同路人。姐姐也没有什么对不起黄苏子的，而黄苏子也没有怎么对不起姐姐，只是她们两个人就是扭不到一起去。学校老师们议论了几回，也就算了。

高二下学期时，班上突然有个男生追求起黄苏子来，连连地给她写情书，文字十分热烈。黄苏子初始把这些情书都撕了，不理那男生，也没对人说过。可男生依然不依不饶。在一次学校联欢会上，那男生又当着另三个男生的面，亲手递给黄苏子一封信。这封信热情得令黄苏子浑身肉麻。主要因为其中一句"如果我俩相爱，我们将每天从早到晚在一起。我要时时刻刻地亲吻你，一直从头亲到脚，要让我的嘴唇亲到你身体的每一个地方"，黄苏子读此大为恶心，便在情书下批了三个字："不要脸！"然后就把它贴在了黑板上。

这件事令全班大哗。那男生当即便被老师拎到了办公室。黄苏子的父亲亦气得面孔发歪，恨不能刷那小子几个大巴掌。他怒吼道："我的女儿未必就那么容易让你这种臭小子亲到的？"黄苏子的父亲在学校一直是个雅人，文质彬彬，礼貌温和，极令青年教师们尊敬，都说他有儒士风度，这也是黄苏子父亲常常自鸣得意的。这回为了黄苏子，他失了态。他这句话说得太没水平，青年教师暗地都笑。连黄苏子都想，就算是卫护我，何必这样说呢？

这句话果然留下后果。学校的男生们有事没事就打趣，说："想亲亲黄苏子真不容易呀。"那个写情书的男生，也一改一往情深的样子，但见没人，便痞着脸对黄苏子说："我要克服什么样的困难才能亲到你呢？"黄苏子只有用"不要脸""流氓"这样的词回敬他，却不敢再告诉老师或是父亲。

因为这些事，黄苏子心里对她的父亲感情便有了一种莫名的变化。她觉得她总是生活在父亲的影响下。就像一个赶路的人，一心向前进，从不在意足下的石子，不管是将它踢到路边的草丛中还是将它踢进阴沟，这都不关赶路人的事。他只是盯着他自己的目标。然石子却因之而改变了命运。黄苏子觉得自己就是一个石子，被她父亲的行动卷带着，落进阴沟。她只能日复一日地生活在幽暗和阴冷之中，总也见不到太阳。如果她出生时他不是在看书，如果他不给她起黄实践的名字，如果他不在学校的批判会上说出这件事，如果他不是一味地袒护姐姐，如果他不用那样的语言说那个男生，她就不会是现在这个样子。她不会见人不想讲话，也不会想笑都笑不出来。

黄苏子自从有过这样的想法后，见了父亲便开不了口，后来索性连叫都不叫他了。

黄苏子的父亲起先并不在意这些，可时间长了，发现往往跟黄苏子说了好半天的话，却一点也得不到回应，而且在非得叫他不可的时候，也只是轻轻地叫一声："喂……"黄苏子的父亲多少也有些不悦，觉得自己好歹还是个父亲。黄苏子曾经听见父亲对她母亲说："你这个女儿哪像是我黄家的人，连起码的文明行为都没有。完全像是从下层人家里养出来的。"

黄苏子的母亲说："你这是什么话？你神经病呀。你以为你这是个很上的层？"

黄苏子听后心想，母亲说得对，你神经病。你以为你是个很上的层？

黄苏子考大学时特别想考中文系。她觉得她有些喜欢文学。喜欢文学的缘故，是她有一次看了一个作家的文章。作家说他自小是个不爱说话的人，因为爱上了文学，他就几乎把他所有的话都通过笔来说了。文字成了他的嘴巴。黄苏子觉得这个观点很合她意，于是她就在分班的时候，要求到文科班去。

黄苏子的父亲原先也是学中文的，可他并不因此而赞同黄苏子的选择，反倒是大惊小怪。不经黄苏子同意，便去找教导主任，将黄苏子从她选择的文科班调到了理科班。晚上吃饭时，他轻描淡写地把这事通知给黄苏子。

黄苏子怔了怔，想问为什么。你为什么不征求我的意见？你和我到底是谁上大学？可是她只是嘴动了动，并未说出口。因为正吃饭，谁也没有注意到她蠕动的嘴，只道是她在咀嚼。黄苏子想，好吧，你踢吧。你想把我踢到哪里就哪里吧。横竖我就只是一个石头，横竖我已经都在阴沟里了，我还在乎什么呢？黄苏子用饭团把自己的愤怒压了下去。

黄苏子的父亲以为她默许了，便在饭桌上当着一家人的面，说："你也不想想你那点文才怎么能去学文科？你的每篇作文都文不对题，你连标点都打不好，而且你的错别字还特别多。你怎么一点也不像我的女儿呢？我当年在学校每篇作文都得全班最高分，得过好多奖。因为这些，我才报考中文系。你呢？你取得了什么成绩？你怎么没一点自知之明呢？"

黄苏子的父亲说这番话的语气，并不激烈，仿佛还有些漫不经心，但黄苏子却觉得字字如针扎耳，扎得她感觉自己的耳朵流出了鲜血。鲜血流到她的肩膀，又顺着手臂一直滴到她的指尖。她的手指夹着筷子，于是血又沿着筷子流进了碗里，以致饭都被染红了。黄苏子使劲地把饭往嘴里送，她用劲地咀嚼着，以致她又一次地咀嚼出声。

她父亲说："说过多少遍了，你吃饭能不能雅一点？"

黄苏子没有听见这句话。以后她每每吃饭，恍惚间总觉得碗中鲜红，每一口都沾着血。

黄苏子的高考成绩不错。她考取了重点大学的计算机专业。这专业很红，很多人想上而没能取。而黄苏子并不想上，她却轻易取了。黄苏子的父亲高兴至极，晚餐时破天荒地喝了一小盅白酒。然后说，不是我为你掌舵，哪有你的今天？

黄苏子依然淡淡的，没有笑容亦没有愠怒。她低着头默默地吃着饭，雪白雪白的饭粒在黄苏子眼里依然是一粒粒鲜红。她想，我今天又怎么样了呢？难道令今我比昨天愉快么？

黄苏子的父亲饮完酒，将酒杯轻放在桌上，尔后仰天长叹：总算又为国家培养出一个人才了。

二

　　黄苏子住进了学校的宿舍里。八个人一个房间，几乎没有个人空间。就连换换衣服，掰弄一下脚丫都有七双眼睛盯着。黄苏子十分不习惯。好在她睡上铺。她便将帐子无论冬夏都挂在床上，并且永远地闭着帐门。

　　于是许多许多的时间，她都躲在自己的帐子里。同室七个女生如果找她讲话，她也会像她父亲一样很客气很礼貌。但她却从来不同她们一起疯笑。她听到她们说笑话时，心里总是想，这有什么好笑的呢？这也值得大笑？

　　寝室里的女同学，都处在明朗欢乐的年龄，青春勃发，每一个日子都令她们新鲜而且愉快。她们自然也不会喜欢寡言少语甚至有点阴郁的黄苏子。读到大三时，已经几乎没人跟黄苏子说几句话了。对此黄苏子并没有什么不快。

　　便是这一年，男生们仿佛醒了，开始频频向女生发起恋爱进攻，但却没有人追黄苏子。黄苏子想起当年高中时的情书，那些火辣辣的句子时而也会将她的心燃烧起来。于是她就有些盼望男生前来追求。特别是班上一个姓武和一个姓陈的男生。这两人学习成绩虽不是特别好，但为人却都十分英武洒脱。黄苏子喜欢的就是这种气质。但是无论是姓陈的还是姓武的甚至班上其他的男生们对她似乎都敬而远之。

　　有一天，黄苏子从树林里走过，见到睡她下铺同学的背影。下铺正在与一个男生约会。她偶一心动，想听听他们说些什么，于是便悄然绕到他们身后的树林里。

　　下铺正与她的男友说笑。下铺说："你干吗盯着我追？黄苏子比我漂亮得多，你怎么不追她呀？"

　　那男生说："谁找她呀。你可别吓我。猜猜我们宿舍的武大侠叫她什么？"

　　下铺便嬉笑说："你们能叫出什么新鲜名字来？顶多就是冷美人么？"

　　男生说："哈，叫冷美人倒好，谁不喜欢冷美人？要命的是他叫她'僵尸佳丽'，这一叫立即在男生中传遍了，陈国强都说神似。"

　　下铺当即哈哈大笑起来，笑声把树叶震得窸窸窣窣地往下落，落得黄苏子满头都是。黄苏子略微怔了一下。一片树叶掠过她的鼻尖。她瞬间静下心来。然后走出树林，从两个同学的身边走过。她甚至还朝他们看了一眼，仿佛用的就是僵尸似的眼光。她用这种眼光把他们大惊失色的神情尽收眼底。

黄苏子这天在她的帐子里流下了眼泪，但只一会儿。纵然她已经知道姓武的和姓陈的对她如何议论，但她也觉得没什么了不起的。黄苏子想，我是僵尸，你们一个是武猪，一个是陈麻子。那个姓武的男生稍稍有些胖，而那个姓陈的男生脸上有几星斑点。

这之后，她便没有了盼望男生追求的欲念。她内心原本对爱情略有向往的柔情也随之而去。她每次跟人说话，说完后便想，他们会不会说我是"诈尸"？想完后又把牙一咬，暗暗地骂上两句脏话，觉得自己有点平衡，就算了。

黄苏子暗中骂脏话的习惯似乎就是在大学毕业前养成的。但她从来没有脱口而出过。因为她实在是太不爱说话，早已习惯把所有的话都搁在心里。时间长了，骂得次数多了，就如同在库里储粮一样，她心里的脏话一垛一垛地越堆越多。粮食存多了，不出光进，越沤越坏。黄苏子的脏话也就在她心里不停地发酵。她甚至有意地收集各种各样下流奇绝的脏话，认真得仿佛是一个收藏家。一旦听到格外淫荡污秽的言语，她便兴奋，觉得又收罗到了奇珍异品。到了大学快毕业时，她的心里似乎已经装不下她的收藏，于是，她将它们输入电脑，拷进了一张软盘。这世界上没有人知道她有这张软盘，世界上也没有人知道她的这个绝招。沉默是她外在的表达方式，而在内心里堆积如山的辱骂才是她真正的精神。每次黄苏子骂完一个什么人，心里都会生出一股莫名的快感，有时旁边没人时，她还会失笑出声。黄苏子只有在这样的时候，才会觉得自己需要笑一笑。

黄苏子大学毕业分配在了机关。这是很多人想去的地方。班上同学暗地里便都说别看黄苏子平常不声不响，可是悄悄地把什么事都做了。天知道她用什么方法收买了什么人。她那份阴险谁都看得出来。

其实黄苏子并没有去任何地方活动。只是前来要毕业生的人看了黄苏子的相片和成绩单后，非要黄苏子不可。黄苏子各科考试成绩都很是不错。系里负责分配的老师自是跟黄苏子不熟，于是想要塞别的人，比方自己的亲朋之类。可要人单位没有同意。学校也无奈。

进了机关的黄苏子很快就适应了那里的风气。因为黄苏子发现，机关是一个很适合她待的地方。那里的人差不多都如她一样有着两套肚肠。所不同的是，他们的嘴巴把两套肚肠中的内容都说出来。或是人前一套，人后一套；或是会上一套，会下一套。而黄苏子则不同，她把她的另一套语言深藏在心里只说给自己一个人听。当黄苏子知道大家同她不过五十步和一百步的关系，感觉就要好得多。于是，黄苏子的性格也比在家和大学里要随和了许多。她想，原来大家都是分裂的人呵。

黄苏子的同事们只道她天生言语少，却从未觉得她难相处。兼之黄苏子工作责任感强，交给的任务从来都不马虎，于是黄苏子也就得到了她过去从未得到过的诸多好评。

黄苏子的处长姓刘，年纪并不算大，便是他去学校确定的毕业生。他经常当众夸奖黄苏子。然后就说学校如何如何想要把别人塞给他，可他慧眼识英雄，笃定只要黄苏子。黄苏子的工作成绩果然说明他的选择完全正确。黄苏子嘴上没说什么，却由衷地从心里对处长深怀好感，工作也就更加卖力。

很快处长提出要把自己的弟弟介绍给黄苏子。至于他硬把黄苏子要来机关是不是有这层因素，不得而知。黄苏子对处长的提议并无恶感，因为她的确是应该恋爱了。

黄苏子顺从地同处长的弟弟见了面，彼此倒也都有好感。头一次有处长一起，喝了几杯茶，交换了地址和电话。第二次两人便单独相约了。黄苏子天生不会找话讲，处长的老弟似乎也不够灵活。仍然是去茶馆喝茶。茶一杯一杯下肚，可两人沉默的时间比说话的时间更多。最后快分手时，处长的老弟终于找到他讲起来最轻松的话。他说他有一个小学同学也在黄苏子就读的大学，而且也是学计算机的。黄苏子便问叫什么。那老弟说他叫武大松，大家都管他叫武大侠。黄苏子脸色顿时便变成灰土。这个小学同学正是创造"僵尸佳丽"名称的人。黄苏子心里谩骂立即开始。因为骂得太专心，甚至没听到那老弟在说些什么。直到分手后，黄苏子坐在公共汽车上使劲想，方想起那老弟说下次约武大侠一起吃个饭。黄苏子心说，日你妈的，我陪你们去吃饭？你们吃屎去吧。我要去了他妈的就是婊子。然后黄苏子又忍不住心骂连天，骂得自己坐过了站都不晓得。

黄苏子当然没有如约去吃那顿饭。但处长的老弟也再没来找过她。处长见她的面装作什么事都没发生过的样子，一句多的话都没提。越是这样，黄苏子越是能想象出来那顿饭吃的是些什么内容。

果不其然，不出半个月，机关大多数人都知道黄苏子有个外号叫"僵尸佳丽"。小车队的司机有一回跟她开心，竟叫了一声"僵尸佳丽"！周围的人听了都哧哧发笑，黄苏子装作没有听见，从从容容从这群笑的人眼前走过。这天刮着很大的风，却没有把黄苏子心里倒海翻江的大骂声刮进他们的耳朵里。

处长以后也就再没表扬过她。

黄苏子坐机关没几年，社会有了颇大的变化。走出门去，竟是觉得人人都富了，只有机关还穷着。占着这么好一个地方，日子却是比随便一个什么人都过得穷酸，科员们便常常怒发冲冠办公室。领导一想，自己最终的考核还是得靠这些科员们投票，不把他们的日子弄富足，谁会为你名下的"正"多画一笔呢？票少了，自然影响提拔。于是领导们纷然激动，一致通过机关成立房地产公司。一个实权最大的领导说："一定要把自己的权力利用到最大限度。将公司赚来的钱用来发放奖金。"

这个决定令全机关人奔走相告，无不拍手叫好。但当领导贴出告示招聘公司总经理时，却只换来一片的沉默。人人都在想，赚了钱是好，可赚回来了也不归自己得。倘办砸了呢？这一砸还正砸在领导眼皮底下，一辈子的前程还不全完？于是，告示出来几天，竟是没有人主动前去应聘。以前提个副处长还恨不能打破头，而这回端出一个经理位置来，却是无人敢要。领导们也颇觉窝囊，连连感慨想不到咱们的干部们都如此目光短浅。最后还是实权领导点了名。领导一点就点到了黄苏子的处长头上了。

黄苏子的处长想来想去，觉得不去则是抗上，比办砸了公司还要糟，便只好咬咬牙，叹气唉声地认领了这个总经理，承诺之时，他脸上那份悲愁就好像他领养了一个神经错乱的儿子。不过，哀愁中他并没有忘记提出要求。他说他不能孤军上阵，必须得带两个助手才是。这个要求不过分，领导都满口答应了下来。

处长要下的助手是一男一女，女的便是黄苏子。黄苏子原本喜欢坐机关的，可自从"僵尸佳丽"在机关内部叫响后，黄苏子便对机关的兴趣索然。处长既点了她，她便觉得换个地方也好。处长领了一笔开办费，在外租了房子，然后开始了他们的创业。

其实他们有强大的后台，创业也不必费什么劲，容易得他们想都没有想到。总经理——也就是处长——还没弄清楚怎么回事，就发现他们已经开始赚钱了，而且发财了。很快，他们换到了高级的写字楼里；又很快，他们买了车。车比机关领导们坐得还要好一些；并且他们的工资也在悄然地上涨。

奖金发下来，他们拿钱拿得两手发软，私下里也想这世界是不是什么地方弄错了。他们人人都穿上了名牌衣服。他们经常去高级的酒店喝酒，喝多了便狂乐，说他们现在就像电影里的外国人一样。黄苏子没有说什么，但她心里怀有几分庆幸。

黄苏子搬离了她父母的家，出门时她长吐了一口气，有浑身一松的感觉。她住进了公司分配给她的一套公寓里。她把那里收拾得温馨可人。她的父母来看过一次后，都发牢骚说，这还得了，干了一辈子革命都没住成这样的房子，她黄苏子才上班几天，就阔得像个资本家。牢骚过后，便再也不去，似乎要与黄苏子这样的资本家划清界限。黄苏子对此也无所谓。黄苏子冷冷地想，你以为我想你们来？

公司赚了钱，当然也会上交一些给机关。像所有同类公司一样，更多的资金，也都会以各种名目截流下来。总经理是个精明人，他天生适宜做生意而不适宜做处长。黄苏子是总经理的助理，但她并不去公关。她主要为总经理处理各种文件，经过她的处理，文件的内容和要点都一目了然，省去总经理许多精力。总经理便常说："黄苏子，知道我为什么要你来帮我？就是看你能力特别强。"黄苏子心里对这番话感到很舒服，她想他说得应该没错。

有一回圣诞节，公司摆酒席，请了许多客。以前机关的同事也都请了。不少人都暗中塞钱送礼给总经理，求他帮忙弄到公司去。总经理大觉自己有面子，兴奋间喝下了许多酒。总经理本不是一个会喝酒的人，没喝多少就醉倒了。一醉便咿咿呀呀地胡闹。

老同事们也都以疯装邪地跟着闹。然后都说，啧啧啧，你当初怎么会选中黄苏子呢？怎么没看上我们呢？我们中间随便什么人也比她强呀。

总经理说："错，你们中间随便哪个也赶不上黄苏子。"说着又把手搭在黄苏子的肩上，继续说道："不过，黄苏子呀，你有今天得谢我老婆呀。"

老同事们都笑闹着，说为什么要谢你老婆呢，讲来听听。

总经理说："我老婆讲呀，你要想用女秘书，除非用那个'僵尸佳丽'，换个别的女人，你还不把她睡了？你总归不会去跟一个'僵尸'睡去。我老婆真是料事如神，我跟黄苏子共事了这么久，朝夕相处，真的是从来没有动过一点她的念头。"

老同事们便都哈哈地大笑起来。

黄苏子心里面的脏话几近喷薄而出。她觉得自己的额上的青筋已经绷了起来，脖子都在一咕噜一咕噜地鼓动着。在她的感觉中，她的骂声早已压过了冲天而起的大笑。如果说那笑声是起伏的海浪，她的骂声便是轰天而起的风暴。她骂了许久，连笑声什么时候止住也不知道。大家又扯起了别的，内容似乎距刚才的笑已经很远了。

公司这天的活动通宵达旦。晚上还要举办化装舞会。黄苏子了无兴趣，便借故离开。临走前跟总经理知会了一下。总经理虽醉着，但心里似还清楚，拉了黄苏子到一边，说："黄苏子呀，你其实只要脸上偶尔露露笑容，飞两个媚眼，把声音放甜一点，你就根本不像个'僵尸'，所有的男人都想把你抱在怀里。你的皮肤很白呀。"

黄苏子浑身发麻，一种莫名的痉挛控制了她的身体。但只在瞬间便过去了。黄苏子没有接他的话，径直走了。

走在路上，她想，日你的妈，老子就是要当"僵尸"又怎么样呢？接下去，她用了更多的淫词，直骂得自己裤裆里湿漉漉地不舒服。

三

便是这天晚上，黄苏子意外地遇到一个人。黄苏子走在大街上，她穿着件呢风衣，里面是豆绿色短套裙——这是职业规定所穿。风扬起，衣袂飘飘，颇有几分姿色亦颇有几分风度。一辆小车迎面开来，车灯打得雪亮，直刺黄苏子的眼睛。黄苏子便闪到一边。车已经开了过去，却又突然停了下来，然后往回倒，一直倒在黄苏子的腿边。车门打开，下来一个男人，盯着黄苏子说："是……黄苏子吗？"

黄苏子怔了怔，定睛细看，待看清后，她有些吃惊，这男人竟是高中时给她写过许多情书的小男生。黄苏子同时也想起了总是龙飞凤舞地写在情书后面的那个名字：许红兵。

现在的许红兵显然也不小了，仿佛过得很好，黄苏子借着灯光一眼就看清了他身上的名牌比他们总经理的还要略好一些。从那上面散发的香水味道，黄苏子也闻出是一种很好的法国香水。但黄苏子还是本能地说："你要怎么样？"

许红兵笑了，说："你怎么还像以前那样。你我都是大人了，难道我还会像以前那样欺负你吗？见到老同学，你一点美好的回忆也没有？"

黄苏子没作声，当年那些情书中无数热烈的词句都一起涌在了眼前。其实，在她许多寂寞的日子里，她常常都在回想那些情书的内容，所以，她对里面字句的熟悉程度，比她当初更甚。黄苏子便略带歉意地点了一下头，说："对不起。"

许红兵又笑了，说："你终于肯跟我说话了。今天是平安夜，你没事吧？找个地方，我们一起聊聊？"

黄苏子犹豫了一下，在许红兵拉开的车门前停顿了约半分钟，她终于一抬腿，坐了进去。

他们找了一处安静的茶寮，泡了一壶绿茶。许红兵给黄苏子斟上一小杯。杯子是褚红的，开水一落下，杯里便散发出一股清香。这香气令黄苏子感到一种她这一生都未曾体会到的温馨。这温馨又淹没了她脑子里收藏的所有骂词。

讲话的主要是许红兵。他回忆了高中班上许多有趣的事情，这林林总总的少年往事，也勾起了黄苏子的怀想。黄苏子更多的时候是在听。只是当许红兵询问起她的情况时，她才有一句回答一句。

许红兵说："哦，我知道你们公司，你们经营得不错。不过，我想象不出来，你言语这么少，怎么在公司里待得下去？"

黄苏子没回答，但心想难道只有会说废话的人才配在公司里么？

这一聊便超过了十二点。提出回去的是黄苏子。她忙了一天，到底有些倦了。倒是许红兵仍然兴致勃勃。许红兵坚持要把黄苏子送回家。黄苏子反对了一下，就认可了。

行车一路，他们都无言。直到黄苏子的住处，黄苏子正欲下车时，许红兵一把拉住她的手，用一种非常温柔的声音说："我好久都没有像今天晚上这么愉快了。明晚我们还见面，好吗？"

黄苏子浑身一阵战栗，她不知道应该如何回答。她想说不必，但却又说不出来。许红兵松开了手，目送着她下车，然后说："下班我去接你。"说罢不等黄苏子表示出什么，便摇摇手，呼一下开着车跑掉了。

黄苏子不记得自己怎么进了家门，也不记得自己怎么洗完澡上的床。只是到了床上，适才与许红兵相逢的点点滴滴蓦然间就浮了出来，所有的过程如鱼游动。她几乎是在一寸一寸地品味她和许红兵在一起的一切。这期间她不由自主地褪下短裤，因为它已经湿透。当她赤裸着躺在温软的被子里时，她觉得自己仿佛听到了水的流淌声音，水一寸一寸地涨着，很快便将她泡在其中。黄苏子很清楚地知道，她需要什么。

次日的整个一个白天，黄苏子都心神不宁。她的总经理似笑非笑地问她说："是不是昨天晚上我说了什么不当的话？或者是我撩拨起你的什么生理感受？"

黄苏子没作声，心里道："是你妈的个屁！"然后更多的恶毒得足以置人于死地的句子，火山爆发一样砰砰地直撞她的胸口。撞得她隐隐作痛。这样，黄苏子在剩下的时间里方才安定了许多。

下班时，黄苏子一出门，便看到了许红兵。他手上甚至拿着一束玫瑰。他很贵族很风度地走到黄苏子面前，把花递了上去。走在她身后的总经理讶异得咧开了嘴，站在距她几步远的地方，半天动不了脚。黄苏子却是蹙了一下眉头。仿佛是想了一下，终于她还是钻进了许红兵的小车。这是辆"奔驰"。黄苏子的总经理开着他那辆"奥迪"时总是说：得换辆车了，这回，要换就换"奔驰"。

总经理的换车梦还没有做成，但黄苏子却在她的总经理眼皮底下神情淡然地走进了一辆"奔驰"。

这天晚上，他们一起吃了饭，然后就到郊外兜风。许红兵的车开得风驰电掣的。纵然黄苏子是一个很冷静的人，但其间几次紧要关头，她还是发出了尖锐的叫声。声音尖细得令黄苏子自己觉得可以划得碎玻璃。

许红兵说："我爱听你尖叫，这是女人的声音。"

外面的风真是太大了，但车内却温暖如春。黄苏子便脱下呢外套。

许红兵说："其实你一上车就该脱。"

黄苏子没作声。许红兵又说："纱巾也可以摘下来。难道你不觉得热？"

黄苏子的确感到自己有些冒汗了，便摘下了纱巾。很奇怪的是黄苏子这天穿的毛衣领口有些低，所以黄苏子的脖子整个都露在了外面。黄苏子的脖子很白，皮肤很细嫩。

许红兵似是有意无意地瞥了她一眼，说："我还是第一次发现，你的皮肤这么白。"

黄苏子的脸便红了，她把目光转向了车窗外。

汽车这时正行驶在一条小小的街上。街面并不宽，路灯昏暗，虽然是在这么冷的天里，但这条小街看上去并不寂寞，始终有人来来往往。许红兵便将车略停了一下，然后意味深长地说："这里叫琵琶坊，是一个很好玩的地方。"

黄苏子说："有什么好玩的？"

许红兵说："以后你就会知道的。"

这天的黄苏子以为她和许红兵之间会有一点故事，因为她知道一男一女在一起的时候，男的总是会忍不住有些小动作，比方接吻抑或抚摸抑或更深入一些的，但出乎她意料的是什么也没有发生。有几回黄苏子几乎觉得这样的时刻就要来临了，却又总是被一个无关紧要的小岔子打散了业已形成的气氛。

十二点的时候，许红兵再一次送了黄苏子回家。下车时，许红兵又拉住了黄苏子的手，并且抓得很紧，显得内心很是激动。许红兵说："今天我很开心，我们能常常在一起吗？"

这一次黄苏子没有了心理活动，她点了点头，说："好吧。"

许红兵拉的是黄苏子的左手，对于黄苏子来说，这天晚上的左手便显得颇为珍贵。她一直留着她左手上的那份感觉，一直不想去洗这只左手。甚至她在品味许红兵的手感时，忍不住在自己的这只左手上亲吻。她觉得许红兵把一种淡淡的咸味留在了她的左手上。她骚动不安，潮湿再一次地侵袭了她，于是她想用自己的左手去抚慰潮湿。她跃跃欲试，还是忍住了。她因了自己如此的念头而恶骂了自己几声。

这又是一个令黄苏子失眠的夜晚。这次失眠令她上班几乎迟到。

这一天总经理正有一个重要应酬。这应酬无非是借新年即临之际，打点一下关键部门的领导。红包和礼品早已备好，但因黄苏子的仓促落掉了一个排名较后领导的礼物。领导虽然笑说没关系，实际上脸色已经挂了出来。想想也是，谁都有份，独落他的，且不说少一份利益，光是面子也够拿不下的。总经理为了这事大发了黄苏子的一顿火。

总经理说："知道你现在恋爱，晚上侍候人很累很忙，但工作还是要做好是不是？一天 24 小时，你白天归我，晚上归他，哪一头都是工作，哪一头都重要。知道你那位是个有钱的主，你不敢马虎他，但你也不能马虎我是不是？"

黄苏子几乎将"放你妈的猪屁"几个字一口喷在她的总经理脸上。

黄苏子的总经理决定同一个香港人合作办一个属于自己的女装公司。总经理虽说是由处长而老板，但他曾经是个苦孩子，在县城的小街巷里捡着煤渣长大。举止间的俗气自己觉察不到，可明眼人却一眼看穿。总经理在做了老总后总是好跟人说自己的家世原本如何富有，海外又有如何的关系，父亲也是某地方的主要领导，全都是他妈的政治运动致使其家落败，若非如此，他也早就是个大城市的人云云。总经理总喜欢说得有鼻子有眼，以致每回记者采访都要把他这些东西写出来。所以许多认识总经理的人都认为他家世很是了不得，来头很大。

这回黄苏子的总经理跟香港人如此这般说了半天，香港人淡然一笑，说："这我知道，在镇上食品店当个柜长肯定是个很大的官。"

一句话令总经理瞠目结舌。香港人又说："我要跟你合作，还能不把你的底细都弄清楚？"

好在香港人并不介意一个人家世如何，香港人说关键要看公司办得怎么样，能不能赚着钱。钱就是一切，其他的都无所谓。总经理这才放下一颗心来。香港人还说如果创出了品牌，又赚了钱，名与利双收的话，他便会设法把总经理一家办到香港去。这个许诺令总经理心情激动。他做梦都想到香港去花天酒地，否则赚那么多钱有什么劲？激动而后，香港人说什么他便是什么了。

香港人说，公司需要一个经理，最好是女人。出去跟人洽谈，穿上自己品牌的服装，容易打开局面。总经理便将他的弟媳推荐了来。香港人只在他弟媳身上扫了几眼，便说："她长得倒不差，可气质不行。好服装，从不需要漂亮女人，而需要好气质的女人。"说时他的目光落在了黄苏子的身上。他凝视黄苏子几秒，然后说："这位小姐是？"

黄苏子的总经理忙说："是我的助理。"

香港人说："我们的服装，就是要穿在她这样的女人身上。她的业务能力怎么样？"

总经理说："当然是一流的。只是，她太不爱说话了。"

香港人说："服装好不好，不靠说，要靠穿。我看就她吧。"

总经理跟香港人交谈时，黄苏子拿了一叠文件夹，静坐一边。她一句话也没有说过，脸上自然也无笑容。她的脑子里装满着许红兵的声音和他的神态。他们现在约会很勤，勤得令黄苏子觉得三日不见如隔三秋。于是她想她是不是坠入情网。对于许红兵，他有没有女朋友或者是有没有结过婚，她一点也不知道。或许她根本也不想知道这些，就算是有了女朋友或是结过了婚，那又怎么样呢？她在需要他，需要他的一切。既如此，就不必在乎别的什么。黄苏子心里已经想得波澜起伏了，脸上却依然静静的，像一尊佛。黄苏子从来没有去过香港，但她知道香港是个小地方。既是小地方，来一二香港人谈生意，又怎能占领她的脑子？她的脑袋装着许红兵，对她的老板和香港人赚钱或不赚钱又怎会有兴趣？既无兴趣，又何苦用耳？所以香港人与她的总经理说些什么，她一句也没有听到。

然而，她竟是做了总经理和香港人合资开办的"丽港女装公司"的经理。总经理把任命告诉她时，她暗吃一惊，但却没有大惊小怪。

总经理说："是人家香港老板看中你的！你本事大呀，一句话不说，竟能把他搞掂。"

黄苏子原本并不想做什么经理。黄苏子想结婚了。她已经被许红兵弄得有些痛苦了。但总经理的这句话，令她恼了火。她眼睛平静地望着他，心里却是正翻江倒海地怒骂。

总经理说："看看看，你总是这么副僵尸脸色，居然被香港人喜欢。这香港人也是毛病，鲜鲜活活的女孩子他倒看不上。"

黄苏子就这样走马上任，做了公司经理。总经理把她领进经理办公室时，她似乎还没有弄清是怎样的一回事。三天后，她终于弄明白了一切。黄苏子无论在机关还是在公司，她的业绩一向是骄人的，这全然说明她的智商不低，智慧丰富。她跟着老板下海好几年，商界把戏看也看熟了。所以她很容易地便把公司打理得顺顺当当。

黄苏子的公司最初的业务便是为上层社会的妇女量身定做服装。她所谓的上流社会妇女，诸多是领导家属。她们总想穿漂亮衣服，却又总想只出很少的钱。为此黄苏子把工价开得很便宜，有的几乎亏本。黄苏子知道，如此这般投资并不会亏，大的回报都在后面。香港人和黄苏子的总经理对她这样的开头甚为满意。总经理笑道："黄苏子跟了我几年，做生意也真精道了。"

黄苏子的面孔永远都是淡淡然的样子，与她的顾客也不多言。她每天都换一身式样新颖的"丽港"服装，坐在办公室里神色自若地打理案头事务，操作电脑。她气质安静，举止优雅，无形中便让来来往往的人觉得她这样的状态正是那套"丽港"衬托的结果。奔来定做衣服的女人无论是不是雅人，却都有追求高雅之意。故一见黄苏子过后，便会有人提出就做你们经理穿的那种。慢慢地，黄苏子在一定的圈子里便有了点名气。大家都说到底是香港服装，不同凡响。黄苏子对这样的议论了然于心，并不自喜。她想这又有什么难呢？

四

许红兵与黄苏子的约会似乎没有淡季。初始，黄苏子还隔一两天见许红兵一回，后来他们便差不多天天要见面了。每次分手，许红兵都一副留恋不舍的样子。许红兵为黄苏子的公司出了不少主意。黄苏子公司里一位从日本留学回来的设计师亦是许红兵给推荐的。这位设计师为黄苏子的公司设计的几套服装都大受欢迎。于是，黄苏子在依恋许红兵的同时，亦对他充满了感激。如此这般，黄苏子便觉得自己已经时时在盼望许红兵的身影了。

春节不觉一晃即过。春天便在人们的欢天喜地中轰隆隆地来临了。一天晚上黄苏子和许红兵一起吃饭。他们落座在一家星级酒店。酒店一角的钢琴声轻柔而来，像一只温暖的手一下一下地抚着心，把一颗颗浮躁的心都抚得沉静。

黄苏子呷着可乐，听着琴声如诉，突然就说："我很后悔。"

许红兵说："后悔了什么？"

黄苏子说："后悔当年没给你回信。"

许红兵听罢只是笑了笑，然后眼睛望向窗外。片刻，方用一种感伤的声音说："春天真是一个迷人的季节呀，只是太短了。"说完便低头喝汤，一喝便好几口，头一直低着不抬起来。一曲终了，一曲又起，许红兵仍然在喝汤。

黄苏子想，是我触动了他的往事么？往事有时让人亲切，有时让人痛苦，但更多的时候却是让人惆怅满怀。喝汤代表着什么呢？黄苏子漫想着，也低下头喝汤去。

黄苏子不明白，往事带给人的其实远不止这些内容。有时的心情不可以用言语来形容。比方这个时候的许红兵。

这天的晚上，他们一起看了场电影。电影院里几乎没什么人。所有的观众都坐在包厢里。于是接吻的声音和女人的低吟和娇嗲不时地夹杂在音乐和对白间。这天黄苏子在电影院里一直同许红兵肩挨肩地坐着。当他们身后有声音传来时，黄苏子明显不安，她忍不住望望许红兵。而许红兵亦用贼亮贼亮的目光看着她。黄苏子渴望她和许红兵也能有点什么，但许红兵却没有动。黄苏子想他自是被自己当年的举动吓怕了。于是黄苏子把自己的右手放在自己的右腿上，许红兵正坐在她的右边。

黄苏子低声说："我不会像以前那样的。"

许红兵微微地笑了一下，然后便抓起了她的右手。

以后的时间里，许红兵只是不停地抚摸黄苏子的右手。一直到电影结束，其间唯一说了一句话："你的手很软。"说得黄苏子全身的骨头都要软下去了。

散场的灯亮时，黄苏子的脸已经红得发烧了。她觉得自己浑身都在颤抖。黄苏子已经过了三十岁，第一次被人如此抚摸。虽然有几分快意，但实在是远远地不满足。这一次许红兵送黄苏子下车时，黄苏子静坐了一下，想说什么，终是没说。然后她打开了车门。

到此一刻，许红兵才又一次拉住她。许红兵说："我们相逢时间还不长，我心里想对你做些事，可我不敢。我觉得那是你我都需要的。"

黄苏子回过了头，望着他，说："不管你对我做什么，我都不会拒绝。"

许红兵便露出惊喜的神情，说："真的？如果真这样，这个星期六我带你去一个地方，你敢去吗？"

黄苏子说："你敢带的地方我都敢去。"

许红兵笑了，说："那好，一言为定。不过，最好穿得随意一点，像个老百姓。"

黄苏子怀着十分兴奋的心情回到家。她脑子里满是星期六夜里的幻想。她觉得她和许红兵之间已经到了关键的时刻，这层纸终于要捅破了。而她也知道她是多么需要许红兵。她能想象得出来，星期六的许红兵和她在一起会做些什么。这样的时刻，黄苏子虽然在书上见过不少，甚至也看过一些录像，但对于她来说，尚未真枪真刀地领教过，于是，她便有一种珍贵的感觉。一连几天，黄苏子都在考虑自己穿什么内衣更合适。最后，她在一家合资商场看到一套绣花的真丝内衣，胸罩和三角裤上共绣着鲜艳欲滴的三朵花，恰到好处地落在女人三处最美丽的地方。黄苏子果断地拿出三百多元钱，买下了它。

然而星期五下午，黄苏子的总经理却通知黄苏子，说香港东家明天到，市里领导将会见他，会见完后，公司请客，黄苏子必须到场，要穿上最亮丽的"丽港"服装。

黄苏子心一紧，说："能不能请假？"总经理大惊，说："什么情况呀，你有没有看清楚！这样的机会别人哭都哭不来，你还请假。"

黄苏子说："我必须请假。我有要紧的事。"

总经理酸溜溜地说："不就是去会你那个小白脸吗？"

黄苏子说："不管是不是会他，我都要请假。"

总经理便翻了脸，说："黄苏子，别以为你做了经理，又傍了个主儿，翅膀就硬得可以撑台面了。告诉你，我想要炒你照炒不误。"

黄苏子说："我不管你炒不炒，我只是要请假。"

黄苏子把与总经理争吵的事告诉了许红兵。许红兵拊掌大笑，连说好好好，你连市领导都敢炒呀。那时他们正在汽车上，于是笑声使得汽车在马路上扭来扭去。

许红兵说："我现在就带你去个地方。"

黄苏子说："哪里？"

许红兵说："去了你就知道。"

黄苏子说："跟着你去哪里都行。"

许红兵意味深长地说："是吗？"

汽车开了许久。车上一直放着音乐。乐声靡靡的，有点像黄昏的河岸风吹柳条的唏嗦声，令人情不自禁而幻想。这幻想不会像瀑布落水，灿烂而奔放，却更多地带着山缝里的幽气，鬼鬼祟祟神神秘秘。

许红兵对黄苏子说到了的时候，黄苏子迷茫地睁大眼睛。她看到的不过是一条小街。这条小街很简陋，而且有几分俗气。印象中她曾经来过这里。虽然夜色浓郁，却并无寂寞之气。

许红兵说："这里是琵琶坊。一个很有意思的地方。"说着他将车停到距小街远远的一棵树下。浓影之中，仿佛看不到车身。

许红兵这天没有穿一身名牌，倒是很随意地穿着十分大众的便装。因了许红兵的嘱咐，黄苏子外装亦显得随便。黄苏子挽着许红兵的胳膊，沿街而行。街边暗处，不时能见一二打扮妖冶的女子在说笑或是吸烟。

黄苏子说："她们是……？"

许红兵说："'鸡'！这里是个'鸡'窝。跟别的'鸡'窝不一样，这里是下层人寻欢作乐的地方。这一带有好多打工仔。"

黄苏子大惊，说："为什么我们来这里？"

许红兵将嘴附在她耳边，说："这该有多刺激呀。这里很多人家对外租房间。我们租一间，今晚上就……"他说到这里，便停了下来。

黄苏子脸红了，她忸怩了一下，然后低语道："其实……其实……我是一个人住……也没什么人打扰。"

许红兵说："我知道，可有这里的氛围吗？"

这一说，黄苏子便认可了许红兵的主意。她已经开始了兴奋。浑身的血都在加速奔涌，骨头也开始酥软。终于，她和许红兵之间有故事了。

许红兵仿佛轻车熟路，很快他们就租下一间房。房东自称姓马。许红兵就叫她马嫂子。房间不大，约有十一个平米，中间搁有一张床和一面大镜子。镜面已经不明亮了，雾雾的，四角都是陈旧的痕迹。却没有卫生间，只一只马桶。马桶呈着朱红漆色，座圈已脱落得斑斑点点，露出木头。

灯光很暗。许红兵同房东交涉完毕，进门来没说一句话，便扑到黄苏子身上，令等待接吻和温柔抚摸的黄苏子猝不及防。黄苏子轰然倒在床上，床单上一股令黄苏子形容不出来的气息，一下子扑入她的鼻中。黄苏子想说点什么，却无从说起。

许红兵三下两下扒去她的衣服。黄苏子精心为许红兵准备的三朵花，许红兵仿佛看也没看，便将它们扔在了床下。只几秒钟，黄苏子便如同被刺刀刺中。她努力地寻找感觉，却只觉得沉重的许红兵压得她喘不过气。一直待她温情脉脉的许红兵，这一刻有如野兽，凶猛野蛮得令黄苏子产生剧痛。这是一种被撕裂开来的痛楚。她情不自禁地尖叫了一声。叫完后，她想起许红兵说过，他喜欢听她尖声叫唤的。

许红兵所有的行为都在黄苏子的意料之外。他几乎没等到黄苏子再发出第二声尖叫，便把什么事都做完了。他迅速地套上裤子，动作快得使黄苏子几乎没有看到他的肌肤。而黄苏子却全身赤裸地摊在他的面前，任他的眼睛扫视和游览。

裸体的黄苏子没有动，她虽然有点儿冷，可她仍然愿意这么平摊着自己。她期待因了她的身体会再次唤起许红兵的欲望。但是，许红兵却只是默默地看了她半天，然后站到窗前，点着了一支烟。窗口又破又小，一挂肮脏的窗帘无力地垂吊在那里。许红兵将窗帘拉开一条缝，脸朝外望。黄苏子透过窗帘的缝隙，看到街上的一盏路灯，荧荧如鬼火地亮着。她想故事就是这样的过程？想着，便觉得远不是她之所想。黄苏子说："躺到床上来好不好？"

许红兵转过了身。他的脸色在灯下发青，几缕古怪的笑容浮上他的嘴角。黄苏子心里咯噔了一下。许红兵说："黄老师无论如何也不会想到，他女儿会这样一丝不挂地躺在床上，盼我去奸她。怎么样，我还行吧？"许红兵说着哈哈大笑起来，笑得气都喘不过来。

黄苏子顿时面如死灰。她呆望着许红兵，似乎在回想着什么。许红兵笑完，说："你以为我真会爱你。老子的儿子都已经上幼儿园了。也不看看你那张僵尸脸。你装什么淑女，当年那样羞辱我。你让我没法好好读书，因为所有的老师和同学都认为我是流氓。为了你，我吃了多少苦，你永远也想不到。而今，在我眼里，你上了大学又算什么？不过一个'鸡'而已，是我玩过的一只'鸡'，跟我玩过的'琵琶坊'其他的'鸡'没有两样。"

黄苏子在许红兵的陈述和辱骂中平静了下来。她很快明白了一个事实。这是一个设计好了的圈套。许红兵为报学生时代的仇，费尽了心机。

黄苏子突然间欲哭无泪，愤怒一下子燃遍全身。她内心深处被爱情业已掩埋了的脏话，仿佛定向爆破，瞬间在心里炸得开出花来。

黄苏子冷冷道："你以为我不是在玩你？你他妈的在中学就趴在我的脚下了，你现在以为你这狗日的就站起来了？老子一直在看你有几板斧，你这么快就露了馅？怎么不弄大我的肚子再发这通威呢？"

这回轮到许红兵发怔了。便在他怔忡之间，黄苏子几乎不容他想，便将她心里深藏了许多许多年的脏话，一句一句地骂了出来。骂声如江河决堤，汹汹涌涌地扑向许红兵。许红兵踉踉跄跄着倒退，竟一直退到了门口，先前得意的脸上倒有了几分惊慌。黄苏子却不管不顾，她高声地叫骂。一字一句，字正腔圆。她的骂声，每一字句都奇脏无比，不忍入耳。满屋里都是她脆蹦蹦的比喻，邪恶下作得令人全然可闻到臭气。这是她修炼了多年的成果，一招出手，又怎能不犹如惊雷炸耳。这一辈子，黄苏子还从来没有一口气说过这么长的一段话，也从来没有一下子说出这么多的话来，更何谈这么着高声地叫骂。

退到门边的许红兵所有的潇洒仿佛都被黄苏子的骂声刷掉似的。他显得有点猥琐，一只手摸索着开门。黄苏子说："事情要做漂亮。不要赖钱。我的价一直都不高，五十块就成。那些盲流用我都是这个价。你也就按这个价付吧。钱就放在床脚。"

许红兵便在身上摸出一只钱包，从中抽出一张一百的，低声说："我没五十的。"

黄苏子哈哈大笑，说："那你还可以来一次。如果今天不行，改天来了就不用付账了。我会常在这里等你的。"

许红兵丢下钱，逃跑似的离开了。

当门哄然关上时，黄苏子好像被人抽了筋，直直地倒在了床上。她的骂声止住了，这回决堤的是她的泪水。她哭得个天翻地覆，嗓子都哭哑了。枕头很脏，她在哭的时候，用嘴使劲地咬着枕套。从面颊上流到嘴里的泪是咸的，但另外一种味道是什么呢？黄苏子从来也没有品过。那种怪异的味道，从枕芯直扑黄苏子的心里，仿佛顺着她的血脉游走，走得她满身都是。然后又从她的每一个汗毛孔向外散发，以致弥漫了整个房间。黄苏子突觉这种味道有似曾相识之感，却记不得何时何地令她感觉过。

房东马嫂子闻声过来问过一次。问完不等黄苏子说什么，马嫂子便一副老经验的口气，说："哭哭也好。头一回都这样。开过头，就好办了。想通了男人都一样，能给钱就行。"

黄苏子没等马嫂子把话说完，又失控地开始了骂人。她心里骂的正是马嫂子，但骂出口来却让马嫂子以为依然在骂男人。于是马嫂子冷笑了一声，说："说句话你也许不信，真恨的人都是在心里骂，骂上嘴的人越骂得凶越是相反。有个乡下女人头一回骂得差不多快断气，用头撞墙血都流出来了。结果怎么样？以后天天泡在这里。过一年找了个有钱老公，儿子也生了，还忍不住一个月来上一两趟。跟抽大烟有瘾一样。"

黄苏子骂声顿止。其实她并没有听清马嫂子说些什么。她突然觉出她叫骂出的每一个句子都仿佛汇入这房间怪异的气息中。它们在这气息中如鱼得水，欢跃地跳动。它们往墙壁上跳，往残缺得露出砖块的墙缝里跳；往窗帘上跳，往窗帘上污秽形成的花朵上跳；往天花板上跳，往吊死鬼一样垂直向下的灯泡上跳；往屋角落里跳，往堆在角落的垃圾上跳。它们的舞姿独特而别致，世界上没有一个舞蹈大师想象得出来。它们和这屋里的气息竟是如此和谐地融为一体，无端地令黄苏子感到一种沉醉。于是黄苏子觉得自己也被融在一起了。她情不自禁地舒展了一下胳膊，心说，其实，我并没有失去什么呀！我有什么可伤心的呢？虽是欺骗，可我终是骂走了欺骗；虽是失身，可我也从此了解到男人和女人间最本质的交往方式，如此这般，有什么大不了的呢？黄苏子想着，伸手之间，她甚至觉得她最为欣赏的字句正在她的思想过程一条条地舞蹈着缠绕上她的胳膊。它们在她的肌肤上妖妖娆娆地笑着，笑得十分妩媚。黄苏子的脸上情不自禁地浮出笑容。那是她从来也没有过的来自内心的笑容。于是她想，它们一直在我心里发酵，闷也闷坏了。现在它们突围来到我的体外，它们多么活跃多么自在多少美妙。

黄苏子在这一刻仿佛找到了自己同外部世界和谐相处的端口。

天便是在黄苏子的莫名的喜悦中亮了。她的眼泪早已干涸，干涸得连痕迹都不见。她想，这下好，从此一辈子不必担心再有眼泪。

这天是星期天，不用上班。黄苏子便静静地躺在这个房间古怪的气息之中。许红兵曾经拉开的窗帘缝依然裂开着。阳光从那里穿了进来。这是一个大好的晴天。晴得十分明朗。

马嫂子再次推门，她看见黄苏子依然躺在床上不动，便没好气地说："喂，你的时间到了。别人还要用。你如果不想走，必须再付钱。"

黄苏子一指床脚边许红兵丢下的一百块钱，说："这么多够不够？"

马嫂子眉头立即被笑意包围，说："够够够，足够了。你是个痛快人。哎，我说吧，你一想就想通了，是不是？我一向都认为，只有明白人才来我们这里做。"

黄苏子懒得理她。马嫂子见黄苏子无意与她对白，便拿钱退出门。只几分钟，她又折身进来，样子显得有些神秘，说："还想不想再做一笔生意？这个客人是个老顾客，卖猪肉的。那生意赚钱，所以他出手很大方。一般人我还不介绍他的。跟你，我觉得有几分缘分。绝对没有病。你看，行不行？"

黄苏子觉得散落在满房间的骂词已然开始在她周围聚拢。一条条的字句，仿佛是一根根架起来的木柴，高高地堆在她的面前，只需她轻划一根火柴，这架木柴便会燃烧成熊熊烈火，瞬间即能将马嫂子烧成灰烬。

但是黄苏子手上和心里却都没有了那根火柴。她显得有些慵懒，眼皮抬也没抬，说："好吧。"

五

黄苏子带着一身油腥气回到了自己的家。这是一个日子的黄昏。夕阳艳丽地在西天沉落，云霞借着阳光，风骚地一层一层将自己染红。世界这个时候真的是很美丽。

黄苏子开门后第一件事便是把自己泡进了浴缸里。她一遍一遍地洗着自己。一瓶新开的"兰幽草"洗浴液一次被她用光。洁白无瑕的泡沫堆得老高老高，黄苏子漆黑的头发漂浮其上，如一丛草。清香的气息饱满得仿佛使卫生间膨胀。

电话铃响的时候，黄苏子仍然泡在浴缸里。铃声催命似的一遍一遍响个没完没了。黄苏子便只好走出浴缸，屋里虽然没人，她仍然不习惯裸着身体走出卫生间。她裹上浴巾，趿上拖鞋，出屋接电话。电话却偏在她拿起话筒时挂断了。

打电话的是黄苏子的总经理。次日黄苏子去到自己办公室时，发现总经理也在那里。平常总经理并不亲自到"丽港"来。如果有事，他会让秘书打电话通知黄苏子去他那边。大多老总，哪怕以前只是一个修鞋卖菜的，可一做了老板便都自然而然地会有了这副架子。黄苏子的总经理自然也不例外，更何况他当年做的是国家正式机关里的处长。

总经理的脸色很不好。黄苏子一如往昔，脸上面无表情。总经理说："有了男人，你也应该学会笑笑是不是？他睡你的时候你也这样？你为了他连工作都可以甩下来不管，为什么就不为他改变一下你自己的风格呢？市领导问'丽港'的女经理怎么没来时，你猜我怎么说？我说她爹死了，她奔丧去了。我总不能说你跟男人睡觉去了吧？"

黄苏子不作声，心里已然用骂声进行了还击。她知道自己心里的声音很恶很恶，恶声尖锐得可以致人以死地。因为黄苏子感觉到那恶声正撕裂着她的肝肠，疼痛剧烈，血从肚脐的地方一寸寸地往心口淹没。

总经理说："打电话你也不接了？我只好亲自来通知你：这边的经理换人了。你还是回那边公司，继续作我的助理。"

黄苏子说："今天就过去？"

总经理说："今天就过去。还是以前的桌子。桌上有几个集装箱单子，还有几个会议表格，你今天内把它们弄好。再有，你拿去穿过的所有'丽港'样品都还回来。"

总经理说完望着黄苏子，似想看她有什么反应。黄苏子却依然一字未吐，连脸色都没变一下，只走到自己的桌前，清理自己的东西。

总经理说："难道你就没有什么话要说？"

黄苏子淡淡地说："如果硬要我说，我就想说，我正想辞去这里的事，回到我原先的办公桌前去。"

总经理怔了怔，说："你不是故意说这种话吧？为什么呢？"

黄苏子说："因为那边清静。"说完黄苏子当着总经理的面，扬长而去。

总经理在她身后长叹一口气，说："你可真是个僵尸呀。这个世界上也只有我老婆把你当了个宝贝。"

黄苏子重新回到了她的办公桌前，如同以往一样，日复一日地处理老板交代下来的所有事务。许红兵仿佛是刮过的一阵风，过去后，就再不见踪影了。黄苏子的脸上并没有表现出任何内容，但她的总经理还是很快察觉到了。

总经理不禁有些幸灾乐祸，他问黄苏子："你那个开奔驰的男人呢？"

黄苏子说："开到别人那里去了。"

总经理便说："我当时就想，一个有奔驰车的人，怎么会看上你？可看你深陷情网，真不忍心打断你的美梦。像你这样性格的人，能有个美梦做做，比什么都没有要好。"

黄苏子说："你说的是。"

总经理还没有把自己的车换成"奔驰"的，所以一旦落实黄苏子确已和那个"奔驰"分了手，便有一种说不出的快乐。就仿佛这个女人又回归了自己，虽然他并不喜欢这个女人，而黄苏子确也是从来没跟他有过什么。但他仍然有一种占有感，纵然这个冷若僵尸的女人只是每日地坐在他隔壁的办公室里为他工作。

总经理的弟媳到底还是做了"丽港"公司的经理。这天她策划了一个模特演出，并且很大气地将黄苏子也请了去。请之前，她怕黄苏子会有情绪，不会前往。黄苏子的总经理说："她要为这点事就有情绪，那她怎么还会是'僵尸佳丽'？"

正如总经理所说，黄苏子接受了邀请，而且穿着认真地前去观看了。模特儿们扭着腰在台上来来去去地走着。台上没有铺地毯，皮鞋的小后跟叩得人满耳的叮叮咚咚。黄苏子只觉得似有一人在她的头顶上打锤，直打得她眼冒金星，金星多得有如铁水刚出炉。如此一来，黄苏子固然看得认真，却是连一件衣服的颜色都没有看得清楚。

一个声音突然从黄苏子耳边一片的打锤声中跳出。那是一个女人快意的笑语。黄苏子听出这正是总经理老婆的声音。老板的老婆说："咦呀，这些模特儿的脸蛋子怎么个个都像你的'僵尸佳丽'呢。"

总经理说："这哪里可以一比？人家模特儿多性感，黄苏子却只像个塑料人。"

总经理的老婆便"扑哧"地笑出了声。

黄苏子眼前的金星瞬间便消失。她定了定神，想再看看台上，模特表演却刚好结束。走上台来的是厚堆笑容的总经理弟媳。她像个拙劣的歌星一样，拿捏着腔调向人们表示感谢。黄苏子心里一种说不出的恶感一涌，暗骂了几声，离座而去。恰好，这时看完模特儿的人们都在离座。黄苏子的离座便也没有显得格外突出。

走到大街上的黄苏子就像一片从树上刚落下的叶子，孤寂地飘着，却不知该飘到哪里。十字路口上，一个小摊贩对着她使劲叫卖。他说："小姐小姐，好身材呀。买我这套衣服，肯定又漂亮又年轻。"

黄苏子定下步子，随意地看了看他的摊铺。小贩说："没有比我这里更便宜的货了。来一套吧。"他说着抓起一件。这是一件低领的化纤连衣裙。裙身很短，很紧身。胸前缀着几粒塑料珠子。黑的底色上浮着暗绿色的小花。黄苏子心头一动，仿佛记得她在什么地方见人穿过，便接了过来。小贩说："才五十块钱。到哪里能买到这样好价钱的裙子。"

黄苏子便掏出五十块钱，丢给小贩。小贩拿了钱，望着过马路而去的黄苏子，叫喊道："你一穿就会晓得，绝对比你现在性感。"

黄苏子便有了一种迫不及待的心情。她匆忙地打"的士"回家。一回家，既不喝口水，也不洗手上厕所之类，拿出那裙子便试穿起来。

裙子略有点紧，绷住了她的胸部和屁股。她走到了镜子前，镜子里正反射着她头顶上的一大团灯光。黄苏子突然看到灯光下另外一个女人站在了她的对面。她的脖子洁白，胸部高耸，圆润的弧线从腰滑向臀部，有如一尊黑得发绿的花瓶。她的面部没有表情，像一片没有开垦过的土地，平静如死；她的眼光有些茫然，仿佛一个被雾气吞噬的清晨，所有的内容都被弥漫成一派白色，白得似乎空洞无物。

这真是一个神秘的游戏。一个可以将人分裂为二的游戏。

黄苏子惊异起来。她一生中很少有这样的惊异。她情不自禁地舒缓起双臂，将自己永远挽起的头发散开，长发于是一直披到了肩上。低头垂眉之间，镜前摆放的化妆品一起涌来眼底。

黄苏子知道她现在应该做什么了。她对着镜子开始精心制造另一个自己。

黄苏子将粉底霜厚厚地抹在脸上，脸一下子白得如一面墙。然后她画起了眼影和眉毛，她用的是深咖啡色。一只她从来也没有动用过的眉毛夹，也被她拿了起来。她把嘴唇涂得血红，红得令她自己感觉那里在滴血。最后，她把香水喷了一身，任由散开的头发遮住了半边面孔。镜前的这个人，黄苏子便再也认不出来了。她是那样的鲜艳和奔放，又是那样的做作和俗气。一个清清冷冷、平平板板的黄苏子仿佛不翼而飞。

黄苏子心里有一点明亮感。心道，原来一个人要消灭另外一个人是这么的容易。

然后，她就走出了家门。

六

黄苏子在"的士"上跟司机说去琵琶坊时，司机脸上的笑意有些暧昧。车开动后，只几秒钟，司机便说："这么晚才去做生意？"

黄苏子说："无所谓晚不晚。"如果在平常，黄苏子不会搭理任何一个意欲与她对话的司机。但这天，黄苏子却有了一股强烈的说话欲望。

司机说："干你们这行的也很辛苦呀。不过来钱来得也真快。"

黄苏子说："你说我是哪行的？"

司机一笑，说："我连这都看不出来还算什么男人。"

黄苏子说："那你多半看走了眼。"

司机轻蔑地咂咂嘴，又说："我瞎着眼，光闻味道也能闻出你是干什么的。我跟你们这帮人打过交道，琵琶坊的小翠和莉莉在扫黄时总是要我的车。领着嫖客，一开就开到野外去了。这么个巴掌地，真不晓得他们怎么干。"

黄苏子的脸在暗中红了起来。她很不自然地说了声："是吗？"

司机说："这还假得了？今天算认识了，以后有生意，也照顾点。我这个人嘴最严，上次公安追着问我谁包过我的车，我连一个字都没说。我不能断自己的财路。"

黄苏子慢慢地放松了自己。她说："那好，我以后有了生意需要用车，一定找你。"

司机赶紧递给她一张自制的名片，上面只有一个呼机号码。司机说："呼我就行。"

黄苏子说："那你总得还有个名字吧。"

司机说："叫我小六吧。你呢？叫什么？"

黄苏子怔了怔，她想她已经不是黄苏子了，因此她不能用黄苏子这三个字。她现在既当上另外的一个人，这个人就应该有一个另外的名字。而她现在，还没有为这个人取一个适当的名字。于是她说："呼你就行了，问那么清楚干什么？"

说时便到地方了。司机边收费边笑，说："做得时间长了，就不怕说出自己的名字了。看来你还是个新手。"

黄苏子听得发呆，下车后，她便一直站在街边，望着这辆的士消失。

黄苏子现在便置身在琵琶坊了。头上的灯光昏暗成一团，她上次来到此地的过程在这昏暗一团中模糊不清。黄苏子的确记不得那一天的她是走着怎样的路线到达马嫂子家的。她盲目地信步而行。并且她也并不知道自己想要干什么。路两边的轻笑不时传入她的耳朵。她感到有几分亲切，就好像是听到了她久已怀想的乡音。

终于她也走到了街角的暗处。她倚着一幢房子的墙壁，怀着一种期待，观望着来来往往的人们。离她大约二十米远的地方，有一盏路灯，灯泡有点坏了，一忽儿停，一忽儿又亮。明明暗暗的过程，令黄苏子无端地心有所动。却也并没有悟出什么，只觉得自己似乎就像这灯一样。

有一个男人终于发现了她。他笑着向她走来。几乎与此同时，一个名字跳出黄苏子的脑海。黄苏子想，我就叫虞兮好了。黄苏子读过书，知道楚霸王项羽有一首诗："力拔山兮气盖世，时不利兮骓不逝。骓不逝兮可奈何，虞兮虞兮奈若何。"黄苏子没有楚霸王，对这个来无影而去有踪的虞兮也没有兴趣。但她喜欢"虞兮虞兮奈若何"一句。她想如果能有人对她生出"不知拿你怎么办才好"的感觉，她就觉得很值了。一个人能活成这样，黄苏子想，也不失为一种选择。

这个走过来的男人终于站在了黄苏子面前，他扑面而来的汗臭，令黄苏子情不自禁地退了一步。不用判断，黄苏子便知来者是一打工仔。许红兵曾经说过，许多孤独的打工仔都爱到琵琶坊寻找安慰。将辛苦挣来的一点钱来换取一点微不足道的人生享乐。黄苏子记得自己当时说："对这样的人，你可以对他厌恶，也可以对他同情。"

那个男人走近了黄苏子，说："做不做？"

黄苏子的心咚咚地跳着，但她努力镇静着自己，作一副很老练的神态，说："怎么不做？不做靠什么生活？"

那男人说："多少钱一次？"

黄苏子说："一百块吧。"

那男人说："是不是太贵了？"

黄苏子也无所谓钱的多少，于是立即降下价来，说："五十也可以呀。"

男人说："有安全的地方吗？"

黄苏子说："当然有。"

男人说："房钱谁出？"

黄苏子说："这个不贵，你愿意出就你出，你不想出我出也行。"

男人说："你很爽呀，那我们对半？"

黄苏子说："好吧。"

琵琶坊临时出租房间很多，黄苏子和男人一起并不费力便找了一家，房间很小很简陋，连马嫂子那间都不如。但很偏僻清静。

他们在找房间的时候，男人搂着黄苏子，两人俨然一对情侣。初始黄苏子很不习惯男人身上的汗味，但大约过了十分钟，黄苏子便觉得没什么了。她小鸟依人地依着男人，不时地还作几分风骚。黄苏子天然不是个风骚的女人，她所作出的姿态和动作，都是来模仿着电影电视中的风尘女子。此一刻，她心里的紧张感竟是没有了，她真就好像是另外的一个人。

两个人很快便结束了他们的交易。似乎连话都没顾得上说几句。男人有些慌乱，黄苏子说："你慌什么？慢一点会舒服一些的。"

男人说："万一警察来抓了怎么办？"

黄苏子说："抓就抓呗，都不是人生需要？"

男人听了这话，便踏实了许多。问起她的名字，黄苏子说叫"虞兮"。男人显然不知道有虞姬这个人，亦不知道有项羽这首诗，笑说："你这个名字好有趣。"然后告诉黄苏子他叫水根。

黄苏子对他叫什么毫无兴趣。因为黄苏子绝不想跟他长期往来。黄苏子只是说："你来打工的？"

男人说："是呀，打工。晚上无聊，出来转转。"

黄苏子便懒得说什么了，男人似乎也懒得多说。行动足可以冲去无聊的感觉。于是，两个无聊而又孤独的人在这个破旧的小房间里一直泡到半夜一点。

黄苏子收了男人递给她的五张皱皱巴巴的钞票后，便离开了。她一直走到大街上，然后拦了辆的士回家。那几张浸透着打工仔汗气的钞票，黄苏子全都将之给了的士司机。

回到家里，黄苏子第一件事依然是冲进浴室。虽然她拼命地想洗去打工仔留在她身上的汗臭，却同时又产生了一种出了口恶气的感觉。身心有一种说不出的畅快。黄苏子自然清楚，如此这般会被社会斥为堕落。然而此一刻的黄苏子却觉得做一个好人实在太累太累了。

从浴缸里出来，重新披上丝织的睡裙后，黄苏子重新成为自己。脏衣统统扔进了洗衣机里，盖上盖子，黄苏子便觉得新人虞兮也被盖了进去。

七

生活的流水依然喧嚣着沿着它自己的指向流淌而去。无人能遏止得住它前行的浪头。

黄苏子已经不知道自己到底是几个人了。去琵琶坊业已成为她生活中的一个部分。她是白天的黄苏子，黑夜的虞兮。作为白天的黄苏子，她外表是白领丽人，雅致而安宁，而内心却满是龌龊，不停地对他人发出恶毒的咒骂；而当她成为晚上的虞兮时，她外表是"鸡"，淫荡且下贱，而内心却怀着一种莫名的悲凉，觉得自己并不是为卖淫而卖淫，而是尝试另一种生活方式，是在完成人生命中的某种需要。黄苏子把自己分裂了又分裂，然后想，人是多么复杂的一种生物呀。他是立体的，天然就有着不同质地的层面。只因为虚荣和矫情，他总是只去照应生命中的某一个层面，让自己做这一层面的奴隶，活成一个平面的人。他们从不愿分裂自己，不敢让自己每一个不同质地的层面独立起来，不敢活成一个立体，让每一个面都放射出活力的光芒。所以，人是那么的单调和呆板，思维狭隘，行为机械，把依附于人肉体上的本该活泼泼的生命，弄得好像腌过一样。所有所有光彩夺目、魅力四射的成分，经此腌制，都变得酸腐。黄苏子因为被腌过，深知被腌的痛苦，所以她要完成对自己的分裂。让生命更加本真而且立体。黄苏子想到了这些，就觉得自己悟出了什么，仿佛是有一种真理在作为指导，于是，她就以为自己活得比谁都清醒明朗。同时，她果然就发现无论什么人，都真真切切地散发着一股令她总想掩鼻的气息。

年底分发了奖金后，黄苏子用自己的积蓄买了一辆乳白色的富康车。她之所以买车，全然是为了好去琵琶坊。先前她总是回家吃过晚饭后，换上衣服打的出门。但这难保不会遇上熟人。而熟人见她如此这般装束，一定会用异样的眼光看她，并且会添枝加叶地把她的这种样式说得满天下是。所以，黄苏子想来想去，觉得还是买辆车好。

黄苏子准备了一个小小的帆布背袋，她将"虞兮"所用衣物及化妆品及安全套全都装在背袋里。黄苏子已经是一个有经验的人了，但她在琵琶坊总是独来独往。她不像其他的女子，喜欢聚在一起，疯笑和嬉闹，有时还结伴同客人们去闹市唱歌跳舞。黄苏子行迹只在琵琶坊。如果客人要拉她外出，她便毫不犹豫地拒绝掉。与她的同行比，常去琵琶坊的客人们认为虞兮最低贱，她连玩都不想玩，乐也不想乐，一点文化品位都没有，只想干那一件事。黄苏子由他们去说，因为她知道，自己同他们所有的人都是完全不同的。黄苏子的同行们都纯粹为了赚钱，而黄苏子却不。钱对她来说，并不算什么。

只不过有时在夜深人静，客人丢下钱离开时，黄苏子也会问自己，如果我不是为了钱，又是为了什么呢？问过后，她却回答不出来。后来她想来想去，想到一个词：测试。她想，我就是想要测试一下，人是不是还有另外一种活法。把一个人活成两个人或者是几个人。

黄苏子下班后，通常会在外面吃一份快餐，然后开车到中心广场的停车场，在车里换上她的"鸡"服并且重新化妆。作为黄苏子，她穿的衣服是很精致很典雅的，脸上画着淡淡的妆；而作为虞兮，她只需穿廉价而艳俗的衣装，浓抹眉眼和嘴唇。将这一切工作完成后，这时走下车来的虞兮便全然没有了黄苏子的影子。

有一次黄苏子在这里还碰到过老板的弟弟，她心里跳了好几下，因为他们险些成为夫妇。但他瞥了一眼却并没有认出黄苏子，只当黄苏子是只"鸡"。这使得黄苏子有了自信。至于在琵琶坊的晚上，她就真正是虞兮了，就算有人觉得她脸熟，也不会相信她是黄苏子。因此，黄苏子便有自如感。

黄苏子在琵琶坊从来都没有固定的去处，总是碰到哪有房间就算哪。起先有一段时间，她曾租下过一个房间。但用过几回，她觉得这样没什么意思。而且，她也不喜欢同房东太熟。所以不到一个月，她便退了房。没有固定的去所，对于黄苏子来说，似乎还更多一份刺激。大多的日子，黄苏子都是站在街的暗角里，用一种绵软不过的声音拉客。其实，不出声也行，只要往那里一站，许多人就心中有数了。在天气温暖的季节里，黄苏子有时会找不到可临时租用的房间，这时她也会同"客人"一起遛达到铁路边，在废弃的工棚里草草地度过时光。有一次，他们甚至就把郊外的野地当作床了。望着头上黑乎乎的天空和稀疏的星星，黄苏子想，今天我就是自然。

这样的时候，往往价钱比较低，而且客人相对也更穷酸更粗俗，但黄苏子既然不在乎钱，也就懒得在乎人。黄苏子会对自己说，这是虞兮的事，只要虞兮愿意就行了。

有一阵，扫黄打非很厉害，警察随时可能从天而降，扫荡淫窝。散落在琵琶坊的暗娼都很紧张，纷然向其他地方转移。房东们也开始以各种借口不租临时房间。只有黄苏子依然如故。她独来独往，每天去琵琶坊。去琵琶坊，仿佛是她的生活必需，就像日常所必需的盐一样。

倘若被抓，应该怎么办呢？这样的问题黄苏子也想过。想过后的结论是到时候再说。因为如果不去琵琶坊，一个人待在家里又怎么样呢？守着家里五盏灯到深夜？听邻家人嬉闹？看电视里欢歌？抑或一本书读得屋里死寂一片？如此这般感受，未必又会比派出所舒服。于是，黄苏子不能过没有盐的日子。

几乎在扫黄运动几近结束的时候，一天夜里，黄苏子终于在一次大行动中，同她的客人一起被抓了起来。这天她恰恰租着马嫂子的房间。当门被猛烈撞开一瞬间，黄苏子脑子里闪过一句话：在哪里开始在哪里结束。

这次行动，警方收获很大，破了不少淫窝。一辆卡车将妓女和嫖客们一起抓到派出所。在派出所的院子里，男嫖女妓分左右两边背墙而立。这些平常没什么羞耻之心的人，此一刻或因恐惧或因羞耻，都深深地低下了自己的头。却只有黄苏子面色平静地抬着头，她望着院子里忙忙碌碌的警察，一副很消闲的样子。

一个看守他们的警察终于忍受不了黄苏子的这副神态。他走近黄苏子，厉声喝着："看什么看？简直不知道丑卖多少钱一斤。"

黄苏子不动声色，淡淡答道："为什么会丑呢？有什么丑的呢？这是我的生活方式，我需要这样的生活，这和有人去舞厅跳舞，有人下酒馆喝酒有什么差别？"

警察愣了愣，想不到她竟会有这样一番话作答，愣完便破口骂道："真不要脸。像你这样不要脸的'鸡'我还是头一回见到。"

黄苏子说:"你的话未免太偏激了吧?"

一个当官模样的警察恰听到黄苏子所言,立即板下脸,一扬头,说:"把她带到楼上去。"

黄苏子旁边的一个妓女低语道:"小心点,上楼非要挨打不可。"

黄苏子仍然装副无所谓的样子。心里却急剧地跳得厉害,皮肉之痛在她自然是一万个不情愿。她在一个警察押解下上楼。走到楼层半时,黄苏子看到一间女厕所,便说:"我要上个厕所。你们这点人道还是要讲吧。"

警察似犹豫了一下,心想在自己派出所里,而且自己还守在门口,怕你跑了不成?想过就说:"只给你五分钟时间。"

黄苏子说:"要不了五分钟。"

黄苏子一进厕所,心就开始紧张起来。她并不想小便,她只是为自己逃离找机会。她从厕所的窗口向外望去,竟是一下就发现从厕窗外的管道可以直接下到派出所隔壁一家的房顶上。黄苏子没有任何思索,当即爬出窗外,扒上又粗又脏的下水管。她不顾一切地往下滑,在脚尖刚要踏上屋顶时,她听到了押解她的警察在厕所门口的喊叫声:"完了没有?马上出来。"

黄苏子一急,便坠了下去。她落在别人的房顶上。并顺着房顶一直下滑,滑到屋顶边缘方才停下。屋沿边恰搭着一根树枝,黄苏子不敢有半点犹豫,她抱起树枝往下跳,树枝枝干颇长,一直将黄苏子坠到地面。整个过程快速紧张得令黄苏子自己不敢相信自己所为。她一点伤也没有负,唯在松开树枝时,脸颊被弹回去的枝丫刷了一下。

黄苏子有如大难逃生,直到坐进自己的"富康"里,换好衣衫,全身才松软下来。她两手抖得几乎开不了车。于是她很长时间很长时间都坐在车上。在车上一遍一遍地回想她适才的举动。她想,一个人究竟有多大的能耐,其实他自己是根本都搞不清楚的。

这次可怕的经历,给了黄苏子以沉重的打击,几乎有半个月左右,黄苏子都不敢踏入琵琶坊。于是这半个月来,她度日如年。散发在琵琶坊的气息就仿佛罂粟,每一分钟都在诱引她再度前往。她烦乱焦躁,嗓子发干,夜里常常头痛剧烈。甚至她开始消瘦,开始厌食,开始觉得自己活着的无味。终于,度过第十六天后的晚上,她对自己说,与其这么被折磨而死,不如就让警察抓住被打死好了。

这一念穿脑而过，黄苏子立即轻松下来。她立即上街，赶在商店关门前，再次装备好她在琵琶街所需要用的一切。开了车，直奔琵琶坊。当那熟悉的一切重新映入眼前时，黄苏子竟激动得流下了眼泪。

八

金色的秋天很快凋零了。北风洋洋洒洒地成了季节的主人。天地间立即就有了苍白之感。

扫黄是一阵一阵的，四散逃离的"鸡"们陆续地重返琵琶坊。琵琶坊的街头暗角，渐渐地又散发出一些浪笑。正经的人们总是不明白，这伙人何故打杀不尽。

但虞兮的身影却在这个冬天的季节里突然消逝。曾有几个老顾客闲聊时还打听过她的下落，都说这个女人心特贱胆特大。他们对派出所的场景记忆犹新，并且他们也闻说虞兮在上厕所时逃跑掉了。言谈中，似乎觉得虞兮这个人对他们来说，有了另外的意义。

但是虞兮却再也不见踪影。

直到一个星期天的早上，郊区某个拾柴火的小孩子在养路工丢弃的工棚里发现一具女尸。她下身赤裸，脑袋破裂，鲜血淌了一地，血迹被冬天的风吹得干干的。她的死状很是怕人。

公安刑警闻讯而至。这是起明显不过的杀人事件。根据衣着，刑警很容易地想到这是常常出入于琵琶坊的"鸡"。于是拿了照片去琵琶坊让人辨认。被唤去辨认的人都说："哎呀，这不是虞兮吗？怪不得最近她不来了。她是个鸡，名字叫虞兮。"

警察便问及她的住处，她是何处人。这时琵琶坊的人才发现，他们竟是无一人知道她住在哪里，甚至说不出有谁更了解她一些。只说她常在晚上来，半夜就走了。甚至还说了她从派出所逃跑的事。除此外，再没别的。案子到这里，便有点吊在半空下不去的感觉。

与此同时，黄苏子的总经理一连几天都火气冲天。黄苏子竟敢不辞而别。他回头想过自己这些年与黄苏子的共事，自视待她不薄，并且近日也没有什么特别的事可使黄苏子生气以至辞职。总经理案头诸多事都是交黄苏子处理的，一旦此人不在，还真不方便。于是便天天给她家里打电话。但每次都无人接应。总经理甚至亲自开了车找了黄苏子的父母家。她的父母说：我们哪里见得到她？她差不多一年都没回来了。黄苏子的总经理猜测黄苏子一定是另谋高就，或是到南方发展去了。因为他这个老板待她始终不错，故而她不敢或是没脸前来告辞。总经理觉得自己这个推测深具合理性，只有无可奈何地重新为自己找了个助理。

几个月过去了。春天行将结束。有一天，中心广场停车场管理员向交警反映说，车场一辆白色的富康车放了许久，也没人来开，不知怎么回事。查牌照是交警们的拿手好戏，很容易地就查出车主黄苏子的名字。

交警上黄苏子家发现没人，于是便去了黄苏子的公司。黄苏子的总经理这时方觉得哪里有些不对劲。普天之下，难道就没有一个人知道黄苏子到哪里去了？她一个单身女子，莫非会出意外？

在公安局帮助下，撬了黄苏子家的门。屋里灰尘满是，毫无人气，显见是许久无人居住状态。但无论车上还是屋里，就没有任何痕迹表明黄苏子或去自杀，或出意外。黄苏子的老板挠头之间，灵机一动，决定在报纸上登寻人启事。

黄苏子是个相貌秀丽的女子，姿色气质都不错，登在报上便有几分醒目。但凡拿了那报纸看的人，都会好好地看看黄苏子。看完后发出几声惜香怜玉的叹息。这一天，负责破虞兮案的刑警恰也看了那张报纸，起先也跟着叹息，叹后心有所动，不觉拿出虞兮的照片与寻人照对比。比着就觉得这两人的眉眼真的是十分相似。本已对吊在半空中的虞兮案有些冷却的刑警，一下子又绷紧了脑袋里的弦。当天下午便携了照片赶去黄苏子所在的公司。

黄苏子的总经理听说黄苏子可能被人杀害时，惊得半天说不出话来。待接过刑警手上的照片，看了立即说："是是是，这正是黄苏子。只不过从来没有见她这样打扮过。"

刑警告诉总经理，死者不叫黄苏子而是叫虞兮，是琵琶坊的妓女。近年来，一直在琵琶坊卖淫。总经理更是震动得几乎站立不住，险些跌倒。他马上又否决了照片之人是黄苏子的看法。他说："如果是这样，那就绝对不可能，绝不可能。一定是相貌相近的一个人。你们晓得不，黄苏子的绰号叫'僵尸佳丽'。"

公司的同事都对照片进行了辨认，毫无疑问，相片上的人确是黄苏子。

但黄苏子怎么会成为琵琶坊的虞兮呢？这一点，公司的同事们又疑惑得总想推翻自己的辨认。

公安局自是有手段，根据年龄、血型以及其他种种，事实千真万确地证明：这个被人杀死的、琵琶坊的娼妓虞兮，正是公司的白领丽人黄苏子。

好几天里，公司的人们都处在激动不安之中，虽然公安局铁板钉钉地认定虞兮就是黄苏子，但他们仍然无法让自己相信这个天天在琵琶坊卖淫的虞兮会是他们的外号叫"僵尸佳丽"的黄苏子。黄苏子的总经理是最不信的一个。他一再说不可能，不可能，且说，等哪天黄苏子回来，他一定要鼓动黄苏子向公安局起诉。总经理说，像这样毁人名誉，不让他们赔个百来万绝不跟他们下地。

反应最为激烈的还是黄苏子的家里。黄苏子的父亲已经退休，很积极地参加街道组织的一些活动，经常去喜欢吵架的年轻夫妇家里帮助调解。每天早上，他还要去公园锻炼，傍晚时，总有几个学习成绩不好的学生请他讲解语文。他从来不参加跳舞，他觉得那样很无聊很低级趣味，是市民们所为，而他是个有身份的人，他应该为国家多做贡献，这样做人，脸上才有光彩。

当刑警拿了虞兮的照片给他认，他只看了一眼，就认出这正是自己的女儿。然而当他得知黄苏子所为，立即捶胸顿足，痛不欲生。他不是为了黄苏子永远不再的生命，而是反复反复地说："我黄家怎么丢得起这个脸呀！我黄家怎么出了这么一个贱骨头呀。这要我下半辈子怎么见人呀！"他在号啕中，破口骂了人。他将许多的脏词，都用在了黄苏子身上，其中不少，也是黄苏子喜欢用的一些。几个刑警都听不下去，出门说能这样骂人的爹，他女儿哪能不卖淫？

对于黄苏子的父亲，这是一个无法承受的打击。此后他便再也不愿出门了。他仿佛觉得自己这一辈子挣来的面子，已让黄苏子替他丢尽。一个人如果连起码的面子都没了，他还有什么活头？于是，他只是闷闷地待在家里，等待死亡的呼唤。黄苏子的母亲显得比他冷静得多，她说，反正贱贱好好做人时也没把你我当爹妈，你只当没养这个人，有什么好气的？黄苏子的父亲想，理论上讲，确是如此，可实际上呢？你出了门，人家难道不戳你的脊梁骨？

一家人在很长的时间里，天天骂黄苏子。黄苏子家里的人，以前都不会骂人，现在却全部都会骂了，而且骂词都不同凡响。

大约半年以后，因为没有更详细的线索，再说杀死的又是一个"鸡"，再再说社会上的重要的案子还有许多许多，于是成天忙个不停的刑警们也就把黄苏子的事淡了下去。

　　这天是个风雪弥漫的日子，一大清早，一个面孔猥琐的老头前来警局投案。他愁眉苦脸地说是他杀了琵琶坊的虞兮。

　　这个老头的出现，一下子又吊起了刑警们的干劲。于是他们认真地作了审讯。

　　整个故事简单而又复杂。

　　老头是个捡垃圾的，已有六十二岁。年轻时曾因偷窃坐过牢。老婆为此离开了他。从此他便一个人生活，靠卖点破烂养自己。这些年垃圾值钱，倘若偷到窨井盖或者是铜件，能卖不少好价钱，所以，他手上渐渐地有了点积蓄。一个男人一旦温饱问题解决后，脑袋便想要其他的了，比方女人。老头自不例外。所以这些年，他常去琵琶坊，毕竟他穷，来钱不易，他找的总是那些最便宜的"鸡"，虞兮便是一个。老头一直觉得虞兮是个特别好说话的人，往往他同虞兮讨价还价时，虞兮也作一副无所谓的样子。老头说："她跟别的'鸡'不一样，她好像不是为了挣钱似的。"

　　有一天晚上，老头在中心广场停车场附近捡垃圾还没来得及回家，突然看到虞兮开着一辆车进停车场。当时车速很慢，他看得很清楚，只是虞兮穿着打扮得并不像虞兮，而像电视剧里上得了场面的小姐，好端庄好雅致。于是老头立即否定了自己，他想，这个世界上长得像的人太多了。但令他料想不到的是，只几分钟，虞兮便从停车场里面摇摇摆摆地出来了，穿着她平常招客时所穿的衣服。这时的老头在目瞪口呆间，觉得事情有些怪怪的。似是好奇，又或是其他别的什么原因，老头开始暗中地跟踪这个虞兮。两三个月下来，他终于发现，虞兮竟不光是虞兮，同时也是一家公司里叫黄苏子的小姐。她能赚不少钱，开着一辆白色的富康，住一套舒服的房子，每天下午下班后在外面吃饭，然后把车停在中心广场停车场。在那里，换上一套妖艳的"妓"服，又乘"的士"去琵琶坊做皮肉生意。

　　弄清这些后，老头觉得这简直是令人不可思议的事情，如此这般不是精神有病又是什么？但他还是有一种欣喜若狂的感觉。他断定，虞兮这么做，一定没有任何人知道，而且她肯定也不想让人知道。于是他心里萌生了一个想法。

一天晚上，他早早就到了琵琶坊，在虞兮常守的街角等到了虞兮。虞兮对他在这里等她有些不解。老头忙告诉她，他单单等她，是因为她比别人便宜。虞兮也就没说什么。他们俩一起去到郊外一个养路工废弃的工棚里。这是老头早看好的地方，这里偏远无人，什么事都好办，什么话都好说。因是熟客，更兼黄苏子经常在这样的地方接客，所以她并没有多想。

　　进了工棚，两个苟且完后，老头突然叫出黄苏子的名字。黄苏子大吃一惊，但以她的性格而言，她仍然很镇静。她说，你怎么知道这个名字的？老头说，我不光晓得你的名字，也晓得你的单位，更晓得你住在哪里。你找不到男人，想男人那个东西想疯了，所以天天来琵琶坊。

　　黄苏子便变了脸，起身就要走。老头没有拦她。只是说你这么走了，不怕我告诉天下所有人么？黄苏子犹疑了一下，重新坐下来，说你想要干什么，尽快说。老头说，我知道你是个有钱的主，而你也晓得我是个穷光蛋。我的条件不高，只需要你一次性给我二十万块钱，再就是每个月让我到你那个舒服的屋里去过两夜。一个月就两次，这样的条件不高吧。

　　黄苏子冷冷地说首先告诉你，我没有那么多钱，也不可能让你去我那里过夜。老头说如果二十万太高了，我可以打对折，去你那里过夜也可以打对折，每个月一次。你不晓得呀，我从来没有过一天有钱人过的日子呀。我哪怕在有钱人的屋里能舒服地住上一天，我这辈子也算是尝过做人的快活了。黄苏子依然是冷冷地说："你做梦！给你五千块钱，以后不要见我，如果有人知道了，我会找人收拾你的。"

　　老头的犟劲也上来了，说这条件我是再也不能降了，你不知道，一个人要替别人保守一个天大的秘密是很难受的。五千块钱也可以，我只保守三天，三天后，我就到处跟人讲去。让那些跟你睡过的人都上你单位去找你。他们晓你的身份，出的价钱会高得多。如果你带他们上你家过夜，那你的钱会多得这辈子也用不完了。这有多好，你不光自己享受了，又可以不花一点本钱地赚大钱……

　　老头的话没讲完，黄苏子便开始破口大骂。她骂人的速度非常快，用词尖刻而恶毒。老头先是同她对骂，但终是败下阵来。黄苏子却越骂越兴奋，脸通红起来，而停骂后的老头，被她骂得先是毛焦火辣，后是全身着火。仿佛黄苏子嘴里吐出来的淫词是一团一团的火球，将他这根本已不是干柴的身躯又给燃烧了起来。他终于忍受不了自己，扑向黄苏子，再次扒了黄苏子的裤子。但这时的他已经没有了这份能力。于是从黄苏子嘴里吐出来的话便更加下流淫秽了。老头想老子下面不行，可上面还是行的。于是他伸出手，掐住了黄苏子的脖子，将自己的嘴去堵黄苏子的嘴。黄苏子拼命反抗，稍一挣脱，便又大骂。老头只想让她止住骂人声，信手抓了旁边一块曾经用来当凳子坐的砖头，啪地砸在虞兮头上。虞兮不作声了，他怕她还会开口，便又用双手猛劲掐她。他掐着她的脖子好长时间。老头说，就像是一百年一样。此后才松手。他想这下她再也不敢骂了吧。结果不料却发现她已经死了。老头吓了一大跳，于是赶紧跑了。

只是这以后的他，耳边就再也摆脱不了黄苏子的叫骂。黄苏子就好像永远地站在他的耳朵里，每一天每一刻地用那些龌龊不堪的话骂着。骂得他耳朵奇痛无比，他喝酒睡觉，把自己弄得不醒，可即使是在醉中或是在梦中，黄苏子的叫骂依然不停。这些永远也驱散不了的骂声令老头觉得一个人会说话简直是一件丑恶的事。而虞兮根本就不是一个人，她是从世界最阴毒最下流的地方冒出来的恶魔头。他忍不住回骂她。而当他大声地回骂她时，他周围的人全都起来攻击他，说他是一个神经病，有的甚至追打他。他实在是无法忍受这样的生活，觉得这样真正是生不如死。于是，在这个大雪纷飞的早上，他突然醒悟，没为自己的后事作任何交代，他便一早顶风冒雪地奔进公安局。

老头陈述完毕，一副可怜巴巴的神情哀求道："求求你们大仁大义，救救我，早点一枪把我毙了，最好现在就毙。那个虞兮骂得我耳朵痛得刺骨，脑袋快炸裂了。我一分钟也活不下去了。"

这样的感受刑警们自是体会不到，审讯完后，他们就这事笑了半天，又将虞兮讨论了许久，觉得这世上的事真是千奇万怪，而这世上的人也是无奇不有。他们无所谓救不救老头，但老头杀人是铁板钉钉的事实。杀人者偿命，这毫无疑问。于是冬天没有过完，老头便被押到刑场，和另几个死罪犯人一起枪决。与那几个死犯恐惧的神情不同的是，老头满心欢喜，不时发出笑声，且同执行的警察开开心，他最后的一句话是：虞兮，你终于再骂不着我了。说完哈哈大笑。笑声在一声清脆的枪响中结束。

这个带有传奇色彩的故事终于也传到了许红兵的耳里。只是时光已经再一次地流到了春天。许红兵不知何故，开着车去了琵琶坊，重新走进马嫂子的房间。那屋子所有的一切都同以前一样，床依然肮脏而马桶依然脱落着漆，镜是雾雾的，不太看得清人脸。许红兵像他当年一样站在窗前久久沉思。黑夜里的星斗满天，时有流星倏地一下滑过，落入无尽的烟尘。许红兵抚胸长叹。他想是我最先杀死了黄苏子么？想过又觉得不对，如果不是，又是什么呢？

　　他想了一夜，并没有想出什么，只觉得心里有些痛苦。清早走时，马嫂子奇怪，说你一个大男人不带妞儿，特地跑到我这里来过一夜，作什么？许红兵没回答，笑笑而去。

　　他的公司依然赚钱。

　　而黄苏子这个人，却在被人们议论了很久很久以后，终于在一个莫名的日子被人遗忘。时间于人，永远无情。一切再复杂离奇或者沉重深刻的东西，在它那里都如同尘土如同水珠，无意之间便消失得无踪无影，连一声轻叹也没有几个人可以听到。

　　　　一个老人衣袖上的灰
　　　　是燃尽的玫瑰留下的一切的灰。
　　　　悬在半空中的尘土
　　　　标志着一个故事的终结之处。
　　　　　　　　　　——依然摘自艾略特的《四个四重奏》

定数

一

肖济东从来也没有想过他这一生是不是改换一下职业。他一直以为一个人一生都在一个地方做事是一种美好品行的体现。一则说明他敬业尽职,二则说明人事关系和谐。所以在很多的人纷然跳槽作"孔雀东南飞"时,他却以一种安然自得的姿态备课以及跟学生改本子。系主任是个老教授,同时在社会兼着什么民主党派的一个职务。人极是善良,同时也尤易感动。他对肖济东这种反潮流的做法自然也是感动了的。几次在系里的大会上都动情地说:哪个讲我们大学教师面临后继无人的局面了?哪个讲青年老师都飞出校园了?不,仅仅是我们系里,优秀的、甘心固守清贫的老师就大有人在,比方,肖——济——东——!云云。

刚开始系主任讲这些话时,肖济东还自我感觉不错。要知道,虽只是一个小小的系主任,可要想得到他的表扬,也不是件容易的事。肖济东八二年大学毕业,留校十年,平平淡淡地教了十年的书,得表扬还只是近一两年的事。他回去为这事跟他老婆炫耀,他老婆一嗤鼻子说:那还不是你们系就只剩下你这一个宝,不表扬你表扬哪个?老婆是湖南人,湖南人对"宝"的用法,涵盖极广,褒贬全凭语气调节,分明晓得她讥人,却无法还击。肖济东每逢此时就有点气急败坏。只会结结巴巴地分辩说:怎么只我一个?小陈小朱大钱不都是?老婆对他的气急败坏常取莞尔一笑态,大有居高临下之派头。有时还会补充说:"人家小陈小朱今年才分来,有什么好表扬的?大钱不就是那个搞第三者的吗?谁还敢表扬他?可不就剩下你了?"肖济东言辞木讷,答不上话。一答不上话,脑子就会私下里自转弯子,心说:可不只剩下我了?

虽有老婆的讥刺，可肖济东也还是有一种荣耀感。想想也是可以理解。不管是什么人，谁个不是喜欢听好话的？即使理智上明知是拍马屁的事，至少在感情上还是能产生一种安慰。肖济东想大约就是这种安慰的成分，以致几千年来，马屁这礼品从不曾有过淡季。当系主任要肖济东帮助正在忙忙乎乎地解决家庭纠纷的大钱带三周的课时，肖济东想也没想，就屁颠屁颠地答应下来了。害得他老婆晚上好好地同他吵了一架。因为他老婆在很远的地方上班，中午回来不得，而大钱的课一周两次都是三四节的，这就不能不使肖济东的儿子午餐一周有两天出现问题。肖济东跟老婆认错（每次吵架，不管自己错没错，他都是会很自觉地向老婆低头认错的）之后，方回过头去想：若不是系主任三番两次地表扬自己，他何至会去接大钱的这个差事？以致他的小宝迫不得已地将同他一起去吃几天食堂。一想起他的儿子小宝吃食堂饭菜吃得眼泪汪汪难以下咽的样子，他就一边为之痛苦，一边又生出些忿忿然。心说主任你凭这两句话就换得了我三周的辛苦劳动？又心说大钱，你小子享尽风流，睡过两个女人，却让我这只睡过一个女人的人来替你上课，这岂不是在不平等上又加了一重不平等了吗？想归想，三周的课肖济东还是一堂不落地教了下去，且见了系主任和大钱仍是一副客气嘴脸：哪里哪里，没关系，谁都有个有事的时候？大家互相帮一下还不应该？如此一番，倒叫系主任愈发地感动也愈发地觉得表扬这种东西最应该送给肖济东这样的人。

一个地方若冒出件让人意外的事，其主人公多半是那种平日闷声不吭得几乎没人觉得他存在的人。而那些张扬惯了的无论做出什么石破天惊的事，旁人也会觉得理所当然。仿佛是他不做谁做？所以一句老话"不叫的狗咬人"一直用到今天也不曾过时。只是把"咬"字理解得宽泛一点就可适宜于如同肖济东这样的人类了。

肖济东年轻时开过一路公共汽车。从他老练地坐公共汽车的派头上尚能看出端倪。比方售票员查票时，他虽然无票，但仍会不动声色地说：一场的。那意思便是告诉售票员：自己人。一般说来，自己人上车不必买车票，在公共汽车公司工作这点福利还是有的，就像在电厂工作用电不要钱，在水厂工作用水不收费以及在铁路上工作出差不买火车票一样。肖济东开了五年的汽车，两班倒，下班即回家，在单位从来没有做过什么露脸的事，以至于他的领导差不多都不认识他，当然除了他本队的队长以外。忽然有一天，肖济东收到了大学通知书。录取他的是一所全国重点大学，全场只有唯一的一个他考上了大学。一时间让场里所有人都惊异地揪扯自己的耳朵，想证实一下是不是耳朵出了问题。耳朵当然是没问题的，因为不可能在一夜间所有汽车一场老老少少的耳朵同时对他们的主人发难。人们在谅解了耳朵的同时，又一致地对肖济东刮目相看。肖济东却仍如他往日的一副嘴脸，闷声不响地办好了手续，在一个早上走人了，甚至连喜烟都没有撒一根。为了这个，那些刮目相看他的眼睛，都在收回目光的时候，愤愤地说了肖济东是"不咬人的狗"之类的话。其实，肖济东是一点伤及他人的事也没有做的。

那当然都是很久以前的事了。

肖济东大学读完，留了校。一教就是十来年书，依然是他在汽车一场时的作风：闷声不吭。其人生性如此，也实在难怪于他。因为这个，他的同事大钱在背后议论他说：肖济东这个人，哪怕心理活动得惊涛拍岸，可在他脸上还是那么个水波不兴的样子，完全是死皮一张。肖济东闻知此话，也并未见有什么恼怒，死皮有什么不好？总比那些活皮的脸见人即换一副面孔要仁厚得多，肖济东想。

也就在大钱说关于死脸的话没两三天的时间，肖济东突然打了份留职停薪一年的报告。这消息传出室里至少有一半的人足足三天没睡好觉。纷纷自问：连肖济东都甩手而去，我们竟还留着？肖济东将报告给系主任时，系主任先是笑容可掬，以为他上交的是入党申请书，颇有些激动地站起身来接过那一张薄纸，且连连地说："你早该交了，像你这样的人不入党，谁入？"却不料他非但没有看到意中的"申请"，只见纸上赫然地写着"辞职"二字。于是而惊讶得跌坐在椅子上。

主任说："我不是表扬你了好几回了吗？"

肖济东答曰："我不是也听了好几次吗？"

系主任听此言反问："你这是什么意思？"

肖济东说："我是说如果没有人听，你不就是白表扬了？"

系主任说："你这一走人，我这不更是白表扬了？"

肖济东说："你说话，有人承受，这就不是白说。再说你的表扬也不是永久性的呀。"

系主任一时答不出来，肖济东见他无语便离他而去。大钱小朱小陈一伙闻说此事以及此番对话，也都惊得不行，那感觉亦同当年汽车一场的人差不多，虽然没有揪扯耳朵。

大钱说："这肖济东有点哲人气质。"

这话传到肖济东的耳里，肖济东想这是什么话？

更让人受不了的事还在后头，肖济东离职后，没去南方也没有到哪家全资或合资企业去挣大钱，却当起了出租车司机。放着好好的大学老师不做而去做司机佬儿，这动作让认识肖济东的人一律地恼火，尤其是他的大学同事。同事们愤怒的程度远远超过了前不久听说大钱做第三者插足他人家庭的事件。因为前者不丢知识分子的份儿，纯属感情问题。有本事有魄力的人才有可能成为第三者，那女人死活要跟大钱好，不想跟他当小商贩的丈夫，说明她有眼光，看重知识分子，是历史在进步。可肖济东这算什么？这不明摆着向世界宣布：大学老师还不如一个司机么？别的毕业生见如此这般还肯来大学教书？不来教书岂非教育事业后继无人？其影响该有何等的恶劣？完全涉及国计民生的大事。这个肖济东怎的这么糊涂？好多事情的确是不能深想的。越想便越会有一种痛苦和悲愤在胸间萦绕。所以智者说思想者总是痛苦的。他分明活得好好的有鱼有肉吃却总要去想一些与现世不相干的事，比如我从哪里来，要到哪里去诸如此类。你从你妈的肚子里来，最后通过火葬场到坟墓里去，这不都是明摆着的事吗？好想事的人却偏偏把这些明摆着的结果视而不见。肖济东的系主任大约也算得个思想者，为了肖济东这一招痛苦得开会几乎不会发言了，而一旦发了言差不多每个字都在发颤，基本上让听他讲话的人心里一起难受。

肖济东却对这浑然不知，从从容容地开着他的车在城市里的东西南北干净或肮脏的大街小巷跑来跑去。

其实做出这个决定对肖济东来说并非是深思熟虑之后的产物。当然，对于肖济东这样从不为了什么惊惊乍乍的人，天大的事也都只会在平平淡淡中决定。比方他当年考大学，不过是有一天他开的车在半路上坏了，乘客们一边骂骂咧咧一边换车，在不绝于耳的叫骂声中，肖济东想何必，不如去考考大学吧。于是就考了。又比方他结婚，也只是因为有一天在图书馆，见一个女孩子伶牙俐齿地在跟人争吵，他听吵听得有一种快感，甚觉有趣，便想能娶这个女孩子做老婆倒不错。果然后来吵架的女孩子成了他的老婆。至于这回，他是在去给学生上课时，路上遇到大钱，听大钱说这次评副教授要破格提拔三十五岁以下的。肖济东乃老三届人士，早已过三十五，只能眼睁睁地看着一些嘴上无毛的家伙冲到他的前面去。心里一下子便索然了。上课铃响时，他心说归去来兮归去来兮，前程乏味胡不归。课间便写了报告，课一上完，他就交给了系主任。

二

有一件事很明确。辞职对于一个凡人实在不是小事。像肖济东这样的人敢如此从容地去做这件非同小可的事，显然也是另有退路。好在事实也是如此。

肖济东的大哥做完两年的访问学者从美国回来了。出国留学，只要上了一年以上时间的归来者，都可以享有一辆免税汽车的指标。车钱几乎便宜一半，但却不许转让，更不许倒买。虽说在黑市上光是卖出那指标便可净获三四万元钱，可肖济东的大哥乃一介夫子，何曾有胆做这等违法之事。商量来去，还是狠下了心，将不惜放下斯文在国外洗盘子送外卖以及修草坪诸类打粗所赚的外汇全部掏了出来，一举买下一辆桑塔纳。肖济东的妹夫在中学教体育，原本表示大哥买下车后，由他出面申请办成出租车，每月交给大哥三千块钱租车费且大哥但凡有事，全都免费接送。肖济东的大哥自是大喜过望，三年下来，主权未失，本钱亦回，且还享有轿车进出的风光。如此好事又何乐而不为？却不料肖济东的妹夫开了三个月的车后，突有一天被查出患了白血病。人一旦得此病，立即就能泄了全身的精气，哪里还有赚钱的欲望？纵是天天骂这个世道不尽如人意，可还不是想要穷尽办法以求能在此不尽如人意的世上多待几天？妹夫陷入求医寻药之境，桑塔纳便被闲置起来。肖济东的大哥自每月坐拿三千元外快且轿车进出学院大门后，面色比刚回国时显得更加地红润，见人便慨然道：要说跟外国比，其实国内更舒服。起码有地位，受人尊敬，活得优哉游哉。然则妹夫一病，车归其主，肖济东的大哥便很有一些心慌意乱了。肖济东的大哥从没在社会上混过，大学毕业即留大学教书，认不得些三教九流的人，一时间竟找不出接替之人。更糟的是，他家没有车库，车便搁在屋门口，夜里怕车贼窃走，白天怕小孩砸烂，日日里提心吊胆。几天下来，肖济东的大哥便灰了脸，由不得常常独自灯下怀念在美国的日子，爱国论调低了许多。去医院探望妹夫并讨主意时，其状竟比妹夫更像病人。

妹夫说："我现在是自顾不暇，大哥何不去找二哥？"

大哥说："他不过夫子一个，木讷更胜过我，找他有什么用？"

妹夫说:"他好歹开过车,总有些这方面的朋友是不是?"

妹夫的话犹如突亮的灯,照亮了大哥的视野。大哥激动地连连点头:"言之有理。有理。"

这二哥便是肖济东。肖济东大哥找上门时,肖济东正在备课。肖济东大哥说晓得你也是读书人,可不到万不得已,也不会来找你。究竟你开过车,总有些老同行可以问问。肖济东先是不明白什么事,一旦明白后便沉吟起来。肖济东大哥忙心怀恳切地表明,虽说是兄弟,但不会让白帮忙,介绍费三到五百没问题。肖济东于是似是而非地回答了大哥。他说:"我试试看。找得到就找,找不到就找不到。"

肖济东的大哥说:"那是当然。介绍费我是一定会兑现的。"

肖济东的老婆当晚在床上便跟肖济东笑道:"想不到大哥去了趟美国,还真学会了一点美国人的派头。他走之前,你帮他粉刷房子带搬家带送站,他可是连瓶汽水都没请你喝的呀,连他全家的站台票都是你掏的钱。"

肖济东缩在被子里瓮声瓮气地说:"说这些干什么,自家大哥嘛。彼此总归要有所照应呀。"

肖济东的老婆淡淡一笑,说:"你倒是会想。"

肖济东没有替他的大哥找到人,但是他却自己开上了车。初始对大哥讲时,肖济东的大哥亦如系主任一样,惊得跌坐在沙发上。连声说道:"济东,你可不要为我作这么大的牺牲呀。"

肖济东说:"我何曾是为你?我是为我自己哩。"

肖济东的大哥当场便面色转红了。他没有给肖济东三到五百的介绍费。因为肖济东并没有为他介绍到人,而是自己上了车。那么这个介绍人就是肖济东大哥自己了,自己自是不必另给自己介绍费的。

肖济东正式接车这天正是一个月二十五日。肖济东大哥说,按单位发工资的惯例,此时上班,得发半月工资。反之,肖济东亦应在月底交半月的租钱。但彼此毕竟是兄弟,就只按十天计算罢了。肖济东礼节性地谢了他大哥,表示绝不让大哥吃亏,月底即送一千元钱过来。肖济东大哥微笑与之道别,临了还说到底还是兄弟情深意长呀。肖济东说是呀是呀。

许久没开车,肖济东实在也是觉得有些手生。加之现在又是立交桥又是单行线,弄得他晕头转向,方晓得他生活了四十年的这座城市,对于他来说,已经很是陌生了。就好像大学把他封闭了十年,与世隔绝。现在他需得走回那十年时光路，方可回到他昔日生活过的社会里去。如此一想，肖济东便有只争朝夕之感。

肖济东每天一早把老婆送去上班把儿子送去上学。儿子在小车上欢呼雀跃，见到同学便在窗子里乱喊一气，激动之情全不掩饰。喊得肖济东与他老婆都忍不住笑。老婆也高兴，老婆上车前做的第一件事是将车上的顶灯摘下来。老婆说，这不就跟我们家自己买了车一样吗？有一回在单位门口下车时，竟兴意十足地走到驾驶室窗口吻了肖济东一下，硬让肖济东怔得手脚忙乱，好半天发动不了车。开车走了十来分钟，肖济东方想此乃坐小车上班令其脸上有光之故。想后便叹，早晓得如此，当初上什么大学？还不如早早改行开了出租车。

肖济东行驶在大街上，随着流水一样的车河，东西南北地奔波。肖济东很少同乘客搭话。有些乘客仿佛天生有跟人套话的毛病，上车便开始问这问那。一问每月赚多少钱，二问可是自家的车，三问干这行几年了。肖济东总是用最简洁的语言回答问题，以断对方谈话的兴致。有一回，一个一身西装的男人上车来便长长短短地问个没完。肖济东既没欲望与之对话，亦没有恼火他。他仅仅只用是与否来回答提问。几近目的地时，那一身西装的男人说："你总是这样没有跟人交谈的欲望吗？"

肖济东说："是的。"

那男人又说："你在家也这样？天性如此？"

肖济东仍然只回答了两个字："是的。"

下车时，那男人留下一张名片，且说："可不可以到我的公司来为我开车？"

肖济东说："不行。"

那男人惊异了一下，方说："为什么不想一想呢？你做我的私人司机，我给你开的工资绝对会很高的。你这样的性格做司机最为合适，我很欣赏你。"

肖济东淡然一笑，说："但我并不欣赏你。"

他说罢，客气地一点头，呼地将车开走。肖济东心说：我做了十几年大学老师，当了老板的学生起码有一百个，到叫你老兄说做司机最为合适？这岂不是通混账话？

三

开出租车是个辛苦事。如果想要赚到钱的话，早出晚归自是不可避免。

有时天冷极，候在酒店门口等客人，那副窝囊也让人够受。不过肖济东不怕吃苦。当年开公共汽车时，什么都练出来了。早时五点人就得在车上，晚时十二点还到不了家。而那时候的车大而垮，开起来哐哐当当，半里远都能听到声音，差不多根本不用按喇叭。一天车开下来，骨头架子几乎要散掉。冬天还算好一点，无非手冷而已。夏天却是了不得，即令打开驾驶室的门行驶，都如同坐在火炉里。背后还拖一车挤得几欲断气却仍然骂声连天的乘客。一整个夏天，人仿佛是靠在脏话堆上。同现在有空调，有舒服的座坐，且身后没有骂娘的人只有给钱的人相比，真是天壤之别。肖济东从来都是三点一线地生活，学校——菜场——家，毫无个人兴趣和爱好，连看新闻也都只看看国际新闻而已。曾经在听到美国宣布打伊拉克的那天早上，急匆匆地跑到商场买了台可收美国之音的半导体收音机。战争结束，半导体也就束之高阁，有如废砖却不如砖头结实——这是肖济东老婆的比喻。肖济东在上课和帮老婆做家务之余，如果说有所兴致，就是喜欢打探有何战事。远至战国七雄兼并、齐鲁长勺战役，近至波黑战争，如此之类，每一个细节他都能详尽道来，如数家珍。肖济东曾与老婆叹说他错生了时代，老婆说，就你这样缚鸡无力之徒，能在和平时代像个人一样地过完自己一生也就算不错了。老婆说话从来就入木三分，肖济东自是无言以对。肖济东对生活的肯定与否定，都是拿自己的过去作为参照，并不知人家都已进入什么样的境界。这样，肖济东就很容易得到满足，多数时候都对自己日下的生活持肯定态度。为此，肖济东开着车倾听着轻盈的沙沙沙声，时常在车后无人时，隐忍不住地哼上两句小曲。那份自我感觉就仿佛别人都还在吭哧吭哧地干社会主义只有他私下里把资本主义弄到车上来享受了。

但是，有一点是很明确的：不管是什么主义，人不可能天天都顺心顺气。百姓也好，老板也好，官员也好，都会有不同程度的倒霉。倒霉的事比幸运的事更容易改变一个人的命运。倘若把倒霉的事也看作是命运中的一部分的话，那便可以说命运伸出的一个巴掌很容易就让一个人改变自己正常的生活行程。

有一天，肖济东送一个客人到机场。一般说来，肖济东是不愿意往机场跑的。沿途层层收费关卡，虽说费用由客人自掏，可肖济东觉得心情压抑，即令未掏一分钱，依然有被人盘剥之感，何况听说交的钱都归买下那些路段的香港人或台湾人所得，便更有被蚊子咬一口却还不得手的窝囊。可那客人欲赶飞机到北京，时间急迫，走到学校大门再打"的"已然太晚，便软言相求刚刚开车出家门的肖济东无论如何送一趟。这种急人所难之事肖济东自是义不容辞，便驱车送了过去。回来时，搭乘肖济东车的是一个刚下飞机的台胞。看行为做派便知是家财万贯之徒。肖济东虽说对台湾人颇为反感，但还不致拒载他们。

车开后台胞给了肖济东一个信封，说是送到信封上的地址去。肖济东看了看，凭着他十几年前开公交车时对交通的熟悉，知道那是个城市下层人所居住的棚户区。便说地点是知道，只是近几年大兴土木，来了好多你们台湾人开发房地产，不知那地方是否还在。台胞一听便急了，喋喋不休地告诉肖济东他此行回来是探望老母。老母过八十岁生日，他与她已是四十多年不见，请肖济东无论如何也要帮他找到地方。肖济东心道现在说得那么孝顺，当初怎么就把老母甩下走人了？可肖济东心说了嘴却没说。

那地方果然拆得全不见过去痕迹。台胞便傻了眼，眼泪夺眶而出。果真是有几分孝道，肖济东想。然后便动了恻隐之心。肖济东带了台胞去了派出所，台胞说："是警察局？"便死活不肯进，脸都涨成紫色。肖济东说是不是怕有以前的案底。台胞不答，只是催肖济东速速离开，以免不测。肖济东无奈，只好又去居民委员会找老人。好容易打探到有搬走又回迁的老人，又上上下下爬了几个七八层楼叩门询问。总而言之，折腾好几来回，花去了一整个下午时间，黄昏时竟在一个深不可测的巷子里将那台胞老母找到了。母子相见，抱头痛哭，顾不得将已经上了五百的"的士"费给肖济东。肖济东守在一边等钱，同时也很是感动地看着这个亲人团聚的场面。心想人一生有一两次这么大起大落的感情经历也还真不错。反观自己，肖济东便觉得自己平平淡淡的几十年的人生经历多少还是有些缺憾。那台胞好好哭过一场后，他那老母问，我儿呀，你是怎么能找到这地方的呢？台胞于是想起肖济东，也方想起尚未付的车费。他忙忙碌碌地掏钱，结结巴巴地感谢，出手给肖济东便是三千。肖济东看了看计程表，说共五百六十八，加上关卡费二十，应收五百八十八元。说时将多余的钱放回台胞手上，连多的一个字都没说开车便走。台胞目瞪口呆，不知自己是碰上了高人还是得罪了肖济东。

便是正在那条深不可测的小巷停停走走几近巷口时，一辆自行车从肖济东的车后飞行而过。肖济东正担心自行车有没有划着他的油漆，恰那一刻，一个老太出屋倒水，叫自行车撞了个正着，连盆带水一起跌倒在地。肖济东忍不住惊叫了一声。自行车却是连停下来看一眼的动作都没有，一忽而便出了巷口，溶入大街的车流中。在河一样流淌着的自行车群中，根本不可能认出谁是逃亡者。

老太倒在地上一动不动，开至近前的肖济东于心不忍，急忙下车前去问候。肖济东扶起老太时，方发现老太已经昏迷了。肖济东便有些急，大声喊道："有人吗？谁是她家的人？快送她上医院。"立即从一个院子里冲出几个人，嘴里喊叫着："妈，妈，你怎么了？"肖济东说："快，快送医院！"几个人也没说什么，七手八脚将老太送入最近的医院。

医院自是在抢救之前必须收取高额费用的。肖济东以为自己没事了，正欲离去。突然老太家人之一、一个中年妇女叫住了他，说："你倒省事，说走就想走？"

肖济东奇怪了，说："我已经帮你们把人送到医院，连一分钱'的'费都没打算收，你们还要我怎么样？"

中年妇女冷笑一声，说："你装得像没事似的。你撞了我妈，以为送她到了医院就行了？听听，好像他还应该收我们'的'费似的。"

老太家另一男人虎起了脸，说："真他妈赚钱赚疯了。撞了人送进医院竟还想收车费？"

肖济东一时间瞠目结舌，不知如何面对。连医生也一边长叹道："而今世风日下，年轻人不学好，连中年人也都跟着坏。"

肖济东方缓过劲来，说："这是什么意思？人又不是我撞的。"

中年妇女说："不是你撞的你忙得那么起劲干什么？"

肖济东说："我救人呀？我能眼睁睁地看着大妈被人撞昏未必不救？"

男人冷笑了一声，说："啧啧，世界上剩下唯一的一个好人原来流落到这里了。倒叫我们给碰上。真他妈好运气。"

肖济东立即气短，心里很认可那男人所说世上好人不多了的观点。只是他这次却是实实在在地做了好人。他说："我说的都是实话，你们要相信我。"

中年妇女说："我们凭什么信你？你以为你红嘴白牙呱呱几句，就能把我们蒙过去？告诉你，你不对我老娘进行赔偿，休想走人。"

肖济东说："你们不信等老太醒来问。"

男人冷笑一声，说："你不交钱，老太进不了急诊室，又怎么醒得过来？"

中年妇女却蛮横地说："别跟他扯，叫大家评，世上有没有这么不讲理的事？"

渐有几个看热闹的人围上。一个看热闹的人说不用跟他吵，找他单位从他工资里面扣。这话让肖济东心里"扑扑"地跳了几下。另一个看热闹的人说他们开的士的赚了钱都是自己的，哪里有什么单位？除了老婆和交警，谁管得了？这话又叫心里头"扑扑"跳的肖济东平静了许多。跟着又围上几个护士。七八个人指点纷纷，斥声如雷，犹如开现场批判会。肖济东兀地生出无地自容之感。他很是惶惑，几乎觉得的确是自己撞了那老太。于是而拼命地追忆当时的情景。好在他是正面而且是短距离中看到自行车撞倒人的，所以他尚能清醒地认识到自己的无辜，不致被那些肤浅的诈唬吓住。但肖济东也是一个洞明事理的人。他晓得众怒不可惹，如惹上等于引火烧身。万一有好事者振臂一呼，动手起来呢？那他岂不是会在乱中吃大亏么？除了不会有人掏付医疗费外，说不定还当反面典型。倘人中夹杂着一个小报记者，将这事捅到报纸上，叫他日后如何做人？最终纵是大家一起来赔礼道歉，可他人已挨过打，名声亦被糟蹋，又有何用？肖济东既洞明事理，又善逻辑推理。这一想便浑身大冒冷汗，连消极抵抗的欲望都没有了。他无法找到撞人的自行车，也无法证明自己没有撞人，同时没有一个人相信他救人的目的就只是救人而已。世上到哪里还有这么好心的人？大家都这么说。而这观点他自己也是颇同意的。

万般无奈的肖济东，思考周密的肖济东，同时也很有些愤愤然的肖济东只好对众口铄金的现状采取退却方式。他将自己口袋里一千来块钱往那对随车而来的男女面前一扬，很有分寸地说："其实你们心里根本就清楚是谁撞的人，你们扯上我，无非要我当个冤大头而已。"

那中年妇女说："看看看，他还敢这么说，我们光要你这点钱？把身份证也留下来！钱花完了，我还得找你哩。"

肖济东便又将身份证往她手中一放，然后落荒而去。他身后发出嗡嗡地有如群蝇汇聚的愤怒声音一直尾随着他好远好远。

回到家里的肖济东脸色黑暗，心情大跌。他老婆便砰砰砰地在厨房砸得乱响，嘴上说只不过多赚了一点钱，就该让我们看你脸色？肖济东不语。吃饭时，老婆恼怒地用筷子敲着碟子说："你到底怎么了嘛，你不说出来，叫我还以为是自己在外面做了什么见不得人的事，得罪了你老先生哩。"

肖济东这才吭吭地把黄昏发生的事复述了一遍。老婆一听就炸了，连吼带叫。一边骂那老太家里人全是刁民，肯定是设下圈套蒙人。回过头又骂肖济东号称智商高，论文可以做到美国德国，却叫那帮蝇营狗苟的小市民宰割得一塌糊涂。肖济东等她骂得累了，方说："你这么对付我，可是跟他们一伙的？"

肖济东一般都吵不过老婆，这回却把他老婆怔得一愣一愣的。

四

一星期过去了，竟没有人继续找肖济东的麻烦。但肖济东却不得不亲自去找对方了。因为肖济东的论文发表了，杂志给他寄了三十元的稿费，他必须用身份证才能取回那钱。论文是肖济东两年前写的，东审西审并交去几百元版面费，然后便泥牛入海。岂知在肖济东当司机佬儿后竟突然而出。纵是早不作指望，可肖济东还是很兴奋，毕竟是国家级学术期刊，况且也是自己近十年的努力成果。三十元钱虽让老婆嗤了一鼻子，但老婆心里也还是很为肖济东自豪。老婆说你得用这笔稿费给我买件有意义的礼物。老婆若不说，肖济东还想不到这点上。

老婆实在太了解肖济东，故而作了提示。肖济东觉得这可真是个好主意。若用那钱买了肉鱼或酱油什么的，远不如买点有意思的东西送给老婆。虽说老婆不是天下第一理想老婆，但也只有她是自己的。于是肖济东决定在周末买礼物回家，让老婆高兴高兴。

既要取钱，身份证的问题便突出起来了。肖济东无奈，只得咬着牙去见那帮他这辈子都不想见的家伙。肖济东径直将车开到医院。他找到急诊室。他想若能先见到老太婆，讨他个公道，或许连先前无端损失的一千来块钱都能要回来。不料急诊室里根本没有老太婆。肖济东问可是安排老太住了院？急诊室一个护士翻阅了一下记录本，说："当天晚上就回去了。"肖济东怔住了，心想还能真是个圈套不成？

肖济东便开车再次到那条深不可测的小巷。走近巷口，他的手竟是有些发软，不知还会冒出个什么事故让他防不胜防。根据记忆，他找到老太家门口，停下车来，上前打探。正当肖济东探头探脑地张望时，肖济东曾经送过的台胞同一伙人由巷里出来。台胞一见肖济东立即扑了上来，摇着肖济东的肩膀使劲说："我总算找到你了。"然后转身对两个身着西服的人说："刘区长，李主任，这就是那个好心的司机呀！不是他，我真不晓得怎么才能找到我的老娘哩。我头一回来大陆，在飞机上心里还紧张得打鼓，不知道会有什么样的遭遇。可头一个就碰上这位先生。想也没想到大陆的司机有这么温文尔雅这么心地善良呀。"

穿西服的两个人连忙上前来热情地握着肖济东的手，说："谢谢你，谢谢你。你不仅帮了柳先生，也是帮了我们呀。"

肖济东觉得奇怪，心说，我送他回家，关你俩什么事？但嘴上他只是淡淡地说："这有什么？谁碰上都会这么做。"

台胞忙忙碌碌地从包里拿出一个纸包，递到肖济东跟前，说："你今天是送客人来，还是来……找我？……我一直是要谢你的，这里还专门为你留了五千块钱。我托李主任打听你是哪家公司的，一直没找到。这个，这是我的一片心意。"

肖济东说："我要您这额外的钱干什么？您已经付够了我的车费。我该谢您才是。您刚才说……他们是这里的领导？"

台胞说："是呀，这个是区长，刘区长，这是街道的主任，李主任。"

肖济东说："如果您真想谢我，不知能不能帮我解决一点个人问题？"

台胞说："你尽管说尽管说，我义不容辞。区长和主任也一定会帮忙的。"

肖济东便简要地把那天的事情经过复述了一下。台胞首先就炸了起来："有这种事？巷子里竟住了这种小人？这事我得管，如果不是送我，这位先生也不会倒这个霉。刘区长，你们得给这位先生一个公道。"

区长自然也显得很愤慨，说："李主任，这事你们得严肃处理。处理的结果报到区里来。"

叫李主任者忙说："您放心。我查清楚后，一定会严肃处理的。这位师傅，您请先回。我们会以最快的速度解决的。不光是退还钱物，还要赔礼道歉。您的联系地点是？"

肖济东写了个呼机号码，然后说："道歉倒也不必。我只是要回我的东西。您处理好后，给我一个电话，我好来取。"

主任说："一切交给我办。这是我的名片。如果处理得你不满意，你可以随时找我。"

肖济东见此，觉得倒也省了自己一事，心想有组织出面还是好，老婆的东西下星期再买也可以，便说好吧，我当然相信你们。说着他上了车。正发动车时，台胞跟过来，带有几分信誓旦旦地说："这事一定会解决的，你放心。你放心。我正和他们谈投资改造这个巷子的事，如果他们不解决好你这事，我是一分钱也不会投的。你放心。"

肖济东心里对这个台胞便生出了几分好感，觉得他还颇讲义气。只是肖济东仍然是淡淡地笑笑，说："你的好意我心领了。不过两件事还是分开来为好。"

台胞点着头说："先生的气度很让我佩服，佩服。"肖济东不善听人当面说好话，便淡淡地同那台胞点点头，然后驱车而去。

事情如果简单起来，也就简单得不得了。没两天，肖济东的呼机便显示出李主任的电话。肖济东复机后按李主任提出的时间到街道去了一趟。肖济东在一间办公室里见到诚惶诚恐的一男一女，那正是在医院里拼命羞辱他的两个家伙。一见肖济东，那男女人忙上前，极尽谦卑之能，对着肖济东点头哈腰，笑容堆得几乎埋没了眼睛。肖济东想起他们在医院时的嚣张，便陡然生出些恶心感。肖济东说："把我的身份证和钱退给我。"

女人说："那是，那是。师傅请大人大量，不跟我们小人计较。只怪我们有眼不识泰山，没想到师傅有这么大的来头，得罪了。"

肖济东接过男人递上来的一个信封，看了看身份证，并数了数钱。他原先拿出去的有个七块的零头，在信封里被补成整数。于是肖济东从自己口袋里掏出三块钱，说："多出了三块。"说着便将钱递到男人手上，尔后扬长而去。

男人和女人在他身后叫着："师傅！师傅！我们还没有道歉，您慢点走。您……"

肖济东理也没理，反觉得耳朵有针刺之感。穿过走廊，肖济东偶然在一间办公室瞥见那个李主任。肖济东脚步顿了一下，心说是不是进去感谢他一下？正欲进，又见那李主任正在接电话。便又想算了，还打扰人家干什么？问题已经解决。何况这辈子也不会再有机会与这人发生关系。如此想过，人便越过了门口，下了楼。

走到院子里，外面起了风。一阵风扬过来，吹起些灰尘，也掉下许多树叶。有几片还落到肖济东的头上。肖济东拈下它们，无意识地看见另外的一些树叶也飘飘落落地随风下坠，肖济东想秋天快完了。下面是冬天。波黑战事不知最终如何。最好中东再能闹一闹，凭什么让萨达姆活得那么神气起起的？冬天是个萧条的季节，连战事都会少一些。其实日子还需靠那些战事激发一点高潮，显示出一点点的活力。一萧条便不免让人心情索然。肖济东想着心里竟是无端地又生出好多的乏味。连开车都是懒懒的，好几个客人又是招手又是喊叫的，他也不想理，径直就回了家。

五

年底了。风一阵紧似一阵。坐车的客人也多了起来。生意明显要好做得多。但肖济东却提不起多大的精神。远不像头几月那样看到每月可观的钱数便有兴奋的冲动。因为论文的发表，他的专业水平也让一些行家对他有了点印象。于是肖济东便连连收到几份通知。一份是通知开春到重庆开一个国内学术会议。另一个是即将要在香港开国际性的学术讨论会，通知准备论文以及论文打印规格以及截稿时间。还有一份是通知他将已发的那篇论文，再作最后的修订，然后寄至学会，同时交二百元钱，以便收入专业学会编撰的论文集中。

肖济东开始怀念那些数字和公式。怀念坐在桌前苦苦思索和反复推论的日子。怀念机房里计算机哒哒哒哒敲击键盘的声音。怀念实验室里的静谧。怀念学生。怀念在讲台上叱咤风云的感觉。怀念训导学生时的风度。怀念黑板。怀念将粉笔扔进粉笔盒时的弧线。怀念抽象。怀念思索时的苦恼。怀念崇高。并怀念由此而带来的系主任对他喋喋不休的表扬。他想墨香和油香到底是两种不同的香型。驾驶一辆汽车同教导一教室学生也是两种不同的心情。不单单是钱少和钱多的问题，也不单单是社会地位高下的问题。究竟是什么，肖济东也没有往下去想。只是，他开始惦记着论文和会议了。他不知道自己最终还要不要融入他的专业同行人中间。

这一天，叫了肖济东"的士"的是电视台几个拍新闻的人。他们欲去一个文化会议拍条新闻。因为动身晚了一点，便在车上不断地催促肖济东快点。肖济东说："前面车不快，我快有什么用？"

一记者说："超他妈的车嘛。"

肖济东说："何必违规。"

另一记者便说："那就还是稳点开吧，晚就晚点。文化新闻嘛，没分量，顶多也就上上晚间新闻。这几天警察都在弄奖金过年，找着碴子罚款，没必要惹些事上身，白白吃亏。"

那记者话音刚落，便见路口有警察示意肖济东将车开到路边去。先一个记者说："瞧，说阎王，阎王就到。"

肖济东靠边停了车。走前来一个年轻的交警，嘴里叼根烟，朝肖济东伸出手。肖济东说："什么事？"

交警"扑"一口吐了嘴里的烟，说："咦？还要我来教你？你不知道有什么事？"

肖济东说："我的确不知道。"

交警说："那我就教你一回。你超车了。"

肖济东说："我哪里超了车？我一直很注意开哩。"

交警说："你们这些人啦，没有一个肯老老实实认账的。我说你超了你就是超了。有个什么好争头？"

肖济东说："我没超就是没超，怎么能由你信口说呢？"

交警说："看不出你还满硬嘛。好在我也不是个软的。罚款，五十。给不给看你了。"

肖济东说："你……怎么不讲理？"

交警说："你这连胡说八道都不是，而是瞎说九道。快点快点，我没耐心等你。你也不能影响我执行公务。"

肖济东气了："你……你……你……？"肖济东一气便说不出话来。

这时一个记者下车来，说："怎么还不走？时间太晚，我们来不及了。"

肖济东说："我明明没有超车，他非要说我超车了。你们替我证明一下。"

记者走到交警面前，说："他的确没超车。我们几个都可以证明。"

交警说："你是内行还是我是内行？你看得准还是我看得准？"

记者掏出记者证，说："我是电视台的。我们赶会议拍新闻，您今天就放他一马吧。"

交警说："记者？我今天已经抓两个了。你们记者不就是仗着拍电视认得几个领导，拿谁也不放在眼里。我可不吃这套。我愿意让你们赶紧走，可我也不能违反规定。他认罚，我就放行。"

记者便将肖济东拉一边："师傅，今天我们算是撞上头蠢驴。我看您还是先垫上钱，送我们到会后，再找他们领导谈。我们都可以给你写证明，证明你根本没有超车。"

肖济东见记者说得通情达理，同时也怕误了他们的事，便拿出五十元钱，递给那交警。交警撕了张票给肖济东，且说："早这么做不就省事了？冤枉吵半天，费劲又费时。"

肖济东没有理他，掉头上了车。心里憋一肚子火，不知怎么出。便在途中，见车便超。一个记者笑说道原本师傅是个守规则的人，叫警察这么一调教，反而懒得守那规则了。另一个记者亦笑说世上这样的事还少？规矩定下来其实还就是让人犯的，不让人犯，定那规矩做什么？

大学里的人大多忙忙碌碌备课做学问且还要为人师表，故而诸事都一板一眼，刻板严谨。哪像记者们，世界上最大的事和最小的事都可以变成调侃拿出来说笑。这种新思维语言，肖济东是头回听讲，不觉很开心。心说有趣有趣。

次日，肖济东拿着罚款发票和几个记者写的证明找到了交通中队。交通中队中队长是个中年人，显得很是和蔼。他认真听罢肖济东的讲述，想了想，说："有时候，司机乘客和交警对超没超车看法上经常是不一样的。但你既然找上门来了，我也会认真处理这事的。"他说时接过肖济东递上的发票。不料他目光一落在发票上，脸色就变了。一副恼怒的样子。自吼道："怎么还用这种发票？不是早就通知这发票过期作废了吗？"

肖济东吓一跳，忙说："这发票不是我的，是你们警察开给我的。"

那中队长余怒未消，对外面喊道："小刘，你来一下。"

外面进来一个年轻的交警。中队长说："拿五十块钱给这位师傅。另外派个人，把小金替回来，说我找他。"说罢，中队长转向肖济东，说："不管你有没有超车，这罚下的钱都得退给你。因为这张发票是废票。按规定是不允许用的。"

叫小刘的年轻交警果然送来五十元钱给肖济东。中队长又代那罚款交警向肖济东道歉再三。倒叫不习惯被人道歉的肖济东不好意思了。由此肖济东的心情也平静了许多。他想，看来找领导还是管用的。

这天肖济东回家同老婆说起事情的前前后后，全然采用的是胜利者的口吻。

一个星期过去了。这天开始下起了雪，车外冷飕飕的。肖济东送罢一个客人，心想钱是赚不完的。天太冷，还是早点回家接老婆和小宝，免得他们走雪路。晚上再弄个火锅，让一家人都暖和暖和。心意到此，回家的欲望便更强了。

走到一个路口，车又遭拦。肖济东方想起这正是上次罚他款的那个路口，再正眼一看来者，却发现还是那个罚过他的交警。肖济东心说不好，不好了。

肖济东走下车来。一阵风雪便灌进他的脖子里，一直凉到心里头。交警走上前，似笑非笑道："想不到你还有一手呀。告到我们队长那里去了。我倒是要看看，是你有狠还是我有狠。"

肖济东淡淡地说："我只是一是一，二是二。你还有什么事？"

交警说："我等了你好几天了，今天总算是等到了你，还能没有一点事？执照拿过来我看看，例行公事。"

肖济东递上执照，说："有事请你快讲，我还要回家。"

交警说："今天天气不好，我看你的车有些毛病。为了你和大家的安全，要例行检查一下。"

肖济东说："哪有这种事？"

交警说："刚才你刹车就不灵，你当我没看见？"

肖济东说："你硬要这么说，我有什么办法？那你检查就是了。"

交警便上了肖济东的车，左左右右地检查了一番。肖济东是个惜车之人，更兼人本来就谨慎仔细，每天都把车细细查过才敢出门。所以对那交警的检查毫不在乎。他只是冷冷地站在一边看那交警会查出个什么来。

其实，一个大活人呆呆地站在路边无所事事，也是很让肖济东不习惯的。这时他便羡慕起那些会吸烟的人来。他漫想着如果会吸烟便可以一派潇洒地点上一支烟，然后吐着成串的烟圈放松神经，笑看那交警的费力寻找毛病而偏又找不到的尴尬。不会吸烟便只能手脚无处可放地如一个无业游民般，站在路边探头探脑地四下张望，让人怀疑其闲站的动机。肖济东这么想时便下意识摸摸口袋，仿佛是想摸出一盒烟来。烟自是没有，却又摸出他所收到的通知书其中的一份。是让到重庆开会的那份。论文打印纸规定必须用 A4 纸，一式二份。肖济东在心里读上一遍文字，心里涌出的仍是丝丝怅然。

便这时，交警下了车，肖济东装好通知，说："我可以走了吗？"肖济东说话间自然嘴角上挂着嘲讽的笑意。

交警有些恼怒感，原本已将执照递还给了肖济东，却仿佛又被肖济东的笑意惹起。他缩手回来，显得气急败坏地说："我就不信今天找不出你的毛病。"

于是他让肖济东上了车，令他将前后车灯反复地打亮。肖济东一边执行一边心想着怎么样才能摆脱这样的纠缠呢？突然，交警在车后发出热烈的欢呼声："我总算找到你的毛病了！"

肖济东的左后灯居然不亮。肖济东下了车，看了一看，果真没亮。他心里一边骂自己该死一边则为交警的做法愤怒异常。他口气锐利道："你这不是明摆着故意找碴子？！"

交警神气活现起来，他说："请你说话放尊重一点。注意安全是我们的责任。"

肖济东说："我要去告你，你这是报复。"

交警说："可以。我奉陪。你尾灯不亮，管你是我的职责。你还可以再找我们中队长，他是个好人。你告完我就来拿你的执照。记住，带罚款和一份检讨来还。我倒是要看看，你到底有多大的狠。"他说完脸上带着胜利者的笑容，扬扬自得地走了。

肖济东呆望着他的背影，半天转不过气来。一会儿他便眼睁睁地望着那个背影被风雪隐没成一团，眼边就只剩得飞舞得轻狂不过的雪花了。肖济东想，这这这、这个世界怎么回事了？

六

老婆和小宝到底还是自己踩着雪回来的。肖济东到家时，老婆连火锅都弄好了。一见他进门便将脸一板侧转过身，进了厨房。肖济东知道是他亏了他们母子俩个。转念又想，又是谁亏了我呢？

如此，肖济东的情绪便愈加低落。他一屁股坐在沙发上，呆呆地，似在想着什么，可他又知道自己什么也没有想。老婆见他没有动静，终于耐不住这份寂寞，又奔出厨房，吼道："就算是个老爷，回来也要动一下手是不是？取暖器的插头坏了一年，你修一下没有？早说要把小宝的床挪到大房间来，怎么到现在还不挪呢？开个小车，倒真还把自己身份开出来了？别忘了，你只是个开车的不是个坐车的！"

老婆的声音炸得满屋子嗡嗡响，就像有许多玻璃杯一个个往地上掉。肖济东却没觉得刺耳。是呀，插头早就该修了。小宝的床也早就该挪了。天太冷，小宝夜里老蹬被子，不断地受凉感冒，如果临近考试又病上一场，那可怎么是好呢。肖济东想着老婆骂得对。可是他索然的心情却无法令他有动力去行动。于是他仍然呆坐在沙发上，一动不动。

老婆终于隐忍不住心头的火气。她几个大步冲进卧室，趴在被子上呜呜地哭了起来。而正在做作业的小宝一看气氛不对，紧跟在他妈后面跑进屋里，也呜呜地哭了起来。肖济东听到小宝一哭，心头便一下一下地被揪扯着，然后长长地叹着气。他想看来儿子将来恐怕连他都不如。

肖济东起身走进房里。他先把小宝抱回他写作业的桌子，轻轻拍着他的脸说："没出息，妈妈是女人，她可以哭，你一个大男人，怎么能哭呢？"

小宝显得有些愕然，止住哭声，说："难道男人就不能哭？"

肖济东说："当然。男人一哭，这辈子就更完了。"

小宝想了想，说："我可以哭，我不是大男人，我是小男人。"

肖济东不知该如何回答他，想想只好说："那也是。"

肖济东再回到卧室时，老婆的高腔已过，只剩下长一声短一声的呜咽。肖济东说："我今天倒霉，所以心情不好。"

肖济东老婆立即擦了眼泪问："又发生了什么事？"

于是肖济东把路口交警刁难一事对老婆复述了一遍。老婆没有再提修不修插头以及挪不挪小宝的床，只是伤感地叹了口气，说了一句"也真难为你了"。然后便又回到了厨房。肖济东原本正欲吞着口水咽下自己所有的不快，再设法想一些行之有效的语言来化解老婆的怨气，却不料老婆竟是这样宽容和贤达。肖济东一下子感动起来。他想这就是老婆呀。天底下到底还有一个这么体谅这么维护他的人呵。他如此一想，压在心里的万千窝囊气便变成几滴清泪，绕着眼眶团团地转。

小宝恰进来，见此说："爸爸，你也想当小男人吗？"

肖济东怔了怔，说："你说的是。"

夜里，老婆见肖济东睁着眼睛了无睡意，便抚着他的肩说："算了，跟他们这种人生气也不值。而今就是个出门碰钉子的年代，生气就有用了？"

肖济东说："这事没完。他怎么可以这样做呢？"

老婆说："他为什么不可以这么做呢？有谁告诉过他这样做不行吗？你要觉得这事没完，你再去找他的领导你以为还会像上次那样走运？不会的。你只会自讨没趣，如果他的领导批评了他，我敢说他也会把你批上一顿，因为你的车灯到底也有问题呀！而你除了多挨一顿训外，以后会更倒霉。真正没完的正是你自己。那家伙如果把你的车号通报给他的同伴，你今天的遭遇未必不会在城市所有路口都重演一遍。你信是不信？"

肖济东吓了一跳，说："能有这么严重？"

老婆说："这当然只是推测。但谁又晓得它会不会成为事实呢？如果真一天成了事实呢？所以，听我的，别生气了。你只要想清楚，你就是一个老百姓，忍受来自各方面的气是你生活中的一部分，或者说接受来自各方面的气是你的职责。你要做的最重要的事就是按他们所说的去做，然后把执照拿回来。不就是罚罚款吗？"

肖济东说："可那口气真让人难以下咽呀。"

老婆见他不语，又说："难咽也得咽。何况还只是小事一桩。睡吧。"

肖济东想可不正因为只是小事一桩，才觉得受到的打击沉重么？但他嘴上却说："是呀，只是小事一桩。"

肖济东闭上眼睛，他情不自禁地回味着老婆的话，觉得道理的确无处不在。可又想，真这么有道理，那么人活一生也实在可怕。再往下想，世上像他这样的人该有多少？谁人又不是如此这般呢？只是各人觉得可怕的东西形态不同罢了。既然大家都彼此彼此，可怕还能成为可怕么。这一想，肖济东心里就平静了许多。一平静就睡着了。

早上，肖济东听从老婆劝告，决心写一份检讨。在写的过程中，肖济东反思自己走过的路，方发现自己这一生活得虽平平淡淡地不出色彩，但竟是从未作过一次检讨。料想不到一个小交警倒让他首开先例。于是肖济东便感叹自己的今不如昔。感叹之余，心自道既知自己今不如昔，便可以早早作好各种最坏的打算，把自己一生最坏的出路也想好，这一来就不会有什么心灵承受不了的东西了。无论如何总能撑着自己把这辈子过下去。如此想过，肖济东心里觉得舒服了好多。

家里电话铃响起来时，肖济东的检讨业已近尾声。电话是系主任打来的。系主任先问了半天肖济东下海情况以及经济收入增加了几倍。肖济东如实说了一通。系主任话题一转，说："大钱得了肝癌，被确诊已是晚期了。如果他抵抗力强的话，估计也只有两个月的活头。"

肖济东大惊失色，一时间话都说不出来。系主任在线那头继续说："我们要去医院看他，又想你跟他同事一场，或许也想一起去？"

肖济东忙说："那当然那当然。"

系主任说："嗨，嗨，医院实在是太远了，坐街车吧，路上得两个小时。

坐出租车吧，系里哪里有这么富？你来拿个主意吧？”

肖济东又忙说："那当然是坐我的车去。"

系主任又叹说："想不到你屈尊去开车，倒为我们解围了。也好，也好。你开车到我楼下，按几声喇叭，我就会下来的。然后我们再绕到李老师和胡老师住的那栋楼接他们。"

肖济东都忙不迭地答应了。

七

学校靠近湖边，饮用水一直是从湖里取用。可湖水已经污染得腥臭难闻。经过处理的饮用水，亦散发着浓浓的腥气。却拿它无奈。因为学校没有钱开通新的水源，又因为人必须喝水维持生命，便只能长期将就。由此，学校得癌的人数自是一年高于一年。尤其中年教师，突然几天没见，便有消息说得癌了。肖济东因此宁可住在老婆单位的旧房里。他想，我死不打紧，可小宝怎么能没爹呢？老婆怎么能没丈夫呢？况小宝和老婆也都得喝那水，万一他们中的一个也得了那该死的病，先我而去我又怎么办呢？这一想，肖济东无论如何都不搬进学校。那一年学校分房，他专门对急着要搬进学校的大钱说过这想法，力劝原本在校外有房子的大钱三思而后行。肖济东说："没人看重我们，我们就得自己看重自己才是。"大钱便使劲嘲笑他的迂阔，且说他这等萎缩怕死，哪像个男人？系里年轻一排的老师便都高声地发笑，让肖济东难堪好一阵。此一番肖济东想，这下好，你撒手而去，甩下可怜兮兮的老婆，这就像男人了？

躺在肿瘤医院的大钱，人已经瘦变了形。肖济东也就三个月没见到他。而三个月的时光竟将一个洒脱不过的人急剧地改变得原形消失一尽，肖济东不觉鼻子酸酸地起来了。

大钱倒是仍然撑着他的一派风度。对着前来探望他的那些哀容满是的面孔，反倒大声地说笑。大钱正处在了结了第一次婚姻和即将开始第二次婚姻之间。于是，便有两个女人同时在照顾着他。大钱指着两个因他的癌症而达成和解的女人，笑着说："有过两个老婆，跟很多人比，我已经很知足了。"

系主任以及李老师胡老师显然都不习惯这样的玩笑，或连连地干咳，或装着发现了什么眼望着窗外，或低头找痰盂吐痰。

肖济东说："你说得倒也是。可是你本可以不只是知足，而是自得的。"

大钱说："肖济东你别以为是搬了家的原因。阎王要来找你，你躲在哪里都是躲不过的。"

肖济东说："我不喝那水，我就能避过。"

大钱说："我若避过了那水，但有可能我又避不过别的。比方车祸或者火灾什么的。你信不信？"

肖济东说："我不信。"

系主任不悦了，说："肖济东你如果拿了学校的水来做文章，蛊惑人心，这对学校的安定团结会起到很坏的作用的。"

李老师也说："是呀，不能这么说，主任和我，还有胡老师也都是喝的学校的水，我们怎么都挺好的呢？生病的原因是综合性的，你不能偏执。"

肖济东无言。李老师有人证物证，且是前辈教授，自是占上风。但肖济东心说反正我不喝那水就是。

大钱说："我看各有各的理，还是各执一说为好。谢谢三位前辈专门来医院看我。我很感动。尤其是肖济东也能来，简直让我意外。记得系里这些年几个癌，病得都是要死要活的，可我印象中肖济东从来就没有去看望过。就凭这，我又有一种知足感。"

肖济东叫大钱这么一点，想想果真如此，倒有些不好意思起来。肖济东说："我算什么？能有资格在别人生病时去看望？真要去了，等我一走，那边还不心里想这肖济东竟然也惺惺作态地来看我了！"

大钱便笑开了，说："你们一走，我一定也这样说一遍。"

肖济东说："你不同。"

大钱说："为什么？"

肖济东说："因为你头脑比较清醒。"

大钱便放声地笑了起来，说："肖济东你可真是石破天惊的一句话呀。这是我活着时听到的最恰如其分也是最好的一句评价，实在是没有比这个更让我满意的了。"

一边的系主任胡老师李老师都鼓了眼，不知道这话究竟有什么特别的高明之处。但对肖济东能将大钱弄得这么快乐开心，也觉得可以谅解肖济东适才关于水的见解之过了。

系主任好一会儿才说："肖济东，我看你一向蛮刻板的，想不到你竟这么能幽默。"

肖济东不解地说:"我刻板么?我幽默了什么?"

大钱说:"我认为肖济东恰到好处。"

回来的路上,肖济东一直在想,大钱所说的恰到好处是指什么呢?

好几天夜里,肖济东都在床上辗转反侧,难以入眠。大钱的形象不断地冲出夜幕映入他的脑海。他想在系里其实他最欣赏的还是大钱。虽然他常常对大钱所为不那么满意。可各人有各人的活法,不可能大家都活成一样的。谁活得好或谁活得不好,全靠活的人自己感受,别人何曾有资格评说。真要有一天,人人都活成一样,这世界还不让人腻死?由此,大钱纵然有让人不满之处,那也只是彼此性格不能兼容罢了,与人好坏不相干的。所以应该说大钱还是个相当不错的人。

冬天的被子,多翻几下身,便容易透风。因了肖济东彻夜的翻覆,老婆简直没法睡好。早上起来,连连地对着肖济东发火。肖济东不停地赔不是,作保证。可到了夜里,他还是无法入眠。

这一天,老婆通告说,晚上她不在家住了,带小宝回娘家去。让肖济东把他那些狗屁不通的想法弄清楚,理顺了,再通知他们回来。老婆讲这些时,肖济东垂头丧气地听着,又可怜巴巴地看着他们出了门。他想要制止老婆出走的行动,可他没有动。他想,老婆这么说是对的。

老婆走后第二天晚上,肖济东送客人回返,恰路过肿瘤医院。他心一动,想去看看大钱怎么样了,便将车调头进了医院。在医院门口,他买了一挂香蕉。看见另一个铺子里有个铜做的小佛爷,他觉得有趣,而且有一种吉意。于是他也买下了。

又是一个星期没见,癌细胞毫不留情地在改变着大钱。大钱基本上已经坐不起来了。见到肖济东,他眼睛亮了亮,却很快就暗了下去。肖济东想他恐怕连让自己眼睛亮起来的力气都没有了。如此一想,心里便涌出许多悲凉。

肖济东放下香蕉,大钱无力地瞥了一眼,苦苦一笑,说:"我已吃不了这个了。"

肖济东的心抖了一下。然后他把手掌伸到大钱面前,一直都捏在手心的小佛爷此刻便满脸佛笑地进入大钱的视线。

大钱的眼睛再次亮了起来,他使劲地让自己咧开嘴,笑了,说:"想不到你肖济东还有这样的情怀。我差不多每见你一次，心里都能产生一次意外的感受。你说是什么原因呢？"

肖济东很是奇怪，说："会这样？"

大钱说："是的。因为你总是和我想象的你不一样。"

肖济东说："是吗？"

大钱接过了小佛爷，把手重新放进被子里，说："跟佛爷同床，想必他能保佑我。"

肖济东突然想到一点，觉得有趣，便忍不住笑。大钱说："我知道你笑什么。你是笑若跟佛爷同床，岂不是同性恋了？"

肖济东于是笑出了声。大钱也笑了起来，而且竟也笑出了声。正笑时，一个女人匆匆进来，紧张地问："怎么了？怎么了？"

大钱说："不是回光返照，是我真心在笑哩。"

那女人便显得有些兴奋，望着肖济东说："谢谢你。"

肖济东莫名其妙，说："谢我？"

大钱说："这是小吴，我的二房。"

那小吴愠怒地瞪了大钱一眼，没说什么。大钱说："我实在想不出什么理由有可能再见你一面。可心里又有一种希望，想要再见见你。"

肖济东讶异万分，甚至有受宠若惊之感。他说："真的？你会想要见我？"

大钱说："真的，我刚才还让小吴一会儿给你打电话哩。"

小吴说："真的，我怕你回得晚，准备九点钟去打哩。"

大钱说："你是不是也和我想的一样，所以今天来了？"

肖济东一副茫然的样子，不理解大钱想要见他的原因。同时竟也想不起来自己来看望大钱的理由。好一会儿，他才说："我刚好偶然路过这里，就来了。"

大钱叹口气，对他的小吴说："我们这个肖老师就是这样，从来就不能把话说得好听一点，总是一是一，二就是二。"

听大钱这一说，肖济东心想可不是，为什么就不能说自己担心他，专程来看望他的呢？对一个病人，撒一点小谎，是不为过的。如此一想，肖济东便暗自狠狠责了自己几句。

大钱说："但是我最欣赏的就是你肖济东的这一点。我突然想起我为什么想要见你了。"

肖济东忙说："有什么事，尽管说吧。"

大钱说："开'的士'真的很令你自在吗？"

肖济东没有回答。大钱说："显然是假的。这不是一个读了许多年书的人想要做的事。实在做了，也至多是一种无奈，而不是一种真正的选择。"

肖济东还是没有说话，因为他不知道自己该说什么。大钱又说："回系里吧。别把自己在大学里辛辛苦苦度过的十几年岁月糟蹋了。"

肖济东半天才说出话来："你找我就这事？"

大钱摇摇头，说："因为你回系里，才有可能替我帮忙。其实，我想可能也不全为我。"

肖济东说："你就直说了吧。"

大钱说："是这样，这些年，我因为家庭纠纷，弄得没心思做论文。但是一有空我还是想要弄点东西出来的。所以我这几年收集了不少最新资料，也瞅空做了点事。其中有两篇论文已经完成了理论部分，只有计算没有做。另有一篇观点以及推算的来龙去脉我拟好了，我觉得会很有新意的，引起同行注意没有问题。只是，你看……我现在也没法做了。"

肖济东立即说："你想让我帮你做完？"

大钱说："大意是这样。但当然也不会让你白做。你如果替我做完了，所有的文章，你都署第一作者，我排第二就行。有了这个名字，等于就是在这个时空中划下了一点痕迹，也等于向我以前和我以后的人类宣布，我在这个世界上活过一次，并且有过一点创造。"

肖济东浑身一凛，心里头不觉有一股热流冲到喉边。大钱说："我和你有一点不一样。你知道吗？你若不做什么也有充足的东西证明你存在过。你有儿子。而我没有……而且永远都不会有了……所以，论文对我来说，就显得更为重要了。别人我不敢找，因为，谁晓得写出来后还会不会挂上我的名呢？而你肖济东，我信得过。"

肖济东永远是平平淡淡地过日子，从来就没有被什么强烈的感情冲击过。这一刻，他觉得自己全身都似乎燃烧了起来。他深深地被感动了，感动中又怀有那么深切的忧伤。他呆呆地望着大钱，料想不到平常散漫不拘的大钱对自己曾经活过一次会那么看重。也料想不到大钱对生命的意义竟思考得那么有力度，也那么正统。更想不到大钱最信任的人会是他肖济东。

大钱也望着肖济东，眼里充满渴望。肖济东喉咙咕噜咕噜地动着，仿佛有话说不出来。他使了半天劲，才突然说："你放心你放心。我会为你做完这一切，而且全部都只署你的名。我一定会做得到的。"

大钱轻摇了一下头，说："那倒不必。本不是我完成的，只署我名，会令我九泉之下羞愧难当。还是按我说的吧。就这，我已经很感谢你了。"

肖济东说："如果你做完了主要的事情，而让我作第一作者，也会让我有犯罪感的。这断断是不可以的。"

大钱叹口气说："折中一下，行么？我作第一作者，你第二？"

肖济东想了想，说："好吧。我一定会把一切都做得漂亮。"

大钱说："我信。"说完他便松了口气，闭上了眼睛，把刚才一直强撑着的精神软了下来。他明显地无力了。生命到了这一刻是多么的脆弱呵，肖济东怅然地想。

肖济东将自己的手伸进大钱的被子，同他紧紧地握了一握。大钱的手瘦骨嶙峋，柔弱无力。

肖济东在大钱耳边说了一句："能坚持多久就坚持多久。"然后便向小吴告辞而去。

走到门口，肖济东似又听到大钱微弱的喊叫。他迟疑地回过头。果见大钱又全力地撑起身子，声音微小可坚定，他说了一句："能赶上重庆会议吗？还有香港那个国际会议？你不可以放弃。"

肖济东的心蹦了一下，猛然记起他业已决定放弃的会议。因为他认定自己在短时间里是不可能拿出像样的论文来的。大钱几近完成的论文实际给他提供了可能。他完全可以拿了那论文出席会议。这是大钱给他的机会。他不禁全身冲动起来。他一字一顿回答说："我一定不放弃！"然后他就掉头出了门。他想留在他脑子里的大钱应该是一个永远支撑着自己的形象。

肖济东开车上路。天太冷，路上清冷无比。没有行人，只偶尔有一辆自行车倏一下被甩在后面。橘色的街灯，涣散着淡淡的光，洒在路的两边。看得见夜雾像粉末一样在灯光里弥漫。像是被风吹得无序，却又是随风有序地调整自己。

肖济东突然就流下了眼泪。而且一流就止不住。他想果然就像小宝说的，我是个小男人吗？

八

第二天肖济东没有出车。外面又开始下雪了。看上去还会下大。应该说，只要开车出门，就会有颇丰的收入。但是肖济东这天却毫无心情。早上他把老婆送去上班时跟她说他今天没有情绪出车。老婆没说什么，只是临下车前说："其实我想得很透彻，一个人一生合适做什么和不合适什么，一切都是有定数的。"

老婆走后，肖济东反复想着老婆这句话，觉得老婆想得比较达观，也比较深奥。于是他便掉转车回家了。他将自己散乱地放在一个纸盒里的资料以及数据盘清理了一下。又将书桌重新擦拭了一遍。他做这些时竟有一些兴奋感，就好像一年级小学生初次坐在教室里的心情一样。而实际上他离开他所熟悉的这些东西前后加起来还不足半年。

下午，肖济东接到系办公室秘书打来的电话，说大钱在上午十点钟咽了气。肖济东有所预感，但心里还是"咯噔咯噔"地猛跳了一阵。秘书通知追悼会定在后天召开。

这是个很小型的追悼会。大钱的前妻和小吴都去了，两人相携着都哭成泪人。系里一些老教授一面为大钱的早逝叹惋，一面又为大钱的婚姻状态深为不满，议论纷纷说现在的年轻人实在是太没有道德观。同肖济东站在一起的小陈小朱则慨叹，倘自己在某一天死去不知可有女人为自己如此痛哭。言下大有羡慕之意。只有肖济东什么也没说。他望着大钱的遗像，回想他同大钱曾有过的交往。一想便清晰地感觉到他们其实也就只是淡淡如水的君子之交。只是，肖济东想，彼此双方都还欣赏对方而已。想着，他便觉得心头沉沉。因为肖济东明白，自己的生命至少在相当长的一段时间里，有一部分是在为大钱而活。

追悼会完后，小吴交给肖济东一个牛皮纸袋，泪水汪汪着说："一切都拜托了。发表了你一定打电话告诉我，我有办法通知大钱的。"

肖济东接过纸袋，感动地点点头。他心想应该说这就是爱情了。

肖济东离开追悼会会场便直接到了他的大哥家。肖济东跟大哥说他不想再开车了。大哥微微一怔，然后理解似的叹了口气，说："要说开车也实在是太委屈了你。不开好，不开好。学问还是得做。穷就穷点，没穷到自己讨厌自己的地步就行。再说，开车也富不到哪里去。"

肖济东说："先前开车我也不是为了自己穷的缘故。我只是觉得好乏味。现在开车不知怎么倒让我觉得更加乏味，所以我想还是回去讲课算了。"

肖济东大哥点点头，说："这是一个人的定数。只不过这车我不晓得怎么办才好。"

肖济东说我想法子帮着再租给别人吧，只不过现在还有点麻烦。于是肖济东又讲了交警收走了执照的事。恰在肖济东跟他大哥讲执照一事时，肖济东大哥的研究生来请他的导师看论文的纲要。见肖济东在此，便坐在一边静听。肖济东说完后，他的大哥惊异得目瞪口呆，说是："竟有这等事？竟有这等事？那怎么办？怎么办才好？"

一边坐着的研究生此一刻突然插嘴道："肖老师，我可以帮您解决。"

肖济东和他的大哥几乎一起问："你能行？"

研究生笑了笑，便拿起肖济东大哥书桌上的电话，拨了个号码。接通后，跟一个人说了大致情况，然后强调："这是我导师家的车，你无论如何都得给我办漂亮一点。"

研究生放下电话，肖济东的大哥忙问："那是什么人？"

研究生说："我表哥，他是交通分局的一个领导。"

肖济东大哥说："能管用吗？我弟弟到底也有把柄在那交警手上呀。"

研究生笑了笑，说："有熟人，没有什么不好办的。"

只一会儿，电话打了过来，说是问题解决了。半小时后会有人将执照送到车主家。且说以后尽管放心，所有路口的交警都不会再找这车的麻烦。

肖济东和他的大哥面面相觑，事情处理的快捷和优惠令他俩失去想象力。

肖济东就这么又回到了系里。又开始按部就班地备课讲课。行色匆匆地在教研室到教室、教室到家、家到教研室这样一个三角路线上行走。只是他的脚步比以前要快了一些。系主任十分满意，虽然还没有来得及时常地表扬肖济东，但他在全系开会时的讲话声音又有了一些慷慨激昂的情绪。并且将肖济东的重返学校作为一个"下海回归"的典型，以此说明教育界的人才并没有流失。说明人才们在离开学校一段时间后，就会感到世界上最好的地方还是大学的校园，虽然目前大学教师的平均生活水平还很差，但为了祖国的教育事业，甘守清贫者依然不会减弱！云云。

肖济东懒得多嘴，由他说去。只是心说谁又想要甘守清贫呢？无非每个人都有自己的活法，而每种活法都有自己定数。要紧的是你是不是在做属于你的事情。如此而已。

1996 年春

民的 1911

一

我设想我无处不在。

我出生那年或许是 1898。应该是个秋天。

武昌的蛇山上，立着警钟楼和奥略楼。秋阳斜照中，它们形影相吊，兀地给人一番孤寂和清冷。四周的树叶开始黄了，零落地飘在武昌的城墙边。城下江边泊着几只木桅船。恍然间，能听到水拍堤岸的涛声。

我想我的父亲应该住在这老城的墙根下。那壁上的墙砖凸凹不平，是风雨岁月留下的沧桑痕迹。一排板皮屋搭在这老墙边上。铺着黑瓦的屋檐边长年长着杂草，此一刻，草也已经枯黄了。那中间的一户，就住着我家。

这一天，我的父亲早早就收挑子回屋。一进门便坐在小凳上哇哇地大哭。哭得左邻赵裁缝接连裁坏了两块衣料，而右邻的吴麻子却在他家屋门口不停地摔砸咸菜罐。因为下午，父亲像以前一样到小朝街的街角跟人剃头。常去光顾他剃头挑子的一位长衫先生眼睛红肿。父亲给他刮胡须时不由问他怎么了？他说，北京的戊戌变法失败了，那些变法的君子在菜市口被砍了头。

父亲虽只是一个剃头匠，可是他像隔壁的赵裁缝和开咸菜铺的吴麻子一样，不喜欢满清政府。他们三个总是坐在一起叹息，日子这样过下去，是不行的。但到底应该怎么过，他们却都不知道。父亲把这个消息带给了他的两个邻居，一边说他便一边哭了开来。父亲是一个没什么用的人。他胆小怕事，常常只会用号啕大哭来发泄自己的痛苦。

便是这时候，我出世了。我的哭声洪亮而清脆，立即压住了父亲的号啕。接生婆欣喜地告诉父亲：是个儿子！是个儿子！父亲依然在哭，但声音却渐小渐停。终于，他抹了一把脸说，又来一个受累的小民。他日后想必也没好日子过。

我想这就是我名字的由来。我叫民。

我并不知道我生活在一个动荡不宁而又波澜壮阔的时代。

在我一天天成长的过程中，中国发生了很多事，所有的事都是大事。这些事仿佛天天都在惊扰着我们的生活。1900年义和团运动爆发了。那些手持大刀长矛、嘴里念着咒语的人们，竟然无畏地向洋人进攻，他们的举动，吓得连皇帝都忙不迭外出逃难。还是这一年，在我居住的武昌城里，一支名为自立军的起义队伍惨遭失败，领头的唐才常被杀死在我常去玩耍的紫阳湖畔。临死前，他大声念道："慷慨临刑真快事，英雄结局总如斯！"他这一句豪言，把无数人冷下去的血又燃烧成热的。接下来，令人切齿的《辛丑条约》在北京签订，卖国的事开始了。所有的中国人心里都蒙上了一层阴影。而热情澎湃的革命者孙中山则在日本东京成立了中国同盟会。"驱除鞑虏，恢复中华，创立民国，平均地权"，这十六字从一幢日式两层楼榻榻米的房内传出。自此，中国人仿佛有了自己奋斗的目标。只是，这个充满理想的人，虽用自己理想的光芒照亮了中国，但却在南方领导的一场又一场革命和起义中，失败了又失败，直到全部以失败告终。

所有的这一切，我都是事后听人讲述。而在当年我却全然懵懂无知，根本不知这世界正在发生着什么。尽管生活困顿，父亲和母亲为此常在家唉声叹气，我却依然在无忧无虑的玩耍中度过童年。我饿了就吃，饱了就睡，闲了就去长江边戏水，像鱼一样自在；没事也跑上武昌城楼，沿着墙边恣意奔跑，幻想自己能像鸟一样飞翔。阳光照耀着我的欢乐，那是童年岁月不知痛苦、不解忧愁的欢乐。

二

在这座古老的武昌城里，我经常可以看到一些行踪诡秘的人。他们常常严肃着面孔，眉眼之间暗藏着些许神秘。他们穿行在表情麻木的路人中，脚步匆匆，见了面，便说一些奇怪的话。

我和邻居吴麻子的小儿子吴四贵常去花园山扔石子玩。花园山上有一幢很大的洋房，房主叫孙茂森。听说那洋房租给一个叫李廉方的人当寓所。这房子比我家和吴四贵家加起来还要大。那李廉方留学日本回来，想必是有点钱的。这间寓所时常有人进进出出，他们围坐在一起说话，那些话十分让人费解。有时他们还有人手上拿着书低声读着。常去的一个大叔，面孔严肃，每当他说话时，大家都很注意听。有一天，我和吴四贵又看到这位大叔走进孙家花园。见我们正在门前玩耍，大叔便朝着我和吴四贵笑了一笑。吴四贵说这大叔跟他家是同一个村的，也姓吴。他的爸爸认识，他叫吴禄贞，是个有大本事的人。我问吴四贵："是什么样的大本事呢？"吴四贵说："不知道哩。"我说："他会飞刀还是会翻跟斗？"吴四贵挠挠头，还是说不知道。吴四贵是我一打开眼睛就认识的人，他比我大二十天，但他却是个笨人。

我和吴四贵忍不住趴在窗上探看。我们想看这位吴大叔在里面显摆什么大本事。屋子里有好几个人，有两人在看书，看时还在书上指指点点。这些书其实是些小册子。我和吴四贵都太小，不识字，也不知道那上面写的什么。长大后我至少晓得了其中的两本。一本叫《警示钟》，一本叫《猛回头》。吴禄贞不停地跟人说话，隔着窗缝，我们能听到他的声音。他说："我们要以最好的同志，投入到军中当兵。要渐次输入士兵对满清的恶感情绪。让他们成为我们的人。"

这都是什么话？谁又能听得懂呢？

他还在说着，而我却不想听了。反正我没看出他有什么本事。吴四贵说："听，是我们老家的口音吧？"我忍不住推了吴四贵一掌，说："你吹什么牛啊！"吴四贵趴在窗台上，没设防，被我这一掌推过，便从窗台滑下，摔了个屁股墩。他恼怒了，将手上的石子瞄准我的脑袋扔了过来。我扭头一避，石子砸在窗的玻璃上。我听到哗啦的一声响，知道事情不妙，便朝着吴四贵喊了一声："快跑！"吴四贵吓得忙爬起来，跟在我身后。我们拼命跑，一直跑到嘉诺撒修女礼拜堂，发现没有人追来，这才敢喘气。

嘉诺撒修女礼拜堂就在昙华林。这一带是有钱人住的地方，洋人也多。花园洋房高低错落着，朝山上看去，鲜花开得一层一层。那里的洋人喜欢穿着短短的西装，头发梳得油光水滑。我父亲对这样的头很不以为然。他说油光光有什么用，夏天就数他们的头臭。我觉得父亲的话没道理。像父亲，还有隔壁赵裁缝和开咸菜店的吴麻子，脑袋上拴着根大辫子，虽然前面光着的头，天天擦洗，可是那根辫子呢？几个月难得洗一回，更加臭烘烘的。夜晚睡觉，我最怕闻的就是父亲头上的味道。

昙华林的街路铺着青石板，尤其下了雨，那石板便会放射出一层暗光。穿西装的人们通常也穿着皮鞋，于是他们走在昙华林有光芒的石板路上经常会发出"哚哚哚"的声音，这声音里满是自信和豪气。我的父亲和吴四贵的父亲就算跳起来用大力踩脚都发不出那样的声音。吴四贵说他最喜欢皮鞋的走路的响声，他将来一定要穿皮鞋。我也很想。回家跟父亲说起这话，父亲说："你见到过穿皮鞋挑剃头担子的人吗？你见到过穿皮鞋开咸菜店的人吗？"

父亲是对的，我的确没有见到过。我把这话传给吴四贵听，他默不作声，神情有些沮丧。因为他也没见到过。这天我们俩在城墙上一直坐到太阳落山。最后，我想起最重要的一件事，我说："我以后才不要像我爸一样挑担子剃头哩。"吴四贵的眼睛顿时亮了，他说："我也是。我也不要开咸菜店。我要像吴禄贞大叔一样，到日本去留洋，要学大本事。"

但是，究竟什么是大本事，我们真的不知道。

离嘉诺撒礼拜堂不远，有所学校，叫文华中学。一些穿着洋服的哥哥姐姐们在那里上学读书。他们还在运动场玩球。男孩子穿着白色的球鞋，女孩子穿着裙子。他们欢笑着做游戏。我和吴四贵坐在运动场边呆看着，我们都希望自己长大也能来这里。不光是想像他们一样地玩耍，更想要读书。因为想要有大本事，必须识得字有学问才是。一个哥哥告诉我，他们文华中学的校长是从美国回来的，他也是有大本事的人，不光教他们读书，还会教他们唱歌。有一天，这位哥哥带着我和吴四贵去听歌。他们一遍遍地唱着。那支歌，我和吴四贵也都学会唱了。傍晚时，我们俩就坐在城墙边，放声地唱着：愿同胞，团结牢，英雄气，唱军歌，一腔热血儿，意绪多，怎能够坐视国步蹉跎？准备指日探戈。好收拾，旧山河。从军乐，乐如何！

我们并不知这歌在说些什么。只知道唱起来浑身有劲。

有一天，一位先生叫了父亲去他那里，说是跟几个朋友刮胡子。这位先生跟父亲熟稔，就是曾经告诉父亲戊戌变法失败而惹得父亲大哭的人。这是一个小小的院落。有几个人坐在院子里热烈地说话，父亲便在树下一个个替他们刮脸。一个壮实的男人正跟两个青年军人说："为什么我们要说'抬营主义'？就是单靠我们起义，不可能成功。我们只有运动军队，把清军一队一队、一营一营、一标一标争取过来，才能以固有的组织和现成的人，为革命工作，这才能保证起义成功。"

父亲知道这个人的名字叫孙武，可并不理解他说的那些话。父亲不理解的事情有很多，但他却非常爱听那些他不理解的事。另一个人说："我们去上海，那边的革命者觉得我们是一群土包子，颇是看不起我们。"这个人父亲不认识。

孙武说："这没关系。我们完全知道自己在做什么。"父亲认识的那位先生说："暗杀全然是个人行为，就算成功了，虽然令人快意，却不足以撼动全局。它无法取得真正胜利。我们只有这样务实地参与到军队，有耐心地把军人都变成我们的人，才能最终成事。"

父亲终于弄清楚了，这些人是共进会的。他们想要做一件大事，这件事大到父亲想都不敢想的地步。他脑袋摇了好几天，天天对自己说，不敢想，不敢想。但他的心里却是万分激动。他对这个满人统领的世界早已无法忍耐了。

武昌城的冬天是很冷的。站在蛇山的奥略楼上，江上的风横吹过来，像针一样扎在脸上。我在慢慢长大，常常随着父亲在一些大人堆里钻进钻出。在一个寒冷的日子，我在奥略楼里见到了那些我一直觉得诡秘的人们。他们在开会。为首的大叔姓蒋。我问清了他的名字，他叫蒋翊武。其他大叔告诉我说，他们在这里成立文学社，这位蒋翊武大叔是他们文学社的社长。

对于我来说，这依然是一些奇怪的话。蒋翊武大叔站着对大家说："驱除鞑虏，恢复中华，建立民国，平均地权，这十六字也是我们文学社的纲领。要实现这个纲领，就要革命。"他挥动着手臂，很慷慨激昂的样子。其他的人也都慷慨激昂了起来，他们低声地交谈着，每个人的眼睛都放射着光芒。我听不清他们说些什么，我有些晕头涨脑。只有两个字在我的耳边回响着，那就是：革命！革命！

父亲说："这里说的话，不能告诉任何人。"我大声说："我知道！"

我连吴四贵也不告诉。他家只他一个儿子，被他父亲吴麻子看管得胆小如鼠，天一黑就不敢出门。有一次我不小心说，站在奥略楼上，风好刺脸呀。吴四贵立即说："你去奥略楼怎么不叫我？""这是我的秘密。"我对他说。

三

1911年裹着冷风来到了。

有一天，城里的新军一队一队开出城门。我和吴四贵扛着棍子，跟在他们后面，学着他们走路。一个当官的走过来，一手拎着我们的一只耳朵，把我们赶到路边。

　　我问吴四贵："为什么这么多军队都出城呢？"吴四贵说："不晓得呀。"旁边一个看热闹的学生哥哥说："四川保路风潮越闹越凶，他们是要开拔到四川哩。"我又问："什么保路？"那个学生哥哥说："说了你们也不懂。"我哼了他一鼻子，心里说，我不懂？我还知道革命哩，你懂吗？但我没说。因为父亲说过，这些话如果说出来会杀头的。

　　望着一列列的军队走远，我和吴四贵觉得有些扫兴。城里像是空了一点，好玩的事太少了。而且我们开始上学识字了。一想到要去见老师，我们俩都觉得好像去找死一样。雄楚楼的私塾先生是吴四贵的爸爸吴麻子找的。那个老古板常常把眼镜架在鼻子上，然后，之乎者也地教训我们。书没背出来要训，字写得不好要训，去晚了要训，走早了也要训。遇上他不高兴，鸦片没抽舒服，训完了还会拿着尺条打手心。原以为读书识字是像洋学堂的小孩那样有趣，却不料竟是如此的无聊和讨厌。逃学便成了我们每天要商量的事。

　　吴四贵说："今天逃学吗？"我说："难道你想挨板子？"吴四贵赶紧把手捏成拳头，说："那逃吧。干脆跟新军一起逃到四川去，好不好？"这个胆小的人，居然说出这么胆大的话。可这是一句废话。我白了他一眼，说："你发疯呀！"

　　我们完全没有想到，有更多的目光在暗中追逐着这一队队的新军出城。这些目光随着新军的远去的背影越来越闪亮。

四

　　有许多我们不知道的事情，正在武昌城内悄悄进行着。那些心藏秘密的人们，脚步匆匆地行走在长街上。没有人能认出来他们是谁。他们像所有的武昌人一样，貌不惊人，或长衫或短褂，显得随意而从容。有一些就像我父亲一样普通到路人都懒得多望他一眼。他们中一些人，有时会坐到父亲的剃头挑子前刮头修面，跟父亲说着一些最家常的话。前街杂货店的杨洪胜大叔就常来，父亲为他刮胡子，跟他诉说生活的艰难。他也说，说时还连连长叹。他的老婆入秋就要生孩子了。我父亲说，说不定跟我家民的生日撞得上哩。杨大叔总是很忙。我听父亲和赵裁缝议论说，他不过开家小店，怎么会这么忙呢？

从夏天到秋天，武昌城里的秘密像竹笋子遇到春雨，顶着土和石头，努力地生长；又像蚂蚁一样，四处爬行，爬得土壤松软。即令无雨，相信竹笋也能遍地拔节而出。

1911年9月14日，这些秘密快要露头了。

在雄楚楼十号刘公的住宅里。我们开始知道那些秘密人的名字。孙武、刘复基、刘公、居正、杨玉如等等，这些秘密人物的组织——共进会和文学社——走到了一起。他们曾经一直争吵不休，每一方都想做大厦中最主要的那根栋梁。现在他们决定放下一切派别之争，团结起来，联手干一件惊天的大事：他们要起义！他们要推翻清朝！

这真是比天还大的事！这样的事但凡人知，便会人头落地，满城人死。所以父亲连想一想都会浑身打战。而他们却准备付诸行动了。

这天文学社社长蒋翊武人在外地，替代他的是刘复基。虽然没多少人，孙武还是做了报告。孙武说南方数次起义，都失败了，血流成河。现在，自应由我们两湖首先起义，并号召各省响应。我们原先总是被动的，今日我们要做主动了。湖北地为冲要，是生路也是死路。

人们都同意他之所说。替代蒋翊武的刘复基亦说了话。刘复基说现在正是生死关头，一旦起事，共进会和文学社必须通力合作。所有文学社、共进会这些提法，都要暂行搁置。一律以革命党人身份，与清王朝拼一死活。不然，大事无成。

人们更加同意这一说法。因为他们到底明白，各自为政，一旦起事，也是自取灭亡。只有团结，才有胜利。于是共进会和文学社联合了起来。他们决定去上海请黄兴或宋教仁或谭人凤前来主持。他们担心只凭信件请不来人，于是便派专人前去促驾。派去的人是居正和杨玉如。

武昌城内依然像以往一样，百姓们依然在为活命忙忙碌碌。这一天我在做什么呢？我和吴四贵再一次逃了课。因为我们想去文华中学念书，可是他的父亲说家里钱不够，我的父亲也说家里没有钱。他们两人代表我们做了个决定，让我们的未来或跟着学剃头，或在咸菜坊里当伙计。我的父亲说，还不如攒点钱，将来开个剃头铺，也比把这些钱都送到学堂去要好。吴麻子很赞同我父亲的想法，说学费一交几年，不如用这些钱把咸菜坊开得更大一点。这些话是在吴四贵家说的，吴四贵听得一清二楚。第二天便跟我说，他不想在榨房里过一辈子。然后他呜咽起来，问我可想将来也做剃头的？我回答说："当然不想。"吴四贵说："那你想做什么？"

我想做什么呢？我几乎就要告诉他，我想革命。但父亲说过，这话说出来是要砍头的。所以我咽了下去。我说："你还记得那个吴大叔吗？我就想像他那样。"吴四贵的眼睛立即亮了，他大声说："你跟我想的一样啊。"

这天我们便没去雄楚楼见先生。我们当然也不知道，就在先生的隔壁，雄楚楼的10号，有那样一些人，正秘密地谋划着，准备震惊天下。

派出的代表坐船去了上海。而城里的活动依然密集而紧张。十天后，胭脂路11号胡祖舜先生家，零零散散去了许多的人。这天父亲正在那儿的街角上替一个胖子刮头。他突然发现陆续有人进到11号的胡家，并且有些面孔是他所熟悉的。他的心顿时咚咚地跳了起来。他想，这些人聚集一起，一定要谋划什么大事。或许，那就是他想都不敢想的事。他的念头到此，手便发抖了。这一抖，却不小心把那个胖子的头皮刮疼了一点。胖子跳了起来，推开父亲，几个巴掌甩在父亲脸上。他大骂着："你会不会剃头啊？你不会剃就趁早回乡下喂猪去。"骂完扯下围在脖子上的布单，就地一扔，然后扬长而去。

父亲捂着脸，蹲在地上，又一阵哇哇的号哭。被人掴脸，是莫大的污辱。不仅污辱肉体，同样污辱尊严。但父亲却不能反抗。因为反抗的结果，只会招来更大更严厉的污辱。父亲不晓得自己应该怎么办，他只会哭。

我和吴四贵恰巧准备去花园山找朋友玩，经过胭脂路，远远就听到父亲的哭声，我知道他又被人欺负了。我狂奔过去，拉起他，问他怎么回事，父亲不说，只说心里难过。然后我就看到了他被打得红肿的脸。这时的我怒不可遏。我说："有人打了你？"父亲说："算了，算了，这是常事。"

我对欺负父亲的人愤恨得要命，但却只能把气撒在父亲身上，我说："你光晓得哭！你哭有什么用！有本事就用这刀割断他的喉咙。"我指了一指父亲尚且捏在手上的剃刀。

父亲吓坏了，扔下刀，连忙捂我的嘴。但是旁边却有一个路过的大哥朝着我鼓了鼓巴掌。他说："好，好小子！有血性。我们民族就是缺少这样有血性的男儿，所以才总是被人欺负。"

这位大哥的话说到我心里去了。我望着他，心想，这一定也是一个革命大哥。

这样，我认识了他。我叫他叫邓大哥。而他的名字叫作邓玉麟。

五

胭脂路 11 号的胡家，窗户关得紧紧的。这里真的是在开会。胡家的板凳坐满了人，没有凳子的便坐在地上。人群中还夹杂着几个军人。他们面孔严峻，却又有无数的兴奋在这严峻中跳跃。这是一个重要不过的会议。人们低声地交谈着，唯恐声音传达到了外面。木桌旁，有两个人在写字，他们负责记录着这天的谈话。因为有这记录，我才知道这里发生的事。

会议的主席是孙武。孙武说："各位，今天先由刘复基报告两个草案。一是'人事草案'，另一个是'起义计划'。"

人人都屏息聆听，连空气都是兴奋的。

刘复基说："第一案，是关于人事。起义后，我们必须马上成立军政府，所以，军政府的组成人员要事先决定。经过商议，我们提名总理为刘公，军事总指挥为蒋翊武，参谋长为孙武。下再设各部：军务部长孙武，副长由蒋翊武兼；参议部正长蔡济民；内务部正长杨时杰；外交部正长宋教仁；理财部正长李作栋；调查部正长邓玉麟；交通部正长丁立中……"

这些名单，都在大家的预料之中，事先也都有过议论，所以并没有什么争议。

刘复基说："如果此案大家没有意见，下面即讨论第二案。这是起义计划。具体事项如下。"

利剑终于要出鞘了。刀锋上的光芒已经隐忍不住，挣扎着从剑鞘里拼命向外闪烁，它首先把这些人的心空照得透亮。

起义的时间定在中秋，即阴历的八月十五，公历的 10 月 6 日。在此前，将成立两个筹备处。一为政治筹备处，一为军事筹备处。政治筹备处设在汉口，它负责制作起义时需用的旗帜、印玺、文告等。刘公、孙武等为常驻筹备员。军事筹备处设在武昌，它负责制定军事计划，以及运送起义所需弹药。邓玉麟和刘复基为常驻军务筹备员。杨洪胜和邓玉麟负责输送弹药。

刘复基的话语平静，但听的人却全都不平静了。久久盼望的这一天，终于将要到来。大家纷纷然摩拳擦掌。他们相信，两周之后，这天下将由他们来改换。

孙武作了总结。他说:"我们所通过的军政府组成人员,是要在占领武昌、成立了军政府之后才能就职。但政治筹备处和军事筹备处则必须立即投入准备。不过起事前,我们还会再通知一次,请大家目前务必谨守秘密。"

但是,这样的秘密何曾守得住呢?

便是在胭脂路开会的同时,一件意外的事情发生了。整个武昌城紧张的空气,正因此事而起。

远在城外的南湖炮队,这是起义的重要队伍。两个士兵请假回家,炮兵们平素也无聊,这是一个喝酒的好由头。于是炮标三营的几个同棚弟兄,便喝酒为他俩送行。几个人且喝且笑,猜拳行令,正玩得开心,不料排长来了。排长见他们大白天居然酗酒,立即怒道:"怎么能在这里酗酒?"

一个炮兵指着身边将离营的两个士兵说:"他们回家探亲,同棚兄弟欢送一下。"排长板着脸说:"这也不行。像这样胡闹,必须严惩。来人,把这几个关起来!"

酒劲在身的人,对中途阻挠者的反应大多一样。当然是不服的,于是冲突开始了。他们放下酒瓶站起来跟排长吵闹,七嘴八舌中,全是声音:"不就是喝个酒吗?你平常喝少了?""凭什么严惩?怎么从来没见你严惩过自己?"

排长也恼怒了。他是领导,这些小当兵的竟敢如此放肆,于是语气更加严厉。几个喝多的士兵,大概真是喝多了,嘴上叫着:"老子跟你拼了!老子天天受你们的气,今天也受够了,早就想杀你们这些鞑子了。"居然还有人说:"他娘的!别以为我们没人!我们多的是人,我们不会怕你们的。再欺负我们,我们就暴动!"

排长一听此说,立即举起枪,厉声道:"谁敢暴动?我毙了他!"排长身后的士兵便也都将子弹推上了膛。

如此势态下,更多的士兵围了过来。群情更加激愤。有人说:"谁怕你了?暴动怎么样?暴动也是你们逼的!"亦有人高声喊了起来:"暴动就暴动!有什么了不起。"这声音竟引起一片响应响起:暴动!暴动!

乱哄哄的喊声中,两个士兵跑进军火库,将大炮从中拖了出来,甚至推弹上膛。

吵架变成暴动,围观的人也看傻了。这是掉脑袋的大事。更多的人只想闹闹发泄一下,却并未打算因此而不要脑袋。毕竟只是喝酒闹事,道理上也说不过去。响应的声音随着事态的升级渐渐弱了下去。拖炮出库、推弹上膛的士兵到此时自己也被吓着了。他们突然酒醒，一清醒就发现他们的脚已经踏在了死亡线上。有人提醒道，要命的快跑呀！几个闹事者方吓得拔腿而逃。

鄂军提督张彪得报大怒，立即令马标前去弹压，指示必须将那些发难的士兵追捕回来。他想知道，他们怎么就敢喊出"暴动"这两个字。

胭脂巷的会议刚刚结束，参与会议的人们，还没有散完。孙武甚至还没有走出胭脂巷，便遇到前来报信的人。来人满脸惊慌，打着结巴说："炮兵发生暴动事件！连大炮都拖出来了。"

这真是晴天霹雳的事。孙武急道："怎么如此莽撞？赶紧找人了解原委，回头来详报。"刘复基亦在半路闻听此讯，也顾不得其他，急返而回。

前去打探情况的人再次返回，说军队已前去镇压了。南湖那边紧张万分。孙武道："怎么会变成这样的？"汇报人说："虽是为喝酒闹事引起，但他们中有好几个就是革命党。知道迟早会起事的。"孙武生气了，说："既知大事当前，怎么可以这样莽撞？"汇报人急道："怎么办？事态这样严重，不如立即发难，不然被发现，就来不及了。"

这句话把人们镇住。因为适才刚制定下起义方案，一切准备尚未开始，此时起义，谁有必胜的把握？如果不能胜，起义的结果又会如何。但是，倘不及时起事，一旦逃亡的炮兵被抓，供出整个武昌城的革命党正在准备向清廷发难，那他们又将面对怎样的局势？

一时间众人皆静默。事未开始，便有挫折之感。

此时的刘复基说话了。他说："我们必须冷静下来。现在万万不可轻率起事。因我们的准备尚未齐备。我们不可因一发而动全身。只能先观察观察，如果事态继续扩大，自当行动。"

在如此情况下，他们所能做的，似乎也只能如此。

这天是个好天气。我和吴四贵从花园山下来。我说："有些热呀，去江里游水怎么样？"吴四贵说："好啊。我也正想着哩。"于是我们二人便由汉阳门出了城。

江上的浪一波一波地拍在堤上。蛇山上的警钟楼在阳光照耀下，显得高大威武。下面的茶楼，坐着三五个人正喝茶看风景。我和吴四贵在他们的注目下，跳进长江。我们在江水里嘻水打闹，江水被我们翻腾得十分热闹。我们把自己放进了他们眼中的风景里。

有一个人奔跑而来。他衣着零乱，神色慌张，跑到江边，便急喊着找船。有一只小渔船泊得不远，但那渔夫是个聋子。我和吴四贵都认识他。任凭那人如何呼叫，聋子渔夫都无动于衷。我跟吴四贵笑得快被水呛着。但突然，我想，他会不会也是一个革命党呢？我来不及推测是也不是，便三下两下游到渔夫跟前，我推着他，让他朝江边看。渔夫到底看到呼叫的人了，他划着船过去。不等船靠近，那人便跳了上去，急促道："快划。快！"

小船朝着对岸的汉口划去。未到江心，便有马蹄"的的"的声音急促而来。瞬间便见到一支马队，他们一直追到江边，勒马在岸，四下张望，见只有我们两个小孩子在游泳，一句话未说，掉头而去。我们在水里露着脑袋望着他们。

吴四贵浑身发抖，低声说："是来抓那个人的吧？"我说："那还用说？"吴四贵说："为什么呢？"我说："我怎么知道，我不是跟你在一起吗？"

但是我的心里在说，或许我知道一点点哩。

六

一连几天，我都在想，那个逃跑的人会不会是革命党呢？城里传说南湖的炮队发生兵变，这个人会不会就是其中一员呢？如果是的话，官兵会不会满城搜家，来寻找他呢？他们一共跑了多少人？不会只是这一个吧？

我很好奇这样的事，却无从知晓。

晚上的时候，父亲回家，神情紧张。他说："今天一个剃头的人告诉我，报上登了消息，革命党要在中秋起事，江南江北都传遍了，他们的口号是'八月十五杀鞑子'。"

我跳了起来，心里咚咚咚咚得像打鼓，就仿佛那个起义的人就是我自己。我说："真的吗？"父亲说："这几天你千万给我乖乖待在家里。满街军警乱走，弄不好就会杀人的。"

我绝不会按父亲所说的待在家里。我要比往日出去得更勤。但是我不能再叫吴四贵。因为我知道"革命"，而他什么都不知道。

街上果然显得紧张。旅馆不时进出军警，乱吼吼地叫着查人。有人手上还拿着墨画的人头像，望着进出的人核对。街上的巡警也奔来跑去，像是在追捕，又像是自己没事跑着玩，一阵来一阵去，吓人一身冷汗。长街的商铺里，看到女人们拼命地买东西，有几个店铺甚至排着队。大概是提防着真要闹事，恐怕家里会没吃的。女人就是让一个家稳定的人。有了她们，不管什么时候，总有的吃。我家就是。但是女人如果慌乱了，全世界就都会慌乱。现在武昌的街上的紧张，就是因为她们而变得十分夸张。

但我知道，最紧张的地方还不是在街上，而是在都督府。逃跑的炮兵害怕被追捕，便写了一封信丢进了邮筒。这信自然会落到第八镇统制兼提督张彪手上。

张彪看罢大为震惊。这的确是让他大骇的一封信。信上大意说，我们的党团体牢固得很，如果你们因此事而妄行杀戮，全镇必为激变。字里行间还夹杂着不少恐吓字句。张彪料想不到逃亡炮兵竟敢如此口出狂言。这狂言的背后将会是什么呢？张彪忙拿了信去找鄂总督瑞澂。

瑞澂亦是大骇。倘若军中真因此而引起兵变，他自是难以收场。但是，他也万分恼怒，说："人都逃掉了，居然还敢写信来威胁！这是谁的天下？他们想反了吗？"张彪说："因事发突然，我也担心引起兵变，所以对几个闹事的并没有死追猛打。准备待军中情绪稍缓一点时，暗中再行抓捕。写此信大概是怕追捕得太紧，心下害怕，故有此言。"瑞澂说："此言虽不可信，但也不得不防。"张彪说："当然要防。我意我们采取外松内紧的对策。"瑞澂说："怎么防范？"张彪说："一是将各营所存枪炮机纽拆卸，连同各种子弹一并缴送军械总局库存起来，二是令所有标统以下、排长以上各军官每天必须驻营歇息，加强控制。三是我亲自率人出其不意地巡查，吹紧张集合号点名。官长不在营者，撤差，士兵不在营者，严办，并罚其长官。"

瑞澂平静下了，他点了头，表示了允许。或许他觉得这个办法可行。但是一个士兵的进到，打破了他的平静。士兵递给瑞澂一张报纸。

瑞澂接过报纸阅读，一读便脸色大变。他把报纸甩给张彪，说："你看看。"张彪接过，亦大惊失色。他不禁念出了声："八月十五杀鞑子。难道他们准备八月十五闹事？"瑞澂说："看来那信不假，像是有事要发生了。"

官方立即召开紧张会议。文武官员济济一堂。会议由军事参议员铁忠主持。铁忠说："为防止士兵离营起事，现决定全体军队提前一天过中秋节。而八月十五这天不放假。他们人在营中，就得听我们的调遣。另外，所有子弹一律收缴存库。"一军官说："听说工程营里有不少党人，由他们防守楚望台军械库可能危险，不如把工程营调开得了。"但混成协协统黎元洪却说不可，此举会更加引起士兵的反感，反而激起兵变。最终铁忠作了决定，他要求军械库那边，须得加强官长监视。

武昌城内，街上游走的军警更是密集，令满街都是紧张气氛。人们走在路上，不敢高声说话，连大气都不敢出得重了。脚步匆忙却也目光游移，每个人都警惕着是否会被列入嫌疑。我和吴四贵以前到城外长江玩水，一向是跑步带着呼啸穿过汉阳门。现在我们不敢这样放肆了。因为有一次，我们奔跑时，后面咚咚咚地追来几个军警，以为我们是犯事的革命党，见势不妙正在逃奔。吴四贵吓得裤子都尿湿了。幸亏有一军警见我们好多回，说这俩是城里的孩子，天天在这路上疯跑哩。军警的头目吼了一声，说："往后不准再这么跑！否则以妨碍公务、搅乱人心抓你们。"

从此以后，吴四贵再也不肯和我一起出城玩水。好在天凉了，渐次我也不去了。

一天，父亲回来得晚，母亲担心他饿，便让我送两个大饼给他吃。我走到街角，见父亲正和一个缠着头巾的人说话。那人说着坐了下来，父亲准备替他刮胡子。突然过来几个军警，上前一把扯下那人的头巾。他剪着短发，却没有辫子。几个军人立即上前把他绑了起来。那人挣扎着想解释，军人便用他的头巾堵住了他的嘴。

军人中一个小官模样的人转身对着父亲，他说："是你替他剪的头发？"父亲吓得浑身发抖，连连地摆手说："不不不，他说是失火烧的。想让我替他修剪一下，我还没有来得及看。"小官便一脚踹倒了父亲的剃头挑子，厉声道："你要敢替人剪一根辫子，你就得跟他一样，别想活命。"说罢，绑着那人扬长而去。

父亲呆站在原处，看着他们的背影，好半天，见他们走远，便瘫软在了地上。他又哇哇地大哭开来。我奔过去，先扶起剃头挑子，又把父亲拉了起来，我说："你别哭啦！我就不信，我偏要把这个猪尾巴剪掉。"

父亲吓得一哆嗦，连忙闭住声音，他惊慌地朝四下望望，一个大巴掌捂住了我的嘴。

父亲真是一个没用的人，他被武昌街上的紧张吓坏了。但我能看到，城里依然有很多的人根本就没有害怕。他们脸上依然带着秘密，照样干着他们想要干的事。

这一天，刘公把几个年轻人找到他在昙华林的住所。刘公是有钱人家的公子，但他担任着共进会的领导。起义所需的一大笔钱，便是他从家里连蒙带骗弄来的。我先前不明白，他家里这样有钱，他何故还要革命？邓玉麟大哥告诉我，革命不是有钱没钱的事，而是为了中国。我们中国人不能总是被外国人欺负，而我们汉人也不能永远被满人欺负。原来如此。我似乎明白了，又似乎不太明白。但我从此知道，有钱人也会革命。

刘公在武汉有不少住处。这一处是在昙华林。他约了三个学生去到他的住处。他们是赵师梅、赵学诗兄弟和陈磊。这三人正在武昌中等工业学堂念书。虽然还是学生，却都早已加入了共进会。

刘公拿出一张图纸，他将它摊在桌上。三个学生一起围了上去。赵师梅惊异道："这是什么？"刘公说："这是铁血十八星旗的图纸。"陈磊也惊说："铁血十八星？什么意思？"

刘公便告诉他们，当年他在日本时，孙中山曾召集他们讨论过国旗样式。有人便设计了十八星旗图样。以后，共进会以此作为会旗。红色铺地和黑色九角象征铁血，就是说革命必须使用武力，以热血驱逐鞑虏、恢复中华。黑九角的内、外角上共有十八颗金黄色的圆星，代表关内十八个行省铁血共义。

三个学生都不由赞叹道，真是太好了！

刘公说："因要在武昌设立共进会总部，我回国时，便把这图样带了回来。"赵师梅说："需要我们做什么？"刘公说："起义在即，革命需要旗帜做标识。这铁血十八星旗就是我们起义要用的旗帜。你们是机械系、电机系学生，都有绘图仪器，并且也会绘画，就请你们照这张图绘制二十面十八星旗，各图案的位置、大小、排列以及边长，都要准确。"

三个青年都显得异常激动。这是一件太重要的事了，而这事将由他们来完成，这可是莫大的荣幸。便都再三再四地保证绝对完成任务。刘公说："画完后，去找可靠的裁缝店缝好。起义前三天必须完成。这事必须严守秘密。"

三个青年都忙说，那是当然。这是常识了。

七

所有起义的准备，都在有条不紊地准备着。虽然是紧张和忙碌，但兴奋和期待却压倒了一切。月亮一天天饱满。它高悬在上，让夜空变得温柔而妩媚。它用这光，将武昌城里紧张的空气一丝丝地化解。还有几天，这天下便将在这月色之下，由一群无畏者亲手颠覆。

便在这时，一封湖南来信，打乱了节奏。信是湖南共进会一个叫焦达峰的人写来的。信上说，湖南方面希望与武昌同时起义。但10月6日中秋这天，他们准备还不足，望能延迟十天起事。

这已是1911年的9月28日了。在武昌小朝街军事指挥部里，刘公、刘复基、蒋翊武、孙武等人都看了这封信。

刘公说："如果准备不足，贸然行动，结果会不堪设想。"蒋翊武说："两省同时发难，胜算更大。但如果要延迟十天，这边的起义时间就得改为10月16日了。"孙武说："也好，这样的话，我们的准备也充分一些。"

刘复基思索半天才开口，他说："我只担心时间长了，人多嘴杂，难以保密。"刘公说："所以我们在通知改期的同时，一定要告诉大家定要谨慎行事。"

最后起义总指挥蒋翊武说："就这么决定吧。起义时间延迟十天，定为10月16日。"

联络员们秘密地将这信息，传递了下去。

父亲像往日一样，担着他的剃头担子出了门。走前令我在家写字。已经是10月3日了，不几天就将是中秋。城里的军警更是紧张得毛发像狮子一样竖起。他们眼睛滴溜溜地不停转动，眼光在街上行人中扫来扫去。不小心扫到谁身上，一声暴吼，便拖到街边。若是不服，觉得自己委屈，少不得要挨几个巴掌。即使不打，怒吼着羞辱一顿却是逃不掉了。父亲怕我惹事，叮嘱母亲再三，不准我中秋前出门。母亲胆子更小，她对着几案上的观音不停地嘀嘀咕咕地念叨，一边念一边盯我几眼。

我一直在等待武昌城里枪炮大响。但街上却一如往常，原先紧张的气氛似乎也松缓下来了。

隔壁赵裁缝的铺子，来了几个人。我看出来了，他们脸上有着跟邓玉麟大哥一样的神情。见我坐在家门口，一个大哥说："小子，别盯着我们看。"我说："大哥，我知道你们是做什么的。你放心进去，如有狗过来，我会比他先叫哩。"

几个大哥会意一笑，说这小子挺聪明。

进门的正是赵师梅几个。他们是来取旗帜的。赵裁缝打开一面旗说："你们看行不行？"赵师梅几个一边抚摸一边惊喜道："真是太好了。比想象的还要好。"赵裁缝脸上露出笑，说："只是这活儿不能白天干，我只能夜里悄悄地做。现在已经完成了十八面。还有两面的旗杆套还没缝制好。"赵师梅说："那就先拿十八面吧。过两天再来取剩下的两面。"赵裁缝说："好。那时定没问题。"说罢他把打开的那面旗叠好，放进一个包裹里。

赵师梅从他手上接过包裹，而后说："当武昌城飘满这铁血旗的时候，定有你的一份功劳。"赵裁缝说："别说功劳不功劳这话，只图我们百姓将来有个活路。"赵师梅说："那是一定的。"

我听到了他们的这些话，内心狂跳不已。我知道，大事就将出现在眼前。几位大哥出门来，我情不自禁朝他们伸了个大拇指。他们笑着，也朝着我伸了一个大拇指。这一下，我们都知道对方的心了。

官府把中秋节提前一天过了。农历八月十四日，他们喝酒庆祝了一天，到夜晚，军警便带着酒气满街游走。见到路人，稍不顺眼，便上前一通盘查。睡觉时分，新军的士兵们子弹都一律上交，排长也不回家，通夜守在棚里。工兵第八营的排长陶启胜最是紧张，带着士兵，不停地查铺。他出门时，棚长熊秉坤躺在床上笑着对他旁边的金兆龙说："现在还不是时候哩，让他们去紧张，我们安心睡大觉就是了。"

中秋节竟是静悄悄地过去，没有任何事情发生。清朝官府上上下下都松了一口气。老百姓也有些诧异，以为这天大小都会有点动静，不料，却什么都没有。

赵裁缝和吴麻子晚间吃饭时，都蹭来我家，他们跟我父亲私底下说着话。吴麻子说："报上不是讲今日要杀鞑子么？"我父亲说："是呀，怎么比平常年头还要安静呢？"赵裁缝说："越安静说明越会有事哩。武昌城起事只是个迟早。"吴麻子盯着他说："你怎知道？"赵裁缝眯眼笑道："天知道地知道，我却不知道。"吴麻子说："那你凭什么说武昌城迟早会起事？"赵裁缝说："因我晓得天爷地母的心思。他们说我们这日子照这样过下去，就是死路一条。"

吴麻子说："天爷地母给你托梦了？"我父亲说："托不托梦倒没什么。不过天爷地母倒是说得对，这日子不能这么过下去。"吴麻子说："也是。我最恨那些满人，我只望我们汉人能重新当皇帝。"我父亲说："汉人的江山还不是你家吴三贵送掉的？"吴麻子发怒了，说："你你你，那吴三贵关我们什么事？"赵裁缝忙说："扯远了扯远了。叫我说，谁当皇帝不关我们的事，有没皇帝也都与我们几个没关。我只望这日子能过得顺当一点。小孩们长大了能正经成家立业，传宗接代。"吴麻子和我父亲都点着头，说："是呀，是呀。"

我和吴四贵躲在附近偷听他们说话。吴四贵傻傻地望着我，说："他们在讲什么？我怎么听不懂是些什么话。"我说："你不懂的事多着哩！"

他们回去前，赵裁缝走到门口又回了头，说："这些天大家还是都醒着点，谁知道会有什么事呢？"

吴四贵使劲逼着我问："这话是什么意思？会出什么事？要打仗么？"我说："哎呀呀，你怎么这么啰唆。不就是让你睡觉醒着点吗？"

我白天黑夜都醒着。我的鼻子就像狗一样灵敏。我闻得出空气中的味道。这些天的味道跟寻常完全不同。我知道武昌城定是要出大事。

只是，没有人会预料得到，这件大事会以什么样的方式到来。

八

1911年10月9日，这个日子注定让无数人铭心刻骨。

这一天，汉口的宝善里一如往昔。宝善里属俄租界，是俄国毛子的地盘。在汉口，洋人比武昌多得多，洋房也比武昌多得多。我父亲常唠叨说，汉口的钱是站着的，汉阳的钱是摊着的，武昌的钱是顶着的。小时候我不懂缘故，大了才晓得：汉口的洋人在江边盖了许多货栈，他们走长江水道，把这些当地特产货运回国，又从他们本国，拉了一些洋货运来汉口。那些堆立在货栈里的货物，就是钱；汉阳则是由上游水路，放排下来木料竹子和药材，晾摊在河滩上，这些木竹及药材卖掉也是钱。而我们武昌，却是官家云集之处，他们头上的顶戴花翎，就是钱。

英国佬、法国佬、德国佬以及俄国毛子、日本鬼子都在汉口开着租界。租界的洋人是自己管自己，那里事无巨细都轮不着清府的警察插手。革命党为逃避清府的视线，便喜欢寻那租界的屋子居住。洋人们虽与官府勾结，但到底对中国的事知之略少。

正是初秋的下午，窗口的阳光分外明亮。俄租界宝善里14号正在忙碌。这是刘公租下的房子。他在宝善里租下了1号和14号两套房子。1号自住，14号则专用来作共进会的总部，起义的政治筹备处也设立在此。所有起义前的准备都在这里有条不紊地进行着。距指挥部定下的起义时间还有一周。虽然他们的准备已相当充分，但他们还要在这一周内，做得更周全些。

屋中央的圆桌前，李作栋和刘炳正在为新印制的钞票加盖印章，另有几人在一边清理文件。

邓玉麟准备出门，见孙武坐在窗前，借着光，检查置放在脸盆里的火药，便走过去说："怎么样？还能用吧？"孙武说："当然。当年的革命者为暗杀清官而买下这些火药。当年他们没能用成，现在正好派上用场。"邓玉麟说："是啊，我们就用它们去炸总督府吧。"孙武自豪道："那最合适。"

邓玉麟说笑几句后，要为起义买表，便出了门。不多久，刘公的弟弟刘同进来了。因为哥哥的缘故，他虽年龄还小，尚是中学生，却对起义一事，了解甚多。屋里所有人，都同刘同十分熟悉。

刘同的手上夹着一支烟，孙武却没有看见。他对刘同说："你怎么来了？"刘同说："过来看看你们忙得怎么样了。"他一边说着一边朝孙武所坐的窗口走过去。走近后，他吸了一口烟，随意地将烟灰弹了一弹。孙武说："小心呀。这里有炸药。"刘同说："知道了。"刘同说着朝楼上走去。

孙武正拿着一枚炸弹检查，突然他想站起来说什么，顺手将炸弹朝桌上一放。他的手有点重，炸弹落在桌上的声音很响。紧接着，轰地一下，它居然因此而爆炸。瞬间，一股白烟升腾而起，孙武未及反应，爆炸声随之响起，火光迸射，将屋里所有人都惊呆，刚走到楼梯口的刘同吓得几乎坐在了台阶上。

孙武被炸翻在地，脸部被火药熏得乌黑，鲜血从那一片片的黑中流了出来。几秒钟后，李作栋冲过去，从屋角抓了件长衫蒙住孙武的头，然后说："快，送他到医院。"屋里的另两人立即上前来，他们挟着孙武，迅速从后门离开。

正在里屋的刘公闻声而出。屋里正燃着火，他一边忙不迭扑火一边紧张地说："爆炸声一定会惊动巡捕房。大家赶紧转移。走前必须把所有文件都带走。"

火不大，只一会儿，便被扑灭。屋里烟味浓郁，有人咳嗽了起来，一边咳一边说："文件全都锁在柜子里。"刘公说："赶紧打开，全部带走。"咳嗽的人说："钥匙呢？钥匙在谁手上？"

　　却无一人知道。刘公说："撬柜子。"可两三个人折腾好一会，却依然没能把柜锁弄开。而此刻，俄国人的脚步和哨音已经可以听到了。刘公说："我到前面去应付，你们要快。然后从后门走。"刘公说罢，扯了下衣服，平静了一下神情，然后出门。

　　刘公走出前门，假装要掏钥匙锁门，一副要外出的样子。奔跑而来的俄巡捕却已经赶到他面前。俄巡捕说："出了什么事？怎么有爆炸？"刘公故作轻松状道："哦，没多大事，不小心弄翻了煤油，是煤油引起的爆燃。"俄巡捕犹豫了一下，却说："煤油引起的爆燃？我们还是看看吧。"说话间，抬腿便进了屋。

　　刘公嘴上说："好的。"人却没有跟他们一起进去，他落在后面，趁人不注意，闪到屋后，犹豫几秒，然后迅速离开了。

　　屋里只剩下未来得及逃掉的刘炳。他一直想打开柜子，却始终未能成功。待他决定从后门离去时，却已然避走不及，结果被俄巡捕堵在了屋里。

　　一个巡捕闻了闻气味，突然大声说："这不是煤油味道，分明是火药。"巡捕的头儿便厉声道："一个百姓家，怎么会有火药？"说罢命令道："搜！仔细搜。"

　　翻箱倒柜式的搜查，将宝善里 14 号所有的可翻的东西全都翻了出来。炸药最先被找到。散放在桌上的文件也被一搜而去。那个被锁着的柜子自是逃不出魔掌。几个巡捕试着拧锁，却也没能打开。于是他们找了把斧头，三下两下将柜子劈了开来。刘炳脸色苍白，他心里想，当初我们怎么不用斧头砍呢？

　　柜里的东西全部被翻了出来。里面的东西令几个巡捕吓了一跳。一摞旗帜，一堆袖章，还有一堆文告、钞票以及各式各样文件。

　　巡捕头儿翻看着这些，他并未看懂，嘴里不停地说："这是什么？这是干什么的？要造反？"然后便命令将柜里所有东西全都带走，扣下的刘炳一人也一并带走。

　　邓玉麟买了东西回来，走到宝善里巷口，见人们跑来跑去，一派骚动。几个巡捕正在抓人，这是 14 号的左邻右舍，邻居们东喊西叫着："不关我的事呀！我只不过住在隔壁。"又有喊说："我不知道里面是什么人哩。"

　　邓玉麟见势不对，忙上前打问："出了什么事？"一个街坊告诉他，像是有人扔了炸弹，屋里爆炸了。邓玉麟大惊，他想起自己走之前孙武正在查验火药，忙说："是几号爆炸了？"街坊说："像是14号。"

邓玉麟知道大事不好，他不敢再往前走。他不知道到底出了什么事，亦不知有没有人被抓走，在这个节骨眼上，任何事情发生，都会影响大局。邓玉麟心急如焚，放眼四望，他认识的人一个不见。紧急间，想起刘公在长清里还有一住处，不知他们是否转移到了那里。想罢，拔腿即走。

邓玉麟心急火燎地赶到长清里。敲门时，开门的竟是刘公。邓玉麟悬着的心落了一半，他急道："出了什么事？"

屋里还坐着李作栋。二人皆情绪低落，只是长吁短叹着。屋里一角，还坐着刘同，他一副可怜巴巴的样子。邓玉麟说："到底怎么回事？"此时刘公方说："炸药不慎爆炸，引来了俄国毛子。刘炳被抓了。最可怕的是，所有的文件全都被巡捕房搜索而去。"

邓玉麟顿时傻眼，他急道："啊？这怎么办？"刘公说："起义消息必定泄露，我们得做最坏的打算。"刘公说时，痛心疾首。

几个人一时间沉默。几个月来的忙碌辛苦以及兴奋以及焦急的等待，或许就在这一声炸响中，灰飞烟灭。

刘公接着说："巡捕一查就能查出14号是我租下的。我在1号的住房也难免被查。而所有人员名册都放在那里，我们必须把它取出来。如果这份名册被搜走，俄国巡捕房必将这名册交给官府。那我们的人，就将会被一网打尽。数年的革命基础必将尽毁。"

邓玉麟更是惊呆。他知道，对于他们，这是比泄露起义计划更大的事。这次起义不成，还可有下次。而人员被抓，组织被毁，便再没机会。刘公说："所以，我必须马上回家一趟，把那里的文件取出来。"邓玉麟说："你不能去冒险，起义在即，你身负要职，不能有任何闪失。我去帮你取。"李作栋说："你也不能去。孙武是我送到同仁医院的，他正在治疗。他有一个想法，急着要见你。你得赶紧过去一趟。"刘公说："他一定有重要想法，你赶快去。这边我来解决。"

一边的刘同突然站了起来，说："哥哥，我去。我去取出来。他们不会怀疑我。"李作栋说："不行，你太小了，万一出了什么事，大家都不好交代。"刘同说："那里是我家，我可以说，我不过是回家去呀。"刘公想了想，说："也是。这样吧，你和你嫂子一起去。你们一个妇人，一个孩子，不过是家眷，若问你们，你们只咬定说是回家，其他什么都不知道。"刘同说："我明白。"

邓玉麟和刘同叔嫂前后脚出门。他叫了黄包车，直奔同仁医院。孙武已经治疗结束，他的脸上和胳膊都被白纱布裹缠，状态狼狈。此刻见着邓玉麟，连寒暄都没有了，急不可耐道："你来得正好，情况危急。我一刻都静不下来。"邓玉麟说："你的伤势如何？"孙武说："先不谈伤。宝善里失事，我已知所有机密文件全部被俄国人搜走。"邓玉麟说："他们不会这么快交给官府吧？"孙武斩钉截铁道："不可怀有这样的侥幸。他们必定会马上转交给官府。如果官府拿到这些文件，必定得知我们的起义计划。所以，你必须马上过江，通知武昌军事指挥部，只有立即动手，才能死里求生。"邓玉麟说："我完全同意。"孙武说："你告诉他们，我的意见是今晚行动。"邓玉麟深知事态的严重性，连坐都没坐下，立即说："我现在就过江。你要注意安全。"说罢便掉头出门。

便是邓玉麟与孙武谈话的时刻，更紧急的事发生了。

刘同和嫂子一起回到宝善里1号的家，正欲打开门锁，突然冲上几个巡捕，一把将他二人扭住。刘同大声喊叫和挣扎，声称自己是学生，只是回家。但这一切解释都无济于事。刘同和他的嫂子同时被捕。屋里也被强行搜查，那份重要的名册亦被搜缴而去。

消息立即传到长清里刘公处，刘公大惊失色。李作栋焦急道："他们怎么能连小孩和妇人都抓呢？"刘公说："看来事情比我们想象得更加严重。名册搜走，如不知地址，一时还抓不到人。现在的关键是，刘同虽然不是党人，但他是我弟弟，平时也听到许多机密，大多机关地址，他都知道。他年幼无知，不可能禁得起官吏的威逼拷问，难免会把他知道的全都说出来。这就势必危急汉口和武昌的各个革命机关。现在我们必须通知大家赶紧转移。"李作栋亦急道："孙武住同仁医院的事，刘同也知道。"刘公说："他也必须转移。先将他转移到德租界黄玉山家里，料敌人一时查不到那里去。"李作栋说："我现在就去通知所有人。目前你最是危险，得赶紧找个安全地方避下风头。"刘公说："我知道。武汉暂不能留，我得避到乡下去。"李作栋说："那最好。留得青山在，不愁没柴烧。"

九

秋风徐徐地吹动着，长江水势浩大，宽阔的江面显得很沉静。小小的浪舒缓地涌动。渔船划过，竟也不那么摇晃。

这天的下午，武昌小朝街85号没有任何异样。这是幢二层楼的房子。这样的灰砖房屋在武昌城里多得是，它不显山不露水，就仿佛一个穿着灰大褂的乡下人，永远抄着双手，以不动声色的面容立在这里看世间风云变幻。就算走得近了，也没人会去猜想，这楼里是否藏有蛟龙。

楼下住着房东。房东进进出出，买米买菜，烧火做饭，站在门口与邻人闲聊，偶尔也发发牢骚，一如所有的武昌人。但在楼上，却是起义的军事筹备组，并同时兼着起义指挥部。起义日期迫近，文学社的关键人物刘复基、蒋翊武、彭楚藩等人越来越频繁地相聚在此。他们永远在商量着起义的相关事宜。

这一天，他们仍然聚在这里，深谈起义的一些细节。

刘复基说："起义的准备工作已经进行得差不多了。但黄兴要求起义再延期数日，以等待十省共同发难。"彭楚藩说："这样好倒是好，只是我们这边已经准备了这么久，再往后延，保密是个大问题。"刘复基说："是啊。夜长梦多，我们已经延时了十日，官府也有所察觉。再继续延时，不知道会出什么事。我很担心。"

两人说着，望着蒋翊武，毕竟他是起义总指挥。蒋翊武没有回答，他也在考虑。他觉得刘复基他们说得对，但是，黄兴的意见也不能不听。黄兴的地位，他们都很清楚，用一个词，就是举足轻重。

恰是这静场时刻，有人闯了进来，进门便惊慌着说："不好了，出大事了！是天大的事！"

人人都吓一跳，忙问又是什么事？来人说是宝善里那边出了事。刘复基急道："怎么了？"来人说："听说共进会那边炸药爆炸，引来了俄国巡捕。我们有人受了伤，好像是孙武。还有人被俄国巡捕当场抓走。其他情况尚不明了。"

蒋翊武、刘复基一干人全都愕然。蒋翊武道："刘公呢？他在哪里？"来人说："他家被搜了个彻底。他没被抓，想必是逃了。"

宝善里是政治筹备处，又是共进会总部，起义的大量机密都在那里，倘这些机密被泄露，整个起义必败无疑。在场的每个人的呼吸都变得沉重起来。

彭楚藩说："赶紧派人过江了解情况。"刘复基沉默片刻，方说："怕是来不及了。何况去了也未必能找到人。事至如此，我想起义计划很可能会被官府得知，我们必须考虑立即起事，方能力挽狂澜。"蒋翊武说："不能急，更不能乱猜测，先观察观察再说。"彭楚藩亦说："再观察到何时？万一众同志都被抓起来了呢？"刘复基说："是呀。可怕的不仅是起义人名册被搜去，比这更可怕的是，如果我们被抓的同志经不起拷问，就有可能将所有机关地址供出，牵连的人便会成百上千，而我们也会面临被一网打尽的危险。以此看，只能先发制人。"蒋翊武说："眼下情况未明，如此判断未免过早。"

先前所说黄兴要求延迟起义的事，此刻根本不可能考虑了。中心的问题已然转向，那便是：要不要马上起义。众人七嘴八舌，大多人同意刘复基观点：此为生死时刻，只能背水一战，马上起义。

总指挥蒋翊武一直沉默不语。事关重大，起义计划是否泄露亦不知晓，被捕同志向敌招供也是推测。如若提前起义，无他省同步呼应，仅由鄂省一家孤注一掷，清廷必会以举国之力前来围剿。如此这般，胜算会有多大？作为总指挥，他必须想到这些。一时间，蒋翊武心绪茫然。

邓玉麟便是在此时，闯进了他们的讨论中。众人顿如云霓再现，全都围了过去。蒋翊武更是直奔主题。

蒋翊武说："快，宝善里到底怎么样了？你在场吗？"一向沉着的刘复基亦按捺不住，急问道："孙武呢？他怎么样？他是什么意见？"

邓玉麟明白他们业已听说宝善里的事故，便忙说："孙武还算好，但情况不容乐观。最要命的是宝善里所有的起义文件全部被俄国人搜走。孙武让我转告军事指挥部，请考虑立即起义，不然所有人都面临危险。"

所有的猜测，都成现实。众人立即知道情况严重，错愕中一时说不出话来，于是将目光投向蒋翊武。蒋翊武紧锁眉头，仍然在考虑。

刘复基按捺不住，他拔出枪来对着他，严厉道："君为总司令，而今事态迫切如此，人人危在旦夕，你却还在犹豫不决。你怕死了吗？！"

蒋翊武仍然没有说话，他的心紧了一下，固然知道他们已没退路，但贸然起义是否就合适？会不会导致更多人头落地？他不敢轻率作决定。

邓玉麟的心瞬间提了起来，值此人命关天时刻，自己内部设若如此，后果将更不可预料。他说，刘同年少，如他被捕，难保禁不起拷问。他经常出入我们机关，熟悉所有人，也知道各机关的地址，他要是招供，所有革命组织便会被毁灭。他说着朝彭楚藩望了一眼，希望他能出来调和。

彭楚藩会意地接过他的眼神，便走上前，半开玩笑地拍了拍蒋翊武的头说："诚如邓君所言，你是起义总司令，你的头怕是第一个不保。"

蒋翊武将头甩了一下，勃然怒道："你们以为我怕死？！蒋某人什么时候怕过死？怕死我还革命？大好头颅，同拼一掷！好，既然大家一致认定，只有起事，才能死里求生，那就今夜吧。今夜我们起事！"

没有人计较蒋翊武的发怒，这正是他们所需要的怒气。众人立即激动起来，彼此抱拳互祝。

十

那个时候，我在做什么呢？

很久之后，我都在想这个事情。我问吴四贵，我们那天在做什么？吴四贵说，你好记性！那天我爸同意我念中学，你爸说你也应该去中学念书。可是你不肯，说长大想去当兵。你天天晃到工程兵那边找人教你玩枪。你爸气得骂你哩，说是宁可你接他的剃头挑子，也不让你去当兵。之后我就拖你到楚望台了。

吴四贵这一说，我想了起来。我是不应该忘记。那天我和吴四贵在楚望台坐了许久。我的心意吴四贵不懂。我想学打枪。因我知道，武昌将有大事发生。我全身心等待着这桩大事的到来。我想这件大事无论如何是应该有我参与的。工程兵的熊秉坤是邓玉麟的朋友，他虽只是八营的一个棚长，但他像邓大哥一样，脸上总有一种神秘的气息。熊秉坤大哥告诉我怎样拉枪栓怎么瞄准。我说如果能真打一枪就好了。熊大哥意味深长地说："这个日子就快来了。"熊大哥说的日子是指什么？我仿佛明白，又仿佛不明白。只觉得那个日子就在我的眼前，我伸出手，随时可以捕捉到它。

我还记起了，那天我和吴四贵从楚望台回家时，路过工程八营，我拉着吴四贵要去找熊秉坤大哥。我想在吴四贵面前炫一手，因为我已经知道怎么瞄准怎么拉枪栓了。走近工八营，我们竟看到千家街开杂货店的杨洪胜大叔与正在当班的熊秉坤大哥说话。我奇怪他们两人怎么有话可说。突然之间，我发现杨大叔的脸上也散发着我熟悉的那种神秘。他们俩说着话，神情却古怪。难道有什么事要发生么？我想。

我拉了吴四贵一把，说："算了，今天太晚了。回家吧。"吴四贵说："难道杨大叔也想当兵？老了一点吧。"我说："你知道个屁呀！"

起义的时间业已决定：10 月 9 日夜半行动。刘复基立即起草起义通知，总指挥蒋翊武则部署军事行动。蒋翊武说："起义时间定为今夜十二点整。城内城外同时起事，以城外南湖炮声为信号；所有起义部队以左臂扎白布为标志；炮队攻击中和门，占据楚望台，并且要连夜携炮上蛇山，集中火力炮击督署及藩署，擒贼先擒王，击溃他们，让清军群龙无首；工程营则必须要夺下弹药库……"

所有人都面孔紧张地听着蒋翊武发令。亦有笔快者，速速地做着记录。刘复基将拟定的通知念了一遍，蒋翊武差人分头抄写，又指派联络员即刻送往各军营以及各机关。

蒋翊武指示：今晚的口令是"同心协力"。

决定一出，各人便分头开始行动。

这天最忙碌的人是邓玉麟。他领命与杨洪胜前去通知工八营准备行动，随后还要将储藏在胭脂路的炸弹搬运到杨洪胜位于千家街的杂货店，然后由杨洪胜分批送到工八营去。然而他最重要最重要的任务，则是前往南湖炮队送信。他得通知炮队夜半十二点准时放炮。这是起义的号令。整个武昌城以及蛰伏在夜色里的人们，都会竖起耳朵听取这个惊心动魄的炮声。这声音将会改变无数人的命运，甚至中国的命运。

邓玉麟忙了一通，准备出城时，天已很黑了。他与另两个联络员在约定地点会合。邓玉麟说："城内都通知完了吗？"两联络员表示全部通知到了。邓玉麟说："太好了，现在我们马上赶到南湖。"一个联络员说："时间很充裕。炮队八标也应该有所准备。"

三人说罢赶紧朝城外而去。行至文昌门附近，发现城下气氛紧张，城门看守奇严。所有往来行人，都被一一仔细盘问和搜查，进出速度奇慢无比。邓玉麟赶紧拉了二人到僻静处，说："看来出城很难。你们身上有没有可疑的东西？"一个联络员低声惊道："糟糕，我身上还有一个炸弹。"邓玉麟的脸都白了，他急切道："你怎么能随身带这个？赶紧处理掉。"

三人便急步从僻巷绕道，及至城边偏僻处，将炸弹扔进一条杂草深长的沟中。再向城门去，发现出城更难了，仿佛正在查找什么人。

邓玉麟见状不妙，说："走中和门。"于是又朝中和门疾步而去。不时有军警严肃着面孔，显得紧张不堪的样子，来回奔走。邓玉麟说："看来情况不妙，敌人一定得到了我们的大量文件，不然武昌城不会如此森严。我们必须赶紧离城。"

这想必是武昌城史上最恐怖的一个夜晚。一番艰难曲折,邓玉麟和两个联络员终于得以出城。城外空气新鲜,长吁一口气,仿佛能吐出满腹的污垢。夜空中的星点似乎比城里显得明亮。田野带着秋天的清新和温情,抚慰着这几个因紧张而汗流浃背的年轻人。他们没有停歇也没有说话,脚步匆匆地赶路。

这样的夜晚,星光和夜气都没有任何征兆透露给邓玉麟。他完全不知道,在他们行走的途中,城里正发生着什么样的事情。他们只顾埋头匆匆赶路,待赶到位于南湖的炮队,大门已关,四周已是格外的静悄,夜色下,阒无人声。

邓玉麟凭借着对此道路的熟稔,越墙而入。待他找到炮队联络员,已近十二点。炮队的革命党人根本不知白天汉口发生了什么,亦不知今天的夜晚准备起义,他们业已沉睡在梦乡之中。联络员朝着俱已熄灯的营房说:"这时候一个个找人起床,怕是不可能吧?"

邓玉麟一行十分无奈,再看表时,起义时间已过。这夜的起义显然流产。他懊恼地蹲在墙根下,无法想象这个结局将会是什么。只能留待明天前去起义指挥部汇报,看看下一步应该如何。

无论如何,他想象不到,便是在他赶路的途中,在他蹲在墙根下懊恼悔恨的时刻,武昌城最黑暗最血腥的时刻,已经到来。

十一

这天晚上,我的眼皮突然跳动得厉害。老人讲,左眼跳财右眼跳灾。眼皮或报喜或报警,最是灵验。现在,我的两个眼皮都在跳着,我不知是祸是福,或许是福祸同至?

天色慢慢变得暗了一点,我在家坐立不安,眼前老是浮出熊秉坤和杨大叔脸上的古怪。那古怪暗示着什么呢?我便越发坐不住了。

我跑出屋。正遇我父亲挑着剃头担子回来。他急道:"你往哪里跑?外面到处都是军警抓人。"我吓了一跳,忙说:"抓什么人?"我父亲说:"说是抓革命党哩。不知道又有多少人头要掉了。"父亲说着,心里难过。他明白,那些即将被抓的革命党中一定会有他熟悉的人。他放下担子,往门槛上一坐,便又呜呜地哭了起来。趁父亲哭的时候,我朝千家街跑去。我去过杨大叔的杂货店,父亲有一回让我去那里买过盐和煤油。

杨洪胜开在千家街的杂货店生意似乎还不错。他每天笑着脸迎客送客，暗中却承担着联络同志以及运送弹药之责。起义临近，他的运送任务越加繁忙。这天的下午，他提着篮子，篮子上面是青菜，下面却是炸弹。他来到工程八营，当班门卫是熊秉坤。他跟熊秉坤打着招呼，眼角却朝着篮子暗示了一下。熊秉坤悄然掀开篮子，发现炸弹，低语道："怎么今天就送来了？不是还早吗？"杨洪胜说："指挥部决定今夜起事。宝善里机关出事，文件全都泄露敌手。"熊秉坤说："我们也刚刚听到一点风声。"杨洪胜说："官府已经在大事搜捕，不起义就是死。所以今晚必须行动。总指挥说，军械库是你们驻守的。一旦起事，得马上占领。占领了楚望台，就派人出城去接应炮队进城。"熊秉坤坚定道："叫他们放心，我们这边绝对没有问题。"杨洪胜说："那就好。今晚的口号是'同心协力'。"熊秉坤说："知道了。"杨洪胜说："弹药如不够，我晚些时会再送过来。"熊秉坤说："不可太晚。我尽量让自己人来当班。万一不是，你得随机应变。"杨洪胜说："好的。我会伺机行事。"

杨洪胜再次出门准备送第二批弹药时，天色已昏灰下来。街上有了更多的军警。路人都人心惶惶，不知又是出了什么事。杨洪胜依然拎着篮子，上面依然是青菜，而青菜下依然还是炸药。他循着先前走了一趟的路，再次走向工八营。

我看见杨大叔时，他脸上露一副沉静，仿佛什么事都没有，真的就是在给人送菜。我忍不住叫了起来："杨大叔，还送菜呀？"杨大叔对我笑了笑；说："小子，天都黑了，还不回家？"我走近杨大叔，想问他是不是发生了什么事。我说："今天武昌城很奇怪呀。"杨大叔说："快回家吧。今晚哪里都不要去。"我还想说什么，杨大叔却快步走了。

杨洪胜走近工八营时，发现门卫已经换人。这是一个他完全不认识的人。他立即放慢脚步，想伺机调头。门卫却说："站住。干什么的？"杨洪胜便说："送小菜的。"门卫说："这么晚送什么小菜？"杨洪胜说："哦，因为我明天早上有事，就想今天先送过来。那我还是明天再送吧。"

杨洪胜说罢，调头往回走。没走几步，却遇上军警。军警径直朝他走来。这是他的邻居见他出门频繁，神出鬼没，心下怀疑，便报告了军警。军警闻知，立即追踪而至。

杨洪胜见势不好，立即拐进另一小巷。军警却没有放过他，亦放快步追了过来。见军警尾随不放，杨洪胜知道自己或许已暴露，便跑了起来。军警见他奔跑，亦奔跑着追去。杨洪胜的篮子装有炸弹，被抓着也不会有好结果。杨洪胜想得很清楚。他不禁摸出炸弹，回身朝着军警扔了出去。炸弹爆炸了，军警有人翻倒，但杨洪胜自己亦被炸伤。待他爬起来想要继续跑时，后面的军警却扑了上来，将他活捉。

我的心突突地跳得厉害。我亲眼见到杨大叔被军警追逐，又看到他被炸弹炸伤，最后还看到他被人扭着胳膊。被捕的杨大叔从我的面前经过。他的面孔黑黢黢的，那是火药留下的痕迹。然而他的眼睛却很明亮。他头微扬着，全无畏惧之感。街边站着许多人，大家神情发呆，不知是悲愤还是傻掉了。我有些想哭，却又觉得这样的胆怯定会被杨大叔所笑。杨大叔看到了我。他用眼角的光从我脸上扫过，然后又慢慢扫向了所有人。他的嘴角露出几丝笑容，仿佛说，这不算什么，好戏在后头哩。

我一路小跑回到家，我的父亲一把抓着我，连连说："你跑哪里去了？我听到有爆炸声哩。"我说："杨大叔被抓走了。"我父亲说："哪个杨大叔？"我说："就是千家街开杂货铺的杨大叔。他的篮子里有炸弹。他是革命党。"我父亲便哭了起来，说："是杨洪胜吗？这回他怕是活不成了。"我很烦父亲的哭。他的声音，让这夜晚徒增几分压抑。我说："杨大叔都没哭，你哭什么？！"

十二

此时的天已经黑透了，而小朝街 85 号起义军事指挥部却完全不知杨洪胜被捕一事。他们全都沉浸在兴奋之中。只待南湖的炮声一响，他们便举行起义。紧张筹备了几个月，这个立见分晓的时刻终于到了。

蒋翊武、彭楚藩也都留在这里。大家七嘴八舌地议论着什么，嘈杂声中，根本就没有主题。他们已然忘却适才汉口发生的事情，也不在乎名册被泄露。因为，再过几小时，这一切都不再是秘密。他们将向世界公布自己的身份。他们将堂堂正正宣告自己就是革命者。他们的目的就是要推翻清廷。他们活着，就是要建立一个属于人民的、由民做主的国家。

刘复基从外拿进一个留声机，放起了戏曲唱片。声音顿时将众人的七嘴八舌声压了下去。一个同志闯了进来，他神色有些紧张，说今天街上军警特别多，到处在抓人，是不是今晚起义的消息走漏了？刘复基想了想说："不可能。他们多半是拿到了汉口的文件。但那些文件中并没有我们今晚起义的内容。"蒋翊武说："虽然距发难时间只几小时，但我们还是要小心才是。"刘复基说："是啊。大家快回去吧。听炮声行动。这里既是起义指挥部，比别处就多几分危险，各位不必留在如此险地。"

一起义者说："既然是险地，我们要有难同当。"另一起义者亦说："一旦起事，需要调配，免得指挥部没有人。"众人便都附和着：是呀。离起事只几个小时了。一旦需要，指挥部随时可派我们行动。

刘复基将他们一个一个地朝外推，一边推一边说："多一个人就多一份危险。大事当前，不怕一万，就怕万一。我们一定要保存力量。留得青山在，不怕没柴烧。"走的人十二分不情愿，但拗不过刘复基的坚决，只好纷然离去。屋里只剩下几个核心人员。

黑夜笼罩下的武昌城，充满着不安和诡谲。抓人从白天一直持续到现在，第八镇统制张彪正带着几个士官巡查。纵是高官，遇上如此情况，也不敢怠慢和疏忽。

武昌城的夜晚原是张彪所熟悉的，但这天他走在街路上，却觉得夜的四处都弥漫着一种陌生。这种陌生时刻向他暗示着异动，他警觉地四处查看。

突然前面过来两个人，脚步匆忙。张彪正欲断吼，却发现来者是自己的士兵。士兵后面的人，他却不识。他朝他扫了一眼，那人忙上前，敬了礼，然后说："小人原是炮队退伍正目，以前有不少兄弟都是革命党。今晚我听说好多革命党正在秘密聚会。"张彪浑身一震，说："他们在哪里？"那人说："据我所知小朝街82号、85号都是他们的秘密据点。刚才那里聚集着不少人，怕都是革命党。"

张彪的眼睛发亮了，他声道："走！抓！"他的手下忙问："去哪里？"张彪说："小朝街82、85号！"

这正是深夜时分，武昌城显得十分安静。再过不到一小时，革命的炮声便会将全城惊醒。小朝街85号的人们越来越有激动感。他们不停地看手表，兴奋和焦急混杂在一起。蒋翊武说："怎么还没有动静呢？"彭楚藩说："快啦。明天将会是不一样的一天。"一向冷静的刘复基此时也有了几分激动，亦说："现在距离这个伟大的日子只能以分而计了。我似乎已经听到了它来临的脚步声。"

几个人正说着话，楼下却突然响起急促而杂乱的敲门声。刘复基浑身一凛说："不好，情况有变。"彭楚藩说："大不了拼了。"刘复基说："情况不明，不可盲动。大家赶紧从楼窗走。我下去应付，或许只是查查房。万一不是，各位记住，我们不能硬拼，要保存实力。"

蒋翊武、彭楚藩等人便点着头，纷然跳窗而去。刘复基朝着楼梯口走去，尚未下楼，门却已被撞开，一群清军荷枪实弹破门而入。有人在喊："抓！一个都不要放过！"刘复基心知指挥部已经暴露。为延长时间，让其他人得以逃走，刘复基举起了手上的炸弹，高声道："站住！再不站住我扔炸弹了！"

清军一时吓住，不敢贸然上楼。一军官模样的人见此高声吼道："快上！抓活的！"刘复基听此言便将手上的炸弹朝下一扔。一群清兵见状立即伏倒。

但是炸弹却未爆炸。刘复基也怔了一怔，想再取一颗炸弹，但被爬起来的清兵一拥而上，将他死死扑住。屋里另有几个未及逃走的革命党，也一并被捕。

跳窗后的蒋翊武和彭楚藩，蹓进入一条小巷。几个清兵立即围住了他们。蒋翊武身着长衫，蓄着长辫子，模样有些土。他说："我住在隔壁，听到这边吵闹声，不知何事，特意过来看看。"清兵打量着他，将信将疑，便没太留意他。转身又问彭楚藩："你在这里做什么？"彭楚藩身着宪兵服，便说："来抓革命党啊。你们呢？"一个清兵说："哦，是自己人。"清兵说着，便由着彭楚藩离去。而此刻的蒋翊武趁着无人注意他，悄然溜走。

彭楚藩走了几步，想知道刘复基情况如何了，便又转回去看个究竟。他再次被清兵拦住。清兵说："你怎么又转来了？"彭楚藩说："我是来帮忙的呀。"便这时，他看到刘复基和几个未逃离的同志被押解出来，不禁满脸悲愤。清兵见他如此，说："你到底来干什么？难道你也是革命党。"

此刻的彭楚藩已然定心，他决意与被捕的同志共患难。他说："是的，我就是革命党。我跟他们是一起的。那又怎么样？"几个清兵闻得此言，立即扑过去，将他拿下。

十三

这是个多么阴沉而惨烈的夜晚。无论是刘复基、彭楚藩还是其他人，都在等待南湖的炮响。但是，这个本应把人们从暗夜中唤醒的炮声始终没有爆出。

人们在兴奋而焦急的等待中，等来的却是一场人头落地、鲜血遍地的审讯。

抓到刘复基等人时，已是深夜。惊骇中的瑞澂连觉也不睡了，他恐怕一觉醒来，这天下已不再是他的天下。于是他一刻不肯拖延，当夜便指令参议员铁忠主持军法会审，指令武昌知府双寿和督署文案陈树屏二人作为陪审。

审讯是公开的，虽是半夜，却也有不少百姓前去观看。隔壁赵裁缝苍白着面孔过来找我的父亲。那时父亲已然睡着，我把他叫醒，父亲闻讯后的第一个表情便是张嘴大哭。赵裁缝急道："你哭什么呀，小心被人听到。"父亲说："我忍不住哩。"赵裁缝说："你要不要去看？"父亲依然哭着，说："我不去。我不敢。"赵裁缝显得很扫兴。他出门时，我对他说："我去。我要跟你一起去看。"我父亲吓了一跳，忙说："不能去。你不能去！"我说："你不让我去，我就说我也是革命党。"我父亲更是吓得全身发抖。他犹豫片刻，怕我有所闪失，便硬着头皮跟着我们一起出了门。

督署衙门公审一向也是让百姓观看的。此番虽然夜深，但消息竟传得飞快。一时间也围拢了不少人。闲人看热闹，嘴下却很杂，七嘴八舌间有同情有钦佩亦有骂声。明骂的是骂这些人竟大胆敢反朝廷，暗骂的却是骂满清狗又变着法子杀汉人。我父亲一直在发抖，站在他一边的赵裁缝来时还镇静，这时候也发起抖来。听说抓了不少人，提到名字，其中一些，他们都认识。武昌城就这么大，迎面走来，熟脸为多。何况，他们也都会去裁缝店做衣服以及来我父亲的挑子剃头。

第一个被押上来的是彭楚藩。彭楚藩依然一身宪兵服。铁忠一见他便愣了一愣。他的妹夫果兴阿是宪兵营管带。如果他的营内出了革命党，想必对他不利。铁忠便故意对押解彭楚藩的清兵道："你们怎么抓的人？这分明是我们自己的人。没见他穿着宪兵服吗？如果他是去抓革命党的，你们怎么交代？"

我父亲和赵裁缝同时松了一口气，觉得这个人算是逃生了。却不料彭楚藩根本不领他这份情。他冷笑着回答说："我是宪兵，但我也是革命党！"铁忠一时尴尬，不禁恼怒说："你竟然敬酒不吃要吃罚酒。好好的不当兵，为何要造反？"彭楚藩说："我之所以参加革命党，就是决心不当满奴。我要为我的列祖列宗报仇。"铁忠说："大胆！难道你不想活了？"彭楚藩说："我为推翻清朝而奋斗，就是死了，也是值得。"铁忠变脸道："你既不要命，我也不替你留着。斩首吧！"

我的父亲一听此言两腿一软，就坐在了地上。几个清兵上来，押走彭楚藩。彭楚藩边走边喊："天下汉人都是革命党，你们是杀不完的！"我使劲把父亲拉起来。我说："你以为你坐在地上他的头就能保住吗？"父亲想哭，又怕惹事，只好忍着。他艰难地忍受，令一张脸都变了形。我拉着他，说："你起来呀！你怎么这么没用？"

刘复基在彭楚藩的喊声中被带上来。刘复基不等铁忠问话，便大声说："要杀就杀，何必多问。"铁忠因为彭楚藩的顶撞，尚在怒中，不由一拍桌子，怒道："疯了！他们都疯了！不问了。斩！斩了！"

刘复基毫不在乎，他喊道："四万万汉人绝不可屈服。同胞们，大家起来革命呀！胜利已经在望了。你们很快就会听到革命的炮声！听，你们听，很快炮声就要响起。"他的声音一直响到铡刀声起，人头落地。

围观的人们全都看傻了。全身发抖的人便更多了起来。软坐到地上的人也远不止我的父亲。我的心如刀刺扎，手足冰凉，脑子里也是一片空白。我是第一次见到如此残暴地杀人，并且，杀的都是我面熟之人。

铁忠的脸色更加难看了，他厉声道："下一个！"这次带上来的是杨大叔。他的脸被炸伤了，黑乎乎一片，只有眼睛闪着光芒，像暗夜里的两只灯。铁忠未及问话，一个人附在他的耳边低语了几句。铁忠便怒道："什么？他敢扔炸弹？还炸伤了我的人？你说，哪来的炸弹？"他说时，用手起劲地敲着桌案。

杨大叔笑了笑，黑脸上浮出白牙。杨大叔说："我怎么会告诉你呢？后头还有多得是，都是留着炸你们的。"铁忠气得又连连地捶击桌案，桌案被捶得有些摇晃。他朝下人大声斥道："这样的人，还留他做什么？拖下去斩了！"杨大叔又笑，说："好好好，只管斩。明日就是你们的末日，看你们又如何斩得完？"

南湖方向，依然静谧无声。大炮似乎沉睡不醒。

督署的东辕门外，这天鲜血遍地。老天似乎也为之伤心，蓦然间下起了雨。雨滴落下，淋湿了人们的头和脸，很多人便趁机哭了起来。他们用手抹着脸，哽咽着说，好大的雨呀。

我跟在父亲身后回家。我们一路没有说话。在这样的夜晚，所有的语言都是多余。我们就这样看着他们死去，却万般无奈。我心里有一股火在燃烧，回到家里，喝了多少杯水，都无法扑灭。我不知道自己想要做什么。我只是觉得，如果不做点什么，我会被憋死。父亲到家后，就再也没流眼泪。他不说话，也不睡觉，只是坐在屋角拼命地磨他的剃头刀，金属在磨刀石上发出霍霍的声音。夜深人静，那声音仿佛是从地心深处发出的召唤。

十四

这就是 10 月 10 日了。

这天的武昌城比哪天都阴沉。空气都仿佛凝固着一样，每一个人都无法正常呼吸。天刚亮，清兵便开始在全城大搜捕。不时有女人和孩子的叫喊，亦不时有男人愤怒的怒吼。只要听到这样的声响，就是又有人被抓了。

怕死就不革命！

弟兄们，团结起来，推翻满清卖国政府！

你们的末日就要来了。

声音抚过武昌城黑灰色的屋瓦，落在每一条小巷中，像蛇一样四下游走。

天刚亮，我跳下床就奔去督署的东辕门外。我想找机会给死去的三位大叔收尸。一路走过，街上零零落落地站着些人。全城人都已知道了昨天半夜到凌晨间，官府杀了三个革命党，连千家街杂货店的杨洪胜大叔也被砍了头，他的儿子生下来才三天。人们唏嘘着，眼眶都有些潮。清兵不时呼啸着穿街而过。他们拿着收缴到的名单，按着地址，一处处地抓人。男人逃掉没抓着，就把女人也抓去。女人便尖锐地嘶喊，声音落下，仿佛飞刀落在武昌城每一处角落。

东辕门外，放着三具棺材。尸体尚未入棺，有报馆的人在拍照。彭楚藩和刘复基的头分别用两块石头卡着，以防滚动。杨洪胜落下全尸，他的头深深地垂下。照相机咔嚓一声，白光和烟雾顿起。拍照的人没有悲哀，只是一个个面色铁青。也有几个看客，脸上显得十分兴奋。我很讨厌这些人，死亡对于他们，刺激而愉悦。我不想再看下去，便回了家。

父亲没有像往常一样挑着他的剃头担子出门。他一夜未眠，此刻天已大亮，他却还坐在屋角在磨刀。他磨完了剃头刀，又磨家里的菜刀，磨了菜刀，又磨砍柴刀。他的脚边，放着好几把刀，刀锋锃亮，刀口恍然能照出人的脖子。被官府杀死的三个人中有他的相识。父亲再也没有机会给刘复基剪头，也没机会替杨大叔刮胡须了。

我见父亲如此，便走到他的跟前，我说："你磨刀做什么？"父亲说："有用的。一定有用的。"我说："你想去杀人吗？"父亲吓得手一抖，刀掉到地上，他忙说："不不不。"我冷笑了一声说："就你这样的胆量，你磨刀有什么用？"父亲说："我用它刮胡子呀。"我说："刮杨大叔的胡子还是刮刘大叔的头？"父亲喃喃道："到哪里才能替他们刮呢？"我说："刮不成你就用它把那些满人的头割下来。"父亲哭丧着脸，半天才说："割下来了又怎么样呢？"

父亲心想的这个问题，我从来没有想过。

悲愤笼罩着武昌城。即令是白昼，往常热闹的长街也没有什么人声，人们仿佛约好似的，都不想张嘴说话，就连小贩的吆喝也都哑了。有的依然是军警凌乱的脚步，一阵隔一阵地在长街上回响。

比街上更压抑的是武昌墩子湖东侧的分水岭上。

这里驻扎着直属湖北新军第八镇的工程八营。工八营是湖北新军最早的军队之一，素来战斗力强。也因为这个缘故，革命党早早就安排了自己的人深扎在内，这里共进会的代表渗透在各棚。

早餐前夕，工八营的几个士兵习惯性地到他们经常聚集的角落打探消息。他们昨天得到通知，说是半夜听南湖炮响便起义。一夜紧张而焦灼地等候，却什么事都没有发生。他们想要知道，究竟怎么回事，以及到底还起不起义。如果继续起义，下一步，他们应该怎么做。结果，他们听到了惊人的消息：起义的领导人之一刘复基和送炸药的杨洪胜，还有他们熟悉的彭楚藩三人在半夜被砍了头。

这消息如惊雷，震撼了这些年轻的士兵。他们几乎手足无措。难道他们苦苦等待的起义就此罢手？难道他们为之努力了这么多年的革命，就此失败？而更坏的消息不时传来：官府收缴了所有文件，起义者的名单俱在他们手中。前来抓捕他们，或许就是眼前的事。

工八营的熊秉坤在营里虽只是一个正目，但却是共进会的代表。他知道此时他们不能乱，如果一乱，结果会更糟。他努力控制着自己的情绪，低声对大家说："彭刘杨三位死了，虽然死得很惨，但我们不能做儿女态。我们要跟着他们，追随他们，继续与清廷斗争。我们只能这样做了。"正目金兆龙说："昨晚信号也没有响，清府一大早到处都在抓人。现在我们该怎么办呢？"熊秉坤说："大家都知道，名册被搜去，我们也都在名册上。反亦死，不反亦死。与其坐而待死，何不反而死？"另一士兵程正瀛亦说："是啊，总是要死的。不如壮烈一死也算没有白活。"金兆龙说："没错。彭刘杨三位走在前面，我愿意陪他们一起去闯阴曹地府。"

熊秉坤心里一阵激动，他知道，起义是他们唯一的活路。虽然他只有这些人，亦不知起义的结果会怎样，但大家决意一战，就算无法成功，至少也不至窝囊一死。他说："既然大家都决意反清，那么下午三点晚操时听号令起事。不管别人反不反，我们先反了再说。"

众人皆表示了赞同。熊秉坤说完后，便赶紧到附近的二十九标和三十标联络。他心知，他们眼下危在旦夕。起义，只是孤注一掷，生死未卜，胜负难料。如能有更多的弟兄参与，这条死路或许能变成活路。

二十九标和三十标在工八营东面。因相距较近，他们平常往来亦多。两标内亦有相当的革命党人。熊秉坤到二十九标二排时，蔡济民正躺在床上悄然落泪。见熊秉坤来，他翻身而起，脸上的泪渍尚未抹干。熊秉坤说："流泪有什么用？这个时候，眼泪最是没用。我们只有继续斗争。"蔡济民全身一震，忙说："你有什么计划？"熊秉坤说："我们决定自己起义。只有起义，才有活路。"蔡济民眼睛立即亮了。熊秉坤说："我们决定下午三点晚操时起事。届时会放枪三声为号，你们会响应吗？"蔡济民说："我们当然响应。这边弟兄，我保证通知到。大家必定会呼应你们。"熊秉坤说："那好。听到枪响后，你们直接去楚望台军械所与我们会合。"蔡济民说："好！"

临近中午，营内气氛紧张到极点，然而突然下达上司通知：下午操取消。

熊秉坤吓了一跳，不知是走漏了消息，还是仅仅因为形势紧张而停操。他揣测不透。

风声一阵阵传来，有人私底下在传说工八营所有党人的名册都掌握在上司手中。只是因为他们有武器在身，人数又多，暂且不动。等缓两天，调集更多军队，再将他们围剿。无论这传说是否是真，熊秉坤也清楚，收拾他们只是迟早的事。他们唯有起义，将被动变为主动，或可能绝地逃生。熊秉坤再一次发出指令：通知起义继续，时间改为晚上七点。头道名点过后，不等二道点名，即听枪声起事。时间紧迫，他要求大家互传，并派人立即去二十九标三十标通知时间更改，七点发难，其他一切如先前约定。

暮色终于慢慢下落。秋天的武昌，未到七点，夜色便漫天而来。值此生死关头，熊秉坤奔波着以期串联，以期能有更多的人，与他们一起，抱着必死信念，参与今晚的发难。对于那些未加入革命党的人，熊秉坤知道，他们中的大部分，同样对清廷不满。在工八营，晚间起义几乎成了半公开的事。

士兵们见到熊秉坤便会问，我们不在党，也能参加起义吗？熊秉坤便坦然相告说，当然能。照我们一样作行动装束，听从指挥就行。

在操场上，他与队官相遇。队官说："今晚情况不太好。"熊秉坤说："我知道。"他想，他说的情况不好是指什么呢？队官又说："我知道你们今晚要起事。是孙党起事吗？"熊秉坤的心怦怦地跳了几下，但他镇定地回答说："所有会党都以孙逸仙为共主，当然都是孙党。"队官说："你们有多少人？"熊秉坤说："湖北军商学界到处都是我们的人。"队官将信将疑道："能成事吗？"熊秉坤看出他的态度，便坚定道："一定能。只要我们第八镇一起手，各省都会响应。满清它就算完了。"

队官默然片刻，并未说什么，然后掉头而去。熊秉坤对着他的背影大声说："请为自己想好一条出路吧。"

这是一个无法想象的夜晚。悲愤、紧张、急切、焦灼、不安、恐惧诸如此类情感，全都汇聚在此。箭在弦上，而弦绷紧的程度，似乎随时都可能断裂。经历过太多的曲折，他们自己都不知道最终是否真能起事，而起事后会有怎样的结局，以及他们在此夜之后，是活着还是死去。

工八营共分为四个队，被称为前后左右。一个队有三个排，一个排有三个棚。前队和后队同住一幢楼。前队住楼下，后队住楼上。整个后队共有九个棚。熊秉坤为后队三棚正目，相当于班长。金兆龙是六棚正目，程正瀛为五棚士兵。他们两人同住一室。

起事的时间越来越近，天色更加昏暗。按规定，睡觉时所有枪弹都得上交。但今晚起事，金兆龙和程正瀛全都荷枪实弹。他们正急不可耐地等待着起义的信号。

这时候，排长陶启胜带着两个护兵前来查铺。金兆龙见之连忙假装躺到床上。

陶启胜见屋内好几个空铺，觉得奇怪。查到金兆龙床边，发现他竟带枪而眠，便立即对护兵说："把他的枪下了！"

士兵便遵命上前，伸手欲下金兆龙的枪。金兆龙一弹而起，护住他的枪，坚决不准护兵下走。两个护兵见他如此，有些奇怪，便朝后退着。排长陶启胜厉声道："怎么，你想反吗？"说罢，便亲自动手上前夺枪。

金兆龙不准，两人便扭打起来。扭打的过程，他不由大叫了一声："众同志不动手更待何时！"

同室的程正瀛一听此言，立即跳下床，举起枪托照着排长陶启胜猛砸一下。陶启胜这时候才发现情况不对，于是拔腿便跑。程正瀛恐怕他走漏消息，下意识端起枪，照着他就是一枪。

"砰！"

这是何其响亮的一声枪响，在静静的夜里，如同一声惊雷。夜空出现一道雪亮的闪光。声音在空中久久回荡。

陶启胜被击中，踉跄了几步。程正瀛又追了几步，继续开枪。原本静静的外面，在这枪响过后，突然嘈杂声四起。

正在取枪欲发起义信号的熊秉坤听到枪响，浑身一震，他拿了枪冲到屋外，四处的喧哗已起。熊秉坤朝着天空连放三枪，然后吹起集合哨。室内的士兵全都涌了出来。已有准备的革命党人，立即投入发难队伍；不知情的士兵，亦拿着枪跟了进去。呼喊声，枪声，哨子声，顿时响彻武昌。

熊秉坤大声叫道："集合！通知各标，速去楚望台。占领军械库！"

士兵们附和着，喊声阵阵：去楚望台集合！占领军械库。走啊！杀满清狗呀！

队伍开始跑动。越来越多的士兵，拎着枪加入进去。原本不大的队伍，渐次变成浩大的一群。脚步哗哗，哗哗，比枪声更具召唤，把周围刚刚开始睡下的武昌人几乎都唤了出门。整个城里，不似夜晚。嘎嘎的开门声，在许多条巷子里响起。只一会儿，灯光、人声和枪声，便把武昌城掀翻了。

熊秉坤一边招呼着士兵，一边前后来回跑着。他看到队伍里，许多人都不是革命党人。他们同样一脸兴奋，嘶喊着，顺从着他的口令，朝着楚望台奔去。他心里充满自豪，他想，他们发难的结果，或许会赢。至少，他们已经从死亡的手掌中逃了出来。

十五

天色刚一擦黑，我即上了床。头晚一夜未眠，眼皮已然打架，但脑子里却还在紧张之中。我无法入睡。睁眼闭眼之间，皆满目鲜血，如雾如光，久久不散。

远处兀地响出一枪，那声音像是钢针，尖锐地穿透我的隔膜，一直扎到我的心脏。我全身一哆嗦，抽筋似的坐起身来。我以更加尖锐的声音问道："这是什么响？"我的父亲躺在床上，他说："你怎么啦？不过是枪走火了吧。"我尖叫着说："肯定不是。"

枪声在我的尖叫声中，开始杂乱而密集。隐隐地，有喧嚣的人声传了过来。我知道，出大事了。这是我盼望的大事。我跳下床，对父亲大声道："革命党起事了！"

我的父亲霍然惊起。他也跳下了床。拉开屋门，外面枪声大作，父亲吓得赶紧把门一关，用屁股抵住门说："千万不要出去，真的出大事了。"

我跑过去，对父亲说："我要出去。"父亲说："不行不行，火药伤着你怎么办？"我说："我不怕，我要为杨大叔刘大叔他们报仇。"父亲说："你还小，这是大人的事。"我说："从昨天晚上起，我已经是大人了。"

隔壁赵裁缝和吴麻子家开门的声音从喧嚣声中清晰地传了过来。我父亲战战兢兢打开门。赵裁缝见到我父亲，忙说，赶紧避一下，子弹不长眼睛。我父亲说："到哪里避去？"赵裁缝说："上花园山教堂去呀。"吴麻子也出来了，他的身后跟着吴四贵。吴四贵抓着他父亲的衣角，说好怕人呀。我说，四贵，跟我走。吴麻子立即护着吴四贵说，哪儿都不准去。吴四贵赶紧摇摇头，说："我哪儿都不去。我不敢。"我轻蔑地望了他一眼，说："我一个人去！以后你可不要怪我！"

我说着，趁我父亲不备，从他腋下蹿了出去。父亲见我跑掉，立即追了过来，他一边追一边喊："小心呀，子弹在天上飞哩。"我回头叫道："你回去吧。"父亲没有回答，却传来扑通一声。我回过头，见父亲摔倒在地，便立即掉转身，奔过去，把他拉了起来。

这一刻，不时有人从我们身边跑过。他们都朝着枪响的地方奔跑着奔跑着。每一条里巷、每一个窗口、每一道墙缝，都似乎有人在喊，杀鞑子呀！革命啦！满清要完啦！

我拉起父亲，环视了一下四周，对他说："这里就是杨大叔被抓的地方，你看到没有？杨大叔受了伤，脸是黑的，他一点也没有害怕哩。现在，杨大叔的眼睛正在墙上看着我们。"我父亲脸色变了，他拍拍屁股上的土，说："你要去哪里？"我说："去楚望台。你没见当兵的都朝那儿跑吗？"我父亲清醒了，说："对对对，应该去那里，那里是库房。"

此时的楚望台业已被惊遽的枪声震醒。守在这里的新军立即冲出了门。他们中亦有相当人数的革命党。两天来，他们一直在等待着，却一直等不来起事的信号。此一刻，枪声大作，虽然并无联络员前来通知，但他们明白，定是起义了。

楚望台是军械库所在地。它是新军最大的弹药库之一。起义筹备时期，指挥部早已发布过命令：起义枪响首先占领军械库，以保障两军相战，弹药充足。军械库的士兵对此已知责任。

楚望台的士兵相互叫喊着纷然持枪从屋内冲出，他们占领着各要害部位。几个军官模样的人，跑出来察看出了什么事。见士兵意欲参与起义，便想制止。一士兵指着外面，说："你们还没看清出了什么事吗？"军官们定神一看，呼啦啦的人都朝他们涌来，又闻得四下枪声震耳，便相互递着眼色，纷然避开。左队队长吴兆麟正在巡查，见状惊得忙抓住一个士兵问道："怎么回事？"士兵说："革命党起义了！"吴兆麟怔了怔，说："起义了？"士兵说："是。推翻满清的起义。"吴兆麟默然片刻，闪到库房的后面。

楚望台原是武昌城里的梅亭山。明朝朱元璋将他第六个儿子封为楚王，就藩武昌。儿子思念父母，经常站在山上朝京城眺望。后来人们在这里建了眺望台，将之称为"楚望台"。有了楚望台，梅亭山之名倒被人们渐渐忘记。再后来，新军在此设下军械库，上百门大炮、数百支步枪都存放于此。占领此地，取得弹药，方能与清军决一死战。最初的军事计划就是这样拟定的。所以虽然人们并未得到通知，但却依然依循着当初的约定，纷然来此集结。

我和父亲一路奔跑不停。当我们抵达楚望台时，正见熊秉坤站在高处，大声讲话。下面的声音十分嘈杂，他的讲话时断时续。熊秉坤说："弟兄们，今晚我们起义了！我们再也不能忍受满清政府的罪了！我们的目的就是孙逸仙先生的主张：'驱除鞑虏，恢复中华。'我以本营的革命党总代表身份宣布如下命令……"

起义的队伍有些凌乱，士兵们闹闹哄哄。熊秉坤的声音被淹没在这片杂乱声中。熊秉坤望了望下面的嘈杂人群，继续道："一、本军命名为'湖北革命军'，其兵种队号，暂时用原来的。二、本军今夜作战，应以破坏湖北行政机关，完成武昌独立为主。三、本军作战以清督署为最大目标。四……"

起义的士兵有人起哄。在起哄声中，熊秉坤的声音更加听不清楚。蔡济民站到了熊秉坤旁边，他挥着手大声叫道："大家不要闹，听党代表的。"

下面有士兵大声回答道："我们凭什么要听他的？"此言一出，其他话也都冒了出来。有人说："是呀，他不过一个小小的正目，居然想指挥我们？"又有人说："由他来指挥，怎么打仗？"更有挑高了的声音叫道："是呀，一个正目，怎么会打仗？不会打仗，这起义怎么能成功？"

熊秉坤一直继续着他的讲话。他是在发布命令，却无人听他讲什么。挑高的声音压住了他的讲话，令他有些尴尬。他顿了顿继续道："今夜口号为'同心协力'。"

底下仍然不听他讲，集结而来的士兵越来越多，阵势有些乱了。蔡济民带来的二十九标和三十标的士兵也有相当人完全不认识熊秉坤，他们亦起哄着。见此状况，蔡济民走到熊秉坤跟前，说："这样下去不行呀。"熊秉坤低声道："怎么办？我在军中级别太低，大家不服。"蔡济民说："许多弟兄都不是党的同志，非党人数居多，但只有他们的参与，才能保证起义成功。"熊秉坤说："你觉得谁来指挥合适？"

蔡济民正想着，旁边一个起义者回答说："我刚才看到左队队长吴兆麟在附近，可以找他来，这里有许多他的部下。"熊秉坤面带喜色，说："呀，吴兆麟在这里吗？他以前也是日知会的，我认识他，他来一定行。"蔡济民亦说："赶紧找他来好了。"

熊秉坤立即朝着混乱的队伍挥着手，大声道："弟兄们，安静一下。因起义的总指挥蒋翊武先生目前不在武昌，下面我们请左队吴兆麟队长来担当起义临时总指挥。请各位服从吴指挥的命令。"

士兵立即静了下来。有相当部分喜形于色。吴兆麟被人推到熊秉坤面前。吴兆麟说："这怎么行？我前面的事都不晓得哩。"熊秉坤说："没关系，现在知道我们起义了就行。吴队长以前反清，现在还反吗？"吴兆麟说："兄弟当然未改初衷。"蔡济民说："眼下局势急迫，吴队长出任总指挥也是众望所归的事。只要能让起义成功，我们都会全力配合。"吴兆麟说："我眼下并非革命党，我的兵会听我的，可是你们的人听我的吗？"熊秉坤说："我是党代表，现在我当你的副总指挥，我愿意听从总指挥的调遣。他们必是愿意的。"吴兆麟想了想，说："既然各位如此有诚意，值此危急时刻，兄弟当义不容辞。"熊秉坤说："一切为了起义成功。请！"

吴兆麟临时向熊秉坤了解当初的起义计划，又同身边几个人询问着现况，方下决心般，站到起义队伍前。他环视了一下人们，然后高声道："弟兄们，既然今日大家一举向清廷起事，也都是抱有与腐败官府一拼的决心。如此这般，齐心协力才有成功的可能。一旦起义成功，在场各位便都是开国功臣。而一旦失败，你我兄弟也都将人头落地。所以，希望各位精诚团结，全力以赴，服从我的指挥。"

他的声音洪亮而沉着，士兵们听罢浑身抖擞，齐声大喊着：全力以赴，服从指挥！吴兆麟说："那好。既如此，我即将下令，倘有违令者，斩！"

此字一出，杂乱之声立即消失。楚望台出现空前的肃穆。

吴兆麟环视着这黑压压的人群，高声说："现在我们集结在此，人虽不少，但如果只是死守楚望台，天亮之后，清军前来围剿，终是死路一条。所以，我们必须趁夜主动出击。趁其不备，才能获胜。下面各位听令。今夜最重要的任务，就是摧毁督署和藩署。我命令：第一，前排排长伍正林带两个排，经金水闸向保安门正街搜索前进，攻打督署前。第二，右队排长邝名功带右队两个排，经紫阳桥向王府口搜索前进，攻打督署后。第三，马荣带兵一排，向宪兵队东南墙进攻，黄楚楠带兵一排，向宪兵队西南端进攻，你们互取联络，直到把宪兵队消灭。第四，周占奎率兵两排，固守楚望台北端阵地。第五，徐少斌郑廷钧汪长林杨金龙带兵两排，由徐少斌指挥，先夺中和门，再策应金兆龙迎接炮队。第六，张伟任正亮，你们几个带兵一小队，出中和门掩护炮队进城。第七，陈有辉带兵一班，往通湘门附近侦察，唐荣斌带兵一班往中和门附近侦察。第八，楚望台附近交通，着罗炳顺带人分途彻底破坏。第九，其余人为总预备队，由副指挥熊秉坤率领，在楚望台北端待命。第十，今夜口令改为'兴汉'。"①

听着吴兆麟有条不紊的部署，所有人都长吐一口气。熊秉坤站在一边望着他一条条发号施令，他知道，他们的胜利或许有望。

吴兆麟继续说道："各位兄弟，今晚的起事，就是你死我活的事。清廷是死是活，革命是成功是失败，俱在各位手上。"

此时熊秉坤带头叫了起来："成功！成功！"起义士兵也都齐声叫呼道："成功！成功！"

吴兆麟一挥手说："指挥部就设在楚望台，现在立即行动！主攻目标，总督府。"

---

① 十条命令摘自武汉大学出版社 2006 年版冯天瑜、贺觉非著《辛亥武昌首义史》。

军人们迅疾地分成几路，鱼贯而出。吴兆麟转身对金兆龙说："你迎到南湖炮队后，让他们立即占领蛇山。集中火力，炮轰督署和藩署。"金兆龙大声说："是，总指挥。"

吴兆麟问熊秉坤："我知道你们有许多联络员，他们在不在这里？"熊秉坤说："大多在。"说罢他叫道："周荣棠！把联络员都叫过来。"

叫周荣棠的年轻人奔跑过来。他一边跑一边招着手，呼唤了几个人。人们一起跑到吴兆麟面前。吴兆麟指点着几个人说："你们赶紧通知各标的弟兄，让他们立即响应，直接参与攻打总督府。错过了今晚，就再没机会了。"说着又指点着另几人，说："司令部对各标都是电话指挥，你们赶紧找人，马上去把所有电话线掐断，这样他们的调度就会失灵。"

我一直站在旁边，听着吴兆麟从容调度，我想，将来我要做的就是他这样的人啊。我忍不住大声问："大叔，我来好半天了，我做什么呢？"吴兆麟奇怪地看了我一眼，说："小孩子回家睡觉。"我的父亲忙说："我是大人哩。"吴兆麟打量着我的父亲，说："嗯，你还可以。你去找些百姓来。炮队进城后，去帮着把炮抬上蛇山。只要大炮上了蛇山，我们便稳操胜券。"我的父亲高兴地学着士兵的样子，忙说了一声："是！"周荣棠说："这不是剃头师傅吗？"我的父亲说："是啊。"周荣棠说："你也起义？"我忙说："我们都不想被满鞑子欺负，我们也要革命。"

一直在跟旁人不停说话的熊秉坤走了过来，他看到了我，高兴道："是民呀。"说着又对吴兆麟说："这小孩很机灵，还跟我学过用枪哩。"吴兆麟便说："那你就跟周荣棠送信去吧。"我跳了起来，大声说："我跑得很快。"吴兆麟笑了，说："那就快跑吧。"

十六

武昌城的上空，枪声密集，火光四起。全城的百姓，胆大的上了街，或帮忙，或远远地看着热闹。胆小的则趴在门边窗口，不时观察屋外的动静。这样的夜晚，不知有几个还能睡着。

金兆龙领着一队人跑到中和门，原以来要交火的，不料守门的清兵都逃了个干净，一把大锁将城门锁紧。金兆龙嘴上骂道："狗娘养的，怎么都跑了？"骂完，朝着城楼上大喊着："钥匙呢？哪个有钥匙？"

一个士兵手臂扎了起义的白布跑了过来，气喘道："人都跑掉了，钥匙也带走了。我找了一圈也没找到。"金兆龙便有些恼怒，说："他妈的，怎么跑起来这样快？"说着，他上前意欲将锁拧断。

这是把长一尺重三斤的锁。旁边人急道："你想用手掰断，这怎么可能？赶紧想别的法子吧。"金兆龙说："不可能我也要试试。"

虽然起义的时间是熊秉坤确定的，但提前响枪的事端却是他金兆龙挑起的。如果起义失败，他的人头也必然不保。所以，他想要活下去，全指望起义得以胜利。而他们胜利的保障，便是南湖炮队进城。只要炮队进了城，占领制高点，轰垮掉督署藩署，让清兵无头无序，起义便必胜无疑。倘若结果不是如此，明日此时，或许他已经身首两处。金兆龙想着这些，心头一凛，他把大锁抱在怀里，全身猛然发力，随着一声暴喊——嗨！大铁锁竟然碎成数段。

跑过来的士兵看傻了眼，跟随着金兆龙到中和门的士兵齐声喝彩起来，都叫道："好！"一个士兵说："不可能的事变成可能，这是好兆头啊。"金兆龙兴奋道："你说得好！事成后，如你所说，我要请你喝酒。现在我们出城！"

中和城门被打开了，金兆龙领着人冲了出去。城外黑洞洞的，四周不见灯火。有风从田野上刮过，送来芬芳扑鼻。队伍没有停步，也没有人说话。武昌城消失在背后，只有暗夜的上空，能看到火光一闪一烁。

疾步间，突然前面响起枪声。金兆龙让队伍停下，侧耳听了一听，说："前面在打仗。"一个士兵说："莫不是炮八标来了？"金兆龙说："嗯。有可能是炮八标响应起义进城来了，清狗子正在阻击他们进城。弟兄们，我们从他们背后抄过去，正好打清狗的屁股。"

士兵们听金兆龙说得有趣，紧张感便一扫而空，纷然叫道："走呀，打屁股去！"

队伍追到巡司河边，果然是清兵在阻击急切想要进城的炮队。金兆龙立即选点布阵，一声高喊打呀，枪声顷刻响起。正在打炮队伏击的清兵被身后的枪声弄懵了，他们不知这是从哪里冒出的队伍，也不知对方有多少人，慌乱间，阵地瞬间崩溃。原本占着上风的清兵，竟败得落花流水，四下逃散。

金兆龙大声问道："可是炮八标的弟兄？"对方回答说："正是。"金兆龙说："我奉总指挥命令前来迎你们进城。"对方队伍里传出呼啸般的欢呼声。

引领着炮兵进城的竟是邓玉麟。头晚他送信迟到，愧疚难当，一大早便进城了解情况。到后方知，彭刘杨三人已于凌晨被杀。如果南湖的炮声按时发难，他们还会死吗？惊愕并且痛苦万端的邓玉麟无法表达自己的心情。他立即坐小船过江去汉口，向孙武报告自己误事的原委，陈述武昌城夜晚的惨案。他们沉痛而茫然，下一步该如何往下走，他们几无清晰的思路。

这一天，驻扎在武胜门外塘角旧恺字营的第二十一混成协直属营自己决定起义。信号是用马草放火。下午时分，邓玉麟闻讯再次过江，他回到南湖炮八标。与炮队同志商定，如果今晚塘角起火，便出动响应。然而到了晚上，城里却传出了枪声，塘角的火光也燃烧起来。炮队中所有文学社和共进会会员全都跑到了操场，他们不知起义是怎么响起的，也不知谁在指挥。他们压抑太久了，只想豁出去闹它一场。于是有人拖炮而出，轰了三响，表明响应。许多本来根本不知起义计划的士兵，闻声也都加入了起义者行列。他们集结起队伍，照原定计划，向城里行进。

邓玉麟见到金兆龙，开口第一句话便是："炮八标全标起义了！"金兆龙高兴道："太好了。你们来得太及时了，我们要以最快速度进城。"

邓玉麟跟炮队负责人说了几句，炮队继续前行。一路，金兆龙简略地将起义过程跟邓玉麟说了一下，然后说："总指挥要求炮队进城后，立即抬炮上蛇山。"邓玉麟不解道："上蛇山？"金兆龙说："架好炮，直接对着督署和藩署放炮就了。"邓玉麟说："谁是总指挥？蒋翊武还在城里吗？"金兆龙说："不是他。现在起义总指挥是吴兆麟。"邓玉麟怔了怔，说："是参加过日知会的吴兆麟？"金兆龙说："是呀。不是他出面镇住队伍，指挥出击，今晚还不知会是什么场面。"邓玉麟说："原来如此。只要起义能成功，不管谁指挥，都是大功臣。"金兆龙说："是呀。如果不成功，明日我们的脑袋还不晓得在不在这脖子上。"邓玉麟说："何止是你？汉口武昌都将会是血流成河。"

两人边低语边快行疾步。静夜里，只听到炮车轧轧压迫路面的声音，连刷刷的脚步和偶尔的金属碰撞都被它的声响压了下去。金兆龙兴奋道："有大炮就是不一样。我感觉威武多了。"一个炮兵响亮地回答说："那当然！"

不觉已望见中和门。背后响起马蹄声。几个人不及回头，便听到叫喊："自己人。"接着一骑驰近。来者说："马队八标随炮标进城参加起义。"邓玉麟说："太好了！你们腿快，赶紧派人进城通报，炮队马上就到。"

接近中和门，枪声更紧密，始知城里激战很凶。众人心情急切，纵是大炮体量大而沉重，全靠推行前进，但在城里枪声的催逼下，没人说话，速度却也越发快了起来。

轧轧轧的声音终于穿过了中和门，恰遇到吴兆麟领着人且战且退着，似被打败。见到大炮，吴兆麟大喜，说："来得好快，来得正是时候！"邓玉麟上前与之招呼，然后说："炮标管带龚光明在北方观操未回，另两管带逃了。炮标全标听到城里枪响，便赶来参加了起义。"吴兆麟兴奋道："太好了。"金兆龙说："前面打得怎么样？"吴兆麟说："不顺利。对方反抗激烈，我方兵力又不足。你们来得恰是时候。得马上在中和门建炮位，立即轰击督署和藩署。"

说话间，指令下达，炮队迅速分开就位。沿街置放大炮六尊。吴兆麟说："余者速上蛇山，制高点必须控制在我军手上。要快。上山即直接炮击督署。今晚如不将敌击溃，一待天明，你我就都会成俘虏。"金兆龙便呼叫着："来人，越多越好，赶紧推炮上山！"

虽然在打仗，枪林弹雨，但仍有诸多武昌市民挤在巷口或街边围观。听到呼喊，竟一拥而上。炮车轧轧声再次响起。人多势壮，炮车飞速地朝着蛇山狂奔而去。

十七

枪声、火光、嘶喊、狂呼，汇集成一团巨大的声音，久久盘踞在武昌城上空。这样的夜晚，武昌史上前所未有。汉口也被这边的枪炮声惊醒，有人夜半而起，隔着长江，观看这方的战事。

我们在城里的街巷奔跑。

我跟着周荣棠。他的步伐像鹿一样敏捷，显然他对道路相当熟悉。我们抄着近路，奔向一家家营房。周荣棠嗓门宏大，中气十足。每到一处，他就高声喊："弟兄们，起义了。大家快出来响应吧！"每喊一处，都能听到房门嘎嘎打开的声音，然后便有士兵从中冲出来。有人说："起事了？怎么先前没通知？"周荣棠说："来不及。快去吧，到楚望台集合！"有时候，他也会说："管他有没通知，好好跟清狗子干一场就是了。响应吧！"

他继续朝前跑。他的身后，士兵们纷纷出动。杂乱中有人喊："起义了！这回是真的！"我紧紧地跟着他，一步也不拉下。他喊，我也喊。他喊什么，我就喊什么。周荣棠说："小子，好样的！你长大了，一定有出息。"我说："我能当吴总指挥那样的人吗？"周荣棠说："当然！将来你会比他更有本事！"

我们跑到第四十一标营房。大门紧闭，我们在围墙外，找了一低矮处，周荣棠三两下便攀上了墙。我个子虽然小，但爬墙却是高手。我跟随他后面，也爬了上去。墙下是一片操场，营房在操场之后。距离遥远，恐怕喊声到不了那里，周荣棠便纵身一跃，跳了下去。我正欲跳下，他却回身做了个制止的手势，然后说："你在上面喊就行了。我喊醒他们，马上就翻出来。"他说着便跑到操场中间。他站那里，放开声音叫道："同胞们，起义了！革命啦！请大家速速出来，去楚望台集合！"

我也在墙上喊着："起义了！大家快起来革命呀，满清就要完蛋了！到楚望台集合去呀。"周荣棠回过头，朝我伸了下大拇指。便是这时，暗中冲出几个兵，其中一人大吼道："哪里来的革命党？抓起来！"

周荣棠转身便跑，跑到墙下，正欲翻墙而过，却未曾来得及。几个士兵扑过来，将他擒住。有两个士兵朝我的位置奔来。周荣棠说："那是个看热闹的小孩子。"说罢又对我叫道："还不快跑！小心你爹妈骂你！"

我呆住了。不由自主滑下墙。坐在墙根下，我不知如何是好。

枪声不时划破夜空，第二十一混成协统领黎元洪这晚亲自当班。局势不稳，革命党有意起事，他已心知。这个时候，他必须小心谨慎。他原本就是个谨慎之人，不到万不得已，不会冒任何风险。

料想不到的是，他当班坐下没几分钟，便有人来报，说有人闹事。黎元洪忙问："是哪里在闹？如是第八镇士兵闹事，就跟我们没关系。"答说乃塘角有人故意纵火。塘角正是他的下属驻地。黎元洪立即指令派人速速前去扑灭，且说，万不可把事态变大。但是事情似乎并未消解，外面的闹腾声音越来越大，枪声也猛了。黎元洪忙打电话，意欲询问究竟，但电话却怎么都打不通。恰这时，几个士兵推了一个人进来。这人便是周荣棠。

士兵说："报告，抓到一个革命党。"黎元洪有点奇怪，说："怎么抓到的？"士兵说："他翻墙到院子里来了，大声喊叫，要大家出去响应起义。"黎元洪打量着周荣棠，然后说："起义？你闹你们的事，怎么能闹到我这里来？"周荣棠说："起义了。满清就要完蛋了。我特来告诉大家，拿起枪来，去打一个我们自己的天下。"黎元洪说："你真是革命党？"周荣棠自豪地回答道："是又怎么样？"黎元洪说："你真以为凭了你们能打出个天下？"周荣棠说："只要我们汉人齐心，就能推翻满清，恢复我大汉天下。"黎元洪说："那我告诉你，不管是谁的天下，都没你的事。"

说罢他一努嘴，两个士兵会意一点头，便将周荣棠拖了出去。

我坐在墙根下，心想要不要去找人救周荣棠呢？如果找人，应该找谁呢？找到了又怎么救呢？我想不出主意，正焦急着，突然听到墙内周荣棠的声音："同胞们！起来吧！推翻满清，才有我们的活路！"

我惊喜万分，难道他被放出来了？我再次爬上墙，却见他被几个士兵押着。他们推着他朝墙根下走去。周荣棠却不管不顾地喊着口号。几个押着他的士兵相互看了看，一近墙根，突然间同时出手，拔刀向周荣棠砍去。

我惊叫了起来，大声说："不要……不要啊……"没有人理我。周荣棠倒在了地上，却一直在叫喊："同胞们，革命成功了！同胞们，不革命就是死路！"他的声音越来越小，然后就没声了。我叫着："周大哥！周大哥呀！"周荣棠没有回答我。我忍不住哭泣起来。

一个士兵向我走来，他走到墙下，对我说："还不滚！不想要你的小命了？"我的心里充满仇恨。正是他们，在我面前用刀杀了周荣棠。我止住哭，怒骂了一句："你这个清狗子！"然后我像周大哥一样喊了起来："同胞们，起义了！不起义大家都只有死路一条！"

那个士兵凶狠地冲到墙根下，准备攀墙过来抓我，突然营房的许多门都打了开来，里面涌出许多士兵。他们也在手臂扎上了白布，人人持枪朝外冲，他们大喊着："起义了！起义！革命！革命去呀！"

杀害周荣棠的几个士兵吓呆了，连忙朝暗处逃去。墙根下的周大哥被夜色吞没了，不知道明天谁会安葬他，也不知道安葬他的人知不知道他是一个什么样的英雄。我再次滑下墙，我要把周荣棠的事告诉所有的人，我要人们记住他的死。

我朝着蛇山奔跑而去。我知道父亲会在那边的队伍里。

上山的路狭窄难行。炮兵们几乎将大炮完全抬起来奋力向上推行。我的父亲在他们中间。虽然他的动作笨拙，但他却非常认真。快到山顶了，父亲一个踉跄，险些跌倒。跟在他身后的是金兆龙，他力大无比。他在父亲的屁股上踢了一下，粗声粗气道："脚跟稳一点！"父亲说："是！"父亲的回答，就像个战士。金兆龙说："嗯，你已经不像个剃头匠，而像个兵了。你就当兵吧。"父亲说："那可不行。我胆小，我还是喜欢剃头。"金兆龙说："真没出息。"

大炮终于顺利地抬上了山。我爬到山顶上时，站在炮位上的炮兵们正准备放炮。我看到了我的父亲，他的身边竟然站着邓玉麟大哥。父亲见到我，分外高兴，他指着一门大炮说："我抬的是这门炮。"我径直冲向大炮，大声喊："我要放炮！我要炸死清狗子。"一个炮兵推开了我，说："小孩子，下山玩去，这里是打仗哩。"我说："我就是要打仗！我来就是要打仗的！"说着，我的眼前浮出周荣棠倒下的场景，眼泪忍不住哗哗地流了下来。

我的父亲奇怪地看着我，说："这一次怎么是你哭呢？"旁边邓玉麟大哥也说："出了什么事吗？"我哭着说："他们杀了周荣棠大哥。"我的父亲说："杀了哪个？"父亲并不认识周荣棠。邓玉麟大哥惊道："谁杀了周荣棠？你亲眼看到的？"我说："是，清狗子杀了周荣棠。他们差点也要杀我。"我的父亲吓了一跳，立即扑向我，他把我抱得紧紧，哇哇大哭着，一边哭一边说："你没死吧？你还活着吧？"

在父亲的哭声中，开炮了。轰隆轰隆的声音压住了一切。我们都朝炮弹轰击的方向望去。山下一片黑暗，不知督署藩署在哪里，也不知炮弹轰到了何处。一个炮兵说："报告，太黑了，看不见哪是督署哪是藩署。"金兆龙说："找到大概的方向打就是了。"邓玉麟说："不行。乱打必然会打着百姓。得设法让人到督署点火，指明目标。"

我揩干了眼泪，却依然激愤万分，浑身的血都仿佛在烧着。站在炮群边，正不知自己应该做什么事。听到邓大哥的话，我知道，这是我应该做的事了。于是我说："我去！我路熟，我也跑得快！我去让人点火。"邓玉麟说："好，你去。你去通知山下，叫他们在督署附近放火。但你不要去放火。你太小了。"我说："我知道了！"说罢，我拔腿便跑。我的父亲立即跟了上来，他叫道："儿啊，我要跟你一起去。"

我见到了总指挥吴兆麟，告诉他山上看不清督署藩署所在。吴兆麟立即下令，派周定源、黄楚楠、杨金龙三人各带三五人，一由水陆街进大金龙巷，一由保安门正街至望山门正街，分路放火。父亲对我说："我们去水陆街，那里我人熟，可以帮上忙的。"

果然，父亲在他的朋友家找到煤油和木柴。父亲说得爬上钟鼓楼上去，把火点着，山上才能看得更清楚。他的朋友叫王世龙，他对父亲说："你不行，民太小了，让我来吧。"说着，王世龙拎着油桶，挟着木柴，三下两下便登上了钟鼓楼亭。他把火燃起，火光冲天，督署前的旗杆被照得通亮。

蔡济民领着几个革命军亦赶了过来。他们手持火把一边点火一边叫："速避！速避！火燃起，往后撤！以免被炮弹炸着。"

蔡济民朝着四周围观市民大声道："今日放火，纯属不得已。事成后，如数赔偿给各位。"一家店铺老板叫道："煤油在此，请君动手。何须赔偿，我们也早盼着这一天了。"许多市民也都叫了起来，说请点火吧，我们也都盼着这一天哩。

火光迅疾燃了起来。照亮了武昌城的半边天。蔡济民高叫道："大家快撤，马上要放炮了。炮弹不长眼睛！"

人们齐齐朝四周散开。很快，蛇山方向的炮弹飞了过来。远远地，我们看着炮弹飞落，每来一颗，人们都发出喝彩。督署那边房屋坍塌的声音很快便夹杂在了炮弹轰响声里。

十八

总督瑞澂无论如何也没有想到这致命的一天是在他满怀胜利之心的时候到来。

前一天，他们获取了所有起义者名单。他们正在一个一个地摧毁革命党的机关，也在一个一个地抓捕革命党人。他们手持名单，按图索骥，一抓一个准。虽然有人逃跑了，但既然逃掉，便不可能在本地闹事。瑞澂愿意他们逃几个，因为他一下子也抓不过来。他们的收获从来没有如此丰盛。

新军中哪些士官是革命党，亦在他的掌握之中。三天之内，他将调兵遣将，彻底围剿，以让他们所有人人头落地。他要杀一儆百，把隐藏在他队伍里的革命党连根拔掉。现在他确信，在与革命党的较量中，他已经是一个胜者。为此，他给京城发去了告捷电报。电文说："本月初旬，即探闻有革命党匪多人，潜匿武昌、汉口地方，意图乘隙起事，当即严饬军警密为防缉。虽时有扑攻督署之谣，瑞澂不动声色，一意以镇定处之。""张彪、铁忠、王履康、齐耀珊各员，以及各员弁警兵，无不忠诚奋发，迅赴事机，俾得弭患于初萌，定乱于俄顷。驻汉俄总领事于租界拿匪，极为协助，用得先破匪策，以寒匪胆，此皆仰赖朝廷威德所致。瑞澂借免殒越，惭幸交并。现在武昌、汉口地方，一律安谧商民并无惊扰。租界教堂，均已严饬保护，堪以上慰宸厪。此案破获尚早，地方并未受害。"

瑞澂满纸得意。想到此后，革命党必然元气大伤。清除此一隐患，今后他便可高枕无忧。未料这得意只过了不足两天，武昌城里便公然起了枪战。初始，瑞澂并未太介意，以为不过小打小闹而已，派兵镇压，便算完事。岂知，时间并不长，闹声却越发凶狠了起来。

瑞澂把督办公所总办铁忠和第八镇统制兼防营提督张彪都找了来，弄清楚闹事由工八营而起，其他营房陆续在响应。他颇是生气，说："马上命令各部队，立刻制止内部响应。这还得了，我们自己养的兵居然把枪口对着我们。"张彪说："是。但凡起义的士兵，实行全剿。先前在册的革命党，也索性一并格杀。"铁忠说："不管怎么讲，既是军队起事，要防止他们得势，得立即组织兵力保卫督署。"张彪说："这个我会马上去部署。请放心，这些起义士兵纯属散兵游勇，他们的首领昨晚已被我们处决了。没人领导，他们翻不起大浪。"瑞澂说："我但愿这次闹事正如你之所说。"

张彪几人走后，瑞澂原以为事态会逐渐平息，出乎他意料之外的是，枪声似乎更加密集。更要命的是，突然一声轰响，惊得他几乎跌坐在地。他听了出来，是大炮的轰炸声。难道南湖的炮队也进城参战了？他们是在哪边放炮呢？

瑞澂有些不明白，问身边幕僚，所得回答也是支支吾吾，没说出个所以然。瑞澂便令他们打电话询问。孰料电话死活都打不通。瑞澂很不高兴，连连追问为什么。幕僚为难道："电话线都被掐断了，完全没办法与外界联络。"

这个时候，瑞澂才明白事态并不是他想象得那样简单。他开始着急起来，不再说话，只在屋里来回踱步。几个幕僚见此，也纷然着急。他们讨论着是守还是弃。一说，无论如何，要守住督署。只要督署守住了，等到天亮，就算眼下败了，也能扳回局面。另一说，看现在的架势，枪声都冲着督署来了，能守住得吗？又一说，大炮不是进城了吗？它到底是朝哪边打？

说话间，一声炮响，仿佛就在门前。炮声把所有人都镇住。不及他们回神，又有几颗炮弹在周边响了起来。这时候，他们全都明白，炮弹正是朝着他们打的。一旦炮轰过来，这里留有多少人也守不住。

此时，一直在户外观察局势的护卫匆匆而入，说这里保不住了，赶紧走。瑞澂未停脚步，只是问："怎么走？"护卫说："前面已经出不去了。我们的人正抵挡着，但看上去也挡不住。"他的话音刚落，即有人说："可以从后花园里走。从后花园到江边，楚豫号泊在那里，上了船，便可脱离险境。"瑞澂停住了脚步，犹豫片刻，方说："走！"

他的声音刚落，又一声炮响，震得房屋四下摇晃。屋里人全都不由自主朝地上一趴，半天不敢爬起。

走是必然。瑞澂知道再犹豫也没有用，留在这里只能是一死。而以身殉国却毫无意义，何况他还有一群家眷在此。混乱中，几个护卫拥着他，匆忙到督署的后花园。天虽黑着，但似乎这里还算安全。家眷们也被呼叫到此，护卫随从们拿着大包小包，顾着大人又照看小人。家眷们从未经过战事，听到枪声，尖叫不断。清静的后花园顿时杂乱一片。瑞澂说："叫大家闭嘴。声音传出去，一个都活不成。"

此话一出，众家眷便又都捂嘴不出声。花园瞬间又静了下来。这静却让人感觉更加紧张和恐怖。后院并无门，一墙相隔。几个护兵上前，跑到墙边，用枪杆使劲砸墙。砸之不行，又用刺刀拼命戳。砌墙时唯恐它不结实，这时候，却觉得什么人干的活，竟把墙砌得如此强硬。

手忙脚乱中，终于把墙打出了一洞。两个护兵先行钻过去，然后伺候着瑞澂从洞中钻过。

瑞澂钻过洞，看到野外一片寂静，虽说枪声依然密集，却仿佛离此甚是遥远。护兵说："大人，快，从这里到江边，只需走二十分钟就到了。楚豫号泊在江上，大人上了船，就安全了。"

这番奔波是瑞澂一辈子从未有过的经历。其狼狈其恐惧其慌乱，足让他此后不敢回想。二十分钟的小路，仿佛跑了他一辈子的时间。听到江涛舒缓地拍着堤岸，张皇登上楚豫号轮船，方才回望他坐了好几年的督署。

炮声更加密集了。蓦然间火光冲天，督署门前的旗杆映在空中，像刻上去一样。火光如同指示灯，炮弹都落在了那里，看得瑞澂满头大汗都顾不得擦拭。一幕僚脱口道："好险，再晚一步，我们恐怕全都粉身碎骨了。"

瑞澂此刻方有思绪，他想果然好险。想过便满心悲凉。他对站在身边的船长，用一种无力的声音说："开船吧！"

轮船呜地长叫了一声。这叫声显得十分微弱，因为一阵更为猛烈的炮声响了起来，这排炮弹足以将督署全部炸毁。汽笛的鸣叫与大炮的轰隆相比，只有如狂歌前的一声轻叹。

十九

革命军并不知瑞澂去到了哪里，他们只看到以往威严无比的督署几成废墟，烟尘弥漫，四下见不到官员。清军已无头领，正节节溃败着。激战后的街巷，一片狼藉。

人们不知从什么时候起，开始相互传递着一个信息：胜利了！胜利了？

无论说的人还是听的人，都不太敢相信。难道他们真的胜利了？胜利就意味着有了活路，意味着清兵不可能再拿着名册一个一个地抓捕他们，胜利更意味着天下变了。

什么才是胜利的标志？这时候总指挥吴兆麟想起一件事，他找到邓玉麟，说："先前有没有准备旗帜？"邓玉麟说："当然准备了，可是所有的旗帜都放在宝善里，全叫俄国巡捕搜走了。"吴兆麟说："有没有什么替代品？必须马上扯下龙旗，升我们的旗帜。得向世人昭告，我们胜利了，武昌现已在我们手中。"邓玉麟说："你说得对。我想想看……"

他突然看到随着人群奔跑的赵师梅，不由高声叫道："赵师梅！"赵师梅见是邓玉麟，马上朝他奔了过去，说："邓大哥，你在这儿呀！"邓玉麟说："当初交给赵裁缝是二十面旗帜，是不是？"赵师梅说："是啊，时间太紧，他只做好了十八面。另两面一直没去取。"邓玉麟大喜，说："太好了。这就是说，还有两面旗帜在武昌城里？"赵师梅说："应该如此。"邓玉麟说："赶快！找到赵裁缝，把那两面旗帜拿出来，我们得马上挂旗。"吴兆麟亦大喜，说："越快越好。"赵师梅说："我这就去。"邓玉麟说："走，我跟你一起去。"

胜利了。这是个多么激动人心的夜晚。武昌人都奔走相告，相互间都无法平静说话，声音都成喊叫：清狗子们都完了。城里的满人家家大门紧闭，不敢开灯。喧嚣的声音中，不时冒出杀鞑子的叫喊。大街上显赫的一家，已经被冲进去的暴民乱兵打杀得一塌糊涂，有人说这家已被满门抄斩。我听时，心惊得厉害。

但无论如何，我们胜利了。曾经悲愤沉痛的心情全都被这胜利的欢悦所替代。我急不可耐地想要回家告诉母亲。她是小脚，出门不便，一直留在家中。我得让她知道，我和父亲都参加了今晚的起义。我们是胜利者。

母亲却并不知胜利的意味。我说："胜利了，就是从今往后，由我们汉人当家。"母亲说："那汉人当家，就没人欺负你爸爸了？"我说："这个？"母亲又说："汉人来剃头，会不会多给点钱？"我又说："这个？"母亲说："对了，买米还要不要钱呢？"我真是一句话也说不出来。母亲说："这就是了。

就算胜利了，汉人当了家。你还是你，我还是我。你爸爸还是剃头。来剃头的也不会多给他钱。我们买米的钱也照样不够。"母亲说得振振有词。我很无奈。我想难怪男人们爱说，女人头发长见识短。

我决定还是出门。恰这时，我听到屋外有人在喊隔壁的赵裁缝。赵裁缝家没人应声。一个声音说，想必是见打仗，找个安全地方躲了起来。这仿佛是邓大哥在说话。

我有几分惊喜，立即推门而出，果然是他。我便叫了一声邓大哥。邓玉麟见我，高兴道："呀，你来得正好。知道赵裁缝去哪儿了吗？"我说："定是花园山教堂躲避去了。"邓玉麟说："你怎么知道？"我说："他还叫我们一起去哩。"邓玉麟说："那好，我们过去找他。"我说，我跟你们一起去。我知道，你们要找赵裁缝做旗帜。邓玉麟笑了笑，说："是啊。我们胜利了。"

花园山在蛇山北面。武昌城的地形颇有意思，蛇山恰如一条大蛇，趴在城中间，生生将一城分为了南北。南北往来长年不便，几年前，官府便在巡抚衙门对面的蛇山下开山凿洞。凿洞处原是鼓楼旧址，人们便将开凿出的蛇山洞叫作鼓楼洞，又或古楼洞。一洞将山北山南贯通起来。隔着一座蛇山，这一晚，山南枪炮打得热火朝天，山北却星火不沾，安然无事。

进了古楼洞口，声音便不一样了。幽静安宁气仿佛从山体中缓缓渗出，然后在洞里流淌。

没出洞口，竟迎面看到匆匆而来的赵裁缝。我叫了一声："赵伯。"赵裁缝目光投向我们，当他看到邓大哥和赵师梅时，脸上竟有惊喜。人没走近，他便大声道："你们是去找我的吗？要取旗帜吧？"赵师梅说："正是呀，记得当时还有两面旗帜没做完，不知还在不在。"赵裁缝说："在，在。当然在。在我店里藏着，旗杆套都做好了。我想着你们的旗帜怕是不够用，正准备回去拿哩。"赵师梅高兴道："太好了！"邓玉麟亦说："不过还要麻烦赵师傅辛苦，赶紧再做几面。最好多找几个裁缝，越快越好。"赵裁缝说："没问题。我连夜做，包管你们明天有旗帜挂出来。我早看满人的龙旗不顺眼了。"我说："赵伯，你真了不起！"赵裁缝说："我爹在世就盼这一天，他没盼着，可我盼着了。"

旗帜升起来的时候，天色已开始放亮。临江的汉阳门和高耸在蛇山上的警钟楼分别升起了铁血十八星旗。挂在这里无数年的清龙旗被扯得不知去向。晨光熹微中，那面崭新的旗帜迎风哗哗舞动，它的光彩把整个长江都照亮了。

我们站在城门下看升旗，许多人眼里都噙着泪水，却没有人说话。人人心里似都在想着什么。我在想死去的杨大叔他们以及周荣棠。我想跟他们说，是因为有了你们，才有了这铁血红旗招展的今天。

在人群中，我听到一个哇哇大哭的声音。这声音是那样熟悉而亲切。我一直不喜欢这个哭声，而现在，我却被这号啕的大哭所感动。他正是我的父亲。

二十

现在的时间是 1911 年 10 月 11 日了。

太阳升高了。武昌城虽然街巷到处是激战过的场景，但人们却没有悲伤。满街人来人往。店铺大开着门，却没什么人做生意。大家都站在街边聊天，见到起义的新军巡逻而来，人们便不约而同地拍起巴掌。没有富人的快马呼啸驰过，也没有官家的车轿浩荡穿街。

督署衙门经过一夜轰炸，几成废墟。官员们纷纷逃离。鄂军提督、第八镇统制张彪顽抗一夜，到天明获知督署已然失守，瑞澂乘船离开，便也慌忙逃至汉口。余下官员，见瑞制台、张统制均不知何往，便也都作鸟兽散去。人海茫茫，一时间都不知道他们去到了哪里。

各类的说法，沿着长街四下流传。说城里的几大满人家族扎家、宝家都被革命军杀进了屋。铁家和卜家也都难逃一劫。以前神气活现的满人正到处逃命。江边根本都找不到船。又说监狱准备放人了，早先抓的那些革命党全都会放出来。他们家的人总算苦尽甘来。还有人叹息道，前夜晚死的那几个最是冤，只消多活一天，没准都是大官。说得最多的却是关于辫子。市民们纷然猜测：从今天起，汉人要当家了，我们可以剪掉辫子吗？胆大的便说，革命党都是不留辫子的。以前不留辫子要掉脑袋，往后留辫子或许要掉脑袋了。

但是，这条辫子留还是不留？事关脑袋，男人们尤其关心这个问题，仿佛一满街人都在讨论这个。小孩子们却早都烦这条猪尾巴了，沿街乱窜时，便胡喊着，人头不要猪尾巴！

我和吴四贵也都在这样的满街乱窜的队伍里。吴四贵在家里猫了一夜，吴麻子不准他出门，说是怕流弹打着。待天亮他再出来时，才知天下已经变了。他显得有些懊丧，十分羡慕我一夜参战。当然，我向他讲述晚间起义的过程时，把自己的功劳夸张得很大很大。我告诉他，我的父亲也参加起义了。

他以前是多么胆小的人。吴四贵听得张大着嘴。

　　我的父亲从来没有如此兴奋过。他忙来忙去，不知道忙些什么。吴四贵说着话，却又见他朝着家里猛跑。我撇下吴四贵，追过去说："都胜利了，你还逃跑做什么？"我父亲说："我回家取我的挑子。今天我只做一件事，就是剪、辫、子！"我简直高兴得一蹦三尺高，我说："太好了。我要第一个剪！"跟在我后面的吴四贵，以一种下决心的语气说："我也要剪！我也要革命。"

　　胜利了。武昌城被起义军占领了。一夜战火暂时停止，革命党要议事了。

　　依着起义前共进会和文学社制定的计划，起义次日，各路负责人将汇集在谘议局成立新的政府。虽然昨夜是一场猝不及防的发难，无数起义者并不知它是怎么发生的。但人们还是按先前的约定，来到这里。

　　谘议局在蛇山南麓的阅马场。这地方老早是明代的教场，当年曾有三间演武厅。明代教场往往被人称作阅兵楼，所以清廷在这里重建教场后，武昌人便称此为阅马场。1905年慈禧派出五位大臣出国考察政治，大臣们在海外经洋风一吹，接受了西方资产阶级民主思想的影响，回国后，便奏请"宣布立宪"，以立宪来抵制革命共和。这个想法得到了慈禧的同意。为了立宪，得成立一个类似的民意机关。清廷当即便限各省在一年内必须成立谘议局。于是武昌督署就在阅马场盖了这幢大楼。大楼是红色的，坐落在督署衙门对面，专供谘议局用。它的鲜艳明亮，倒让武昌城权力最大的督署衙门显得灰头土脸。整个武昌城再也没有比这更为时尚的建筑了。

　　清晨的太阳升起来了。红色的谘议局楼大门前，一派明亮。大门的铁栅栏上，并悬着两面崭新的铁血十八星旗。十二个威武的卫兵持枪护卫于旗下。一些起义的骨干人员渐次聚集在了旗帜附近。熊秉坤、邓玉麟、蔡济民，等等，在激战了一夜后，眼睛挂着红丝，怀着兴奋亦陆续来此。他们彼此祝贺着胜利，感叹和惋惜着彭刘杨三位战友，也多少庆幸着自己昨夜的最后一拼竟也算是死里逃生。

　　激战暂且结束，眼下更重要的事情凸现出来：下面再怎么做？

　　蔡济民说："起义已经基本成功，目前我们应该组织政府，不能这样群龙无首。"邓玉麟说："是啊，要起义的不只是武昌，各省也都有充分的准备。事发突然，我们没能联络他省，现在则必须马上通电全国，呼吁各地响应。"熊秉坤说："是啊。我们昨晚也是拼死一搏。事发突然，一切都来不及联络。

现在的确要赶紧成立政府。原先已经决定有人选，现在应该怎么办？"蔡济民说："原先选出的人，现在全都不在武昌。时不我待，我们必须马上找出一个德高望重之人，最好为国人所知的人物出面。不然不足以号令天下。"熊秉坤表示了同意，说："是啊，不然别人认为我们只是兵变闹事。"蔡济民说："我们可先将谘议局的议长和议员们请来一起商量一下。"

旁的人都纷然议论说，这个主意好。蔡济民说："既这样，那我们就分头去请吧。"

便是在他们议论的时候，总指挥吴兆麟安排了起义士兵臂戴起义袖标，沿各街巡逻，以防潜藏的清兵反扑。

早晨的千家街，商铺虽然开着门，却没什么人在做生意。一个满身油渍的老头挑着几口皮箱蹒跚走来。与正在巡逻的马荣和程正瀛撞了个对面。马荣觉得这老头有些奇怪，莫非是抢劫的？待他走近，便叫了一声："站住。"

老头吓得一哆嗦，赶紧停了下来。马荣和程正瀛上前。马荣说："我们在革命，推翻满清。你倒好，居然乘乱打起劫来了？"老头慌乱道："不不不，不是的，我不是打劫的……"程正瀛说："不是打劫？就你这个样子，难道这箱子会是你的？"老头依然紧张不堪，说："不不不，这不是我的。"马荣心道其中必有蹊跷，便厉声道："不是你的，又是谁的？"说时，故意把手上的枪晃了一晃。老头更慌张了，忙不迭道："真不是我的。是是是黎大人的。我是他家的伙夫。是他让我回家取的。"马荣奇怪道："黎大人？哪个黎大人？"老头说，就是二十一协混成协黎元洪大人呀。马荣说："他在哪里？"老头说："在在在黄土坡刘文吉刘参谋家避着。"马荣和程正瀛交换了一下眼色。马荣与之低语道："听吴总指挥说过，起义成功，得找能号令天下的人来坐镇武昌，像黎协统这样的人行不行呀？"程正瀛便说："带去见总指挥再说。"说罢，他大声对老头道："走，带我们去黄土坡。"

从千家街去黄土坡并无多少路。老头叫开门，马荣和程正瀛领兵闯了进去。屋里顿时一片惊呼声。刘文吉闻讯过来挡驾。马荣却不与之多说，强行让老头带路。在一间屋子门口，老头停下，伸出手指了一指。

马荣和程正瀛便闯门而入。屋里却没有人。只见桌上一杯茶还冒着热气。刘文吉进来忙说："都是自己弟兄，好说，好说。"马荣依然没有搭理他，见床上蚊帐有抖动，便厉吼一声："什么人？出来！"

一人从床下慢慢爬出。马荣上前将之拉起，一看，果然是协统黎元洪。

黎元洪显然有些狼狈，但嘴上却镇静着说："我带兵从不刻薄，你们何故要为难我？"马荣说："黎大人误会了，我们不是要抓您。是来请您的。"黎元洪有些诧异，说："请我？你们不是革命党吗？"马荣说："是呀。我们请您去共商大计。"黎元洪冷笑一声说："我不与你们合流，你们还是走吧。"马荣说："我们既上门来请您，去不去也就由不得您了。"说罢，他挥挥手，上来几个士兵，挟着黎元洪朝外走。刘文吉急了，追在后面说："黎协统为人一向仁厚，各位弟兄不可莽撞。"程正瀛说："放心吧，我们不会为难他。"

一行人挟着黎元洪到楚望台。已有士兵先赶过去给吴兆麟报了讯。吴兆麟喜出望外。他知道自己位卑人低，不足号令天下，而黎元洪本是汉人，在军中地位高，人缘也好，由他出面最是恰当不过，便当即组织了士兵，列好了队，欢迎黎元洪的到来。

黎元洪原本以为自己被革命党抓着，难逃一死，却不料在这里却大受欢迎，甚至还享受了列队的欢迎仪式。他心里打着鼓，不知到底怎么回事。脸上的傲慢也不知不觉显露出来。他没有摆出好脸色，因他从不赞同革命党，亦从不支持他们，更不愿与他们成为一伙。更何况，他还是被这些下级军人挟持而来。

吴兆麟礼貌而客气地请他上中和门城楼，他板着面孔，一句话不说，大跨步而上。这是他来过多次的地方，站在这城楼上，视野之外的景色，也都是他熟悉不过的。但身边的一切，却已物是人非。

吴兆麟说："黎大人，您请看。武昌城现在已经不是满人的天下了。"黎元洪说："我食朝廷俸禄，当效忠朝廷。你不要为难我，想我带兵多年，也从来没有为难过你们。"吴兆麟说："我们不是为难您，而是想与您共商大事。"黎元洪斥道："荒唐！你们这样闹事、谋反，我又能有什么大事与你们共商？"

马荣一听火了，拔出刀来，怒道："你怎么这样不识抬举？既然心甘情愿给满人当奴才，留你在世上又有何用？"说罢举刀便要砍他。

黎元洪吓了一跳，慌忙避之。程正瀛立即拦下马荣，说："不可急躁。"吴兆麟说："事至如此，大人应看清局势。我虽是起义总指挥，但我的声望不足以服众，还得请黎统领出面主事，做这武昌的总督也不妨。"黎元洪怒道："这岂不是开玩笑？你是想要我掉脑袋呀？"吴兆麟说："这真不是玩笑，是天意。天意让我们一大早撞上了您。"黎元洪道："这是你的天意，却不是我的天意。"说罢他傲慢地望天，不再理睬吴兆麟。

吴兆麟淡然笑了一笑，说："既是天意，便由不得您了。大人请跟我走一趟吧。"说罢，他转身对马荣和程正瀛说："我们就带大人去谘议局吧，看大家怎么说。"

二十一

谘议局的红楼内，起义者们请来了议会的要员。几方人马会合一起，正在会议室里紧张地开着会。起义军方面有蔡济民、熊秉坤等人，而议会方面则有议长汤化龙、议员胡瑞霖、议员刘赓藻等。此外还有乡绅数人。

蔡济民说："现在武昌的局势是，我革命党人领导的军队已经控制了武昌城，但却处于群龙无首的局面。革命党的主要领导人都不在此。刘公隔在汉口，孙武受伤，总司令蒋翊武逃亡在外。詹大悲、胡瑛尚在监狱，刘复基等人业已牺牲，其他人如黄兴、宋教仁、居正等亦俱在北京。而现在指挥起义的各路领袖，资望皆浅，无法担当得了国家首领的重责。我们得立即成立新政府，推出首脑人物，一则号令天下，二则安抚民心。"

蔡济民话音刚落，便有人提出由议长汤化龙出面担当首领。汤化龙原本也意识到会有人提他的名，但真被提到，又有着万般的犹豫。革命前程未卜，弄不好便是叛逆，难免人头落地。议员胡瑞霖似乎看出汤化龙的犹豫，他忙说："革命是否成功，尚未得知。我的意见，现在革命的主要是军人，军事行动也尚未真正结束。应当从军队中推一有声望的人出面，方为妥当。"

胡瑞霖的说法得到诸多人认同。汤化龙也忙说："是啊，革命的事业，兄弟也一向赞同的。现在武昌起义，各省还一无所知。武昌须先通电各省，呼吁响应，革命才有成功可能。而天下一旦知晓，官兵必然前来攻打武昌。兄弟乃一介书生，怕是没能力领导军事，实不足以出任总督。若其他行政事务，兄弟当尽力帮忙。"议员刘赓藻说："对了，我听说黎元洪统领尚在城中，不妨请他出面？"

众人的议论便响了起来，有说："真的吗，难道黎协统还在城里？"亦有说："黎统领为人厚道，他的确可以担当。"还有说："黎元洪一向待士兵很好，估计军队会听从他的指挥，只不知他本人是否肯。"

刘赓藻忙说："我与黎协统都是黄陂老乡，我可以引你们去请他出来。"蔡济民忙说："他现在哪里？"刘赓藻说："我听说他暂避在他的参谋刘文吉家。刘文吉就住黄土坡，离这里也不是太远。"

会议一下子活跃了起来。蔡济民便说："既然各位都这么说，那我们就去把黎协统请来这里吧。"与会者都觉得这主意甚是好。于是蔡济民便叫了几个人，由刘赓藻带领着，前往黄土坡。

去到黄土坡刘文吉家，刘文吉正愁眉苦脸，不知被带走的黎元洪现况如何。突然又见刘赓藻带了革命党来，更是吓了一跳。待问明来由，方知对方意图。刘元吉说："黎大人一早就被几个革命党带走了。"蔡济民问："去了哪里？"刘文吉说："似乎去了楚望台。"蔡济民说："想必吴总指挥也想到这一点了。"

说话间，一行人又急忙赶往楚望台。半道上，恰遇吴兆麟带着黎元洪准备去红楼。两下一交谈，发现大家果然想到了一处。

武昌的秋天，最是明媚。就算日子清苦，武昌人在这样的季节，也喜欢出门转悠。而头夜响了一晚的枪炮，更是把所有的人都吸引出门。秋阳下的红楼前，百姓们三五一群地围着看热闹。门前的铁栏上挂着革命军的旗帜。人们虽不喜欢清龙旗，但到底也看惯了。蓦然眼前冒出一个九角十八星旗，有黑有红，便奇怪这旗何故如此这般。

旗帜下围着许多人。就连最不出门的吴麻子也出现在此。吴麻子是被赵裁缝拖来的。赵裁缝说起义军的旗帜是他亲手做的，吴麻子死活不信，赵裁缝便扯他来到了红楼。吴麻子还是不信，说："你倒是讲讲，这旗帜何故做成如此模样？"赵裁缝便说："革命党跟我说了，这红色呢，是代表血；黑色的角呢，是代表铁。这就是铁血的意思。为什么要有十八颗星呢？这是表示有十八行省起义。星星为什么是黄色的呢？这代表的是炎黄的子孙。"

不光是吴麻子，就连旁边其他听者也都折服。说这旗帜原来如此不简单，光是颜色和形态都有这等讲究，看来这帮革命党不可小视。吴麻子傻傻地问赵裁缝："你是革命党？"赵裁缝摇摇头，说："我哪里会是？他们找裁缝恰找到我头上了。不过，推翻满清也不见得非要是革命党呀。"赵裁缝说话间，一眼看到了我，便大声叫道："小子，你说是不是？"

我看着吴总指挥和邓大哥拥着一个大官过来。我看得入神，冷不丁被赵裁缝这一叫，惊了一跳，忙不迭地说："是，正是。我爸爸还帮着抬大炮上蛇山了。他光晓得剃头，也不是革命党。"赵裁缝便得意道："看看看，我说是吧？"吴麻子有几分沮丧，说："原来你们都参与了革命党的事呀，只有我不知道。亏得大家做邻居这么多年。"比吴麻子更气愤的是吴四贵，他得知我早就跟革命党的人有来往，尽管我说我只不过认识他们而已，他还是很生气。他说："你算什么朋友？"

我的心思不在吴四贵的责骂上，我甚至连跟他解释的心情也没有。我的目光盯着远远而来的吴指挥和邓大哥，还有那个看上去有些沮丧却摆着一副傲慢神态的大官。我对赵裁缝说："赵伯，你看，那个走来的胖子是哪个？"赵裁缝眯眼看了一下，说："我也不晓得呀。"

人们的目光皆被走来的这群人吸引了过去。都是平头百姓，居然没人知道他是谁。直到邓玉麟走近了，我才悄然上前问道："邓大哥，这胖子是什么人呀？"邓玉麟说："这是协统大人。黎协统，黎元洪哩。"

我以前没有听说过这个名字。

黎元洪看到红楼四周有百姓围观过来，便振了振衣衫，让自己精神抖擞一点，以免像一个被俘者。而实际上，他心知自己正是一个被俘者。只是俘虏他的人，需要他的帮助，所以待他十分友善。而这友善到了朝廷那边，是要被杀头的。届时他又如何能说得清楚。与其被皇帝杀头，还不如被革命党杀头哩。这样至少还留下尽忠的名声。黎元洪根本不相信这群革命党能够成事。

随着挟持他的人一道走进谘议局大楼。这红色的大楼他也算熟悉，只是现在他以如此方式进入却是他未曾料到。会场上坐的人比他想象得多，连议长汤化龙也在其中。人们都站起了身，欢迎他的到来。一瞬间，仿佛不像城里闹了革命，正像是以往的某个聚会。站在眼前的人，脸上的谦卑神情也与以前差不多少。但是黎元洪自己的心情却十分复杂。他面无表情地坐在了专门摆放给他的椅子上。

此时，迎接他前来红楼的蔡济民，似对着众人，又似对着黎元洪说："经大家协商，时值天下大变时刻，我们欲推举协统黎元洪大人任湖北都督，汤化龙议长则负责民事。两公在湖北皆有人望，如能出任，革命成功则指日可待。"

与会者们皆鼓起巴掌表示赞同。黎元洪看了看汤化龙，见他神情平静，知他事先已然同意此任。心下便想，这样的事，汤化龙能做，他黎元洪却是不能。他是军人，断断不能与革命党成为同伙。想罢便说："谢谢各位看重。但此事责任太大，各位以及我自己，都必须慎重。都督之职，我绝不能胜任，还请各位另选贤能。"

黎元洪话说得很决绝，说完站起身，便朝外走。蔡济民伸手拦道："你去哪里？"黎元洪说："去我该去的地方。"会场上有人怒了，说怎可如此不识抬举！

黎元洪并不理会，径直出门。刘赓藻及两个士兵忙跟了出去。随着他的出门，会场炸锅一样议论纷纷。一说不必求他，另外找人也是一样。一说革命党难道没人了不成？又有人说，晚几天成立政府也没什么关系。还有一说，既然黎元洪不赞成革命，不如斩首示众。他手上又不是没有我们革命党人的血。

邓玉麟冷静下来，站起说道："各位，请耐心一点。眼下我们所经历的是天大的事。京城一旦知道我们的起义，必然会派军队围剿。我们的起义部队现有许多人并非革命党。但他们兴汉排满，拥护革命。所以，像黎统领这样的人来坐镇指挥，最恰当不过。"蔡济民亦接过话说："是呀。后面的局势会很紧张，我们无非要借黎元洪之名来稳定军心民心。黎协统一向对士兵友善，保路中，他还以军界代表身份签名参加了铁路协会，支持进京请愿，这在高官中实属难得。相信黎协统最终会同意的。"吴兆麟亦表示同意，他说："都督名义归他，但所有事情还是得我们来做。"

此刻汤化龙也起来说了话，他说："还是先将黎协统安置在楼上议长室里为好。我们不必强逼他，这事得从长计议，也容他自己想一想。"

众人平静了，相互议论着，觉得事至如此，也只能这样，便都点头表示了同意。

二十二

武昌城里的战事暂告一段落，但民心却不稳定，人人都不知天下将会如何。必须以新政府名义，贴出文告，以安抚人心。可是被安置在红楼议长室的黎元洪却死活不肯接受都督之职。没有新都督签署的文告，这文告百姓又如何肯信？

下午时分，吴兆麟和蔡济民带着手持文告的军事测绘学堂学生李西屏再次前去找黎元洪。

吴兆麟说："黎大人，我们已经撰写好文告，以此通告天下，还请黎都督黎大人签名。"黎元洪不满道："我不是说过了吗？我不能当这个都督。我既不是都督，又怎能签名？"邓玉麟说："黎协统，我们一向敬重您。现在事已至此，人人都拥戴您，难道您要为清廷殉节不成？"黎元洪说："我没说要为清廷殉节，但我也不想当你们的都督。我若不当你们的都督，你们杀了我不成？"邓玉麟说："也不是没有人这样提议。想杀你的也大有人在。只是，我们相信，黎协统一定会想清楚。"

黎元洪便不作声了。李西屏递过文告，说："还请黎都督赶紧签字，大家还在楼下等着上街去张贴哩。"黎元洪依然冷淡地回答道："我说过了，我不是都督，我不能签名。"李西屏便有些生气，他的声音也放大了许多。他说："让你签是敬重你。我已经等了这么半天，你到底是签是不签？"

黎元洪见他如此，便默不作声，甚至索性闭上眼睛，不理不睬。

李西屏一下烦了起来，他拿起笔来，说："他妈的！你不签，我来签。"说罢，便在文告下签上了"黎元洪"三个字。然后将笔朝地上一掷，说："你看好了，这是你签的名，天下人全都知道了。"

黎元洪突然睁开眼睛，他看到文告上自己的名字，瞪大眼睛傻了一样望着李西屏。

吴兆麟和邓玉麟也不知李西屏竟会如此这般，先是怔了一怔，俄顷，见黎元洪发呆似的看着李西屏，嘴上欲说什么，却说不出来，便觉得有趣，竟也忍不住暗笑起来。

文告迅速被印上黎元洪的名字，大街小巷贴了起来。不光革命军拎着糨糊桶满街游走，许多学生也纷然加入其间。

我正跟赵师梅在一起刷文告。吴四贵窜过来，我告诉他，就是这位赵师梅大哥拿了图纸去找赵裁缝做铁血旗帜。吴四贵立即露一脸崇敬，对赵师梅说："我也要参加革命。"我说："你爸爸肯吗？你这么金贵。"吴四贵说："他今天也跟着革命军去江边巡逻了。"赵师梅便把手中的糨糊桶交给他，说："你的革命就从拎糨糊桶开始吧。"吴四贵望着我，说："你最开始革命做的什么？"我想起我跟在周荣棠身后的奔跑，想起黑暗中他倒下的身影，便说："我那时可不是拎糨糊桶，而是拎着脑袋。周大哥就死在我的面前，不是他让我赶紧跑，我也死了。"吴四贵吓得手上的糨糊桶差点掉到了地上。我说："想革命只有一条，就是不能怕死。"赵师梅笑了起来，说："少说这么多废话。帮着拎桶是现在最要紧的革命。"吴四贵这才长吐一口气，说："我比较喜欢拎糨糊桶这样的革命。"

我的父亲在街角忙于剪辫子。他的挑子旁边，好多人在排队。父亲见我在帮助革命军刷布告，便指着他剃头挑子旁边的墙壁叫道："在这边墙角贴一张。让大家也能看看。"

我和吴四贵连忙拽着赵师梅跑过去，帮着他刷刷刷三下两下便贴了一张布告在那里。刷完我们正想走，父亲却说："你们识字，念给大家听听呀。不知道写的是什么哩。"

我刷了半天，其实也没有去看布告内容，于是便为父亲大声念了起来："布告。中华民国军政府都督黎布告！"

正被我父亲剪头发的是一个老先生。他一听到这句，头一扭，大声说："什么？中华民国？难道大清国完了？"

我父亲猝不及防他的扭头，不小心把他的头皮刮掉一小块皮，鲜血从他的头顶流了下来。老先生也不管，任血流着，跑到文告前一边看一边自念：

中华民国军政府都督黎布告：今奉军政府命　告我国民知之　凡我义军到处　尔等勿用猜疑　我为救民而起　并非贪功自私　救尔等于水火　拯尔等之疮痍　尔等前受此虐　甚于苦海沉迷　只因异族专制　故此弃尔如遗　须知今满政府　并非我汉家儿　纵有冲天义愤　报复竟无所施　我今为此不忍　赫然首举义旗　第一为民除害　与众戮力驱驰　所有汉奸民贼　不许残息久支　贼昔食我之肉　我今寝贼之皮　人有急于大义　宜速执鞭来兹　共图光复事业　汉家中兴立期　建立中华民国　同胞无所差池　上民工商尔众　定必同逐胡儿　军行素有纪律　公平相待不欺　愿我亲爱同胞　一例敬听我词……黎元洪。

老先生念完疑惑道："是黎协统黎元洪的签名？他当都督了？"我说："当然。适才我亲眼看见他进到红楼里，想必就是去签文告当都督的。"我说这话时，吴四贵也把钦佩的眼神投向了我。

一边听的人越来越多。大家最为激动的就是：中华民国以后难道就代替了满清国吗？难道满清从此完蛋，天下又回到汉人的手上？黎元洪会不会就是将来的皇帝？以往国号叫作唐宋元明清，难道以后叫"民国"？或是叫"民"？

吴四贵叫道："不能叫民，我们这儿有人叫民哩。"大家便都望着我笑了起来。

起义整整一天了，整个 10 月 11 日，都在会议中度过。天已黑下，会议仍在进行之中。这个时候的黎元洪仍然拒绝出任都督，革命党正就此商议着对策。

蔡济民认为既已成立了军政府，可由于黎元洪尚未正式接受都督之职，新政府不能处于群龙无首中。所以他建议先建立谋略处，作为军政府的决策机构，从今晚起，便在此办公，履行都督府职责。并建议汤议长为总参议。

众人皆表示了同意。

蔡济民说："我们的起义是全国性的行动，并非某一地军队闹事，所以我们必须按照同盟会的规定行事。"邓玉麟亦说："是呀，同盟会规定，起义成功的地方，立刻建立中华民国军政府某省都督府。"吴兆麟则立即表示："成立了中华民国军政府湖北都督府之后，我这个临时总指挥也就不必再存在。一切皆听由都督府的号令行事。"

至于都督府的地点，汤化龙说："我看这里就蛮好的。就在谘议局内。"大家便都说是好主意。

接下来又商量了年号和旗帜。决定按同盟会所用过的黄帝纪元，以本年为黄帝纪元四千六百零九年。旗帜即现在已经在武昌挂了好几面的九角十八星旗。

这个会一直开到夜里近十点。因头晚一直打仗，白天又一直开会，人人都疲倦不堪，会上的呵欠，一个响似一个。

蔡济民、吴兆麟与汤化龙低头商量了一下。汤化龙说："今夜也太晚了，开了一天会，大家都累坏了，明天再接着开吧。"

众人皆附和着。说话间，纷然朝外走。正走着，突然传来密集的枪声。外面立即喊声四起："有清军来犯！清兵反扑过来了！"

好几人皆大惊失色。吴兆麟说："大家不要紧张。我们事先已有防范。外面有我们的人。"

红楼外，交战已然开始，枪声连连，火光闪耀。

吴兆麟提枪外出，旋即返回，说是来犯者是城内的清军残部，不经打。他们听说黎元洪被羁押在此，专程前来营救。蔡济民说："黎元洪已是我们的都督了，他们营救个什么？"吴兆麟说："清兵已经被我们击溃了。但黎协统目前仍未同意呀。"邓玉麟说："我想应该快了。他会想明白的。送他一个开国领袖，这样的好事，他能不要？"

这番话说得旁边几个人都笑了起来。

二十三

我睡了长长的一个觉。这两日失去的睡眠一口气都补了回来。这一觉一直睡到日上三竿。爬起来便听到满街人叫唤：汉口光复了！好消息，汉阳也光复了！革命大胜利！

我爬起来，早饭都没吃，便朝外面跑。

屋外的阳光分外明亮。汉口光复、汉阳光复的声音，在街巷里此起彼伏。我迅速地加入到这个喊叫的队伍里。除了兴奋，就是兴奋。

跑到红楼前，遇到邓玉麟。邓玉麟见我，立即快步到我跟前，一把抓住我说："小子，过来。"我说："我还有事哩。我得向大家报告汉口光复的好消息。"邓玉麟说："我有更重要的事要交你办。"我停下脚步，惊喜道："什么事？"邓玉麟说："去把你父亲找来，让他带着工具。"

他说时用手指做了一下剪辫子的动作。我很失望，这算什么重要任务？我的父亲天天剪辫子剪个没完，手都剪肿了。

邓玉麟附在我耳边低声说："知道黎元洪吧？"我说："当然。我还看了他的文告哩。"邓玉麟说："他要剪辫子啦。"我惊喜道："真的？！要我爹去剪吗？"邓玉麟笑了笑说："怎么样？"我大声道："是！我这就去叫他。"

父亲今天掮着他的剃头挑子到宾阳门那边去了。我飞一样奔到宾阳门，见到父亲拖着他便走，也不管他正在跟人洗头。父亲说："等我把这个客人做完呀。"我说："等不及了。"客人不高兴道："你家死人了，急成这样？"我说："比死人还要重要。革命党征你马上过去。"

我父亲只好把收下的钱退还给人，连连地说对不起，然后挑起他的剃头挑子，随着我一路快行。

邓玉麟带我们进到红楼的楼上。这是议长办公室，蒋翊武和蔡济民都在里面。蒋翊武因小朝街失事而避走在外，直到闻讯革命胜利，才急急赶回武昌。他给黎元洪带去许多武昌之外的消息。

黎元洪说："难道汉口汉阳也都起义了？"蒋翊武说："是呀。我刚从汉口过来，就是要向都督汇报这个过程。现在汉口汉阳都在革命军手上，都督难道还要犹豫？"

黎元洪不作声，仿佛在想着什么。蒋翊武说："其实都督无论是否同意，我们都会继续以你的名义传檄全国，通饬全省，敦促各省响应和反正。都督想要效忠清廷都已经没机会了。"

黎元洪便露出一脸苦笑。蔡济民亦说："都督不肯就任，那至少应该把辫子剪掉吧？整个武昌城，从昨天到今天，剪辫子成风，人人都争相要还我汉人脑袋，由此可见民心。都督难道打算独自一人留着这满人的尾巴？我记得都督以往也是支持士兵剪辫子的呀。"

黎元洪想了想，显得有些无奈，然后说："那……辫子就剪掉吧。"他说着，看了看刚进屋的我和父亲。

我的父亲能亲眼见到大官，便很高兴。他上前叩拜黎元洪，嘴上说："给黎都督叩头。"蒋翊武一把扯起他来，说："革命了，不兴叩头。"邓玉麟笑道："请你来不是给黎都督磕头的，而是替都督剪辫子的。"我的父亲便高兴地说："哎！这两天我已经不晓得剪了多少个人头。"我知父亲紧张，说错了，便故意吓唬他。我说："你现在胆子变大了，都敢剪人头了？"我的父亲吓了一跳，双膝一软，又要往下跪，嘴上："不不不，是剪辫子，剪辫子。"蒋翊武再一次扯住他，说："你再下跪，就得剪掉你的头了。"

大家皆笑，连黎元洪也忍不住笑了。父亲上前替黎元洪剪掉辫子，又细心地为他刮顶。完后递上镜子，黎元洪左看右看，自语道："原来没有辫子是这个样子。"

蔡济民便上前摸着他的头，笑道："都督没了辫子，好像个罗汉。"黎元洪便自嘲了一句，说："我看有点像个弥勒佛。"我的父亲忙不迭地说："对对对，黎都督这一剪发，活活就像个黎菩萨。"黎元洪说："是哪个黎？是泥菩萨过河，自身难保的泥？"我父亲有点茫然。我知父亲又糊涂了，忙替他答道："不是泥巴的泥，而是天亮黎明的黎，也是黎大人的黎。"

大家又是一阵大笑。邓玉麟说："既然都督都剪了辫子，我们应该放炮仗庆祝一下才好。"

几个士兵连忙跑出去。紧张了几天，难得有这片刻的轻松。我跟着跑了出去，不一会儿，便放响了鞭炮。一旁有人问："庆祝什么？"我说："黎都督剪辫子了。"

这一天是 1911 年的 10 月 12 日。武昌城最紧张也最压抑日子已然过去。

尾声

更猛烈更雄壮的爆竹声响在几天之后。全国都在声音中震动。

黎元洪终于同意出任都督，被清廷逼迫逃亡在外的革命党领袖们也都纷然回来。为了中华民国的开国，武昌城举行了祭天大典。

阅马场筑起祭天坛。坛前设燎火，坛上摆着轩辕帝的灵位。灵前立着香案，轻烟袅袅。案台上陈放有玄酒，祭旗则分立在两侧，一派庄严肃穆。

鼓乐声响了起来，汤化龙和胡瑞霖引领着黎元洪出来。黎元洪或许心潮澎湃，又或许心如止水，总之他的脸上看不出有何丰富表情。他默然地登坛行礼。谭人凤受革命党委托，上台授旗授剑。居正则前去讲述革命的意义。之后，黎元洪朝众人望了一望，跪了下来。他缓缓地展开手中纸卷，一字一句开读祝文。他说："元洪投袂而起，以承天庥，以数十年群力群策呼号流血所不得者，得于一日，此岂人力所能及哉！"

他到底把自己摆在了开国元勋的位置上。

三军举枪。三呼万岁。

我和我的父亲都站在欢呼的人群当中。我们同那些奋战过数日的革命党人站在一起。我们像他们一样祭天地，祭列祖列宗，祭先行烈士；也像他们一样热泪盈眶，而又欢呼雀跃。

民国就在这样复杂的情绪中开始了。

我忍不住问邓玉麟。我说："邓大哥，从现在起，我们真的都是中华民国的人吗？"邓玉麟说："当然啊。"我的父亲说："可为什么叫民国呢？"一旁的蒋翊武说："因为这个国家将是属于人民的。"我说："它真的会属于人民吗？"熊秉坤说："现在恐怕还没有完整的答案，但这是我们奋斗的方向。"

我有些不解。蔡济民便说："现在还只是开了个头哩，以后的路还很长。"我说："那会到什么时候呢？"吴兆麟说："只要我们努力，总有一天这个国家会真正由人民当家做主。民，你也要努力奋斗。"

大家都说，是呀，民，你要努力奋斗！

我只是"哦——"了一声。

我虽然没有完全听懂他们的意思，但我知道，从此以后，中国不再是帝王的国，而是民的国了。只是，它要真正成为民的国，道路还十分崎岖漫长。

在很多年很多年里，我一直向我的后代传达着这一句话：民，你要努力奋斗。我想或许一百年都过去了，我们都还得把这句话传下去。

民，你要努力奋斗！

辛亥革命一百年前夕完稿于武昌

刀锋上的蚂蚁

一、东方的神秘出现了

1995 年费舍尔退休了。

他原以为很简单。因为在他之前有人退休，在他之后也有人退休。大家都会有这样黯然的一天。这是人生的一个过程。既然必须要走，就没什么了不起。费舍尔想得很清楚。退休的第一天，他便拟写自己的退休计划。他有一个随身携带的黑皮笔记本，专门记录各类事项安排。每年都会换新。自他懂事起，这样的笔记本就已存在。它们多到一个抽屉已经置放不下。而他的全部经历就都装在这样一个个的黑皮笔记本中。每一天每一个小时，他都安排得很精确。他几乎是一丝不苟地按照这些安排来完成自己的人生。

费舍尔一直在当法官。认真严肃地过了一辈子。他想就算退休，也要过得有点意义。他一生从来都没有随随便便度过的习惯。费舍尔一条一条地写他的计划。翻修窗户。改造花园。去大学听宗教历史课。跟外孙海因兹学电脑程序。看拜仁慕尼黑的球赛。当然也少不了旅行。只是去哪里，去多久，他却没写。费舍尔出门旅行最放不下的是他的三条狗。每次出去，他都会和太太丽扎反复地讨论它们三个的去向。它们就像家养的孩子，而孩子长大了就会独立，它们三个却永远不会。离开他和丽扎，它们似乎无所适从。

费舍尔在笔记本上已经写了好几页，却终究有一种郁闷压迫在心。他不知道为什么，就只觉得不愉快。丽扎说，刚开始都这样，过阵子习惯就好了。费舍尔说，能习惯吗？说完想，一个人一生都在忙碌，突然间什么事没有得做，整个社会也不再需要你。对这个社会或许很简单，但对这个具体的人来说，其实并不是件简单的事。

这天他和丽扎一起出门散步。三条狗自然是要跟着的。丽扎牵着一条，费舍尔牵着两条。天气很好，不时有骑着赛车的男孩子倏一下从他们肩旁飙过。这时候，他和丽扎就会相视一笑。当年他就是像这样骑车的时候，不小心撞着了丽扎，然后就爱上了她。丽扎总爱问，你是不是故意撞的呀。费舍尔永远认真地回答说，真的是不小心。

慕尼黑的天总是蓝色的。开阔的原野上，有牛群散散地在啃草。远远的阿尔卑斯山衬在蓝色的天幕前露着清晰的轮廓。白云就在那些灰色线条上飘浮着。这样的场景仿佛是定格。费舍尔和丽扎看了一辈子，早已变得熟视无睹。

迎面走来几个年轻人，背着背包，仿佛徒步旅行者。全都是亚洲人。费舍尔凭直觉认定他们是中国人。丽扎却觉得多半是日本人。因为丽扎认为只有日本年轻人才好以这样的方式漫游。年轻人走近了，看见了狗，便欢喜地逗着它们。费舍尔喜欢别人逗他的狗。人把笑容露给人的时候，常常会假，但人把笑容露给狗的时候，却大多是真的。是真的出于喜爱。

费舍尔说，你们是中国人还是日本人？一个男孩子用德语大声说，当然是中国人！费舍尔便对丽扎说，我说吧，是中国人哩。丽扎有些疑惑，说中国人怎么也这样旅行呀？费舍尔说，为什么不？

这天的晚上费舍尔站在窗前望着外面的星光。天色乌青，深邃辽远。仿佛有一种磁力，把他心里沉沉的东西都抽了过去。或许，暗夜的天空正是把所有仰望者的内心抽空了，才有着如此的深沉。

费舍尔突然有一念闪过。他转过身对丽扎说，我要到中国去。丽扎望了望他，说好吧。但是我不去。我要陪着米拉它们。

米拉是丽扎最宠爱的一只狗。

两个月后，费舍尔就开始了他的中国之旅。

其实费舍尔并不是第一次去中国。他根本就是在中国出生的。那是一个夏天，中国尚是乱世，到处都有战争。他的母亲在中国的庐山上待产。这里有他家的房子。那时候他的父亲在汉口的美最时洋行①工作，这房子是他买来避暑的。当年的中国，用他母亲的话说，手指之处，皆是瘟疫。如果不是庐山这幢别墅给了他们庇护，他们还不知道能不能活着回德国。这个说法，令

---

① 美最时洋行：德国著名的洋行。

他恐惧。仿佛形成阴影，致使他一旦想去中国，耳边就会浮出母亲的声音。不知是否由于这个原因，此后他再也没有去过中国。他出生的日子是在春天。那天山下打仗，山里人说是闹土匪。但山上却非常宁静。他的母亲从此不肯下山，生恐山下暴民伤着她的孩子。于是，费舍尔从出生起便一直住在庐山。直到将满三岁，他才随着父母来到汉口，然后从汉口径直回到德国。三岁，是个没有记忆的年龄。费舍尔对他三年的中国生活没有任何印象。他所有的记忆都来自父母和兄长的述说。而这些述说也过去许多年了。时间是个网，它的网格太大，几乎所有内容都已从那些空格中流失而去。但是费舍尔知道，如到中国，庐山将是他必去的一站。

费舍尔出发前，到地下室翻找父母留下的东西。他印象中，家里的墙上很长时间都挂着一幅油画。画布上有一条满是石头的河流。母亲说，这条河叫长冲河。他们的房子，就在这条河对面的山上。画这幅画的是个中国人，很年轻，有一阵每天都坐在河边的石头上写生。她带着费舍尔到河边玩耍时，经常能看到这个画家。有一次小小的费舍尔上前抓他的笔，在他的画布上乱戳，他也不生气，却只是笑，令她很不好意思。她上前问画家，可不可以卖给她一幅画，他们要回国了，想留作纪念。那画家想了想说，我不卖，但我可以送给你一幅。于是，他就把费舍尔戳过的那幅画，重新修整过，送给了她。费舍尔母亲说，其实戳过的痕迹被他刮掉了，一点也看不出来。中国人很讲礼仪，很多礼。

地下室陈旧的东西堆得太多，费舍尔到底没能找到那幅画。但那个画面却在他的脑海里挥之不去。长冲河的水翻越着一块块大小不一的石头，水花在石头边溅起。河边垂挂着一些不知名的花草。有一串花是紫色的。对了，母亲还说过，他们家附近有一对丹麦姊妹住的庭院，叫紫园。还有什么呢？他再也记不起来了。

一直上了飞机，飞机朝着他的东方飞行，隔着弦窗看外面的茫茫云海，他又想起母亲常说的几个字：玻璃屋。

费舍尔想，那里应该还有一幢房子叫玻璃屋。

费舍尔的旅程是先到上海，再去杭州，然后由杭州飞到武汉，经武汉而上庐山。他的父亲曾经工作的美最时洋行就在汉口。他很想看看父亲当年生活过的城市。他知道他家在汉口曾经有幢房子，而他的哥哥和姐姐都在汉口上学。他有一个小姐姐两岁时在汉口得瘟疫而死。这也是他的母亲不肯离开庐山的原因。初回德国时，他正牙牙学语。他的哥哥姐姐还教他说武汉话。现在他是一句也记不得了。走前费舍尔跟双腿已靠拐杖行路的哥哥打了个电话。哥哥在电话里笑呵呵地说他还记得一句：吃饭。费舍尔练了好几天，算是记住了这个词。哥哥还说，去看看咱家的老房子还在不在。哥哥说不出里弄的名字，只记得离江边不太远，距汉口火车站也不太远。哥哥回国时正上着小学，时光如同抹布，一点一点把他早先的记忆也都抹掉了。

费舍尔在汉口转了一两天，无论如何也找不到他家的老屋。这是肯定的。他没有里弄名字和门牌号，甚至他连房子是什么样的都不知道。陪同的导游也无奈。费舍尔知道这是件为难的事，也就放弃了。不过导游说，似乎美最时洋行的房子还在，但他不知道在哪里，可以去打听打听。对于这些老房子，费舍尔并没有迫切想看的欲望。他觉得有些麻烦，便说不必了。

费舍尔的导游并非专业导游。他是外孙海因兹的同学，来自中国，叫李亦简。李亦简正好要回国探亲，海因兹便把他介绍给了费舍尔。一则可以关照一下费舍尔，二则也可让李亦简利用探亲的时间赚点外快。李亦简原本有点不情愿，跟海因兹说，你家就没有姐姐妹妹去中国旅行？你让我陪个老头，多没劲呀。海因兹说，你当是打工嘛，挣点钱。我爷爷钱很多哦。李亦简说，钱多有什么用？你们德国人小气，谁不知道呀。有钱人比穷人更小气。海因兹便笑。不过李亦简还是答应去跟费舍尔聊一下。彼此都需要看看自己是否适合对方。

费舍尔跟李亦简没聊几句，就知道李亦简家在汉口。费舍尔便用刚学的武汉话，说了一句"吃饭"。李亦简大惊，说您居然会说这个？费舍尔便告诉他，他去过汉口，他家在汉口有房子。李亦简眼睛更是瞪得老大，说我家在汉口住了几辈子都没房子，你倒有？费舍尔说，这是当年我父亲买的，是一幢小楼。李亦简感叹道，老牌帝国主义呀，汉口居然有你们的房子，却没有我们的。费舍尔没明白他的意思。海因兹说，爷爷你不用理他，他是个废话大王。李亦简听此一说，笑了起来，说不管怎么讲，你是我遇到的第一个在汉口住过的外国人。我们也算老乡。你去哪些地方玩过？武汉三镇我都熟哦。费舍尔说，我到汉口去的时候，大概刚满三岁。李亦简有点失望，说那你的脚都没有沾过汉口的土，你算什么去过汉口呀？费舍尔笑道，我用过汉口的空气呀。你呼吸的汉口空气，都是我吸剩下的。李亦简听他这一说，哈哈地大笑起来，转而向海因兹说，你家老爷子，我陪定了。老头好玩。海因兹说，我就知道你会喜欢他。

李亦简跟海因兹的对话费舍尔都听清了，他也觉得这个中国年轻人挺有趣，心想路上如有一个有趣的旅伴，就不会那么无聊。费舍尔跟李亦简谈好陪游价格。李亦简原本就要回国探亲，国际机票自理。他将陪同费舍尔两周时间，费舍尔除了支付陪同费外，也包括他在中国境内的全程旅行费用。李亦简满口答应下来，想想觉得这也是一桩美差。虽然他在中国生长了二十几年，但像上海、杭州、庐山这样的地方，他还从来没有去过。

李亦简父母都是小学老师，家里日子过得连小康都算不上。父母几乎是倾其所有让李亦简出来留学。李亦简觉得无论如何，也不能再给父母增加负担。所以，留学期间从来没有停止过打工。他不光学会了做饭做菜洗衣服，还学会了剃头烫发，其他如修马桶修汽车修电脑修电视，他也几乎都拿得下来。李亦简学的是建筑，但他自己说，在德国几年，他差不多成了个生活全能。比较起来，陪费舍尔旅游，算是最舒服的工作了。李亦简想，怎么也得让老爷子满意才是。于是他临时抱佛脚，翻了几天书本，查看了费舍尔所到之地的一些资料。海因兹说费舍尔虽然是法学博士出身，但他很喜欢艺术。李亦简便还读了一些艺术史方面的书。他想，再怎么也不能被德国老头看不起。海因兹说，你不用这么辛苦，我告诉你一个绝招，他要是跟你谈艺术，你就跟他谈计算机，保证他立即发傻。李亦简说，喂，这是你爷爷，不是我爷爷，你怎么能让我出绝招欺负老人家呢？

旅途十分顺利。只是行前费舍尔把中国想得跟西方太不相同，却没料到，除了吵闹和脏乱外，其实是很相同的。他脑子里因看书而构想的东方情调并不浓郁，甚至人们的穿着打扮风格也跟他们差不多少。他并不喜欢上海，觉得那里杂乱。汉口更让他败兴。他想象不出，他的父母居然在这个城市里生活过多年。在杭州，西湖还是美的。苏堤白堤还有三潭印月。李亦简为他讲了许多民间传说。那些传说委实迷人。或许因为这个，费舍尔对杭州印象还算不错。费舍尔说他真想拿把雨伞，坐在断桥边等待一个白娘子的到来，不管是蛇仙还是蝎仙都可以，只要漂亮。李亦简便笑，说回去一定告诉丽扎，保管他要跪三天搓衣板。费舍尔不知道搓衣板是什么。李亦简便绘声绘色地描述了一番。他把搓衣板的齿比画得跟波浪式的。费舍尔忍不住大笑，说那也可以。只要有白娘子，他宁愿跪三天三夜的搓衣板。李亦简便连连长叹，说我太喜欢你了。原来天下男人，不管是老是少，也不管东方西方，大家心思全都一样呀。费舍尔忙说，只是说说而已，说说而已。丽扎知道了，不是让我跪搓衣板，而是直接拧断我的脖子。费舍尔模仿丽扎的样子做了个凶猛的手势，李亦简笑得跌脚，说天下女人也一样呀，老奶奶修理你跟我妈修理我爸的方式完全相同。

费舍尔抵达庐山时，已是他到中国的第八天了。他住进了东谷一幢老别墅里。老别墅在半山腰，典型的欧式建筑，但他没看出来是哪个国家的。李亦简说有点北欧味道。费舍尔很奇怪，怎么在中国这样一座深山中，会有如此之多的欧美式别墅。问李亦简，李亦简亦不清楚。想了半天才说，这还不都是你们跑来侵略我们，住不惯我们的屋吃不下我们的饭，又不肯回去，就给自己找了片地盖上房子，自己单过。费舍尔想想觉得这说法完全是李亦简瞎扯，可他也却没有更好的解释。

山上人不多，夜里便清冷得很。屋里也有些阴湿。听着山风呼呼地从窗外吹刮而过，流泉叮咚地响着，费舍尔夜里竟有点睡不着。他想，难道这都是我小时候听过的？

早上，费舍尔醒得早。隔壁李亦简还死睡着，费舍尔知道现在的年轻人都是睡懒觉一族，便没有叫他。心想自己出门散散步也挺好。

山色碧绿如洗，空气极其新鲜，树草的气息渗透其间，仿佛有点慕尼黑的味道。那是他闻惯了的味道。费舍尔走下山，看到条状的公园。昨晚已经知道了，它叫林赛公园，是英式风格的园林，很随意很自然。公园里穿流着一条细窄的河流。河里有大大小小的石头。费舍尔想，莫非这就是长冲河？

走过一座小石桥，他沿着河边没边际地漫想着。河面慢慢宽了起来，石头也显得格外漂亮。突然一处拐角的景致令他十分熟悉，就像是他家油画上的风光。费舍尔的心竟是怦怦地跳动起来。他情不自禁地走了过去。更令他吃惊的画面出现了：河边的一块石头上，一个画家正在那里写生。这是他脑子里出现过无数次的画面，居然在他来庐山的第一天早上，得以亲见。费舍尔忍不住凑近画家。一看画布，不由倒吸一口冷气。就仿佛是他家墙上那幅画的临摹，连河里那块巨石的棱角也都一模一样。费舍尔有些发呆，他不知道这是怎么回事，一种莫名的神秘感从他心里升起。回到旅馆，李亦简刚起来，见费舍尔一副魂不守舍的样子，有点奇怪，说你今天这副表情不太像德国人呀。费舍尔压低着声音说，东方的神秘出现了。

二、费舍尔决定做一件事

鲁昌南早起时有点烦。厨房很暗，刷牙的时候他打开了灯。昏黄的灯光下，见一只蚂蚁从砧板的菜刀上慢慢爬下。突然便觉得自己就像是这只蚂蚁。于是更烦。很烦的结果，就是尽快出门，找个清静之地坐下。然后做点自己想做的事，以将这个世界与自己暂时切割干净。

他披上外套，拎着画箱出了门。妹妹鲁昌玉在后面喊了几嗓，你不吃早饭呀，油条已经买回来了，还有豆浆。鲁昌南说，我不饿。

从脂红路①走到长冲河边，并不太远。鲁昌南在岸旁架好画架时，太阳还没有出来。正是四月，清晨的薄雾弥漫在河上。河虽不宽，却有着满河石头和不尽流水。水流和石头永远都在碰撞，溅起的水花晶莹剔透。鲁昌南立即就忽略了侵入他皮肤上的一点点寒意。这些日子，他一直都在这里写生。清静的山谷让他的心渐渐安定。他刻意让自己慢慢地画，当作是禅休功课。每当他的画笔触到画布时，他便算是入定了。

鲁昌南不到五十岁，家住南昌。他的父亲年轻时当过兵，不过是国民党的兵。所以，鲁昌南从小就一直倒霉。他有点恨父亲，说你好好的当什么兵？害我们一家人吃苦。他父亲这时便很生气，说这能怪我么？当年是为了打日本人呀。连九江南昌都失守了，而我们两个团的人在庐山上死守了八个月，打死多少日本鬼子。你说我这个兵当错了？鲁昌南说，庐山又没几个人，要你们守什么守？父亲说，你知道个屁呀，庐山当年是夏都。蒋介石领着南京政府一帮人，年年夏天在这里住着。满山都是洋别墅，全中国眼睛都盯着这里。中国跟日本人开战都是老蒋在庐山喊出来的。日本人能饶过这里？鲁昌南不是很清楚夏都，他也懒得问。他只知父亲的这一举动，让他人生还没开始，就已经沦落到地狱。鲁昌南从美术学院一毕业，便被分配到一个偏远的县城。去了不多久，"文革"开始了，他的父亲便自杀身亡。而他也因此被赶到乡下。这时候的他，跟村里的地主几乎是一样的待遇。面对这样的生存，他真是无话可说。宿命，真正的宿命。这就是他所能想到的。时间便在他无言的痛苦中，慢慢过去。直到有一天，他已经没有了痛苦，仿佛连心都

---

① 脂红路：庐山上的路名。

死了，结果"文革"结束了。他奔波了很多年，终于回到了南昌。这时候的他业已四十出头，孑然一身，上无片瓦，下无寸土。靠他的妹妹鲁昌玉匆匆给他介绍了一个对象，然后他有了一个家。他回城已然不易，无法有正式的职业，于是便去中学给人当美术代课老师。如此职业，薪水自然少得无法养家。他开始临摹名画，卖给画廊，以挣点小钱，对付生存。偶尔有时，望着繁星万点的夜空，想起自己曾经的梦想，他还会蓦然跑到乡间，租一间小屋，买一箱方便面，闷头作画一阵子。然后拿着自己的原创作品，四处奔波，想要参加某些有影响的画展。这样的状况，老婆自是不满，成天抱怨他是个废人，有时还会莫名地暴吼一顿。面对老婆的愤怒，鲁昌南永远不作声。这时候，他常常会回想自己在乡下的生活，就算老婆叫嚣惊天动地，但无论如何，也比当年要好。

但老婆没有他这样的自足感。老婆在一家小医院当护士，一年有半年夜班，自然也辛苦。半个月前，老婆突然说，她无法忍受这样的生活，她要离婚。鲁昌南觉得既然如此，离就离好了。可房子是老婆的。如果离了，他住在哪里呢？鲁昌南的妹妹鲁昌玉听说这事，立即奔来他家。鲁昌玉对她的嫂子说，你不要看扁了我哥，他要是发迹起来，让你悔断肠子。鲁昌玉从小就崇拜鲁昌南，只有她一个人永远对鲁昌南怀有信心。鲁昌南的老婆说，他发迹？猪都发迹了，看他能不能发迹。鲁昌玉便把鲁昌南接到她家里，说离什么离呀！她说离你就离？先拖她一阵子再说。

鲁昌玉住在庐山上。这房子原是一个高官随从的住房。不过一百多平米面积，现在挤了三家人。鲁昌南去后，跟外甥住在一起。房间里原本小，蓦然多出一个人，自然多出许多不便。尽管妹夫和外甥都没说什么，但鲁昌南自己心里却不自在。为了排遣心情，他每天出门写生，一直到天黑才回去。春天的庐山上，并无多少游客，到处干干净净。虽然满山的别墅皆已陈旧，有的颓败不堪，一幢幢立在山间，绿树红瓦，倒有一种别样情致。当年那帮洋人是怀着怎样的冲动呢？居然跑到这偏远的山间生生修出一个小城来。花园一样，美丽清静，享受着现世之乐。而现在，那帮人却都逃得干干净净，没有一个房客是这房子的主人。人生经常就是没办法的，不是你想要怎么就能怎样。老婆不懂这个理，但他鲁昌南是懂得太透了。所以，他只能画画。画一幅是一幅。画完在南昌找家画廊作价卖掉。这辈子他还能怎么样呢？

鲁昌南默默地画着，像往常一样。他经常一天无语。因为他本是一个沉默寡言之人。同时他也没有说话的对象。但这天，却有一个人走到他的身边。这是个外国人。鲁昌南很少见到外国人。他从他们的脸上分不出对方是哪个国家的。这个外国人没有作声，只站了几分钟，看鲁昌南作画。他似乎还有点不安。平时也常有好奇的游客会驻足看看，看上一小会儿，无聊了，就走人。鲁昌南经历多次，也就习以为常。所以，他连多瞄一眼的兴趣都没有。那个外国人站了一下，果然也走了。

一个多小时后，太阳出来了。阳光将石头抹上一层辉光，石头上仿佛冒出一层油。光影随着轻风晃动在油光的石头面上，有几分神秘。要把这层油光和神秘变成色彩落在画布上，并非易事。于是他小心调色，仔细琢磨，思考着怎样才能传达出这样的神秘。调好色，他还没来得及动笔，远远地，就又看到那个外国人走了过来，他的旁边多出一个中国年轻人。

他们一直走到鲁昌南身边。年轻人说，大叔，您是画家吗？鲁昌南对年轻人的问话不屑一顾，心想，现在的年轻人，说话都不通。我正在画着，看我的手，看我的色彩，看我的架势，不是画家又是什么？真是废话。鲁昌南没作声。

年轻人跟他身边的外国人嘀咕几句，然后说，大叔，您的画卖不卖？鲁昌南想，不卖我画它作什么？他未及回答，年轻人又说，这位德国朋友想买您的画。鲁昌南这时方停下笔，侧过身细细打量身边的这两个人，然后说，是说真的，还是顺口说说？年轻人说，当然是真的。这位是德国人，德国人做事就用两个字形容：认真。鲁昌南觉得的确不像是玩笑，便说，要买几张？年轻人侧过脸又与德国人嘀咕了几句，然后说，大叔，这位先生说，如果有多的，他想都看看，挑一挑，可能会多买几张的。鲁昌南想了想说，好吧。

鲁昌南与费舍尔就这样见了面。

这个过程真是云淡风轻。鲁昌南从来没有想过这个人将会给他带来什么。岁月的磨难，已将鲁昌南变成一个不会遥想未来的人。他身上所有的浪漫或是幻想都早已被时光剐了个干净。

鲁昌南闷头收拾了一下画具，便带着费舍尔和李亦简朝他妹妹家走去。走在路上，他还想，幸亏在南昌时妹妹多了个心眼。鲁昌玉说，你也不能什么都不拿，至少把自己的画全都带着。万一嫂子真的狠心要毁这个家，至少你的画不能留给她。鲁昌南倒是无所谓的。家都没了，还要那几张画做什么？再说他又不是不会画，再画几张也没什么了不起。但他还是听了鲁昌玉的话，觉得他不能拂她的意，走前就信手把画带上了。现在好，居然靠它们还能做成一笔生意。还是出口生意，老婆要是知道了，还不气得嘴皮翻起来。想到这些，鲁昌南竟有些自嘲似的笑了笑。

妹妹鲁昌玉上班去了，家里没人。大门内门都上了锁。鲁昌南这才想起，早上走得匆忙，他竟没带上钥匙。他有些愧疚地对费舍尔说，不好意思，我住在妹妹家，早上忘记带她家的钥匙。能不能改个时间？李亦简把这话说给了费舍尔。费舍尔说，没关系，我们可以再找个时间看画。鲁昌南说，中午可以吗？中午我妹妹就回来了。费舍尔说没问题。他还会在庐山上待几天。

鲁昌南又回到长冲河边，继续画画。照在石头上的阳光已经斜上花朵，将花朵装饰得十分艳丽，但石头上的油光却没了。鲁昌南觉得有点可惜。不过他又想，没关系，明天再画也一样。

费舍尔和李亦简去参观了美庐。这是蒋介石和宋美龄当年的别墅。来庐山的人都会去那里兜上一圈。房子很旧，位置却好。李亦简前后转了几下，长叹道，难怪呀难怪，好风水呀。太师椅似的。费舍尔不知道风水是什么。李亦简跟他解释不清，便说，好风水就是说，如果你家的房子是盖在这里，德国的皇帝就是你当了。费舍尔哭笑不得，说德国现在没皇帝。李亦简说，别这么较真，打比方而已。就是一把手嘛。费舍尔只好说，也不会是我，我上面有两个哥哥。李亦简说，咦，你脑子还真够明白呀。费舍尔觉得跟李亦简谈话虽然是东扯西拉，但实在是很有意思。

中午的时候，费舍尔和李亦简到鲁昌南妹妹家时，显然鲁昌玉早已知道这个消息。她脸上闪着光彩，眉眼里全是笑容。邻居伸头探脑地过来看。鲁昌玉便大声说，今天可别过来凑热闹。洋人来买我哥哥的画，这是大事。要带到德国去的。邻居们便发出惊喜的感叹。费舍尔看出来了，他的买画举动，的确成了这些中国人的大事。他们脸上的兴奋溢于言表。费舍尔虽不是太理解，但却因此而格外高兴。李亦简低声跟他说，像这样天上掉馅饼的事在中国很少发生，所以大家都很惊喜。费舍尔说，什么意思？李亦简说，就是天下掉下一个肉饼，正好落在他们头上。费舍尔说，这么说我就是那个肉饼了？很白的，很胖的，肉很多的？李亦简忍不住笑，笑完说，你这样理解我认为比较有水平。

鲁昌玉一边帮着鲁昌南摊开他的画，一边又转向费舍尔说，不是我吹牛，当代画家中，没几个像我哥哥这样才华横溢的。鲁昌南听得有些不好意思，便解释了一句，说她真的是吹牛。她从小就这么吹牛的。

费舍尔笑了起来，他觉得鲁昌南的这个妹妹很有意思，便一边看画一边笑着从中挑出几张他喜欢的。全是庐山的风景。他觉得鲁昌南的画真的是打动了他，让他有一种发自内心的喜欢。挑完后他按鲁昌南的报价付了钱，然后说，我认为你妹妹说得对，你的确很有才华。我很喜欢你的画。鲁昌玉一听完李亦简的翻译，便对着鲁昌南大声说，你看看，我说吧。我早就知道哥哥有这一天。这个洋人一看就有大学问，修养也深。连他都说好的话，普天之下人人都会说好的。

李亦简为费舍尔翻译完这番话，转过脸对鲁昌南说，大叔，你有这样一个妹妹真是赚死了。鲁昌南想了想说，是呀，从小到大，她都最支持我。鲁昌玉说，当然，这辈子我都会支持哥哥。费舍尔说，你真是个了不起的妹妹。

鲁昌玉更高兴了。客人本来是来买鲁昌南的画的，结果全都夸起她来。便要留费舍尔和李亦简一起在家吃饭。鲁昌玉的家很小，却也到处收捡得干干净净。费舍尔觉得有些不便，李亦简也觉得不舒适，两人便推辞。鲁昌玉说，你们大老远来买我哥哥的画，我如果不招待你们，那就是我不懂规矩了。

话说到这一步，费舍尔和李亦简不答应也说不过去了。

中餐便在鲁昌玉家吃的。一盘红烧鱼，一盘庐山特有的石鱼炒鸡蛋，一盘青椒石耳肉丝。说这石耳是长在庐山石头上的。还有一盘土豆丝。鲁昌玉说，庐山的土豆好吃，是当年洋人们带进来的种子。讲到这个话题上，李亦简才说费舍尔是在庐山出生的，并且在庐山生活过将近三年。

鲁昌南微有惊讶，他想难怪他要买庐山的画，原来如此。而鲁昌玉眼珠瞪得都快掉了出来。鲁昌玉说，啊呀，原来你是庐山人呀。你比我的资格还要老哩。山上的事都还记得吗？费舍尔说，我那时太小了，一点印象都没有了。只记得母亲以前说过有个紫园，还有一个……是不是有个房子叫玻璃屋？鲁昌玉说，啊，我太熟了。这两处房子都还在哩。听说紫园原先是丹麦两个姐妹的住房，现在归疗养所了，就在附近。玻璃屋是李德立的房子，在山上。下午我请个假，带你们去看。费舍尔说，这不合适吧，不能耽误你的工作。鲁昌玉说，政治学习哩，也没什么事。李亦简对费舍尔说，这样最好，免得我们到处乱找。费舍尔说，她的上司如果不高兴，我会不安的。李亦简说，中国人上班很随便啦，哪像你们德国。跟领导打个招呼就可以了，应该没有问题。说完他又把费舍尔的担心说给鲁昌玉听。鲁昌玉说，嗨，我去学那些没头没脑的文件，还不如带你们逛山哩。李亦简笑起来了，说阿姨，你说这话，不怕我去告密呀。鲁昌玉嘎嘎地笑道，说这又不是文革，连这话都去告密，你就死定了。是被大家笑死的。

李亦简把鲁昌玉的话告诉费舍尔。费舍尔有点惊讶，说这跟我听说的中国，不太一样呀。李亦简说，是呀，连我都觉得很不一样了。

有了鲁昌玉的引导，静立不动的庐山在费舍尔眼里立即鲜活起来。鲁昌玉就是那种话很多的中年妇女。她从来不愿意静场，仿佛恐惧安静，虽然她住在安静的庐山。或许因为生活太枯寂，由此而视安静为猛兽。庐山的风温软地吹来，她的两片嘴唇翻动着，却如呼啸。她不停地为费舍尔讲解，生怕他们来过一趟却知之甚少。李亦简一个人来回倒腾两个人的话，翻译得差点断了气。

他们先去看了紫园。不过是两幢有庭院的老屋，立在路边，毫不起眼。费舍尔在它的周边四下张望，想推测邻近哪一幢老屋曾是他家。房屋很多，体量大小不一，无论如何，他推测不到。这时候，他想起，其实应该翻找一下家里的老照片，他小的时候，一定在家门口拍过照。鲁昌玉说，如果有照片，比着找，要好找得多。

然后他们去玻璃屋。路上鲁昌玉说，这个房主李德立就是当年开辟庐山的人，是个英国人，只有二十二岁。一百年前，一个人在大冬天爬上庐山。既没车又没轿子，从九十九盘山路硬走上来的。结果就看中了东谷这片地。然后他就搞开发，在全世界卖地。本来山上叫牯牛岭，被他改成牯岭。鲁昌玉说，你看他多聪明，多会改名字呀。如果叫牯牛岭，要多土有多土。可一改成牯岭，真是洋气。听说台湾还有一个牯岭街。如果叫牯牛岭街，该有多难听，是不是？费舍尔认真地听着，并且回答说，是的，是难听。李亦简却暗自好笑，觉得女人就是这样，轻重分不清。李德立开辟庐山做了这么天大的事，她不去感叹，却只感叹名字改得好。鲁昌玉说，虽然李德立是个帝国主义分子，但我们还是很感谢他的。不然庐山哪有这么漂亮舒服？费舍尔仍然认真地回答说，是呀，你说得对。他原来是做坏事的，不小心做成了好事。

李亦简听费舍尔这么一说，乐不可支。结果也没顾得上翻译给鲁昌玉听。李德立的房子真是破败得厉害，屋内堆了些不堪入目的杂物。费舍尔说，这么好的房子，为什么没人住？鲁昌玉说，太破了，没钱修哩。李亦简说，这是文物呀，应该好好保存的。鲁昌玉说，他这房子算哪门子文物。我们毛主席住过的庐林一号才是珍贵的文物哩。费舍尔却认真地说，这个房子快一百年了，毛的房子不到五十年，这个更文物。鲁昌玉不悦道，你对我们毛主席有点感情好不好？李亦简便觉得跟她有点说不清，也就没翻译这一句给费舍尔。

叫玻璃屋果然是有理由的。房子的四面墙中有三面是以窗代之。从屋檐一直落地的横推式大玻璃窗，长长一排，使得这座建筑颇有日本风格。李亦简有些奇怪，说这个李德立既是英国人，怎么房子却像是日本人的？鲁昌玉说，不晓得。跟我们隔壁人家一样，买电器就喜欢买小日本的，我真是看他不顺眼。李亦简忙说，以后你买电器最好买德国货，德国产品质量最过硬。鲁昌玉说，我买国货。中国人不买中国人的东西，那中国怎么发展呀。李亦简把这一段翻译给费舍尔听了。费舍尔跷起拇指夸鲁昌玉说，你说得太对了。我支持你。鲁昌玉说，我不买你们德国货，你还支持我。你立场站哪边呀？这不是卖国吗？李亦简又笑着说与费舍尔听，费舍尔也笑了起来，连连说，啊啊，你说得对。是我错了。

然后鲁昌玉就带他们去看月照松林。指着漫山的松树，鲁昌玉说，听说这里的万株松树就是李德立亲手种的。想不到他一个帝国主义分子还这么爱劳动。费舍尔认真地说，我也很爱劳动。我家花园里的树，也都是我种的。鲁昌玉便大笑，说你扯呀！都什么时代了，你哪里够得上帝国主义分子。你顶多是个友好人士。

李亦简一边翻译一边不停地笑。费舍尔问他笑什么。李亦简说，太有趣了。费舍尔说，是我有趣还是她有趣。李亦简说，是你们俩撞到一起就特别有趣。

见时间还早，鲁昌玉又领着他们去看花径。然后鲁昌玉便告诉他们，中国唐朝有一个叫白居易的诗人，因为得罪了朝廷，被贬到庐山脚下的江洲。他在庐山下盖了间茅屋，经常翻过那座叫香炉峰的山到附近的大林寺找和尚游玩。有一次是四月来的，大林寺的桃花都开着，非常漂亮。他很激动，立马写了一首诗。"人间四月芳菲尽，山寺桃花始盛开。"鲁昌玉说，你听，多美的诗啊！当年他就是走在这里的小路上，一边散步一边写诗。今天我们是踩着他的脚印走哩。我们很幸运哦。

费舍尔被鲁昌玉的故事迷住了。他不禁赞叹道，太美了，你讲得太好了。

我们的确很幸运。

这天晚上，费舍尔执意要请鲁昌玉兄妹吃饭。鲁昌玉想推，李亦简说，知道不，德国人小气出名的。老头肯掏这笔银子，说明他完全是真心实意。你们要是推辞，他会怎么想？还以为你嫌他是帝国主义，想跟他划清界限哩。鲁昌玉忙说，哪里话呀。我总要讲几下客气嘛。既然你这样说，那我们就吃好了。说来他也是个庐山人，跟我们有缘分。

牯岭的街上有很多吃饭的地方。鲁昌玉找了一家既有当地特色但又不太贵的餐馆。点菜也是她帮着李亦简一起点的。鲁昌玉老是担心外国人在中国花多了钱，嫌中国东西贵，然后对中国印象不好。李亦简说，你看，全部菜加起来也才一百多块，在德国的中餐馆，一个人吃就得花这么多。鲁昌玉说，啊？德国这么贵呀。李亦简说，可不是？你放心点菜吧。老头有钱，光他一年的退休金你五十年也挣不着。鲁昌玉说，再多钱也得省着花，说着还是挑便宜的菜点。李亦简无奈，对费舍尔说，她怕你没钱哩。费舍尔笑道，就由她。到这里，我们听她的。

整个下午，鲁昌南都在整理他的画。他没有陪费舍尔逛风景。等他闻讯赶到餐馆时，第一道菜已经上桌了。李亦简说，大叔是个福人，来得早不如来得巧。鲁昌玉说，他要是个福人，哪会像今天这样落拓。李亦简仔细看了看鲁昌南的面孔，那满脸的皱纹，像山缝一样，深刻而杂乱。从那里面溢出的表情，不知是忧伤还是悲哀。这样的面孔是让人见了不敢笑，只敢小心翼翼面对的。李亦简不由脱口道，看大叔的脸，真好像是经历过天大磨难似的，好深沉。鲁昌玉说，你说对了，哥哥所受的磨难，你听都没有听讲过。

费舍尔便想听。鲁昌南说，算了，都过去了。但费舍尔还是想知道鲁昌南的过去。他不知道为什么，就觉得自己对这个人有一种莫名的好奇。他甚至说不清这种好奇来自哪里。鲁昌玉巴不得把鲁昌南所经历的事说出来。她也没有什么目的，只是想说。她觉得她的哥哥这辈子过得实在委屈。于是整个晚餐，都是鲁昌玉的述说。说鲁昌南大学毕业怎么被分到乡下。说他们的父亲怎么自杀。说在乡下鲁昌南画墙报只因颜色不合领导意被认为有反动思想。只不过顶了一句嘴，便遭到五花大绑扔进了牢狱，一关几年。放出来时说是关他的人把他给忘记了，其实不用关这么久。又说鲁昌南经常每天只有一顿饭吃。以及说鲁昌南因为成分不好连老婆都找不到。鲁昌玉说得颠三倒四，倒也把鲁昌南的经历说了个八九不离十。费舍尔听得目瞪口呆，情不自禁反问一句，真是这样吗？

鲁昌南淡淡地说，那个时候嘛，像我这种遭遇的人很多。李亦简也像听天书。他对"文革"完全不了解，也不知道成分好和成分差是什么意思。因为没人跟他说过这些，也没有关于这方面的书看。大学上公共历史课，老师也是含糊其词，虽然时间并不久远，但在他所接受的教育中，这段历史却是一段空白。人们全都缄口不言，似乎这时间里埋伏着炸药，一说就会引起惊天爆炸。李亦简说，那你是怎么熬过来的？鲁昌南说，也没什么。有几年，我是跟牛住在一起。牛棚一半漏雨，一半没漏。我住在漏的一半，牛住在没漏的一半。下雨或是天冷的时候，我就去跟牛挤一挤。心想牛能过，我当然就能过。牛干的活比我干的还要重。鲁昌南说时，笑了笑。笑完又说，而且过几年它就会被屠宰。连它都没有悲伤，我的又算什么。李亦简说，牛其实是有悲伤的，只是人们感觉不到。鲁昌南说，这就对了。真的悲伤为什么要让别人去感觉到？

李亦简一时无话。他想，说得也是。难不成像小孩或是女人一样去大哭不成。这就是男人呀。

对于费舍尔来说，这天的晚餐，他不记得吃了什么。仿佛他吞下去的菜肴就是眼前这个中国男人的人生史。这个人在庆幸自己比牛要过得好。如此这般的人生故事和他如此平淡的述说，费舍尔觉得颇是惊心。面对一个真人的讲述和面对文字的描写，那是完全不同的感受。

费舍尔很少失眠，但这一夜却通宵未睡。他心里有一种特别的情绪在涌动。他不知道因为什么。或许是他的出生地庐山使他如此，又或许鲁昌南的画以及他的经历使他如此，更或者他被一种无形的神秘感所刺激。他只觉得自己要做一件事。这是一件什么事以及他应该怎么做，他都不明了。但他就是想做一件事。

第二天清早，费舍尔把李亦简叫醒，让他带着他去找鲁昌南。李亦简莫名其妙，说饭也吃了，画也买了，明天就下山，一会儿还要去三叠泉，你还找他做什么？费舍尔并未回复他的话，只是说他有要紧的事想跟鲁昌南谈。

他们在长冲河边远远看到鲁昌南背着画箱走来。他的背微微地偃着，步子不紧不慢，一副淡然却又落寞的姿态。费舍尔站住了，他望着鲁昌南，等待他的走近。

鲁昌南走到距他们只几米远，才看到费舍尔和李亦简。他有点讶异，心想莫非要退画？却没料到费舍尔开口即说，我很喜欢你的画。你是一个非常有才华的人，我要帮助你。我要请你去德国。我相信你能成为一个著名的画家。

鲁昌南怔住了，一时间说不出话来。

一旁的李亦简却目瞪口呆。他想我的天，这老头疯了！

三、鲁昌南真的去了德国

费舍尔回到家就开始筹划怎么帮助鲁昌南。

这天的阳光很明亮。他坐在房屋外廊的小桌上喝着咖啡。想着鲁昌南阴霾的人生，觉得无论如何，应该让他到慕尼黑明亮的阳光来照晒照晒。于是他立即拿出黑皮的笔记本，又开始写一份计划。

第一，他要安排鲁昌南来德国，至少要待一年，或是三年。让他有一个宽松的环境以及接受西方最新的艺术思想，对于他来说，这就是明亮的阳光；第二，要让德国的画廊接受他的作品，如果德国不行，那就欧洲，如果欧洲不行，那就美国；第三，要让欧洲甚至世界美术界知道鲁昌南这个名字并承认他的画作；第四，要让喜欢美术的人以拥有他的画为自豪；第五，要让他的画在国际市场上有好价钱，这样，他的生活就能彻底改善。费舍尔想，他要尽其所能来完成这个计划。他要改变这个中国人的命运，让他创造奇迹。而这个奇迹也将属于他自己。他相信他能做到。

费舍尔把他的计划给丽扎看。丽扎戴着老花眼镜认真地读了一遍。她对中国人虽然没有恶感，但也绝没有兴趣。甚至她对费舍尔的计划也不以为然，但她还是说，如果做这件事让你感到快乐，你就去做吧。或许我帮不了你，但我永远都会支持你。

对于费舍尔，这就够了。人生有时就只需要一个人。帮不帮忙都无所谓。只要他眼光看着你，目光关切，随你的身影而移动。只要有这样一个人，你做任何事心里都有底气。

圣诞节的时候，海因兹约了李亦简到他的外祖父家来玩。其实这也是应了费舍尔的要求。费舍尔需要一个中国人来帮助他与鲁昌南沟通，他觉得没有人比李亦简更为合适。他希望李亦简能跟他继续合作，费舍尔说，你还可以当作是勤工俭学。

李亦简被费舍尔那份得意的计划吓着了。他完全不明白这个德国人想干什么。他虽然到德国已经好几年，所交朋友大多也是德国人。他喜欢他们的一丝不苟，也了解他们的斤斤计较。跟他们熟了，还知道他们并非传说中那样严谨和刻板，经常也散漫并且幽默。只是在更多的时候，他仍然会觉得真正理解他们不是件易事。李亦简悄悄对海因兹说，你家老爷子怎么回事呀？他想做慈善？这样的画家中国有大把，他会忙不过来的。海因兹笑道，也许他只是想遵照自己的主意做一件事情吧。李亦简说，做事情？做事情要做于国于民于己有利的事呀。老兄，这得大破费！而且不是一点点。多两件这样的事，你家的钱会不够用的。海因兹说，既然想做事，当然要花钱。他愿意呀。李亦简说，这哪像你们德国人对钱的理解。海因兹说，那是你不懂。德国人平常是省钱，可是一旦他想好了要做某件事，他也会很舍得的。李亦简说，没利也舍得？海因兹又笑了，说你又怎么知道这件事对他没有利呢？再说这个"利"字，每个人都有自己的理解角度，不是吗？

李亦简怔了怔，心想难道海因兹话里有话？他再细细地阅读费舍尔的计划书，看到最后一条，他琢磨了一下，觉得自己似乎有点明白了。他想，费舍尔莫不是做艺术投资？他如果大量买下鲁昌南的作品，然后把他包装起来，一旦鲁昌南在国际市场露了头角，他岂不就发大财了？所谓艺术品无价呀。

李亦简顿时释然。他想姜还是老的辣。老头就是退休闲玩，也玩得有深度有广度。李亦简想到此，立即便答应跟费舍尔继续合作。这样的合作，于他来说，想必也不会吃亏。

费舍尔给鲁昌南写了他的第一封信。信中主要谈到，一是他要邀请鲁昌南到德国来画画，希望鲁昌南不要拒绝。二是除了日常生活费用，所有其他费用都由他来承担。鲁昌南不必担心来回路费以及住宿费的问题。三是他随信发出邀请函和担保文件，请鲁昌南尽快办理护照。四是签证方面他会委托德国大使馆的人员帮助他。五是一旦签证完毕，立刻通知他，以便替他买好机票。李亦简按原意翻译好，他知国内办护照有很多手续，就又附信告诉鲁昌南办理护照之一二三，然后还留了一个电话号码，万一鲁昌南有紧急事，就直接给他打电话。

第二天，李亦简便将这些信函快递寄去了中国。

鲁昌南从庐山回去后，虽然老婆允许他进门了，但两人的关系依然僵持着。冷战经常比激斗更令人焦躁和恐惧。为了避免两人在一起的尴尬，鲁昌南白天趁老婆上班时，在家看书作画，待老婆快下班了，便悄然出门。有时在街上溜达，有时找一处茶馆慢慢喝茶。更多的时候，他会去一个名叫"磨时光"的画廊。老板甲臣是他的大学同学，学的是版画，有着几乎和他相仿的经历。只是甲臣的父母略有家底，出资给他做了画廊，并不指望他赚多少钱，只让他有件事消磨时光而已。鲁昌南的画大多也是依仗甲臣的画廊卖出去的。南昌人生活水平低，艺术眼光也差，原创几乎卖不出价，鲁昌南只能临摹名画。就算如此，一幅画也卖不出多少钱。晚间画廊生意尤其清冷，所以时常有鲁昌南过来说说话，增加人气，倒也很受甲臣欢迎。甲臣会泡一壶铁观音，两个人慢慢呷着茶，无序地闲聊。他们聊画坛上的鸡零狗碎，也聊家里的零零杂杂。更多的时候他们喜欢回首往事。中年的男人，一无权力二无钱财的时候，有的经常就是心灰意冷或是玩世不恭。鲁昌南属于前者，甲臣属于后者。

关于费舍尔买画的事，鲁昌南也跟甲臣说过。甲臣反应很淡，说洋人嘛，买中国的画，就两个字形容：猎奇。鲁昌南想想也是。他就没有说费舍尔邀他去德国的话，因他觉得这个洋人也不过一时冲动，说说罢了。

但是这天下午，鲁昌南却收到来自德国的信。看完信，他吃了一惊，他想难道他是来真的？他有些激动，又有些犹豫。他想不通这个德国人如此这般到底是为什么。他想找个人探讨一下，于是便跑到了甲臣那里。甲臣看罢信，有些不相信，说伙计，这就是买你画的那个老外？他要邀你到德国？鲁昌南说，信上是这么说。甲臣说，他是来真的，还是随便讲讲呀？鲁昌南说，像是真的。在庐山时，他就表示了这层意思。甲臣说，这样呀。不过听说德国人就是希特勒那样子的。嗨！希特勒！说开仗就放炮了，对自己的话很负责任。鲁昌南说，都这么说哩。甲臣说，那你去不去？

其实鲁昌南看完这封信，心里第一分钟就决定了要去。但这时候，他却不想把自己的真实想法说给甲臣听。虽然之前，他们无话不说，因为鲁昌南如果不找个与自己对路子的人说点什么，他觉得自己会郁闷而死。然而现在，他却突然不想对甲臣祖露内心。一个人没遇上事的时候，常常对朋友会坦诚；但如果有事了，恰这又是件好事，这种坦诚多半会打折扣。鲁昌南觉得这份来自德国的邀请，必定引人嫉妒。他不必连根带底都让甲臣知道。鲁昌南说，我要考虑一下。

甲臣睁大眼睛望着他，仿佛是想了想，然后说，对，是要考虑一下。天知道那个洋人想从你这里捞到什么好处。

这也是鲁昌南想过好多遍的问题。鲁昌南说，你以为呢？甲臣说，莫非他想买断你的画，然后去卖高价？鲁昌南说，会这样吗？甲臣说，他不是买了你的画回去吗？鲁昌南说，是呀，买了好几张。甲臣说，这就对了。他拿回国后，肯定大受欢迎。不小心就赚了一笔银子。这样他就索性把你弄过去，盯紧你，让你为他画。你画一张他卖一张。你人地两生，语言又不通，就像是羊落虎口，他想怎么吃你，从容得很。鲁昌南微微吃了一惊，说难道会这样？甲臣说，多半会。不然，他疯了？白掏银子让你去德国，管你吃喝屙撒睡，他做慈善啦？天下有这样的人吗？你见过？老兄，羊毛从来都是出在羊身上，这才是真理。

鲁昌南静静地想了下，却不得不承认甲臣说得有理。甲臣说，我看你也别理他，干吗去给这些资本主义当奴才呀。鲁昌南说，我在这里不也是奴才？甲臣说，到底是自己的国家，起码你说话大家都听得懂吧？鲁昌南笑了笑，说这是个好理由。笑后想，就算那德国老头拿我当奴才，我无非只是换了个主人。但我却好歹去了一趟德国。有过这种经历，或许就是资本。往后的画，说不定会好卖点。

甲臣说，我知道你想什么。你肯定想去。就是被人骗了，也就那么大个事，你这辈子什么亏没吃过？还在乎这一个洋亏？所谓曾经沧海难为水哩。万一人家不骗你呢？你这一把不就赌赢了？这个可能也不是没有。唉，其实你的画，一点也不比那些专业画家差。只是买画的人不懂而已。

鲁昌南觉得甲臣说得太透彻了，而他的最后一句话，则让鲁昌南很是感动。

离开甲臣的磨时光画廊，鲁昌南在街上徜徉了许久。南昌的街道杂乱无章，鲁昌南很长一段时间，都觉得这街上散发出的气息生冷生冷。但在这个夜晚，微黄的灯光，柔和地照着，一层层地落在身上，莫名就给人一种温暖。鲁昌南从未留意过这温暖，现时一刻，它却悄然而顽强地越过他的衣服穿透他的皮肤向他的身心渗透。街上的行人与车辆混杂一起，来回流动，很恍惚也很意象。他想，这就是我的生活。人生或许就是这样。总得有人倒霉，也总得有人转运。老话怎么说的？时来风送滕王阁，运去雷轰荐福碑。滕王阁就在他家附近，他儿时很是羡慕王勃的运气。现在，他恐怕就是那个交好运的王勃了。想着，便觉有一股激情全身涌动。

鲁昌南看到街边一个电话亭，他走过去，就在街头给妹妹鲁昌玉打了个电话。他几乎把费舍尔的信给背了出来。电话那头的鲁昌玉立即就喊叫出声。她放大的声音，让听筒唏啦啦地响。鲁昌玉说，哥，你得去。无论如何都要去。这是你的机会。老天让你上庐山就是替你转运的。

鲁昌南突然有点想笑。上庐山住是妹妹的主意，她现在成老天了。鲁昌玉又说，钱不钱的事，不用想，有我哩。我砸锅卖铁也要帮你。鲁昌南说，你知道就好了，别嚷得满天下都是。鲁昌玉说，哥，你得抓住机会呀。你会比任何人都强。

鲁昌南挂了电话，虽然他一向知道鲁昌玉言过其实，但听她的话，他还是有很强的满足感。他振作了一下，心想，是啊，我若有机会，从来就不比别人差。

鲁昌南到家时，老婆已经躺在床上。她在灯下哗哗地翻着几张报纸。听到鲁昌南进门眼皮都没抬一下。鲁昌南早已习惯。他悄然换了拖鞋，然后去上厕所。他没有关门，撒尿的声音哗哗的。老婆低吼了一声，能不能文明点？鲁昌南想，你我之间，还有什么文明不文明。想完尿声正好也弱了。他没作声，走到床边，脱了袜子准备上床。老婆板着脸说，你什么时候才能像个人样？一天下来，脸也不抹脚也不洗？你自己不嫌脏，难道以为我也不嫌？鲁昌南心想，他在牛棚住的时候，哪里需要他洗脸洗脚呢？他根本就没办法天天记得这茬事。但他并未回嘴，重新回到卫生间马马虎虎地清洗了一番。

待他再上床时，老婆已经关了灯。鲁昌南拉开被子，推了下她说，跟你说个事。老婆冷冷道，有什么事明天再说。鲁昌南说，给你看样东西。老婆说，我很累。鲁昌南说，德国来的信。老婆仿佛惊了一下，说什么意思？鲁昌南说，就是那个买我画的德国老头来信了，说要请我去德国。老婆一下子翻身坐起，开了台灯，接过鲁昌南手上的信，以非常认真的方式看了一遍。看罢呆了一呆，也没说什么，关了台灯，倒头即睡。

鲁昌南轻轻地躺在她的身边，没说话。他们分被而眠已经好久了，他都不记得自己有多长时间没有碰过老婆。每次他想睡进她的被子，都被她用胳膊抵住并厉声吼定：你休想！而现在，鲁昌南突然有一股欲望在心里升腾。他把手伸进老婆的被子，指尖触到她的身体，她没有反抗。鲁昌南不由大喜，立即钻过去，把身体贴近了她。老婆软了，也不吭气，由他火山爆发般一番折腾。鲁昌南觉得自己从来没有这样强大过。他居然有了一种征服他人的感觉。

鲁昌南不知自己是何时睡着的。半夜醒来，发现老婆偎在他的身边。她的脸松弛着，好像有一种松口气的满足感。他心里忽生悲哀。想起以前蹲牢房和睡牛棚的场景，蓦然就泪流满面。他想，或许一种人生结束了。

　　家里的局面突然就变了。老婆不再摆着冷脸，说话甚至带着笑意。每天下班都拎着菜回来，说是让鲁昌南把身体养好一点。睡觉前，还打热水敦促鲁昌南好好泡脚，又说人的所有经脉都汇集在脚底，把脚泡好了，人就会通体舒服。鲁昌南晚上不再出门，而是默默地看书或是作画，间或也与老婆一起看看电视。其实他很不习惯。初始就像忍受老婆的刁难一样，忍受老婆对他的和善。但这个时间很短，毕竟和善比刁难更容易让人适应。到了这个时候，鲁昌南才恍惚感觉出家庭真的是可以温暖人心的。

　　没过几天，鲁昌玉来了南昌，说是来开会的。鲁昌南在巷口公共电话亭接到鲁昌玉的电话，便要鲁昌玉上家里来吃饭。鲁昌玉一口回绝了，说她不想见嫂子的脸，看了心烦。然后死活要约鲁昌南到外边来吃。鲁昌南不好多说，便随了她。

　　他们在街边找了个小店，是既干净也便宜的那种。这是鲁昌玉的风格。鲁昌玉一落座就告诉鲁昌南这个会议是她硬抢来开的，因为她要跟哥哥好好谈谈去德国的事。鲁昌南有些茫然，说要谈什么？鲁昌玉说，你要到德国去，还不得办护照？办护照手续也很麻烦。我有个同学在外办工作，跟公安局出入境办公室的人很熟。我明天带你去跟他认识一下。有他关照你，这样就好办多了。鲁昌南惊喜道，那太好了，我正在发愁不知道应该怎么开头哩。鲁昌玉笑道，哥哥但凡有发愁的事，就告诉我。我全都能解决。鲁昌南便笑，说那当然，你比我能干。鲁昌玉说，不过我是做小事的能干，哥哥是做大事的能干。鲁昌南说，天知道我这辈子能做什么大事。鲁昌玉说，天或许不知道，但我知道。哥哥绝对能。

　　鲁昌南对鲁昌玉的执着显得有些无奈。但也正是这么多年鲁昌玉顽强地崇拜和支持他，才让他觉得自己的活着还有一点尊严。

　　两人吃着饭，回忆着小时候的事情。说着说着，鲁昌玉说，对了，我家装电话了，是特为哥哥装的。万一哥哥有事要问，我可以及时帮你联系德国那边；反过来那边如有重要的事，也可以打电话到家里来，我在第一时间转达给哥。

鲁昌南有些吃惊，但定心一想，他还真需要这样一部电话，便说，还是你想得周到。不过，电话费太贵了。鲁昌玉说，哥你放心，接电话是不要钱的。如果我们有事需要打过去，我可以到办公室。公家电话，不打白不打。办签证的时候肯定有很多事情需要联系。

鲁昌南一时无语，他只是呆望着鲁昌玉。鲁昌玉说，哥哥你发什么呆呀。鲁昌南说，我想起那个小翻译的话，他说我有你这个妹妹真是赚死了。鲁昌玉满脸都笑成了花。她说，那当然。我跟在哥哥后面来到这个世上，就是让你有得赚。鲁昌南说，假若有一天，我真的发迹了，我要让你第一个过好日子。鲁昌玉笑道，那我就等着这一天。吃香喝辣全归哥哥包了哦。鲁昌南说，没问题。还要让你住大房子，可以在屋里翻跟斗。

鲁昌南回到家，担心自己回来这么晚，老婆不高兴。不料老婆却一脸笑盈盈上前来，也没问他去了何处，只说要他明天别出门。鲁昌南说，什么事？老婆说，我约了电信公司来家装电话呀。鲁昌南怔了怔，想起鲁昌玉装电话的事，便说装电话做什么？老婆说，好给你联系事情呀。你以为就这一封信能把所有的事情弄清楚？鲁昌南"哦"了一声，想了想说，昌玉今天到了南昌，说她家里特为我装了电话。我们就别费这个钱了。又是初装费又是月钱，也蛮贵的。老婆顿时脸色大变，说你要去德国，关她鲁昌玉什么事？你跟她说，和她不相干。有事我们在自家联系。鲁昌南有些不悦，但他却不想破坏最近以来的好气氛，便说，算了，她也是好心。既然已经申请了，那就装吧。德国那边有事找，就打到家来，我们要有事，就让昌玉打过去。老婆说，为什么让她打？鲁昌南说，国际长途，一分钟几十块钱，我们打得起吗？昌玉可以在办公室打，反正是公家的。老婆似乎是想了想，嘟噜了几句，算是同意了。

手续办好并且签证下来的时候，已是 1997 年。费舍尔的机票订在春天。鲁昌玉把一身西装革履的鲁昌南送到北京。西服也是鲁昌玉买的，说是名牌。只有名牌才会把商标缝在袖子上，这是不能扯下的，不然人家就不知道。鲁昌南从来没有穿过西装，一切都任由鲁昌玉做主。鲁昌南的老婆原要送他到北京，可是临出发前两天，她负责看护的病人突然病情加重，她无法走开，结果就只能送到火车站。当火车滑动时，鲁昌南竟看到老婆泪眼汪汪，他心里激荡了一下，说你放心好了，我到了就给你写信。

火车离开了南昌，鲁昌玉突然冒出一句话说，嫂子真能装纯情呀，前些年怎么对哥的？母老虎似的。想不到老虎还会流眼泪。鲁昌南没作声，老婆惯有的暴吼声突然就浮出心头。他对自己说，老婆其实也没错。我们生活的世道就是这样子的。

鲁昌南的行李是口大帆布的箱子，里面塞得满满。他自己只放了画具和他几乎所有的画作，外加几本书。但两个女人，他的老婆和妹妹，却拼命在里面塞东西。老婆放了一袋药和半箱方便面，说是如果在德国被人骗了，只要有水，加上这面，至少能活命。鲁昌玉放了几块丝绸，说是中国丝绸洋人最喜欢。万一没钱了，把这些卖掉，总能赚几个。鲁昌南心想，我不会卖画？但他没说。鲁昌玉还让鲁昌南带给费舍尔一包石鱼，说洋老头在庐山的时候爱吃石鱼炒鸡蛋。又说让洋老头再找机会上庐山，她带他去找他家的老房子。鲁昌玉格外有心，她让山上研究别墅的专家，带着她把但凡德国人住的别墅都拍了照，好几十张，全都冲洗出来，也让鲁昌南带给费舍尔，让他看看哪一幢是他们家的。鲁昌南觉得这是最贵重的礼物，费舍尔一定会喜欢。

鲁昌玉将鲁昌南一直送到机场安检口。分别时，她也眼泪汪汪。一边哽咽一边说，哥哥，你要保重。你一定要成功。如果德国人欺负你，你要忍着。你以前没有出头的机会都能一忍几十年，现在你更要忍。你忍了，说不定你的苦就到头了。你得让那些瞧不起你的人看看，这就是鲁昌南！比他们任何一个都更有本事的鲁昌南！哥哥你一定要有这个时候。鲁昌南也有点激动，他说，嗯，我忍。我为了你，也要忍。

鲁昌南终于走进了机舱。他从来没有坐过飞机。一想到飞行近十个小时，他便觉得紧张。在空姐的帮助下，他找到自己的座位。他的紧张远远多过激动。他想如果飞机失事，他从此便在这个世上消失。他这一生，就过得太不值了。转念间，他又想，上天何至对他这样残酷。他为自己的生命付出的代价已经够沉重了，并且，这些代价的付出根本没有理由。上天它应该都看得到。甚至还想，从飞机上掉下来死，是很辉煌的，只有伟大的人物才配有这样的死法，他一个小人物，窝囊一生，即使死，也都不可能这样轰轰烈烈。

怀着各式的思绪，鲁昌南在飞机上始终无法入睡。他的手心一直出汗，但身上却有些冷。机舱的空调很强大，他完全没有料到。而他的西装裹在身上很不舒服。备受煎熬的十个小时终于过去了。当飞机稳稳地停在法兰克福机场时，他没有任何激动，疲惫和劳累令他全身瘫软，他几乎都没有气力走出漫长的甬道。

四、资本主义原来是这样呀

鲁昌南在出口一露面，费舍尔和李亦简便看见了他。费舍尔激动地上前与他拥抱，大声说，太好了，太好了。你终于来了。德意志将用明媚的阳光欢迎你。

隔窗望去，机场外果然阳光灿烂。鲁昌南恍惚被这明亮刺了一下。天蓝极了，云彩就浮在这蓝上，一层层或一丝丝的。无论抱团还是舒展，都赏心悦目。鲁昌南不禁长吁一口气，说真美呀！

费舍尔很高兴。他说德国的天空永远都是这么美丽。李亦简翻译给鲁昌南，翻完补充了一句说，别听他这么吹，冬天的时候一样会阴沉沉的。跟国内可不一样，还没吃晚饭天就黑了，一黑恨不能黑到第二天中午。鲁昌南便笑了起来。他很喜欢这个年轻人的直率。

机场人很多。鲁昌南有点摸不着头脑。李亦简则熟悉这一切，说大叔，你见到了我，还会有什么问题吗？在国内，你妹妹帮你，在这儿，就是我了。鲁昌南便笑，说那就请多关照。李亦简打量了一下鲁昌南，说大叔现在这样子很时尚哦，西装革履呀。鲁昌南说，见笑了，是我妹妹买的。李亦简指着他衣袖上的商标说，阿姨肯定叫大叔不要把这个名牌商标扯下来吧。鲁昌南说，你怎么知道？李亦简便大笑，说因为阿姨这个人特别幽默。说完他指着鲁昌南的衣袖跟费舍尔嘀嘀咕咕地说了一通。费舍尔也笑，然后说，你妹妹是我见到的最有意思的一个中国人，我非常欣赏她。

鲁昌南正欲说什么，突然嗓子有点痒。他咳了几声，随意便吐了一口痰。

费舍尔有点惊异地望着他。李亦简吓了一跳，连忙扯着他，低声道，喂，你干什么？鲁昌南说，可能在飞机上受了一点凉，空调很冷。李亦简说，你可千万别随地吐痰啊。德国人非常爱干净，随地吐痰跟随地大小便一样被人痛恨。鲁昌南怔了怔，说这样啊。

鲁昌南从小到大都是随口吐痰的。他生活的地方，无论哪里，地上都满是灰尘。一口痰吐下去，立即滚进灰里，跟灰混为一色。然而在这里，鲁昌南低头看了看，机场的地洁净无比，他的那口痰趴在这洁净中，分外醒目。更糟糕的是，他突然看到费舍尔手上拿了几张纸巾，蹲下身，将他吐出来的痰擦干净，又拎着脏纸扔进了垃圾桶里。然后拍了拍手，什么话也没有说。

鲁昌南仿佛当头挨了一棒，他呆呆地望了他一眼，目光迅速转向了别处。他心里突然涌出一阵刺痛。这刺痛的程度，跟他被人反剪着双臂推进牢房的那一刻几无两样。

费舍尔是从慕尼黑开车过来接鲁昌南的。上了汽车，费舍尔对鲁昌南说，我们特为你开车而来，好让你看看我们德国的风景。这一路的春天非常美丽。鲁昌南还没有从那口痰中缓解过来，他淡淡地"哦"了一声。

李亦简觉出了他的情绪，他翻译完后便说，大叔，他们德国人是这样的。老头刚才肯定不是为了给你难堪。他就是一种自然而然的行为，您千万不要介意。他可能想都没有想到你会心里不舒服的。鲁昌南说，是吗？我没有介意。我只是有点累。李亦简说，那就好。德国人有德国人的生活习惯，以后我慢慢告诉你。鲁昌南说，好吧。在这边，我人地两生，全靠你了。李亦简说，费舍尔先生对你的事有完整的安排，你大可放心。鲁昌南说，其实我还有些不太明白。李亦简说，非常简单，费舍尔先生喜欢你的画，他希望你能有更多更好的作品。鲁昌南说，就这些？李亦简想了想说，至少目前是这样。

开车的费舍尔说，你们谈什么？李亦简说，他有些不太明白您为什么这么做。我告诉他您非常喜欢他的画，让他在德国安心画画好了。费舍尔哈哈大笑，说就是这样。你说得对，就是这样。

车窗外的风景像连环画一样，朝后移动。仿佛一只手，正一页一页地将它翻动，移步而换景。碧绿的原野上零星地站着些树，树枝冒着新芽，修剪整齐的草坪上，野花慵懒而散漫地开放着。远远的，一幢幢小屋披着带色的外装，就坐落在花树之中，有如童话一样的世界。对于鲁昌南来说，这一切仿佛只在他的幻觉中存在过。而现在，幻觉皆成现实，醒目而逼真。他不由得长叹了一口气。

费舍尔说，鲁先生是不是太累了？鲁昌南说，世界和世界真不一样呀。

费舍尔早为鲁昌南租好了房子。这是一个漂亮的小区。一幢幢的别墅正像鲁昌南在汽车上看到过的那些，披彩带色地立在花树之间。石头砌就的小径，从水泥路延向每户的大门。门前开着鲜花，信箱带着风格，伫立一边，像一个人站在那里微笑致礼。

下车的鲁昌南置身在这里，有些恍然。现在，他不仅看到幻觉，甚至成了幻觉中的人物。这样真实的存在他甚至不敢确信。

房东是位八十多岁的老太太，腰虽然佝偻着，声音却很洪亮。她过来为他们开门，然后把钥匙交给鲁昌南。老太太说，哦，你一个人住吗？鲁昌南说，是呀，请多关照。老太太说，噢，那我就有很多机会勾引你了。幸亏不是他住，他太老了。她说着指了一下费舍尔。费舍尔大笑起来。李亦简也大笑，见鲁昌南不明就里，便笑着翻译给他听。老太太也呵呵地笑，笑过对李亦简说，他应该感到幸运，我是浪漫的意大利女人。不过，她打量了李亦简几眼，说你应该是我的第一人选。这房子租给你才对。李亦简说，奶奶，您比我奶奶还要老哩。老太太故意一板脸说，魅力不在年龄。年轻人，我都没嫌你小啊。

几个人又是一通大笑。鲁昌南在笑声中轻松起来。

房间不是太大，是这幢暗红色别墅中单列出来的一套。有一间卧室和一个小厅，最要紧的是有一间不小的画室。尤其画室的窗户直落到地，开口很大，太阳出来，满屋都是阳光。浅灰色的窗框便在阳光下散发着脉脉温情。费舍尔说，我租下这房子，就是看中了这个大窗。我想这给鲁先生当画室一定妙极。我要让鲁先生在阳光下绘画。这样，他的心就会多一些温暖。李亦简把这话说给鲁昌南听时，他心里果真就暖了一下。他很满意这个画室。从他儿时开始拿笔画第一张画时，就渴望有一间自己的画室。他一直以为，这是一个永远不可能实现的梦想。

费舍尔又说他已经租了一年。如果鲁先生喜欢这里，他再续租。如果不喜欢，也可以换到别处去。李亦简咂舌道，这房租不便宜呀。费舍尔说，没关系，只要能对鲁先生有帮助，那不算什么。鲁昌南说，我不知道说什么好，真的很感谢您。费舍尔说，不用说谢。不过，鲁先生，我要先提醒你，你要爱惜这房子里的东西。不能私自换家具，还有钻洞打墙钉钉子这些都不行。也不能增加房客。嗯，还有，不能喧哗。不能随便打扰房东。还有，要节约用水。你们中国人有些集体性的坏毛病，所以我只好有言在先。李亦简觉得费舍尔话说得很不客气，便将后面两句私吞下了。鲁昌南说，没问题。这些都是应该的。

鲁昌南对他的生活环境满意得超出他的想象，但他却没有兴奋感。心里涌动更多的却是困惑。很莫名的困惑。他想不明白，费舍尔这么做到底为何。难道真的是喜欢他的画？或者为他做的这些只是一种前期投资？更或者，做慈善？他无法理解，心口于是便有点说不出的堵。

费舍尔告辞回家，说是让鲁昌南休息休息，等他倒过时差，过两天请他去他家做客。鲁昌南说，好的。我也会尽快进入状态，早一点画出您满意的作品来。但是费舍尔却连连摆手，说不不不。这个不用急。现在你最重要的事情是好好睡一觉，适应一下外国的生活，然后我们再谈下一步计划。

费舍尔驱车而去，李亦简留了下来。他得告诉鲁昌南屋内电器设施的使用方法。这时候的鲁昌南觉得自己的确又困又饿。好在没等鲁昌南开口，李亦简却先说了，大叔，我真是饿晕了，是不是得吃点东西。鲁昌南便笑道，我也是呀。李亦简说，中午在法兰克福等你的时候只吃了一个快餐，这会儿真是扛不住了。你不知道，他们德国人是吃肉长大的，基础好，特别能扛饿。说话间，他便进厨房打开冰箱找吃的。

直到这时，鲁昌南才有机会仔细看一下屋里的陈设。这房子比他在南昌的居室略大一点。房间右边是画室，而左边便是这个小小的厨房。厨房的炊具种类繁多，多到有一些他根本不认识。除了煤气炉外，还有微波炉和烤箱。冰箱就站在厨房的角落里，小小巧巧的。

李亦简拉开冰箱门，鲁昌南顿时吓了一跳，里面竟然装了不少食物。包装上全是洋字码，他完全不知何物。李亦简说，老头跟我说了，头天他的太太已经为你买好了两天的食品，以后就由你自己解决了。喏，这是牛奶，这是麦片，直接放牛奶里就可以了。这是果汁，上面画着什么水果，就是什么味的。喏，这是香肠。德国的香肠特别好吃，保管你吃了不想放下。大叔，你现在还挺瘦，一年后，估计你会成一个肥胖子。啊呀，这是微波快餐。跟你讲句实话，这可是特别不好吃。这是汤，你小心哦，得加倍兑水，不然会咸得你跳楼。

鲁昌南说，能烧开水吗？李亦简说，当然。德国的炊具是世界上最好用的，电器也是。喏，炉台上有个电水壶。鲁昌南说，你也很累了，不如我们吃方便面吧。李亦简说，大叔带方便面来了？鲁昌南说，我老婆给我放了半箱，说是怕我没吃的。李亦简大为高兴，说大婶真贤惠呀。大叔我不光要吃，还要申请带两包回去。鲁昌南笑道，这个没问题。李亦简说，大叔，你带了钱出来吗？鲁昌南说，我带了五百美元。李亦简说，就这点？你能活多久？鲁昌南说，在国内能活半年哩。在这里我不晓得。李亦简说，我不知道该怎么说，反正大叔省着用吧。费舍尔说过，生活费用得靠你自己。鲁昌南一时无话。李亦简说，先过着吧。老头也不可能让你饿死。这两天你不需要用钱，过两天我带你去把它换成马克再说。

鲁昌南在德国的生活就由这碗冒着热气的方便面开始了。

没有老婆管着，自然也不必勤于洗澡。李亦简一走，鲁昌南脱掉衣服，上了个厕所，甚至没看清厕所是什么样的，思维便已模糊。他走到床边，一头倒下。公寓的床垫像是他在乡下的稻草垛。一掉进去，人便深陷其中。慕尼黑的黄昏刚过，夜幕正在落下。鲁昌南没有看到它的灯光璀璨，甚至还不知道房间的开关在哪里，便已睡着。这一夜，他完全无梦。

　　醒来时，天还没亮。这一觉，鲁昌南睡得很深很透。似乎很久很久，都没有像这样睡得无知无觉。恍惚之间，他记不起自己身在何处。一切都是陌生的，连同空气。蓦然就觉得自己像是死去而又复生。窗外有微光穿窗而进，淡黄色的，似是路灯。他不知道屋里的开关在何处，伸手摸索了一下，没有摸着，便也懒得动弹。就这样深陷在床上，很惬意地让自己神志恍惚。一直等到天光熹微，窗外开始快速地大亮。这光亮也照亮了他的脑海。他的来路便也清晰地浮现出来。他定住了神，哦，是这样啊。现在他明白了。他先坐了十多个小时的火车，又坐了十个小时的飞机，再坐了三个多小时的汽车，然后到了这里。这是另外一个国度。这个国家叫德国。他现在住在德国慕尼黑一间租来的公寓里。有个叫费舍尔的退休老人为他作了所有的安排。他并不知他为何费力费神地做这一切；也不知自己何故就二话不说穿越半个地球前来听从他的安排；更不知他将面对的会是怎样的结果，吉或是凶。在一个完全陌生的地方，他丧失了推测能力。眼下所能知道的就是：他来了。他躺在了从未躺过的软床上。他在享受他从未有过的沉沉的睡眠。没有噩梦。也没有不安的骚动和无辜的惊乍而醒。生活的一切仿佛要从头学起，像他六岁上小学时一样。这已然不是他人生的另外一个页码，而是他人生的另外一部书。现在这本新书的第一页已经翻开。

　　鲁昌南终于起了床。其实天色还早。

　　厨房的旁边便是卫生间。鲁昌南昨晚只是在迷糊中撒了一泡尿，根本就没有看清卫生间是什么样子。现在他走了进去。他在洗脸盆上的大镜子里看到了自己，也看到了一个大大的浴缸躺在墙的一侧。水龙头锃亮着。打开来，左边热水，右边凉水，随开随出。马桶是坐式的，顺手处有卷纸。空间虽然小小，但明亮洁净，散发着淡淡的清洁剂的香味。只是这个坐式的马桶，让鲁昌南心里有点怵意。他此生没用过马桶。无论家里还是乡下，全是蹲坑。他已经习惯了这样的姿势进行排泄，就算隔壁有猪在大声地哼哼，也丝毫不影响他。鲁昌南突然冒出一个奇怪的念头，他想，不知道自己坐在这个马桶上能否屙得出屎来。

鲁昌南决定享受一下这个卫生间。他在浴缸放了大半缸热水，将整个身体淹没水中。洗浴液的泡沫一下就浮在了水面。鲁昌南睡在水里，以手拍打着那些泡沫，当全身泡得酥软的时候，他想，资本主义原来就是这样呀。

五、这是一个真正的开始

鲁昌南决定先认识附近的路。至少出去散步他能够找得到家门。

外面很清冷，几乎见不到什么人。偶尔有车从身边擦过，似乎也是悄然无声的。路边有一排小店，天色尚早，还没开门。从招牌上，他认出一家亚洲餐馆，一家文具店。他还看到了面包房。面包房已经开门了，一个胖胖的女人坐在里面。

然后他听到钟声。这钟声似乎撩动了他的心。于是他循声而去，拐过弯便见到一座小小的教堂。教堂像间普通的平房，屋顶平缓，四周有环绕的回廊。回廊上披挂着绿色的藤萝。教堂的尖塔独立地站在回廊一侧。它不是日常画册上看到的有着繁复雕刻的哥特式那种，而是简单到极致。只四个斜面，向上收攒成尖，直插云霄。这是一个充满现代意味的教堂。站在外面，只有彩窗透露出上帝的气息。

鲁昌南情不自禁走进去。里面没有人，椅架上，摆放着一本本圣经。有些已经很旧了。他想这可能是某些人固定的座位。鲁昌南在最后一排坐了下来。他闭上眼睛，让自己的心沉静。他想，这样是不是就能感觉到上帝的存在呢？时间便在暗中流动。上帝没有来。鲁昌南的心依然纷乱。

整整两天，没有人理会他。也没有人命令他约束他唠叨他指责他，他想做什么都可以，他感觉到自己万分自由。但却又是万分的不自由。因为外界的一切于他都陌生无比，他无法与人交流，也不敢轻举妄动。虽然他的空间很大，但却如同当年坐牢一样了，鲁昌南于是有了几丝恐慌。

李亦简来的时候是第三天。他带了几个面包和一瓶果酱来。李亦简说，大叔那天请我吃了晚餐，今天我请大叔吃早餐。德国的早餐是最丰富的。大叔以后买面包，要买这种杂粮的，又营养又好吃，也不贵。鲁昌南掰下一块扔进嘴里，觉得果然不错。

冰箱里有牛奶，两个边吃边说着话。李亦简问鲁昌南有没有艳遇，房东老太太这两天有很多机会哦，鲁昌南便忍不住大笑出声。他终于有了一个可以说话的人。

李亦简给鲁昌南带来了许多快乐。这样笑笑，鲁昌南觉得自己绷紧的心情立即松快了下来。鲁昌南说，有你在，我会轻松很多。谢谢你。李亦简说，你别那么客气。费老头会付我工钱的。我应该谢谢你才是。起码这活不累人呀，偶尔还能蹭点方便面吃。李亦简说着自己笑了起来，笑完又说，你没给家里打个电话报平安吗？鲁昌南说，没有，我不知道怎么打。并且，国际长途很贵吧？我写了信，准备请你帮我寄哩。李亦简说，嗨，写信多慢呀。还是打电话省事，德国电话很便宜。

说着李亦简便指导鲁昌南使用电话。电话打到医院，结果老婆正在病房，没办法接。然后又打到庐山，鲁昌玉却正在办公室，接到电话惊喜万分，禁不住大声叫道，哥，怎么样？吃得怎么样？住得怎么样？老头对你好不好？一边的李亦简都听到了她的声音，忍不住说，我最喜欢阿姨了。

鲁昌南回答说一切都好，然后告诉鲁昌玉有李亦简给他当翻译，并且还照顾他。现在他就在这里，刚才还说最喜欢阿姨了。鲁昌玉嘎嘎地笑了起来，回了一句说，最喜欢也不会嫁给他。

李亦简一头仰倒在床上，哭丧道，我在你这里竟然连续遭到两个老女人的骚扰，这太令人痛苦了。鲁昌南放下电话，见他如此，不禁失笑出声。

李亦简带着鲁昌南出门，他们将坐地铁去费舍尔家。走前李亦简对鲁昌南说，记得出门带伞。这里的天气是小孩的脸，说变就变的。不过它来得快也去得快，所以，你看，外面的树，碧绿得很，像是每天被洗过一样。

在路边一间小亭子里，李亦简为鲁昌南买了一张乘车的年卡。李亦简说，这张卡你得放好，凭着它你坐地铁、公共汽车都不要钱，就跟你家的车似的，一年内有效。以后的日常生活，只能靠你自己。你会英语吗？鲁昌南说，只会说 Yes 和 No，还有 Thank you 和 Bye Bye。李亦简就笑，说你的大学是怎么上的呀。鲁昌南说，我高中时学的是俄语，那时候是中苏友好的年代。李亦简说，你跟我爸一样。我说你好好的学什么俄语，他说，没办法，让你学就得去学。可你现在看看，谁还学俄语呀。鲁昌南想起自己的当年，不由说，是呀，三十年河东，三十年河西。

小区的门口有公共汽车。车站有显示屏，表明汽车到站时间。李亦简说，德国的公汽，精确到分，绝对可靠。你只要记下这路汽车的时间表，出门非常方便。鲁昌南听他这一说，便在身上寻纸头准备记录。正这时，车来了。李亦简说，回来再记吧。大叔，你得准备一个笔记本。在德国，几乎人手一册，用来记事。德国人的严谨，靠的就是这个笔记本哩。

从汽车上下来，鲁昌南便站在了地铁站口。李亦简替鲁昌南取了一张地铁路线图，用笔勾勒出他们将去费舍尔家的路线。地铁快速而平稳。车上人不少，却静悄悄的。有人独自听着音乐，也有人在座位上看书。李亦简说，慕尼黑的地铁看似复杂，熟悉后就觉得无限方便。哪儿都能去，根本不需要有车。你要尽快熟悉交通，这样你就会觉得你是天下最自由的人。鲁昌南说，这两天我觉得自己很自由，但同时也觉得特别不自由。李亦简说，那就坐地铁吧。把地铁坐熟了，你就能产生在慕尼黑自由穿行之感。李亦简说时，伸开手臂，做了个飞行的姿势。鲁昌南笑了，说年轻真好。年轻才有像鸟一样自由飞行的心态。李亦简说，大叔年轻时是什么心态？鲁昌南突然想起他在庐山妹妹家厨房里看到的蚂蚁，便说，就仿佛刀锋上的蚂蚁，每爬一步，都怕受伤。李亦简说，刀锋上的蚂蚁？大叔你太震我了，幸亏没生在那个年代。

费舍尔家在郊区。说起来仿佛远，但地铁一会儿也就到了。这是一幢很老的房子，两层楼高。外墙是木头的，年代久远，颜色几乎成黑。一楼的落地大窗与花园连成了一片。鲜花就在窗前开放，仿佛呼之欲进。二楼有外廊，廊边悬着一张吊篮。费舍尔说，这是他祖父的父亲买的。他的嫂嫂和姐夫都住不惯老房子，所以把他的哥哥姐姐都带出去了。只有他和丽扎觉得这是世界上最美的地方，他们就一直留在这里。因为经常修缮，百年老屋倒也没有破败之感。

鲁昌南把鲁昌玉让带的石鱼送给费舍尔。费舍尔很高兴，立即大声叫丽扎看。丽扎有些惊讶，说这是我第一次看到这么小的鱼呀。费舍尔便告诉她说，这个长在庐山的石头缝里。用它炒鸡蛋，非常好吃。鲁昌玉的照片更是让费舍尔兴奋。他一边看一边连连说，我要找我哥哥一起研究，他一定能认出哪幢房子是我家的。

丽扎煮了咖啡。鲁昌南想喝茶，李亦简低声说，德国人没喝茶习惯。鲁昌南便说那我就喝白水吧。李亦简说，我劝你还是喝咖啡。咖啡提神，你迟早要习惯喝这个，不如现在就开始学。鲁昌南觉得也是这个道理，入乡随俗，这是老话。于是，他也端起了咖啡。

费舍尔掏出黑色笔记本，开始向鲁昌南讲述他的计划。费舍尔说，前三个月，鲁昌南应该熟悉和适应德国的生活，并且参观和了解慕尼黑。费舍尔强调说，我们巴伐利亚博物馆一定要去参观，不然你无法了解慕尼黑。然后要去一趟柏林，德国主要博物馆美术馆你都应该参观。之后，我会安排你出去漫游。你的漫游由埃及开始，尔后希腊、罗马，再至法国、德国。对西方艺术史有线条似的认知。我想这对你未来的创作一定大有好处。

如此华丽的计划，鲁昌南仿佛受到惊吓，半天都说不出话来，或者是不知说什么才是。这样的事，非但他不敢想象，就是别人为他想好了，他甚至也有无力承受之感。他怔在那里，望着费舍尔，满脸不解亦满心疑惑。一边翻译的李亦简声音打着哆嗦，心想，这老头没病吧？做人做事都没这样的呀。

费舍尔继续说，这期间，绘画是次要的。参观结束后，你再认真考虑自己应该画些什么。你的作品出路有两个，一是争取参加德国乃至欧洲各种大小画展，二是争取能有画廊向你订购或者长期签约。如能长期签约，那就最好不过了。

天气并不太热，鲁昌南却听得一头大汗。费舍尔的这番话，像排山倒海涌来的浪头，扑得他一身一脸，令他窒息。费舍尔说，画展和签约的事，交给我。你只需听从我的安排，先去开阔眼界，然后再潜心创作。了解了世界，才能最终了解自己。

丧失语言表达能力的鲁昌南说不出什么，只有重复地念了这一句话：了解了世界，才能最终了解自己。他琢磨这话的深意。

李亦简无法理解费舍尔的举动，他突然有某种不安。他说不出这种不安来自何处。但凡不合常规的事，李亦简都会格外小心。这是他年少出门闯荡的一点人生经验。他不禁脱口问道，您真的要这样安排？费舍尔惊异道，为什么不？难道你认为我说的都是废话？李亦简说，我只是不理解您为什么这样做。费舍尔笑了，说你做一件事情，或许需要很多为什么。但我不。我不需要为什么。我只需要按我想做的去做。李亦简无法辩驳，只好说，嗯，很高明的回答。费舍尔狡黠地笑了笑，说下面我还有高明的安排。

然后费舍尔说了一句话：你愿意陪同鲁先生一起漫游吗？

对于李亦简来说，这几乎是石破天惊的话。李亦简浑身一个激灵。天上掉下的不仅是肉饼，而是金子。他瞬间忘记了适才的不安，不觉放大着声音说，我当然愿意！当然愿意！

费舍尔笑了笑，说但有一点我也要说明白。李亦简说，您请讲。费舍尔说，但凡出了德国，你的路费和住宿费概由我来支付，你的工钱我不再支付。李亦简诧异道，为什么？费舍尔说，因我没有这一笔多余的开支。李亦简说，怎么是多余的呢？费舍尔说，我完全可以从当地旅行社请到导游和翻译，这笔费用比你的陪同旅行费用还要少一点。如果你愿意陪同鲁先生，我就将这笔钱花在你头上，多出一点点没关系。如果你不同意，也没问题，这笔钱付给旅行社好了。这件事，我听你意见。费舍尔说罢满带笑容地望着李亦简。

李亦简心里暗骂一句，这个老狐狸！脑子却迅速算起了账。费舍尔安排鲁昌南所去的参观点，全都是他做梦都想去的地方。他是学建筑的，似乎比鲁昌南更需要这一趟旅行。但如果自己掏腰包，不但钱花得更多，或许还看不到这么详细。更兼鲁昌南是画家，跟他一起，想必比自己独行会有收获。不到一分钟，李亦简说，成交！我陪他去。费舍尔笑道，我知道你会同意的。如果我是你，不光会去，还要从心里感谢这个老头子。李亦简也笑了起来，说真是比我们中国人还会算计呀。

鲁昌南有些混乱。他看着眼前这两人用德语叽里咕噜地谈个不停，心里却一片茫然。他无法明白他们说些什么，便只有把杯里的咖啡喝了又喝，喝得一嘴苦味。咖啡跟茶相比，鲁昌南觉得太没劲了。茶能不停地沏，口味由浓转淡。上水时，热气从杯中冒出来，一股清香也随之散出，嗅一口，温热的气息直接沁入到心。咖啡却没有这样的美妙过程，才几口，就没了。就像短跑，人都没看清，前面就撞线了。

费舍尔和李亦简停止了对话。见鲁昌南一脸茫然地望着他们，李亦简便说，老头让我陪你一起去。鲁昌南惊道，真的吗？那太好了。可是……可是，他得花多少钱呀。李亦简两肩一耸，说这就是你我管不着的事了。他的钱他想要这么花，总归有他的理由。大叔，咱们只需要掰着指头算算自己有没有吃亏。没吃亏，就听由他的。周游世界，多美的事呀。

费舍尔说，他知道你会陪他去吗？李亦简说，我正跟他说这个哩。费舍尔说，我看出来了，他很吃惊，也很高兴。李亦简说，是啊，我是一个很受欢迎的人哩。费舍尔说，你再跟他说，当他看完埃及、希腊和罗马回来后，将会有无数灵感自动过来找他。我相信那些世界最惊人的艺术会把他的创造热能呼唤出来。

李亦简对费舍尔这番话有点感动，他如实而准确地进行了翻译，最后他还补充了一句说，我也相信。鲁昌南说，我希望自己不辜负你们。

说完，他觉得心头忽地一沉。

接下来的两个多月，是鲁昌南一生中最为激动和兴奋的日子。他从来没有想到自己竟会有这样的时候。也从来没想过，他能以这样自由的方式行走在欧亚大地。整个欧洲艺术史像一个深长的隧道，他从最深处一个世纪一个世纪地朝前走，一直走到现代感十足的德国。他原本已很久没有写字了，这一路却写完整本笔记本，而他带去的速写本也已用完两本。他不记得自己有多少次心跳急促，手足无措。有一天，在埃及卡纳克神庙密林一样高耸的石柱下，他的呼吸几乎停止。阳光在石柱的缝隙间移动，神灵如同就在背后。而当他黄昏时节站在卢克索神庙巨神的腿旁，看到一尊绝美的少女石雕像时，他的眼泪更是情不自禁地哗哗往下流。此后，在希腊在罗马在西班牙以及在法国，他的眼泪便仿佛不由他控制，不经意就自流而出。而此前，自他父亲自杀身亡后，哪怕自己与牛住在一起，以及冤屈地被几条大汉扭进牢房，他也没有流过一滴眼泪。第一次游历结束从希腊回去时，费舍尔曾经问他感受如何，他回答时声音几乎哽咽，他说太好了，就算现在死掉，也值得了。费舍尔大笑，说那我就不值得了，所以完全不能死。

李亦简也同样将自己的速写本用完好几本。与鲁昌南不同的是，他表现出来的是一种亢奋。因为这种亢奋，他们把路线安排得非常远，一些普通游人毫不介意的地方，他们觉得有意思，也都努力地奔过去。李亦简说，我们两个不一样。我们一个是艺术家，一个是未来的建筑大师。

旅途的晚上，鲁昌南和李亦简有许多聊天的时间。除了聊艺术之进程聊建筑风格之演变，他们聊得最多的，仍然是费舍尔为什么这么做。为一个完全不相干的中国人，花这么多精力和钱，作这样周到的安排，让他有这样完美的旅行，目的到底为何？

这是鲁昌南的一个死结，在李亦简那儿也是一团疑惑。

李亦简说，我一直觉得老头是在投资。这是风险很小并且绝对不会血本无归的投资。鲁昌南说，我也这样想过。也许吧。可是他完全可以找其他人呀。比方更年轻一点的，或者已经有了一些名声基础的。李亦简想想觉得也是。李亦简说，是不是他真的认为你是一个奇才？鲁昌南说，在中国像我这样的画家应该很多，我真的也不算什么。当然也因为我被耽误了太多年头。李亦简说，那你以为他是为了什么呢？同情你的遭遇？鲁昌南迟疑了一下，还是说了，不应该是同情。这世上可值同情的人太多了，轮不上我。我只是想，不知他有没有什么特别背景？李亦简说，我只知道他以前当法官。你所说的特别背景是指什么？鲁昌南说，比方，或许想要利用我什么？李亦简说，你该不会认为他想培养你当间谍吧？鲁昌南说，那年轻人不更值得培养吗？李亦简说，会不会是他觉得你的经历很苦，心里有恨，到时候就利用你的经历来反对中国？鲁昌南说，我不知道。可我一大家子都还在国内，我一反对，连回家的机会都没了。我怎么可能去反对自己的国家？李亦简说，也是哦。

他们两人从埃及讨论到希腊，从希腊讨论到罗马，讨论到法国，最后讨论到德国，反复推测又反复否定，最后仍然不了了之。李亦简烦了，说管他的。你不是说，周游了欧洲，死都值了吗？不管费舍尔做什么，反正你这辈子也算赚了，后面的事就听天由命好了。鲁昌南想了想，说姑且这样吧。李亦简说，大叔，你还是要轻松点。衡量一件事要不要做，只有一个标准：你吃没吃亏。没吃亏就做下去好了，吃了亏就立马收手。鲁昌南说，那……这个标准也对费舍尔吗？他好像很吃亏呀？

李亦简被顶回去了，一时哑口。因为他也没有想通怎么回事。李亦简长叹了一口气，说大叔，你如果老是纠缠这个问题，就又成刀锋上的蚂蚁了。鲁昌南怔了怔，然后说，你说得对。我不能再想了。就算蚂蚁，我也不能老是往刀口上爬。

漫游结束，回到德国，鲁昌南觉得自己像是一支吸饱了浓汁的毛笔，天天都产生去一张巨纸上奔驰一番的冲动。以往很多的静夜里，他不由自主会想起自己曾经的经历。那一件件一桩桩永远都历历在目，从未被时间之刀磨损。而这一连两个多月的漫游，却有如洗涤剂抹去了脑海上的旧影，让他沉浸于一种如烟似雾的想象之中。白天看到的一切，夜晚都会变为真实的场面出现。仿佛那些遥远而古老的创造情景，占领了他全部的梦境。他几乎忘记了自己的过去，就仿佛他没有经历苦难一样。

现在，他又走进了他明亮的画室。他站到了他的画架前。他拿起调色板。他要开始创作了。阳光很柔和，窗户朝向天空半开着，新鲜空气带着植物的芬芳缓缓而入。他抬起手。他很想洒脱地勾线，也很想狂放地涂抹，更想画布瞬间便有惊世之作。但这时候，折磨过他的那些过往人生又回来了。它们鲁莽地闯入那些想象的古典场景中，以毫不协调的姿态交错一起。冲突开始了。仿佛两辆推土机，交叉来回地奔跑，轰轰隆隆地撞击他的内心。他经常有点混乱，又经常倏然清醒。他觉得自己以前的定力不在了，又觉得这定力已经化解为另外一种能量。它们激烈冲突厮打，激发他内心无数的冲动，但他却不知道出口在哪里。他举起的手，只能放下。他一遍遍打腹稿，一遍遍勾草图，终是没有满意的构思。

费舍尔很少找他，仿佛鲁昌南的存不存在与他没有关系。生活已然日常化了，鲁昌南一个人默默地过日子。比之在南昌时，更加落寞。

周边的环境已经被鲁昌南所熟悉。甚至有一两个邻居也都看熟了他的脸。他每天早上去面包店时，会碰到其中一二。他们热情地打着招呼，嗨一声。鲁昌南也跟着嗨一声。余音带着温暖，尔后便擦肩而过。有时候他也会坐公汽或是乘地铁去远一点的地方转转。他已经能熟练地搭车了。拿着地图，看准站名，就不会迷路。实在有惑，指着地图上的节点，向路人打着手势询问，路人会热情地告诉他如何走或何时下车。慕尼黑的交通方便到鲁昌南觉得自己到这里几个月，却已然比在南昌的行动还要自如许多。常常地，他喜欢坐车到剧院广场，在那里的露天酒吧小坐片刻，喝一杯咖啡，然后向南行去到圣母教堂。每次站在教堂下抬头仰望它高耸的双塔时，蓝天和白云便与他脸对着脸。红砖的双塔顶着两个泛着绿光的洋葱头，就像是悬挂在蓝天白云的背景上。教堂里面总是静谧而肃穆。这是鲁昌南喜欢的气氛。像在小区的教堂一样，他常常会坐一会儿，就在最后一排的椅子上。闭上眼睛，命令自己什么也不想。让灵魂出窍，让自己恍然不知身在何处。他曾以这样的静坐度过三年半的牢狱生活。现在他坐在教堂里，更是轻易地寻找到与世隔绝之感。一直到有钟声响起。教堂整点报时的钟声，仿佛就是召唤，每每都能惊回出窍的魂灵，令它原路返回。这时候鲁昌南便知道该走了。

圣母教堂的墙很老了。红色的墙砖几乎一半被时光或是战火改变成黑色。黑红混杂一起，恰如一个红润面孔的老人，长满着黑色的老年斑。在太阳照耀下，愈发明显。慕尼黑的阳光亮得刺眼。光照浓烈得就像泼在墙面上一样。墙根下很暖和。鲁昌南觉得，就坐在这墙根下晒太阳，或许便是人生的最幸福。教堂的大门缀满浮雕。有一天，鲁昌南回望教堂时，突然被浮雕触动。恍然间，他内心深处有一根弦，被碰响了，发出嗡嗡之声。

鲁昌南回家的一路，都在想，那是什么呢？

鲁昌南的日子经常处在混乱之中。每天都似乎有一股力量在拍打着他，他却不知道把这股力量使向何处。他的混乱也显示在他的房间里。床上的被子他是从来不叠的。袜子也东一只西一只地扔着。厨房里的碗吃了一个又一个，盘里的剩菜和汤散乱地扔在水槽里。而卫生间，脏衣服成了堆。李亦简告诉他附近有一个洗衣房，丢几个马克就能洗得干干净净。但他却不敢去，因为他怕去了不会使用而大丢面子。最要命的是，他的钱不够了。老婆和鲁昌玉正在为他凑钱，说是很快汇来。但以他在这里的生活水准，这些钱也管不了多久。所以他不可能花钱洗衣。他宁可买块肥皂回来用手搓。只是他却不是见脏就洗的一个人。他要等着脏衣服积攒了一堆，然后一起洗掉。他在乡下待的年头太长了，生活于他来说，能活下去就是胜利。他没有养成好的生活习惯。

李亦简偶尔会来看他一下。每次来，都望着他的屋子长叹，大叔呀，这么好的房子，给你这样的人住真是可惜了。鲁昌南只是笑笑，说能过就行。

有一天李亦简说，大叔，资本主义不是能过就行，而是要过好才行。鲁昌南说，但是穷人无论在社会主义还是在资本主义都只一个简单目的，就是活下来。李亦简说，大叔，你是艺术家，不是穷人。你的活路很多。不然我跟你做笔交易。鲁昌南说，怎么说？李亦简说，我来给你当清洁工。当然，这不是白干的。鲁昌南说，我哪有钱付给你？我就是个穷人。李亦简说，我看到你，就知道中国为什么穷人这么多。现在我来教你生活。你不需要付钱。鲁昌南说，那你肯白干？李亦简笑了，说当然不肯。我跟大叔做卫生，洗碗洗衣服，大叔用画来回报。鲁昌南吃惊了一下，可一转念，觉得也是个办法，便说，好像还不错。李亦简说，当然我也不会要大叔潜心创作的画，那费舍尔非杀了我不可。画点小画就可以了。万一哪天大叔真红了，小画也升值啊，是不是？就算大叔不红，我拿大叔的画贴在家里，不也是一种雅致？

鲁昌南暗想，这年轻人，真能呀。嘴上却还是同意了。鲁昌南说，那就成交。你今天就开始做。完了我先给你画张素描。李亦简说，画我吗？鲁昌南说，嗯，就画你。

素描在中国的美术学院是基本功夫，几乎每个人都能熟练操作。鲁昌南在学校时素描作业就常被老师当作优秀样板点评。现在画个李亦简，对他真是小菜一碟。不到一小时，一张活灵活现的李亦简便跃然纸上。

鲁昌南签上名，写上日期，往桌上一放，说这是今天的工钱。李亦简俯身一看，立即惊喜交加，嘴上连说，真神呀，大叔，看来我一定要好好伺候你才是。鲁昌南说，不可能每次一张。这样的话，我的画也太廉价了。李亦简忙说，三个月一张，如何。随便大叔画什么。你这不就一下子，还没我做卫生的时间长哩。鲁昌南说，砍柴只半小时，可是我磨刀用了二十多年呀。李亦简瞪大眼望着他，说那也是。这样的话，就算三个月一张，我还是赚了。鲁昌南说，知道就好。

此后李亦简便每周来做卫生。

鲁昌南突然就为自己找到一个改变生活的途径。周六和周日的时候，他背上画箱，有时去国王广场有时也去英式公园。这都是慕尼黑游人繁多之地。他会寻找一处适合他坐定的地方，然后支起画架，把自己画过的几张素描当作广告靠在画架旁边。他本想吆喝一声，却想起，并没有人能听得懂他说什么。索性他就坐在那里写生。附近的草坪经常有人晒太阳。或躺倒在地或盘腿而坐，听音乐以及看书。这样宁静而自在的画面，很能让鲁昌南怦然心动。他不明白在南昌，他怎么就从来没有见过这样的场景。于是他便在自己的速写本上，快速地勾勒着眼前的这些。路人们来来去去，有人有兴趣侧身望他一望，亦有人定下脚步看他作画。鲁昌南便比画着他先前画好的素描像，问观望者要不要来一张。果然就有人坐了下来。鲁昌南打量着客人的脸，黑色的线条便从他的手指下流水一样顺畅地弯曲在纸上。一个轮廓出现了。接着面孔清晰了起来。再接着被强化的特征和灵动的细节渐次呈现。好了，一幅作品得以完成。拿到素描的客人几乎都和李亦简一样，惊喜交加。最后便叽里呱啦说着些赞美的话，将钞票递给鲁昌南。

两天。鲁昌南一周只外出坐画两天，赚足他这一周的吃饭所用。生活原来可以这样，鲁昌南想。

有一天，是周日，两个中国人从他面前走过时突然驻足。这是两个老人，老太手上拿着雨伞，老头推着一辆儿童车。车上坐着个牙牙学语的男孩子。

老头见鲁昌南说，啊，是我们中国人呀。鲁昌南听出他的口音，说大伯，您是河南人吧？老头说，当然。鲁昌南说，我知道了，过来带孙子的？老头便说，猜中了。瞧，这是俺家孙子。跟咱中国人一样吧？看他的脸。鲁昌南笑道，说大伯是中国人，孙子当然也长中国人的脸呀。老头压低着声音说，媳妇是个洋妞，德国人。一开口我跟你大妈一句都懂不了。鲁昌南看了看婴儿车上的男孩，说您不说，还真看不出他有洋人的血统。老头得意道，这位大哥真是说得好。俺是哪里人？中原河南人。最正宗的中国人。俺的孙子必须跟中国人像。俺早早就跟儿子打过招呼，不像中国人俺是不认的。鲁昌南大笑起来，说您老有高招。一旁的老太说，这位大哥跟你说，老头子没一句假话。我儿子同学，北京人，也找的洋妞。生个小子，跟洋人一模一样，高鼻子凹眼睛，皮肤白得纸似的。我真不晓回国后他爹娘怎么认这个娃。鲁昌南说，是自己的就成。老头说，那怎么成？我堂堂一个中国人怎么能养个外国娃？将来要有出息了，没人选他当国家主席哩。外国人的脸，怎么可以？我家这个，就可以。鲁昌南忍不住大笑出声。笑完，他才说，大伯讲得太好了。见鲁昌南笑，老头老太也笑起来。然后老太说，老头子，让这位大哥给你画张像？纪个念。老头想了想说，嗯，不用画像，不知大哥可不可以替我画张平安如意？就是有宝瓶还有如意那样的。俺老家祠堂的木窗镂得那个好看呀，我最喜欢。想家时，可以看看。也图个吉利。鲁昌南说，行。不过这一会儿画不了，得回家画。老头高兴道，成。下个礼拜还是下下个礼拜，我们散步时过来取？鲁昌南说，下个礼拜吧。老头说，乡下人，就是图个好愿。我儿子有钱，我让他给你开高一点。鲁昌南说，看着给就行。我喜欢给大伯这样的人画。老头便对老太说，瞧瞧，见自己的人就是亲，这就是咱中国心。

鲁昌南回家果然替老头画了一张平安如意图。夸张的花瓶中，插着富贵的牡丹。瓶外斜靠着一只如意。这类的图画，他画过不少。想都不用想，顺手便能勾出图案。以前他在乡下，村民们也会找他画这些。图必有意，意必吉祥，这是乡村流传了无数年的传统。他画过八仙过海、渔樵耕读、岁岁平安以及福从天降、麒麟送子。这些当时都是不让公开画的内容，但村民会请他去到家中。他在卧室的墙壁上画过，也在床帏的素布上画过。有人嫁女时，他的麒麟送子还被当成嫁妆压在新娘的箱底。但逢这时，他的食宿皆在村民家里。这便是他落难乡下最舒适的日子。

这么画着并且想着，他脑子突然"叮"的一下，似乎有人拉开了灯，让幽暗的大脑空间瞬间亮堂。曾经在圣母教堂门前被触动的心弦再次嗡嗡起来。两个大字突然随这亮堂和嗡嗡之声蹦了出来：乡愿。对了，乡愿。无论时代如何嘈杂混乱，无论生活的背景如何变化，乡愿却总是那样坚定而执着。

鲁昌南仿佛燃烧了。他匆忙找出笔记本，急剧地在上面写着，总题：乡愿。然后便使劲回忆当年村民们最渴望的内容。他将它们一一列在纸上：福从天降，平安如意，福寿延年，福寿禄喜，福在眼前，四季平安，五福捧寿，松鹤延年，榴开百子，事事如意，平升三级，喜鹊登梅，鱼跃龙门，麒麟送子，八仙过海，渔樵耕读，老鼠嫁女。他看着这些，思索了一下，觉得最好挑出一组八个不同的立意,组成《乡愿》这样一个主题。画完如果不尽兴,还可以接着画下去。一番筛选,留下四季平安,福从天降,事事如意,松鹤延年,鱼跃龙门,喜鹊登梅,平升三级,榴开百子。他想他不能像在乡下时用那样写实的方式来画这批乡愿图。他应该用现代的元素、现代的材料和现代的手段来创作这批作品,这样才有创意,也才能表达他的内心。

他用了一张大的白纸,拿了一支画笔,用深蓝的颜色,把自己适才一瞬间的想法稍事修改,写在了上面:无论生存朝代如何更替以及复杂,无论生活背景如何错乱以及恐怖,乡愿总是那样坚定而执着。

怀着激动和急切,鲁昌南找出透明胶,把这张纸贴在了墙上。然后就站在它的对面,仔细地看着它,心里反复地默念。渐渐地,他的心平静下来,一直困扰他的内心混乱也悄然止住。他的心空此刻就像晴朗天气下的湖面,透明而干净。他想,他的事业开始了。这是一个真正的开始。

六、我为什么没有追问过自己

费舍尔似乎根本不介意鲁昌南在做什么以及怎么生活。费舍尔认为这些与他无关。鲁昌南是成年人,他很清楚他来德国的意义,所以他知道自己应该做什么。至于他怎样生活也就是他的吃喝拉撒睡,又与费舍尔有什么关系呢?这本该也是他自己解决的事。

但是费舍尔却一刻也没有闲下来。他想,他应该对艺术品有比较专业一点的判断力,所以他去上艺术欣赏的课;又想,他应该对整个世界艺术史有所了解,所以他也去上艺术史的课。他还想,如果能直接与鲁昌南交流,就方便了。这样他又去学中文。这些课程,每周不少于两次授课,结果他几乎每天开着车在外面上课。上午去了这边,下午又去那边。余下没课的时间,他去跑画廊,以及拜访一些美术界人士。丽扎说,你好像比没退休的时候更忙呀。费舍尔说,以前的忙,是为了别的人,现在的忙,是为了我自己。以前的忙,是不得不,现在的忙,是很高兴。丽扎便说,嗯,重要的就是自己很高兴。

但周六和周日费舍尔却尽可能待在家里。这两天的时间,是为丽扎而留。他要整理庭院,修花剪草,还要将家里陈旧的窗户重新油漆。丽扎若去超市购物,他也要陪着一起。他是男人,负责开车和拎东西。

偶尔，他会通过李亦简把鲁昌南找到露天酒吧小坐。每一次费舍尔都会告诉鲁昌南，他去了哪几家画廊，哪几家画廊对他表示出兴趣。又说他了解到何时何地将举办画展，有可能争取鲁昌南的作品前去参展。鲁昌南也告诉他自己新作的进展。说他画《福从天降》，那只巨大的黑蝙蝠从天上扑下，效果很惊人。费舍尔对《乡愿》的主题也非常有兴趣。他说这真是很东方。鲁昌南说，内容非常东方，但他的画法却非常西方。费舍尔说，那就更有意思。

　　有一次，费舍尔又约鲁昌南去酒吧，同时要求他把从中国带来的画都拿过去。鲁昌南不解其意，但还是依了他。费舍尔说，我要请摄影师把它们拍成照片，制成图册，这样画廊才能知道你画了些什么。我还要为这些画装上框，一旦有画展或是被画廊看中，我们就可以马上送过去。鲁昌南想，哦，或许他的计划就是从现在开始真正实施吧。想过后，心头倒轻松一点。

　　不料没几天，费舍尔便把所有装框的作品全部送了过来，还有一册制作精美的作品图册。费舍尔说，作品照片他制作了两套，他那里留了一套。又说，装框的画要保存好，不能有损坏，不然真要展出，就麻烦了。这一番来回，让鲁昌南刚松下的心情，又紧了起来。他不停地给李亦简打电话，想要知道费舍尔到底有什么意图。李亦简便反复说，大叔，你大可轻松一点。目前为止，你一点亏都没吃呀，你看他怎么做就是了。说不定后面是双赢呢？李亦简也觉得费舍尔举止奇怪，但他确实无法知道费舍尔到底为何。

　　慕尼黑的画廊几近百家。费舍尔把它们分成区，规定自己一周内要跑几家。并且在每家要谈多长时间，他也对自己有要求。他带着鲁昌南画作的照片，一家家登门拜访。有些画廊看了鲁昌南的画，不评价画作，却只说对中国画家没有兴趣。也有些说这样的画风不适宜德国。费舍尔对他们的回答都不满意，他认为好的艺术作品是没有国界的。他坚信自己的眼光，鲁昌南的画能感动他，也一定会感动其他德国人。

　　带着鲁昌南的画，他又去拜访画家。他向他们讲述鲁昌南的经历，希望有人推荐他参加一些画展，哪怕是小型画展也行。鲁昌南需要一个开始。画家们大多表达冷淡，也有对费舍尔如此这般为一个中国人奔波表示十分的不解。每到这个时候，费舍尔便说，你不懂，我不是为他，我是为我自己。

　　就算他这样表白，人们自然还是不懂。而这一切，鲁昌南全然不知。

　　但是机会还是来了。

　　有一天，费舍尔接到慕尼黑一个画家的电话。这是位华裔画家。他告诉费舍尔，有个华人慈善团体要在元旦前夕举办一个慈善拍卖。许多华人艺术家都会参加这个活动。如果鲁昌南有兴趣，也可以拿画前来参拍。拍卖的钱将会捐给那些生活在贫困中的华人。

费舍尔立即约了李亦简直接奔去鲁昌南家里。费舍尔说，我不知道你可不可以拿出一幅画来参加这个活动。我想通过这样的方式，一则让人们看到你的才华，二则也可跟本地华人建立联系。但是这幅画拍出后，你是没有收入的。鲁昌南说，当然可以。费舍尔高兴道，真是太好了。你觉得拿哪一幅去呢？鲁昌南想了想说，就那幅《江南春耕》罢。费舍尔说，这是你的一幅大画呀，不然换幅小一点的？鲁昌南说，既然是慈善，还是拿大的好，以后我再画就是了。费舍尔更加高兴，说鲁先生，你真是有善心的人。鲁昌南说，做慈善也是我的义务。

慈善拍卖那天，鲁昌南也去了。来了这么久，他第一次参加这样的华人聚会。置身于喧哗与热闹中，鲁昌南仍然感觉落寞和无聊。他不认识人，性格又不属主动出击型，于是觉得无趣，便寻了个僻静处，一个人坐着，默默地喝着饮料。费舍尔和李亦简也都赶来参会。费舍尔不停地跟他认识的画家打招呼。李亦简则满场走动，一时德语一时中文，与人快意地笑谈。

慕尼黑已经很冷了。天早早地就开始昏黑。在一派欢笑中的鲁昌南却有些忧心忡忡。因为天气缘故，他已无法出门作画，经济拮据以不可抵挡的方式闯上门来。鲁昌玉前几天来过电话，说她还可以兑换几百美元给他汇来。鲁昌南说，那你就快点，不然就接不上气了。这笔钱，鲁昌南现在还没有收到。

鲁昌南想，是不是去找一份可以糊口的工来打呢？比方去餐馆端盘子，或是看看有没有可出苦力的地方。但他却又担心自己没有时间创作。他曾经想找费舍尔借一笔钱，以便支撑着过完冬天。李亦简却对他说，最好不要开这个口，德国人是不轻易借钱给人的。实际上，李亦简已经帮他问过了费舍尔。费舍尔回答说，他是成年人，这个问题由他自己解决，以后请不要再提这个话。李亦简没有把这个意思告诉鲁昌南。

便是在鲁昌南陷入漫无边际的思绪中时，一个女人走了过来。她停在了鲁昌南面前，开口说，请问，您是鲁先生吗？鲁昌南先是看到她的高跟鞋，尔后看到她的裙子，镂花的披肩，最后才看到她的脸。这是张神情妩媚的面孔。眼睛黑亮黑亮，自信而坚定的光芒从里而外透射而出。年龄估计也接近四十了。鲁昌南站起来，说我是。请问……女人伸出了手，说你好，我叫明娜。

鲁昌南握着她的手，发现这手竟是柔软无骨的。他从来没有触过这样柔软的手，莫名间就心跳不已。明娜抽出手，朝着一个方向指了指说，那位吴先生，他拍下了您的画，也想认识您一下。我是他的助手。

鲁昌南随着明娜的指向望过去。他看到一个面色红润的长者。鲁昌南想，看来是有钱人了。明娜将鲁昌南带到吴先生面前，说吴先生，这位就是鲁昌南先生。《江南春耕》就是他画的。鲁昌南忙说，吴先生，您好。

那位吴先生开口即用地道的南昌话说，您是江西人？鲁昌南惊道，是。南昌的。您似乎也是？吴先生便说，正是。我正是南昌人。老乡对老乡，两眼泪汪汪。明娜说，鲁先生，你那幅画，吴先生很喜欢。鲁昌南说，真的吗？那就太谢谢了。吴先生说，您画的那地方，像极了我母亲的家乡。不知鲁先生还有没有跟那幅相类似的。鲁昌南心里一喜，忙说，还有幅《江南秋收》，尺寸跟那幅一样。吴先生便高兴道，太好了。不知道鲁先生可不可以卖给我。我母亲今年满九十岁，离家多年，一想起家乡就流眼泪，尤其最近，更厉害。我想买您的画送给她，两幅凑成一对，也算新年礼物。我按刚才拍的春耕图的价格给你。明娜说，吴先生是做贸易的，来德国很多年了，在这边华人中赫赫有名。鲁昌南说，我很愿意，但我需要问一问费舍尔先生。

费舍尔见鲁昌南跟一群人说着话，便也走了过来。恰这时，鲁昌南正拉着李亦简找他。李亦简把鲁昌南的意思告诉费舍尔，费舍尔显得有些奇怪，说这是你的画，为什么要问我呢？鲁昌南说，可是，是您请我来的德国呀。费舍尔笑了，说鲁先生，我请你来德国，是让你自由地画画。但你仍然是你的画的主人。鲁昌南说，如果这样，吴先生，那幅画我就送给您母亲好了，也算乡亲的一点心意。吴先生急摆着手，说不不不。我知道画家在海外生活不易。况且你已经捐了一幅出来。而我送给母亲的礼物，是儿子尽孝，只能我自己花钱，哪能让鲁先生抢我的孝心呢？鲁昌南听他这样一说，便道，既然如此，当然以吴先生意思为主。

李亦简将鲁昌南的居住地址留给了明娜，约定明天下午过来取画。吴先生说，元旦那天，他希望鲁昌南能去他家吃饭，去跟他母亲说说家乡的情况。要用南昌话说，这是比什么都更好的礼物。除他而外，还有几个住在慕尼黑的江西人也会去。鲁昌南满口答应下来。在慕尼黑，能同一群乡亲坐在一起说说家乡话，实在是一件很快意的事。鲁昌南知道，他也在想家了。

比鲁昌南更高兴的是费舍尔。仿佛是要庆祝开门大吉，他特意开车送鲁昌南回家。路上，费舍尔说，新年就要来了，这是好兆头。时间这么短，鲁先生就有了欣赏者。真是太好了。鲁昌南说，是啊。我也没料到。费舍尔说，只是，鲁先生，你卖掉的这幅画装框的费用，你要还给我。鲁昌南怔了怔，没反应过来。李亦简解释道，老头说装框的钱是他出的，你还得给他。鲁昌南说，哦，好的。李亦简问费舍尔是多少钱。费舍尔把车停在一边，掏出一个计算器，算了几遍，然后递给鲁昌南。鲁昌南没有看，说你说多少就是多少吧。费舍尔说，怎么能不看呢？我不可以随便说的。这是按店家给我的外框尺寸计算的。鲁昌南说，行，就这样吧。乘上二，把捐掉的那幅画框也算上。费舍尔说，不不不。捐出的那幅是做慈善，并没有变成你的收入，所以这个不用算。李亦简说，大叔，你就听他的吧。德国人一是一二是二，很刻板的。

第二天，明娜便带人来取走了那幅画，留下一笔钱给鲁昌南。这笔收入比鲁昌南预计的要多。一夜之间，鲁昌南便解决了他愁上眉梢的经济问题。更重要的是，明娜把他其他的画都仔细看了一遍，其中几幅，她都非常喜欢。明娜说，鲁先生，费舍尔先生没说错，您真是一个才华横溢的画家。这几幅画，相信我的老板也会有兴趣的。她留下了电话号码，告诉鲁昌南，以后有什么事需要帮助，可直接找她。

明娜走后，鲁昌南始终回味着与她握手的感觉。这感觉让他心跳急促。一个人的手怎么会如此柔软呢？鲁昌南始终想不明白。

春节转眼就到了。对于慕尼黑的华人来说，这是大事。德国一家电视台准备做一个华人节目。节目现场安排在华人的一个小型联欢活动上。费舍尔的侄儿是节目的监制人。在费舍尔的引荐下，他们找到了鲁昌南。鲁昌南有些不解，甚至有些胆怯。一连几天，他都在想，他该说什么和不该说什么。

拍摄那天，费舍尔把李亦简也叫了去。鲁昌南穿上他来德国那天穿过的西装，一副很正经的样子。翻译是电视台找的，不需要李亦简。李亦简便笑说，大叔，这次你是单刀赴会哦。鲁昌南说，他们的翻译听不听得懂我的话呀？我有江西口音的。李亦简说，应该没问题。德国翻译都很厉害，他如果听不懂有口音的中国话就干不了这行。不过，我告诉你一件事，你也别紧张。鲁昌南说，什么事？李亦简说，这家电视台对中国人并不友善，找大叔不知会不会别有用意。大叔留个心眼最好。李亦简这么一说，鲁昌南的心一下子提了起来。他想，难不成费舍尔真是想在政治上利用他？李亦简见他沉默，又忙说，也没事，我们都在哩，他们真要挑衅，我们也会抗议的。鲁昌南想了想，镇定了一下自己，说我想也没什么。我有什么值得被他们挑衅的呢？

坐到人前的时候，他心里尚有些忐忑。但当灯光打照在他身上，眼前一切都扩大数倍的明亮，他突然心定了。心想，他妈的！老子连黑牢都蹲过，死都像死过一轮的，还有什么事可以让我害怕？！

翻译是个女人，很客气，说她去过上海北京，没去过南昌。女翻译的普通话说得很好，鲁昌南甚至觉得比他这个中国人都说得好，他心里越发踏实。

主持人跟摄像灯光招呼了几声，便上来了。这是男人。男人跟男人的对话战斗性会比较强，鲁昌南想。主持人上来就稀里哗啦地说了一大通。翻译简单告诉鲁昌南，说他向观众介绍他是一个来自中国的画家。又说他并不知道他画过什么画，因为他从不觉得中国有画家。这一通说完，主持人便开始打量鲁昌南。鲁昌南看着他的眼睛，心想，看来来者真是不善。

果然主持人开口即说，我采访过许多中国人，他们的装扮总很特别。他们力求时尚，但结果更奇怪，仿佛上世纪的人一样。今天这位鲁先生虽然是画家，有审美眼光，似乎也不例外。然后他指着鲁昌南的袖子说，啊，不知道鲁先生是不是觉得商标留在袖口上可以展示美，还是可以炫耀品牌？

鲁昌南心里骂道，果然不是善辈。他平静地说，可能有人当作美，有人炫耀品牌，对我来说无所谓。我只是懒得把它剪下来。主持人似乎有点吃惊，说只是懒？鲁昌南说，那还有什么？它在上面和不在上面，关我什么事？我从来也看不见它。主持人笑道，真是有意思的回答。我所知的很多中国人如果是名牌西装就把商标留着，好让人们看他穿的是名牌。如果不是名牌，就剪掉。鲁先生听说过这样的事吗？鲁昌南说，我从不关心这些。现在第一次从你嘴里听说。想必你很关注这些。主持人笑道，看来鲁先生的确对穿着不加在意，这可能跟鲁先生的经历有关。我听说你被中共当局赶到乡下很久，过得很辛苦。你是怎样度过那些艰难岁月的呢？鲁昌南说，跟过好日子的方式差不多吧，白天起床，晚上睡觉。主持人呵呵笑了一下说，说的也是。据说你很长时间享受非人待遇，跟牛住在一起？鲁昌南心里便有些反感，心想怎么连这个都知道？是费舍尔说的吗？但他还是平淡地回答说：是呀。主持人说，岂不是跟动物住在一起？鲁昌南说，德国不是有很多人跟狗住在一起吗？主持人说，那是狗住在主人家里，你呢？鲁昌南说，我住在牛的家里，不是一回事吗？主持人说，你觉得是一回事？鲁昌南说，那么你觉得人比牛更高贵一些？主持人说，这个问题我还真不敢回答。看来你的思路比较奇怪，据说你还坐过多年的牢房？鲁昌南说，是呀。你知道的真多。主持人说，是什么原因使你坐牢呢？鲁昌南说，没什么原因。牢房空在那里，我不去坐别人也会去，那就不如我坐好了。主持人冷笑一声道，哦哦，鲁先生难道是耶稣？鲁昌南说，那倒不是。耶稣是自愿受难，我是迫于无奈。主持人说，这就是了。我想问鲁先生一句，你为何会处于一种无奈的情况下呢？是谁使你的人生落入无奈之境？鲁昌南也冷笑了，他说，你既然要问话于一个中国人，你应该先去学习一下中国历史，然后去找大人物询问。小人物又怎能答出个所以然。主持人说，啊，鲁先生回答非常有智慧。但我看鲁先生满脸风霜，皱纹深刻得像刀砍过，想必是过去的生活遗留下来的。鲁昌南说，过去的生活会给每个人都留下印记，不单是我。人脸也是风景。有大江大河，也有一马平川。都长成你们这样细皮嫩肉的白面孔，人类有什么好看头？

主持人仍然闲扯着，始终没有谈他的画作。鲁昌南下来的时候，内衣已经湿透了。他的心很沉重，往事的阴影一层层地压迫着他。李亦简上前来高兴地拍了他一下，说大叔，你好酷啊。对他们德国人，就得这样。

费舍尔也过来，他显得有些愧疚，说鲁先生，真对不起，是我告诉电视台关于你的过去。我向他们介绍了你的情况，我以为会采访你在德国的生活和绘画，没想到他只问这样一些问题。我想你一定不愉快。但是你今天的回答，很好。鲁昌南说，您不用对不起。他是对的，他应该这么问。我应该说对不起。是我没有按我的良知来回答。李亦简大惊，说大叔怎么能这样想？鲁昌南说，虽然是过去的事了，但为什么在国内从来就没有人问过我这些？而我自己也从来没有追问自己，我为什么会过得如此无奈？到底是什么原因让我的生活那么艰难？他问了他应该问的话，但我却没有诚实作答。

费舍尔凝望着他，半天才说，鲁先生，你很了不起。

这天的晚上，明娜给鲁昌南打了个电话。明娜说，我们都看了电视，你说得非常好。你是一个让我钦佩的人。

七、费舍尔到美国去了

不知是否与电视节目有关，终于有画廊接受鲁昌南的作品了。虽然没有签约，但能上墙挂卖，也是一个好的开端。整个春天，费舍尔不停地往画廊跑。

他不时传给鲁昌南一点信息，说画廊反映，有不少德国人喜欢鲁昌南的风格。又说，尽管还没有卖出一幅，但画廊已经不再排斥鲁昌南。这就是胜利。

鲁昌南的生活也变得自如起来。靠着吴先生的关系和明娜的相帮，他从南昌带来的画业已卖出好几幅。他在慕尼黑的生计已经不成问题。只是他仍然会在周末和周日外出卖艺。他需要多挣点钱。他必须有积蓄。万一哪天费舍尔不管他了，比方不再为他出资房租，至少他能在慕尼黑自己租房活下来。他不想回国。他喜欢德国这种自由自在的生活。

鲁昌南的《乡愿》一组已经画好了四幅。混乱而奇特的背景下，但主题以一种格外夸张变形的方式突出着。尤其那张事事如意，两个熟透的大柿子和一柄如意的组合搭配，令画面格外怪诞而新奇。费舍尔看过后，非常喜欢。他照例请摄影师来拍了照片。他说图画埋伏着中国语言的奥秘，他相信欧洲人也会懂得。

大约两周后，费舍尔突然告诉鲁昌南，柏林有个重要画展，他们看了鲁昌南《乡愿》的几张照片，有意请他参与展出。但组委会对他不熟悉，希望能看到原作，再作最后决定。他建议鲁昌南不妨带幅画去一趟柏林。鲁昌南听罢非常高兴，这是他的机会。

费舍尔因丽扎生病，无法陪同鲁昌南，而李亦简则去布拉格实习了。柏林之行得鲁昌南自己只身前往。李亦简走前留了一个同学小杨的电话给鲁昌南，说是如果有事要跟费舍尔联系，就给这个同学打电话。

对于鲁昌南来说，去一趟柏林并非难事，他之前已经同李亦简去过两三次，他们甚至在柏林火车站附近逛过许久。费舍尔已在柏林为鲁昌南请好翻译。一下火车，便有翻译前来迎接。鲁昌南提前买好火车票，他给柏林的翻译打了一个电话，告诉了他的车次。

不料在他出发前夕，慕尼黑突然变天。狂风呼啸而起，暴雨也久下不停。从鲁昌南的家走到公共汽车站，有十分钟的路程。他只要一出门，必然全身湿透。最关键还不是衣服，而是他的画作。就算用塑料布包扎起来，他也无法保证雨水不会浸入。鲁昌南焦急万分。他于是给李亦简的同学小杨打了个电话，请他帮忙问一下费舍尔，是否可以开车送他到火车站。只一会儿，小杨打来了电话，他正在上课，声音压得很低。说他问过费舍尔了，费舍尔说，他是成年人，这样的事情应该自己解决。鲁昌南说，我怎么解决？我又没办法叫出租车。我说话人家一句也听不懂。小杨说，对不起鲁先生，我正在上课。

说罢，便挂了电话。

鲁昌南一刹那焦头烂额。突然间他想起了明娜，于是他给明娜挂了个电话。明娜说，你等着，我马上就到。

十分钟后，明娜的车出现在鲁昌南家门口。他们算了下时间，现在赶紧，还不会误车。鲁昌南说，幸亏你帮忙，不然我真不知道该怎么办。说着他便把费舍尔的话转述给明娜听。明娜说，德国人是这样。他们不是人情淡漠，而是不懂得人情世故。他们的传统就没有像中国那样成熟的礼仪，所以你不必跟他们计较这些。他下次见到你时，依然会像以前一样热情友好。鲁昌南说，我真是搞不懂他。明娜笑道，你不需要搞懂，你只需要按你自己的方式做就是了。现在你这个成年人不是解决好问题了吗？鲁昌南一想，也是。

柏林之行非常顺利，画展组委会看到鲁昌南的画，很是欣赏，立即同意鲁昌南拿两幅作品前去参展。鲁昌南选了他的《福从天降》和《事事如意》。展出的那天，费舍尔和李亦简都赶到了柏林。看到有参观者驻足鲁昌南的画前议论以及评说，费舍尔兴奋得脸都红了，就仿佛这是他的成功一样。但他却根本没有问，在那样的大雨时刻，鲁昌南是怎么样去的火车站。

李亦简说，大叔，你成功了。费舍尔说，这个还不算。必须要跟画廊签约，才能有更大的发展空间。鲁昌南觉得费舍尔说得对。他想，只有签约了画廊，他才能真正在美术界立足，而他的经济问题也才能彻底解决。

从柏林回来，鲁昌南想要答谢一下明娜。鲁昌南是一个几乎没有恋爱过的人。以前在乡下，没有可能。回城后，为了早日有个家，匆匆认识了现在的老婆。他一直心情低落并且压抑，从不知道恋爱是什么滋味。现在，他见到了这个女人。那张妩媚的面孔和柔软无骨的手，突然唤醒他的欲望。不论白天还是夜晚，这个女人都会闯进他的脑海，久久不去。

鲁昌南给明娜打了个电话。明娜爽快地答应了。在商量具体碰头地点时，明娜说她比鲁昌南更熟悉慕尼黑，不如她开车来接鲁昌南。鲁昌南巴不得如此，高兴道，那当然最好。

鲁昌南决定送明娜一份礼物。可他不知道明娜这样的女人会喜欢什么。他怕买不好反而露拙。他便画了一幅画，画名就叫《仙女来到梦中》。仙女的面孔与明娜有几分神似。明娜拿到这张画时，果然脸上露出惊喜。

那天他们去的是慕尼黑的皇家啤酒屋。里面黑压压的全是人，男女老少什么人都有。乐队一刻不停地奏着乐曲，夹杂着嘈杂人声，整个空间都被声音爆满。侍者们绷紧了脸在人缝中，来回穿越。明娜说，我其实也很少来这里。但我觉得你应该在这里感受一下巴伐利亚人。这里有他们最真实的面孔，热情浪漫，还有几分天真。

他们找一张桌子坐了下来。明娜要了两扎啤酒。同桌坐着三个德国男人。他们面前已经有两三个空杯了。见明娜能说德语，立即跟她套起近乎。鲁昌南听不懂他们说什么，只看到明娜和他们一起放声大笑。明娜告诉鲁昌南说，他们是从纽伦堡来的，问我们是不是日本人。我告诉他们是中国人。他们问中国人喝酒用多大的杯子。我说比这个小很多。他们说，回去跟中国元首讲，只有向我们巴伐利亚人学习，用大杯喝啤酒，女人才会性感漂亮，而男人才会英俊雄壮。像这位先生，就太瘦了，一看就是啤酒没喝好的缘故。

鲁昌南听罢也笑。心想当年我连饭都没有得吃，哪里有啤酒喝？笑完突然心生豪气。他用杯子使劲撞了一下明娜的酒杯，说喝！今天喝个够。我立马就会个头高大，而你也会更加漂亮。明娜把他的话翻译给同桌的德国人听，几个家伙立即也举起了杯。一个大胡子说，中国人，好样的。我喜欢。喝！

这天鲁昌南喝的酒，超过他一生所喝过的全部酒。他已经明显晕晕乎乎。而明娜也是醉意朦胧。她无法开车回家，迷糊中，她带着鲁昌南在附近找了家酒店。这天晚上，他们住在了一起。

鲁昌南早上醒时，明娜躺在他的怀里，正用幽幽的眼神望着他。鲁昌南将明娜搂得紧紧。他哽咽着说了一句话。鲁昌南说，我第一次体会到幸福这个词的意义。明娜的泪水夺眶而出。她说，我明白。

费舍尔一直努力联系画廊，他希望能有画廊跟鲁昌南签约。他甚至还跑了一趟法国。他想在欧洲，至少会有画廊欣赏鲁昌南。但是，画廊的口径几乎一致，称赞鲁昌南的画，却拒绝与他签约。费舍尔很难理解他们这样做的理由。再三追问，回答是没什么理由。费舍尔不停地给自己打气。他说没关系，不要着急。才一年多时间，能走到这一步，已经相当不错了。

秋天如期而至。这是鲁昌南在慕尼黑度过的第二个秋天了。慕尼黑的啤酒节已经开始。整个城市都如啤酒的海洋，人人都似乎被泡在其间。鲁昌南也被李亦简拖到街上喝了一晚。他再一次大醉。李亦简说，大叔，现在你感觉怎么样？还觉得自己是蚂蚁吗？鲁昌南结结巴巴说，现在是啤酒里的蚂蚁了。李亦简说，大叔，让脑子所有的事都不想，尽管享受现在。鲁昌南说，今天听你的。

　　有一天费舍尔突然约鲁昌南到酒吧碰面。李亦简转达时说，看来老头的酒瘾也上来了。今晚再喝个通宵，如何？鲁昌南说，没问题。

　　结果费舍尔是找鲁昌南有事情。他告诉鲁昌南，他的小女儿在美国结婚，他和丽扎两人都将去参加婚礼。家里的三只狗无人照顾，想请鲁昌南住到他家里，帮他们看护狗以及浇花。费舍尔一再说，他家的狗是很乖的。只需要每天喂两顿早晚各遛一次就可以了，很简单。费舍尔又说，其实他们也可以交给牵狗员，但是丽扎总觉得家里有人住着，狗会自在一点，这样才想到鲁昌南。费舍尔补充了一句说，在丽扎那里，狗和花比我更宝贝。

　　鲁昌南满口答应了。这对他来说，真不算什么事。费舍尔家的三只狗在他以前去的时候，就已经跟他有点熟了。见到他也会摇着尾巴前来示好。而且喂它们的食物也是现成的狗食，每天的食量丽扎已经都安排好。他无非带它们转转，权当自己散步，至于浇花就更加简单了。

　　费舍尔非常高兴，又说，你照顾狗的费用我们会支付给你。鲁昌南吃了一惊，忙不迭地摆着手说，不不不，这个不需要，如果我还收这个钱，我就没脸见人了。费舍尔不理解，说为什么？鲁昌南便对李亦简说，你替我跟他说清楚，我要连这钱都收的话，我会被骂死的。光是鲁昌玉就饶不过我，我良心也过不去呀。李亦简只好替鲁昌南解释，说鲁先生因为受您的恩惠太多，他也需要回报您，不然他也有压力。费舍尔还是不理解，说这是两回事呀。我们请他照顾狗还有浇花，他付出了劳动，支付费用也是应该呀。李亦简发现要解释清楚这些很麻烦，便说，您也知道，中国人很讲礼，做这种事是绝对不会收人钱的。中国人认为邻居帮邻居、朋友帮朋友天经地义，如果收钱的话，就跟打他耳光一样，他会觉得羞耻。费舍尔显得有些无奈，说那好吧，就按你们中国人的习惯。

　　事情就这样说定了。费舍尔出发那天，鲁昌南提前去到他家。鲁昌南一共只去过费舍尔家两次，一次是初来时的专程登门拜访，第二次是圣诞节。现在是第三次。鲁昌南始终不认识路，李亦简只好先跑过来，再带着他一起去费舍尔家。李亦简一路抱怨道，大叔，你就不能学会认识他家的路？鲁昌南说，一共也去不了几次，认它做什么？再说我永远也不可能一个人去他家是不是？不然就是鸡对鸭讲了。李亦简说，那你就不能学学德语？人家费老头都学中文哩。鲁昌南便笑，说那岂不是更好。我更不用学了。一把年龄了，还学什么鸟语。李亦简便长叹道，唉，中国老男人和西方老男人真不一样呀。

鲁昌南被安排住在费舍尔家的客房。客房的窗口朝阳，大而宽敞。伸头望去，对面人家的阳台上，摆满着鲜花，阳光一照，灿烂夺目。鲁昌南说，种这些花得费多少劲呀。李亦简说德国人不觉得摆弄花要费劲，他们当是生活享受。鲁昌南说，那是因为他们闲。在乡下天天挖地插秧割谷，天亮忙到天黑回来，你看他们还当不当享受？李亦简说，大叔的内心深处怀有恨，所以大叔总是充满抵触性，很愤青哦。鲁昌南仿佛被针扎了一下，心口一收缩。他惊讶道，是吗？我是这样的吗？

丽扎听说鲁昌南坚决不肯收费，有些过意不去，便买回了大批食物，包括一堆啤酒。双开门的大冰箱，几乎完全塞满。丽扎表示这些差不多够鲁昌南吃一阵子。鲁昌南笑道，没关系，我现在很会购物。一个番茄炒鸡蛋就够混一餐。丽扎忙说，那怎么行？一定要好好吃饭。冰箱里还有水果，很多。你要多吃。不然坏掉就浪费了。李亦简说，大叔你就放开肚子吃吧。如果剩太多，他们会以为你不喜欢。鲁昌南说，哦，那好吧，我尽量吃。但是有一件礼物，我要请你们收下。

鲁昌南说着拿出他的一幅画。他把它展开来，这是两个鲜艳的石榴，爆着非常夸张的裂口，一粒粒白中泛红的籽从裂口处露出。费舍尔和丽扎两人看得发呆。鲁昌南说，这幅画叫《榴开百子》。在中国，新人结婚时，送这样的礼物，是祝愿他们能生很多的孩子。费舍尔惊喜道，真的吗？生多少？李亦简说，生一百个。丽扎立即眉开眼笑，说不不不，太多了，他们养不活。美国政府要贴补很多的钱。他们会恨死这个德国女人的。鲁昌南和李亦简听罢大笑。

费舍尔说，啊，太漂亮了。我很喜欢，丽扎你喜欢吗？丽扎说，噢，我当然喜欢，非常有意思。费舍尔说，是呀，太有意思了。我相信我女儿也会喜欢。但是鲁先生，我知道这是你新创作的作品，你不能这样送给我们。鲁昌南说，中国人有这个礼数，朋友有女出嫁，不送东西可不行。我没别的，只有画。再说我还可以画，而且我同样内容的，不会跟这一幅画得一样。所以也不影响这一组画的完整。费舍尔说，真的吗？鲁昌南真诚道，真的。这是我的心意。费舍尔伸出手臂，上前拥抱了他一下，说非常感谢，谢谢你的心意。

费舍尔夫妇离开后，当晚鲁昌南便显示手艺，做了一顿可口的饭菜和李亦简两人大吃一顿。慕尼黑的啤酒口感尤好，两人连喝了好几罐，喝得醉意朦胧。李亦简说，幸福生活对我来说，就是有这样的一幢大房子。鲁昌南说，我还不敢想。李亦简说，大叔，你一定行。将来你一定有住大房子的一天。到那时候，我要到你家去吃这样的菜，喝这样的啤酒。嗯，还帮你打扫卫生。鲁昌南豪气地答道，好，就这么说定了。

次日一早，鲁昌南起来。他走进花园，慢慢地在小径上徜徉。鲜花带着露水，静静地开放着。空气新鲜得像刚刚用水洗过。石砌的短墙上蹲着一只黑猫，闪着幽幽的眼光望着他。这眼光让鲁昌南记起那个幸福的早上，他睁开眼睛所看到的明娜的目光。鲁昌南对自己说，对，我一定要这样一幢房子。最好，那里的女主人是明娜。

明娜陪吴先生到东南亚去了，走前给鲁昌南打过一个电话。两人在电话里都有点结结巴巴。鲁昌南鼓足了天大的勇气才说了一句，我每时每刻都在想你。明娜回答他说，谢谢。你心里有我，让我有一种幸福感。

鲁昌南觉得自己的身心都处在一种意欲飞翔的状态。他灵感迸发，日夜作画。他有着使用不完的精力，并且他的想象力超乎寻常地活跃。他不光完成《乡愿》中的《喜鹊登梅》图，还画了两幅小画。有一幅庭院小景正是费舍尔家的院子。一片油绿的芭蕉叶占据了大片画面，芭蕉叶后的短墙上，黑猫的身体被叶片挡掉大半，只露出幽幽的眼神。鲁昌南很喜欢这幅作品，他想，他要把这张画送给明娜。他要告诉她，他画黑猫的眼神时，脑子里满满的全是她的眼神。

半个月眨眼过去。费舍尔原说周日到家，岂料他们周六就启程了。李亦简接到他们从慕尼黑机场打来的电话，从学校匆匆赶到费舍尔家。一进家门，李亦简几乎是吓了一大跳。客厅里架着鲁昌南的画架，而颜料四处散开着，桌上椅子上都沾着色彩。鲁昌南的一只袜子搭在沙发扶手上，另一只落在地上。地毯上星星点点洒着烟灰以及水果皮。客厅仿佛所有的东西都不在原位。而且所有的地方都脏不可看。

李亦简不由惊呼一声，我的上帝！鲁昌南说，怎么啦？你怎么来了？李亦简说，老头老太今天回来，现正在回家的路上。你怎么把家里弄成这样？鲁昌南有些茫然，说没怎么样呀？李亦简说，大叔，德国人有多么爱清洁，你难道还不知道？赶紧收拾一下吧。说着便动手开始帮忙收拾。鲁昌南说，我当然知道，可是这里不是还挺好的吗？乱一点才像家呀。稍一收拾，跟他们走的时候完全一样。李亦简说，幸亏我早到一步，不然，你得把人家老两口吓晕不可。鲁昌南说，哪有这么夸张。

两人匆忙把客厅收拾完，还没来得及喘口气，费舍尔和丽扎就到家了。几个人都很高兴，又是握手又是拥抱。丽扎的三条狗也忙不迭地过来助兴。费舍尔和丽扎便顾不得跟鲁昌南和李亦简说话，立即跟狗亲热起来。

李亦简帮忙把行李送进屋内，路过厨房，顺便看了一眼。这一眼望去，令他倒吸一口冷气。厨房的碗池里摞着一堆碗，锅也没有洗。剩菜和垃圾随处可见。地上的菜帮土豆皮也零星撒着。炉子旁边的墙壁粘连着油渍。李亦简不知所措。丽扎恰这时也走了过来，看到厨房的样子，她也呆住。李亦简说，这个这个，这个……他说不下去，只好逃回客厅。

李亦简显得有些不安，他担心丽扎会生气，便对费舍尔说，有件事要请你们原谅。鲁先生以前住在乡下，并且是住牛棚里，所以他没有养成好的卫生习惯。费舍尔看了看客厅，说还不错呀。李亦简苦笑了一下，说这是你们回来之前刚刚清理过。可是厨房没来得及打扫，请您跟丽扎解释一下。还有卫生间，我还没有看，想必也很可怕。

费舍尔伸头朝厨房望了一眼，点点头，说好的，我明白了。费舍尔说着走向厨房。鲁昌南望着他们嘀嘀咕咕，不知他们说什么。李亦简拉他到一边，低语道，大叔，我在帮你圆场哩，你看厨房脏成什么样子了？鲁昌南说，我本来是要在他们回来前收拾的，可是没想到他们会提前回来。李亦简说，你平常怎么不收拾呢？你看厨房里那个油烟！还不知道老太太怎么才把那层油烟给刮干净哩。鲁昌南说，这也不能怪我呀。他们不装抽烟机，我要炒菜，就没办法。李亦简拍拍自己额头，长叹了一口气。

在他们说话间，丽扎已经扎上围裙开始做厨房的卫生了。鲁昌南说，还是我去打扫好了。他们刚下飞机，也很累。李亦简忙向费舍尔表达这层意思，费舍尔说，家里的事就交给我们吧，鲁先生的任务完成了，你们可以先回去。这样我们可能方便点。李亦简说，那好吧，我陪鲁先生先走。说罢李亦简拉着鲁昌南说，赶紧收拾行李，回你那边去吧。待在这里，大家都难堪。鲁昌南一脸茫然，仿佛不知道出了什么事。

临走前，鲁昌南有点不好意思，想对丽扎说声抱歉，费舍尔阻止了他，然后说，没关系，是我们提前回来了。过几天，我们联系，我还有重要的事情跟你谈。

回去的一路，鲁昌南突然心情黯然。费舍尔神情淡淡的，他说有重要的事情要跟他谈。那会是什么事情呢？会不会是费舍尔生气了，然后瞬间决定结束他在德国的生活？如果真是那样，又该怎么办？回家去？

一到家鲁昌南便给李亦简打电话。李亦简回答说，我看也是凶多吉少。

八、人生的关键都在于个人选择

一周后，鲁昌南忐忑不安地去跟费舍尔碰面。因为心事重重，鲁昌南一直处于不安之中，脸上便显出满脸的憔悴。见到李亦简，李亦简说，大叔怎么这样？你心思太重了。大不了就是回去，犯得着折磨自己吗？再说还不一定哩。

这天的费舍尔一如以往满脸堆笑。先问鲁昌南过得怎么样，又问他《乡愿》正画哪一张。费舍尔每次见面都是这样几句问话，像是饭桌上的前菜，次次都是同样的小碟。然后才告诉鲁昌南，这次他到美国，专门拜访了纽约的几家画廊。他把鲁昌南作品的图片拿给他们看。有几家画廊似乎有意，但却表示没看到原作，不方便表态。于是他索性把鲁昌南送给他女儿的那张《榴开百子》画拿了过去。有三家画廊看到画后立即表示对这个画家有兴趣。他了解到其中一家的老板自己原本是画家，有着很好的鉴赏力，经营理念也很适合像鲁昌南这样的人。他便约了个时间同他作了一次详谈，甚至把鲁昌南的遭遇和处境也都陈述了一遍。那老板答应认真研究，然后给他回话。

费舍尔说，昨天，就是昨天，他发来了传真，表示同意签你。他希望鲁先生能去一趟美国，以便彼此商议合同条款。现在看来，德国画廊的趣味跟东方人的有点差异，而美国似乎更宽容一些。

鲁昌南听呆了。他一时没能反应过来。那种震惊，就仿佛初到德国时，费舍尔要他漫游欧洲时一样。一切都是这样的出乎意料。而且一切都曾是他可望而不可即的，现在却以一种简单的方式摆在他的面前。纽约一家著名的画廊要跟他长期签约！这很诡异，也很莫名其妙。他揣摸不透背后有什么内容。他没有语言。他无法直问。他只想不清楚，这个德国老头到底想做什么。他到底有什么东西可值他利用。

费舍尔望着他说，你觉得怎么样？愿意和纽约的画廊签约吗？李亦简没顾及翻译，先替鲁昌南回答道，当然。大叔肯定会愿意！然后他才翻译给鲁昌南听。

鲁昌南呆坐了好一会，才说，可不可以容我考虑一下？

这句话让费舍尔和李亦简都有些吃惊。李亦简说，大叔，还用想吗？这是机会呀。这样的机会稍纵即逝。费舍尔亦有些讶异。他说为什么？难道你不喜欢美国？鲁昌南说，这件事太突然，我需要想一想。费舍尔说，好吧。也许你有你的想法。等你想好了，请尽快通知我。我好为你预订机票，你知道的，早点预定，会便宜很多。还有，好让我女儿替你租好房间。我已经看过了房子，也跟房东谈好了租金。跟你现在的住处环境差不多少。现在就看你的了。

鲁昌南依然露一脸疑惑望着费舍尔。李亦简有些急了，他大声地说，大叔，我知道你在犹豫什么。但我还是那句话，到目前为止，大叔你并没有吃任何亏呀！而且那边是一条为你铺好的路。这是千载难逢的机会。鲁昌南说，难道你觉得这样的事正常吗？李亦简说，大叔，在你来说可能是不正常，可是在费老头那里，也许很正常呢？只要对你没坏处，你又何必多虑他到底有什么意图。鲁昌南说，可是如果他提出把我在慕尼黑画的作品全部留下，或者说将来对我在画廊的收入他必须提成，以及其他我所不知道的要求？如果他提出了，我应该怎么做？难道我不要想一下吗？李亦简说，他不是还没提出这些吗？也许他根本就没想过这些事呢？鲁昌南说，那我就更想不通，他为什么这样？他的目的是什么？对他来说，这有什么意义？我究竟会带给他什么好处？

费舍尔望着这两个中国人激烈的面孔，他完全不懂他们在争论什么。

晚上，鲁昌南给明娜打了一个电话，说他有重要的事情想与她商量。明娜刚从东南亚回到慕尼黑，声音有些疲惫，但她还是答应见他。他们约定在剧院广场附近的酒吧见面。

鲁昌南每次见明娜内心总有着万分的激荡。他必须拿出很大的意志力，才能控制自己的情绪。鲁昌南坐定后，自己要了一杯咖啡，他现在已经忘记了茶，反倒是不可一日无咖啡。他为明娜点了橙汁。他知道明娜睡眠不是太好，晚上不喝咖啡。

鲁昌南告诉明娜关于美国画廊要跟他签约的事。明娜原本充满倦意的眼睛立即明亮了。明娜说，难道你不愿？鲁昌南说，我只是不明白费舍尔为什么要为我这么做。明娜说，有多少人是把事情弄明白才去行动的呢？鲁昌南说，但这事在我心里是一个结。明娜说，放下你的结。你只需考虑三个问题：这件事对你的事业是否重要？鲁昌南说，当然重要。明娜说，它是你一直所梦想的吗？鲁昌南说，是。明娜说，它能否改变你的命运？鲁昌南说，应该能。明娜说，这就够了。至于费舍尔的动机意图之类，它比你的事业、你的梦想、你的命运更重要吗？鲁昌南一时间无语。他觉得明娜点到了他的筋骨上。明娜继续说，他这么做，自有他的理由，而你接受他的做法，也自有你的理由，不是吗？

鲁昌南望着她的面孔，心情复杂。然后他说了一句话。鲁昌南说，但我不想离开你。明娜也凝望着他，久久才回答道，人生的关键都在于个人选择。选择对了，不是你的，也会来到你的身边。选择错了，是你的也会离你而去。

明娜的话意味深长，但鲁昌南觉得自己已经听懂了。

这个下午，秋阳高照，正像鲁昌南来时那个春天的阳光一样，明亮并且妩媚。鲁昌南坐着费舍尔的车抵达机场。机场人很多，啤酒节刚刚结束，喝足啤酒的人们纷然满足地离开。

鲁昌南行将从这里飞往纽约。明娜使出了她的能力和才华，在很短的时间内帮着鲁昌南办好了赴美手续。明娜说她有工作，不能送鲁昌南去机场。鲁昌南便只好与她在街头匆匆告别。望着她隐没在大街的人流中，鲁昌南的心很有几分怅然。他们在一起只度过一夜，还是因为醉酒。他不知自己今后有没有机会能和她在一起，甚至不知有没有机会与她得以见面。但是，他记住了她的话。选择对了，不是你的，也会来到你的身边。鲁昌南相信自己选择对了。

费舍尔和李亦简一直把鲁昌南送到出关口。费舍尔显得很兴奋，他不停地跟鲁昌南说些注意事项。其实他已经把这一切写在了纸上，并让李亦简翻译成了中文。第一他已经请好了翻译，也是个中国留学生，姓刘，女性。她将在机场迎接鲁昌南。第二他已经租好了房子，并且为他交了三个月的房租。相信鲁昌南在三个月内能够拿到画廊支付的定金。从此之后，鲁昌南完全有经济能力在美国生活以及继续绘画。第三，他已经交代了女儿女婿，鲁昌南有什么要紧事需要帮助，可与他们联系。费舍尔说，纽约虽是个陌生地，但他完全相信鲁昌南能够在那里自如地生活。因为，签下这家画廊后，鲁昌南不再存在生计上的问题。而且他还相信，鲁昌南在这家画廊的经营下，会成为世人皆知的画家。

对于费舍尔所做的一切，鲁昌南已经没有更多的语言用来表示了。他不知自己该说什么。因为费舍尔没有对他提出任何要求，也没有要求留下他的一张画。倒是李亦简，开心地说，大叔，你要努力哦，一定要在纽约买大房子。哪天我去美国旅游，要去住你家哦。我还是负责打扫卫生，房租你就给我免掉。鲁昌南呵呵地笑着，他想起了他们的交易，于是说，留好我的画，十年后，我保你赚翻。说完后，他突然想起，他至少应该主动留一幅画给费舍尔的。李亦简乐不可支，忙说，大叔，我要的就是你这句话呀！

费舍尔和李亦简与鲁昌南拥抱着告别。鲁昌南走了几步又回过头，他满怀疑惑对费舍尔说，我真心感谢您。您改变了我的命运，但我不知道您收获了什么。费舍尔笑着说，我的收获非常大，但是你不会想到。

回来的路上，李亦简对费舍尔说，他很想知道他有什么样的收获。费舍尔说，我退休了，但我仍然有能力干成一件事。你也看到了整个过程。我用不足两年的时间改变了一个人的命运。以前的鲁先生像是一只受伤的鸟，畏缩不振。现在我帮他打开了翅膀，他可以在天空自由飞翔了。看到他的改变，我很快乐。而他即将成功，我更快乐。我的收获就是我的快乐。这个，你们中国人无法懂得。李亦简有所悟地说，嗯，我开始有点懂了。

空中的鲁昌南听不到这番对话。他坐在靠窗的座位上。窗外一派辽阔，云层恣意地在蓝色上堆积和铺展。尽管又是一个漫长的飞行，但他现在业已不再畏惧。

只是他的心情依然郁闷，甚至还有几分失落。费舍尔永远和他的揣测不一样。这个德国老头怀着真诚的欢乐，兴高采烈地把他送上飞机，就仿佛这个远去美国的人是他获得成功的一个亲人。现在，鲁昌南已经飞离了慕尼黑，也远离了费舍尔，纠缠他的依然是一个老问题：他这样做到底为什么。

数个小时后，鲁昌南一脚踏上纽约的土地。这里又是一派明亮的阳光。他身上还是穿着从中国到德国时的名牌西装。只是出发前，他把袖子上的商标剪掉了。

九、不要以为你能改变别人的人生

很多年过去了。八年或是十年。

住在纽约的鲁昌南突然接到一个电话。那时候他正专注地看一份文稿。

这是一个华裔女作家为他写的传，国内已有出版社答应为他出版了。对于鲁昌南来说，这是件重大的事。鲁昌南说，我是鲁昌南。电话那头便传来兴奋的声音，鲁昌南听到的几乎像是欢呼，大叔，你还记得我吗？这腔调何其亲切熟悉。鲁昌南立即反应过来，说啊呀，李亦简！

李亦简大笑出声，说大叔我总算找到你了。我正在纽约。你买了大房子吗？我来给你做卫生的。鲁昌南想起往事，哈哈大笑起来，说当然。你在纽约哪里？李亦简说了他的所在地，但鲁昌南却不知何处，便忙不迭地说，我叫一个人来听电话。你认识的。

这个人便是明娜。她现在是鲁昌南的太太。在美国生活多年的鲁昌南仍然不会英语，不会开车，甚至也不熟悉道路。

李亦简在电话里惊讶地大声说，怎么会是你？明娜笑道，为什么不是我？

鲁昌南和李亦简已经很久没有联系了。不是故意的，只是自然而然。李亦简毕业后，便去了柏林。他在一家建筑事务所工作。一忙起来，什么也顾不上。而鲁昌南连续地搬家换房，旧址没了，新址无处相告，于是就失去了对方。当他失去李亦简的时候，自然而然也就失去了费舍尔。

鲁昌南住在纽约郊区的一幢带花园的洋房里。这房子没有费舍尔家那样久远的历史，但却要豪华和实用许多。他的花园远远大于费舍尔的。鲁昌南在花园里种植了四季的花草。他还有两条狗，有一条斑点狗，他为它取名米拉。当他牵着自己的狗在附近闲转时，偶尔还会想起遥远的慕尼黑那个温顺可人的米拉。

德国生活虽然不足两年，却是天天都伴随着他的思想。费舍尔把他引到德国，帮他租下房子，让他周游世界，替他联系画廊，为他寻求画展，最后送他来到美国。做完这一切，他们便断了往来。他什么东西都没有损失，而费舍尔什么好处都没有得到。鲁昌南经常会在半夜醒来，蓦然间想到这个问题。这么多年来，琢磨这件事已成他的习惯。他始终追寻着，但他一直没有得到答案。初到美国时，他甚至为此备受折磨。心里的困惑像一棵疯长的树，不管不顾日夜生长。他甚至每夜细想自己可值费舍尔算计的东西。他很长时间觉得自己的头上悬着一把剑，他认定这把剑必然会坠落下来。他也怀着耐心等待它的落下，等了许久，这剑非但没有落下，反倒是不知去向。这样的结果令他失望，此外还有沮丧和愤怒。他从不觉得费舍尔有恩于他，对他来说，费舍尔只是一道未曾解开的难题。直到一年后，明娜来到他的身边。明娜和时间一起，缓解了他思索的痛苦。渐渐地，他开始淡忘。

明娜把李亦简接到家里。鲁昌南的两只狗对着他一通狂吠。李亦简说，大叔，你得管教一下它们，这可比费老头家的狗凶多了。鲁昌南笑道，德国的狗都上过学，我家的狗没什么文化。

这天李亦简住在了鲁昌南家里。鲁昌南带着他参观他的房子和花园。李亦简感叹道，大叔，你果然做到了。真了不起呀。我可不敢给你打扫卫生了。这么大的地方，我非累死不可。鲁昌南豪迈地一挥手，指着他一尘不染的家说，这样的程度，还需要你来打扫吗？每天都有工人来做。不过我不会用我的画来抵工钱。李亦简大笑，笑完说，我想问一下，大叔的早期画作现在值多少钱呀？鲁昌南笑，说这个你要问明娜。我说过你会赚翻的，还记得吧？李亦简说，是呀，早知道不光打扫卫生，连大叔的饭菜也包下来，现在我恐怕就成大富豪了。鲁昌南说，别贪心呀，你已经够有眼光了。那时候就知道我的价值。李亦简说，不是我，是费舍尔。我真挺佩服老头的。眼光毒呀，一眼就看中了一个天才。

说话间，李亦简突然说，不然我们给费老头打个电话？鲁昌南犹豫了一下，还是说，好吧。

李亦简立即拨通电话，但是费舍尔家却没有人接。

鲁昌南亲手为李亦简做了一桌菜，明娜前前后后地为他张罗。李亦简说，我真是懵了，明娜怎么成了你的老婆？鲁昌南笑道，在慕尼黑时，有一天喝啤酒喝多了，两个人就住在了一起。那时连恋爱都没谈。李亦简说，大叔现在说话语气里很有幸福感哦。记得我以前问过大叔年轻时的生活感受是什么，大叔说是刀锋上的蚂蚁。这话真是把我震得不轻。现在呢？鲁昌南淡然笑了笑，说现在是刀锋下的蚂蚁。李亦简大惊，这话怎么讲？鲁昌南说，就是头上有刀。李亦简说，这刀指什么？鲁昌南说，一切。以前小蚂蚁每爬一步，就会受伤，但却不需要提防什么。现在小蚂蚁每爬一步，都要有所提防。因为对手太多，恨你的人也太多了，四处都有飞刀。稍一松懈，就会被腰斩。李亦简倒吸一口冷气，说大叔你是不是太紧张了？人生没有这么吓人。

明娜一边为他们开啤酒，一边说，他就是这么紧张。一直这样。年轻时的记忆左右着他的生活。他永远都有担心。鲁昌南说，这也是没有办法的事。李亦简说，既然这样，大叔，干脆还是做啤酒里的蚂蚁吧。鲁昌南和李亦简都要了大杯，两人碰过杯一口干罢，几乎同时说，还是慕尼黑的啤酒好喝呀。

整个夜晚，鲁昌南和李亦简还有明娜都坐在露台上闲谈往事。费舍尔是他们的主要话题。还有一个人，便是鲁昌玉。

李亦简说，阿姨现在怎么样了？她实在是一个有趣的人。鲁昌南顿了一顿，才说，我们很久没有联系了。李亦简张大嘴巴，说不会吧？阿姨当初对大叔崇拜得五体投地呀。鲁昌南说，我中间回家过一次，你也知道她的个性。以为我在美国是名画家，什么事都能办成。结果弄出很多人来找我，又是要画的，又是留学的，又是移民的。我完全没有招架能力。我一个同学叫甲臣，想把他的儿子和侄儿都弄到美国来，让我又是推荐又是担保。我说没办法办到，昌玉不信，夹在中间不断撮合，说别人的忙不帮可以，但甲臣的忙还是得帮。结果明娜出面说了她几句，她不高兴了。李亦简说，就为这事，你们不来往了？明娜说，他妹妹以为是中国，有名声就可以随便开后门。她完全不体谅她哥哥的难处，居然提出要帮她的邻居一家要一张画。她也不想想，这一张画价值多少。李亦简仿佛还是不信，又追了一句，大叔真的不跟阿姨来往了？鲁昌南说，有好些年了。也是没办法。

露台上便出现了长时间的沉默。好半天，李亦简才说，你们这代人，好复杂好残酷。鲁昌南说，因我们始终面临复杂局面，而又始终身不由己。李亦简说，有时候是你们想的复杂，而事实上可能没那么复杂。

李亦简第二天一早就离开了鲁昌南家。明娜开车送他进城，他与鲁昌南在屋门口分手。李亦简想以后他再也不会来这里了。

上车前，李亦简突然说，在慕尼黑送你走的那天，你跟费老头说，你改变了我的命运，但你有什么收获呢？老头说他收获非常大。你还记得这个吧？鲁昌南说，当然记得。李亦简说，回家的路上，我问老头，你的收获到底是什么。你猜他怎么说？鲁昌南说，我猜了这么多年，始终没有猜到。李亦简说，我想你会非常失望。老头说他退休了，但仍然有能力干成一件事。他还说，以前的鲁先生像是一只受伤的鸟，畏缩不振。现在我帮他打开了翅膀，他可以在天空自由飞翔了。他看到这个，非常快乐。他的收获就是他的快乐。一个非常简单的想法。

鲁昌南呆住了。他望着明娜的车渐渐消失在远方，心想，难道就这么简单？

在李亦简和鲁昌南给费舍尔打电话的那天，费舍尔再度上了庐山。

事情的引发是二十天前。那天，费舍尔正坐在窗前看报纸。虽然是夏天，刚下过雨，风凉凉地吹过来，很是舒适。外孙海因兹回来看望他们。走近费舍尔跟前时，在他面前甩下一本杂志。这是欧洲一本很权威的美术杂志。费舍尔拿起来翻了一翻，突然他看到了一张面孔。这张面孔上浮着笑意。这笑意中有自信，也有得意。他惊呼了一声，鲁昌南。

站在画册上满面笑容的这个人正是鲁昌南。这张面孔费舍尔何其熟悉，然而这面孔上的笑容却令费舍尔十分陌生。他几乎记不起来，什么时候鲁昌南会心地笑过。

杂志的文章介绍了鲁昌南曾经有过的艰难生活以及他在纽约如何成为有影响的华人画家的奋斗过程。他的画已经很值钱了。当然，他也就很富有了。文中提到他在德国待过近两年，其他什么也没有说。海因兹说，你看，没有你什么事吧？连慕尼黑三个字都没有。费舍尔说，这有什么关系？他提不提慕尼黑以及他在哪里，他现在怎么样，都不重要。重要的是我做了我想做的事。

丽扎闻声而来，她看着鲁昌南的照片，不由惊道，哦，鲁先生长胖了许多哩，连皱纹都少了一点。然后在费舍尔的面颊上吻了一下，说你真了不起。

费舍尔淡然一笑，他想，最理解他的人还是丽扎。

这天的晚上，费舍尔却没有睡好。丽扎醒的时候，天刚亮。丽扎说，你似乎睡得很不安稳。费舍尔说，嗯，好像是。丽扎说，我知道了。其实鲁先生能有今天，我真的觉得你很了不起。费舍尔说，我在想，要不我们一起去一次中国？你从来没去过那里。很可惜的。我带你到我的出生地去看看。那地方叫庐山，好不好？

丽扎想了想，说好吧。丽扎最后的一条狗米拉也已经死去三个月了。没有孩子拖累她，她想，她应该陪费舍尔去东方。

就这样，费舍尔再次来到庐山。

第二天清早他一起床便带着丽扎朝长冲河走去。那里没有人。没有画家站在岸边画那条铺满石头的河流。费舍尔有点怅然。他跟丽扎说，不再有人站在这里画画了。丽扎说，会有的，只是你没有看到。而且就算你看到，也不会是第二个鲁先生了。费舍尔说，是呀。

费舍尔想要找到鲁昌玉。他带着鲁昌玉当年送给他的照片。他和哥哥在鲁昌玉的照片中没有找到自家的房子。但他带来了他家房子的旧照。那是母亲抱着一岁的他和哥哥姐姐坐在家门口照的。房子的外廊和大门清晰可见。他想，鲁昌玉看到这张照片，一定能认出这房子在哪里。

他按着记忆沿着脂红路走到鲁昌玉的家。令他惊喜的是鲁昌玉居然还住在那里。那幢陈旧不堪的房子更加陈旧，里面依然住着三户人家。正是中午时间，鲁昌玉下班回来，看到站在门口的费舍尔大吃了一惊。她结巴了几下才叫出来，你你你，你是费舍尔先生？费舍尔微笑道，谢谢你还记得我。

庐山的外国人到得多了，邻居们已经司空见惯。他们不像当年那样见到费舍尔便过来围观。鲁昌玉的兴奋却一如当年。鲁昌玉连连说，费先生你一定要在我家吃饭。

这次的翻译是个女孩。鲁昌玉对她说，上次费先生是带个男孩子来的。他也在我家一起吃过饭的。今天中午来不及了，晚上你带他们过来好不好？女翻译有些为难，说外国人一般不会在别人家吃饭的。鲁昌玉说，怎么是别人家呢？他先前已经在我家吃过一顿了，但他太太还没有吃过哩。这样对他的太太不公平吧。对你也不公平，对不对？女翻译笑了起来，将鲁昌玉的话说给费舍尔听。费舍尔大笑。丽扎也笑，笑过说，原来这样呀。我同意，但费先生不可以再吃第二顿。鲁昌玉嘎嘎地笑着，说他不算。他是陪客。

费舍尔拿出旧照片，希望鲁昌玉带他去寻找一下。当然，如果找不到，就算了。鲁昌玉看着那房子，静思良久，还是没想出来。她说，山上有些房子被拆了，也有些被改造过。这样就很难辨认。但她又说，下午她去交给专家，看看他们能不能认出来。费舍尔说，如果实在找不到，也没关系。鲁昌玉说，那怎么行。费先生的事，无论如何我都要尽最大努力做到。

傍晚的时候，费舍尔和丽扎带着翻译再一次来到鲁昌玉家。鲁昌玉做了满满一桌菜欢迎他们。她把石鱼炒鸡蛋摆放在费舍尔面前，一边放一边说，我知道费舍尔先生最喜欢吃这道菜。费舍尔笑了起来，说嗯，这道菜只有你做得最好吃。丽扎用你送的石鱼炒给我吃，完全跟你做的不一样。丽扎笑道，可是当时你说非常好吃呀。费舍尔说，那是另外一种味道的好吃。说得鲁昌玉又放声嘎嘎大笑了起来。

饭间，鲁昌玉告诉费舍尔，山上有位摄影家说他知道这幢房子，明天他会专程带费舍尔去看。说时又抱歉道，但是我不能陪你们一起去，我要去南昌。我的嫂嫂病得很厉害。费舍尔说，是鲁昌南先生的太太吗？鲁昌玉说，是呀。她得了乳腺癌，好几年了，最近已经转移到全身，大概活不多久了。费舍尔说，据我所知，鲁昌南先生在美国过得很好，她为什么不去呢？美国的医疗条件或许可以治好。鲁昌玉说，您不知道哥哥家的事？费舍尔说，他到美国没多久，我们就失去联系了。鲁昌玉大吃一惊，说哥哥连您都没有联系？您是他的贵人呐！费舍尔说，我的中文水平很差，我们无法交流。李亦简离开慕尼黑后，我们就没办法来往。但我知道，他在美国很成功。鲁昌玉说，是呀。他现在是个很有名的画家，也很有钱。不过，我们也很多年没联系了。

这回轮到费舍尔吃惊了。他不解道，为什么？我记得你是他最大的支持者呀。鲁昌玉说，新嫂嫂不喜欢我经常找哥哥。费舍尔说，新嫂嫂？他重新结婚了？鲁昌玉说，是呀，几年前哥哥回来过一次，办了离婚手续。新嫂嫂叫明娜。费舍尔更是大惊，明娜？鲁昌玉说，是呀，哥哥在德国认识的。费舍尔说，我认识她。那是个非常精明的女人。鲁昌玉说，我想也是。她比哥哥晚一年到美国。哥哥只管画画，其他的全都靠新嫂嫂打理。哥哥说他有今天，主要靠新嫂嫂的能干。所以，哥哥很依赖新嫂嫂。费舍尔有些失望，说这样呀。可是为什么她不同意你跟哥哥来往呢？鲁昌玉忙说，不不不，她没有不同意。因为哥哥的画值钱了，又有了名，她有点提防我们找哥哥。您知道，总有些亲戚朋友托我找哥哥办事呀要画呀什么的。我想既然这样，我就不多事了。我不想哥哥为难。只要哥哥过得好，有成就，我就很开心。费舍尔沉默片刻，说鲁先生知道他的前妻生病了吗？鲁昌玉说，知道。可是他们离婚的时候，闹得很不愉快，所以哥哥和新嫂嫂都不想管她的事。她现在孤身一人，穷得连药都吃不起，很可怜。总归以前她是我的嫂嫂，我不能扔下她不管。丽扎说，你真是个好女人。

费舍尔的心突然沉重起来。鲁昌玉似乎感觉到他的情绪，连忙转移话题。她不停地向费舍尔表示感谢，甚至连连地说费舍尔是她鲁家的恩人。但费舍尔没有说话，只是每一次都在心里反问自己，我是吗？我真的是吗？

临走前，鲁昌玉说，不能陪你们好好看庐山。真是抱歉，希望你们每年都能来。庐山是非常养人的山。丽扎说，是啊。这里真的很漂亮。它的确是一座很养人的山。

费舍尔跟鲁昌玉已经说了再见，走了一段路，却又突然回转。鲁昌玉目送他们，尚未进屋，见费舍尔转过来，有些诧异。费舍尔说，鲁女士，我想问你一下，鲁先生十分富有，却一点没有照顾你，我有些意外。而你，难道从来没有抱怨过他吗？鲁昌玉说，我怎么可能抱怨哥哥呢？哥哥变了，是因为他的生活变了。我们不变是因为我们的生活没变。费舍尔说，原来你是这样想的呀。鲁昌玉说，是呀。我是普通人。普通人只能过普通的生活。但如果有一天我的生活改变了，我也一定会变。这都是很正常的呀。人人都逃不过的。费舍尔喃喃道，原来你真这样想。

天已经黑透了。山间小路有微黄的灯光照着，静谧清幽。他们的脚步踢踢踏踏着，引起路边草丛中小小的骚动。费舍尔一路无语，直到酒店，也没有说话。他原本怀有的成功感，此刻却荡然无存。他甚至不知自己到底做对了还是做错了。酒店外廊空无一人，费舍尔独自倚栏而立。山间的月光干净清澈，无一丝轻浮之气。这是能照进内心深处的月光。风声溪声还有树叶坠地的声音，在这样的月光下都变得清晰起来。费舍尔想起很多年前的那个早上，那个站在河岸沉着面孔画画的男人，那个佝偻着腰孤独地向他走来的画家。他不禁深深地吐了一口气。

丽扎从屋里给他端来一杯水，递给他时说，你有内疚感，是吗？费舍尔说，有一点。我想恐怕是我太自私了。我想做成一件事情。我想显示退休了我仍然也有能力。于是我试着去改变一个人的命运。我一直以为我成功了，今天才知道并非如此。丽扎说，你做到了，你的确非常成功。费舍尔说，但是这个成功的代价太大。我却没有料到它的背后，会有别的人因此而受到伤害。丽扎说，你是说鲁先生的前妻？费舍尔说，或许还有其他人。比方他妹妹。我让她失去了她热爱的哥哥。或许她的心也有伤痛，只是她自己善于给自己治疗罢了。丽扎想了想说，可能我们不该去惊扰他们的生活。你给了这个人幸运，却又给了另外的人不幸。费舍尔说，是呀。甚至你给人带去的幸运，或许也不一定就是幸运。我现在明白了一件事，就是不要以为你能改变别人的人生。

这一番低语被风卷走，悄然间融进庐山的夜色。

唉，这世上的事，无论怎么做，都不会只有一个结果。从来如此。

2010 年 3 月于武昌

涂自强的个人悲伤

一

河并不宽，石头遍布。

水在石头缝里流，风小时可听到的哆哆声，像是两人在叽呱地讨论，如少女的清脆，间或似还有笑。山里的风经常很大，于是更多时，流水哄哄着撞石，倒像男人们瓮声瓮气地争执。越朝山里，路越细窄。两架山便对脸凝望。山影也就轮流倒在对方的身上。

下了几天雨，木桥垮掉。村长原说马上就修。眼见雨又要下，村长就又说，等雨停稳再修吧。

涂自强从溪南村回来。过河时，踏着石头，一步一跃。以前上学，他懒得走桥，也这么跳。人之本能许多都与动物类同。涂自强每跳石头都有愉悦之心。但在这天，他却心神黯然。

涂自强捏着采药给的诗。适才在板栗树下与她挥手作别时尚且放声大笑，转身拆纸展看，却发了呆。想回头再去说点什么，终是忍了下来。二十几里山路，这诗竟一字一榔头地敲打他。落在脑袋顶，也落在胸口，痛得他走走歇歇。还没到家，所有字便如石匠凿了两道。脑袋里一道，心头上一道。

> 不同的路
> 是给不同的脚走的
> 不同的脚
> 走的是不同的人生
> 从此我们就是

各自路上的行者

不必责怪命运

这只是我的个人悲伤

采药落榜了。她情绪低落，不想多话，只是在这张淡蓝纸上写字，然后交给他。涂志强想起，这是他在县城配眼镜时，特意到文具店买下的一沓蓝色信笺。他知采药喜欢写点什么。

从石上一跃上岸，涂自强未及站稳，迎面过来一头牛，牛背上坐着四爹爹。四爹爹说，强伢，说是你考取了大学？

涂自强点点头，说是呀。

四爹爹说，要去汉口？

涂自强说，嗯。不过学校不在汉口，在武昌。

四爹爹便拍着牛背大笑，说好好好，都一样都一样。我涂家也出了人才。

四爹爹的手太重，拍得牛不知所措，两眼露出凄惶。涂自强淡淡笑道，四爹爹，只是上个大学哩，还不是人才。

四爹爹说，咋不是？村子里卢家孙家，没一个大学生吧？村长的儿，也没考取是不？何况你还不是去襄樊，是去汉口！你四爹爹，还有你爹，你一箩筐的叔伯，哪个去过汉口？你不是给我们涂家争光又是咋的？

涂自强想想也是。涂家在村里是小户，一直受气，这回也算可以扬眉一次。四爹爹说，强伢，你这口气争得好。想当初，你生下来，你爹叫我给你取名字，我就想到两个字：自强。我们涂家没有别的，就是靠自家强。

涂自强笑道，难怪我考得好，原来是四爹爹的名字取得好哩。

四爹爹便高声笑起，嘎嘎的，河两岸满山的树如被大风吹刮，也都哗哗哗的。牛也被这笑声感染，凄惶不见了，它哞地叫了一声。四爹爹说，看，我屋里三黄都替你高兴哩。

风掠过涂自强耳边，夹杂其中的笑也轰隆隆地过去，响亮且欢悦。涂自强原本有些痛得紧紧的心，竟被这声音舒缓下来。

这天夜里，一家人都高兴，且睡不着觉。父亲一向呆板的面孔，也活动起来。嘴角边漫出笑意，又似不是。母亲慌张地进出，不知忙些什么。还不停地转到案前，给摆在上面的观音菩萨拜上几拜，嘴里嘟嘟囔囔地说上几句。四爹爹领了远亲近邻几个过来祝贺，录取通知书便在这些黑糙的手上传来转去。一伙子七嘴八舌地又坐了许久。

涂自强没有加入谈话，他只是静坐一边。劣质烟雾呛得母亲连连咳嗽，她的眼睛被灶火熏得早已浑浊，见烟淌泪，此刻便又淌，是因高兴还是因烟熏也无人晓得。直到夜静得狗都懒得叫了，此时人们才一个一个高声地咳着离开。

这晚的涂自强也久睡不着。他有许多的高兴，但也不尽然。月光从屋顶亮窗漏下，很淡却很晃眼。采药的脸和诗便都在那片光亮处游荡，没有言语，只是静走，仿佛鬼魂。涂自强迫使自己闭上眼睛。这鬼魂便越过他眼皮，浮在暗中。涂自强只见自己一步一步地随它而行，然后抵达一处沙漠。沙漠了无边际，亦了无一人。他已不知他追随着谁，只知剩他一人在苦苦挣扎。挣扎到脱力，连路都走不了，于是爬。爬去爬来，他亦不知自己要爬向哪里。蓦然间，身边有驼铃来去，清脆嘹亮。人们抬头走路，笑声夹在铃声里，全然不觉有他存在。他也就低头不看，努力地在他们脚边爬着，骆驼蹄几次都踩到他。他痛得嗷嗷叫唤，声音压不住驼铃里的笑，自是无人听见。就这样，他把天色爬出了朦胧。亮窗里的光变得明亮，然后发热，热气落在他的身上。莫名中他就醒了。揉眼时，恍然还在爬。并在身后爬出一行字。字很清晰，浮在黄沙上。风刮得呜呜作响，竟未吹散它们。涂自强看得很清楚，是九个：这只是我的个人悲伤。

太阳升得老高。涂自强走出屋门。母亲正喂猪。猪是前几月才去镇上抓回的。母亲说，看，小黑长得多肥呀。小花前阵子瘦，现在又回过阳来，见天长肉。等你从大学放假回，它两个，哪个肥就杀哪个。

涂自强自上中学，家里就没让他喂猪。他想接过饲料，母亲却避了下身，说这个活儿哪能让你做？又说，我煎了面饼，放了鸡蛋，是今早上家里的鸡特意为你下的。

涂自强很少起得如此晚，他说，妈你怎么不叫我起？

母亲笑道，我就是想让你睡哩，难得我儿好生睡个安神觉。

涂自强便跟母亲搭讪，有一句没一句。母亲执意赶他进屋吃饭，涂自强只好随她。面饼搁在灶台上，涂自强便坐在灶前的木椅上嚼食着。那个梦竟在此时又浮了出来。平常睡醒，梦都会忘得干净，可这一次，却记得整个过程。涂自强不解其故。又想，这是什么意思？为什么我会在沙漠里爬？好孤单好落魄的样子？

涂自强现是家里唯一的儿子。他原有两兄一姐。姐姐十六岁时，跟人外出打工，从此杳无音讯，连一个字都没有寄回。村里其他打工的人，都说没见过她，涂自强的母亲不知何处去找，便只每年在她生日那天，下一碗面，一家人闷闷地吃，边吃边叹，说人怕是没了。而两个哥哥，一个痴呆，没满七岁就死掉了。另一个倒是长成了人，在姐姐跟人外出打工那年，也跟村里人去到山西挖煤。早几年还带钱回家，后又捎信说在外面找了媳妇。媳妇也没带回来过，再后来，就没了声息。山西有人带来口信，说是死在煤井下了。他在山西哪里，又在哪口井挖煤，家里无从知晓。涂自强曾想去找，被母亲拦下。母亲说，上哪儿找？再把你丢了咋办？这就是他的命。家里就指望你了，你还是好好念书吧。父亲本就是个闷人，没了两儿一女，他更是一天难说一句话。除了在山脚种土豆，再或进山打柴，涂自强没见他做过别的事。十年时间，哥姐连续出事，父亲仍是进山打柴刨土豆地，眼泪都没见流，谁也不知他心里的想法。母亲说，他会想啥？他什么都不会想。他脑袋是空的。再说了，想又有什么用？母亲说时，眼泪哗哗地往下垮。她的眼被灶柴长年熏得管不住眼泪。垮了一阵，便自家用衣袖把脸一抹，说就是这个命吧，好在还有强伢。

那一年涂自强上了高中。

涂自强从父亲和母亲的脸上，看到了自己的责任。他心知父母千痛万痛，能够扛下来，就是心里还有盼。他就是他们的那个盼。明白了这个，涂自强每天早起，都会暗暗对自己说，涂自强，你不可让爹妈失望。

吃完饼，涂自强在缸里舀了一勺凉水，咕嘟嘟灌了下。这是他在学校养成的习惯。学校早餐大多一个馒头，从没吃饱过。采药说，吃完就喝水，馒头在胃里泡涨开，就会饱。涂自强听信采药的话，于是每天饭后要喝一茶缸水。喝水后果然有强烈饱感。采药说那话时，他俩刚升到初二。

涂自强眼里又浮出采药的样子。他想，要不要再去一趟溪南村？母亲挎着筐，手上拎了根锄，说是去坡边的地里挖点土豆。涂自强说，我去吧，你在家歇着。

母亲一闪身，说哪能让我儿做这样的粗活？这不成。村里人会骂我的。四爹爹昨晚还说了，你就是我们涂家的金枝玉叶，要好好伺候着。

涂自强就笑，说吓唬人哩。

母亲也笑了，说吓唬就吓唬，我们愿意哩。你去跟同学玩去吧，也在家待不了几天。四爹爹还说了，你一脚跨出村，将来就是国家的人才。我们涂家不可以屈了人才。

涂自强觉得跟母亲说不清，只得望着母亲远去。母亲年岁渐长，走路也没了以往的轻快，一步一顿，重重的样子，仿佛腿上坠了铁块。日常的灶柴和冬天的烤炭，累月烟熏火燎，她的眼睛业已浑浊不清，用衣袖拭眼已成习惯动作。涂自强看着母亲不时抬手拭眼，心里发酸，暗想，将来一定得让她过好日子。

天气十分晴好。村长领了两个木匠开始修桥。涂自强过去打招呼，村长说，强伢，你好出息。往后进了城，还是要记得乡亲哦。

涂自强说，当然当然。走哪儿都不能忘本。

村长斩钉截铁地说，学好了得去县衙当官！村里只要有一个人当官，就吃不到亏。朝内有人，一村人都好过。你爹妈我会照应。你呢，将来就照应我们村。

涂自强哭笑不得，说我学的是物理，这不是当官的专业哩。

村长说，谁说不是？溪北村马家小子学的是养猪哩，谁见他养猪了？在京城当了领导，县长见他都哈腰。看看他们溪北村，县里有好事情就归他们，修路都先修到他们村口上。涂自强笑笑没回嘴，他知道村长说的是个事实。

涂自强独自朝溪南村走。他本不想走这个方向，脚却不由自主。脚已经习惯了到那里去。习惯了沿着溪岸，习惯了贴着山边，习惯了顺着杜鹃花一溜开着的土径，就像狗习惯了自己回家的路一样，脚也习惯了去溪南村找采药。

一直走到溪流拐向西山涧，猛见到溪南村口的板栗树，涂自强怔了一下，刻在他脑海的诗又浮了出来：不同的脚／走的是不同的人生／从此我们便是／各自路上的行者。

涂自强刹车般收住脚步。他蹲在一丛杂木边，埋下头强迫自己定心。他对自己的脚说，往后再不准走到这条路上来，要记得去走一条新路哦。

二

离开学还有好些天，涂自强决定提前走。他对父母说，咱的钱也不够，在家闲着也是闲着。城里打工的地方多，早去不定可找个地方干干活，多少也挣点读书钱哩。父亲说，娃说的是。闲着是来不了钱的，何况山里活钱也难赚。这是涂自强这辈子听到父亲讲的最长一句话。他有些惊讶。

母亲便说，都随你哩。

涂自强出发那天是个周五。父亲早起看了天，说了一句，今儿天色好出门。屋外的天很亮，两架大山耸着厚背，却也遮挡不住一道道光明。阳光轻松地落在村路上，落得一地灿烂。山坡上的绿原本就深深浅浅，叫这光线一抹，仿佛把绿色照得升腾起来，空气也似透着绿。

母亲坚持让涂自强穿长袖衬衣，嘴上说，山里风凉，到了镇上，天热了，也不要脱，太阳大着，防晒哩。涂自强由着母亲，因为他知道，任他怎么反对，也是没用的。

母亲将一条细长的布带仔细地扎在涂自强的腰上。扎紧了，又特意用手扯了两扯。这是母亲连夜赶着缝起的。布带有一寸宽，双层空心，细密的针脚把布带口封得严严实实。母亲缝完还用手拽了几拽，见没拽散，才放下心。现在，它里面鼓鼓囊囊地塞了东西。母亲努力地让它们变得平展。涂自强知道，那是钱。是他全部的钱。是这些天村里所有涂姓人家凑给他的学费。钱很零碎，村里人家甚至没有大钞供他们一换。母亲说，这个万不可离身，也万不可被人瞧见，更不可丢了，乱花也不可以。村里人都穷，凑这么多是心意。你去学校就得靠它。爹妈帮不到你，我儿你全得自己靠着自己了。

母亲说着眼睛又流了水，她依然用衣袖拭眼。涂自强看到母亲的衣袖处业已黑湿一片，便有些难过。但他还是忍下了。母亲的头发被门外风吹得翻起，发根深处露出些白。母亲刚满五十岁，却已像个老人。涂自强想，将来定要让爹妈住进城里，定要让他们这辈子享享福才是。

涂自强搭了台拖拉机离开村庄。村子人家并不多，都分散在一个个山坳里。远的过来一趟要跑几十里路。但村里老少差不多全赶来为他送行。路口的银杏树下，稀落地站着他们。鸡狗猪还有小孩子亦都倾巢而出，在大人的腰以下，一派胡窜乱跑。涂自强跳上拖拉机，见整个树下鸡飞狗跳得煞是欢腾，心里竟冒出不舍的念头。

山里静，拖拉机开离了好远，还有声音沿路拐弯托风传来：强伢，要当个大官回来！又有声音说，回来把村里的路修宽点，好走卡车。

涂自强又感动又好笑。拖拉机手是涂自强的小学同学。他读到五年级家里没钱就退了学，现在便跟着镇上的建筑队拉砖拖石头。拖拉机手说，都拿你当英雄哩，指望你学完回来拯救村庄似的。

涂自强便笑，说亏得他们敢想，吓也要吓死我了。

拖拉机手哈哈大笑，说小时候还以为我比你有出息，想不到居然你比我出风头多了。

涂自强说，我不过傻读书罢了，到现在还是你出息呀。这不我蹭你的车来了。涂自强话音一落，拖拉机手又一阵大笑。拖拉机便摇摆得厉害。

翻了一架大山，离村远了。又行了许久，行至山脚拐弯，突然转过一个骑自行车的女孩，拖拉机速度正快，眼见得要撞上。涂自强惊骇地叫喊起来。拖拉机手有点慌乱，遂将拖拉机朝着山壁贴去。

女孩倏一下擦边而过，几乎没有刹车，在涂自强惊魂未定之中，骑远了。拖拉机却失了控，贴着山壁开了十来米，熄火停下。拖拉机手跳下来，看了看拖拉机头，用脚踢了几下，然后朝着涂自强说，我见了女人就倒霉。得找人来修，怕是明天也动不了。

涂自强亦跳下拖拉机，说我哪能陪你等到明天？

拖拉机手说，不能等，就自己赶路去吧。原本说你蹭我的车，让我比你有出息的，现在连这个机会都不给了。

涂自强笑了笑，说等你哪天有了好车，我再蹭。这机会我一定给你留。

拖拉机手帮他把行李拿下，又托起放到他背上，然后说，一边走，一边拦车，没准拦到小轿车，比我这个舒服得多。

涂自强懒得跟他贫嘴，背着行李，朝他晃晃手，自己上了路。所谓行李，其实就是一床被子包裹着几件换洗衣衫，再加三两本涂自强喜欢的书而已。冬衣从初中一直穿到高中，早就烂得不像样子，母亲便说，今年冬天重新缝件新的，到时候寄过去。所以涂自强最厚的衣服就是一件运动衫，行李倒也不重。

通往镇上的山路是偏道，少有车辆往来，十分清冷。涂自强背着被子独行，便有些醒目。偶有汽车驶近，他忙不迭扬臂挥手欲拦之，汽车却根本不搭理他的一厢情愿。一个司机甚至伸出头朝他啐了一口。涂自强闪身避让时，几乎摔到山下。稳住脚定神间，他想骂人，言辞到了嘴边，却突然想起采药的诗。采药说，不同的路／是给不同的脚走的／不同的脚／走的是不同的人生。是了，涂自强想，自己的人生，只能靠自己的脚朝前走了。

走着走着，倒也没觉得什么了。红军长征两万五，爬雪山过草地，还要打仗。而他不过背着行李朝镇上走，如此而已，又有什么可在乎的？这么一想，涂自强心里倒真的强大起来。

几近中午，涂自强还没出山，肚子却饿了。山边有户人家，门前门后都种着菜。涂自强走过去，门大开着，却没有人。

涂自强叫了一声，有人吗？

一个女人声音从头上落下，找哪个？

涂自强抬起头，见一女人从山上拖着树枝朝下走。树枝七叉八歪，长长短短。涂自强忙放下行李，快跑几步，上到她跟前说，我来帮你。女人说，这个我自己拖下去，山上还有一些，你帮我弄下来。

涂自强继续朝上，约莫走了四五十米，果然见有一堆砍好的枯树枝散乱放在石壁边。涂自强顺了顺，找了根藤，挑了几树粗的，扎在一起，顺溜而下，拖到了屋后。女人正站在那里揩汗。她边指教涂自强摆放树枝，边说，学生娃，你找哪个？

涂自强说，我搭拖拉机去镇上，哪晓得它半道坏了，我只好走去。走到这儿，口渴，肚子也饿，看看能不能讨口水喝，搭边吃顿饭。说罢涂自强又大声补充一句，我付钱。

女人笑了起来，挥挥手说，去帮我把山上的树枝都拖下吧，吃饭不要钱，当是我付你的工钱。

涂自强一听大喜，忙不迭说，那是最好。

涂自强总共拖了三趟，方把女人堆在山上的树枝全部搬了下来。他抬头看看天，觉得这两天恐是会下雨，心道这柴湿了最是难烧，便又将枯枝摆好理顺，见旁边扔着一块旧塑料布，顺手扯起搭在树枝上。

涂自强做完活儿，再进女人家时，女人已在厨房做饭了。灶火里的苗一窜一窜地朝外跳。涂自强说，做完了。

女人便一努嘴，说那边有水，洗手，喝，都行。山上的水，干净哩。

涂自强说，我晓得。我家的也是。

女人家的菜很简单，除了一碟咸菜，也只有一盘炒茄子，女人放了几只辣椒，碧绿碧绿的夹在其间。对涂自强来说，这些已足够好。女人不时给涂自强夹上两筷子，嘴上反复说多吃点。涂自强说，我知道我知道。

饭间女人问涂自强去镇上做什么。涂自强便把自己要去武汉上大学的事说给她听，说时语气里充满自豪。又说他走到镇上再坐车到县里，然后再由县里转车去武汉。

女人脸上便一脸的佩服，连连叹说，你爹妈养了你这样的好儿，真是合适。涂自强笑而未答，心里却想，说得也是哩。

吃过饭，涂自强准备上路。女人说，慢点。说罢她进到里屋，几分钟后，拿了个小布包出来，说你走到镇上，必定赶不及上县里的班车。我男人在镇上给人盖屋，你帮我捎两件衣服给他，顺便让他给你找个住地。

涂自强忙说，我捎衣服就行，不麻烦大哥了。

女人说，说什么麻烦不麻烦，我们山里出了大学生，他坐一晚，都得让你睡下。不然你还花钱住店？

涂自强觉得女人的话说得暖心，便笑道，哪能让大哥坐一晚？我听你的，去了随他安排好了。

谢过女人，涂自强继续顺山路行走。或是吃饱饭的缘故，又或是女人的话句句都暖着他的心，虽然背着行李，却也大步流星。走了许久，全无累感。天擦黑时，涂自强走到镇上。按女人的地址，他顺利地找到她的丈夫。

那男人拿着衣服有些惊讶地看着涂自强。涂自强便又将自己要去武汉上大学的事念叨了一遍。男人的眼睛顿时就亮了，昏暗中，仿佛照亮了涂自强的脸。男人说，你比我有出息，我也参加过高考哩。差几分没取上，现在只好干苦力。

男人招待涂自强吃饭，又把他介绍给一起盖屋的人。闻知涂自强是准备进武汉念书的新科大学生，大家都开心起来，起哄着要喝酒。端菜上桌的大婶说，喜事喜事，我们山里出个人才不容易，我去加个菜。说话间，蹲在墙边吃饭的人都围了过来，大家便将桌子腾展得更开。酒是谁拿来的，涂自强也不知道。他糊里糊涂被人敬了几口，不一会儿，就醉倒下了。朦胧中，听到有人笑，说这会读书的人就是不会喝酒。我们就是因为会喝酒，所以不会读书。后面还有什么声音，慢慢都在涂自强的脑间渐行渐远，蓦然间就没有了。

涂自强醒来时，天已大亮。屋顶上射过几道光柱，像是阳光劲道太猛把屋顶捅穿似的。简陋的工棚里一个人都没有。满屋都是臭烘烘味道，比他上学住的宿舍更浓。那时他们几十人住一间大仓房里，铺挨着铺，天天体臭味汗臭味挥之不去，就连冬天也是如此。涂自强有些恍然，几秒后，方忆起自己置身何处。他小小地自嘲了一下自己，觉得不过刚离学校两个月，自己似乎就开始了怀旧。

屋里小桌上有碗稀饭和两个馒头，一个大婶伸头叫了一声，起来了？这是留给你的。喊罢就没影了。涂自强饿得厉害，坐在小凳上，几大口就吃得精光。昨晚喝了酒，他还没来得及吃口饭，就人事不知。想想自己当时的状态，涂自强不觉笑了起来。

工棚外的太阳升得老高，热气扑面。新起的房屋距工棚不远，涂自强便走了过去。这是一幢小学的教室楼，要盖四层高。眼下已经起到了二层。涂自强见适才喊叫他吃早餐的大婶正拎着水泥桶往钩上挂，便过去帮忙。嘴上说，婶子，我大哥呢？他记起，这也是昨晚上端菜的大婶。

那大婶说，这儿全是大哥，哪个是你的？

拌水泥的小工就笑了起来，说小子，这大婶嘴狠，从没个好话，你千万别跟她回嘴。说罢又说，怕是李哥的朋友。李哥，你兄弟找你哩！

二楼砌砖的一个男人直起身道，哦，大学生呀，起来了？

涂自强抬头见正是昨天他找的那位大哥，便说，嗯，想跟你打声招呼哩。

叫李哥的又说，今天就去县里搭车？还是在镇上玩玩？

涂自强说，都行。

端菜的大婶又开始拎水泥桶。涂自强便又上前帮忙。大婶捶捶自己的腰说，到底是大学生，知礼又懂事，还晓得我腰疼哩。

涂自强便说，婶子，你歇着，我帮你。我反正不赶急。

那大婶真就捶着背离开了，边走边说，不赶急就太好了。我也歇不起，还得做十几口人的中午饭哩。

拌水泥的小工说，原先的小工老婆生娃，昨天中午就赶回家了，这里缺个人手，老板又催进度，没办法。做饭的婶子是那小工的亲戚，只好过来相帮。

涂自强说，我时间富着，帮帮忙没关系。

工地活紧，也没人多说什么，真就由着涂自强在那里拎水泥桶。近中午时，太阳愈烈。涂自强也没戴个帽子，胳膊立马晒得黑红黑红。他读书多年，日子虽然清苦，但却是天天坐在教室里，几无下地干活经历，才半天，裸露在外的皮肤就有刺痛感。涂自强心道：难道我也这么没用？干个活还经不起晒？想着竟有些惭愧。

涂自强的中饭自然就在工地吃了。吃到半截，老板来了，正是来催进度，说开学教室要能上课。工人们都说，没歇着哩，都赶紧着在干。

老板突然发现涂自强，打量着说，新来的？

大婶就忙不迭地回答，是去省城读书的大学生，给李哥捎衣服来的。王二毛老婆生娃，他昨日赶家去了。这学生娃就是好，见我们没人手，帮忙干了半天活哩。

那老板便有些惊异，脸色也善了许多，说大学生还干这粗活？

涂自强忙说，爹妈都是农民，哪有那些讲究。反正我时间富着，帮帮忙也没个啥。

工人们早上也都见识了涂自强的勤快，纷然说，到底是我们山里娃，就是老实心善，干活也是好手哩。

老板便说，这里缺人手，你时间富，不如再干几天？我开给你工钱。

涂自强怔了怔，仿佛在想。李哥便说，交学费要花不少钱是不是？搭车去武汉也要花钱吧？反正时间有富，不如挣一点是一点？

做饭的大婶也说，一搭两就哩。帮了这里，自己也能赚点，爹妈知你进了城不缺钱花，心里会欢喜着。

涂自强想，可不是。到哪干活也是干活，早出门不就是为了打工挣钱么？这么想过，涂自强立即说，也行。我本来早去武汉也是想找工打的。

大家便都纷然说，可不是？这里更好。乡里乡亲，会相互照顾哩。进了城，老板哪有我们这老板好？不剥掉你几层皮你能赚着钱？欺负咱山里人有多的哩。

七嘴八舌的话说得老板一脸的笑意。然后他对涂自强说，我看得出，你是个好娃，我不会亏你。我给你最高的工钱，伙食费也免了。也算咱表彰咱山里娃上大学。

众人又是一阵起哄，夸老板也夸涂自强更夸山里人的好。老板的哈哈打得山响，工棚上的灰扑扑往下掉。涂自强也跟着笑。他心情愉快，觉得这世界真是太好了。他遇到的人都这么好。

涂自强于是留下来做了小工。间或他还跟李哥学着砌砖上墙。干活虽然有点累，但对于涂自强来说，也都扛得过去。晚上，便睡在回去照顾老婆的王二毛的床上。夜里风凉，要搭布单。王二毛也不知多久没洗这布单了，盖在哪里都有些臭臭的。涂自强便暗笑，说这大哥真是够懒，走前最好替他洗一下。

即使在睡觉，涂自强也没解下他腰上的布带。干活时，汗湿透了，他也由它去。冲凉是在河边，大家都脱光了下水。涂自强自不例外。但他解下布带时，必定背着人，并且必定将它裹在衣服里。进到河里，涂自强也绝不离开衣服三米远。任凭工友们怎么呼喊他游到对岸，他都笑而不应。母亲的话，他字字都记在心里。何况，涂自强知道自己根本不能有任何闪失。

王二毛回来时，已是五天之后。老板将涂自强的工钱算给了他，说放假回来，想干活勤工俭学，还找我。涂自强接钱时连说谢谢，又说好的好的。

涂自强辞了工地，又背起他的行李。做饭的大婶包了几个馒头，说路上吃吧。餐馆贵着哩，还不如咱的馒头饱。涂自强道谢再三，接下了馒头。走了几十米，他有些不舍，回头又朝工地上摇摇手。耳边却听到有声音大喊，好点学，早点当个大官回来，给咱山里造点福。

涂自强大声答应了，心里却想，奇怪了，怎么都让当大官？

镇上的长途车站挤了不少人，说是县里修路，挖了半边，堵得厉害，从亮走到黑也走不到县城。这几天的班车取消了。几个要去襄樊的人，跟售票员吵得厉害。售票员说，你们跟我吵有什么用？又不是我让停的。便有人说，停三天，走都走到襄樊了。售票员便说，有本事就走呀！红军走了两万五千里哩。他们走得你们就走不得？气得人们吵闹得更加厉害。

涂自强站着看了一会儿吵，觉得吵也不是事，等也不是事，不如真的就走算了。念头到此，他就真觉得走到武汉又有什么不可以？反正时间还早，红军走得，他就走得。红军还打仗，他只不过走走路罢了。有什么大不了的？这么一想，他的血仿佛就热了，浑身劲头像打了气，立马鼓涨起来。

涂自强跑到镇中学，找地理老师借本地图，说是要走到武汉去。老师先是眼睛瞪得溜圆，随之便大加赞许。拿着地图对他一番指点，又帮他找了块塑料布，把被子包了起来。老师说，万一遇上下雨，打湿被子是小，你会重得走不动的。又说，最好走大路，有加油站，吃喝拉撒都方便。还说，到了襄樊，去看看鹿鸣山，孟浩然在那里隐居过哩。涂自强一一答应下来。

包里装着地图，仿佛人生的方向也装进包里，涂自强信心满满。一路的村庄虽不算密集，但散户却也不少，走不几里，总能遇上人家。敲门前去，要点水喝，或是坐在人家门口小憩一下，都能得到热诚不过的接待。第一天，他吃的都是自己所带的馒头。晚上投宿一户农家，家里有个老太，牙不好，咀嚼米粒很吃力，涂自强便拿了一个馒头递给她。老太太高兴了，用汤泡着馒头，连连说好吃好吃。这家人便招待涂自强一顿晚餐。虽只是青菜和咸萝卜皮，涂自强却吃得很有幸福感。

没进襄樊城，涂自强竟先闯到了鹿鸣山。他去山下人家讨水喝，顺嘴问这是什么山，于是便听到鹿鸣山三个字。比起他住的山里，这山太过平缓。山林连着山林，看不出有什么异样。树也细瘦，营养不良似的。涂自强便想，你大名鼎鼎的孟浩然竟隐居这么个地方。光是种地读书，啥事不做，就算天天有人寻上门来喝酒，又有啥意思？想罢，他也懒得进山瞧瞧，趁着天色明亮，急急朝城里赶去。

襄樊城太大，涂自强朝里走了几步，突然怕了。车来车往，没啥空档给人行路。他避过前车又闪后车，忙成一团。于是想，我是去武汉的，进这襄樊城做什么？这一想过，决计不朝城里走。他在城边一条小街，买了碗牛肉面。这是他出门后花的第一笔钱。面汤辣得他不停地发出嗦嗦嗦的声音。嗦得卖面的老板娘抿嘴直笑。笑完，递给他一碗凉水。涂自强觉得这老板娘很亲切，便也朝她堆起满脸笑容。老板娘便问他背着被卷，要去哪里。涂自强便说他要去武汉上大学。老板娘一副百事通的样子，说，开学早着哩，去了学校也没人。涂自强便坦承说的确还早，主要是想出来打打工。

老板娘打量他一下，然后说，山里娃？

涂自强说，嗯。家里穷，不想爹娘太劳顿，所以要自己挣学费哩。

老板娘便说，真是个好娃！然后就领着他到对面一家洗车店，跟洗车店老板嘀咕了几句。洗车店老板便对涂自强说，行。我喜欢这样的娃！你就留我这儿干吧。管吃管喝，走前包你拿到工钱。我这儿就是晚上没地方住。

卖牛肉面的老板娘忙说，住我店里吧，夜里拉张床，点上蚊香就行。我老公五点起来和面，你早点起来搭把手，我管你早餐好了。

涂自强很高兴，觉得自己这笔牛肉面的钱花得太值，立马表示他现在即可开始洗车。老板点点头，说洗车这活，没技术，无师自通。在外做事，其实就两条，勤快，仔细，不管是难还是容易，都能干得好。

涂自强觉得老板说得有道理，忙说，我记心里了哩。

夜里，涂自强把牛肉面馆的小桌朝墙边靠着，中间腾出个地方摆上折叠床。涂自强是第一次见这样的折叠床，心里只叫好，觉得城里人就是聪明，什么办法都能想出来。店铺狭窄，空气中四处还弥漫着牛肉的香气。躺在床上，涂自强想，原来世上的人都这么好呀。

涂自强在襄樊城一待便是十天，开学日期业已迫近。这天涂自强正跟老板说他得走了。说话间，过来一辆小车。司机把车交给涂自强洗，人却东长西短地跟老板闲聊。不知怎么就说到涂自强身上。那司机过来看了一眼涂自强，笑道，原来是大学生在给我洗车呀。我很荣幸哩。快开学了，还不去报到？

涂自强说，正准备今天走哩。

司机便说，算你运气好，我搭你一脚吧。我车到汉川，到了那里，离武汉也算不远了，省你不少车钱哩。

洗车店老板忙说，真是太好了。师傅是善人有善心，今天我也不收你这洗车费了。实心讲这学生娃真不错。

涂自强想了想，原觉得自己走路挺好，但现在有了车，自然搭车到武汉更方便。想罢便说，太好了，我咋这么好的运气？尽遇上了好人。

司机和洗车店老板便都呵呵地笑。老板跟涂自强结了账，涂自强去了趟厕所。在那里，他将这些钞票一一塞进腰间的布带中。布带天天扎在身上，已经有点脏了。涂自强对钱说，脏点不算啥呀，只要你们老老实实都待在里面就好。这就是我的小银行哩。

涂自强头一次坐小车，没开几十米，便觉得晕眩。待开出襄樊城，他已头昏眼花，几次欲吐。司机吓得要死，不停地求他，说兄弟，千万别吐呀，吐了有气味，领导知道我就会挨骂的。涂自强便强忍着。实在忍不住了，就要下车，说还是我自己走吧。司机无奈，便在路边停下。涂自强下了车便吐得天翻地覆。把小车司机给吓着了，忙递给他矿泉水，嘴里说还没见过你这么吐的。涂自强吐完舒服许多，却再不敢上那小车。对那司机说，我还是走吧。司机便长叹道，好心搭你，哪晓得你没这福气。涂自强便笑了，说我就这命哩。

涂自强再次背上行李，继续他的路程。

离开襄樊第三天，他果然遇雨。雨下得老大，四周不见人家。涂自强背着行李大步地跑，跑得泥浆溅得满腿。朦胧雨中，见一个小小的土地庙，便一头钻了进去。

土地庙小到只能容他一人，并且还站不直身。涂自强便将行李挂在土地公公身上，自己则坐在它的脚边。涂自强说，土地公公，你待人最善，你别怪我。我这样是没办法了，还望你能帮我背下行李，不然湿了我上学不好用。

这天的雨一直到夜里才渐小。涂自强在低矮的土庙里憋得难受，便决定连夜赶路。小雨一直淅沥着，许是饿的缘故，涂自强觉得自己在黑地里似乎走了几天几夜。几乎快走不动了，方见到一个村庄零星的灯火。

村里的狗闻有生人气便朝着涂自强围过来，狂乱地吼叫。涂自强拾起一根棍子，低喝着意欲扑来的村狗。终有一户人家的门开了，有人骂狗，说半夜三更，叫什么！涂自强听这声音有几分苍老，忙喊，大爹，我是赶路的，天雨迷路了，想找个地方歇脚。那人便出门来，吼开了狗，说你一个人？

涂自强忙说，是哩。

那人便说，哦，家里来吧。

涂自强身上早已湿透，幸亏夏天，又幸亏赶路，倒也不觉冷。进屋见开门的果然是个大爹。涂自强说，我要走去武汉上大学。下雨，走糊涂了。

那大爹便说，常有的事。你歇上一夜，天亮就好了。

涂自强说，哦，谢谢大爹。

那大爹指着偏房，示意涂自强去那里住，然后自己又关灯回屋。尽管有塑料布包着，涂自强的被子还是湿了一大块，衣服亦半干半湿。疲惫已极的涂自强顾不上那些，换上衣服，倒头便睡。

这一觉睡得死沉，涂自强被高声的说话惊醒。他赶忙爬起，走出门。一个村干部模样的人在同昨晚的大爹说话。那干部瞥了涂自强一眼，继续说他的。涂自强听了一会儿，听出来他们所议事项。村里要挖水塘，家家户户都要参与。涂志强夜晚投宿的这家年轻的男人女人都外出打工了，家里只剩得老小。那大爹摊开自己的双手，使劲说，我如何挖得动？村长便让他到外面请工代替。那大爹又说，这时候哪里请得了工？

涂自强见此状，感念昨晚大爹对他的收留，忙说，大爹，我来帮你家来挖塘好不好？村长此时方仔细打量着涂自强并询问他是何人，来此何故。大爹啰唆着说了一通。村长听说是大学生，脸上便见惊喜。说学生娃学雷锋，想帮你，你就答应吧。我算你家出人力了。又说，政府给挖塘有补贴，这补贴就给学生娃好了。上学念书也不容易，要花大把钱。大爹自是满口答应。

涂自强便留在村里整整挖了三天的塘。村里人人尽知他将去武汉上大学，各家都要接他上门，说是让自家屋里沾点才气。涂自强吃得饱喝得足，且百般被人尊敬，自我感觉好得几欲膨胀。第四天塘快挖完了，村长竟受好几位大妈托付，想给涂自强提亲，吓得涂自强当即表示他的时间赶紧了，得马上启程去武汉。

涂自强逃跑似的离开那里。回头张望，那个小小的村庄已经掉在视线之外，他才坐下来稍事休息。静心一想，便忍不住笑。笑了几笑，竟笑出了声。几个过路的见他如此，都好奇地打量他，有一个农民还站了两分钟，似乎想看他笑完了做什么。

涂自强想，回去告诉爹妈，他们一定要乐坏。

剩下的时间并不多了，涂自强决定尽量用来赶路。他只在一个加油站帮忙加了一天油，又在一个路边餐馆洗了一天碗。途中，在一户人家歇脚时，还教了这家读中学的娃半天的英语。整个一路，涂自强觉得自己从未有过如此充实和愉快的生活。他觉得自己力量很强大，也觉得这世道上的人十分善良。他想，书上常说人心险恶，人生艰难，是我没遇到还是书上太夸张了？

让涂自强晕头的是最后一天：他到了武汉。马路上洪水一样涌来的汽车，让他紧张得浑身冒大汗。他拿着学校地址，四处问人，最终获知到了武汉其实仍然离学校很远。他呆想了一会儿，决定坐公共汽车。

公共汽车上人倒是不多，一趟车坐不到目的地，中途转了好几次。过了长江又过汉江。尽管涂自强把路线问得明明白白，可他还是坐错了一站。稀里糊涂中，他总算找到了学校，而此时，已是报到的最后一天下午，离学校下班也只有一小时了。

涂自强甚至没有时间到厕所去把腰带上的钱取出来并且整理好。缴费时，他当着众人的面，解下腰带，从中扣出里面的零碎，然后一张张一块块地数给收费员。大多的钱都被他的汗水湿透。旁边的人都惊讶地望着他，有几个女生捂住了鼻子。涂自强先没在意，数钱时，突然意识到什么。他抬头四下望望，看到无数惊讶的同情的或鄙夷的目光，心里突然就胆怯起来，一路走过的信心瞬间消失。他数钱的手开始颤抖。额上的汗流过他满是灰尘的面颊，他耸着肩用衣袖拭了一下，衣袖顿时变黑，脸也花了一块。他开始茫然，心里顿成一片空白。

一个戴眼镜的老师一直站在旁边看着他，这时候突然说，别紧张，慢慢来。钱怎么会是这样的？这声音似乎有些远，却滋润了涂自强的心。他在心里暗自说，镇静，涂自强你要镇静。果然他镇静了下来。他抬起头，望着老师脸上的眼镜片说，我是从家里一路走一路打工过来的，所以都是零钱。还有一些是村里人捐的，他们只有零钱。我妈怕我弄丢，做了这个布腰带，让我把钱放在里面，扎在腰上。

老师沉默片刻，说我明白了。然后又说，你可以在学校办贷款。涂自强不明白，老师便解释了几句。涂自强问了一句关键的话，说贷款以后得多还钱，是吗？老师默然，十几秒钟后，他点了点头。涂自强说，那我还是不贷吧。这钱应该够的。

老师不再说什么，便问了他的名字和专业。面对老师温暖的声音，涂自强一一回答，他心里的信心又开始慢慢回来。老师说，别担心，开学后我会给你找份工作。

三

涂自强的大学生涯开始了。

他与另五个同学共住一间寝室。比起高中时的大通铺，这条件真是太好了。涂自强选择了上铺。躺在床上，看白白的天花板，没有一丝缝隙可以望见外面的天空。即令再大的雨都不会漏下一滴。铺下有一张桌子供他使用。涂自强从此不再担心下雨的时候床铺会被淋湿以及桌子上的书会打湿得看不见字。洗漱间和厕所都在同一层楼里。不像高中，上厕所还要跑老远的路。有一年冬天他闹肚子，夜里要去厕所，外面冰天雪地，他裹着棉被跑了个来回，结果还是被冻感冒，咳了大半年，以致年年冬天，只要受凉，必咳无疑。咳得剧烈时，他会产生一种立马被咳死的恍惚。现在，所有的让他难受的事都不会重新发生。

学校的伙食也相当不错，涂自强缴完学费，又买了点必需用品，手上钞票便所剩无几。如若不是他一路打工挣了点钱，他交完学费便一文不剩。涂自强很庆幸自己步行的选择，这使得他不至于刚进校门就遭遇难堪。

上学第一天涂自强就盘算着要找事做。他手上仅存的一点钱，纵是买最便宜的菜，甚至每顿吃馒头，也只够他活几天。同宿舍姓赵的同学自小在城里长大，觉得像涂自强这样的吃法过不了几天就会死人。但涂自强听之却乐乐呵呵，他觉得这已相当不错。在高中，他连这样的饭菜都吃不上。

答应替他找工作的老师没有食言。几天后老师来找涂自强，通知他周一即可去厨房帮忙。老师说，本来想安排你去图书馆，但后来我仔细想了想，觉得还是换你到食堂帮厨更好。这样，你不仅能拿到打工的钱，还可以花较少的伙食费，吃到不错的饭菜。我想这应该是你最需要的。你太单薄了，明显营养不足，你需要多一点的食物。肚子吃饱了，心里才会踏实。老师说着拍了拍涂自强瘦削的肩膀。

涂自强觉得老师说得太对了。虽然他也想去图书馆，望着一整排一整排立在那里的书，他是多么如饥似渴，心里莫名就会激动。但是，他却有更重要的事。这事便是他必须让自己吃饱。食堂更适合他的现状。有一颗踏实的心才能正常学习。

寝室的几个同学闻知此事，议论道，你这也太实惠了吧。赵同学说，在图书馆打工，又干净又能学到东西。另一个陈同学说，你们乡下人就是目光短浅，知道吗？精神食粮永远比物质食粮重要。还有个李同学说，完全不可理喻，难道就为了多吃点饭？一位马同学也来自乡下，但他家的经济条件比涂自强好。他很替涂自强打抱不平，说老师真俗气，明摆着看不起我们乡下来的人。

涂自强只是笑了笑。有些事别人不懂，但他自己却必须明白。很多年很多年，他都是饿着肚子读书的。他几乎不记得自己吃饱过。他人生中吃得最好的时刻，就是他背着行李出门之后的日子。这一路打工过来，每一个人都对他说，多吃点多吃点。他在那时候才知道，一个人吃饱了心情会有多么愉快。

涂自强于是说，我真的觉得很好。我最需要的就是能吃饱饭。我先前一直提心吊胆，不知道自己这四年怎么过去，现在我心里踏实了。说完想，我是山里娃，我跟他们不同，我需要的就是这样一份踏实。

同学们都瞪着眼睛望着他。过了好几天，赵同学才对涂自强说，回去跟我父母说到你的事，我父母说，他们完全理解。当年他们也像你一样。所以，我觉得我可以慢慢理解你。

涂自强笑道，不理解也没关系。我想以后我儿子也会像你一样，不理解他的来自乡下的同学。

赵同学把这话在宿舍里张扬开来，大家听了，都笑得一哄。说可不是？涂自强心里暖暖的，他觉得同学真的都很好，就算不理解，又有什么关系？

涂自强每天准时去教室上课，他从不缺课，笔记也作得非常仔细。寝室里但凡有人漏课，都找他要笔记本抄。这使他在寝室里成为一个格外受欢迎的人。下了课，他便去厨房打工。他在这里拿到的钱，除了应付他的伙食费外，还可以有点盈余。这样他就可以用来买洗衣粉和牙膏什么的。涂自强之前从未刷过牙，这是在大学里学到的。他觉得这个应该学，就也开始刷牙。路过操场，看到有同学打球，有同学去跑步，还有同学成双成对地钻进树林子，他有些羡慕。但也只是羡慕一下而已。他觉得每个人的人生是不一样的，自己只能如此。这没什么好说的，也没有什么可抱怨。因此，他的心情十分平静。他所有做作业和预习的时间都在晚上。洗过碗，离开厨房，多在七点半左右。

涂自强洗把脸，冲个澡，便是八点。这个时间，是他开始学习的时间。涂自强想，睡得晚点，自己全力以赴，也就够了。因为，学校里用晚上时间来学习的人，还真是不多。

赵同学在一个多月后搬了台电脑到寝室里。涂自强以前都是听说，这回第一次见到真的电脑。他有些激动，又有些紧张。他守在赵同学旁边，看他安装，又看他打开，当界面出现图标时，涂自强很是吃惊，再看赵同学上网发邮件，一边发一边跟涂自强说，看，这样就可以通信了，根本不用去邮局。说着，他又打开一个游戏，噼啪地打起来。涂自强看得发呆，他不禁大声道，太神了太神了。

赵同学便笑，笑完说，你从来没玩过？

涂自强认真地说，没有没有。我这是第一次见到真的电脑。

赵同学说，有了电脑对于我们学理科的人来说，就是如虎添翼，能省无数时间哩。

涂自强瞪大眼睛说，是吗？

赵同学说，当然。只要上了网，无数信息都会自动汇集而来。

涂自强说，这得多少钱？

赵同学说，有的贵有的便宜，我这台嘛，差不多四千块吧。不贵。

涂自强心里哆嗦了一下，他默然走开了。四千块钱，对他来说，简直就是天文数字。他想，看来光是饱肚子不行，还得赚点钱呀，至少能买一台电脑才是。

和涂自强同在食堂打工的一个男生离开了，说是这里钱太少，要去社会上找钱多的活儿做。涂自强问他什么活儿来钱，他说到电脑城帮电脑公司装配电脑，钱多还又能学到东西。懂得行情后，说不定毕业了自己开间公司。涂自强便自愧，因为这是他想都没敢想过的事或是根本想不到的事。这男生欲拉涂自强一起，涂自强摇摇头说，我哪里懂这个？我一窍不通哩。

两天后，食堂又来了一个帮厨的女生。女生一看便知是乡下孩子，扎着粗辫子，眉毛也粗粗的，小碎花的衣服也有些旧了。开口说话，脸还会红。涂自强初见时心里直扑通，他突然想起采药。这么久了，他差不多没怎么想到她。这个女孩却突然勾起了他的思念。那首诗句也随之突然浮出：这只是我的个人悲伤。涂自强想，是呀，外面的世界这么丰富这么美好，采药没有机会出来领会，的确是件悲伤的事。

涂自强忍不住找女生搭讪。他知道了女生是中文系的，也知她来自山里。那是比涂自强老家更遥远更偏僻的山中。她是靠十堰城里一位好心工程师的长期资助才有机会读完高中。不然，爹妈再开通，她也只能读到小学毕业。她的爹妈希望城里的工程师资助弟弟，但工程师不干，写信说他只资助女孩子。又说男女平等，山里女孩子更需要读书。只要她能读，他就一直资助她。她爹妈舍不得放弃这个资助，因为工程师不光资助她的学费还资助她的生活费用。爹妈说，那就读吧，就当人家帮咱家养闺女。女生说时笑了起来，笑得眼睛眯成了缝。涂自强觉得她笑的声音和神态尤其像采药，不觉听得满心欢悦。女生见他听得认真，便又说她们村里，没一个大学生，更不要说她这样的女孩子。她说着又笑，咻咻咻的，很有得意感。

　　涂自强也笑。这份得意他能体会得到，因为他们村里也只他一个大学生。并且他们村的女孩子也没有几个人读到高中。

　　涂自强终于有了一个说话投机的朋友。他们的身份地位以及经历何其相似。他们讲自己的小学初中还有高中，几乎都是一模一样的。涂自强读初中时，每天凌晨起床，打着火把要走几十里山路，女生说她也是；涂自强读高中时，每周都带一袋米和一盒咸菜，天天都吃一样的菜，就这么过了三年，女生居然也是。涂自强说，学校经常停电，他点煤油灯，有一次打瞌睡，火苗把头发都烧着了。女生说她也闯过这个祸，只是她烧着了自己的书，差点让宿舍失了火。他们两个人都是近视眼，而且度数还不浅。涂自强说，都是煤油灯害的。多数的时候，食堂师傅们都静静地听他们俩说自己的过往，不怎么插嘴，只是时而会长叹几口气，然后在他们吃饭的时候，拼命往他们碗里夹肉。

　　有一个周六，涂自强想约女生一起去商场。他说母亲快过生日了，从小到大他从未给母亲买过什么。现在，他在学校打工总算有点零钱，他想买件礼物送给母亲，但却不知道买什么好，想请女生帮忙挑选一下。女生面有难色，说她周六周日都在校外当家教。她完全不能指望家里给钱，只能自己勤工俭学拼命去挣。不然，她连最廉价的裙子都穿不起。

　　涂自强有些意外，便问起家教的事。女生告诉他可去社会上的家教中心报名，对方便会帮助联系学生。现在的家长们都希望新入学的大学生去辅导，说是两届高考隔得近，考题和考试方式不会有太大差异。他们的高考经验对下一届的高考生绝对有帮助。家长们支付的辅导费比厨房打工的费用高，更重要的是它的时间是周六和周日，既不误上课，也不误学校的打工。女生刚接手一个读高一的女孩，她的父母都是音乐家，没能力教自己的女儿。女生说，音乐家非常和气，家里也舒服得很。去辅导这种人家的孩子就像自己去享受一样。

涂自强被她说得振奋起来。他想，这样的挣钱机会，他怎能错过呢？如果多打一份工，说不定过两年就能买得起电脑了。涂自强立即忽略了买礼物的事，其实他本来也只是一个借口。他只是想与这女生走得更近一点。他按照女生写的地址，直接找到家教中心。登记过后，涂自强对自己说，她会是永远带给我好运气的天使吗？

家教中心很快给涂自强推荐了一个高二学生。这学生的父母开了间服装厂，家里虽然有别墅，却也没什么人住。学生跟涂自强说，这两个玩命的，每天出门，就像子弹射出去一样，把赚钱当成战场杀敌了。涂自强很喜欢这个学生，觉得他们虽然只相差两三岁，但见解和想法却完全不同。

涂自强负责辅导他的数学物理还有英语。但这学生的语文超强，读的文学书比涂自强多，开口说话就用形容词。学生对涂自强说，看来你的文学太差，我来教你这个，学费扯平好了。涂自强只好笑而不答。倒是他家保姆帮着涂自强说话。保姆说，人家是为了挣点生活费出来干活，你家钱多得心发慌，你还跟人家争这个？学生便说，看看，你们人穷，连幽默感也这么穷。

涂自强的确没什么幽默感。被学生一说，他还真觉得自己很无趣。他原本话就不多，心里永远都忙不过来，仿佛被事情装得满满，满得密不透风。他要考虑生活费够不够，日用品能省下多少，哪些虽是必需品却可以不买，哪些从长远考虑必须要买，是否挤一点钱寄回去给爹妈，能不能省点钱去买几本书，如此如此，他一分一厘都得算。他还得算时间。早上几点赶到食堂，忙完活用多长时间吃饭才能背一背英语，上完课再用多少时间赶到食堂，干完活吃完饭，又用多少时间预习专业再赶去上课，晚上忙完后用多少时间完成作业。睡觉前，心里还在默念，明天的时间如何排序。幽默感需要心闲的，心闲了，幽默才能从时间的缝隙里生长出来。而他的心绷如紧弦，他不得闲，也不可松，他的算计和紧迫一直从心里漫到脸上。所有从他的身边滑过的东西，他都要赶紧抓住。只有这样，他或许才能跟上别人的步子。而其实，就算他这样了，跟上别人，也不是件容易的事。

寝室的同学陆续都配了电脑，除却涂自强。赵同学敲着电脑对他说，这是必需的。裤子可以不穿，但电脑必须要有！涂自强笑了，说裤子不穿连门都出不去，饭都吃不成，命也就没了。没有电脑，还有命哩。赵同学便嗨嗨嗨了好几声，连连道，叫我怎么说你！叫我怎么说你！

放寒假了，涂自强在考虑自己要不要回家。学生的家长希望他在假期中继续辅导，高二的课程越来越紧张，同学相互之间的竞争愈发激烈。家长说不抓紧赶一赶，万一落后高三赶起来就难了。又说假期间可支付涂自强双倍的辅导费。涂自强心里立即活了，他想，或许再攒点钱就可以买台电脑。寒假时间本就不长，路途遥远，挤车太难，冬天寒冷，他也不可能再步行一次。权衡一番，他决定不回家。同寝室赵同学说，既然不回家，一个人在这里也无聊，把我的电脑给你玩吧。

考试一完，学校一下就清冷下来。食堂也放假，不需要再去帮厨。课也停了，涂自强一周中有三天的下午去当家教，其他时间，便都是他自己的。他第一次感觉到了闲。武汉的冬天跟山里一样，也下着厚厚的雪。有时候，风也吹得呼呼响，穿过细细的窗缝强行进到屋里。室内室外相差不了几度。但涂自强似乎并不怕冷。也或许他早已冷惯了。无论是小学还是初高中，他们教室的窗户都是破的，几乎每个同学的手上都长着冻疮。上课时，他们的脚被冻得似乎焊在地上，经常半天挪不了步子。穿多少衣服都觉得冷得刺骨。但在这里，涂自强居然有一种冬天不冷之感。他的印象中，自己第一次手上没有长冻疮，而他的脚却从来都是热乎乎的。这间温暖的寝室比起他自己的家里都要舒适。

涂自强就是怀着这样的愉悦心情，独自留在学校过年。甚至他并不觉得孤单，因为同他一起在食堂打工的中文系女生也没回去。除夕夜，学校组织留校同学吃年夜饭。他们两人坐在一起，说笑着，涂自强说，他觉得在这里过年比在家里愉快多了。女生红着脸说，她也是。

这一天，涂自强睡得很晚。他和同学们一起在俱乐部看中央电视台春节晚会。正点时分，有人呼叫到外面放鞭炮。他也跟着大家呼啦啦一起放鞭炮，看着焰火庆祝新春的到来。在焰火中，他们还打了一会儿雪仗，方陆续回家。涂自强把女生一直送到她的宿舍门口，然后才独自一人踏着雪回到寝室。

屋外的焰火和鞭炮依然在继续，屋里却静悄悄的，只他一人。涂自强全无睡意。这是他第一次在山外过年。他从来不知道城里的春节原来是这样的欢快和热闹。比起从来未出过山的爹妈，他想他的人生是多么值得。他庆幸自己生活在这样一个时代。这个时代，他可以靠自己的力量改变自己的人生，而爹妈他们却从来没有这样的机会。他由此又突然想到采药。他替采药惋惜，同时又想起她的诗。涂自强想，不同的脚，的确走的是不同的人生。他和采药将来果然就是陌路人了。

几近凌晨，涂自强才渐渐睡着。焰火在窗外阵阵开放，耀眼的光芒把黑暗的屋里照得通明。鞭炮亦炸得不肯停歇，仿佛世界狂放地大笑着，笑得惊天动地。涂自强觉得自己仿佛不是在一个真实的世界里。这一切是多么美好，以前居然什么都不知道。这个夜晚涂自强的梦绚丽斑斓，这是他一生中从未有过的美梦。

四

整个寒假，涂自强最清醒地认识到的事是：学校食堂对于他来说，实在太过重要。离开食堂的涂自强，依然需要这一日三餐。尽管涂自强已尽可能吃得便宜，但与平素相比，他花在吃饭上的钱还是太多了。

初三那天，他与中文系女生相约一起去黄鹤楼。在乡下，他们对武汉的唯一认知就是这黄鹤楼。那是课本上读来的。课本以外的书籍，他们基本都读不到。两人闲聊时说起对黄鹤楼的向往。女生说，喜欢那句诗，烟波江上使人愁。涂自强眼睛立即亮了，说我也是哩。心里却浮出当年与采药一起读此诗的情景，采药也是喜欢这一句。涂自强便说，不如去黄鹤楼玩玩？女生欣然同意。

一大早，两人便搭着公共汽车到黄鹤楼。两个人的汽车票，几乎去掉一顿饭钱，但涂自强还是毫不犹豫地买了。男人为女人花钱，他想这也是天经地义。可站在黄鹤楼售票处时，涂自强方知这份天经地义太沉重。买票一人要八十元。涂自强瞬间呆掉，同行的女生也瞬间呆掉。他们都知生活的艰难。涂自强犹豫着，后面排队的人便喊，买不买呀？售票窗口里面也冒出不耐烦的声音：到底买不买？

女生用力拖了涂自强出来，坚决地说，不买这票！我不看了，不想看。涂自强依然犹豫，觉得自己在此刻缩手，很失男人身价。女生却说，你不需要撑这个面子，我也不需要这个虚荣。穷就是穷。我们正视现实。这个楼几千年都没跑掉，将来也跑不掉。有了钱再来看也是一样。

涂自强心知她说得有理，但见她的眼神却又觉心虚。涂自强说，我带了钱，用了再去挣也是可以的。说完心里却也希望女生依然坚决不看。

女生果然说，不用看。走吧，看长江大桥去。看大桥不要钱。

那天他们便只在长江大桥上溜达。涂自强满心的不舒服。自己请了女生出来看黄鹤楼，走到门口却没进。于是中午他便执意要请女生吃饭。女生似乎理解他的心情，便在阅马场找了间小小的餐馆简单吃了一顿。女生说，花自己的钱，就吃简单点。开学回到食堂，咱们再大吃吧。

涂自强见她如此体贴，心里颇是感动，但同时也有几分郁闷，他知道自己是被瞧不起了。虽然这天的午餐也吃掉他将近一百块，这是他上两次课才能挣到的酬劳。但他还是知道，这钱花得没有任何意义。

开学后，女生果然跟他没有先前那样贴近。虽然他们也说说笑笑，距离却实实在在地存在于他们之间。涂自强有些难过，一直在想怎么消除这个看不见的距离。他努力让自己更自然地接近女生，女生也显得更自然地对待他的接近。但那个距离依然像个幽灵浮动在他们之间。他们说话时它在，干活时它也在，甚至一起散步时它也一旁晃着。什么都看不见，却是那样地深刻而强烈。

有一天，吃饭的时间，女生突然没有吃食堂，却是要到外面吃饭。她大声对涂自强说，我今天先走啦，有个朋友请客。涂自强便哦了一声，然后他的目光追随着女生。他看见食堂外有一辆锃亮的银色小车泊在那里。走出食堂的女生迈着轻盈的步子径直走向那车。一个年轻男人跳下车，上前拉开车门。女生没有任何停顿，依然轻盈着跨进了车里。小车响了一声喇叭，像是跟人招呼说我走了，然后以流畅的拐弯驶出了涂自强的眼界。

车尾扬起的灰尘，宛如一只手，一下子抓住了涂自强的心。车越远，那只手仿佛越紧，以致涂自强半天喘不过气。食堂的一个大厨似乎有所察觉，在涂自强几近窒息的时候，突然大声说，现在的女学生，见到大款，都会立马扑上去呀。

在这声音中，抓在涂自强心上的那只手松开了。涂自强长吐了一口气。这是真的。这也是个事实。这更是她们的自由。他又能要求什么？那个幽灵般的距离已经变成了一条摆在眼前的银河。

第二天女生来辞掉食堂的工作，说她的朋友不希望她太辛苦。涂自强望着她。女生脸红了一下，拉了涂自强到一边，说我知道你的心。但有些事没有办法。我们两个在一起，谁也改变不了命运。我们都太穷。而我们两人分开来，各自寻找自己的天下，或许，我们的一生都会改变。

涂自强说，什么是各自的天下？

女生说，我是指各自去找有实力的人。

涂自强说，什么样的实力？

女生脸红了红说，当然是指经济实力。

涂自强说，有钱人？

女生有些尴尬，说别说得这么刺耳。

涂自强说，我知道了。我也理解。

涂自强然后言不由衷地说了几句祝福的话，便走开了。他在饭堂清理桌子。一边清理一边想，你能找到有钱的男人，可我又怎么能找到有钱的女人呢？有钱人是无尽头的。那些已经有钱的女人还不是想找一个更有钱的男人当靠山？她尽管钱很多难道不想更多？涂自强这么想着，就觉得自己可以死心了。

就像跟采药分手一样，涂自强没有太多的难过。或许是他还没有来得及爱上这女生。也或许，他爱上她的同时亦知道得到她的爱并非易事。更或许是，生活中另一份欣喜转移了他心里的伤感。

这份欣喜是同寝室的赵同学带给他的。开学不几天，赵同学从家里拎来一台手提电脑。他在寝室里摆弄着，而他桌上的台式电脑明显碍事了。于是他跟涂自强说，你要不要？我准备淘汰它。涂自强大惊，他做梦都想要一台电脑。但毕竟一台电脑少说也要两千元以上。他无论如何挣钱，也拿不出这么多。

赵同学说，我知道你需要一台电脑，这台你就拿去吧。

涂自强说，多少钱？

赵同学笑道，同学一场，谈什么钱呢？反正我也不要了，当送给你的。

涂自强心里惊喜得怦怦跳，但他还是觉得白拿人家东西有些不合适，便犹豫着没说话。赵同学便说，我知道你们乡下人，又自尊又自卑。真要命！这不算什么事，我特别愿意给你。

涂自强默然，他觉得赵同学说得对，但他的心还是有一点小小的受伤。赵同学见他不语，便长叹了一口气说，这样吧，我人懒，以后你洗衣服时搭着把我的也洗了。每件衣服五块钱。估计洗到毕业，这钱也差不多买得下这台电脑。你我两不欠，如何？

涂自强觉得这个主意可以接受。他用劳动来换取这台电脑，他并没有去占别人的便宜。一边的李同学也搭腔道，涂自强你放松点，不是什么大事。

涂自强想想觉得也是，于是高兴道，好吧，就这么定。

现在，涂自强有了自己的电脑。他的生活便由上课学习、打工赚钱两件事变成了三件。这新加的一件，便是折腾电脑。

以涂自强的能力和专注，他很快弄通电脑如何使用。通过电脑，他看到更广阔的世界。他有了自己的一个邮箱。这神奇的邮箱可以让他不用邮票就能与人通信。他也认识了一个叫 QQ 的东西，这东西在对方不在的时候，还可以给对方留言，甚至可以寻找到对方。他突然觉得快乐像潮水一样向他涌来。食堂里曾经让他系挂的女生瞬间从心里抹去，连个影子都没留下。

三年级的时候，住在寝室里的人日渐减少。同学都找了女友，纷然在学校附近找到租屋，过起自己的小日子。赵同学最先走，李同学紧接着也走了。走前，他把手机送给了涂自强。

李同学说，不好意思，一直抄你的笔记，总觉得应该有所回报才是。专门买样东西送你好像也蛮做作。我正好换了新手机，这款旧的留着也是废物，不如给你用好了。虽然旧，倒也还好用，所以别嫌弃。

涂自强感动得不知说什么。涂自强想起赵同学虽然住到外面，但经常会把他的衣服带来寝室交给他洗，便忙说，你反正要来上课，来时也把衣服带来拿给我洗，好不好？

李同学笑了笑，说这是女人的事，让她做！房租都是我出，她替我洗衣服也是应该呀。

几乎没有花钱，涂自强有了电脑之后，又有了手机。他觉得同学们对他真是太好了。他穷他没钱这是他的命运，也是他没办法的事。但他走出那个穷苦的山村，遇到了这么多好人，却真的是他的运气。

下午，他去移动营业厅买了一张卡，然后迫不及待地给家里打电话。整个村子，只有村长家有电话。而从他家走到村长的家里要翻一个山梁子。涂自强跟村长说，我一切都好，现在有了手机。可以随时跟家里联系了。

村长激动得声音都抖着，说你有手机了？你在城里发了？号码多少？我让你爹妈来我家听你的电话。你晚上再打来行不？

涂自强没办法回答村长一连串的问题。他的确很想听听爹妈的声音。听到村长说这话，这份想念便格外地沉重。自他出来上学，没回一次家。晚上想念爹妈时，便咬着牙对自己说，一定要混出个名堂，不然怎么对得起爹妈呢？此一刻，听到村长亲切的乡音，他内心冲动得厉害，于是忙不迭地谢村长，说晚上一定再打过来。

这天的晚饭涂自强都没吃好，他不停地看时间。有了手机，连手表都不用买了。涂自强觉得这一切都太好，上天还是很惠顾他的。食堂的师傅们笑说，小涂今天特别心不在焉，是不是有约会呀？

涂自强忙解释说，请村长约我爹妈去他家听我的电话哩。我家没电话，爹妈走到村长家接这个电话要翻一架山，有十几里路哩。我在盘算应该几点打过去才好。

师傅们便都叹息，纷纷说，你今天早点走。这孩子不容易。又上学又打工，心里还能记着爹娘，处处为爹娘想着。

吃完饭，食堂的师傅们果然全都不准涂自强留下来继续收拾，每个人都说，我们帮你，你赶紧找个清静地方安心给爹娘打电话去。

学校挨着湖。涂自强转到湖边，找了块石墩坐了下来。他居然有点心跳。是那种没有理由的心跳，他甚至还情不自禁地手脚发软。不知道爹妈是不是已经赶到了村长家。又担心山里天黑得早，路上没灯，爹妈走夜路会不会安全。想时自己又觉得可笑。以前住在山里，天没亮爬起来上学，从来没有人担心过山路安全问题。而爹妈在山里住了一辈子，黑天赶路是常有事，怎就会担心他们没有路灯会不安全呢？可见得城里是会把人住胆小的。

估计爹妈已赶去村长家，涂自强便拨了电话。果然那头村长一接电话就说，你咋才打来呢？你爹娘晚饭没吃就赶过来了，来好半天哩。就在我家吃的玉米面。接着不待涂自强回话，就喊涂自强的爹妈赶紧来听。

电话是涂自强母亲接听的。母亲没开口就哭开了。涂自强听着那哭声，眼泪也夺眶而出。这时涂自强听到了父亲的声音，跟孩子说话呀，你这样能让咱孩子高兴吗？

涂自强忙抹了下泪水，说妈你别哭呀。

涂自强的母亲说，我儿你过得好吗？

涂自强便忙不迭地告诉母亲，他过得非常好。学校吃的也很好。他人长胖了，甚至还长高了。学校的老师和同学都待他特别好。就是担心爹妈的身体怎么样，过得好不好。

母亲便高兴起来，说我儿你放一千万个心。我跟你爹过得很好。政府眼下正要修公路，从镇上一直通到山里，正巧从咱家门口过。村长说村口的树下就是汽车站。修好了路，我儿回家就方便了，汽车可送你到村口哩。

涂自强听了也觉得高兴，忙说太好了。我手上钱松动一点，就回来看爹娘。

母亲便又说，家里前阵儿又抓了两个小猪崽，喂养得肥肥嘟嘟的，就等着你回来吃肉哩。

涂自强刚想说什么，便又听到父亲吼了一句，孩子在城里还吃不着肉？扯闲话做什么？得花咱孩子多少电话费啊。母亲忙说，都好都好，你也好好的。没等涂自强再回说一句话，电话便挂断了。涂自强有些怅然，觉得还没跟爹妈讲够。但又想，该知道的也都知道了。

住在寝室的只剩下同样来自乡下的马同学。推开门便觉有冷清感。但人少有人少的好。男生寝室特有的臭味几乎没了，空气清新，人也舒服好多。夜晚没有那么多的骚动，基本上能睡上安稳觉。有时候，涂自强和马同学睡前还会躺在床上小聊一阵。聊学校的事，也聊班上同学，学校的校花天天有人找呀，学院的网络牛人体育没及格呀，以及哪个跟哪个相好了，哪个富二代居然开着车来上学，如此之类，多也是鸡毛蒜皮。

有一天月亮特别亮，照在窗前，真有天水下泻之感。马同学从外面回来，见涂自强躺在床上看书，突然问，这么好的月光，你怎么也不出去走走？

涂自强笑了笑，说月光好和不好，与我都没什么关系。

马同学说，你为什么不找女朋友？

涂自强说，我这么穷，又相貌平平，谁肯呀。说完，涂自强反问道，你呢？你长这么帅，应该有很多女生追吧？

马同学说，我比你是强点，不少女生都对我表示这个意思。今晚还推了一个哩。经济系的美女。

涂自强说，为什么？

马同学说，她的家境也不太好。我想了想，觉得还是算了。我怎么能轻易把自己交出去呢？马同学说着，长叹一口气。

涂自强便笑道，听你口气好像舍不得？

马同学说，当然。多好的妞呀。长相脾气都让我动心，只可惜她的背景比我强不了几分钱。

涂自强不解道，家庭背景就这么重要？

马同学说，别人当然无所谓。但对你我，就完全不同了。好容易从乡下走了出来，得走得远一点才是。

涂自强说，这话怎么讲？

马同学说，要有所作为，改变命运呀。什么叫有所作为？什么叫改变命运？说白了就是将来必须是非贵即富之人。你以为靠我们自己单打独斗能行？没机会的。

涂自强说，未见得吧。我看也有穷人的孩子很成功的。

马同学说，那只是偶尔。得拼掉半条命，再加上苦熬三十年。如果找个家里有背景的女人当老婆，莫名其妙就能省下至少二十年时间。有靠山和没靠山，结果是完全不同的。

涂自强说，那……你会幸福吗？

马同学说，幸福就是你的日子过得舒服。没有这个，找个天仙样的女人，你吃苦，让她跟着你吃苦，你就能幸福了？

涂自强没作声。他突然觉得马同学讲得有道理，但同时又很没道理。他把他所有的话放在心里慢慢地揉着，揉成了各种形状，却还是没有头绪。马同学仿佛已经眯了一小觉，朦胧中突然又冒出一句话，就我这样的形象和智商，我得对得起它们才是。

涂自强沉默未语。他再想自己的心不受干扰地继续看书，但却无论如何也看不进去了。他突然想起自己死去的哥哥和全无音讯的姐姐。他依稀记起他们的模样。正是命运把他们从家里消灭。现在他有了今天，如果不改变这个命运，活着又有什么价值？马同学轻微的鼾声响了起来。涂自强在他的鼾声中，辗转反侧，难以入眠。

五

涂自强辅导的高中生终于考上了大学。虽然是二本，但他家人已相当欢欣鼓舞。学生的父亲给了涂自强一千元的奖金，还留他一起吃了顿饭。涂自强从未一次拿过这么多钱，接钱时手都有些哆嗦。

饭间，学生的父亲问涂自强几时毕业。涂自强说还有一年。学生的父亲说，毕业了也不好找工作。涂自强说，是呀，得撞运气哩。学生的父亲说，现在用人单位派头都很大。武汉的大学生太多，走到街道口，满街都是他们。我们招人学历至少是研究生。你一个本科，又不是武大华科的，不容易找事呀。

天色已暗，涂自强坐在公共汽车上。夜空中，乌云一层层在月亮前游走，令其光色黯然。但珞瑜路上的灯光却璀璨而温暖。涂自强耳边一直响着学生父亲的话。他想，如果工作难找，我是不是还要留武汉？或许回到家乡？

回到寝室，恰遇赵同学送脏衣服过来。两人便闲扯毕业后准备做什么。赵同学想都没想就说，我家里让我出国哩。找个中介，去美国就是了。混个研究生文凭回来，再找个外企，这辈子也就差不多 OK 了。不过，如果觉得美国过得舒服，懒得回来，留在那里当个美国公民也是很不错的。

涂自强便问，美国这么容易去？

赵同学说，有钱哪儿不能去？不过，这话我说出来会伤你。你是没办法去的。光是考试签证再加上机票，没几万块钱是搞不定的。

涂自强默然。他想，是啊，这不是他的人生。他想都不要去想。

见他不作声，赵同学于是说，别沮丧呀。上天对人其实很不公平，以前我没这认识，自从与你同学后，就有了。

涂自强笑笑说，我都没这么想。大家对我这么好，我反而觉得上天待我不薄。

赵同学说，你越这么说，我就越觉得你的运气不好。

涂自强说，我自从上了大学后，一直觉得自己运气相当好。比起我的哥哥姐姐，我已经是活在天上了。

赵同学笑了笑，说得亏你是个乐观派，换了我，怕是已经自杀几个来回了。

涂自强就笑，说这样说来上天还是公平的。因你这样脆弱，他就送给你过舒服日子的条件，而见我乐观又坚强，所以，就让我多扛一点事。

赵同学听他这一说，也哈哈大笑。笑罢又问，你一毕业就准备找工作？

涂自强说，还没想好。听说武汉大学生太多了，工作很难找。我在想，要不要回老家算了。

赵同学说，你疯了。好不容易出来，你还回去？就算工作难找，也要留在武汉！你就没有想过考研究生？我觉得你天生是个做学问的料子哩。做事专注，又肯吃苦。读完研读博，读完博就争取留校，你将来说不定就是教授了。

涂自强心动了一下，说你觉得我可以吗？

赵同学说，有什么不可以？只要你肯学，家里又顶得住，读书期间不指望你赚大钱，就可以了。

涂自强说，我家倒是没问题。反正在乡下自己有地，养养猪卖卖鸡蛋小菜，也就够了生活。

赵同学说，那就好。我觉得攻学位就是你最好的出路。你既没背景，又没财力，你有的只是个人奋斗的动力。但是，现在的社会，没有人际关系，个人奋斗到死，也没什么用。比较起来，还只有考学位相对公平点。你仔细想想看我的话有没道理。只是，我定要给你一个忠告：千万别回老家。下面的事，全无章法，哪天你死了都不晓得是怎么死的。

这天夜里，涂自强想了彻夜。他一直想着早点工作，好挣点钱，以让父母过得轻松。但如果工作难找，他哪有把握赚到钱呢？或许只能自己糊糊口。这样的话，找工作就没有意义。而如果他留在学校，继续打工求学，反而要容易许多。一则在食堂打工管了饭还可拿点零碎钱，二则导师也会支付少许费用，三则他可继续接几个家教。吃饭解决了，住宿解决了，其他的开销就不剩多少。或许还能给爹妈寄点回去。哪怕一百块，他们也能过几个月。待他苦读出来，当上教授，虽没什么赚大钱升高官的机会，但却可有很好的社会地位，有稳定的工资收入。届时把爹妈接到城里一起住，自己的工资也足可给他们一份安稳的日子。这样的未来，纵不是人们所期待的富贵，却也有更要紧的平顺和安静。恐怕这正是适合自己的。

涂自强想到这些，竟有些兴奋。如此，他唯一要做的，就是跟自己较量了。他需要更刻苦更用功更勤奋更节俭，但这些仿佛都是他与生俱来的强项。他完全不怕。他凭着纯粹的自己，也能够拿得下来。

事情就这样决定了。自己的前途也在这个月亮黯淡的夜晚决定了。

天微亮涂自强就爬了起来。他趴在桌前，给自己仔细拟定出一份学习计划，从专业到政治课以及英语，每一项他都要拼出最好成绩。他明白，以他的背景，只有最好，才有机会。各种关系户能挤走的是排名靠后者，挤掉第一名却是要困难很多。

他写完计划，意犹未尽。又在这份计划书下，写了一份更为细致的作息表。他的时间安排几乎精确到每一分钟。涂自强将这些打印成两份，一份贴在桌子上，一份贴在床头，以让它随时可以提醒自己。

同室的马同学起床时见了他的这份计划书和时间表，大声道，你疯了？犯得着这样吗？你就算这样拼掉命，最后也未见得有你的份。

赵同学送衣服过来，见之亦惊呼，说人类已经没有什么可以阻挡涂自强同学前进的步伐了。

涂自强不想说什么，他知道世上很多事无法用语言沟通，只有自己去做。所以他一概以微笑作答。涂自强心道，我不能跟你们一样。我什么能量都没有，什么背景都没有，甚至连我的外形也帮不上我。我有的只是一颗坚强的心和顽强的意志力。它们可让自己变成最强的那一个。如此，我的一切才都有可能性。

一切都有条不紊地进行着。涂自强平静地做自己的事。他独来独往，内心踏实。任何空虚颓唐的情绪都无法触碰他的身心。他心里仿佛有个小太阳，高悬在上，照耀着自己设计的前程。这前程明亮着他的心，也温暖着他的心。

专业老师从赵同学处得知涂自强的决心及努力，大加赞赏。下课后专门找到涂自强，当着许多同学的面大声说，你这么刻苦，我很感动。现在像你这样的学生太少了。我要给你一个承诺，你的分数只要上线，我一定招你。涂自强也大声地回复老师，我一定考上！

考试时间是在元月。这年冬天，冷得厉害。屋里比外面强不了多少。涂自强总是安慰自己说，比起高中复习时的冷，已经好太多了。而且上厕所都不用到楼外去哩。而且自己的手脚也没长冻疮哩。比较起考高中和考大学的时光，他现在简直就像活在天堂里。甚至，他连赵同学的衣服也没再洗。因为赵同学说，他洗的衣服已经足够买下他的电脑，所以，他不能再盘剥涂自强。

元旦放假三天，涂自强哪儿都没去。宿舍楼里很清冷，正适合他用功。他的英语不强。从乡下来的学生，英语先天就差，尤其听力。他们从老师那里学来的英语，到了大学似乎都不太对劲。涂自强每次考英语都在中等偏下。毕业虽没问题，四级也考过了，但考研拉下总分，也不合算。他觉得自己必须利用所有时间，把英语攻上去。整个夜晚，他都在练习听力。新年来临的整点时刻，依然有细碎的鞭炮响起。焰火像幽灵在远处的空中闪烁，色彩缤纷，像是漫天的诱惑。但这些，全都没有影响到涂自强的专注。他的心里只有一个目标。他能听到的召唤，是来自那里。属于他的焰火和炮仗也在那个遥远的与他的梦想相关的地方。他全力朝着那里奔赴，就像是赴死一样。

寒假前夕，赵同学和几个不考研的同学，拉着涂自强到外面餐馆吃饭。说是此生交了涂自强这样一个同学，也算一生之幸运。一定要给涂自强上考场壮行。条件是将来他们各自有了孩子后，留在学校当教授的涂自强，要给他们孩子上学开开后门。这当然是说笑，但是瞻望前景，涂自强也觉得这一天迟早会到来。他欣然答应去吃这顿壮行饭。

吃饭喝酒笑闹谈女生说段子都是菜。吃得热了，棉衣也脱在一边。涂自强也喝了一口酒，但他酒量太差，一口酒便让他的脸红得仿佛喝了一斤。涂自强只好告饶。鉴于他一向的实在，大家便也放他一马，允许他用矿泉水代酒来跟大家相敬。

涂自强也从来没有吃过如此大餐，更未参与过如此亢奋的聚会。虽然他像往日一样话语少笑容多，但精神力却也全部贯注在饭桌的扯谈上。他觉得人生多好呀。他这辈子能有这么多这么好的同学！一想到他们，他心里便会有温暖感。席间，两个同学相互争执起来。话题就是城市孩子和农村孩子之间与生俱来的不平等。城里孩子吃好喝好上舒服的中学、费少劲就能上好的大学还能找到好的工作，农村孩子每一样都得拿命拼，结果一切都不如城市孩子。就算有几个混好了，代价也会沉重无比，说不定半条命都去掉了。同学们争得吐沫横飞，赵同学连连说，不要把标点打得我们满脸呀。

涂自强心里自然是站在农村孩子这边。他觉得不平等是摆在面上的。可是他又想，这世上何曾有过平等的时候。该认的，你自己都得认，然后自己下气力改变就是了。老是抱怨反倒是折损自己的硬气。所以当赵同学调停说，这样的争论毫无意义时，他立即应声拥护了。

这顿饭吃到了晚上九点多。出门时，风更大，站在公共汽车站，大家都哆嗦成一团。就是这时候，涂自强听到他口袋里的手机铃声。

很少有人给他打电话，尤其是这样的晚上。他摸了半天才摸出手机。竟然是村长家的电话号码。涂自强忙接起电话，对方的声音立即嘶啦嘶啦地响了起来。这是村长在说话。村长说，强伢你怎么不接电话呀。你家里出事了，你快回一趟吧。

涂自强浑身都抖了起来，说什么事呀？出了什么事？

村长说，快回吧。你爹出事啦，正抢救哩。快回吧。晚了见不上了。他的声音急促而紧张。

涂自强被这个电话内容弄傻了。半天他都回不过神。村长挂了电话他还听着手机。赵同学忙问，什么事？你家出了什么事？

涂自强茫然道，说我爹晚了就见不上，正抢救哩。为什么抢救？

一边的同学都急了，公共汽车来了也都没上，围着涂自强东一句西一句地讨论。赵同学说，你傻了呀？抢救，就是说你爹有生命危险！

另一个同学吼了起来，说你他妈的怎么没经过事呀，就是说你爹要死了！

涂自强这才猛然清醒，扶着车站牌的柱子站了几十秒，才说，这不可能。我爹一向都好好的，怎么可能突然有事？

冬天的寒风嗖嗖刮来。几个年轻人围在公共汽车站帮着涂自强分析这消息的可能与不可能。所有的分析都没有意义，有意义的就是涂自强赶紧回家一趟。他的爹他亲爱的爹或许正在等着他。

赵同学自语了一句，我真笨，说着拿过涂自强的手机，照着打来的电话，回打过去。他在电话里叽叽咕咕地说着。涂自强丝毫没听清他在说什么。好一会儿，他挂了电话，对涂自强说，回去吧。回家去吧。

六

涂自强赶乘最早一班长途汽车回老家。出来三年多，居然一次也没回去。他满脑子只有一个想法，就是省钱省钱省钱。为了省钱，他似乎什么都肯做。一直觉得，省钱就是孝敬爹妈，就是能自己靠自己读完大学，就是没有爹妈的资助自己也能过得好。掰着指头数，同学中没几个像他这样的。他就是想为那些贫穷而自强的同学做个样子。

但是现在，他坐到了车上，车轮朝着他的家飞速旋转。凛冽的寒风在窗外刮得呼呼响，像极山缝里呼啸而过的声音。此一刻，他才觉得自己是多么想家。想他那个山洼里的小村庄，想他辛苦一生的爹妈。甚至，他连采药都想了。记得他们相好时，他最喜欢畅想他们的未来。曾经还对采药说，将来一定要和她一起手拉着手逛汉口，就像真正的城里人那样。而现在，他人到了城市，且在这里住了三年，但他却没有去过汉口。因为他的生活里根本就没有同他手拉手的人。采药说，这是她的个人悲伤。涂自强想，这恐怕也是我的个人悲伤吧？

路途很长，足够涂自强想一路。考研业已抛至云霄之外，在他思绪不到处鬼魂式游荡。而他乱麻般的胡思乱想中，纠缠最凶狠的却是他的悔意。他不敢想父亲会有什么事，他根本不相信这些。走的时候，父亲没有说什么话，只是站在板栗树下，一直望着他。三年来，父亲的目光，从未再现。而这一刻，却在眼前显现，像浮雕一样，越来越清晰。涂自强自责地想，难道省钱比父亲还重要？钱能买到同爹妈的见面？能买爹妈想我和我想他们？能买到爹妈见儿子的欢喜以及他们在村里的自豪？

长途车进了县境，还没抵县城，涂自强突然接到一个电话。讲电话的人没有介绍他是谁，只是说，没到家吧？先别回去，直接上县医院。涂自强的心怦怦地跳，他说，怎么回事？到底怎么回事？那人说，来了就知道。然后就挂了。

这时的涂自强很是慌乱，但他什么都不愿意细想，更不愿意猜测。他只是不停地在心里对自己说，哪有什么事？山里人就喜欢把芝麻大点看得天样大。没有战争又不闹土匪，一个山坳里，能有多大的事？

但实际上涂自强见到的是比他任何想象都要大的事。那也是他最不想见甚至全然不敢去想的场景：他的父亲躺在医院的一个角落，泛黄的白布单罩住了他的面孔。他的母亲铁青着脸坐在旁边。村长和他的老婆正在劝着她。村长说，你就哭出声吧，哭出来人舒服一点。

涂自强的母亲说，我为什么要哭他？他这个没出息的，活着不好，偏要去死。他这一走，我儿心里该有多委屈！

涂自强只觉得自己的血往脑门上冲。他冲过去叫道，咋回事？这是咋回事？我爹呢？为什么？没有人回答他。他转身扑到他父亲的身上，意欲掀开白布单确认一下，那里躺着的人，是不是他的父亲。

村长一把抓住他。村长说，强伢，那是你爹。你别看了，已经罩上布了，别惊扰他。你是大学生，关键时候头脑要清醒，先照顾下你妈吧。

涂自强这一刻才知道，自己从此没父亲了。他蹲下身，一边哭，一边跪到母亲跟前说，这是咋回事呀？我走时爹还好好的。早知道这样，我上个什么大学呀。

母亲说，你说啥瞎话哩！哪能不上大学？这是他的命。

晚间，县里派了辆卡车，村里又来了几个乡亲，帮着把涂自强的父亲抬上了车。涂自强和母亲相依偎着坐在父亲的身旁。卡车上破旧的帆布篷在寒风里呼啦啦响。父亲的遗体被白色的布单裹着。车上原是装了红砖的，白布上便蹭了不少红色。车向山里驶去，大车灯划破了前方的黑暗。熟悉的回乡路在涂自强眼里格外陌生。他从没以如此方式回过家。这一切都给他一种不真实感。他努力地想让自己清醒，却依然觉得懵懂万分。

风几近刺骨。车颠簸着朝家里行进。母亲身子晃来晃去，却一直没有停嘴。母亲说，村里修路，原本是经过卢家的地。可他们卢家在县城里有人，硬让人给改了线，就变成从咱家坟地过了。也没见人上家里说一声，就给平了。等你爹知晓，路都修到十几里远去。你爹急了，找修路的。修路的说他们按图纸开挖哩。荒郊野外，无主坟多的是，哪里顾这个？你爹又上卢门理论。他们卢家根本不承认有这事。且跟你爹吵，说你家坟地那风水也够晦气，四个孩子没了三个，尸首都见不着，平了也就平了，没准还转个运。你爹嘴蠢，哪里说得过他们？再去找村长，村长说是村里早贴了告示，通知迁坟，你们咋不看？告示贴在几个大村里，咱这坳里，又隔着山梁子，怎么看得见？你爹气不过，到镇上到领导。领导说，国家修路事大，还是你家坟事大？已经平了，难不成把骨头找回来？你爹找不着说理的地，气得吐血，第二天就爬不起来。我也顾不得坟不坟的，拉着车先卖了猪，用那钱带他去医院看病。镇上说得去县上。我又拉着他去到县里。县里医院这也查那也要查，不带药，光这查的费就把咱卖猪的钱花没了。查完说是最好住院，到那窗口，又说要交大笔的钱才成。你爹他再也不肯见医生，死活要回家。他知道，咱衣袋里根本没了钱呀。我找医生开了一点药回来，他就这样一直在家躺着，怎么躺都缓不过劲。这病了也有好一阵，不想跟你说，怕扰了你学习。这几天，寒得厉害，他的病立马见重，夜里尽说胡话，说祖宗不饶过他，要鞭他九十九天。我慌了，找你四爹爹。四爹爹说，人比啥都要紧，还是想法子弄钱进医院吧。我一想，是这个话，人要紧哩。慌得又四下借钱。村里人，哪家富？哪有人借得出？我只好上我娘家去。走前，他说，你这样借，我儿将来咋还得起？我没理他。结果回来就不见他人。忙求着村里人帮着寻。结果，在新开的路边找到了，那原是他爹娘的埋骨地。他趴在那里，浑身冰凉透了。村里乡亲赶死赶活送他到医院，没进门，人就没了。你说这老东西怎么能这么死心眼呢？不就是个坟吗？死人能比活人重要？我儿大学马上读完，眼见着可以带爹妈住城里享福，他却没了命。这样的风水要它作什么呀！

母亲的话比风更像刀子割着涂自强的心。涂自强自小在家来来去去，很少与父亲交流。父亲言语寡，成天闷头不语，令人觉得他的存在一如不存在。现在父亲真的不存在了，涂自强竟有塌天之恍然。父亲或许就是那个替你撑着天却并不让你知道是他在替你撑着的人。

涂自强这么想着，禁不住靠在摇晃的母亲身上放声大哭。母亲说，我儿呀，人死都死了，哭不回来的。这没出息的老鬼，我都不想哭他。

涂自强说，爸病了这么久，你们怎么不告诉我呢？我这个儿子真该死呀。

母亲说，快别说这晦气话。我说给你打电话哩。你爸说你学习紧，别给你添乱。

涂自强说，爸是怕我负担太重。怕我压不住。

母亲说，你知道就好。知道心里的念想就会长久。

涂自强想，那里当然的。

父亲就葬在了屋后的坡上。隔着窗，远远能看到坟地边一棵银杏树。涂自强在回家的路上，受了凉，一直咳嗽不停。安葬父亲后，家里满处都是他的咳咳声。他不想说话，只想为父亲或是为母亲和自己做点什么。有天到地里，看到了这棵银杏树。它原本是父亲当年所栽。涂自强突然起念，便忙了一整天，将这棵树移到父亲的坟边。树落定，他就仿佛安心了一样。现在，就是在家里，也能看到这棵银杏的枝干。夏天时，它青绿，秋天时，它金黄。刮风的时候，它花瓣一样的树叶就会随风晃动。

母亲跟着他站在窗前看树，说到底上了大学，想事也不同。往后就拿它当你爹，就当你爹站在那里瞧着家。反正你爹往常也不说话，我年轻时就说他像棵树，光是矗在那里。这下真说着了。

涂自强想，是呀，将来它就是父亲了。

七

整个春节，涂自强都待在家。父亲去世了，母亲孤单一人，他得陪她过年。这是他的人子之贵。居住武汉三年，涂自强已然不适应山里的生活。昏暗的灯光，无边的寒冷，清寂的空气，还有肮脏的厕所。第一天回去，他蹲在两片木板上，咳嗽咳嗽得几乎震断它们。围墙是树枝扎就，风从四面八方进来，还带着轻微的呼啸。他被冻得哆哆嗦嗦，根本屙屎不出。

早起一推门，迎面便是一架山。山中色彩永远如此，夏天绿秋天黄，冬天发暗的树梢上浮着白。偶尔能听到新修的公路，有汽车驶过的声音。这声音又让涂自强百般虐心。每天有多少车从他祖辈的坟头碾过？他不愿意深想。一想就觉得那些轮子也正从他心头碾过。

家里没有网络没有电视也没有书。除了母亲，甚至也没有其他亲人。每一天的生活都与头天相同。过百年也只一日。偶尔有亲朋过来坐坐，所说的话，所问的事，大同小异，全然引不起涂自强的谈兴。涂自强在家不足十天，便对这样的生活深感厌倦。他想，我三年不回家难道只是因为省钱？或许就是我根本不想回来？不想面对这个地方？难道我对这个地方全无热爱也无眷念之心？虽然这是我自小生长的地方，是我的家乡，可它的贫穷落后它的肮脏呆滞，又怎能让我对它喜爱？又怎能拴住我的身心？难怪出去的人都不想回来。我也是他们中的一个了。这个地方我是绝不会回来的。

年一过完，涂自强便与母亲谈。涂自强说，我怕是以后会在城里工作。

母亲说，当然。我儿当然往后要住在城里。

涂自强说，我是说，不是县城，是留在武汉。

母亲说，就是了，咱那个破县城有什么好？我儿就是要留在武汉。气死他们那些大户人家。村里没人住汉口，往后我家就有了。母亲说时，脸上浮出笑容。

涂自强没料到母亲会如此想，便也笑了，说我找到工作，挣下钱，有了房子，就接你过去住。

母亲脸上的笑容便又放大许多，说我听你的。我男人死了，可我有儿，我啥都不怕。

涂自强说，过完年我还要回学校，你一个人能行么？

母亲说，咋不行？放心吧。你爹不是站在那里？喏，还动哩，跟活着时一样。母亲指了指银杏树。涂自强"嗯"了一声，不再说话。

他心里知道母亲的强。他自小家里都是由母亲做主。有母亲，他便有安全感。即使出门在外，但凡想起母亲，心里便有暖意涌出。有回他跟母亲这样说，母亲说，你身上流着我的血哩。你想我了，我的血能不知道？我的血也高兴。一高兴，你身上不就热乎了？

涂自强被母亲说得大笑。他想母亲说得太好了。果然就是如此哩。

开学前夕，涂自强要动身返回了。走前他把自己所剩的钱大半留给母亲，说我在城里挣钱容易，这些你一定得留着。万一病了，不可以撑，必须去看病。还有，有事一定要给我打电话。母亲不停点头，一副诸事都听涂自强安排的表情。

长途车业已通到山里，离家走上几里，便有车站。母亲坚持要送涂自强到车站。涂自强也就由她。他也想与母亲一道走走。

车站几无其他乘客，涂自强一上车，车便启动。母亲没有挥手，只是呆站在站牌下，望着汽车远去。车上的涂自强不时回望，见她一直站在那里看着汽车驶远，动也不动，比父亲那棵树更像木桩，心里便也酸酸的。他想，这世上，她就我这么一个亲人，而我也只有她这一个了。

涂自强一到学校，老师便来找他，问他怎么没参加考研。涂自强说了家里的变故。老师长叹一声，连着说，就这么不巧，这么不巧。一个随意的举动就改变一家人的命运，甚至不知是谁作的改变。唉，唉。像你这样用心读书的人，我很难再碰到一个。某种程度上说，我也被改变了。

回到寝室，涂自强把这话对同室的马同学说，马同学亦叹息，然后补了一句，这就是命。你的命！涂自强想，是呀，这就是命。我的命！

这一夜涂自强又没有睡着。他发现自己业已时常睡不着觉了。并且他也知道了那一个文雅的词：失眠。

次日涂自强便将所有的考研资料打捆放进了一个纸箱，又把纸箱塞进床底。这些东西，他想，从现在开始，都将是废纸。然后他打开电脑，开始写自己的简历。他并无多少经历，也没有什么成果，不过半页纸，他的简历便已完成。最后一学期，几无课程，也几无活动，同学大多在找工作。大街上四处可见寻找工作的大学生。从此以后，他便是他们中的一个。

涂自强开始找工作的第一天，便发现，对他来说，这并不是件容易事。他不可能到处奔跑，因为他每天两次必须回到食堂干活，他也根本没有在外面吃饭的资本。学校在郊外，只要出门，一上公共汽车，没有一个小时，根本就到不了目的地。什么事还不曾做，就得往回赶。有两三次他迟到了，食堂的师傅虽然没说什么，但他自己却万般不好意思。于是，所有找工作的事，便放在了周六和周末。

时间就这么在寻找中过去。临近毕业时，他终于在一家广告公司找到一份电话营销工作。老板是校友，早他十年毕业，也是山里出来的穷孩子。他打量着涂自强半天才说，我看你这性格不像适合做营销。不过，我毕业时，也是你这尿样。亏我老板肯收留我，我才有今天。所以我也愿意收留你。先试试？

涂自强自信道，给我十年时间，我也会成你今天这样。

老板笑了笑说，这个我信。但是，拿命拼吧，学弟。

两人约定底薪七百元，其他靠业绩提成。年终结算连奖金一并支付。做得越多，拿得越多。涂自强算了一下账，这工作主要靠查找资料，如果一天做一百个客户，便可有一千多的收入。他节俭已惯，便觉得相当不错。刚开始，不能要求太高。这虽不是他所喜欢的事，但他要吃饭，就必须落下脚来，谋一份薪水养着自己。涂自强一直非常现实，他想，理想工作是需要慢慢寻找的。

他到底决定辞掉食堂的工作了。四年来，他风雨无阻地在这里干活，吃这里几近免费的饭菜。这里像是他的家一样。师傅们送他时也都依依不舍，觉得现在社会难得有涂自强这么踏实勤快的孩子。炒菜的大师傅甚至说，都讲现在的大学生不行，我还跟他们辩论，说怎么不行？我们那里的小涂比谁都行。

涂自强听这话很开心，他不停地说谢谢。最后还说，全世界最好吃的饭菜就是这里！说得食堂的师傅们全都哈哈大笑。

拿毕业证那天，已有些炎热。先前离校而去的同学都返回来。大家高兴地笑闹，然后以各种方式照相。涂自强在班上原本就不出众，跟同学亦少热乎，故而来找他合影的人便也寥寥。他只参与了几个大团队合影，之后便倚着树笑着脸看大家。涂自强并没有失落感，他认为本该如此。他真心觉得学校太好了，而同学们也太好了。中午的时候，大家在一起吃了告别饭。都称这是最后的午餐。饭后，彼此又拥抱着告别。这一别，谁也不知什么时候再得相见。涂自强在跟同寝室几个同学分手时，竟淌出了泪水。

整个寝室立即清静下来。涂自强亦清点着自己的东西。这地方他住了四年，现在，他将带着一份行李走向茫茫大海一样的社会，那感觉，仿佛离家出走。走时，回望又回望，知道这地方自己是再也回不来了。

按照同学指点，涂自强在武昌的石牌岭找了间租房。这里是城中村，街道狭窄，房屋杂乱。村民们将自己的房屋略加改造，便成租屋。因为简陋，所以便宜。又因此地距大学和电脑城近，便成毕业生的云集之地。他们像鸟一样，每日早出晚归，夜间栖息在此。涂自强与邻校三个学生合租了一间屋，一个月各出一百一十块钱。

上班三天，涂自强为自己拟了一份生活清单：

房租水电：140 元，

吃饭：300 元，

乘车及电话费：120 元，

生活杂用：40 元，

机动：50元（买换季衣服及鞋等），

总计：650元。

他想，这是他一个月的起码用度。他所有费用都必须控制在底薪700元内。如果他只用掉650元，每个月就可以留50元给母亲。两个月寄一次，母亲收到这钱，一定会高兴坏。她的生活因有此钱也会好很多。涂自强仿佛能看到母亲满脸得意的神情。倘若他的业绩出色，年终提成加奖金能拿到一笔大钱，他可以去存起来。将来需要花钱的地方多的是，比方他家的房子已经很旧了，他得设法修整修整；再比方，他将来要在武汉成家立业，迟早得在此买房。他想，他的节俭度应该是：近十年内，为最高级节俭；再十年，为比较级节俭；再再十年，刚可进入普通消费级，像正常人一样生活。那时，他四十出头。而真正地享受生活，怕是要到五十岁之后。以他这样没背景，没外型，没名牌也没高学历的人，恐怕只能是这样一种按部就班的节奏。其实他的一生如能这样，他觉得倒也可以满足。

同室的三人看到他的清单，便都惊呼，跟女生喝杯咖啡的钱都没有算，实属神仙清单呀。那你活着是为什么呢？

涂自强便笑，说我就是当代神仙。我活着是为了未来。其他人便都认定他的人生观有问题。涂自强依然笑。他想他们是无法理解的。不过他也不需要他们理解。他们喜欢说，彪悍的人生无须解释，涂自强心道，到了他这里，完全可改为俭朴的人生无须解释。何况，他自己也从来没喝过一次咖啡哩。

又一轮的新生活就这样开始。

工作比想象得更辛苦，而生活比想象得更糟糕。同住的人们虽在不同公司工作，但辛劳似乎大同小异。每晚回家，衣服顾不得脱，便躺在床上发牢骚。说是早知如此，真不该读这个大学。又历数他们高考落选的同学，收入已经达到了多少多少。牢骚发完，总是要骂一骂老板如何心狠手辣，动辄加班，稍有不对，便克扣奖金之类。睡意在骂声中到来，于是各自呼呼大睡。经常的时候，连洗澡的力气都没有，便这样一觉到天明，然后又开始完全相同的一天。

日子周而复始，劳碌繁忙并且单调无趣。但对于涂自强来说，这一切都不算什么。他早出晚归，把所有能用的时间都用上。他吃方便面，有时也吃馒头，实在馋了，买两个肉包子。他不需要饭菜口味，也不需要生活品质，他只要不饿。不饿方能有力气支撑身体，于他来说，就足够了。老有同室的人说他，你未免太苛刻自己了吧？他会惊诧地问道，是吗？我觉得还好呀。

是的，涂自强没有觉得生活苦，也不觉得生活单调。因他原本的生活就是这样。而那时，他的目的尚不清晰。现在他有清晰的个人目标。他要在这城市里安家，要在这里扎根。他正在为之努力。这是一个必需的过程。他正在这个过程之中，浑身都是动力，何曾觉得辛苦？何况，他想，当年高考不也这样？甚至比这更辛苦，生活比这更差哩。有一天，同室几人闲聊这个话题，大家都说，以前的人忆苦思甜，忆的是旧社会之苦。我们呢，一回忆，全是高考岁月的苦。说得所有人哄地一笑。涂自强平素很少插话，这次也说，可不是？吃过了那番苦，此后还有什么苦吃不了？

冬天来了，租屋的气温能到零度以下。平常他们冲凉都在公共厕所。而高寒之下，这里洗澡几无可能。甚至早晚时节，水管都被冻住。附近的旅社开有公共澡堂，但每次洗澡要十块钱。远一点也有八块洗一次的，可来回车钱去掉两块，等于一样。涂自强先前罩着不去洗，心想脏就脏一点，忍过一冬，暖和了再洗也一样。以前在乡下，还不是好几个月洗一回澡？但有一天，终于有同室的人提了抗议，说你省钱可以，但你不能浑身太臭。大家住在一起，本来就臭，你不洗澡，屋里的臭就臭出别的味道了。

涂自强不服气，说还能有什么味道？

同室的人说，馊呀。臭能忍，馊难忍呀。涂自强闻闻自己，觉得果然又馊又臭。

这天赵同学给他电话，说班上李同学从外地来汉，大家小聚一下。涂自强觉得自己一身臭气去见同学，也不好意思，便决定去浴室洗澡。走到旅社门口，看到要十块钱，他怎么想怎么不服气。洗个澡十块钱，天理难容呀。徘徊半天，还是决定不洗。

聚会就在李同学所住酒店附近。李同学回家便去地委当公务员。他经常下乡，居高临下，派头便显现出了一点。大家见面寒暄一番嘲讽一番，便掉头都问涂自强过得怎么样。马同学和赵同学开年即要出国，只有涂自强一人在艰苦中打拼。涂自强觉得这很自然，这就是他的生活，便笑而作答，说还可以。

赵同学说，几个月没洗澡了？

涂自强便笑说，你鼻子真灵，忙得厉害，没顾上。

赵同学说，你身上这臭还用鼻子闻吗？说罢便对李同学说，赶紧，把涂自强弄到你酒店先去洗个澡，不然我们这顿饭是吃不好的。

　　大家哄然一笑，都说是是。涂自强心里大喜，便也笑。

　　于是便跟了李同学去酒店。酒店虽然普通，但有浴室已经让涂自强惊喜万分。李同学说，我先过去喝酒，你反正也不喝。洗完就自己过来。

　　屋里有暖气，即使脱光，也绝无寒冷感。而此时的户外已是冰天雪地。涂自强很是兴奋，心想自己运气总是很好。他脱了衣服，进到浴室。浴缸的水龙头有两个水阀，他一下发懵，不知道自己应该用哪一个。他试着打开一个，发现怎么放都是凉水，于是赶紧关上。又试开另一个，水却烫得厉害。他顿时有束手无策感。忙打电话给李同学，李同学教给他，说两个都开，要慢慢调，调到你最喜欢的温度。

　　放下电话时，涂自强听到那边同学的笑声。他也觉得自己好笑，笑完又想，自己就是个乡下人么，不懂有什么办法？热水出来了，却在浴缸里存不住。他又不知道怎么才能将浴缸的水漏给堵上。正四下试探，赵同学打来电话，说你知道怎么把浴缸堵上不？

　　涂自强真觉得救命的人来了，忙说，就是不知道呀，正琢磨哩。

　　赵同学就笑，说我猜着你不知道。这里有小机关哩？所以赶紧电话你。你把浴缸上一个小柄朝下压一下，就可以了。如果要放水时，再把它抬起来。如果想洗淋浴，就把浴杆上的圆柄拔一下。

　　他说话的背景全是笑声，音量狂放。一个声音说，怎么连基本常识都不懂呢？涂自强知道他的同学们在笑他，这一回他心里略有不快，暗道，有那么好笑吗？我是不懂常识，可你们知道我是为什么不懂得的吗？

　　这个澡涂自强泡了好久，一则他觉得浴缸里太舒服了，二则他几乎不想回到同学中去。他泡了澡，又淋浴了十几分钟，最后，他不得不放弃继续洗下去的想法。回到同学中时，他满脸红扑扑的，跟那些喝了酒的同学几无两样。李同学说，洗好了？舒服吧？

　　涂自强说，当然，让你们见笑了。

　　赵同学说，换个人，大家也不会笑。因你性格宽厚，不会真自卑假自尊，所以大家就笑得放肆一点。

　　涂自强立即释然，觉得自己险些如此了。他说，我不懂这些很自然呀，我要是懂，才奇怪哩。

赵同学说，说得也是。由此也证明，我们涂同学从来没有到酒店泡过妞。

大家又笑。李同学说，还用这个来证明吗？凭他那一身臭味，哪个妞肯靠近他呀？一桌人笑得更厉害，有人把嘴里的饭菜喷了一地。

涂自强此时觉得真饿了，他闷下头大口吃菜，由着他们笑闹。他知道，他们的笑并无恶意，只是开心而已。懂得多的人，经常会笑笑懂得少的人，就像城里人经常笑乡下人一样。涂自强经常如此被人讪笑，他已习惯。他对自己说，这没关系，下次我就会了，我会了就不再有人笑我。

饭罢分手时，李同学说，我经常过来出差，以后我每次来都给你电话，你来酒店洗澡就是。不洗白不洗。

涂自强说，好呀。

晚上回家，涂自强走在冰雪满地的路上，心想，这真是一个愉快不过的夜晚呀。

八

离春节只一周了，隔得近，仿佛一眼可以穿透时光，看到那个日子。公司早已通知腊月二十八放假。临近节前，稍闲一点。涂自强和几个同事一起算计自己的收入。涂自强去公司晚，拿得最少，连提成加奖金竟也能拿到五千多块。看到计算器上的四位数，涂自强的心怦怦直跳。他想，我可以带着这笔钱回家见母亲了。要给她买件新棉袄。山里冷，还要给她买一套保暖内衣。嗯，最好把手头存折所有钱都提出，把房子好好修整一下。涂自强把自己想得十分兴奋。

腊月二十五的时候，涂自强决定中午去买车票。一早到班上，突然发现同事们都神色怪异。

涂自强说，什么事？

一老同事说，听说老板不见了！

涂自强大惊，说前两天还见他来着。

老同事说，会计把奖金算出来了，找他签字，好发给大家，结果怎么都联系不上。

涂自强说，哦，或怕是有事呢？也可能手机没电了。

老同事说，去了他家，家里锁着。小区保安说，前两天他们就搬家了。

听说是搬到南方去哩。刚才打开他的办公室，他的东西全都搬走了。公司里重要的东西也都不在。最重要的是账上的钱也都悉数提空。会计觉得不对头，这才跟大家商量。

涂自强有些发懵，脑筋一时转不过来。他想到自己的五千多块钱，觉得老板是自己的学长，看上去人不错，成天笑眯眯的，怎么会做这种事？

公司的人全都了无心事地坐等老板消息。有人怕老板出意外，电话报警，警察说，没到二十四小时，不受理。又有人间接地认识他的熟人，试着打电话询问，却也都没结果。涂自强始终相信老板不会甩下他们自己走人。他想他或是有什么事，没有办法通知他们，又或是他本人有何意外？到了下午，会计接到短信，他沮丧地坐在椅子上，把自己的手机给大家各自传看。涂自强这时看到了老板的信息：很抱歉。我因受人威胁，不得已提前离开。对不起各位。欠大家的钱，将来我设法归还。

办公室里立即炸了锅，虽然已有预料，但大家还是愤怒不已。涂自强不解，问道，为什么？为什么这样？

没有人回答。一个同事开始砸东西。涂自强也很想砸，但他还是忍了。他想不通，他一个从乡下出来的穷孩子，已经有能力办公司了，为什么又会走这一步。亦有人说，报警呀，这事必须报警。他欠着我们的钱哩。

会计说，报吧。报了又有什么用？底薪给了你，只是没有奖金和提成。

又有人叫，这也是很大一笔呀。

会计说，他既然想到了跑，就会想到怎么对付人。他会告诉警察，没效益，所以没有提成，也没有奖金。

同事又喊，莫非你跟他一伙的？

会计苦笑道，我？我退休在家，他返聘我，我也没拿到钱呀。我这么说，是因为我比你们吃的盐多。这楼里，你们也看得到，几天倒闭一家公司。席卷而逃的也不少，哪家报警管用了？

涂自强跌坐在椅子上。他知道这出戏已经结束，他的五千多块钱也打了水漂。会计的叹息，便是句号。他不再作声，心里却有一种悲哀，说不出的悲哀。

同事们都闷坐着，直到天渐昏暗。会计便说，唉，都是辛苦人。大家相处一场，就算老板跑了，同事还是有感情，眼看过年了，吃个散伙饭吧。我把年终账复印一份给大家，盖上财务章。这章子恐怕也就今天还能用一下。

或许哪天遇上那个混账，讨不到钱也要讨个公道。

似乎只能如此。一伙人垂头丧气跟着会计出门。冬风凛冽，他们步履缓慢，倒像是在风中散步。

散伙饭是在珞瑜路一家中等的餐馆吃的。菜好吃，价也不贵，十来张桌子，客人坐得满满，上菜便显得太慢。大家只能一边等菜一边喝闷酒。餐馆老板有些不好意思，忙不迭地赔小心，说实在抱歉，打工的都回家过年了，人手不足。

会计说，再招几个呀，这年头，有钱还怕找不到人？

餐馆老板说，平常人还好找。这时候，谁不想回家团个圆呀？还真是有钱都找不到做事的人。

涂自强说，春节你们也不关门？

餐馆老板说，但凡春节，生意特别旺。而今老百姓都想开了，过年也不在家做饭，全在外面吃，一天抵得上平常几天。你看看，这时候哪家餐馆想关门？都在找人。可是给双倍工资都难找得到。

涂自强听着心便动了一下。饭罢与众同事道了别，一想到自己五千块钱转眼成空，春节回家也成泡影，便有些心烦。那个原本一眼能看到的日子，此刻似在朝远方快速奔跑，一直跑到与他相距遥远。涂自强想，该怎么向母亲交代呢？说他没钱回家？他一个月七百的底薪，的确是所剩无几。他的确没钱回家。但如果不回，留在这里，他又能做什么呢？

冷气还在下落，涂自强身不由己往回走，他又走到适才离开的餐馆。那里依然灯火通明着，仿佛一股暖意从里向外溢。

涂自强径直找到餐馆老板，说我来你这里打工怎么样？

老板说，你是刚才吃饭的客人？看你这副斯文样子，怎么肯做这种粗活？就算肯，你又怎么做得下来？

涂自强忙说，穷孩子出身哩，什么活干不了？听说在美国，博士都上饭馆打工挣钱糊口。

老板说，倒也是，这话我也听讲过。真想来，你试试？这里是出体力的，不需要文凭，所以我的工钱不按文凭来算。

涂自强忙说，这个我明白。春节期间我闲着也是闲着，不如找点活干。

老板说，也不回家过个年？

涂自强说，这时候回不去了。今年雪大，家里说已经封山了，回去要走几天山路哩。

老板便说，爹妈不想么？

涂自强想起母亲站在车站的姿态，苦笑一下，说当然想，想也得忍呀。眼下吃苦，也是为了将来能长久住在一起是不是？

老板说，也是。看来年轻人还是有志向。我留你了。包吃包住，不算奖金，一个月一千二。不过，就只这一个月。过完年就算完。

涂自强忙说，当然当然。过完年我还得找我自己的事哩。

老板便笑，说看我糊涂的，忘记你是斯文人哩。

涂自强一天都没歇，第二日便去那家餐馆打工。餐馆的氛围，令他一下子想起在学校食堂的日子。虽然排场不同，气息却是一样。涂自强扎上围裙，戴上袖套。这是学校食堂师傅送给他的，他一直留着没扔，心想说不定哪天还会用。孰料真的派上用场。他动手几分钟，所有人都吃了惊，皆说你这是熟手？

涂自强说，上大学时，扎扎实实在学校食堂打了四年工。

大厨便高兴坏，说这回算是赚了。以为学历高的人做事不行，想不到还比没学历的人强几倍。

老板亦开心，开心过后又叹道，我表哥是老大学生，一毕业就是好工作，立马就成有权有势的人。哪像现在大学生，白读了书，出来连工作都找不到，真是可怜。

大厨便说，其实我觉得国家根本不需要办大学。穷人的孩子，读了也是白读，四年出来，照样找不到事做。有钱人家孩子，同样也是白读，因为不读书也能找到好工作。

老板说，咦，还以为你只会炒菜，想不到还有点想法。

涂自强就笑，说是这个理，但也不全是。

老板就说，看，这就是读书读坏了，说不出有准头的话。

大家便都笑。笑声像水，一丝丝地冲洗着涂自强先前的坏情绪。他想，就是这样了，有白天就会有夜晚。只当过了个黑夜，现在又是白天了。而餐馆里的笑声，就是阳光。

在餐馆打工最大好处，就是每天都有不错的饭菜。尤其临近过年，公款请客的人多。公款请客少有人打包，仿佛打包是件丢脸的事。菜吃得零乱了，就倒掉。但也有好些菜，根本没怎么动筷。老板便允许端进来自己吃。餐馆菜的味道与食堂自是不能比。涂自强很少吃到这么好的菜。许些菜他几乎不认识，吃时便问。问得大厨和老板当面笑，背后却叹，说这大学真是白上了。以为毕业出来当人上人，结果连餐馆客人的剩菜都吃得兴高采烈，吃完了还不识得吃的是什么。

涂自强自是没有听到这些议论。他只是庆幸自己春节没有过得冷清单调。晚间回租屋，时而会想到母亲，有点担心母亲孤身一人怎么过。暗中骂自己不孝，骂完又想，穷光蛋一个回家，拿不出钱见乡亲，母亲又怎会高兴？母亲不高兴，这孝又有什么意思？想得狠了，就打电话回去。打时又忧心母亲要走太远的山路。冰天雪地，没一截路好走。便只好托村长问候。村长多是在电话那头嘶啦嘶啦叫，你妈还好呀！都说她儿子出息，在城里做大事，回来不了。家家请她哩，要沾她的福气。涂自强心里便踏实好多。

放下电话，躺在床上，涂自强便自思，这福气又是些什么呢？

年过完了，城里人开始上班，用工市场依然清冷。街上的人依然是溜溜达达的，没有节奏。这份清冷像地上的冰雪，一直延续到正月十五方才化冻。十五刚过，天色仿佛被人抹了一下，突然明亮起来。街上奔忙的人莫名就多了。餐馆的小工亦接二连三回转，招工单位的吆喝声见天响亮。涂自强知道自己离开餐馆的时候到了。

老板亲自跟涂自强结了账。并说只要以后他年节不回，都可来他这儿做。涂自强自是满口答应。不到一个月，工资加奖金，赚的钱比他在公司两个月都多。涂自强顿有惊喜感，觉得自己没有回家过年还是很值。

只是这惊喜只维持了三天。

这年的雪在涂自强的老家下得很多。城里还在过秋，山里便落雪，时断时续地下了又下。十五都过了，仿佛想起什么，又来一场。山里这样下雪也常见。封山前把过冬的粮食和日用杂货备好，猫在家里过一整个冬天，也是山里人的生活方式。

但涂自强家的房子却在这一年塌了。他的母亲被压在塌梁之下。得亏那天有邮递员进山，见有人家房子垮塌，忙打电话给村长，又把电话打到镇上。结果呼呼啦啦地来了一堆人，把涂自强的母亲挖了出来，一伙人用床板抬着，翻了两架山，轮换了几趟送到了镇医院。所幸房子破旧，屋梁腐朽，一落地便散架，加上天冷，衣服穿得厚实，只是腿受了伤，人倒还活着。

涂自强接到电话时，正在一家广告公司面试。他顿时心惊肉跳，连租屋都没回，直接赶到长途车站买了车票。他记起上次回家一路在心里痛骂自己的事。这一次，他几乎重复了相同的骂。钱大还是娘大？自己怎可为了赚钱而不守在母亲跟前呢？如果他在家，或许会把房子修缮一下，也可以让母亲过一个舒心的春节。就算坍塌了屋子，也是两人一起埋在里面。而不是像现在，由母亲一人承受。他突然觉得自己打拼的目的是想让母亲将来过好日子，可是自己却完全忽略了母亲现在的日子。将来的日子是日子，难道现在的日子就不是日子？想到这个，涂自强真恨不能踹自己一脚。

许多路段都有积雪，汽车开得很慢，涂自强抵达县城时天已大黑。车站四下里清冷，据说因路上结冰缘故，前往镇上的班车都停开了。涂自强无心等到天明，准备寻辆私人摩托赶往镇上。孰料找了半天，未见一辆。想来进山雪层太厚，摩托车怕也难行。涂自强想，恐怕只能靠走了。白天走是个走，晚上走也是个走。这段路他在高中几年走也走得烂熟，那就走吧。

想罢拔腿便迈进了雪地里。没有月亮的夜晚，天色苍茫。白雪反射着些许光亮，依稀照耀他所熟悉的一切：山形、树影和弯曲的道路。天地之间唯他一人在踽踽独行。下山的时候，滑了一跤，爬起时，突然想起很久前他的一个梦。一个在沙漠里爬行的梦。恍然就像是他的现在。再向前走，他的心便有点痛了。他不知道这痛因来自何处。他很明白，除了这个逃掉的老板，这世界并没有谁亏待他，这世间的人也并没有谁恶待过他。相反，那些来自无数人们的温暖，就像是许多的手一直在抚摸他。而他享受这种抚摸之后，面对的仍然是阵阵痛感。这世界于自己是哪里不对呢？是哪里扭着了呢？莫不是，这就是人们所说的我有原罪？这本就是我的原始创痛？想到这些，他的心有些悲伤。这悲伤令他有无奈感。他只好自我安慰说，古人说过，这是因景伤情哩。

凌晨时分，已然见到镇上的几粒灯火。母亲就躺在那微黄色的灯火之中。涂自强突然决定：带母亲到武汉去一起生活！无非另找间租屋，无非多一个人吃饭，无非自己再打几份工。他只需每月比先前多挣几百块钱，便足够他和母亲两人的开支。他的母亲如此孤单，而他也是如此。他们不能再相互分离。

他在雪里深一脚浅一脚疾行，不时被积雪或是冻冰折腾得摔跤。他就这样跌跌撞撞地想，仿佛摔一跤便多一股力量。一路想过来，倒把心想得踏实了。

天露出微光，他进了镇医院，走进了母亲的病房。此刻的母亲正熟睡，比起家里的老屋，医院要暖和得多。涂自强伸手放在她的鼻前，觉得她的呼吸均匀，脸上恍然还有笑意，他不禁浑身一松，一屁股软坐在母亲的脚头，还没来得及想什么，身体便歪下，然后也睡着了。

九

雪终于开始化解，通车了。进山的雪还厚着，母亲靠拄拐已能行走几步，但却没有腿力爬山回家。家里房子业已垮塌，一时间也不可能盖起来。涂自强便跟母亲商量要带她去武汉的事。母亲脸上露出笑意，说我这辈子跟定了我儿。

涂自强说，当然。你是我妈，你还能跟谁？

母亲又笑，然后见人便说，这房子塌了虽说是祸，可把儿子塌到身边了，也是福哩。涂自强听母亲如此说，满心都是愧。

涂自强回了一趟家。他要去给父亲上坟，还要告诉他，他将带母亲住进城里。以后回来得少，请父亲原谅。将来一旦发富，一定把父亲的坟修得气派高大，并且每年都回来看他。

房子垮塌了大半，几根梁斜歪着，刺眼的白雪上，依稀裸露着屋里的家什。其实，家里也没多少东西，除了床和饭桌，他都不记得还有什么。哦，母亲出嫁带过来一个衣柜。涂自强自有记忆起，那柜子的门就是歪的。他想，母亲从未有什么衣物，也不必拿了。倒是堂屋案上的观音菩萨，这是母亲交代再三，一定要跟着她走的。自兄姐出事后，母亲便去山寺请回这座观音。她天天拜早晚拜，全部祈祷都是保佑她的小儿子。母亲认为，涂自强的今天，全是菩萨保佑的结果。母亲没有文化，笃信菩萨，这就是她全身心的文化，涂自强想。

未塌落的小半屋顶上还有雪，下面恰是涂自强的房间。他钻了进去，想找点东西留作念想。床边有个纸盒，翻了几翻，发现几张自己在中学与同学的合影照，又看到自己的两个日记本，他都拿了起来。这些是珍贵物品哩，他想。想罢，搬了半天断木，找到母亲的观音，突然又想找找有没有父母的照片。找了半天，都不得见。他想起自己几无印象父亲曾经照过相。钻出时便对自己说，一定要带母亲在武汉多照几张相片。不然将来结婚生子，孩子都不知爷爷奶奶长成啥样。

中饭在四爹爹家吃的。四爹爹说你放心带你妈走，等雪化过，屋里的杂物他会让人帮着收捡。涂自强忙谢过。又对四爹爹的儿子说，清明时分，还请大哥代替我给我爸上一下坟。四爹爹儿子说，那是当然。然后大家热烈地讨论起武汉，都齐声让涂自强在武汉立住脚，往后大家去省城玩呀，或是打工路过呀，再或是娃儿上学呀，都有地方投宿，有个什么事也有关系好找。涂自强忙不迭地说，是呀是呀。说完自己心里却苦笑。

离开镇上那日，也是个好天气。母亲的拐杖还没脱手。原本他们还能住几天，可他们住的房子是镇上一个办事员的宿舍。家里屋塌了，天天住镇医院病房也付不起那么多钱，正好办事员被派到县里学习，宿舍空着，镇政府就安排母亲临时住他的宿舍。现在，学习班结束，人家要回镇上上班。涂自强原想再找间屋子过渡一下，他希望母亲的腿好得利索一点再走。母亲却说，带着拐杖走吧。在这里是住，在武汉不也是住？涂自强想想，觉得也是。

涂自强万没料到这一趟出门如此艰难。母亲坐上车后，没走多远就开始晕车。尽管涂自强已经细心备有几个塑料袋，但母亲的呕吐仍然让他吓得不轻。到了县城，他见母亲吐得脸色都变了，便不敢买当天的票。

他找了一家小客栈，让母亲先住下。他带母亲在县城里吃了点东西，母亲缓过劲来，拄着拐想到街上看看。母亲还是年轻时去过县城，以后多年就待在山里。她完全无法想象县城里的繁华。从小客栈的窄街一出门，走过一个红绿灯口，母亲又开始了晕街。她扶着电线杆，说来来去去的车晃得她头昏，再也没办法挪步了。涂自强开始还希望她能适应一下，但母亲一步不走。他只得费力气把母亲背回了旅馆。母亲躺在床上好半天才舒缓，说这城里有什么好呀，那么多人呀车呀，走路都不方便。

涂自强说，这算什么，到了武汉，比这热闹几百倍。

母亲一听，便有些战战兢兢，说比这还多？

涂自强忍不住笑。他想起来自己当年初到襄樊的样子，笑完说，妈你也别怕，你只要过上几天就自在了。回家才不习惯哩。

母亲嘴一撇说，哪有的事？

涂自强让母亲休息，自己出去为母亲买晕车药。走到药店附近，他竟看到一个熟悉的面孔从药店出来。那面孔没一丝笑意，眼里满是忧伤。那是采药！她挺着大肚，手上拎了塑料袋，蹒跚地走过马路。涂自强的心怦怦乱跳，他闪在街边，一直看着她，直到她消失不见。涂自强想，她结婚了。她有了孩子。她过得并不幸福。想罢，自己也有满心的不幸福感，只想找一处地方，哭出声来。他们的脚果然走的是全然不同的路，但他们的不幸福却是相同的。

歇了一晚，又坐车赶往武汉。这一路母亲吐得更厉害，涂自强忙了一路。下午到武汉时，两人都快虚脱。

涂自强在镇上已托同住的朋友帮忙另租了房子。他带着母亲，辗转两道汽车，走走歇歇，晚上快十点才到住所。同住朋友已搬来涂自强的全部行李，开了门烧了热水在那里等候。见涂自强说，不是傍晚到站，怎么现在才到？

涂自强忙说，我妈腿不好，又晕车，不敢让她打的。所以，我们一路走走歇歇哩。

新租房与原先的合租屋相距不远。因不是合租，房租比原先贵了一倍有多。母亲腿脚不便，涂自强要求室内有厨房和厕所。这样费用便又高了一些。同住的朋友说，我们几个想帮你再砍砍价，但实在砍不下了。不要这间，也没更合适的。怎么住还是要交通方便一点吧？涂自强忙说是是是。

母亲坐在床边，晃着头四下看着，然后说，你在城里就住这点屋子？

涂自强说，嗯，原先更小。好几个人合着住哩。

母亲说，我儿，你不是上了大学吗？

涂自强说，大学出来还要苦一阵子，才有好日子过哩。妈，你跟着我也要吃点苦了，不过我会尽快让妈过好日子的。

母亲说，那你干吗不回去？咱家把房子重新一修，比这个可大多了。

涂自强说，待在家里哪有奔头呀？你看咱爸，苦了一辈子到死都没苦出头。在这里，苦上几年，买房买车，就能熬出头哩。

母亲哦了一声，似乎有点明白。

这一晚的涂自强睡的地铺。他把床让给了母亲。没有被子，他裹着大衣睡了一觉。他已想好，明天去买张折叠床和棉被，再去添置点生活用品，这样，他和母亲在这座城市就能过上正常日子。他一定要在这里安家，一定要让母亲自如地走在街上，像他在小街经常见到的那些大妈一样，拎着菜篮，脸上露出满足的笑容。

秋天到来的时候，涂自强的日子终于稳定了下来。这期间，他找过无数工作。大的公司人满为患，他没有背景，学校牌子又不够硬，只要有武大、华科的毕业生出现，他就会被挤到一边。小的公司则不稳定，不是老板容易翻脸，便是公司撑不下去。克扣或拖欠工钱的公司，他是无法待的。因他缺了钱，万万不行。他去广告公司当过策划，去保险公司做过推销，又去房地产公司做过文宣，还去电器商场送过货。有一段时间，他甚至给人安装空调。一天，他去一家书城装空调，十来个衣着优雅的女人在那里做读书活动。一个中年女人慷慨激昂地批评眼下风气，说今日之青年，只知赚钱。就连那些大学毕业生也都说一嘴俗话，满身铜臭气，没一点知识气。根本原因，就是读书少了。说得其他女人全都连声说是呀是呀，现在风气就是坏。年轻人没一点理想，活得像行尸走肉。

涂自强听得心下惭愧，他低头看看自己，觉得自己就是满身铜臭味的那一个，也是活得像行尸走肉的那一个。乘公汽回家时，他的情绪有些低落。天色已暗，路两边的霓虹灯已然亮起，满城璀璨。他恍然觉得映在夜色中的这些璀璨其实就是他心底深处的理想之光。他从不知应该如何描述自己的理想。理想是什么形状有什么质地，他几乎没有任何勾画的依据。而现在，都市夜晚的灯火给了他一个朦胧幻觉。他想，我的理想就是这个样子呀。它就是这黑暗中花团锦簇的光芒哩。我赚钱就是为了让自己能够到这光芒之中生活哩。

涂自强很容易想通了，也很容易把自己的痛苦化解。回到家跟母亲说起了这个。母亲说，啥理想呀，你没钱了，一分钟就被踢到黑地里。一晚上咱就得回到老家。

母亲已经爱上城市。只用了半年，她就觉得跟山里比，她这过的才叫日子。而实际上，她住在武汉最贫民窟的地方。母亲常说，多好，上厕所都不用出大门了；多好，不用烧柴了，火一碰就着。眼睛被柴烟熏了半辈子，天天流泪，现在也止了；多好，也不用去担水，冷水热水一拧管就有；多好，只需要走几步就能看到大街，比咱镇上都热闹好多；多好，屋里夜晚亮闪多了，不像山里，一个鬼火，屋角都照不见；多好，想吃面条，开水一泡，就有得吃，煮都不用煮。

这些话，母亲一天唠叨几回。原以为没有了山，没有了开阔的自然，没有了屋前屋后的园子，没有了猪和鸡，没有熟悉的环境，母亲会不习惯。没料到母亲却说，新有的比没有的要多好多哩。涂自强想，这就是了。原来母亲的心与我是相通的呀。

母亲的腿尚未完全康复，走路依然一瘸一瘸。涂自强便让她尽量待在家里休养。但料理家事，母亲已经没有问题。早上，涂自强上班后，母亲便清扫屋子洗衣服。涂自强已教会她用电饭煲，也教会她用煤气炉。中午，涂自强多不回家，母亲便吃头天剩饭。下午没事，她便拜拜观音，然后睡觉。有时也瘸着腿，晃出门，在附近跟煮茶叶蛋的太婆聊聊天，又跟摆摊的老头扯扯闲。她的乡音太重，人家听不太懂她说什么。反过来也一样，她也听不太懂人家所说。可是有几句，她还是听明白了，就是大家都说她有福，啥事不用做，有儿子养。她便颇为得意。涂自强经常回得很晚，有应酬时，她便关灯自睡。每天能见到母亲或听到她鼻息，涂自强有心安感。他觉得比起之前自己一人在此挣扎心里要踏实得多。

涂自强在一家暖气公司工作。他依然没有任何存款。低微的底薪和业绩提成，让他养活两个人不是轻松的事。而且忙碌之中，他的心经常无端空虚，没来由地心烦意乱。在夜晚，他常常会想起采药，想起她挺着大肚的身影。时而间也会想起食堂里中文系女同学。行在路上，忍不住也朝着那些衣着暴露的女孩张望。他知道自己想要什么。母亲说，去说个媳妇吧。涂自强便双手一摊，说现在哪有条件，养不活哩。

公司的女孩也不少，但似乎没有人将他当男人。中午吃饭，他总是买最便宜的盒饭。女孩子们一边把肥肉扔进他碗里，一边教训说，钱是赚出来的，不是省出来的！涂自强不反驳，只是笑笑，心里却想，得多大的底气才能说出这样的话呢？

一个细眉的女孩，是涂自强喜欢的。他常常情不自禁凑到她身边吃饭。大家便笑说，看来涂自强春心萌动了哩。细眉女孩却直接说，要动也别动到我头上。你要房没房，要钱没钱，不是我的菜。

涂自强不服气，便说，我年轻，难道以后挣不到？再说了，一起打拼的爱情才更可贵呀。

其他女孩便都笑道，就你？在城里连半个关系都没有，租间石牌岭的破屋子，家里还蹲着个老娘，找你还不死定了。

男同事们也都笑得一哄，说涂自强你就死了心吧。这里的女人，都是想找有钱的主过舒服日子，没人会跟你一起打拼到等你有钱的时候。这都什么时代了，你还指望有爱情？

是呀，现在不是他的时代。他的时代属于十年之后，或者更远。因为，涂自强想，他眼下根本给不了任何一个女人幸福。他唯有豁出命去打拼，才可能扭转自己的局面。这是没有办法的事情。没有女人就没有吧，这是天定的命运。他必须给自己充分的时间。好在他有耐心。

十

天开始有了寒气，母亲的腿终于能像正常人一般行走了。渐渐，她在家里待不下去。她不停地嚷嚷说，好好一个人，闲在这里，不种地不喂猪也没个正经事做，这都活成啥样了？涂自强听在心里，觉得她说得是，嘴上却说，忙了半辈子，再闲半辈子，也行哩。

有一天，涂自强跟着项目经理一起谈下一幢商业大楼的供暖合同。项目经理很高兴，便说，走，晚上我请你吃饭。两人便下了车。门边一家熟悉的招牌令涂自强心里一暖，他说，去这家吧，不错的。我在这儿打过工。

于是两人走了进去。餐馆老板见涂自强带客人来，大为高兴，说大学生好久没来了，我们还怪想你哩。后面请的小工没一个赶得上你。后面大厨也听说是涂自强点的菜，量便给得足足的。最后还多送了一盘鸡爪子。

吃完，与项目经理分手，涂自强留了一步。他突然觉得母亲可以来这里打打工。于是问餐馆老板是否要人。老板说这时候人手还好找。说完又说，如果你愿意来，我当然欢迎。

涂自强便笑，说我现在的工作还不错哩。又说，我是想帮我妈找个事。然后讲述了他在春节后的经历。最后说，我妈没文化，见识少，我不知道她能做什么。可是洗菜洗碗应该没有问题。

老板想了想，说养了你这样的儿子，你妈应该人也不错。不过，年龄大了，动作慢，工钱不可能像年轻人那么多。

涂自强见老板有意，忙说，钱少点没关系，就想让她有个事做做。

事情就这样解决了，两人约定，明天就过来试试。做得来，就留下做，做不来，老板说，你也知道，我这是小本经营，养不起人的。涂自强忙说，当然当然。

涂自强很兴奋，但也有担心。母亲毕竟从未在外做过事，也不善与人打交道。整个晚上，涂自强都在教她。母亲虽吵着要出去做事，临到头上，却也有几分胆怯，那份神情，就像小孩第一次上学。

次日早，涂自强带了母亲出门。一路教她怎么坐车，怎么走路，怎么根据标识拐弯。进了餐馆，又仔细交代她一二三，拜托了餐馆老板和大厨多加照应。老板对涂自强母亲说，你摊上这样的儿子，是福呀。母亲没听懂，涂自强翻译给了她，她便使劲点头，一副聆听教导的样子。

涂自强交代完，便与母亲告辞，约定晚上他来接她。母亲一副可怜兮兮的样子望着他，仿佛是把她遗弃在了那里。上了公共汽车，涂自强还在想母亲那副表情，他觉得好笑，又想，上了年龄就像小孩了。

涂自强这阵的业务都在郊区，路途遥远，每天回家都很晚。这天他赶到餐馆接母亲时，餐馆刚刚打烊。得幸夜里有人守店，母亲便坐在里面等。涂自强很高兴，觉得母亲一天应该是顺利度过。回去一路，涂自强便问母亲头天上班的感觉如何。母亲说，摔了几个碗。

涂自强便笑，说这是常事，都会打碎碗哩。

母亲又说，他们讲话我不懂。

涂自强忙又说，听熟了就会懂。

母亲便不再作声。涂自强心想，餐馆的事杂，想必也累，一到家他便让母亲赶紧休息。母亲拜过菩萨，上了床，坐在被子里，方说，伺候人哩。

涂自强说，服务行业都是伺候人的，我干的这个也一样。

母亲说，啥人都伺候哩。我在山里都没干过这活儿，进了城还得看人脸色。

涂自强便又笑，说妈你这是旧观念了。城里人啥都干哩。干活赚钱，又不丢人。美国总统的儿子都洗碗。涂自强并不知美国总统的儿子有没有洗碗，他知道的是，在美国，在餐馆洗碗很正常。

母亲躺下不再说话。涂自强有几分心慌，因他并不知母亲心里到底想什么。这一夜，他没有睡好。他在想让母亲去餐馆干活是不是错了。他希望母亲能够生活愉快，如果她不愉快，是不是别去？无非自己再辛苦一点而已。

早上起来时，他问母亲，妈，今天去不去？

母亲从容地说，当然去。上班哪能一天去一天不去的？

涂自强松了一口气。他想，或许生活就是这样，很多事情得自己想通，别人的安慰和劝说是没有任何意义的。顿时，涂自强的心放松了许多。

一连几天过去了，涂自强道是母亲已经适应了自己的工作，心里且有几分开心。不料这天，他正接待一个大客户，餐馆老板给他打电话，问他在哪儿。涂自强心里一紧，忙问，有什么事？

老板叹口气，说你有空就来一趟吧，电话里也说不清，然后便挂了。涂自强知道一定是母亲有事，便匆匆跟项目经理打了个招呼，让他另行安排业务员，便自顾自地跑掉了。

涂自强赶到餐馆，此时尚非就餐时间，几无客人。母亲有些孤单地坐在餐厅角落。她神情沮丧，似乎哭过。涂自强的心仿佛被刺。他奔过去，说妈你怎么了？母亲见到他，一把将他的手抓得紧紧，仿佛溺水的人抓到救命稻草。涂自强的手被抓得很疼，但他忍下了，接着又问，怎么回事？

母亲说，回家吧。

餐馆老板见涂自强来，便要拉他一边说话。母亲却死死抓着涂自强的手，生怕松掉手就再抓不着似的。涂自强安慰她说，妈你坐一下，我跟老板说几句话。母亲死活不松。涂自强便只好对老板说，一会儿我打电话给你好不好？

老板叹口气，说也行吧。说着从衣袋里摸出一个信封递给涂自强，说回去看吧。涂自强心里有数，便点点头。

整个一路，涂自强的手都被母亲紧紧抓着，一句话也不说。涂自强想，母亲定是受了惊吓。想罢有些难过。进了家门，她像是到了自己地盘，卸下千斤担子，全身一松，躺倒在床上。涂自强忙说，妈你累了，歇一会儿，我去买点小菜。

站在马路边，涂自强给餐馆老板打了电话。老板说，你妈刚来，先是洗碗。她年龄大了，洗得慢不说，还洗不干净。催她急了，她就发慌，摔了不少。头天以为不适应，结果连摔三天。就让她端端菜顺便抹桌子，可她做不来。今天把汤泼在一个客人的裙子上了。那女人嘴巴也狠，当下发脾气骂人。干我们这行的，得经得起事。你妈倒好，跟人对骂。骂了几句，居然两人扯衣服揪头发打了起来，拉都拉不开。我店子虽小，开业这几年，还从没有过这样的事……老板说着火气便上来了。

涂自强只能忙不迭地说一串对不起。老板说，我知道，这也怪不得你。算啦，就到此为止。信封里是她这几天的工钱，是看你的面子给的。涂自强又连说了对不起又说谢谢。

回家一进门，母亲翻身从床上坐起，说明明我的碗洗得很干净，桌子也抹得干净，他们城里人就说不行。那女人骂丑话，我就不能回嘴了？老板还偏着她。

涂自强不知如何说，若解释城里与乡下之不同，恐怕火上浇油。便只好笑了笑，说是呀，他们啰唆哩。本来他们缺人手，我就说妈去给他们帮下忙的。妈如果不想帮，我们根本就可以不去。

母亲说，我做是可以做，可我跟他们合不来哩。

涂自强说，那就不去了。看，妈你比我强多了，只去几天，就赚了这么多钱。涂自强说着把老板交他的信封递给母亲。

母亲有些讶异，打开信封，数了数里面的钱，脸上露出悔意，说比卖鸡蛋强哩。她顿了一下，又说，我还能去不？

涂自强说，算了。那边也太累。我们换个轻松的。妈挣的钱，我要给存起来。

母亲想了想说，也是。城里的钱好赚。我还能赚更多的哩。

涂自强说，可不是？

吃过饭，涂自强抢着洗碗。便这时，总经理打了电话过来。总经理说，你怎么能把客户甩下自己走人了？你知道客户怎么讲？看到业务员这种态度，就知道公司管理不善。这让他没有任何信任感！我知道你家里有事，可是在公司里，客户就是上帝，你懂吗？你自己写个材料吧，你要对公司有个交代。

涂自强没有半句辩解。对于公司，这确是他的错。但是，他想，对于我来说，我妈才是我的上帝呀。

这天的晚上，涂自强做了梦。他梦见了父亲。父亲身上尽是血，也不说话，只是瞪着眼睛看他。涂自强挣扎着，想跟他说几句什么，结果什么声音都发不出。他在挣扎中突然醒来。父亲不见了，眼前昏黑一片。小街上闪烁不定的灯光透过窗子，隐约地闪在屋里的墙上。涂自强突然觉得浑身不舒服。这种不舒服是从血液里从筋骨里散发出来的。他想，大概我真的是很累了。

十一

下雪了，这里的雪跟山里比简直不算什么。租房墙薄，就算门窗紧闭，但仍有冷风飕飕的感觉。母亲从餐馆回来后，就开始做棉衣棉鞋。她穿了厚厚的新棉袄，仍然觉得寒气逼人。母亲说，雪看着不大，咋比山里还冷呢？

涂自强便去给母亲买了一台取暖器。母亲坐在取暖器边，瞬间暖和起来。她高兴坏了，说这城里人就是有办法。涂自强见母亲如此开心，虽然花光了他钱包里的钱，他却觉得十分值得。

房东冒着雪过来通知说，这一带很快要拆迁，政府改造城中村，你得早点准备哦。涂自强吓一大跳。这时节正是他们公司最忙的时候。气候越来越冷，家装暖气的人也越来越多，他正想在此时抢做业绩，哪里有空去找房子？

几个月来，涂自强几乎没有休息日，天天都在奔波。天寒地冻，他经常感冒咳嗽，也顾不上看医生。一是没时间上医院，二是药费贵得离谱，他的工资刚够两人吃饭，他再无力支付其他费用。赵同学从美国回来探亲，同学聚会时说，这点小病，在美国根本不去看医生，大量喝水就可以了。这说法正合涂自强意，于是他每天喝无数的水，喝得他动辄就得上厕所。

　　春节前，房东又来了，说这回是正式通知，真的要拆了，年后就动工。建议他们年前就找房，不然房租还要涨。涂自强出门看四边，果然商家都在打折退门面，挑担搬货的人满街游走。不时有人喊叫"扁担"，然后便是蹬蹬蹬一阵快速的跑步声。很多人都在搬家，前面一条街，差不多搬空了。满街的垃圾，瞬间让这条热闹小街呈现深深的萧条。

　　涂自强知道不能再拖，他必须去找房子。但他发愁的并非房源，而是房租。房租一直在飞涨，他因先前合同签的是一年，所以还能扛得住。现在，他如再找一间内有厨房和厕所的屋子，再破旧，恐怕也要上到五百元。这笔钱，几乎是他一半的收入。他的工资在他业绩最好的时候，也没超过两千元。更多时，都在一千五以下，仅够他与母亲两人维持日常生活。他不抽烟不喝酒不吃零食不买饮料。他能不坐公共汽车就不坐，他从来都不惧走路。当年在山里上学，他哪天不要走十几里路。他吃饭的开支压缩到不能压缩的地步。他成天奔波，一双鞋穿到不能再穿才会买另一双。公司没有为他买社保，他自己也没买。他想至少他在三十岁之前，不必有这笔花销。他要长留在此，就只能这样一分一厘地节省。

　　现在，他得搬家。他知道房租一定饶不了他。未来的日子他会更加拮据。涂自强愁得夜里睡不好觉。当年他学费不足，一路打工从家里走到学校，都没有像这样发愁。那是一段多么美好的日子呀，他经常会这样回忆。

　　早上母亲对他说，你昨夜没睡好？眼圈黑着哩。

　　涂自强说，没事，今晚上就能睡好了。

　　母亲沉默片刻，突然说，我可以去做事。

　　涂自强吃了一惊，说这大冷天，哪有事做？过完年再说吧。

　　母亲说，隔壁大姐昨天问我了，说她一个亲戚，是扫街的。媳妇生孩子，要回老家照应，问我能不能帮忙替代半年。我说得问问我儿子。我怕你不同意，一直没说哩。

　　涂自强觉得扫大街这事母亲还真能做，便说妈你怎么想？

母亲说，你同意我就去，你不同意，我就回了人家。我怕有姑娘知道你妈扫大街，就不跟你了。

涂自强笑了，说妈，真要有这样的姑娘，我能要吗？

母亲说，那也是。你说我要去不？

涂自强想了想，说你一个人在家待着，也怪无聊。有个事情做做，也好。这事比餐馆容易，妈勤快点，扫干净就可以了。

母亲脸上浮出笑容，说可不是？我也不能让我儿太累着。

母亲的话真是温暖涂自强。他愁了一夜的事，一大清早竟迎刃而解。他陪着母亲去见了隔壁大姐的亲戚。对方也很高兴，领着他们一起见过环卫所领导，征得同意后，又带去指点哪些路段哪些要点是每天的工作。涂自强急着要上班，母亲便说，你去忙你的，这位大姐会告诉我哩。

隔壁大姐的亲戚说，你放心吧，我会带着你妈做几天的。她做熟了，我才能放手。

日子由此变得顺畅。涂自强全力以赴寻找房子。经人指点，他找到小河西村。这里依然是城中村，眼下的城市改造还没顾及此处。这里的环境与石牌岭大同小异。但凡脏乱差之地，便是低薪一族的乐园。因为只有如此地方，房租才能稍低，而他们才能付得出这笔钱。

涂自强动手太晚，路边的租房早已满员，偶有一间，房租也高得让人腿软。他只能往村子深处寻找。那里路径更乱，房子更旧。跑了很多趟，都没找到他想要的室内带厨房厕所的租房。每次否定，房主便说，你要这样的房子，就去高档小区找好了。看看人家要多少钱，低于一千块，我替你出房费。

涂自强把自己的房租卡定在四百元之内。他想，他们说得也不错，如果不想增加房租，便只能降低标准。

涂自强到底在小河西村租到一间十来平米的房间。这是一幢四层的农家简易楼，纯为出租所盖，屋内陈设简单到底。整幢楼都被租满，只剩有四楼一个房间。厨房、厕所全楼共用。涂自强带了母亲过来看房，母亲说，住得这样高，我还头一回哩。介绍涂自强住过来的是他的同事。同事说，有这样的房子住就算不错啦。咬咬牙挺几年吧。

楼里都住着一如涂自强这样的人。他们每天都紧张着面孔在外奔波。这家公司倒闭就换那家，这个老板凶狠就换那个老板，这个行业没前途就换那个行业。好些人，涂自强都面熟。同事说，这伙子人，就像一群潜伏在此的老虎，现在尿在这个破楼里，可说不定哪天就发威了。涂自强想，可不是？

搬家那天是三十。母亲照例上班，涂自强便自己一个人折腾。好在东西并不多，借了辆板车一趟就拉了过来。心想过年还是要有点气氛，便去街上买了红纸对联贴在门上。门板上倒贴了一个"福"字，意味着"福到了"。又顺便上超市买了肉和菜。他用的依然是赵同学淘汰的旧电脑，他自己折腾着升级过几次，倒还能用。这一次，涂自强装了网线。如此，他便可下载电视连续剧。晚上母亲闲时，可以看一看。乡下常无电，家里也没电视，母亲天黑在观音菩萨跟前坐坐便去睡觉，进城来也一直如此。涂自强想，现在母亲进了城，就该像城里的大妈们一样，春节的晚上看看春节联欢晚会哩。

这是他们母子来武汉后最为愉快的一天。他们好好吃了一顿有鱼有肉的晚餐。小河西村有人放焰火，他和母亲站在窗前就能看到那些空中的灿烂。母亲看得目瞪口呆，连连说，这花儿怎么会开到天上去的？

涂自强就笑。看完之后，又通过网络看春节晚会。母亲不停地说，这么多好看的人儿呀！多漂亮呀，那闺女。谁生出了这么好看的闺女呀。涂自强更是笑个不停。他说，妈，等我们钱多了，立马就去买台大彩电。

母亲说，得先买房子，把媳妇娶回来。

涂自强又大笑，说妈你出的是世界难题。

母亲也哈哈大笑开来。

笑声中，涂自强想，日子就是这样天天向上的呀。

整个春节期间，母亲都在加班。涂自强倒是彻底休息。他在家里做饭炒菜，等待母亲回家。偶尔参加一下同学聚会。同学们依然像以前一样谈笑风生，个个都洋溢着蓬勃朝气。但涂自强却觉得自己有一种无力。他常有不舒适的感觉，可又说不出这不舒适到底在哪儿，他想恐怕自己这一阵的连轴转，真的是有些疲惫。赵同学在美国只待了一年，回来就说不走了。且说看来看去，还是国内好。在外面，晚上找个洗脚的地方都没有。喝酒泡妞也都不容易。赵同学回后不久，便进了银行。他第一个月赚的钱就超过涂自强半年的打拼。涂自强听罢心里闷了一下，但很快释然。他想，上天给我的就是这样的世界吧，而给他的就是那样的。倒是赵同学对涂自强说，我真的觉得命运对你很不公平。

涂自强笑笑说，我没这样想。因为这就是我们各人命运。我也从没指望这世上有一个公平的社会。

赵同学连声叹息，说亏了是你。换了别人，牢骚多得能烧房子，骂人能骂得长江倒流。涂自强想，如真能骂得长江倒流，他也骂了。关键骂也白骂呀，长江它只按自己的方向流哩。

　　几场细雨后，春天又不动声色地来临，躺在床上便能看到外面的树在抽枝发芽。

　　公司的业务要打到二线城市。涂自强主动申请下去开拓业务。一则他想，只有做开拓性的工作，事业的步伐才能上得更快，二则每月的外勤费可使他的收入增长不少。

　　回家与母亲说，母亲说，你干大事要紧，我一个人能行。涂自强觉得也是。母亲来武汉快到一年，对这个城市也慢慢熟悉起来。何况她喜欢这里，她愿意融入这里的生活。涂自强觉得自己大可放心。但是在出差前，涂自强还是把家住地址和自己的手机号码，清清楚楚地写在一张纸条上。让母亲放在钱包里收好，且说万一迷路，就拿这个给警察。又给她留了三百块钱。

　　母亲说，哪要这么多钱？

　　涂自强说，放在身上备个万一哩。不用回来就存着好了。

　　涂自强去的是宜昌。忙碌之中，他还去看了三峡大坝。早春的峡江风光，给他一种说不出的迷惑。峡谷中的江水，混浊而平静。没人看见谁在推动它的水势，它却自己流淌得那样勇猛有力，并且悄无声息。涂自强想，地势使然。地势决定水的方向。水且如此，人又如何不如此？他的命运同样也是地势所定，这几乎就是他的原罪哩。

　　便是涂自强在三峡大坝想着地势和原罪时，他接到环卫所的电话，对方问他母亲怎么没有去上班。涂自强吓一大跳，说这怎么可能。对方说，已经有两天没有来。涂自强惊着了，忙打电话给房东，请他看看他母亲在不在家。只一会儿，房东回了电话，说家里没人。而且邻居说，好像晚上就没回来。

　　涂自强简直吓蒙了。他完全想象不出来，母亲如果不回家能够去哪里。他不顾一切，立即买票返汉。同行的业务员说，你这一走，好多事情进展到半截，怎么办呢？涂自强说，我管不着那些了，我妈失踪了哩。

　　没来得及上车，涂自强便接到公司电话，经理希望他把手上的两笔业务做完再回来解决家事。涂自强叫了起来，这怎么可能？我母亲不见了，我能安心留在这里吗？

　　经理说，你要考虑后果。

涂自强说，我妈要是出了事又该怎么办？

经理说，你母亲一个成年人，或许自己出门玩了。

涂自强说，她虽是成年人，但她在这里没一个熟人。

经理说，这个我不管。可是公司派你过去工作，你却半途而废，你怎么向公司交代？

涂自强有些生气了，说你没有母亲吗？你要是遇到这样的事，又该怎么处理？

经理一字一顿说，我妈永远不会出这样的事。说罢便挂了电话。

心急如焚的涂自强根本不愿去想他此后将面对如何后果。他只担心母亲万一真的出事。他赶到家时，已是晚上。母亲仍然没有回来，邻居也说，这两天似乎真没见到她进进出出。涂自强又赶到环卫所，这里已经下班锁门。涂自强打了好几通电话，找到环卫所长。所长知他何人后，颇不高兴，说你妈不来上班也要吱个声呀。

涂自强急道，我妈不是这种人，一定是出了什么事。她晚上也没回家，会不会出了车祸？

所长用坚定的语气说，这不可能，如果有车祸，我们应该会马上知道。

这一夜涂自强没头苍蝇一样地到处寻找。到了半夜，他有一种欲哭无泪之感。无奈中，他打电话找赵同学求助。赵同学说，蠢猪呀，你报警啊！涂自强这才惊醒。

夜色深沉中，警察打着呵欠，一一询问姓名年龄外貌高矮特征衣着智商口音诸如之类，然后又开始对外打电话。他一个电话接一个电话地打着，一遍遍复述涂自强适才说与他的内容。他的声音逶迤绵长，像一根软绳，一道一道地缠紧涂自强的心脏。涂自强突然觉得自己透不过气来，他甚至觉得自己已然撑不到明天。得亏此时，赵同学赶到。

赵同学的神情像一根有力的杠子，一把撑住了他。赵同学说，不会有事的，绝对不会有事，涂自强，你在我眼里，就是世上最坚强的那一个，你得撑住。

天亮了，警察接到一个电话。他全身一振，望了涂自强一眼。涂自强和赵同学立即站起身。警察听了一阵，说我们马上过去。他放下电话，对涂自强说，莲溪寺尼姑昨天去派出所报案，说有个乡下女人，坐在寺里求菩萨，神情悲痛，什么话也不讲。夜晚她们怕她出事，就留她在那里歇夜。白天她又到大殿拜菩萨，问她话，她口音太重，大家听不明白，像是被人骗了钱。她不识字，也不知家在哪里。说什么旁人又不懂。看看是不是你们要找的人。

赵同学一拍大腿说，绝对是你妈。你妈那一口话我是一句也听不懂的。涂自强也觉得像。赵同学有车，他们立即上车往莲溪寺去。涂自强说，我妈信佛，可能就是她了。

涂自强心乱如麻地走进莲溪寺大殿，果然见到母亲端坐一角。涂自强眼泪几乎喷涌而出。母亲却毫无慌乱，一副安详神态，似乎菩萨给了她一份定力。赵同学叹说，我真是服了你妈。

见到涂自强，母亲呆望了几秒，然后方泪水涟涟。半天才说，我儿，我差点死了，是菩萨救了我。

涂自强说，出了啥事呀？你快把我急死了。

母亲说，她在街上扫地时，见前面一人掉了钱包。走在这人身后的一个小姐，用脚踢到一边，也没捡。她便过去捡了起来，正想追喊掉钱包的人，结果后面上来一个年轻人说，看看里面有什么。母亲打开一看，里面有一摞钱。那年轻人说，也没人看到，我们两个分了吧。母亲说，这咋行，人家的钱哩。正说时，掉钱包的人转了回来。他看到母亲手中钱包，立马说，这是我的钱包。母亲说，是呀，我正要还你哩，说着就把钱包递给那人。那人打开钱包，大叫少了钱。然后一把抓住那个年轻人的领口，说一定是你拿了里面的钱。母亲忙说，他没拿哩，他只打开看了一下。结果那个年轻人居然拿出几张钱给掉钱包的人，并且说，我只抽了这几张，这个大妈抽得比我多。掉钱包的人便转过来抓母亲。母亲吓了一跳，说我根本就没有拿钱。那人就让母亲打开自己的钱包看。母亲拿出钱包，还没打开，他一把抓了过去，大声说，拿了我的钱，还想赖，然后抓着母亲的钱包就走。那个年轻人则推了母亲一掌，说你一个扫地的，捡人钱包干什么？耽误我们时间，你活该！母亲没明白咋回事，呆住了，好一会，才去追。那两人就跑，母亲追了半天，也没追上。她又累又委屈，就在路边一直坐到了天黑。再转回去时，结果没认对路。涂自强的地址和电话都在钱包里，她不知道朝哪里走才能到家，问人路又说不出地址。她在一家店铺门口坐了一夜。第二天，又困又饿，心里又生气。不知怎么就走到了莲溪寺。母亲说，我都想去死了。尼姑师傅给我吃饭让我睡觉。菩萨又让我消了气，我现在想通了。人活一世，总得有劫。这就是我的劫哩。

赵同学说，这两人是骗子，串通好的。以后您千万别捡地上的钱包。

此时的涂自强，一口大气才吐出胸来。

便是这天的晚上，涂自强突然发现自己的痰里有血。

十二

第二天去公司见经理，经理的脸色很难看。涂自强知道自己凶多吉少，便反复解释说，我实在没办法。母亲对于我来说，太重要了。我只有她这一个亲人。

经理说，谁没母亲？谁的母亲不重要？我说过了，她一个成年人，不会有事。现在她没事对不对？没病没灾，身体也没受到伤害，对不对？

涂自强想解释，但经理制止了，说你只需要对我说是还是否。涂自强只好说，是，她没事了。

经理说，OK，我就知是这样。现在，她没事但你有事了。我不能再继续用你。你已经连续两次让公司利益受损，我不希望再有第三次。你不是一个把事业放在第一的人。

涂自强想了想，说我明白。说完心想，就算我把事业放在第一，可我也不能不管我妈呀。

涂自强就这样离开了公司。

他先前有过的打拼一场以及开拓事业的念头就此化为泡影。走到街上，春光灿然，武昌的珞瑜路永远是条充满生气的大道，快步急冲的男人和翩然如舞的女人，有如撒在那里，流动着又似固定着，这道风景永远都在。这是一条追梦的路，无数年轻的大学毕业生都在这里为梦想奔走。而原本他也是其中一个满怀理想、步履匆匆的追梦人。现在，他却疲沓而缓慢地在这路上晃荡，几如幽灵。他觉得自己好累。这种累就是那种只想躺下永不再起来的累。

他在路边小店的台阶上坐着，抬头即可见华中师大和武汉大学的两校大门。他想，没有进这样的大学，还是我努力不够呀。如果我由这里毕业，想必不至像现在这样。我的命运已是先天不足，我的后天除了努力加奋斗甚至加拼命，我还能怎样？这就是我一生的事呀。我不能跟别人比，我只有跟自己拼哩。

念头到此，涂自强站了起身，他长吐一口气，对自己说，行动！然后他便大踏步走进了对面的电脑城。

他很幸运，在楼里他遇到一个学弟。学弟热诚地把他介绍给一家电脑公司，并夸张地告诉他们，这是他们学校的高才生。这样，涂自强几乎在失去工作的当天，便又找到一份工作。工资起点虽然不高，但有事做，就不害怕。涂自强觉得自己完全可以一边做一边继续找自己最中意的工作。

但就是在这天的晚上，涂自强再一次发现自己痰里有血。他想，这必是劳累加伤神所致，这阵子我是太辛苦了。当年高中时学习太累，发高烧，挺了几天就没事了。现在也一样，挺挺就能过去。

这一想，涂自强就踏实了。他觉得自己就得趁着年轻，抓紧时间。他比别人已经差了许多条件，他只能靠抓紧每分每秒来弥补自己的不足。他要尽快在武汉站住脚。

母亲在环卫所替工干满半年后，也就回了家。她还想找新的工作。涂自强所去新公司的工资低了许多不说，收入也不稳定。他怕自己连房租和生活都撑不起来，便也帮着母亲找事情。他联系了一个家政公司，母亲去了两天，即被退回。主人说她几乎不会做家务，连桌子都擦不干净，而母亲说她家的桌子不擦就已经很干净了。又联系了一家仓库，可她的语言难以与人沟通，依然是做了三天，便又叫回家。母亲很生气，觉得城里人故意与她过不去，找工作的热情顿时降到底点。她没事便去莲溪寺，每每从那里回来，脸上都有光，说只有菩萨能懂她的心情。涂自强不想勉强她，便说，妈没关系，一切随意哩。

涂自强再一次发现自己吐血时，已是夏天。这次吐得有些多。伴随着吐血而来的，还有低烧和浑身无力。他蓦然有心惊肉跳之感，次日便去了医院。

医生听了他的描述，面色严峻，然后开了一堆单子让他作全面检查。检查的费用高到涂自强觉得自己无力承受。医生便蹙紧眉头说，钱重要还是命重要？涂自强被他的话给吓着了。于是机器人似的照着他所说，一样一样地检查。

结果出来了。医生说，你们单位有人陪你来吗？

涂自强说，我是打工的哩。

医生又说，那……家里还有什么人？

涂自强说，我妈。

医生说，我想跟你妈谈一下。

涂自强知道事情不妙，忙说，我妈是乡下人，什么也不懂。您还是直接跟我说吧。

医生说，结果不是太好，你能扛得住？

涂自强苦笑一下，说扛不住也得扛。

医生便默默地在病历上写了几个字，然后递给他。这是足让涂自强魂飞魄散的四个字：肺癌晚期。他瞬间呆掉。医生叹息着给他倒杯水，让他冷静。

坐在医院的角落里，他呷着水，脑袋一片空白。他不知自己是否已经冷静，也不知道冷静是指什么。好半天，医生过来说，需要住院吗？

涂自强抬起头，有点奇怪地望着医生，说住院？

医生说，治疗呀。

涂自强说，怎么治？能治好吗？

医生便支吾着说，能延缓生命。

涂自强一阵头晕，他突然说，你是说我要死了？

医生说，情况好的话，或许还能活几个月。

涂自强惊说，才几个月？

医生又说，一年也说不定。

涂自强说，一年很久吗？

医生说，是不久。但你年轻，或许更长也说不定。

涂自强说，我能。我的身体一直很好。我能跟它斗。

医生便说，是了。精神状态是非常重要。准备住院吗？

涂自强突然想到一个重要问题，他说，住院需要多少钱？

医生说，是不少。住院是医保承担大头。

涂自强说，我没买医保。

医生便说，那你的医疗费谁出呢？

涂自强说，我自己。我靠打工谋生，也没什么存款。

医生便不作声了。涂自强也不作声。两人沉默良久，医生方苦笑着说，好好地生活几个月吧。

涂自强明白了所有。

他走出了医院。满目是世界的凌乱。他脑子里更是混乱不堪。他没有了目标，只是漫无目的地走呀走。他慢慢地走向了无人，走入了东湖深处。

落在湖上的阳光有些明亮，风微微的，把湖面吹出小小波纹。几支挡鱼的木栅，从水中冒出头来，有点随意地随水荡漾。他在湖边的草地上躺下。

隔着树枝，他看到蓝得发白的天空。空中有如丝如片的云彩悬着。人生还有多少美好呀，而他却要别它而去。涂自强的眼泪终于流了下来，从眼角一直流进了草地里。他对自己的人生有过多少设想多少策划，他想过自己穿西装的样子，想过自己开车的样子，想过自己住在高楼上向街道眺望的样子，想过自己抱着孩子和爱人一起逛公园的样子，也想过自己坐在有着老板桌的办公室里的样子，想过自己在文件上签字的样子，还想过自己被记者采访，大照片登在报纸上的样子，甚至想过自己参加人民大会堂的会议，与国家领导人握手的样子。他对自己的一生想过很多很多。为了这完美的人生，他一直都在作准备，也一直拼命地努力。他唯独没有想过自己根本就没有人生。医生在检查结果上的四个字，轻易将他的人生从这个美好的世界删除掉，然后这世界从此与他无关。

涂自强哭着，又胡思乱想着，一直躺到天黑。夜晚的风比白天似乎更温，蚊虫也飞扑而来叮咬。对于涂自强来说，这样的热和这样的叮咬他已然不会在乎。他想，不如就躺在这草丛中死掉算了。

便是这时，他的手机响了。是母亲打来的。母亲说，莲溪寺要做一个法事，明天会很早出门。她要跟寺里的尼姑一起去，今晚上就睡在那里了。你回来我不在家，你不用担心。涂自强嗯嗯了两声。

母亲的声音让他瞬间清醒。他坐起了身，不停地对自己说，我要冷静，我要冷静。就算要死，也要冷静地死。

跟着他想到一个最重大的问题：如果他死了，母亲又该怎么活？他在这世上什么都没有了，母亲是他的唯一。而母亲也是一样，他就是她的唯一。她已经开始年迈，她的将来会变成什么样子？一个没有丈夫又无儿无女的老太婆，会有着怎样的凄凉晚景？想到这个，涂自强眼泪又开始流得汹涌。整整一天，他只是心痛，而现在，心却碎了。

他不知道自己怎么回到家里。母亲果然不在。桌上有一碗绿豆汤，里面放了糖。这是母亲为他做的。母亲每天熬一碗绿豆汤给他解暑。尽管他毫无饿感，亦无食欲，但他还是将那碗绿豆汤慢慢喝掉。他想，他这一生，也没有多少机会喝母亲的绿豆汤了。

整整一夜，涂自强都没有睡着。他把眼泪流干了，却似乎更为理智。死亡这个他想都没有去想的东西，与他之间，突然就成近距离，并且天天向他靠近，无人可以阻挡。他根本就救不了自己。他的人生只有这样的惨局。这是他的命运。他的时日无多，但他得在这不多的时间里安排好母亲。这大概是唯一可做的事。

他想，第一，不能让母亲知道这件事，要告诉她我被公司派出国了。第二，必须让母亲回到老家，这样就算没有收入，她可以生活，也会有人照顾。第三，我可以预先写好一些信，让朋友代为转寄，以求她的安心。第四……

涂自强突然又想到一个问题：如果让母亲回家，他必须把房子盖好。而眼下，他拿什么来盖这房子？而母亲又怎么肯离开他而回到老家？如果母亲不肯回家，眼见着他死掉，她会有怎样撕心裂肺的痛伴随一生？甚至，她又怎样会有气力来安葬她唯一的亲人？

他抽丝剥茧般一层层地想着关于母亲的未来。直到自己精疲力竭，他仍然没有想好母亲的未来应该怎么办。

涂自强早上起来，又一次吐了血。但他已然不再惊慌。不就是个死吗？这算得了什么？慌又有何用？他照常去电脑城上班。照常按经理的调度做他所有的工作。脸上照常挂着他惯有的微笑。他不想让人知道他被判死刑，而且死期已然不远。

下午他破例提前回了家，母亲还没回来。他去买了菜，还买了点瘦肉。他不再有心思去看书，因为看书也没用了。他站在桌前，节奏缓慢地一根一根地择菜。然后又到公用厨房把菜洗净。天渐黑了，母亲还没有回来，他便又去淘米，自己开始煮饭炒菜。他做着这些时，便觉得自己的心与母亲靠得很近。

母亲这天回来得真是有点晚。但她的脸上却闪着红光，说话声音也似乎放大了一倍。母亲说她已经在外面吃过了。又说这家的法事办得相当热闹。希望自己死的时候，涂自强也给她这么办一场。涂自强不想听"死"这个字，因为这个字正与他贴身而行。

涂自强一个人吃饭，母亲依然叨叨地讲述她的见闻。涂自强突然说，妈，我们把老家的房子盖起来好不好？

母亲戛然停下她的絮叨，说你想回老家？

涂自强说，不是。我是觉得家里有房子还是踏实点。

母亲说，那就不用急。你眼下也不回去。盖好空在那里给老鼠住？

涂自强说，没准妈回家住一阵子呢？家里的地也都荒了。

母亲说，你在这儿，我回去做啥？你在哪儿我就在哪儿哩。你该不是嫌我了吧？

这个话题就谈不下去了。

时间仿佛加快了步子，眼看着就过去了一个多月。涂自强依然没有找到安置母亲的最佳办法。他跑了几家老人院，发现他所有的钱加起来都不够母亲在那里住三个月。他去民政局打听，像他母亲这样的老人政府能否助养，结果在民政局的办公楼里转了半天，不知该找哪个部门。问了几个人，回答客气而冷淡，他知道，他的寻找没有意义。他还去了妇联，也去了福利院，母亲没有伤残又无病痛，并且还不算太老，似乎就应该自食其力。涂自强有点无奈了。

白天在外奔波，回来太累，涂自强多是躺在床上，漫想心思，并不想说话。他的思绪沉重，几乎压垮他的心。母亲见他如此，道是他在外工作，实在辛苦劳累，便也不惊扰他。于是去莲溪寺的时间越来越多。或拜菩萨，或帮打杂。有时干脆住在那里。寺里的尼姑也与她熟了，拿她当自己人一样。

涂自强能感到自己的身体越来越弱，他的脸色也越来越差，他很担心被母亲看出问题。他每天的焦急根本不是自己的病痛，而是母亲怎么办。

有一天，涂自强替客户安装电脑，正在莲溪寺附近。装完电脑出来，已是黄昏。沿着寺院的墙根行走，香火味扑鼻而来。他突然心动，便踱步走了进去。

此时的香客皆已经走散，零落中倒更显一份清静。尼姑们着灰衫走来走去，忙着自己的事。涂自强想，住在这里，也是一份自在呀。

刚起此念，瞬间他有了一个想法，心突突地跳起。他径直找到住持。住持的老尼姑面色和蔼，声音平静如水。老尼姑问他何事。他便说出母亲的名字，自我介绍说是她的儿子。老尼姑便面带微笑说，你母亲一心向佛，在这里抢着帮我们做事哩。

涂自强忙谢师傅的照应，说话间身一倾斜，便在老尼姑面前跪倒。老尼姑略有诧异，说年轻人，你这是为何？

涂自强眼中噙泪，说师傅，我正有一事要求您帮忙。

老尼姑见他满脸悲伤，又如此庄重，便伸手让他起来，正经请他坐在桌前。

涂自强便将自己的病情如实告诉了老尼姑，并说他活日不多，家中已无他人，母亲从此将成孤老。母亲一生笃信菩萨，跟着菩萨她便心安。希望莲溪寺能够收留母亲，由了她在这里打杂。寺里只需给她一张床管她一口饭即可。涂自强说到此，再次跪下，哀求道，您若同意，便是救我。如有来生，我定以命相报。

老尼姑被涂自强的话所惊住。她想了片刻，方说，我不晓得该怎么劝你。换了别人，多是不行。但你母亲，几个月来，也与我们相处得熟了。她敬菩萨的心，菩萨也知道。你尽可放宽心。不管寺里收与不收，老尼我会帮你照顾你的母亲。

涂自强眼泪便簌簌往下掉。老尼姑拉了他起身，叹气道，年轻人，生死有命。无论走在哪条路上，你都要好自为之。涂自强点点头。他抬起头，望着老尼姑平静的面孔，突觉浑身一轻，仿佛全身的重负让人卸下。

这天的晚上，涂自强跟母亲说，公司要派他到美国学习，不知母亲是否同意。母亲说，去美国？我能跟你一起去不？

涂自强便笑，说要在中国，妈你都可以跟着我，可是美国不行。

母亲想了想，说倒也是。能去美国的人，本事都大着。我大字不识，哪成呢？我儿将来必定是做大事的。

涂自强说，是呀。从美国回来，工资就会高得多。

母亲说，嗯。你那个姓赵的同学，从美国回来，就上银行了。我知道，他一个月拿多少钱呀，啧啧啧。

涂自强说，一年拿十几万哩。

母亲说，这样多，真是发财哩。好，我儿去。你不用担心我。我大不了回老家。

涂自强说，家里房子塌了，一时没盖起，妈怎么能住呢？我跟莲溪寺住持讲好了，我去美国时，妈就先住在寺里。

母亲脸色一亮，说师傅同意了？

涂自强说，当然。妈你这样恭敬菩萨，师傅高兴还来不及哩。

母亲说，那就好。我特别愿意在寺里。有菩萨照应我，我儿你尽管放心。我在这里天天请菩萨保佑你。

涂自强说，那就这么说定了。我走时，会把这房子退掉，免得空交房租。妈的东西都先放到寺里，等我回来，我们再租房子。下次一定租个大的。

母亲说，成。都听你的。

这天的夜晚，涂自强又是一夜未眠。听着母亲均匀的呼吸，他暗自流泪。一旦送了母亲去莲溪寺，他就再也听不到她的声音，也见不到她面了。他一出生便在母亲怀抱，倘若能死在母亲怀抱，该是何等的幸运。现在他却不能。他必须与母亲生离死别，从此与她各走各路。

天微亮了，母亲要起床，说是要买点新鲜菜。涂自强长思了一夜，此刻倒也心定。他想，事实上，他也只能如此。

一连几天，母亲都做他最爱吃的菜。涂自强依然上班，但他利用休息时间，为母亲买了件新毛衣，又买双新鞋，还买了个相框，把他和母亲的合影嵌在一起。他中饭也回家去吃。他对母亲说，过阵子就吃不到妈做的菜了，现在要多吃一点。

母亲也说，多吃点。到了洋人国家，哪有自家的菜好吃。

涂自强说，可不是？天下最好吃的菜，就是妈做的。

母亲便哈哈大笑。她的明亮和爽朗，驱走了涂自强满心的紧张和悲哀。

陪母亲去莲溪寺是在一个周日。这天起床时，涂自强发现自己开始脱发，他知道自己该放下所有了。便对母亲说，公司已经买了机票，明天早上出发。跟公司的人一起走，妈也不用去送。今天我就送妈去寺里吧。

母亲便说，好。今天香客多，我去了正好帮忙。

那天的香客果然很多。空中的香火气便越发浓郁。寺里已为母亲腾出一个床位。涂自强替母亲铺床以及搁置日用杂物。母亲的菩萨他没有带来。涂自强说，寺里有菩萨，这个就留给我吧，我带到美国去。有它陪着我，就像妈陪着我一样。母亲很认同涂自强所说，满口答应下来。

最后的分别终于到来。涂自强跟母亲说，我走了。妈你要多多保重。

母亲说，嗯，你也要好好的，得空给妈写写信。

涂自强说，好的。

他掉过头走了几步，突然想想，又转过身，上前使劲地拥抱了一下母亲。在母亲的耳边说，妈，我爱你。

母亲笑了，拍着他的背说，赶紧给我找个媳妇回来，大声跟她说这个话。

涂自强也笑，说从美国回来，立马就给你找一个。

香客越来越多，母亲说，我儿你快走吧，还要收拾行李哩，我这里也忙。说罢，她扬扬手，急忙着进院里张罗起来。

涂自强看着母亲隐没在院墙之后，他抬头望望天空，好一个云淡风轻的日子，这样的日子怎么适合离别呢？他黯然地走出莲溪寺。沿墙行了几步，脚步沉重得他觉得自己已然走不动路。便蹲在了墙根下，好久好久。他希望母亲的声音能飞过院墙，传达到他这里。他跪下来，对着墙说，妈，不知道什么时候才能再见。妈，我对不起你。

涂自强用了三天时间整理自己的余事。他辞了工作，退掉租房，又写了一封信，并将自己的日记本一一烧掉。焚烧时，日记本中飘下一张淡蓝色的纸，他拿起来看了一下。那是采药写给他的诗。他想起那一天他从溪南村回家时一路的悲伤。突然他觉得那个时候他的悲伤是何其渺小。

最后他竟看到自己来武汉上大学时母亲缝制的腰带！当年那里面装满着零碎的钞票。现在，它瘪着，无力地躺在药盒的角落。涂自强原以为自己早扔掉了，没料到，它居然还在，并且像当年一样肮脏。看着它，涂自强脸上浮出笑容，他想起那一个个美好的日子。

三天后，涂自强离开了武汉。他肩上挎着一个包，包里装着一尊观音菩萨像，腰里扎了一根肮脏的布腰带。他在一个加油站下了车。他记起这个加油站曾是他打过工的地方。站里的老人甚至认出了他。他在那里吃了一顿饭，然后信步朝他老家的方向走去。他走的正是他来时的那条路。他想起挖塘的小村子，想起他避雨的土地庙，想起襄樊的洗车店和牛肉面馆，想起镇上盖房子的工地，还想起山里他帮着拖柴的大嫂，那是多么值得回味的时光。他想他就像这样往回走吧。就当是他回过头去拾回自己的脚印哩，拾到哪儿，就算哪儿吧。

这个人，这个叫涂自强的人，就这样一步一步地走出这个世界的视线。

此后，再也没有人见到涂自强。他的消失甚至也没被人注意到。这样的一个人该有多么的孤单。他生活的这个世道，根本不知他的在与不在。或者说，他渺小到人们根本不可能去记得他。

只有他的母亲偶尔会跟人说，我儿在美国哩，不晓得他怎么吃得下那里的洋饭。

忽有一天，赵同学突然收到涂自强的一封信。信中的涂自强如实告知了他的病况和他母亲的去向。并拜托他，如果方便，望能照应一下他的母亲。如不方便，则罢。涂自强的文字一如他往常的平静，并不像一个赴死的人在作最后留言。只是最后一段，他写了一句：这只是我的个人悲伤。

赵同学读信时，泪水滴在了纸上。他想起他这个一直在闷头努力的同学。他从未松懈，却也从未得到。他想，果然就只是你的个人悲伤么？

散

文

滨湖的大学

一

我写的这座濒临湖边的大学当然是武汉大学。这是世界上最美丽的大学。

谈到武汉大学的风景，我想，无论如何，应该从叶雅各这个人写起。他虽然不是武汉大学最重要的人物，但却是确定校址的关键人物，否则武汉大学的美景无从谈起。

叶雅各是广东番禺人，在美国宾夕法尼亚州立大学森林系拿了学士学位后，又到耶鲁大学森林学院拿了森林硕士学位。回国后成了著名的农学家。他在大学给学生讲课，常常在黑板上画满树叶，一片片各式的树叶排列在上面，如同列队的士兵。叶雅各的专业注定了他必须长期在野外奔波，看树种，看树群，看土壤，看植被，诸如此类。武昌一带的山水，显然他也跑得差不多了。

1928年7月，国立武汉大学正式筹建。8月，蔡元培以大学院院长的名义，任命刘树杞为武汉大学代理校长，同时任命李四光、王星拱、张难先、石瑛、叶雅各等人为新校舍建筑筹备委员会委员。李四光为委员长。

李四光在筹备会上提出旧的校区武昌东厂口空间狭小，又身处闹市，已无法承受新的大学的需求，新的武汉大学应该在武昌城郊另寻校址，另建新舍。筹委会一致赞同李四光的意见。

但是武昌城郊哪里最适合新的大学落座呢？又有哪一个地方它的地理位置、地势风光以及它的周边环境都能配得上这样一座新的大学呢？

这时叶雅各出现了。叶雅各告诉李四光，武昌东湖一带就是最适合的地方。其天然风光不独国内各校舍所无，就是世界大学亦所罕见。这一论断立即吊起了李四光的兴趣。于是有一天，李四光和叶雅各带着干粮，骑着毛驴出了城。城外尚是一派的荒凉，行人越走越少，但风景却越来越好。他们来到了东湖之滨，看到了落驾山和它对面的狮子山。这块有如仙境的土地，挟着山带着水，半岛一样伸向波光浩渺的东湖中。李四光见之立即激动起来，跳下毛驴便握着叶雅各的手，惊呼大叫着：就是这里了。再也没有比这里更漂亮的地方了。叶雅各自然也大为开心，这是他一眼看中的地方。他知道在这里建起来的大学将会有着怎样广阔的前景和怎样响亮的名声。

李四光回去后，便将所有新校舍筹委会的人都弄来视察。当时的湖北省是方本仁代理着省府主席，他也去看了。去者几乎人人认为此地依山傍湖，景物清幽，与中国"仁者乐山，智者乐水"的理想也十分吻合。且山地也多属荒山旷野，不扰民，不为迁徙人户而额外花钱，的确是绝好的大学校址。人人都对这块地皮表示满意。于是，新的校址就这样在人人看好的情况下决定了下来。湖北省政府第十七次政务会议提出议决，通过后即依照中央颁布的土地征收法于1928年8月15日正式公告。校方将省府核准公告详情上报核准备案。新校址圈地所需要的一切法律手续经办完毕。

二

当然，武汉大学的开创远不是从1928年才开始，在此前它已经有了25年的历史。

武汉大学的前身自强学堂是张之洞在1893年与谭嗣同的父亲谭继洵一起开办的学堂之一。它一改中式书院传统，而依照西方教育模式，采取按斋开课方法，入学要担保和考试。这是武汉的第一个专业学堂。有意思的是，这个学堂带有强烈的民族主义色彩。它明文规定学生不准抽洋烟，毕业后，不得为洋人做事，否则将追赔学费。

由自强学堂始，经过数年演变，从变成方言学堂，到武昌高等师范、武昌师范大学、武昌大学、武昌中山大学。1927年大革命失败后，武昌中山大学被盘踞在汉的新桂系军阀摧毁，一时间，作为华中重镇的武汉竟没有了大学。这一百多年来，唯此一年，武汉的大学史上出现空白。

1928年5月新上任的省教育厅长刘树杞认为武汉曾为中国政治和经济的中心而文化教育却瞠乎其后，于是提议在武汉重新办一所新的大学。当时的南京国民政府大学院院长是蔡元培。蔡元培立即表示支持筹办武汉大学。时任国民政府法制局局长的王世杰、任中央研究院地质研究所所长的李四光以及在中央大学当教授的周鲠生也都极表支持和关注。

当时的湖北省府从自家角度出发，提出办大学当然必要，但最好由省里来办。蔡元培却没有同意。蔡元培认为湖北政局素来动荡频繁，官员们走马灯一样更替，很难保证学校的正常发展，而一所大学需要的是长久稳定的局面。所以，武汉大学应该办成国立大学。

靠了蔡元培的一锤定音，敲定了武汉大学的大盘。没有"国立"二字，以动荡不宁的、不时由军人当政的湖北省府的水准和眼光，武汉大学又何曾会有今天的发展规模？能熬到今天都不是件易事。其他至于选择新校址，建设新校舍也都只会成为一句空话。所以，我一直觉得是蔡元培为武汉大学的今天提供了最大的前提，整个华中地区都应该感谢蔡元培这定音的一锤。

三

校址决定好了，现在进入了规划设计阶段。崭新的大学当然不能草草建筑，它必须完美，必须要经受得了百年时间的考验，它必须不同凡响。用新上任的王世杰校长的话说，它的建筑要保证用两百年。

李四光为此专门跑到上海，聘请了美国著名的建筑师凯尔斯（F.H.Kalse）来做新校舍的设计师。凯尔斯是美国麻省理工学院建筑系毕业的，对中国的传统建筑很有一番研究，他曾经为上海设计了许多大型的公用建筑。生于1869年的凯尔斯接受武大的设计项目时，业已是六十岁的人。凯尔斯到汉后，从空中到地面，对珞珈山进行了多番考察和实地勘察，对有着如此山水景色的校区，甚为称道。凯尔斯的设计方案最大限度地保持着自然景观的原始风貌，尽可能让建筑与山水融为一体，同时既让建筑本体呈现中国的民族风格，又让其功能西方化现代化，以适应教学。在这种思想指导下的方案，一出台，便获得大家的赞许。

被叶雅各和李四光看中的这片优诗美地，沿着东湖，相偎相依地坐落着大小十来座小山丘。除了我们所熟知的珞珈山、狮子山外，还有火石山、侧船山、半边山、小龟山、团山等。其中珞珈山为群山之首，海拔最高处为118米，东西长1280米。按乾隆《江夏县志》说，此山原名"逻迦山"，俗称"罗家山"（也有人说叫"落驾山"）。在确定校址时，著名诗人且又是武大文学院院长的闻一多建议将山名改为"珞珈山"，一是与原名谐音，二是取它字形的华丽漂亮，三是以坚硬玉饰之意来象征新的大学。此议一出，立即得到所有人赞同，新上任的王世杰校长当即便批准。从此罗家山或落驾山退隐，珞珈山浮出。珞珈山对面的狮子山海拔65米，为校区内的次高山。图书馆就是修在狮子山上。不过，这里并非是狮子山的最高点。最高点为图书馆左边的原文学院大楼。为了使其低于图书馆，并与法学院对称，建筑时将山顶削去了10米。其他几座山头，均在海拔50米以下，散立在珞珈山和狮子山旁边，构成美丽的起伏线。东湖的水面辽远阔大，临湖水线长达两公里，水质清澈，水鸟飞翔，远处的磨山、南望山清晰可见。湖水的清香和树林的清香混成校园里的空气，鲜活而清新。

美丽的环境大大激发了凯尔斯的创造热情。他认为像这样山呼水应、远避闹市的地方，是极好的校址。因山不高，建筑可以依山而筑，山石可利用，坡地可利用，山谷可利用，到处都有的湖水和泉水能提供水源保障。于此山水间修筑大学，再好不过。

筹备工作顺利地进展下去。设计与修路都开始进入状态。山上民居很少，校方张贴出公告后，逐一买下他们的地皮；山间还零星有一些坟地，校方亦贴出了迁坟告示。

原本以为事情进展顺利，不料事情突然发生了变故。这件节外生枝的事，使得武大新校舍的计划几乎流产。

四

事情来得其实有些突然。此时原代校长刘树杞已经离任，到位的是新校长王世杰。

王世杰是湖北崇阳人。因他的字为"雪艇"，所以更多的人称他为王雪艇。王世杰读书读得杂，早年在天津北洋大学学采矿冶金专业，后来留学英国，学的是政治经济。他在伦敦大学拿了经济学博士学位后，又跑到法国，在巴黎大学拿下了法学博士的学位。回国后，去北京大学当了一阵子历史教授，然后又做了南京政府法制局局长。还被派到海外，在荷兰海牙的公断院当过一段时间的公断员。

1929年5月王世杰走马上任武汉大学校长，几乎一到位上，他就面临着这场新校区是否还能在东湖之滨珞珈山下兴建的轩然大波。

引发风波的是周边的居民。领头的是一个叫陈云五的人。陈云五领着一拨人四下告状，试图阻止武大新校区建在珞珈山一带。其最大理由便是：珞珈山、狮子山是当地老百姓墓葬地，那里埋着他们的祖坟，这是不能动迁的，所以学校必须改换地方。陈云五的申诉状字写得极是漂亮，行文也非常煽情。信说："有墓者闻之莫不泫然流涕。我祖我宗，何辜而罪？此翻尸倒骨之惨事，外者闻之亦莫不黯然长嘘。以一大学之建设，重增人民之痛苦，此果何为耶？"又说："谁无父母？谁无祖先？设身处地，情何以堪。且进而言之，既非全国铁路之必经，又非与敌之作战。垣建校址，何地不可？卜迁改弦更张，庶生者不致饮恨吞声，死者亦戴德于九泉之下矣。黄雀虽微尚知衔环，我独何心，岂有人不如鸟者乎？青天白日之下，数千民众延颈待命，哀痛迫切，冒死陈词。"

面对如此声泪俱下的申诉信，湖北省府立即动摇。武大校长王世杰对此则表示："现一切建筑计划均已完成，修路购地各项工作业经开始，已用去计划绘图及建筑费高数万元之多。所谓变更迁地一节，决难置议。"王世杰指出："在新建筑地段，此时急须迁移之坟墓，估百余家，该民等统称千冢亦不相符。"

但是，原本同意并下发了文件在此建校的湖北省府的态度却由此而变。不知是恐怕民众闹事，还是陈云五这些人有着我们所不知道的背景，省府很快向上面打报告，希望武大校址另迁他处。报告称老百姓得知公告，"惊悉之下，群情震骇。窃以为王世杰校长圈定该地区，违背法理，拂逆人情。蔽上罔下，用意良深"。又说："武昌城东南南湖一带营田，城东徐家棚丙段旱地，均有外江内湖之胜，平旷空阔，风景佳丽，田内全无坟舍，地势毫无平陂，一经勘测，即可建舍，工程亦极简易。"而"珞珈山一带地区，冢墓累累，姑置之不论，其他地势，珞珈山狮子山……其间山岭错综，环地起伏，最低度达三五十米。而该地区地质仅地面有黏土，纯系岩石"等等，反正就是说在这里建筑既伤民，又花钱太多，你们还是换地方就是了。

政府当局站在了原居民一边，而校方坚持不退让，结果风波越闹越大。学生们一怒之下到省府抗议，要求按原计划修建学校，而原居民亦群情愤然，跑到省府请愿，反对在他们的坟地上修建学校。老百姓们还冒着雨去到武大交涉。王世杰并未出面，接见他们的是事务主任熊国藻。老百姓从学校回来便说，接见过程中，来了一帮学生，声称谁请愿就打谁，一切都得由校长做主等等。

在此一片混乱中，湖北省府一纸决议下达到武大。决议上说"本府委员会第四十次会议决议函武大立时停止掘坟，免酿意外风潮，另觅无坟地点，再行规划"等等。

武大的新校址是刘树杞当校长时与湖北省府共同定下的。王世杰上任后，只是继续前案，料不到却遇上如此让人头大的事。但王世杰也不是怕事之人，或因为博学广见，阅历丰富，经历过大场面，遇再大的事也能从容应对、镇定如常的缘故，王世杰根本没有退怯之意，他为坚持武大珞珈山校址据理力争。在给省府的信中，王世杰抗辩道："现在训政伊始，重在建设，故中央所颁土地征收法第三十三条特别规定，凡在圈定范围以内之坟墓应全迁移。省政府治省道鄂东鄂西鄂北沿道旁迁坟墓何止千数，首都建中山马路远在明宗之坟亦有迁移者。岂他人之坟则可迁，独陈云五之坟独不可迁乎？又谓无地无资者力不能迁，敝校通告载有贫苦坟主当酌予资助。"

对于省府提出的新的校址，王世杰认为徐家棚为商业区，地势平坦，无山水之秀；而南湖为营房区，乃战争所必争之地。两处经专家考察，远不如狮珞二山之环境。此外依山建造，非但不像所说那样不经济，反倒能利用山基，无须建筑高厚之房基，利用山石，可节省砖料，在经济上实际是最为合算。至于陈云五等人既不知建筑原理，又扯风水祸福之说，以阻挠国家之百年树人之建设大业，遁词荒谬根本不值一辩。

应该说，没有王世杰的鼎力相争，倘依然照现在人的做派，一切以领导的意图为准，武大算是建不起来了。但王世杰却并非如此。面对省府强硬的态度，王世杰一方面以更强硬的态度抗争，一方面派皮宗石教授去南京当面陈述，与此同时自己又亲给时任教育部部长的蒋梦麟致电。王世杰说："我校落驾山新校舍一载以来，绘图设计修路种树购地盖建筑监工房屋所费，已达数万元，乃正拟开工，竟有豪绅陈云五程桂生等以自己祖坟各有一冢在新建筑范围地段之内，一再捏词生诉。经湖北省政府议决，函我校另觅无坟地点，再行规划等。因我校建筑计划，几费经营，中途变更，物质精神将两受巨大损失而工事更不知何日开始，我校全体教职员学生以新校舍之建筑关系武大生死，群情愤激，莫可过止。除另由皮宗石教授赴京面陈外，将先电闻。"

蒋梦麟很快便给王世杰回电。蒋的电文中说："该校建筑新校舍案经呈行政院指令已如请令饬湖北省政府切实晓谕，并令该大学按照定案进行工事，特电知。"

行政院果然也下了令，令湖北省向陈云五等人晓谕：勿许抗阻新校舍的建筑，同时令武汉大学按照定案从速进行建设。

扯了几个月的皮，以行政院一纸电文落下帷幕。一切都按照原计划去进行。武汉大学落座珞狮山下的方案不可更改。风波的结局是以王世杰领导的武汉大学大获全胜。此时已经是1929年年底，翻过年便进入了三十年代。

五

武汉大学新校区的规划出台后，即向全社会进行了招标。1929年3月破土，一直到1935年方完成大部分建筑。汉口著名的营造厂汉协盛以及袁瑞泰、永茂等营造厂以及上海六合公司共同接下了这项工程，分别承建各处建筑。

这是一个浩大的工程场面。武大拥有珞狮两山及山麓上万亩土地，校区地盘也达三千多亩。主要建筑有文、法、理、工四个学院和体育馆、图书馆、饭厅、学生宿舍、俱乐部、教师住宅、实验室、大门牌坊以及水塔等建筑。建筑面积几近八万平方米。如此集中如此浩大的建筑活动，在中国近代建筑史上也属罕见。

因校区在数座山丘之间，地势高低落差颇大。建筑便依山就势，既借山坡，亦借山谷。设计师凯尔斯为了搞好武大新校舍的总体规划，他上上下下，反复多次进行勘察。正逢天寒地冻，他考察地形，为寻找建筑在山坡山谷中的感觉，在冷风中一站就是一两个小时。在他的规划中，连什么地方种什么样品种的树，都一一标明。王世杰校长见他如此尽心努力，如此追求完美，称他完全是一个艺术家。

有人说凯尔斯的设计采用北京故宫为蓝本，也有人说凯尔斯仿照了承德有名的八大处的格局。只是，无论是故宫或是八大处，凯尔斯全部设计思想都渗透着中国传统的建筑理念。"轴线对称，主从有序，中央殿堂，四隅崇楼"这样浓烈的中国传统建筑原则，在武大诸多组建筑中都清晰可见。凯尔斯把这种理念和原则巧妙而纯熟地与西方的古典建筑风格、西方的建筑技术和最新的建筑材料结合了起来。利用珞珈山和狮子山形成的山势和山谷，布置校区，使得校区内的建筑在彼此风格上浑然一体，又与起伏有致的自然环境谐调相处。正是因为这种东西方优势的组合，方有了武汉大学建筑群的美轮美奂。

教学中心区建筑群三面环山布置，形成两个大组。一组是以图书馆为主体，坐北朝南，展开在北山丘陵地带的狮子山上。居山顶而中央突出的图书馆，外形全然中式宫殿模样，副楼屋脊歇山连脊，八角的塔楼有如皇冠，隔得老远都能远远望见它立于高处的风姿。图书馆两翼分别为 1930 年修建的文学院和 1935 年修建的法学院。法学院大楼修建时，湖南省政府为此楼捐款十二万元。文、法大楼外观几乎完全一样，如同孪生，但内里却各自有异，与图书馆一样，屋顶亦是宫殿式的。文学院修建得比较早，因此学校前三任校长王世杰、王星拱、周鲠生都是在这里办公。图书馆下的学生宿舍抱坡而建。这就是著名的老斋舍。老斋舍始建于 1930 年，它的建筑平面采用不同层次的依山组合，在顺应自然地势变化的同时，亦借助山势以构成大气磅礴的立面效果。不同标高处，沿等高线建成不同层次的房屋，基座各有高低，屋面则同一平面，从而形成"天平地不平"的格局。老斋舍共有四个单元，三百多房间。每两单元间依山设有九十五级台阶的楼梯。它既是进出宿舍的楼道，亦是通往图书馆及教学区的路径。体量大且跨度长的老斋舍与图书馆、文法两大楼连成一体，形成狮子山上富丽堂皇的建筑群。站在图书馆和老斋舍之间的平台上，武大山地全貌历历在目，而山下不远处的东湖亦尽收眼底。老斋舍的名号是最让人津津乐道的。它以《千字文》的"天地玄黄、宇宙洪荒、日月盈昃、辰宿列张"来为宿舍编号，从第一栋起，由下而上，顺次称为"天字斋""地字斋""玄字斋""黄字斋"等，以此类推，真是又雅致又深奥，还充满着东方文化的神秘古韵。它们毫无疑问地成了武大标志性的建筑，是武大的门面，武大的招牌，武大的花心，武大的胜景，武大的布达拉宫，它更是老武大人怀旧时、聚会时的必去之地。

第二组建筑则以运动场为中心，理、工两学院为主体，从狮子山东头一直拉开到对面的火石山上。而两山之间的低洼山谷便形成天然运动场，运动场的看台依坡而筑。工学院和理学院遥遥相对于运动场的两头。立于狮子山东头即图书馆以东的是理学院，它建于 1930 年。当时的汉口市政府为建此楼捐赠了十七万元钱。直径近二十米的穹窿圆顶是用钢筋混凝土做成的，带着强烈的罗马拜占庭式风格。它的内部空间开阔，进得门去，是层层下降的扇形阶梯教室，据说这是中国最早的阶梯教室。当年我们的历史课就是在这里上的。我们高高地坐在上面，老师站在最底。在如此屋中以如此状态听老师讲述久远的事情，感觉真是格外不同。理学院左右各有一个配楼，它们分别是化学楼和物理楼。此二楼前排被设计成庑殿式的中国城楼，以孔雀琉璃瓦盖顶，后排则是西方现代的平顶楼，主配楼之间乍一看觉得反差巨大，细一瞧却又能看到它们在局部上的彼此呼应，连廊将三座建筑沟通为浑然整体。火石山上的工学院则建于 1934 年，绿色葱茏的珞珈山成为它的背景色。工学院的主楼是四角重檐攒尖顶的正方形大楼，玻璃盖顶，中间则为一个集中采光的封闭天井，阳光可从顶部直射厅内。高大的墙体、削斜的侧角和宽大的落地窗，以火石山为基础，以珞珈山为靠背，加上两个作为配景的穹窿屋顶小屋（俗称天文台）活泼地站在大门之前，工学院无论怎么看，都能显出一派大家风度。再加上它四幢漂亮的中式裙楼站在四角护持着它、簇拥着它，更令它有一种雍容华贵之感。无怪后来的武大领导将之改作学校行政大楼，令其成为学校的中心。站在工学院看理学院，觉得理学院庄重而典雅，站在理学院看工学院，觉得工学院沉静而洒脱，两个学院隔着运动场，南北对视，真是相看永不厌。

这两大组建筑群与武大的诸多小山及东湖一片阔水，彼此关照，天然相配，蓦然间就让这片曾经人烟稀少、荒凉寂寞的地带，充满生机。

武大的树林是有名堂的。运动场西向山起箕口，地势骤降，这成了学校下沉式中心园林。林中杂树繁花，种类多极。四季不同，花色便不同。任何季节，步入林中，都能看到你想要看到的色彩，闻到你想闻到的芬芳。尤其秋天，银杏树叶黄了，头上脚下满是金色的小扇子，那种情调，那种韵致，由不得你不怦然心动。

树林漫向西边，林子的边缘是体育馆。体育馆坐西面东，朝向与两大组建筑群不同，仿佛一扇绿色的大门，将这个下沉的箕口封住。体育馆建于1936 年，经费是由黎元洪的儿子黎绍基和黎绍业兄弟将黎元洪生前筹设江汉大学的基金悉数捐出来修建而成。据说黎元洪生前十分看好珞珈山的风水，1935 年他去世后，其家属表示还可以再捐巨款给武大修一座总办公楼，但前提条件是将黎元洪葬在珞珈山上。这一要求遭到武大方面的拒绝。现在想来，武大的校方当时还真有点个性，有点傲劲。

细数起来，整个武大建筑宏观上大气磅礴，而对细节的讲究也是既精亦巧。比如文学院应该活泼，所以它的飞檐翘而尖；法学院应该稳重，所以它的飞檐平而缓。在图书馆，取暖的烟囱装饰成通灵宝塔，冲洗拖把的池子则做成了西式的"吊脚楼"。如此之类，它的精雕细琢，使得人们站在风景中远望建筑是享受，走进房子里凝视细节也是享受。所以我们可以说，整个武大校园就是一件巨大的艺术品。

六

1932 年 1 月，新校舍一期工程竣工；在春天的三月中，武汉大学由武昌东厂口正式迁入珞珈山新校舍。5 月 26 日，武大举行了隆重的新校舍落成典礼，蔡元培先生专程赶来祝贺并讲话。校长王世杰在介绍蔡元培时非常有名士派头。王世杰说，介绍这个人只需要三个字，就是蔡元培。见了这三个字，就了解了这一个人，用不着多说。然后王世杰就请蔡元培讲了话。蔡元培的讲话热情洋溢。他称武汉大学新校舍工程设计新颖，是国内最漂亮的大学建筑。

这话一点也不为过。武大一建成，便以校区美丽扬名。但凡到武大看过的人，几乎都赞不绝口。武大的建筑外观漂亮自不必说，其实它屋内的设施也极是先进。图书馆一楼阅览室的木地板下设有取暖道，取暖方式与故宫的方式相近。最寒冷的日子里，那里也温暖如春。学生宿舍，每间住两人，内有双人用桌，木板凳及钢丝床。钢丝床的样品出来时，为了保证其结实，据说由学校身体最重且曾经是运动员的叶雅各在床上跳动实验过。两小时后，毫不变样，方算合格。王世杰说，学生都是青壮，不给他一张结实的床，是难持久的。每斋都有抽水马桶和洗澡间，有管道直接送热水至各斋，据说热的程度几乎达到开水地步。这在当时，已经是相当贵族化的生活了。七十年代末我在武大上学的时候，都没有如此这般的条件，老斋舍热水管道早就失修弃用了。生活条件优裕，武大学生所摊的费用在全国大学中标准最高也是必然。

新校舍修建的同时，珞珈山下亦修建了十八栋小洋楼。当时便被人称为"十八栋"。这是给教授住的房子，靠山面湖，阳光充足，室内宽敞实用，生活设备一应现代化，住在里面非常舒服。王世杰说，没有舒适的住所，难得名牌教授。这话说得一点不错。武大首批教授，是以留学英伦的为主。王世杰（校长）、王星拱（下一任校长）、周鲠生（再一任校长）、杨端六、袁昌英、任凯南、李剑农、陈源、皮宗石、邵逸周、石瑛等，全都由英国留学回来，然后云集在了珞珈山下。当初文、法、理、工四大学院的院长除了闻一多是留美的之外，其余三个皮宗石、王星拱、石瑛都是留英的。留美的闻一多在武大没待多久也因人事问题而离去。这一群人为武大的学术基础以及武大的学风作了很好的奠定。不知是否因为这个缘故，1948年，牛津大学致函给中国教育部，确认武汉大学的文理科学士毕业生成绩平均在八十分以上者授予牛津高级生资格，享有牛津研究生地位。

在珞珈山的半山上，还建着一幢石屋。石屋又叫半山庐。两个著名的单身教授任凯南和李剑农曾经住在这里。当年四周的山上，因是荒郊野外，树种单一，稀稀落落，山上到处是秃斑，放眼望去，土色浓于绿色。建校期间，王世杰校长带领着学生，从东厂口步行至珞珈山造林，半年之内，植树五十万株。有了当年的辛勤种植，方有了现在珞珈山四周的郁郁葱葱。这是真正的前人栽树，后人乘凉。

山上还有一座水塔，这是武汉的营造商汉协盛赠送给武大的。汉协盛是武汉最著名的营造厂，却在建筑武大的过程中，因估价错误，兼之施工中又遇大水灾，而学校的工程偏又艰难复杂，加上修路和赠送水塔，从而导致高度亏损，重伤元气，结果由此而走下坡路，及至后来全面衰落。这是武大美丽的校园背后的一点不谐调之音。

新校舍修好后，武大师生并没有好好在此教学和生活几年。抗战期间，武大从未被轰炸过。当时住在武大的郭沫若等人都猜说，一定是日本人也喜欢这个地方，他们要留下它来休息享受。汉口沦陷后，武汉大学于1938年4月被迫迁往四川乐山。在乐山一住便是八年，回来时已经是1946年。正像郭沫若等人所猜测的那样，日本人占领武汉后，将他们的司令部设在了武大这个美丽的地方。他们侵占武大期间，沿着老斋舍种下了许多樱花树。时光荏苒，这些樱花树长大开花，把这里变成武大最著名的樱花道。每年初春，武汉市民都涌来这里欣赏樱花。走在落英缤纷的樱花道上，几乎无人记得这美丽的花朵因何原因在何时间越过海洋来到这里。

七

武汉大学迄今为止，已经有了百年多的历史，珞珈校区亦走过了它八十多年的历程。随着学校规模的扩大，环绕着老的中心校区，更多的建筑涌现出来。但是不知何故，它们无论以群体相比，或以个体较量，都无法与老建筑媲美。除去建筑本身的漂亮外，或许是因为染满着岁月的沧桑和风雨的痕迹，以致老建筑别有一种风霜的容颜，别有一种绵长的意味。从它们的门前窗下走过，我们内心中涌出的感情无法言说。时间加重了它们在人们心目中的分量，也更加张扬了它们在人们心里的骄傲。有了它们的永远存在，方有了武大的永远美丽，方有了武大的无可替代。

女人的字女人的书

　　湘南的江永这个地方少有人去。因为都说它穷，都说它交通不便。但真正的旅行家却最喜欢去这样的鲜有游客而又有特色的地方走走。我有个朋友，他就是把湘南这一片跑遍了。他想要在这里追寻明末清初哲学家王船山的行踪，又想要按瑶族人的《过山榜》所示替瑶人找到他们祖先的家园"千家峒"。不料他却在一个偶然的日子里意外地发现了一种几乎不为人所知晓的女人文字。之所以冠以"女人文字"这四字，实在是因为这种字只有女人才认识，当地人将之称为"女书"。朋友回来后，将湘南景致和文化以及那里的"女书"吹得神乎其神，很是令人心驰神往。于是在一个十分寒冷的日子，我随着几个朋友一起奔去了湘南的江永。

　　我们乘火车由京广线转入湘桂线，夜半在湖南的冷水滩下车，当夜便驱车驶往地区首府永州市。次日一早则继续向南行进。这一日天飘雨雪，让人由衷生出天寒地冻、山高路长之感。

　　江永是一个风景怡人的地方。潇水逶逶迤迤地从境内流过。田野里随处可见拔地而起的小山，奇特而陡峭，颇有漓江一带山形的韵味，绵延的都庞岭把江永和广西分开来。从地图上看，江永像是湖南插入广西的一只角。

　　在江永一个叫上江圩的美丽的小村庄，我们找到了几乎是仅存的两位"女书"的传人。这是两个已经年过八十的老太太。那天冷得出奇，寒风瑟瑟中，我们走进了老太太的屋子里。那一刻她俩正偎坐在床上，一床很薄并且黯然失色的土布印花被搭在她们的腿上。屋里的光线很暗，纵如此也依稀能看见斑驳的墙壁、简陋的生活用具和两张苍老面孔上木然的神情。向导用一种我永远也听不懂的土话叽里呱啦大声朝她们说着什么。说了好半天，木然的脸上才开始松动出表情。先是吃惊，尔后露出几丝微笑，尔后又显得羞涩不安。最后她们面带羞怯地用土语对向导说了几句什么，大意是贵客从远方来，能不能在外面坐等片刻，容她们换一下衣装。

我们欣然同意了，坐到了堂屋里。外面的风呼呼地吼叫了起来，卷带着树枝搅动的声音，一阵阵地从屋顶上掠过。二十几分钟后，两个老太太才一摇三摆地出来。她俩都换上了很新的深蓝色褂子，上面蒙罩着一件黑色的围裙。围裙的胸前绣着色泽鲜艳的花草，周边镶着银色花边。从右肩的围裙系带上垂下一串银坠子，随着她们身肢的晃动，银坠子叮叮咛咛地发出很悦耳的声音。这与我们适才在小黑屋里见到的两个神情木然的人相比已是全然换了模样。

靠向导做翻译，老太太向我们讲述关于女书的情况。她们说是很久以前，江永有一个美女被选入皇宫做妃子。人们都以为她在那里享福，其实她在宫中备受冷遇，心中忧伤万分。终于在她的一个乡亲去看望她时，她把自己的悲伤写在了信里。为了不被太监发现，她创造了一种文字。在托她的乡亲带信时，她交代了识别这些字的秘诀，即用土语读，斜着写，斜着看。从那以后，"女书"便在湘南妇女中流传。那里的妇女管我们现今的汉字叫"男字"。

传说自然是传说，但女书也确有流传中所提到的特点：用土语读，斜着写和看，在妇女中流传。湘南女子向有婚后"不落夫家"之俗，孤独和寂寞使她们将感情转向同性，为此那里结拜姊妹之风盛行。姊妹们在一起，通过"女书"，亦说亦唱，抒发自己生活的悲苦和无爱的忧伤。因此百分之八十的"女书"内容都是表达着妇女们的苦情。她们将忧忧怨怨的人生用"女字"写在纸上，装订成册。假以黑色缎布作封面，书的边角以鲜艳的布块或彩线作装饰，并将之作为自己生命中的珍品予以收藏。一旦有一天将辞世而去，她们也要再三再四地嘱托儿女们将"女书"在她们的灵前焚烧成烟，以便她们带去阴间继续读唱。正是这个愿望使得"女书"成书日渐减少。

老太太之一为我们唱了一段"女书"。她沙哑的嗓音和苍凉的曲调，以及随着拖腔而流淌出来的眼泪，使我们每个在场倾听的人都能觉出自己的怦然心跳。

女人的聪慧、灵秀和她们的宽容、坚韧，实在是男人们所无法相比的。她们哪怕苦到尽头，悲到极处，也仍然能设法使自己的精神得到解脱，使自己的情绪得到疏导，使自己的心态趋于平衡。"女书"也正是她们拯救自己的方式之一。她们在"女书"中写道："女人此去受压迫，世间并无痛惜人。只有女书做得好，一二从头写分明。只为女人受尽苦，要凭女字诉苦情。"她们把自己的苦难写了出来，把自己的悲伤发泄了出来，彼此倾吐一尽世间的不平后，又觉得日子仍然能够淡淡地静静地过下去，一直到她们视苦痛艰辛有如日常生活中的盐一样，每日不可或缺，于是她们便成了我在小黑屋里见到的那神情木然的老太太。

老太太几乎一无所有，似乎她们也笃定主意在那间小黑屋中度过每一个相同的贫困日子。她们对什么都不抱指望，只是从容镇定，以对生命负责到底的精神将自己的一生走完。人们差不多都忘却了她们的存在，对此她们也毫不在意。

我们的造访，使她们从漫长的孤寂日子里走了出来。她们仿佛才意识到世界还记得她们，还需要她们，还会有人不远千里来听她们说"女书"，唱"女书"，写"女书"，她们实在是得到一种前所未有的满足，觉得一生中有此一天也就足矣。为此她们不停地为我们说，为我们写。在我们与她们终于不得不辞别而去时，她们拉着我们每一个人的手不断地说：什么时候还来呢？她们的恳恳言辞，让我们一个个都心里发酸。

对于"女书"究竟是怎样产生的，朋友很大胆地作了些推测：一、它可能是和汉字同样的古老。是长江流域南方民族中早已经存在的一种原始文字，在一定的范围内流传幸存至今。在它的流传过程中，曾吸收和改造了部分汉字作为自身的补充。二、它可能是古代江永地区瑶族人民创制记录本民族语言的文字。三、也有可能是记录当地方言的符号体系。只是这种方言是一种单纯的汉语方言还是古瑶语与汉语融合形成的方言还不能确定。朋友自笑说：我这只是一种玄想，而并非考证的结果。但是我想，对于文化，玄想或许比考证还要必需。

好多年过去了，两个老太太伤感的神态始终没能让我忘记。突然有一天，朋友转告我说，那两位老人已经先后离世了。纵是意料中的事，可我听后心里仍然涌出很深很深的惆怅。尽管我知道她们后来生活得很愉快，也知道她们在很短的时间里使世界上很多的人都看到了这种不知流传了多少年的妇女文字，还知道全世界的女人们都关注着这文字也关注着她们，但我还是隐忍不住自己万千的思绪。我想她们的一生也正如一本黑绸布包着的"女书"，如果不是一个偶然的发现，又有谁会走进那间幽暗的小屋去将她们生命的这本书掀开一页呢？

在丽江看街看雨看人

一

几个朋友一直在说，丽江是世界上最漂亮的地方，你一定要去丽江看看。丽江在她们花团锦簇的描绘中，就仿佛成了我的一个熟得不能再熟的人，而且这个熟人正等着我前去探望和拜访。于是，这次一接到云南作协邀请，我想，一定不能错过这次机会，于是决定了去。

清早七点半便从昆明出发。虽然云南的道路都非常好，但毕竟太远。路上晃来晃去地，也花了七八个小时。直到下午三点过后，才终于看到了阳光下的丽江。

原来，耳朵听来的丽江、书上读来的丽江、脑袋想象的丽江却与眼睛看到的丽江很不相同。以为丽江是清静的，是古色古香的，是带着闲散和悠游，泊在雪山下的，有干净的风吹过，有纯净的水流过，有明媚的阳光拂过，有朴素的人群走过。有着世外桃源的气息和韵致。却不料扑面而来是满耳的嘈杂和喧嚣，是满眼的人头和导游小旗，是满鼻子的铜钱臭和气息臭，是满街的流行乐和红灯笼。

是门挨着门的比江汉路还要花里胡哨的小店，是燥热和轻浮，是呆板和刻意，是雷同和做作，是满心的失望和沮丧。甚至有些不明白，这样一个地方，为什么朋友们却都一致叫好？

但世上的确有这样的地方，当你看它第一眼时，什么都好，可你再看它第二眼时，就发现什么都没了。却也有另一些地方，第一眼看得满心烦躁，甚至心生厌倦，但接下去却越来越看到它的好来。不知道丽江会不会也是如此？否则它怎么会拥有那么好的口碑？

于是我离开酒店，在古城挑了家客栈住下。客栈名叫"瑞雪"，正在古镇的四方街附近。

住下来的决定果然正确。离开主街，踅进曲曲弯弯的小巷，丽江就有另外的风景。它至少是安静的，是有风情的，是韵致十足的，是带着点惺忪睡意，又带着点酒醉迷离的。越晚越好，晚到人迹稀少，灯光黯淡，丽江的味道就开始一点点朝外渗。白天张扬而俗气的红灯笼变了味，冷冷地吊在暗夜的半空，幽幽的一副讨巧的样子。酒吧还是密集，但已然没了喧嚣。偶尔也有人在K歌，放肆地吼唱。一般来说，都唱得很差。但却已不让人讨厌，反觉得不会唱歌也是一种朴素。

雨也不期而至。浮尘被扑灭了。气温被扑低了。行人也被扑出老远。这时候撑着雨伞裹着披肩，去冷僻的小巷走走，只需几步就走出别样意味。五彩的石板路湿漉漉的有些打滑。流水的声音很清晰，甚至水边花朵开放的声音都能听见。丽江的花枝喜欢从岸上一直垂到水面。门缝和窗跑出些喷香，香气里含着肉和辣椒，煞是羡人。行人很少，杂色很少，俗气很少。属于丽江的气息便穿过雨线，从四面八方涌来。伴着寒意索索地钻进身心深处，在那里撩拨你的思绪，你的心意，你的情怀，还有你秘不对外的忧伤和悲哀。在无人的雨天小巷，有很多复杂的感动。

始知，丽江是不能乍一看的，它需要你去细细地品味。

二

丽江水多，自然桥也多。丽江的街几乎是随水流而波动的。所以不时地要拐一个小弯，重复的次数很多。走在这弯曲的街路上，不小心走进一家院落，就能遇到异人。

丽江，甚至整个云南，都应该是出异人的地方。宣科算是一个。纳西古乐因他而闻名。那些乐曲有一种单调的华丽和一种干净的灿烂，很好听。宣科身穿蓝色长袍，站在舞台上兼当主持。他汉话和英语夹杂着说，胡琴和木鱼交替着使。他亦说亦笑，亦吹亦骂，亦真亦假，亦虚亦实，调侃天下所有人，撩起观众阵阵大笑。他坐过二十多年牢，已然有一种不在乎一切的派头。我喜欢他的满不在乎。

丽江古城密集的老屋，老屋门前永不干涸的水路，组成纵横交错的街巷。

街巷的老式房门大都关着，总想试着推开，看看里面还有没有潜伏着高人。怀着这份心，在雨天的小巷里，走呀走。突然就撞到四个大字：梦回丽江。

四周更静，更湿，更是无人。便小偷似的伸头朝里张望。爬满常春藤的花架从大门口一直延向院落深处。那幽深之处会是什么？这想法一起，就有点折磨人。到底还是忍不住走了进去。被惊动的常春藤像一阵大雨般把叶上的水珠抖了满满一伞。

两个男人坐在屋廊的壁画前烤火，小炉里烧着煤，炉火正红着。屋廊的尽头看得到一台电脑。立即觉得这里的气场令我熟悉。他们一高一矮，都站了起来，问你们干什么？我说只是看看。与我同去的是丽江的女作家和小梅，小梅说你们是做什么的？高个说他是网络写手。我们便有几分惊喜，仿佛对上了暗号，遇到的是自己人。小梅报出了我们的名字。高个男人脸上放出了光彩。他说他都听说过，尤其是小梅。于是我们在长长的门廊落座。

烤着炉火，矮个的男人端来了茶水。他驼着背，眼睛里全是善良。他说他在这里打打杂。央视的人来这里拍片，他们管他叫"卡西莫多"，他不知道是什么意思。他一指高个子网络写手，说我是他的同学呀，小学的。他这人最能干，什么都会。

只几分钟，我们便知道了高个子的名字，他姓章，在网上叫"原始古龙"。"梦回丽江"是他开的一个论坛。他和一群热爱丽江的人在网上吟诗赋词。他说游客的素质太低了，光知道打牌喝酒。于是，他每天都坐在院子里阳光下等待，就想等待真正的文人能走进他的院子。一直等呀等的，等了许久却没有人来过。今天下雨了，他生起了炉火，坐在阴暗的门廊里，却来了你们两个真正的文人。我和小梅就笑，笑后也有些感动。

"原始古龙"家是南下过来的。他是浙江人，说是与章太炎一族。他当过兵，转业回来搞过贸易，懂设计懂绘画，还能作诗。现在就成了网络写手。他说你随便说个主题，我就能即兴为你写一首诗。我在网上经常即席赋诗。我和小梅都有些惊异。小梅立即让我出题，我便报出"雨中的丽江"。

"原始古龙"想都没想，就开始吟诵。我请小梅笔录下来，但现在却找不到那首诗放在了哪里。只记得诗里一句：你是近近的，也是远远的，你是远远的，也是近近的。我觉得这一句是写得不错的。那是他的心境。他在外漂泊时，丽江近得就在心里，他回到丽江，丽江给他的却满是陌生。家园给人的感受常常就是这样。

三

"原始古龙"说话时眼睛透着忧郁。他说他就出生在这丽江古城。这里就是他的家乡。突然有一天，他发现他的家乡已经不再属于他。因为熟悉的一切却已变成陌生。到处都是外来的游人，到处都是外乡人的店铺，到处都是陌生的面孔和声音。邻居都四散而去，搬进新城。

倚墙而坐晒着太阳的老人越来越少，一直到慢慢看不见了。儿童的喧叫也都销声匿迹。所有日常的琐细的见惯了的生活，都莫名地离去，像色泽鲜艳的生活画布魔术般地褪尽颜色。

是呀，没有了邻居，没有了家长里短；没有了乡音，没有了你来我往；没有了啼哭，没有了早出晚归；没有了亲情，没有了生老病死；古城把这些都抽走了，就如一个人剥离了他的血肉，剩下几根骨架，又算什么？来来去去的游客，已成古城里的三天两头变换的居民，丽江仿佛天天都在透析。

丽江原是一个清静的小城，人们享受着安详，可是现在却成天喧闹不堪，丽江原是一个纯洁的地方，纳西人对爱情忠贞，现在却成了艳遇之地。丽江人最讲究居住的舒适，现在却将自家的房屋悉数租赁而出，听任它们变成客栈，变成店铺，变成酒吧，变成茶室，变成歌厅，变成餐馆，丽江人最喜欢悠闲的生活方式，喜欢从容的生活，现在却满街都是忙碌之人。忙忙碌碌的店家，匆匆来去的过客。他说，这样的古城哪里会是我们的……

"原始古龙"的声音有一种淡淡的哀愁。他说玉龙雪山到处都是垃圾，冰川也在溶化，于是，心里便有一种被掠夺的感觉，就仿佛自己被人赶出了自己的家园。

而来到这里的人却并不爱惜他们占领的这个地方。

小梅原来也是住在古城里的，小梅在旁边轻声地说，是呀，是呀。我们现在很少到古城来，没有认识的人了，倒是新城不时遇上个熟人，反而更像自己的家。之前，我和小梅在路边小摊吃过丽江的特产——鸡豆凉粉。小梅说，那个做凉粉的纳西老妇人，我想，这或许就是她的一种坚守方式。

"原始古龙"说，丽江这地方，适合人们在此静静地度假，而不适合匆忙的旅游。人数不能一天来这么多，应该控制人流量。还有玉龙雪山，那是神山，不能这么糟蹋。他不久将会去电视台做一个呼吁保护玉龙雪山的节目，他约小梅一起去谈。小梅立即表态说，我愿意，这是我愿意谈的话题。

两个丽江古城的原住民，便在这温暖的炉火的烘烤中，谈着家园，谈着坚守。雨依然下着，天却已经昏黑。

唉，我常常会有一种宿命感，觉得我们所经历的过程是一件没有办法的事情。如果没有旅游，丽江藏在深山人不知，那么它会是什么样子？那样就更好吗？现在有了旅游，人们蜂拥而至，丽江在传说中有如天堂，人人都想亲眼一睹，丽江变得热闹了，有现代生活气息了，丽江人不觉得自己身处偏远小地方了，房地产也热了，文化生活也多了，丽江人的眼界更是开阔得甚于西北一些大城。然而，慢慢地，丽江又成了他们以及我们不愿意看到的样子，只是，这是不是比没人发现又更好一些？

突然就想起了艾略特的那些让我怦然心动的诗句：

> 在那些时刻，我对我的灵魂说，静下来，不怀希望地等待，
> 因为希望也会是对于错误事物的希望；不带爱情地等待
> 因为爱情也会是对错了事物的爱情，还有信仰
> 但信仰、希望和爱情都是在等待之中。
> 不加思想地等待，因为你没准备好怎样思想
> 所以黑暗将是光明，静止将是舞蹈。

还有我始终都记得住的：在我的开始是我的结束。在我的结束是我的开始。

丽江现在是回不去了。它的名声既已传播出去，它就再也成不了原来的模样。它根本无法安静下来，根本无法朴素起来，也根本无法单纯起来，它无法重新聚集已经四散开的居民，也无法还原昔日那种悠然自得的生活。古诗里的小桥流水人家的场景让我们何等地憧憬，而丽江，它的小桥流水会依然如故，但它的人家却永远也回不到原地。

只是，你的心是静的，你看到的丽江就是静的，你的心里是素的，丽江在你眼里就是素的，你的心是洁的，丽江就依然纯洁无比。两个小和尚见风吹旗动，便讨论着是风动还是旗动。慧能说，是你们的心动。丽江大约也只好用慧能的方式来看了。

在依然如注的雨中离开"梦回丽江"。下次再来时，这个地方可能已不再

有"原始古龙"，他说他也将转租出去，隔壁人家前两天已经搬走了。

坚守不是件容易的事。以及要不要坚守，拿这个主意，我想都不太容易。黄昏中，我和小梅重新走进丽江的雨巷。这时候的小巷里，花草比行人多。很雅，很美，很静，很深，很冷，很湿，很幽，很绿，很闲，很酷。

无论如何，丽江都还是一个好地方，都值得在那里住下来，慢慢地品味，慢慢地欣赏。

少年往事

一、闹革命

小时候看了许多小孩闹革命的书，比方《红孩子》《鸡毛信》《渔岛怒潮》之类，对革命充满了由衷的向往，总为革命已经被别人给闹完了而焦急万分，仿佛觉得自己一生没有闹成革命实在是一大不幸。在甜水里泡甜水里长过这种甜如蜜的生活又有多大的意思呢？真是好苦闷啦。

不想 1966 年霹雳一声震天响，"文化大革命"开始了。这是新的一场革命，令从未有机会闹革命的我辈人欣喜若狂。虽然也就十岁左右，匹夫有责之志一点也不少于职业的革命家。于是蜂拥而上地投入革命之中。

革命的早期阶段十分盲目，所有人都只会尾随于中学生后乱喊乱叫并被他们讨厌。我们的自尊心虽然遭到打击，可又无法改变局面。一想到送鸡毛信的海娃等人当年是何等受成人们的重视，便人人感到委屈不堪。我们天天发牢骚，抱怨世道的不公，愤愤然大人对我等的轻蔑，却也无奈。

不过好机会终于到来了。一天，我们班一个同学在上课前兴冲冲地赶来并报告给大家一个惊人的消息：中学生已经开始停课闹革命了，江汉路那边许多小学也开始向政府请愿，要求小学生也得停课闹革命。欢呼声立即在教室里响起。闹革命要能闹到不上学的地步，那真是比实现共产主义更对我们有吸引力。班上一向会闹腾的几个人马上宣布：我们也要去市里请愿，愿意去的人立即在教室门口排队。

这么好玩的事谁不想干？只一会儿，几乎全班都站在了门口。两三分钟后，队伍就开始向市委进军。前来上课的老师在半道上和我们相遇，莫名其妙地看着我们，直到我们与她擦肩而过，她才"哎哎哎"地叫了几声。我们一起大笑开来，毫不理睬她的"哎"。

市委果然聚集了许多许多的小学生，大家都乱纷纷地呼叫口号，无非是停课闹革命，谁不让我们闹革命就打倒谁之类。但凡穿戴得像政府机关办公人员的人周围，都有一群小孩围绕着乱喊口号。那些人的神情多半都是哭笑不得。革命一直闹到中午，仍然没有什么结果，然而肚子却都饿得咕咕乱叫。幸亏我们的革命对象还很人道，说是在几楼几号房为同学们准备了免费午餐，且补充说身体是革命的本钱。我们中原本还有人想商量吃还是不吃这一问题，听到后面那个补充便全体一致了：吃！

我们囫囵吞枣地吃了饭，打着饱嗝回到院子里。吃了人家的东西，好像也不太好意思再在这儿闹下去。于是一个同学说：市里归省里管，要想革命成功，我们得到省委去！

省委在武昌，在我们的概念中那是非常非常遥远的地方，远得甚至我们连路都不认识。打退堂鼓的人立即多了。马上有人说要想革命怎么能怕困难怕吃苦呢？我本来也犹豫着，一听这话心里立刻骂了自己几句，当场决定要革命到底，到省委去！

掐指一算总共有十来个革命坚决者，但也能排成一支小队伍。这就足够了。星星之火可以燎原。南湖船上开第一次党代会还只有十二个代表哩，革命还不是闹成了？

我们不知道路，没关系，可以问；我们没有钱，没关系，可以混。到了水果湖，被一路电车上一个认真的售票员抓住，说是没有钱，想走可以，但要在每个人的脑袋上打一下。为了及早脱身，我们都同意了，战战兢兢地让她轮个地在头上拍了一巴掌。这是参加革命后吃到的第一个苦头。

到了省委，那里范围太大，我们转了半天也没有个头绪，找谁也不知道，革命完全失去了对象，这真是一件让革命者难堪的事。好在省委毕竟很好玩，很容易让我们把革命的事放在脑后。我们在每栋大楼里溜滑楼梯扶手，没人批评，也没人干涉，真是开心之至。一直玩到天黑，人人都疲惫不堪，这才觉得应该回家了。走出一栋大楼，遇到一个老人，他问我们在干什么。我们说我们是来要求停课闹革命的，现在想回家了。他笑了起来，叫我们跟他走。我们稀里糊涂地跟着他，完全不考虑他是不是个走资派之类。他走到一辆大客车前，跟一个司机说：把这些小孩送回家，他们家里的大人该急死了。我们想也没想什么，急急忙忙地在附近上了个厕所，就叫着老爷爷再见，上了那辆车。那是一辆我们从来没坐过的非常漂亮的大客车！

我们在平时上学经常路过的路口下了车，恰碰上到处寻找我们的父母。我已经累得走不动了，我的父亲把我背在背上，说，你去了省委，对那里有什么样的印象呀？我不假思索地答道：省委的厕所特别好！比我们学校的好多了！

我们的革命活动就到此结束。我们这群"革命者"几乎在早期，就被革命的洪流淘汰掉了。而我的关于省委厕所的话，也成为我家永远的笑料。

二、第一次出远门

正像一首歌所唱的十七岁出远门那样，我第一次只身出远门也恰是十七岁。那是 1972 年的暑假，我突然觉得我应该单独出门旅游一次，于是我向妈妈提出要求。

妈妈想了想说，那你就去南京吧。南京是我的出生地，自 1957 年我们全家搬来武汉后，其间我只回去过两次，而且因为年纪太小，对南京的印象已经十分淡薄了。玄武湖、夫子庙以及鼓楼时时出现在家里人的嘴边，然而我却一点也描绘不出它们应有的模样。我想我的确应该去南京看一看了。

我自己到码头排队买了一张船票，然后便开始了我的旅行。在此前，我一直都精神振奋，一副胆敢独闯天下的派头，直到妈妈的身影在岸上消失，留下我一个人在一艘陌生的船上时，那种惊慌失措感才蓦然间涌上心头。在船上的两天是怎么度过的，我已毫无印象，只记得下船后应该来接我的表姐却没有来。我站在码头像个小傻瓜一样呆头呆脑地东张西望，何去何从全然不知。我的迟到的表姐一直走到我的面前我都没有反应过来：她就是来接我的人！

在南京，我见了许多亲戚，人多得我几乎认不过来。我在三五天内风卷残云般地逛了中山陵、雨花台、长江大桥等等可以一玩的地方，然后便每天待在家里同小表弟们一起打牌下棋，以及聊大天，于不知不觉中一晃即过去了一个月。归家的时候到了，突然之间我觉得我其实并没有好好地看清楚南京。

回去的船票非常难买，几个表兄轮流值班为我通宵站队买票，长夜漫漫，时间难熬，一个也是即将返回武汉的女孩开始为所有排队的人讲起了故事。我的一个表兄认识了她并且很欣赏她，她表示她可以一路照顾我。白天开始卖票时，我没能买到四等舱，这意味着我将坐在甲板上回去，我感到非常着急。那女孩因为讲故事的缘故，博得了大家的喜欢，站在前面的人都让她插队，于是她很轻松地买到了四等舱。她对我的表兄说不用担心，她可以和我挤着睡一张床。她和我约好届时码头见，并说她叫李小燕，她还有个同伴叫程燕。

我离开南京那天，由于动身太晚，到达码头时船几乎要开了。我急匆匆告别送我的表姐，又急匆匆地往船上奔，码头上的乘客已经上空，我根本没有见到李小燕的人影。上了船之后，我站在船舷边，望着江水发呆，不知道在船上的两个夜晚我该怎么度过。船开了很久，我才在过道上找了一块空地坐下来休息。我把头靠在舱壁上刚刚想闭上眼睛，突然我看到两个女孩朝我走来，其中之一是李小燕。她俩东张西望地在寻找着什么，我断定她俩是在找我，于是大声地喊了起来。果然，她们听到我的声音立即朝我跑来。李小燕说她们在码头找了我好久，一直没有看见我，以为我已经上了船，就到船上来找，她们把船已经上上下下梳了几个来回，都没有看见我，正在着急哩。我听了心里好感动，一时间说不出什么话来。另一个女孩，我知道她叫程燕，拿起我的行李便走。我跟在她们身后，心想我应该怎么感谢她们呢？

我来到四等舱，李小燕让我和程燕睡一张床。程燕和我同龄，我们俩非常谈得来。我俩站在船舷边谈了一天，无非是谈我的同学我的学校她的同学她的学校，倒反而把李小燕冷落到了一边。不过像李小燕这样的女孩是永远没有寂寞感的，她在船舱里又摆开了故事场，吸引了一大批的听客。他们把她围在中间，仿佛她是花心。我和程燕都很羡慕钦佩她，她无论走到哪里，总可以成为中心人物。而我们却不行，我们俩的共同特点都是在人多之时一开口就结结巴巴，说不出个所以然来。李小燕却觉得如果面前只有一两个人她就会觉得没什么好讲的，连精神都提不起来。我对她的理论真觉得不可思议，她却觉得像我这样将来准没出息。

船在江上行了两天两夜，李、程两位对我照顾十分周到，这对第一次出远门的我真是莫大的安慰，我一点也没有觉得时间难熬，反而觉得这一趟旅行最愉快的最难忘怀的事就是在回家的船上，因为我交了两个我很喜欢的朋友：李小燕和程燕。

那之后，我和程燕保持通信达两年之久，高中毕业前夕，我还专门从汉口到武昌她的家里去了一趟，我在她的家住了一夜，她说她很快就会下乡，也不知道哪年哪月才能抽出来。我因为哥哥们都在乡下，笃定留城，完全没有她的那种伤感。我问及李小燕，程燕说她也不知道她究竟是当兵去了还是已经下了乡。那时是1974年的秋天。

从此，我就再也没有听到李小燕和程燕的任何消息。我第一次出远门交的朋友就这样从我的生活中消失而去。直到今天我仍然常常想起她们，因为她们让我体会到了一个人在困难之时得到他人帮助的欢喜和激动之心情，和被助之后那种久久不忘的美好感觉。后来每逢我看到别的人需要帮助时，都不由自主地想起她们，于是我总能毫不犹豫地伸出我的双手。

倘若有机会能再次见到李小燕和程燕，我会亲口对她们说她们给我的帮助影响了我的一生，我将永远地感谢她们。

三、永远的内疚

人有时很奇怪，或许他干过很多的坏事犯过很多的错误他却一点也不记得。而一件很小的很算不了什么的事却可以让他萦绕于心，永远地感到内疚。

我便有很强烈的这种感受。说起来那的确是一件很小的事，而且那时我才十二三岁，可是它却折磨了我许多年，像一块石头压在心里，想起来便觉得沉重。大约是我读小学六年级的时候，我们最喜欢的一个姓丁的女老师突然调走，换上了一个姓田的男老师。田老师又矮又胖，脸上没有胡子，眼睛又是出奇的小，简直与英俊潇洒无缘。和漂亮苗条的丁老师相比，实在令人看不顺眼，这一下子引起女生的愤怒，竟众志成城地对田老师采取了抵抗态度。

然而在丁老师交班之时，曾单独将我作为班主席介绍给了田老师，田老师找我了解了一些班上的情况，大约我谈得很有条理，田老师对我很满意。头一天上课他便夸了我几句，这一下竟使我陷入了一种很难堪的局面：我被敌视田老师的女生们孤立起来了。我很不自在，感到孤独的滋味很难受，于是决定和我的同学们站在一起。我也开始与田老师为敌，和我的同学比，甚至有过之而无不及，为此很快成为学生领袖之一。田老师先是莫名其妙，后则失望无比。而我却因重新获得同学拥戴而兴奋不已。我们决定集体罢课，只要是田老师的课就全体到操场去做游戏。时值"文革"期间，老师已无力管教学生，只能听之任之。田老师的愤怒和焦急溢于言表，而我们却毫不理睬。

有一天我们决定耍一耍田老师，这个主意是我出的。我说，等田老师一露面，我们便涌进教室，他以为我们是进教室上课了，心里一定很高兴，但我们进教室后就马上从窗户翻出去，让他空欢喜一场。我的主意得到大家一致的赞同，于是我们照此实施了。那天，当我们所有的女生一阵风地跑进教室又一阵风地翻越窗子时，男生们不明白我们究竟要干什么，只是一旁起哄，如同助威。田老师远远看见我们进了教室，果然欢喜异常，然而当他走到教室门口时，脸色却骤然大变，他身体晃了一晃，仿佛是晕眩，手上的粉笔盒从备课本上滑下，粉笔哗啦啦撒了一地。那时的我们正在窗外偷看，许多女孩发出嘻嘻的笑声，然后一哄而去。我离开得最晚，我被田老师的表情所震动。大约便是那一天，有一个画面就永远嵌在了我的脑子里。那是一个胖胖的大人呆立着露一副失魂落魄的神情。

从那时起，一种对田老师的内疚就一直纠缠着我，我对自己自责过很多也对自己安慰过很多，可我仍然摆脱不了这种纠缠。我很想找田老师去认错，让他骂我一顿以便我得以解脱，可是有人告诉我，说田老师已经死了。

这件事使我常常想，人不能图一时之快去伤害别人，否则更加深刻地伤害的只能是你自己。

四、说谎的记忆

我非常佩服那些能将谎言说得像真的一样的人，这样的功夫练就到炉火纯青的地步也委实不易。我想这必须得心硬皮厚才能从容不迫地说出谎来。我在这方面的确是弱项，这主要是小时候的一顿痛打留下的后遗症。

其实那时我也就五岁左右。事情非常之小。有一天，我拿了我二哥的作业本。这些纸张对我这个尚未识字的人来说没什么重大意义。于是我把它们撕了，叠了许多的东西，比如飞机小船之类。玩了一会儿，也不高兴再玩，就将它们又扔掉了。晚上我的二哥发现了他的作业本被撕得一塌糊涂，很自然地将这事作为一桩重要的案件报告到妈妈那儿。我的妈妈便在我和比我大两岁的小哥哥中盘查。我的小哥哥那一天正好都在同学家，有不在现场的证人，于是重点盘查对象就只剩了我一个。不知是什么原因，我也矢口否认了我的行为。我一口咬定作业本绝不是我撕的。实际上全家人都已经断定这事肯定是我之作为，只是非要我自己承认而已。我在严厉的盘问面前一边哭一边固执己见。我的这种态度使妈妈非常恼火，她便开始揍我。挨打真是我的生活中十分少有的事。连一向喜欢我的妈妈都打我了，这个世界该有多么可恨！我于是悲愤交加，更加不肯承认错误。我的哥哥们见我哭得可怜，就央求妈妈饶了我。可我听见妈妈说，她要是养成了说谎的习惯以后就没人饶得了她。妈妈说了这番话之后更为严厉起来。她把我抱到院子外的一个粪坑前，将我的脑袋对准粪坑朝下，并说：你承不承认？你要再不认错我今天就把你扔下去！我惊恐万分，只顾得了哭，根本不记得自己该说些什么。我的小哥哥一直跟在后面，他见我的妈妈如此这般，不觉顿生同情之心，于是开始考虑拯救我的办法。只是隔了好一会儿，我几乎哭哑了嗓子，他才想出了一个最大的理由。他慢慢腾腾却是很坚决地说：妈妈，你不能丢。要不然我就没有妹妹了！那一刻我终于也意识到了小人是斗不过大人的，便决定投降。我号叫道：我错了！本子是我撕的！我再也不敢了！妈妈马上放过了我。放下我后，她做的第一件事却是扭过头批评我的小哥哥说：像你这样慢腾腾地救人怎么行呢？那妹妹早就被我丢下去了！

多少年来，我的小哥哥一直说他是我的救命恩人，可我总是不予承认。只是自那以后，我一旦有说谎的念头，脑子里立即会浮现出我在五岁时脑袋栽向粪坑的情景，那场面永远令我感到恐怖。于是立刻打消说谎的杂念。直到今天，仍然如此。记得我曾经对一个喜欢说假话的女孩说：你知道你最缺的是什么吗？就是你母亲的一顿痛打！

五、上街看灯

年代似乎是隔得太远了，说给小孩子们听就好像是在说一个十分悠远的故事。面对着一双双惊异的不可理喻的目光，告诉他们，我们儿时曾经有过的莫大快乐就只不过是上街看灯时，他们人人都会大笑出声，觉得你们真是老土呀。是呀，同现在这些通过旅行、通过电视、通过电脑和网络，什么都看到过的小孩比，我们的童年真的是很土很土。在今天小孩子的心目中，街上的各类彩灯早已看熟了眼，仿佛已经不是一道风景，而是一个理所当然的存在。天天都有，时时可见。并且满街满房满树都是灯火灿然，想要不看都不行。然而，我们做小孩子时，那些璀璨的灯光却只在年节时分偶然地闪现在我们的眼边，平常却只是一个梦幻。

我家住在一个叫"刘家庙"的厂办宿舍里，四周均是农民的菜地，最近的电车站离我们那里也得走二十分钟。每逢年节，没有电视亦没有什么可玩之地，我和我的小哥哥便有一种寂寞难挨的感觉，常常吵闹，想要父母带着出门玩。不知是哪一年，母亲终于做出决定，带我们上街看灯。

印象中头一次上街看灯时我还没有上小学。而我的小哥哥也只是一个刚进校门的小学生。母亲一手牵一个，沿着一家仓库的高墙走向大路。这是一段非常黑的小路，路边的菜地中还有两座坟包。当时的治安很好，妇女儿童走夜路从未有恐惧感。母亲一路走一路为我们讲故事，在有星光的夜空下，那些故事被晚风吹拂得又神秘又动人。那时候楼房很少，我们要经过一所技校，一家空军医院，才能到我们看灯最重要的一站：父亲单位的科学院大楼。技校的灯只是用普通的灯泡将大门上的铁架围了一个圈，而空军医院的灯却更为简单，简单得配不上它所拥有的那座气派的大门。记得我们经常讨论：空军为什么不会把灯弄得好看一点？这样他们在天上开飞机时也可以看得清楚一点呀！讨论自然是没有结果的。而我父亲单位的科学院大楼却从来都不让我们失望。大楼其实只有四五层高，房形像一个"山"字，墙面是灰色的，有着大大的玻璃窗。这座远近最豪华的大楼，每逢年节，都会披挂上彩灯。它的灯挂从屋顶一直垂下来，呈"人"字形。小灯是尖椒模样，红黄蓝绿交错置放。记得我的小哥哥第一次见这灯时，便惊呼道："啊！好多小辣椒呀。"他这一声叫喊，成为我家永远的笑柄，每次上街看灯都要被大人们翻出来笑上一通。站在科学院的大楼台阶上，我们拍起手来高唱：红灯绿灯，爹爹婆婆下农村。这是当时很流行的儿歌。

汉口的德明饭店一般来说是我们看灯的终点。而我们拐弯抹角地步行至此，已经耗去近两个钟头的时间。德明饭店是法国人盖的，自有一种特别的气质。它的灯串虽没有科学院大楼的气派，但它们却闪闪烁烁着不断变幻，给人以缤纷之感。我和小哥哥总是要反反复复地数着它闪烁的次数，不断为一些莫名其妙的数字欢呼，而那一刻的母亲，便满带着笑意望着我们。

看灯回到家，多已是很晚很晚，人亦累得够呛。但自从有了第一次后，我们年年都盼望着这个日子。而我们看灯的队伍也在年年壮大。先是我的二哥加入，后来又有邻家小孩尾随，再后来，连我父亲也兴致勃勃地跟着我们去了一次。一直到"文革"，不知从哪一年起，大家突然就没有了兴致，同时街上也突然就没有了灯。

其实现在想想在那样的夜晚，被母亲牵着手，走上很远的路，有时还顶着风，去到远处的街上看灯，真的就有一种说不出的情绪在此刻的心中涌动。只不过是一种普通的电灯而已，却给少年的我们带去了那样多的快乐，那是一种怎样简洁的生活和单纯的兴意呢？但它留在心中的韵味却是这样的绵长。只要在日历上看到那日子，仿佛想都不用想，少年时代的灯便和母亲的笑意一起在心里亮了起来。

六、一个屁的故事

"文化大革命"中，受罪的是大人，我们这些做小孩的却没有那么深厚的苦难感。对于家里发生的所有事，现在想来，只有小孩，因为无知，才有一种拿得起放得下的大气。父母在家时的压抑，几乎每天也都随着他们一清早的出门上班一散而去。白天的时光对于不用上学的孩子们来说，差不多就是天堂了。

那时我住在宿舍的五栋楼上。以往这小楼上下只住四家人。"文革"后，变成了八家。小楼有着一个宽大的半敞开式的走廊，在那里我们可以跳绳、踢毽子、跳房子，甚至还可以溜冰和骑自行车。这走廊是我们玩耍的最好场地。我们楼上以中学男生为主，他们白天都出去闹革命，要到晚上才回来聚在走廊上述说革命的故事。为此一到白天我们楼上了无生气。当时尚是小学生的我只好每天都溜到隔壁的四栋楼上玩耍。

四栋楼上住着贺、黄、向、沈四户人家。四栋与其他楼栋不同的是，他们都是双职工家庭。早上天一亮，大人们便都出门了，剩下的全是小孩。所有的事情，都由小孩自己当家做主。正因为如此，四栋便有着比其他楼栋更多的自由和精彩。贺家有三女二男，女大男小，所以贺家的天下基本上是女孩的。贺家的三个女孩都是中学生，个个能歌善舞。我们每天都要在贺家唱歌。直到今天我还能唱出许多老歌以及几乎所有的语录歌曲，那都是在贺家练出来的。为此，贺家理所当然地被我们称作了"练歌房"。黄家没有女孩，只有三个男孩子。两个大男孩上了大学和高中，很少在家，便只剩下一个叫小东的老三在家。黄家是上海人，一家人都温文尔雅，家里的书也特别多。唱完歌后，我们就会去黄家翻书看，所以黄家被称作了"书房"。向家是湖南人，一子二女，儿子是中学生，很少在家。向家的妈妈虽然没有工作，但她是造反派组织的一个领导，每天都在外面革命，为此，家里留守的也只有两个女儿。与贺家的一样，向家的两个女儿也都能歌善舞。尤其向家大女儿小平特别会炒菜，她把所有的菜里都放上辣椒，极其地开胃。我家虽然距此只一步之遥，我妈喊一声"吃饭"我立马可听见，但我还是经常赖在这里蹭向家的饭吃。不光是我，楼上其他人也都过来蹭，所以向家被称作了"饭堂"。最后一个是沈家，沈家父亲是单位年轻的技术员，所以他家搬来得最晚。沈家有一男一女两个孩子，一个叫丹丹，一个叫眉眉，聪明可爱，年龄比我们都要小。沈家也是上海人，与贺、黄、向三家门户敞开政策不同的是，沈家绝不允许外人进入家门。这当然是大人的指示，但这指示让沈家孩子十分难做。他们又想跟大家一起玩，可是一起玩就得出入于其他家庭，而他家又不能让别人进去。所以他们只好稍稍玩玩，又急忙退守回去。无形中，沈家便与我们这一群人多少有些隔膜。

这正是处在充满政治气息的"文革"期间，就是小孩子们的玩耍也不那么单纯。有中学生的地方就有革命的因子。所以，在贺家二女儿毛毛的领导下，我们成立了学习小组。我们在走廊的墙壁上开办了一个学习园地，时常将我们的学习体会贴在园地中。学习完了之后，方才练歌。毛毛是一个极有魄力的人，非常具有决断能力。她的姐姐和妹妹，一个极会唱歌，一个极会跳舞，而她却是又会唱又会跳。最让我们折服的是，毛毛伶牙俐齿，胆量极大，那时候，我总觉得跟着毛毛玩最有无畏无惧的感觉。有一回毛毛操作我们楼房的小孩与平房的小孩进行一场追逐的游戏——"打电"比赛。战书是我们下的，结果我们输得一塌糊涂。我的心情沮丧得不得了，但毛毛却仍然是一副雄赳赳气昂昂的样子。面对具如此英雄气概的人物，不服是不行的。

在毛毛领导下的学习小组几乎每天都要学习一下，但学了些什么以及学习园地办过几期，我都不记得了。如果没有"一个屁"的事件发生，我或许连这个学习小组都会彻底忘掉。可是这个屁的事件太有意思，它便成了我记忆链中明亮的一扣，这份明亮将它四周的故事和人也都映照了出来。

有一天，照例开始学习。好像是读了一份报纸，然后大家谈感想。在谈感想时，毛毛的弟弟贝贝打了一个屁。贝贝旁边坐着丹丹。丹丹立即一捂鼻子，大声说好臭呀！立即有一个人指责丹丹：一个屁有什么了不起，这么娇气？丹丹当然不会服气，丹丹说，本来就是臭嘛。贝贝说，学习时间就不能怕臭。丹丹说，那你上学路过大毛屎坑还捂着鼻子绕路走哩。然后又有人说，丹丹这么怕臭，就是资产阶级思想作怪。一群人开始围绕着这个屁吵了起来。

毛毛控制不住局面，便说，好，今天的学习内容就是讨论这个屁！

讨论真的是激烈而认真。思想的冲撞由一个臭屁上升到个人的骄娇二气作风，上升到资产阶级和无产阶级在思想上的根本不同，上升到对劳动人民的感情是爱还是恨，上升到我们新一代人如果连臭都怕，将来怎么保证红色江山永不变色。然后又由丹丹怕臭而联系到他一贯的表现，丹丹小气，自己家里的书从来都不拿出来给别人看；丹丹只想吃人家的东西，而自己有再多的吃的，也不贡献出来；丹丹只专不红，经常在家写作业而不学毛著，如此如此。层层分析，步步深入，几乎直逼丹丹的灵魂。丹丹一直负隅顽抗，虽然是单枪匹马，却也一直涨红着脸与大家争论。但到了后来，丹丹的形象在众人的描述中，已经变得十分不堪，连他自己也被这形象吓着，以致放弃学习，逃了回去。

历来的学习都没有这场关于屁的讨论激烈和有趣，所有的学习小组成员都有一种大快人心的感觉。毛毛当即吩咐我们回家写稿，这一次的学习园地全部都贴有关屁的讨论。大约是兴奋的缘故，又或是有了一个非常具体的目标，当天下午稿子就交齐了。新一期的"学习心得"立马就贴上了墙。大家的积极性从来都没有如此高涨过。丹丹也写了，但他写的却是一份检讨。

这是"文革"中我过得特别快乐的一天。晚上在家吃饭时，喋喋不休地跟家里人讲述这个屁的故事。我父亲奇怪地说，革命就让你们变成了一个屁？听这话时，我有些目瞪口呆，没搞懂父亲为什么这么说。

第二天一早我就去四栋，却发现整个学习园地都被撕毁，墙上只剩下一些零碎的没有洗下来的纸片。据说，晚上回来的大人们，都看了这个"学习园地"，他们个个都很生气。尤其是丹丹的爸爸，用震怒形容也不为过。几家大人一商量，当晚便让所有的孩子撕掉园地，清洗墙面。

面对这样的一个结果，我们这些胜利者都十分沮丧。毛毛说，没办法，小孩斗不过大人。小孩要靠大人养，不听他们的话就没有饭吃。经济基础决定一切。这真是一番大实话。这一天的四栋颇有点风雨萧条的味道，大家都打不起精神。练歌房、书房和饭堂几乎也都在这一天全部停业。也就是从这天起，丹丹和眉眉开始每天跟着他们的父亲一起上下班。沈家明言规定：从此不准他们和我们来往。而学习小组也在毛毛的爸妈臭骂中宣告解散。

现在回想起来，这是何等荒唐又何等有趣的事。其实一个屁臭与不臭，本来也不必一争。只是因为大家一向对丹丹不满，刚好有一个机会，便趁机发泄。由初始的好玩心理而辩论，而认真，而赌气，而较真，而一决胜负，而你死我活。这种心态正跟诸多大人造反差不了。造反的目的原本只是出口气，却并非真的就是为了什么路线斗争正确与否。造到后面，如同赌气，认了真，便跟真的一样了。大人的事残酷无比，但细想想，心态也就跟小孩子的差不多少。

以后我就很少看到丹丹。我上大学后，听说他也考上了大学，学的是石油。其他玩伴却大多都没能继续读书。远远地传来消息，他们或退了休，或下了岗。有一天毛毛给我打来电话，热情爽朗一如当年。她说她现在每天都在社区里跳舞唱歌，像以前一样。

听着毛毛银铃一样的笑声，那个屁的往事浮出心头。我想起了丹丹，不知道这个屁对他的一生产生过什么样的影响。

去汉口吃粉

　　女儿的爷爷二十多年前在汉口的福庆和吃过一碗牛肉粉。福庆和的牛肉粉在汉口一向是有名的。爷爷那时七十多岁，年轻时留学日本，回国后一直在大学当教授，相当长的一段时间里，他都是湖北高校排名第一老的教授。因生活条件也算优裕，爷爷也算爱吃，所以这世上的好东西他也吃过不老少。但不知为什么，福庆和的那碗牛肉粉却给他留下了非常特别的印象。

　　二十多年过去了，当年七十多岁的爷爷今年已经九十八岁。前些日子，爷爷突然又想起了那碗粉，这一想就收它不住。照顾爷爷的保姆严嫂便找人去汉口帮忙买了一碗，但买回来的似乎与二十年前的那碗大不一样，爷爷根本就不予承认。越吃不着，就越想吃。于是福庆和的这碗粉就一直纠缠和折磨着爷爷。到了前两天，爷爷实在是忍受不住了，决定自己亲自去福庆和吃粉去。保姆严嫂力劝爷爷不要出门。也是，爷爷已近百岁，年老体衰是自然的。万一路上出了什么事，谁也担当不起。爷爷见严嫂不让他去，便自己跑到楼梯口，像小孩子一样，大声地吵闹着，非要去汉口吃粉。严嫂无奈，临时找人也来不及，便只好赶紧锁门，搀他下楼。爷爷住在三楼，要知道，一个近百岁的人自己走下三楼也不是一件那么容易的事。更何况爷爷已经好久没下楼了。

　　爷爷住在武昌的华中师范大学，那里距汉口的福庆和距离还真不近。严嫂叫来的士，扶着爷爷上车。爷爷早已记不清道路，严嫂家在外地，也不知路。好在的士司机熟悉，一车将爷爷送到福庆和粉店门口。严嫂为安全起见，先下车跑进店里，她告诉福庆和的人，说是有个近百岁的老人家，二十年前在你们这里吃了一碗粉，心里一直还记着，今天非要跑来吃这粉。店里人听了大为高兴，也很是感动。连经理都出动了。他们到"的士"门前把爷爷扶进店里，给爷爷安置了一个很好的座位。经理让人专门为爷爷好好下一碗粉。

这碗粉果然好吃，甚至比二十年前的那碗更加有味。爷爷吃得很开心，吃完又要一碗。于是店里又赶紧为他下了第二碗。这一碗爷爷没有吃完。说来也是，碗也不小，粉也不少，年轻人吃两碗都不一定能吃得下，他那么老，吃了一碗还能再吃，已经是够厉害的。剩下的粉，以爷爷的习惯，是绝对不会浪费的。于是店里人便又帮他打包，让他带回家来。店里着人叫来的士，又派几个人扶着爷爷，一直把他送进车里。爷爷心满意足地离开福庆和，高兴得就仿佛自己了了一个很大的心愿。

从武昌到汉口，再由汉口到武昌，打的士花去了八九十块钱。这还不说，车到家时，年迈的爷爷无论如何也上不动他家的三层楼。严嫂一个人也无法将他弄上去，只好又掏五块钱，请的士司机将爷爷背进家门。严嫂算了算，爷爷为这碗粉前后花去了将近一百块钱。严嫂说这碗粉真是太贵了。

我们在事后得知此事，都大吃了一惊。惊后便实在是佩服爷爷，都觉得爷爷真是太了不起了。觉得他就是靠了这种吃粉的热情和精神，才能活得这么健康长寿。

像我女儿这样的中学生，对一切"酷"的东西都特别喜欢。我对她说，你知道什么叫酷？爷爷这样才真是酷哩。

写完文章，我一直在想，为什么爷爷这样坚定执着地要吃福庆和的粉呢？于是找来福庆和的资料看。原来，福庆和是湖南米粉馆，而爷爷是湖南人。九十八岁的爷爷离开家乡几十年了，心里想念着的仍然是家乡的味道。

（注：女儿的爷爷吃过这米粉后，不到一年，便去世，那是 2003 年的元月。）

附录

方方主要著作出版年表

1984 →《"大篷车"上》（短篇小说集），长江文艺出版社。

1986 →《18岁进行曲》（中篇小说集），长江文艺出版社。

1989 →《江那一岸》（短篇小说集），中国文联出版公司。

1992 →《行云流水》（中短篇小说集），长江文艺出版社。

1992 →《一唱三叹》（中短篇小说集），陕西人民出版社。

1993 →《随意表白》（中篇小说集），湖北辞书出版社。

1993 →《中国当代作家选集：方方》，人民文学出版社。

1993 →《远处遁逃》，北京师范大学出版社。

1994 →《行为艺术》（中篇小说集）中国文学出版社。

1995 →《何处是我家园》（中篇小说集）河北教育出版社。

1995 →《风景》（法文版），法国彼楷尔出版社。

1995 →《桃花灿烂》，台湾麦田出版社。

1995 →《闲聊》（散文集），四川人民出版社。

1995 →《推测几种》（中短篇小说集），云南人民出版社。

1996 →《拈花一笑》（散文集），群众出版社。

1996 →《方方文集》（5本），江苏文艺出版社。

　　　　《凶案》（短篇小说集）

　　　　《埋伏》（中篇小说集）

　　　　《白梦》（中篇小说集）

　　　　《风景》（中篇小说集）

　　　　《黑洞》（中篇小说集）

1996 →《桃花灿烂》（中短篇小说集），百花文艺出版社。

1996 →《风景》（英文版），中国文学出版社。

1997 →《方方小说三种》（英文版），中国文学出版社。

1997 →《武汉人》（随笔集），浙江人民出版社。

1998 →《雅兴》（随笔集），江苏文艺出版社。

1998 →《方方影记》（随笔集），河北教育出版社。

1998→《出门看风景》（随笔集），陕西师范大学出版社。

1998→《听取自然》（随笔集），上海书店出版社。

1998→《有个小孩叫冬冬》（长篇儿童小说），湖北少年儿童出版社。

1999→《落日》（法文版），法国STOCK出版社。

1999→《方方小说精粹》（中短篇小说集），四川人民出版社。

1999→《方方小说精品集》，华艺出版社。

2000→《过程》（中篇小说集），解放军文艺出版社。

2000→《暗示》（中短篇小说集），华夏出版社。

2000→《拈花一笑》，西苑出版社。

2000→《乌泥湖年谱》（长篇小说），人民文学出版社。

2000→《又一个好人远行了》（随笔集），明天出版社。

2001→《落日》（意大利版），意大利出版社。

2001→《都市谣言》（中短篇小说集），北岳文艺出版社。

2001→《何处家园》，长江文艺出版社。

2001→《行云流水》，长江文艺出版社。

2001→《暗示》（中篇小说集），中国文联出版社。

2001→《到庐山看老别墅》（散文集），湖北美术出版社。

2001→《奔跑的火光》，长江文艺出版社。

2001→《方方散文选》，浙江文艺出版社。

2001→《在我的开始是我的结束》，意大利出版社。

2001→《在我的开始是我的结束》，葡萄牙出版社。

2001→《在我的开始是我的结束》，法国STOCK出版社。

2001→《黑洞》，时代文艺出版社。

2002→《方方读本》，花山文艺出版社。

2002→《阅读武汉》（随笔集），南方日报出版社。

2002→《作家档案》，新世界出版社。

2003→《祖父在父亲心中》（作家文库），江苏文艺出版社。

2003→《有爱无有都铭心刻骨》，四川文艺出版社。

2003→《夏天过去了》，浙江人民美术出版社。

2004→《落日》，群众出版社。

2004→《树树皆秋色》，北京十月文艺出版社。

2004 →《汉口的沧桑往事》，湖北人民出版社。

2005 →主编《你我的往事》，湖北美术出版社。

2005 →《方方小说精选》，长江文艺出版社。

2006 →《闭上眼睛就是天黑》（中短篇小说集），武汉出版社。

2006 →《行为艺术：中北路空无一人》，人民文学出版社。

2006 →《汉口租界》，湖北美术出版社。

2006 →《到庐山看老别墅》，人民文学出版社。

2007 →《一个人怎样生活无需要问为什么》（随笔集），时代文艺出版社

2007 →《春天来到昙华林》（中篇小说集），作家出版社。

2007 →《水随天去》（中篇小说集），春风文艺出版社。

2009 →《琴断口》，作家出版社。

2009 →《水在时间之下》，上海文艺出版社。

2009 →《客观》（随笔集），生活·读书·新知三联书店。

2009 →《风景深处》，学林出版社。

2010 →《祖父在父亲心中》，黄山书社。

2010 →《纸婚年》，新华出版社。

2011 →《武昌城》，人民文学出版社。

2011 →《风景》，浙江文艺出版社。

2012 →《武汉人》（随笔集），南京大学出版社。

2012 →《刀锋上的蚂蚁》，东方出版中心。

2012 →《声音低回》，海豚出版社。

2012 →《哪里来哪里去》，上海文艺出版社。

2012 →《有爱无爱都刻骨铭心》，重庆出版社。

2013 →《涂自强的个人悲伤》，北京十月文艺出版社。

2013 →《万箭穿心》，重庆出版社。

2013 →《武昌城》，人民文学出版社。

2014 →《埋伏》，湖南文艺出版社。

2014 →《惟妙惟肖的爱情》，广东省出版集团花城出版社。

2014 →《到庐山看老别墅》，广西师范大学出版社。

2014 →《汉口的沧桑往事》，广西师范大学出版社。

2015 →《闲聊》，浙江文艺出版社。

2015 →《在我的开始是我的结束》，人民文学出版社。

2015 →《万箭穿心》，人民文学出版。

2015 →《涂自强的个人悲伤》，人民文学出版社。

2015 →《风景》，人民文学出版社。

2016 →《云淡风轻》，华东师范大学出版社。

2017 →《闭上眼睛就是天黑》，华东师范大学出版社。

2017 →《奔跑的火光》，华东师范大学出版社。